MIRA®

Der Preis dieses Bandes versteht sich einschließlich
der gesetzlichen Mehrwertsteuer.

Umwelthinweis:
Dieses Buch wurde auf chlor- und säurefreiem Papier gedruckt.

BAT People

MIRA®

MIRA® TASCHENBUCH
Band 15037
1. Auflage: September 2009

MIRA® TASCHENBÜCHER
erscheinen in der Cora Verlag GmbH & Co. KG,
Valentinskamp 24, 20350 Hamburg

Konzeption/Reihengestaltung: fredebold&partner gmbh, Köln
Umschlaggestaltung: pecher und soiron, Köln
Redaktion: Berit Berg
Titelabbildung: pecher und soiron, Köln
Satz: Buch-Werkstatt GmbH, Bad Aibling
Druck und Bindearbeiten: CPI – Ebner & Spiegel, Ulm
Printed in Germany
ISBN 978-3-89941-646-6

www.mira-taschenbuch.de

Raven Cross

BAT People

Roman

MIRA®

1. KAPITEL

„Fahr links ab, Joshua! Die Straße führt durch den Walnut Canyon. Das ist die landschaftlich schönste Route zu den Carlsbad Caverns und nur sieben Meilen lang." Natassja blätterte im Reiseführer über New Mexico. „Der Nationalpark hat bis neunzehn Uhr geöffnet. Wir schaffen es also locker, die Tropfsteinhöhlen zu besichtigen, selbst wenn wir diesen Umweg fahren."

„Hab ich eine Wahl?", fragte Joshua und wartete ihre Antwort gar nicht erst ab. Er kannte sie bereits und bog auf den Highway in den Walnut Canyon ab.

„Du bist der beste Bruder der Welt!", jubelte Natassja, umarmte Joshua und küsste ihn auf die Wange.

„Und du bist schlimmer als jeder Ausbilder beim Militär!", meinte er und wehrte ihre Zuneigungsbekundung ab. „Nicht so stürmisch! Halt, gleich kann ich nicht mehr lenken, und wir landen in den Kakteen. Und küss mich nicht ständig in der Öffentlichkeit! Ich bin nicht mehr dein kleiner, niedlicher Bruder! Außerdem verdirbst du mir die Chancen bei den Anhalterinnen. Wenn die uns so zusammen sehen, halten die dich für meine Freundin. Dann flirtet keine mehr mit mir."

„Du hast Probleme!", Natassja lachte ihn aus. „Hier sind weit und breit keine Anhalterinnen in Sicht, sondern nur Gestrüpp, Farne und Wildblumen. Aber ich versteh schon. Mit siebzehn bist du viel zu cool, um mit mir herumzutoben." Sie wuschelte ihm durch die Haare und nahm voller Genugtuung sein genervtes Gesicht und seinen Schmollmund wahr. Zu einem guten Urlaub gehörte es einfach, ihren Bruder zu ärgern. Das war schon seit ihrer Kindheit so.

Allerdings musste sie zugeben, dass von „klein" wirklich nicht mehr die Rede sein konnte. Mit einem Meter neunzig überragte Joshua sie um fast zwanzig Zentimeter. Und seine jungenhaften Gesichtszüge wichen langsam denen eines Mannes – eines ausgesprochen attraktiven Mannes mit kantigem Kinn, gerader Nase, grünen Augen und kastanienbraunen Haaren. Sie betrachtete ihn. Er mauserte sich zum Mädchentyp. Sie war stolz auf ihn.

„Was siehst du mich so an?“, fragte Joshua und warf ihr einen misstrauischen Seitenblick zu. „Du machst mich nervös.“

„Ich checke nur, was die Anhalterinnen – sollten uns tatsächlich mal welche am Straßenrand begegnen – zu sehen bekommen. Und ich bin zufrieden. Ich habe einen hübschen Bruder.“

„Hör auf! Du machst mich verlegen.“ Er verpasste ihr mit der rechten Hand einen Klaps aufs Bein. Seine Wangen verfärbten sich tiefrosa. Aber sein Lächeln verriet, dass ihm das Kompliment gefiel. Auch wenn es „nur“ von seiner Schwester kam.

Natassja grinste und schob die Sonnenbrille auf ihrer Nase zurecht. Sie lehnte sich zurück in den Beifahrersitz des Corvette Cabriolets und genoss die Aussicht. Trotz gelegentlicher geschwisterlicher Auseinandersetzungen verstanden sie und Joshua sich hervorragend. Sie besaßen so ziemlich die gleiche Einstellung zum Leben und den Dingen. Sie lachten über dieselben albernen Sachen und wussten per Blickkontakt, was der andere dachte. Wenn dem nicht so gewesen wäre, hätten sie nie im Leben diesen gemeinsamen Trip durch ihren Heimatstaat unternommen.

Joshua hatte gerade die Schule beendet, und Natassja begann im Oktober ein Geologie-Studium an der Universität von Albuquerque. Endlich! Die letzten zwölf Monate, die sie nach Abschluss der Highschool als Aushilfe in einem Burgerladen verbracht hatte, waren die Hölle auf Erden gewesen. Selbst jetzt noch roch sie altes Bratenfett in ihren üppigen kupferroten Haaren!

Immerhin finanzierten ihre Einnahmen aus der Übergangstätigkeit die Ferien mit Joshua. Der Junior – so nannte sie ihn nur in ihren Gedanken, andernfalls hätte er ihr den Hals herumgedreht – besaß keinen müden Dollar. Er hatte, typisch Junge, sein in einer Autowerkstatt verdientes Geld in seinen Sportflitzer investiert und besaß nicht einmal mehr genug Bares, um sein frisiertes „Muscle Car“ vollzutanken.

Schlechte Planung – insbesondere da der Sommer gerade erst begann. Doch Joshua hatte Glück. Natassja brauchte dringend Urlaub, bevor das Studium losging, besaß aber kein Auto. Wozu auch? Ihre Arbeitsstelle und die Universität lagen einen Katzensprung von ihrem Elternhaus entfernt. So schlossen sie sich zusammen. Und jetzt brausten sie gemeinsam durch die Wüste. Herrlich!

Die Hitze machte Natassja schläfrig. Sie gähnte und schloss die Augen.

„Hey, schläfst du? Wir sind da!“ Joshua lüftete ihre Sonnenbrille und musterte sie.

Natassja öffnete ihre hellgrünen Augen nur einen Schlitz weit und murmelte: „Wo sind wir?“

„Auf dem Mars … Natürlich nicht! Wir sind auf dem Parkplatz der Carlsbad Caverns. Und es ist eine Frechheit!“, moserte Joshua. „Erst muss ich deinetwegen diesen Umweg fahren, und dann verschläfst du die Tour. Na, warte! Dafür darf ich in den Höhlen aussuchen, was wir uns zuerst ansehen. Keine Widerrede! Und ich will zu den Fledermäusen in die Bat Cave.“

„Alles klar.“ Natassja reckte sich ausgiebig. Sie nahm einen Schluck aus ihrer Wasserflasche. „Wir machen alles, was du willst.“ Sie kletterte aus dem Sportwagen und folgte ihrem Bruder, der sich bereits in die Besucherschlange vor einem Ticketschalter einreihte.

Noch hatten die Schulferien nicht überall begonnen. Die beliebten Touristenpunkte waren erst spärlich besucht. Vor Joshua warteten nur ein Rentnerehepaar und eine Familie mit zwei kleinen Kindern. Dennoch wippte er ungeduldig auf seinen Converse Turnschuhen hin und her. Joshua liebte Fledermäuse. Sie waren seit jeher seine Lieblingstiere. Er sammelte alles über sie und hatte, obwohl er ja kein Kind mehr war, das Poster eines Schweinsnasenflughundes über seinem Bett hängen. So viel zu dem Thema, dass er sich nach einer Freundin sehnte.

Natassja grinste. Sie mochte Fledermäuse, aber lieber in Gruselfilmen als in natura. Sie schwärmte eher für Stalaktiten und Stalagmiten. Diese Gesteinsformationen fand man ebenso in den Tropfsteinhöhlen von Carlsbad wie Joshuas Lieblingstiere. Und so hatte sie sich und ihrem Bruder mit dem Reiseziel einen Traum erfüllt.

„Wie gesperrt? Ich bin extra wegen der Bat Cave hierher gefahren“, fuhr Joshua die Ticketverkäuferin an.

„Das tut mir leid. Aber die Bat Cave dient den Fledermäusen als Aufzuchtsort für ihre Jungen. Von daher ist Publikumsverkehr untersagt“, entgegnete die junge Frau hinter dem Schalter freundlich, aber entschieden. „Das sollte aber kein Problem darstellen. Bei Einbruch der Nacht begeben sich riesige Fledermausschwärme auf die Jagd und verlassen die Bat Cave. Dieses Spektakel können Sie draußen, vor dem Eingang zur Höhle, beobachten. Außerdem verfügt der Nationalpark über 83 weitere Höhlen. Darunter befindet sich die tiefste bekannte Kalksteinhöhle. Sie liegt 487 Meter unter der Erdoberfläche. Ich denke, es dürfte etwas für Sie dabei sein.“ Mit diesen Worten schob sie Joshua zwei Eintrittskarten zu und meinte: „Der Nächste, bitte.“

„Sauerei!“, schimpfte Joshua. „Erst keine Anhalterinnen und dann keine Fledermäuse.“

„Nun stell dich nicht an!“, meinte Natassja. „Als Tierfreund solltest gerade du die Argumente verstehen. Oder willst du, dass wegen deiner Neugier Fledermausmütter ihre Jungen verlassen?“

„Das tun sie nicht! Egal, ob ihnen ein Mensch bei der Fütterung des Nachwuchses zuschaut oder nicht. Ich finde das voll doof! Ich hab keinen Bock, mich mit den anderen Touris vor die

Höhle zu stellen und dämlich zu glotzen, wenn die Blutsauger sie verlassen. Ich möchte die Tiere von Nahem sehen. Deshalb bin ich hier!"

„Reg dich ab! Wir fahren erst mal mit dem Fahrstuhl unter die Erde. Ich finde es ehrlich gesagt spannender, einen halben Kilometer im Erdinnern herumzukraxeln, als durch Guano beziehungsweise Fledermausmist zu stapfen."

„Ich hätte gerne ein Stück Guano gesammelt, getrocknet und zu Hause unter dem Mikroskop untersucht."

„Oh, bitte! Nun hör aber auf!" Natassja hielt sich die Ohren zu. „Fledermausschei... duftet auch nicht nach Rosen. Los! Lass uns der Führung anschließen. Sonst müssen wir bis zur nächsten eine halbe Stunde warten."

Joshua schenkte sich eine Entgegnung und stieg schmollend mit ihr in den Aufzug. Natassja seufzte. Dass seine Stimmung so schnell umschlagen konnte, zeigte dann doch, dass er noch nicht erwachsen, sondern im Endstadium der Pubertät war ...

Ruckelnd beförderte sie der Aufzug in knapp 500 Meter Tiefe. Als sie ausstiegen, empfing sie eine feuchte, muffige Kälte. In der riesigen Kalksteinhöhle ragten gigantische Stalagmiten aus dem Boden, und von der Decke tropfte wie seit Jahrmillionen Wasser von den Stalaktiten. Staunend gingen Natassja und Joshua zwischen den Steinformationen umher. Im „Big Room" gab es eine Ansammlung, die wegen ihrer ziselierten und verzierten Türmchen das Chinesische Theater genannt wurde.

„Hammermäßig!", meinte Joshua anerkennend. „Fast so gut, als hielte ich eine Fledermaus in meinen Händen." Er grinste, als er Natassjas vorwurfsvollen Gesichtsausdruck sah. „Schon gut. Ich habe mich damit abgefunden, meine schwarzen Lieblinge nur aus der Ferne zu bewundern. Auch wenn ich mir seit Kindesbeinen wünsche, einmal einen Flughund zu streicheln."

„Du nervst! Und du bist kindisch." Natassja ließ ihn stehen und steuerte zielstrebig auf den Imbiss am Ende des Rundgangs zu. Sie wollte unbedingt einmal ein Sandwich im Erdinnern verspeisen. Ob es anders schmeckte als im Sonnenlicht?

Es schmeckte so muffig und feucht wie die Luft in der Tropfsteinhöhle. Und Natassja warf ihres nach dem ersten Bissen weg. Joshua aß seins immerhin zur Hälfte auf. Aber dann wurde ihm schlecht. Er schmiss die Brotreste gerade in den Müll, als ihm etwas auffiel.

„Hey, Nasti! Komm mal her, und schau dir das an!" Er winkte seine Schwester zu sich.

„Was denn? Die anderen aus der Gruppe gehen schon zurück zum Lift. Ich weiß nicht, ob wir allein hier unten bleiben dürfen."

„Wir sind nicht allein. Da ist immer noch der Sandwichverkäufer im Imbiss."

„Wie aufmerksam. Nur: Der arbeitet hier. Heißt: Er darf hier sein. Wir nicht."

„Red nicht! Wir können uns hier aufhalten, solange wir wollen. Schließlich haben wir bezahlt. Dann fahren wir eben mit der nächsten Gruppe nach oben. Jetzt sieh dir lieber mal an, was ich entdeckt habe." Joshua ging auf einen Seitenarm der großen Höhle zu.

Natassja seufzte und folgte ihm. Ihre Tickets erlaubten nur den Besuch einer Führung, aber vermutlich achtete niemand darauf, und notfalls zahlten sie nach. Natassja gehörte nicht zu den ultrakorrekten Menschen. Aber sie hasste es, wegen Dummheiten Stress zu bekommen. Und als sie nun sah, worauf Joshua zielstrebig zuhielt, wusste sie, dass ihnen jede Menge Ärger bevorstand, wenn sie ertappt wurden.

„Du gehst da auf keinen Fall rein!", zischte sie laut genug, dass er sie hören konnte, aber nicht die anderen Besucher, die den Aufzug bestiegen.

„Ich will nur mal gucken", wiegelte Joshua ab und hob die Eisenkette hoch, die den Zugang zu dem Tunnel versperrte.

„Nix da!" Sie zerrte ihn am Arm zurück. „Auf dem Schild steht in Großbuchstaben: ‚Bat Cave – Zutritt strengstens verboten'. Wenn ich wegen dir Strafe bezahlen muss, gibst du mir jeden Cent wieder! Verstanden?"

„Du klingst wie Mom! Man könnte meinen, du wärst achtundvierzig und nicht achtzehn Jahre alt." Er ignorierte ihre Warnung und schwang seine Beine nacheinander über die Absperrung. „Kommst du mit? Du kannst ja Gouvernante spielen."

„Das mache ich auch!" Natassja sah sich nach möglichen Augenzeugen um. Doch die anderen Teilnehmer der Führung waren bereits im Aufzug verschwunden, und der Imbissverkäufer war nirgends in Sicht. Sie kletterte hinter Joshua über die Eisenkette und folgte ihm in den dunklen Gang.

Da der Tunnel für Besucher gesperrt war, spendete nur die Notbeleuchtung am Boden schwaches Licht. Vom Hauptgang zweigten weitere kleinere Tunnel ab. Besucher, die mit dem verschlungenen Labyrinth nicht vertraut waren, verloren schnell die Übersicht.

„Ich halte das für keine gute Idee", sagte Natassja skeptisch. „Wenn wir nicht aufpassen, finden wir nie mehr zurück, geschweige denn einen Weg raus."

„Nun stell dich nicht an! Ich kenne dich gar nicht so ängstlich. Wir laufen immer den Haupttunnel lang, und dann kommen wir schon an. Sieh nur! Da vorn!" Joshua ergriff ihre Hand und zog sie mit sich.

Wenige Meter vor ihnen mündete der Gang in ein Rondell. Ein stetiges Surren deutete auf das Flügelschlagen von abertausenden Fledermäusen hin. Das Geräusch klang unheimlich. Natassja wurde mulmig.

„Wenn die Laute das sind, was ich denke, sollten wir sofort umkehren", meinte sie. „Hast du eine Ahnung, was geschieht, wenn wir die Vampire aufschrecken und sie zu Hunderttausenden auf uns zufliegen?“

„Sie beißen dir in deinen Allerwertesten.“ Joshua kicherte. Er war seinem Ziel so nah. Nichts und niemand konnte ihn mehr stoppen. „Du kannst ja zurückgehen und vor dem Aufzug auf mich warten.“

„Nein. Wir trennen uns nicht. Das halte ich für dumm und gefährlich.“ Sie musste auf ihren kleinen Bruder aufpassen. Auch wenn er sich in die größten Dummheiten stürzte.

Langsam und auf Zehenspitzen betraten sie die Bat Cave. Staunend verharrten sie auf der Stelle. In der riesigen Höhle hingen die Fledermäuse in Trauben von der Decke herab. Es mussten fast eine Million Tiere sein. Ihre Leiber überzogen das Höhlendach mit dem schwarzen Samt ihres Fells.

„Atemberaubend!“, flüsterte Natassja angesichts des spektakulären Anblicks.

„Sie sind wunderschön“, antwortete Joshua begeistert. Im Zeitlupentempo schritt er voran. Er wollte sich die Blutsauger von Nahem ansehen.

Natassja zog ihn zurück. Doch er schüttelte ihre Hand ab und stellte sich direkt vor zwei niedrig hängende Fledermäuse. Es handelte sich um eine Mutter mit ihrem Jungen.

„Sieh nur! Wie unsagbar süß!“, sagte Joshua und streckte vorsichtig die Hand aus, um das Kleine zu berühren.

„Bist du irre!“, flüsterte Natassja. „Nicht anfassen!“

Zu spät.

Joshuas Finger glitten zärtlich über das weiche Fell des kleinen Kerls. „Fühlt sich an wie Seide“, sagte er leise, ganz fasziniert.

Plötzlich bekam Natassja Gänsehaut. Sie spürte, dass sie und Joshua mit den Flughunden nicht mehr allein waren. Ein anderes Wesen befand sich mit ihnen im Dunkel der Höhle. „Lass uns gehen, bevor noch etwas geschieht!“, drängte sie ihren Bruder und trat den Rückzug an. Für den Bruchteil einer Sekunde glaubte sie, den Schatten einer überdimensional großen Fledermaus zu sehen. Abrupt blieb sie stehen.

„Josh …!“ Doch so schnell das Nachtgeschöpf aufgetaucht war, so rasch war es wieder verschwunden. Hatte sie sich das nur eingebildet? Doch ihr schneller Herzschlag erzählte ihr etwas anderes. Da schrie Joshua auf.

„Aua!“ Blitzschnell zog er seine Hand von dem Vampir zurück.

Im gleichen Moment flogen die Fledermäuse auf. Sein Schmerzensschrei hatte sie geweckt und alarmiert. Ein Rauschen und Zischen ging durch die Luft, als rolle eine Megawelle heran, bereit, alles unter sich zu begraben. Massen von Tieren lösten sich zeitgleich von der Decke. Im Tiefflug sausten sie haarscharf über Natassjas und Joshuas Köpfe hinweg zum Höhlenausgang, der auf der gegenüberliegenden Seite des Tunnels lag. Durch ihr Radarsystem stießen die Fledermäuse nicht aneinander oder mit den Geschwistern zusammen. Aber in dem Gedränge streifte der Flügel eines Flughundes Natassjas Wange. Und ein paar Krallen verfingen sich in ihrer roten Mähne.

„Nichts wie raus hier!“, rief sie und rannte zurück in den Tunnel. Joshua lief dicht hinter ihr.

Eher zufällig fanden sie den richtigen Weg und erreichten kurz darauf die große Kalksteinhöhle. Schwer atmend und aufgewühlt von dem Vorfall, stellten sie erleichtert fest, dass niemand etwas von ihrem riskanten Intermezzo bemerkt hatte. Der Imbissverkäufer räumte Saftflaschen in das Kühlregal und würdigte sie keines Blickes. Aus dem Aufzug stiegen neue Besucher, die Kameras und Fotoapparate im Anschlag hielten. Auch sie schenkten Natassja und Joshua keine Beachtung. Die nächste Führung begann.

Eilig bestiegen die Geschwister den Aufzug. Natassja presste den Knopf mit der Aufschrift „up“. Bebend setzte sich der Lift nach einem Moment in Bewegung.

„Zeig mal!“, forderte Natassja Joshua auf und zog seine linke

Hand, die seine rechte bedeckte, vorsichtig fort. Sein Zeigefinger blutete. Joshua wischte das rote Rinnsal fort. Zwei parallel zueinander stehende Einstichstellen kamen zum Vorschein: die Abdrücke von Vampirzähnen.

„Wie in ‚Dracula'", meinte Joshua und grinste schief.

„Ich finde das nicht lustig. Hat dich das Junge gebissen?"

„Keine Ahnung. Ich konnte in der Höhle einen Moment lang nichts sehen. Ganz so, als habe sich ein riesiger Schatten über mich gelegt. Aber ich glaube, die Fledermausmutter hat mir zugesetzt. Die Bisswunde ist für einen kleinen Vampir recht groß. Sieh nur, wie weit die Zähne auseinanderstehen."

Natassja beugte sich vor. Joshua hatte recht. Der Abstand war für ein Jungtier eindeutig zu breit. Aber auch für ein Muttertier ...

„Das ist ein ziemlich großes Gebiss. Fast wie bei einem Menschen", meinte Natassja, und ein Schauer lief ihr über den Rücken. Sie dachte daran, wie sie unten in der Höhle ein Wesen wahrgenommen hatte. Joshua hatte es auch bemerkt. Oder glaubten sie beide an Gruselmärchen?

Endlich waren sie oben angekommen. Die Aufzugtür öffnete sich. Gleißendes Sonnenlicht blendete sie. Nahezu blind taumelten sie auf den Parkplatz.

„Ich fahre dich zu einem Arzt", sagte Natassja und zog Joshua die Autoschlüssel aus der Jeans.

„Auf keinen Fall!" Blitzschnell riss Joshua ihr die Schlüssel weg. „Ich bin gegen Tollwut geimpft. Also kann mir nichts passieren. Und außerdem fährt niemand außer mir meinen Flitzer."

„Schon gut." Natassja winkte ab. „Ich fasse dein bescheuertes Auto nicht an. Aber tu mir den Gefallen, und fahr dich selbst zum Doktor. Tollwutimpfung hin oder her. Wer weiß, was diese Viecher noch für Seuchen übertragen. Denk dran, sie sind Blutsauger und trinken von den unterschiedlichsten Lebewesen. Zum Beispiel saufen sie Rattenblut. Ratten sind Bakterien- und

Virenschleudern. Sie übertragen die Pest!"

„Du bist die Pest!", konterte Joshua. „Ich bin kein kleines Kind. Ich stecke den Biss schon weg. Wegen so eines Kratzers verderbe ich mir nicht die Ferien und setze mich stundenlang in das Wartezimmer eines Docs." Er schüttelte verärgert den Kopf und schloss die Fahrertür auf.

„Lieber ein paar Stunden warten als ein Leben lang tot!", giftete Natassja zurück. Ihr Bruder konnte so stur sein! Manchmal war er ein echter Idiot!

Sie kletterte auf den Beifahrersitz. Joshua startete den Wagen. Bevor er aus der Parklücke fuhr, musste er eine Gruppe Touristen am Heck des Cabriolets vorbeigehen lassen. Die Besucher sprachen aufgeregt von dem Ausschwärmen der Fledermäuse aus der Bat Cave.

„Die Fledermäuse haben ihre Höhle viel früher verlassen als im Prospekt angekündigt", sagte ein Mann.

„Ja, es dämmert nicht mal. Es ist noch taghell. Wie gut, dass wir rechtzeitig da waren", antwortete seine Frau. „Vielleicht hat jemand die Tiere aufgescheucht. Jedenfalls hätte ich nie mit einem so großen Schwarm gerechnet. Der Himmel hat sich unter ihren Leibern verdunkelt. Ich fand es richtig unheimlich ..."

Natassja und Joshua sahen sich vielsagend an.

„Siehst du, die Sache hatte auch was Gutes", meinte Joshua. „Ich habe ein paar Touris glücklich gemacht und ihnen ein unvergessliches Erlebnis bereitet."

Natassja seufzte. „Wollen wir hoffen, dass das Abenteuer nicht für uns ein unvergessliches Erlebnis wird."

2. KAPITEL

„Der Burger, den ich im Diner gegessen habe, muss schlecht gewesen sein“, stöhnte Joshua zwischen zwei Übelkeitswellen. Seit er und Natassja vor drei Stunden Carlsbad verlassen hatten und zu ihrem Zelt mitten in der Wildnis zurückgekehrt waren, fühlte Joshua sich miserabel. Er hatte starke Magenkrämpfe und musste sich mehrmals übergeben.

„Ich glaube nicht, dass der Burger allein schuld daran ist“, bemerkte Natassja. „Die Bauchschmerzen verdankst du wohl eher der Kombination aus drei Hot Dogs, zwei Portionen Pommes mit Mayo und Ketchup, einem Burger mit extra Käse und einem XXL-Vanilleeisshake. Ich frag mich, wo du das hinpackst? Du bist total dünn. Wenn ich so viel essen würde, könntest du mich wie eine Kugel rollen. Aber ich würde solche Portionen gar nicht schaffen. Mir ist schon vom Zugucken schlecht geworden.“

„Keine Moralpredigt! Bitte! Ich kann deine Verbalattacken im Moment nicht parieren. Es geht mir so ...“ Joshua konnte nicht weitersprechen. Die nächste Übelkeitswelle rauschte an, und all die Burger machten einen unfreiwilligen Abgang.

Natassja betrachtete ihren Bruder besorgt. Hinter ihrer Nörgelei verbarg sie ihre Angst, dass er sich mehr als eine Lebensmittelvergiftung eingefangen haben könnte. Sie starrte auf seine bandagierte Hand. Kurz nach ihrer Rückkehr zum Zelt hatte sie seinen Fledermausbiss gereinigt und verbunden. Jetzt hätte sie die Mullbinde am liebsten heruntergerissen. Denn sie glaubte zu sehen, dass die Verletzung darunter pochte. Im flackernden Schein des Lagerfeuers zuckte der schmutzig weiße Stoff des Verbands rhythmisch wie ein schlagendes Herz. Oder verursachten die lodernden Flammen des Lagerfeuers die Illusion der Bewegung?

Sie versuchte sich abzulenken und bettete den Kopf ihres erschöpften Bruders in ihren Schoß. Er lächelte sie schwach an. Sie flößte ihm vorsichtig ein bisschen Mineralwasser ein und streichelte seine Wange. Sein Gesicht war heiß. Sie berührte seine Stirn. Die glühte. Erschrocken feuchtete Natassja ein Handtuch mit dem Mineralwasser an und presste es ihm auf die Stirn.

„Auch wenn du sauer wirst, ich rufe einen Arzt", sagte sie und versuchte das Zittern in ihrer Stimme zu unterdrücken. Dass sie alleine in der Wüste campten, um die absolute Freiheit zu genießen, entpuppte sich jetzt als Fehler. Weit und breit gab es keine Menschenseele. Und die nächste Stadt, Carlsbad, lag in fünfzig Meilen Entfernung. „Du musst dringend in ein Krankenhaus. Keine Widerrede!"

„Ruf schnell an", flüsterte Joshua. „Die Docs sollen die Notaufnahme klarmachen. Ich glaube, mein Magen muss ausgepumpt werden." Er schloss die Augen und leckte sich über die aufgesprungenen Lippen.

Natassja träufelte ihm noch mehr Wasser in den Mund. Dass Joshua keine Widerworte gab, sondern sogar um Aufnahme im Emergency Room bat, war ein schlechtes Zeichen. Dem Mini-Macho musste es hundeelend gehen. Natassja unterdrückte mit Mühe die Tränen. Eilig kramte sie ihr Handy aus ihrem Rucksack hervor und wählte den Notruf.

Kein Wahlgeräusch. Kein Freizeichen. Nur statisches Rauschen. Sie befanden sich in einem Funkloch.

Natassja hätte am liebsten laut geschrien. Aber Joshua zuliebe riss sie sich zusammen. „Bin gleich wieder da, mein Schatz", flüsterte sie zärtlich und strich ihm eine kastanienbraune Locke aus der Stirn. Sie stand auf und entfernte sich einige Meter vom Camp. Sie zelteten an einem Hügel unter den wenigen spärlichen Bäumen, die in der neumexikanischen Wüste wuchsen. Vielleicht verhinderten die Pflanzen und der Felsen die Durchwahl. Sie ging bis zur Ebene, von der aus man tags fast sechzig Meilen weit sehen konnte. Der prächtige Sternenhimmel leuchtete ihr den Weg in der dunklen Nacht.

Doch Natassja hatte keinen Blick für die Schönheit der Natur übrig. Sie tippte auf Wahlwiederholung – und wartete vergeblich auf eine freie Leitung. Ihr Handy schwieg eisern. Sie zwang sich, es nicht mit Wucht auf den Boden zu schleudern und zu zertreten.

Im Laufschritt rannte sie in die Wüste und versuchte immer wieder ein Netz zu bekommen. Aber die Pyramide, die sich normalerweise auf dem Display ihres Handys aufbaute, um die Netzstärke anzuzeigen, blieb flach. Flach wie die Nulllinie auf dem Monitor in einer Intensivstation, wenn der Patient an Herzstillstand gestorben war ... Joshua!

Eine schreckliche Vorahnung erfasste sie. Wie konnte sie ihren schwer kranken Bruder so lange alleine lassen?! So schnell sie konnte, lief sie zurück.

Joshua lag still und steif mit geschlossenen Augen in seinem Schlafsack neben dem heruntergebrannten Feuer. Auf die Distanz schien es, als atmete er nicht.

„Joshua!" Natassja fiel neben ihm auf die Knie. Sie legte ihr Ohr an sein Herz. Vor Panik hörte sie keinen Herzschlag. Dann sah sie, dass sein Brustkorb sich hob und senkte. Und vor Erleichterung schluchzte sie laut auf.

„Hey, weinst du?" Joshua blinzelte. Seine Stimme klang schwach. „Mach dir keine Sorgen. Ich sterbe schon nicht. Und ab morgen halte ich Diät." Er versuchte ein verschmitztes Grinsen. Es gelang ihm nicht. „Wann kommt der Notarzt?"

„Ich habe ihn nicht erreicht. Wir sitzen im Funkloch. Glaubst du, du schaffst es, aufzustehen, wenn ich dir helfe?"

„Klar." Joshua versuchte, sich auf einen Ellbogen zu stützen. Er sackte zusammen und bekam einen Schweißausbruch.

„Warte! Ich fahr den Wagen so nah wie möglich an dich heran."

„Die Schlüssel stecken", flüsterte Joshua.

Dass er ihr nicht verbot, die Corvette zu fahren, und ihr keine Tipps bezüglich des Anlassers und der Gangschaltung gab, versetzte Natassja zusätzlich in Alarmzustand.

Sie lief zum Wagen, schwang sich auf den Fahrersitz und drehte den Schlüssel im Zündschloss. Die powerstarke Maschine sprang sofort mit einem satten Geräusch an, das auf Natassja eine beruhigende Wirkung hatte. Es würde alles gut werden. Mit der schnellen Corvette brachte sie Joshua in Windeseile zur Klinik. Die Ärzte würden ihn wieder auf die Beine bringen. Schon Morgen gehörte diese schreckliche Nacht der Vergangenheit an, und sie würden eine Anekdote daraus machen.

Sie legte den Rückwärtsgang ein und fuhr los. Ein dumpfes, schlabberndes Geräusch ließ sie abrupt auf die Bremse treten. Was war das? Sie unternahm einen zweiten Versuch loszufahren. Wieder dieser Laut. Der Wagen schien auf der rechten Seite tiefer gelegt zu sein und kam nicht in Fahrt. Sie stellte den Motor ab und stieg aus. Sie ging um den Wagen herum. Oh, nein! Der rechte Hinterreifen war platt.

Natassja stand kurz vor einem Nervenzusammenbruch. Hektisch öffnete sie den Kofferraum. Kein Ersatzreifen. Wieso nicht?! So ein Fehler unterlief keinem Auto-Freak wie Joshua! Siedend heiß fiel ihr ein, dass er den Zusatzreifen vor ihrer Abreise in die Garage gebracht hatte. Der Sportwagen besaß nicht genug Stauraum für ihr Gepäck und die Campingausrüstung.

Verflucht! Das durfte alles nicht wahr sein!

„Natassja!“, ächzte Joshua. „Ich habe Angst!“

Sie bekam Gänsehaut. Sie musste sich zusammenreißen und durfte ihm ihre Hilflosigkeit nicht zeigen. Sie eilte an seine Seite.

„Es geht gleich los“, sagte sie und streichelte seine Wange.

„Gib mir Wasser!“, raunte er.

Gierig trank er die Flasche leer. „Ich habe solche Schmerzen“, flüsterte er. „Sie ziehen vom Bauchraum über den Brustkorb in die Schultern, die Arme und den Rücken. Ich kann mich immer weniger bewegen. Es ist, als stürben meine Glieder ab und ich wäre gelähmt. Mir ist so heiß! Und das Atmen fällt mir schwer." Er schloss die Augen. Schweißbäche rannen über seine Stirn, und er wand sich in seinem Schlafsack.

Natassja wusste nicht, was sie tun sollte. Sie holte mehrere kalte Wasserflaschen aus der Kühlbox, träufelte ihm die frische Flüssigkeit in den Mund und kühlte damit sein Gesicht. Sie hielt seine Hand und streichelte sie. Er atmete schwer. Ab und zu öffnete er die Augen und sah sie an. Doch dann schien er seine Schwester nicht mehr zu erkennen. Sein Blick wurde leer. Er wunderte sich weder, dass kein Arzt kam, noch, dass sie ihn nicht mit dem Wagen wegfuhr. Er stellte keine Fragen mehr.

Natassja versuchte im Minutentakt doch noch eine Handyverbindung in die zivilisierte Welt zu bekommen. Zwecklos. Schließlich akzeptierte sie die Sinnlosigkeit ihres Tuns und gab auf. Sie kümmerte sich, so gut sie konnte, um ihren Bruder und betete zu Gott, dass er die Nacht überstand.

Als er Schüttelfrost bekam, wickelte sie ihn zusätzlich in ihren Schlafsack ein und krabbelte zu ihm unter die Decken. Sie hielt ihn in ihren Armen und sang das Kinderlied, das sie als Kiddies ständig von ihrer Mutter hören wollten. Schließlich hörte er auf zu zittern. Ein Lächeln spielte um seine Lippen. Er atmete tief ein. Seufzte. Leise entwich die Luft seinen Lungen. Dann lag er still da.

„Joshua?" Natassja stieß ihn vorsichtig an.

Keine Bewegung.

„Joshua!" Sie rüttelte an seinen Schultern.

Sein Kopf rollte kraftlos zur Seite.

„Joshua!!!" Sie schlang ihre Arme um seinen Körper und riss ihn an sich. Schluchzend verbarg sie ihren Kopf an seiner Schulter. Ihr Körper bebte, während ihr die Tränen über die Wangen liefen.

„Joshua! Joshua!", rief sie immer wieder, doch ihr Bruder

rührte sich nicht mehr, er war – tot!

Stundenlang wiegte sie weinend seinen Leichnam, bis ihre Tränen vor Erschöpfung versiegten. Stumpf starrte sie in den Sonnenaufgang. Die starken Emotionen hatten sie so aufgerieben. Sie konnte nicht mehr. Ihr Körper schaltete auf Sparflamme, damit sie diesen Albtraum überlebte.

Sie beschloss, zu Fuß zur nächsten Stadt zu gehen, sobald die Sonne vollends aufgegangen war. Vielleicht bekam sie auf dem Weg dorthin ein Netz. Dann bestellte sie die Polizei und einen Leichenwagen zu ihrem Campingplatz. Zuvor musste sie Joshua jedoch ins Auto schleppen, das Top des Cabriolets aufsetzen und die Türen gut verschließen. Es gab Pumas, Kojoten und andere Raubtiere in der Region. Sie musste verhindern, dass sie sich über ihn hermachten.

Den Gedanken an ihre Eltern verdrängte sie. Sie fürchtete sich vor dem Telefonat mit ihnen. Sie waren eine so glückliche Familie … gewesen. Natassja, Joshua, Mom, Dad und die Zwillinge Kyle und Erin. Wie sollte die Zukunft ohne Joshua aussehen? Konnte es überhaupt ein Familienleben ohne ihn geben?

Natassja schüttelte den Kopf. Darüber durfte sie jetzt nicht nachdenken.

Sie richtete sich auf und streckte ihre steifen Glieder. Die verkrampfte Haltung und die Kälte der Nacht forderten ihren Tribut. Sie spürte jeden einzelnen Muskel. Sie ging zur Corvette und öffnete die Beifahrertür. Sie würde Joshua quer über die Vordersitze legen. Dann konnte ihn auch so schnell kein neugieriger Wanderer sehen.

Sie trat an ihren Bruder heran und versuchte, ihn hochzuheben. Hilfe, war sein schlanker Körper im Tod schwer! Sie brach unter dem Gewicht zusammen und fiel hin. Joshua lag auf ihr. Sie strampelte sich frei, packte ihn unter den Achseln und schleifte ihn durch den Sand zum Auto. Trotz der kurzen Strecke musste sie immer wieder verschnaufen. Sie atmete schwer, und obwohl es so früh am Morgen kalt war, schwitzte sie wie nach einem Marathonlauf.

Vor lauter Anstrengung bemerkte sie die Besucher erst, als sie unmittelbar vor ihr standen. Natassja erschrak über ihr plötzliches Auftauchen so sehr, dass sie Joshua fallen ließ und die Ankömmlinge mit offenem Mund anstarrte.

Die beiden Männer und die Frau sagten kein Wort. Zuerst glaubte Natassja, die drei seien eine Vision und ihr überreiztes Gehirn gaukelte ihr etwas vor. Möglich war es. Denn das Trio passte so gar nicht ins Bild wandernder Naturburschen und -mädels.

Sie waren ganz in Schwarz gekleidet, mit dunklen Ponchos, die bis zu ihren Waden reichten, und schwarzen Stiefeln. Die Männer wie die Frau hatten langes schwarzes Haar. Ihre Gesichter waren bleich, als hätten sie seit Jahr und Tag kein Sonnenlicht gesehen. Sie mochten kaum älter als Natassja sein. Aber sie wirkten erwachsen und Furcht einflößend.

Der größere, kräftigere der Männer besaß harte Züge, die widerspiegelten, dass er trotz seiner jungen Jahre schon viele unerfreuliche Dinge erlebt hatte. Eine sichelförmige Narbe zeichnete seine rechte Gesichtshälfte und verlief von der Augenbraue bis zum Mundwinkel. Seine pechschwarzen Augen musterten Natassja kalt. Seine linke Hand spielte mit einer Bullenpeitsche.

Die junge Frau war auf exotische Art hübsch, mit schrägen Mandelaugen und zierlich gebaut. Ein Püppchen – abgesehen von dem riesigen Dolch, der in ihrem Gürtel steckte. Zudem verrieten ihre funkelnden Bernstein-Augen, dass mit ihr nicht zu spaßen war.

Der Anblick des Dritten nahm Natassja den Atem. Noch nie hatte sie einen so attraktiven Jungen gesehen. Markante Gesichtszüge und die Statur einer antiken Götterstatue. Dazu eisblaue Augen, so klar wie ein Gletschersee. Auch er trug eine Waffe, eine Axt.

Schweigend starrten sie Natassja an.

Sie starrte zurück. So finster wie die Gruppe aussah, musste sie mit dem Schlimmsten rechnen: Raub, Vergewaltigung, Mord. Doch nach der schrecklichen Nacht konnte sie die Vorstellung nicht mehr schocken.

„Ihr könnt mein Geld haben“, sagte Natassja heiser. „Und den Wagen auch. Wenn ihr einen Ersatzreifen in eurem Auto habt.“ Ihr schoss durch den Kopf, dass sie kein Motorengeräusch eines anderen Fahrzeugs gehört hatte. Sie hatte nicht einmal die Schritte der Fremden vernommen. Dabei herrschte in dieser Einöde totale Stille. Wie waren die Typen hierhergekommen?

„Du kannst dein Geld behalten“, antwortete der Vernarbte. „Wir wollen ihn.“ Er deutete mit dem Knauf der Peitsche auf Joshua.

„Was?“ Natassja sah ungläubig von dem Fremden auf ihren Bruder. Die unerhörte Forderung weckte sie aus ihrer Erstarrung. „Das ist ein verdammt schlechter Scherz! Mein Bruder ist erst vor ein paar Stunden an einer ominösen Krankheit gestorben. Ich habe die Hölle durchgemacht! Und ich werde den Teufel tun, ihn euch zu übergeben. Was soll das? Seid ihr perverse Gruftis? Verkauft ihr seinen Körper an die Medizin? Nur über meine Leiche!“

„Kein Problem!“ Blitzschnell sprang das mandeläugige Mädchen vor, packte Natassja und hielt ihr den Dolch an die Kehle.

„Gylan! Lass sie los!“, kommandierte der gut aussehende Junge die Amazone zurück. „Wir sind nicht gekommen, um zu töten.“

„Das sehe ich genauso, Anwar“, stimmte ihm der Vernarbte zu. „Wir können sie zu einer von uns machen. Wir brauchen frisches Blut.“

„Nein, Batur“, lehnte der junge Anführer den Vorschlag ab. „Keine Gewalt. Niemand wird zu irgendetwas gezwungen.“ Er sah Natassja eindringlich an. Gebannt starrte sie in seine Augen, die eine hypnotische Wirkung auf sie ausübten. Die Iris wechselte ihre Farbe von klarem Eisblau zu tiefdunklem Ozeanblau. Plötzlich hatte Natassja das Gefühl, als trete eine fremde Macht in ihren Körper ein und berühre ihre Seele.

Sie zitterte. Für einen Moment glaubte sie, in Anwars Mund spitz geschliffene Zähne zu sehen, und sein Poncho erschien ihr wie die zusammengefalteten Flügel eines schwarzen Engels. Da glitt die Sonne über den Horizont und blendete sie. Sie erkannte die Fremden nur noch an ihren dunklen Umrissen.

Ihr Anführer Anwar trat auf sie zu und legte seine Hand auf ihre Schulter. Ein brennender Schmerz fuhr durch Natassjas Körper. Gleißendes Licht umgab sie, und sie wurde bewusstlos.

3. KAPITEL

Natassja erwachte in der brütenden Mittagshitze. Ihr Kopf dröhnte wie nach einem durchfeierten Wochenende. Zuerst wusste sie nicht, wo sie war. Sie richtete sich auf und schüttelte den Sand aus ihrem roten Haar.

Sie erblickte die Corvette mit dem platten Reifen, das unbenutzte Zelt und die zerwühlten Schlafsäcke. Die Erinnerung kehrte zurück. Alles befand sich am selben Fleck. Nur der Leichnam ihres Bruders war verschwunden.

Kein Toter ... Vielleicht war die letzte Nacht nur ein böser Traum gewesen und Joshua tauchte gleich lachend hinter dem Felsen auf. Sie rappelte sich hoch, klopfte den Dreck von ihrer Kleidung und sah sich nach ihrem Bruder um. „Joshua!"

Keine Antwort.

Sie suchte die Fußspuren der drei Fremden. Im Sand entdeckte sie nur zwei verschiedene Abdrücke von Turnschuhen. Das Logo in der Sohle verriet ihr, dass es sich um ihre und Joshuas Fährte handelte.

Kurz wurde ihr leicht ums Herz. Anwar und seine Gefolgsleute entsprangen nur ihrer blühenden Fantasie. Kein Wunder nach der vergangenen Nacht. Das bekräftigte ihre Hoffnung, ihren Bruder lebend wiederzusehen. „Joshua!"

Stille.

Schwankend steuerte sie auf das Cabriolet zu. Die Stunden, die sie ungeschützt in der Sonne gelegen hatte, hatten ihr zugesetzt. Ihr Gesicht schmerzte. Sie hatte einen Sonnenbrand. Hoffentlich bekam sie keinen Hitzschlag. Sie rutschte an der Wagentür herab in den Sand. Das Auto spendete Schatten. Sie konnte ausruhen und nachdenken. Sie tastete nach ihrem Handy und zog es aus der Hosentasche. Sie checkte das Display. Ihr Handy war voll funktionstüchtig. Die Pyramide, die die Netzstärke anzeigte, leuchtete in sattem Pink. Von wegen Funkloch!

Natassja rüttelte das Handy. Die Anzeige blieb unverändert. Musste sie an ihrem Geisteszustand zweifeln? Gut möglich. Immerhin hieß New Mexico auch „Land der Verzauberung". Indianermythen spielten in seiner Geschichte eine ebenso große Rolle wie die vermeintliche Ankunft Außerirdischer im Städtchen Roswell. Vielleicht beeinflussten diese Umstände Natassja mehr, als sie wahrhaben wollte.

„Josh ...!", rief sie ein weiteres Mal hoffnungsvoll. Aber sein Name blieb ihr in der Kehle stecken.

Vor ihren Füßen lag der Verband, mit dem sie seine Bisswunde am Vortag versorgt hatte. Sie angelte sie mit spitzen Fingern. Der Stoff war dreckig und versandet. Ein mittelgroßer, eingetrockneter Blutstropfen prangte in seiner Mitte – und ein ekliger grüner Sud.

Natassja betrachtete die zähe, schleimige Flüssigkeit genauer. Wieso war die klebrige Masse nach all den Stunden in der Wärme nicht ausgetrocknet? Sie nahm ein Holzstöckchen vom Boden und stocherte in dem grünen Klumpen herum. Die Substanz reagierte auf die Berührung. Sie brodelte und glitt an dem Stöckchen hoch wie eine fette grüne Raupe.

Mit einem kleinen Aufschrei warf Natassja die Mullbinde mit ihrem abstoßenden Inhalt von sich. Der Verband fiel direkt in die pralle Sonne. Die Strahlen trafen den grünen Klumpen. Er wand sich und zischte. Ein Knall, und die Masse verpuffte, nur der dunkle Blutfleck blieb zurück.

Ohne länger zu zögern, wählte Natassja die Notrufnummer der Polizei.

Eine Stunde später saß Sheriff Mark Burke aus Carlsbad neben dem erloschenen Lagerfeuer und nahm ihre Aussage auf. Natassja ließ kein Detail aus. Sie berichtete wahrheitsgemäß von dem Fledermausbiss, selbst wenn das unbefugte Betreten der Bat Cave ihr Ärger bescheren sollte. Sie erzählte von den drei Fremden und ihrem unerhörten Anliegen, den Körper ihres Bruders mitzunehmen. Sie fügte hinzu, sie sei sicher, das Trio habe die Leiche entführt. Vermutlich beherrschte der Anführer Anwar Kampfsporttechniken wie k.-o.-griffe, mit denen er sie schachmatt gesetzt hatte. Ein Detail ließ sie aus: seine Vampirzähne. Einerseits war sie sich diesbezüglich keineswegs sicher. Andererseits machte eine solche Behauptung ihre Glaubwürdigkeit zunichte. Ansonsten kümmerte sie sich jedoch nicht darum, ob Sheriff Burke sie für verrückt hielt. Sie interessierte nur eins. Sie wollte ihren Bruder wiederhaben.

Was immer Sheriff Burke über Natassjas Geisteszustand dachte, er zeigte es nicht. Bedächtig nahm er das Protokoll auf und tat, als seien die Erlebnisse, die sie schilderte, die normalsten auf der Welt.

Nach Beendigung ihres Gesprächs schickte er einen Suchtrupp nach Joshua aus und sandte die Mullbinde als wichtigstes Beweisstück zur DNA-Analyse ins Labor nach Albuquerque. Er rief einen Abschleppdienst für die Corvette und bot Natassja an, an ihrer Statt ihre Eltern anzurufen, falls ihr die Überbringung der Horrornachricht zu schwer fiel.

Natassja lehnte dankend ab und telefonierte mit dem Handy nach Hause. Das Gespräch war so furchtbar, wie sie es sich in Gedanken ausgemalt hatte. Ihre Mom brach heulend am Apparat zusammen. Auch wenn sie es niemals zugegeben hätte, Joshua war ihr Lieblingskind. Natassjas Dad nahm den Telefonhörer auf, und als er die Hiobsbotschaft hörte, verschlug es ihm die Sprache. Er stammelte, dass er und der Rest der Familie sofort nach Carlsbad aufbrächen, um Natassja in der Polizeistation abzuholen.

Auf der Fahrt im Streifenwagen zum Revier in Carlsbad versuchte sich der Sheriff in Small Talk. „Sie müssen sich sehr gut mit Ihrem Bruder verstanden haben, Miss Licedei, wenn sie zusammen in Urlaub gefahren sind."

„Wir waren an erster Stelle Freunde und dann Geschwister", antwortete Natassja, während sie aus dem Fenster auf die vorbeisausende Wüstenlandschaft schaute. Sie fuhren durch den Walnut Canyon. Die gleiche Sightseeing-Route, die sie einen Tag zuvor mit Joshua gefahren war.

„Heißt das, Sie hatten nie Streit mit Joshua?", fragte Burke. „Sie sind beide Teenager. Da liegt man sich doch ständig wegen Kleinigkeiten in den Haaren."

„Sicher haben wir uns öfter angezickt. Aber wir haben uns eher aufgezogen. Es war nie böse gemeint."

„Keine Eifersucht?"

„Wie soll ich das verstehen? Er war mein Bruder, nicht mein Freund."

Burke ignorierte ihren Einwurf. „Sie haben allein in der Wüste gezeltet. Hatten Sie etwas zu verbergen? Haben Sie Drogen konsumiert? Unter dem Einfluss solcher Substanzen bekommt man oft Halluzinationen. Und man sieht nicht nur seltsame Wesen und Dinge. Man begeht auch Taten, die man im Normalzustand niemals fertigbrächte." Zum ersten Mal zeigte Burke, was er von Natassjas Aussage hielt: nichts!

„Was?!" Natassja, die auf dem Rücksitz des Streifenwagens saß, rutschte blitzschnell an das Gitter zum Fahrersitz heran und starrte Burke aufgebracht an. Bisher war ihr der Sheriff sympathisch gewesen. Jetzt nicht mehr.

„Sie unterstellen mir, im Drogenrausch meinen Bruder umgebracht zu haben?!"

„Haben Sie?"

„Das ist unglaublich! Wie können Sie mir eine solche Frage stellen? Ich habe meinen Bruder geliebt! Ich hätte ihm niemals etwas antun können! Schließen Sie mich an einen Lügendetektor an! Dann werden Sie sehen, dass ich die Wahrheit sage."

„Das werde ich, Miss Licedei", entgegnete Burke gelassen. „Nehmen Sie es nicht persönlich. Ich muss alle Möglichkeiten untersuchen, um die falschen auszuschließen."

Natassja schenkte sich eine Antwort. Sie ließ sich in den Rücksitz sinken, wandte den Kopf ab und blickte wieder aus dem Fenster. Für sie war die Unterhaltung mit Burke beendet. Sie würde ihm nur noch das Nötigste erzählen.

Die restliche Fahrt verlief schweigend. Als sie auf der Wache in Carlsbad ankamen, übergab Burke sie einem jungen Polizisten mit übler Akne, der Natassja in einen Befragungsraum begleitete. Dort wurde sie an den Lügendetektor angeschlossen und von Burke ein zweites Mal befragt. Das Ergebnis war negativ. Sie hatte die Wahrheit gesagt und galt nun offiziell als unschuldig. Auch wenn Sheriff Burke ihre Geschichte von den drei schwarz Gekleideten in Ponchos immer noch seltsam fand.

Der junge, unattraktive Beamte führte sie in einen kargen Aufenthaltsraum, in dem ein uralter Fernseher von der Decke hing und noch ältere Zeitschriften in einem Korb lagen.

Apathisch starrte Natassja auf den Bildschirm, ohne mitzubekommen, welche Serie lief. Der junge Cop brachte ihr einen Donut und einen Kaffee und lächelte sie mitfühlend an. Natassja starrte ihn mit leeren Augen wortlos an, bis ihm die Situation unangenehm wurde und er verschwand.

Sie nippte an dem Kaffee. Er war bitter, stark und schwarz. Den Teigkringel konnte sie unmöglich essen. Die schrecklichen Geschehnisse waren ihr auf den Magen geschlagen. Sie befürchtete, wenn sie etwas aß, beförderte sie es auf dem falschen Weg direkt wieder nach draußen.

So schaute sie stundenlang das schlechte Programm und sann über Joshua, Anwar, seine Begleiter, den Fledermausbiss und den grünen Sud in der Mullbinde nach.

Bis die Tür geöffnet wurde und ihre Familie den Raum betrat. Ihre jüngeren Geschwister bestürmten sie heulend. Ihre verweinte Mutter nahm sie in den Arm. Ihr Vater stand wie ein gebeugter Mann verloren da und streichelte abwechselnd jedem

Mitglied seiner Sippe über das Haar.

Natassja schilderte immer wieder die Geschehnisse. Ihre Familie gab sich wilden Spekulationen über die Folgen des Fledermausbisses und die Begegnung mit den drei Fremden hin. Von einer unbekannten, tödlichen Viruserkrankung, die ausschließlich durch die Blutsauger übertragen wurde, war die Rede. Natassjas jüngerer Bruder Kyle verdächtigte Anwar und seine Gefolgsleute, einer obskuren Totenkult-Sekte anzugehören, die gestohlene Leichen für ihre Rituale verwendete.

Seine Theorie löste bei Natassjas Mom einen heftigen Weinkrampf aus. Bevor die Situation komplett außer Kontrolle geriet, betrat Sheriff Burke den Warteraum. Die Suchtrupps waren nicht fündig geworden. Das Labor aus Albuquerque hatte sich gemeldet. Die DNA-Analyse der Mullbinde ergab, dass stark ätzende Schwefelsäure ein Bestandteil des grünen Suds gewesen war. Über die anderen Inhaltsstoffe herrschte Unklarheit. Sie waren den Chemikern des Instituts unbekannt. „Nicht von diesem Planeten", hatte einer der Laboranten gesagt.

Natassjas Dad fragte fassungslos: „Heißt das, Aliens haben meinen Sohn auf dem Gewissen?"

Sheriff Burke kaute unbeeindruckt seinen Kaugummi. „Wir Menschen wissen nicht alles. Auch wenn wir das gerne glauben. Dieser Planet birgt viele Geheimnisse. Und insbesondere New Mexico ist ein Land voller Wunder – im Guten wie im Schlechten ... Ich denke, es ist das Beste, wenn Sie jetzt in ein Hotel gehen und sobald wie möglich nach Hause fahren. Sie können nichts tun, sondern müssen sich in Geduld üben. Ich halte Sie auf dem Laufenden über unsere Ermittlungen. Der Fall Ihres Sohnes ist bei mir und meinen Kollegen in guten Händen."

Natassjas Dad wollte Einwände erheben. Doch Burke deutete mit einer schwungvollen Geste auf die offene Tür und warf die Familie höflich, aber bestimmt raus.

Die Licedeis blieben eine Woche in Carlsbad. In dem Zeitraum ließen sie den Reifen der Corvette reparieren. Burke und seine Kollegen kamen zu keinen neuen Ergebnissen. Joshua blieb spurlos verschwunden, und auch das Rätsel um die fremden Substanzen in seinem Verband wurde nicht gelöst. Schließlich reiste die Familie ab. Natassjas Eltern durften nicht länger in ihren Jobs fehlen. So viel Geld hatten sie nicht zurückgelegt, als dass sie eine Kündigung verkraften konnten. Und auch für den Rest der Familie musste der Alltag weitergehen. Schließlich gingen Kyle und Erin zur Sommerschule.

Zurück in Albuquerque hatte nur Natassja den ganzen Tag Zeit, um sich dem Schmerz über den Verlust ihres Bruders hinzugeben und über die Umstände seines Tods und Verschwindens zu grübeln.

Ein Monat verstrich. Sheriff Burke und seine Männer kamen zu keinen neuen Erkenntnissen, und der Beamte meldete sich immer seltener bei den Licedeis. Natassjas Eltern fanden sich schweren Herzens mit dem Tod ihres Sohnes ab und kümmerten sich noch mehr um die Zwillinge. Sie rieten Natassja, sich auf ihr bevorstehendes Studium zu konzentrieren und sich so von ihren trüben Gedanken abzulenken. In nur einem Monat begann für sie ein neues Leben an der Universität.

Natassja wusste, sie hatten recht, und versuchte weiterzumachen. Doch Joshua ließ sie nicht. Fast jede Nacht träumte sie von ihm. Aber in ihren Träumen befand er sich stets in Begleitung Anwars, der wie ein dunkler Schatten über ihn wachte. Und manchmal waren ihre Vorstellungen so real, dass sie mitten in der Nacht hochschreckte, weil sie glaubte, ihr Bruder und der geheimnisvolle Fremde stünden an ihrem Bett.

Natürlich war sie jedes Mal allein.

Die Träume zerrten an ihren Kräften, und sie entschied, eine Abschiedsfeier von Joshua an der Familiengruft auf dem städtischen Friedhof abzuhalten, um endlich loslassen zu können und Frieden zu finden.

Eines Nachts kletterte sie lange nach der Besuchszeit über das Eisentor des Friedhofs. Sie hatte als Zeitpunkt für das Ritual Mitternacht gewählt. Joshuas Todesstunde. In Ermangelung seines Körpers inszenierte sie ein symbolisches Begräbnis mit seinem liebsten Talisman, einer Muschelhalskette.

Das Schmuckstück fest umklammert, schlich sie durch die Reihen der Gräber. In ihrer Fantasie hatte sie sich ihr Vorhaben als coolen, einzigartigen Tribut an ihren Bruder ausgemalt. In der Realität entpuppte sich ihr Marsch über den Gottesacker als gruselige, Furcht einflößende Idee.

Der Wüstenwind rauschte durch die Tannen und Zedern. Die dunklen, in der Brise schwankenden Bäume erweckten in Natassja den Eindruck, sie befände sich in einem Schauermärchen. Sie rechnete jede Sekunde mit dem Auftauchen eines Zombies oder des bösen Wolfs. Das Heulen eines Kojoten schien ihre Befürchtungen zu bestätigen. Sie beschleunigte ihren Schritt, um schnell die Gruft zu erreichen und den Akt hinter sich zu bringen.

Das Familiengrab existierte seit Anfang des 19. Jahrhunderts. Natassjas Vorfahren gehörten zu den frühen Kolonisatoren des Wilden Westens. Die Gruft bestand aus verwittertem Basaltstein. Efeu rankte sich um die Gittertür, die den Zutritt zu den Särgen im Innern verwehrte. Vor über fünfzig Jahren hatte das letzte Familienmitglied hier seine ewige Ruhe gefunden. Die in der Zwischenzeit Verstorbenen waren aus New Mexico fortgezogen und in ihrer neuen Heimat begraben.

Auch Natassja hatte nach Abschluss der Schule darüber nachgedacht, in einen anderen Staat zu ziehen. Denn obwohl sie sich mit ihrer Familie ausgezeichnet verstand und sich eng mit ihr verbunden fühlte, kam sie sich doch häufig fremd vor. So, als gehöre sie nicht wirklich dazu und sei nur Gast in ihrem eigenen Leben. Dann spürte sie die starke Sehnsucht, nach Hause zu gehen. Dabei war sie daheim im Kreis ihrer Lieben. Seltsam. Sie konnte sich diese Anwandlungen nicht erklären.

Im Endeffekt war sie nach der Highschool in Albuquerque geblieben. Nicht zuletzt wegen Joshua. Denn er bedeutete ihr in der Familie am meisten. Zu ihm fühlte sie seit ihrer Kindheit die stärkste Verbundenheit. Und jetzt?

Traurig betrachtete sie die Grabplatte mit den Namen der ihr unbekannten Ahnen. Eines Tages würde auch sie in diesem morbid-romantischen Totenhaus die Zeit bis zu ihrer Auferstehung verschlafen. Nur schade, dass ihr Bruder nicht an ihrer Seite ruhen sollte, denn sein Leichnam war noch immer nicht gefunden worden.

Sie seufzte und sagte andächtig leise: „Gleichgültig, wo du bist, Joshua. Du lebst stets in meinem Herzen und in meinen Gedanken. Du wirst niemals vergessen sein.“ Sie trat die zwei Stufen zur Gruft empor und hängte die Muschelkette an einen Eisenzacken des Gitters. Sie presste ihre Lippen auf das Schmuckstück. Dann zog sie die Ranken des Efeus davor, damit andere Friedhofsbesucher die Kette nicht stehlen konnten. Sie rückte gerade ein Blatt zurecht, als sich blitzschnell kalte Finger um ihr Handgelenk schlossen.

„Argh!“, stöhnte Natassja auf. Eine Hand legte sich über ihren Mund.

„Still! Du darfst keinen Lärm machen, sonst erwischen sie mich!“, sagte eine ihr nur zu bekannte Stimme.

„Joshua!“, murmelte Natassja gegen seine Handfläche und mit vor Entsetzen geweiteten Augen. Sie wurde aschfahl. Der Geist ihres Bruders suchte sie heim! Ihre Knie gaben nach.

Joshua umfasste sie und zog sie hoch. „Du darfst nicht ohnmächtig werden! Hörst du? Du bist meine einzige Chance auf Rettung.“

Natassja riss sich zusammen. Die Arme und Hände ihres Bruders fühlten sich nicht nur eisig kalt an, sie waren auch transparent. Sie konnte durch seinen Arm hindurchschauen und auf ihren sehen. Trotz seines gespenstischen Aussehens hielt er sie fest gepackt.

„Wie funktioniert das? Bist du ein Gespenst?“, fragte sie.

„Das erkläre ich dir später. Ich habe nicht viel Zeit. Ich konnte ihm durch einen Trick entkommen, aber er und seine Gefolgsleute können jederzeit hier auftauchen, um mich zurückzuholen. Also, hör mir genau zu.“

„Wer ist ER?“

„Anwar. Der Anführer der Bat People.“

Beim Klang seines Namens durchfuhr Natassja ein Ruck, als habe sie einen elektrischen Stromschlag bekommen. Der gut aussehende Fremde übte seit ihrer ersten Begegnung eine geradezu übernatürliche Anziehungskraft auf sie aus. Auch wenn sie sich das ungern eingestand.

„Anwar und seine Getreuen leben in dem unterirdischen Reich Bat City“, fuhr ihr Bruder eilig fort und sah hektisch über seine Schulter. „Die Stadt befindet sich mitten in der Wüste, fernab von jeder anderen Ortschaft. Dort halten sie mich gefangen. Die Bat People sind halb Mensch, halb Vampir. In der Bat Cave hat mich nicht die Mutter des Fledermausjungen gebissen, sondern der Wächter der Höhle. Er gehört zu den Bat People. Durch seinen Biss trage ich Bat-Zellen in meinem Körper. Aber ich bin noch keiner von ihnen. Eine direkte und vollständige Verwandlung geschieht nur durch einen direkten Biss in den Hals. Bei allen anderen Attacken dauert es sechs Monate, bis man ein echter Bat Man oder eine richtige Bat Woman wird. Außerdem muss man in regelmäßigen Abständen in die ursprüngliche Wunde – in meinem Fall meinen Finger – gebissen werden, sonst verläuft die Verwandlung nicht korrekt. Keine Ahnung, was dann geschieht. Ist mir auch egal. Noch kann ich zurück in unsere Welt, Natassja. Aber dafür brauche ich deine Hilfe.“

„Ich tue alles. Sag mir, was!“ Natassja umarmte die transparente Gestalt ihres Bruders und küsste seine kalten Lippen. „Wieso siehst du so aus? Bist du wirklich kein Gespenst?“

„Nein. Aber ich war scheintot. Die Transformationsflüssigkeit, die durch einen Bat Biss übertragen wird, hat meine Atmung auf ein kaum wahrnehmbares Minimum zurückgeschraubt und mich ins Koma fallen lassen. Ist man einmal infiziert, gibt es nach Ansicht der Bat People keinen Weg in die rein menschliche Existenz zurück. Außer man bekommt rechtzeitig ein Gegenmittel verabreicht.“

„Deshalb haben sie dich von unserem Campingplatz entführt“, murmelte Natassja.

„Das haben sie gemacht?“, fragte Joshua erstaunt.

„Ja. Ich kenne Anwar ... Batur und Gylan.“

„Oh, wow! Das wusste ich nicht. Ich habe mich die ganze Zeit gefragt, wie ich nach Bat City gekommen bin. Meine Fragen diesbezüglich haben sie ignoriert. Es ist gut, dass du weißt, wie die drei aussehen. Sie werden dir die meisten Schwierigkeiten machen. Sie sind die ‚Schwarze Dreifaltigkeit‘. Anwar ist zwar der jugendliche Herrscher der Bat People, aber ohne Gylan und Batur, seine linke und rechte Hand, läuft nichts. Anwar fällt seine Entscheidungen erst nach reiflicher Beratung mit den beiden. Batur ist sein Kriegsherr, ein echter Pitbull. Er fürchtet nichts und niemand. Und fühlt sich nur seinem Herren Anwar verpflichtet. Gylan ist Hexe und Kriegerin in einer Person. Vor ihr musst du dich besonders in Acht nehmen. Sie ist tückisch und hinterhältig und hochintelligent.“

„Was willst du mir damit sagen: ‚Vor ihr musst du dich besonders in Acht nehmen‘? Und wieso werden die drei mir Schwierigkeiten machen?“, Natassja sah ihn verständnislos an.

„Weil du nach Bat City kommen und mich befreien musst.“

„Was?! Wie soll ich das machen, ohne selbst Opfer einer menschlichen Fledermaus zu werden? Im Übrigen bist du schon hier. Wenn auch ein bisschen ... fadenscheinig." Joshua lächelte kurz. Immerhin ein bisschen Witzeln war noch drin, dachte Natassja, auch wenn ihr Bruder sehr schnell und hektisch weitersprach.

„Das ist es ja gerade. Du hast mich gefragt, ob ich ein Gespenst bin. Nun, wie gesagt, nein! Was du siehst, ist meine Seele. Sie kann der Bat City für kurze Zeit entfliehen, aber mein Körper nicht. Durch den Biss ist er mit einem Bann belegt. Nur ein mir nahestehender Mensch kann mich mit Körper und Seele aus der Stadt herausholen. Und meine Wahl ist auf dich gefallen. Du bist nicht nur meine Schwester, sondern meine engste Vertraute. Du darfst nicht ablehnen! Ich kann mich an niemand sonst wenden." Er sah sie flehend an.

Dann zuckte er zusammen und sah sich erneut um. „Ich fühle bereits, dass sie kommen, um mich zu holen. Anwar muss festgestellt haben, dass nur mein hohler Leib in meinem Gefängnis sitzt. Bitte, lass mich nicht im Stich! Der Zugang zur Bat City befindet sich am Rio Pecos. Eine genaue Beschreibung kann ich dir nicht geben. Ich bin durch die reine Kraft des Willens hier bei dir und keine Straßen langgegangen oder -gefahren. Aber einen Hinweis kann ich dir geben: Eine alte Steinmalerei der Anasazi-Indianer schmückt den Zugang zur Stadt. Komm am besten einen Tag vor Vollmond. Dann herrscht große Betriebsamkeit. Die Bat People sind mit den Vorbereitungen für eine Feier beschäftigt und werden dir keine Beachtung schenken. Ach, und noch was. Verbirg auf jeden Fall deine roten Haare. Kein Fledermausmensch hat eine solche Farbe. Und trag Schwarz. So fällst du unter der dunkel gewandeten Bevölkerung am wenigsten auf. Pass gut auf dich auf! Wenn sie dich entdecken, töten sie dich oder verwandeln dich in einen Fledermausmenschen. Dann ist es um uns beide geschehen. Willst du das Risiko eingehen?"

„Sicher", antwortete Natassja, ohne zu zögern.

„Danke!" Er schloss sie in die Arme. „Wie geht es Mom,

Dad und den Zwillingen?"

„Sie vermissen dich."

Tränen traten in Joshuas Augen. „Ich vermisse sie auch schrecklich. Aber sag ihnen nicht, dass du mich gesehen hast. Sie liefern dich sonst in die Irrenanstalt ein." Er grinste schief. Dann zuckte er wieder zusammen und blickte furchtsam zum Himmel.

Natassja folgte seinem Blick. Eine schwarze Wolke aus Fledermäusen näherte sich und verdunkelte den Mond.

„Er hat seine Jäger geschickt! Ich muss zurück." Joshua strich Natassja über die Wange. Schnell langte er in das Efeu am Eingang zur Gruft und zog die Muschelkette vom Gitter. „Vielleicht bringt mir mein Talisman Glück. Ich kann's gebrau..."

Ein Strudel, einem Wirbelwind gleich, erfasste seine Seele und sog sie in die Wolke. Wie ein schwarzes Loch im Weltall verschluckte sie Joshua. Natassja war wieder allein.

Sie verharrte bewegungslos auf der Stelle. Sie dachte an ihre realistischen Träume. War diese Begegnung mit ihrem Bruder Einbildung oder Realität? Sie konnte es nur herausfinden, wenn sie zu den Ufern des Pecos aufbrach. Sie durfte nichts unversucht lassen, um ihren Bruder zu retten, was auch immer ihr da eben begegnet war. Sie tastete unter dem Efeu. Die Kette war verschwunden. Natassja lächelte.

4. KAPITEL

Die Corvette glitt wie ein geölter Blitz über die alte Route 66. Endlich verstand Natassja, warum ihr Bruder das Cabriolet so eifersüchtig bewacht hatte. Es machte ungemein Spaß, den Flitzer zu fahren, und sie bemerkte, wie lange sie ein solches Gefühl nicht mehr gehabt hatte. Außerdem lenkte es sie von ihrem schlechten Gewissen ab, weil sie ihre Eltern belogen hatte. Sie hatte behauptet, in die Party-Metropole Las Vegas zu fahren, um vor dem Start des lernintensiven Studiums noch einmal richtig auf den Putz zu hauen. Sie hatten ihr erleichtert viel Spaß gewünscht. Es hatte sie sehr bedrückt, wie tieftraurig ihre Tochter in letzter Zeit gewesen war. Allerdings wunderten sie sich über Natassjas tränenreichen Abschied. Sie benahm sich, als sähe sie ihre Familie nie wieder. Dabei fuhr sie doch auf einen Spaß-Trip.

Natassja zog die Möglichkeit, bei dem Rettungsversuch ums Leben zu kommen, ernsthaft in Erwägung. Die Vorstellung verursachte ein unangenehmes Kribbeln unter ihrer Kopfhaut, das sich langsam über den ganzen Körper ausbreitete. Oder gab es für ihre Nervosität noch einen anderen Grund als die Gefahr, in die sie sich begab?

Anwar. Seit dem Wiedersehen mit ihrem Bruder dachte sie unentwegt an den jungen Vampirfürst. Sie erinnerte sich an sein attraktives Gesicht, seinen hypnotischen Blick und seine umwerfenden Augen, die ihre Farbe wechselten. Es ärgerte sie, dass Anwar eine solche Faszination auf sie ausübte. Schließlich war er ihr größter Gegner im Kampf um Joshua. Ihr Interesse an ihm durfte auf keinen Fall die Befreiungsaktion behindern.

Sie näherte sich einer Straßenkreuzung und musste sich auf den Verkehr konzentrieren. Eine willkommene Gelegenheit, Anwar aus ihrem Kopf zu verbannen.

Noch dreißig Meilen bis zu ihrem Ziel: den Wandmalereien

der Anasazi am großen Fluss, dem Rio Pecos.

Sie hatte im Internet recherchiert und sieben Anlaufstellen mit religiösen und rituellen Zeichnungen des untergegangenen Indianervolks gefunden. Vier Orte kamen nicht infrage, weil sie aufgrund spektakulärer Bilder mit Touristen überlaufen waren. Die Bat People würden niemals das Risiko eingehen, in unmittelbarer Nähe einer von Menschen stark frequentierten Stelle zu leben.

Zwei weitere Plätze wurden jährlich vom Pecos überflutet. Den Malereien schadeten die Wassermassen nicht. Da sie sich hoch über den steigenden Fluten an Felswänden befanden. Aber eine unterirdische Stadt wäre untergegangen, und ihre Bewohner wären jämmerlich ertrunken.

Nur der siebte und letzte Anlaufpunkt hielt allen Kriterien, die für ein Leben im Verborgenen notwendig waren, stand. Der Ort lag abgelegen, war nur über staubige Feldwege zu erreichen. Und er bot nur ein einziges, farblich verblasstes Felsbild – für Besucher also völlig uninteressant.

Sie verglich die Straßenschilder mit ihren Notizen und bog auf eine unbefestigte Seitenstraße ab. Von Straße konnte nicht wirklich die Rede sein. Die Corvette passte gerade auf den steinigen und sandigen Weg. Natassja musste aufpassen, nicht in den Graben zu fahren. Wenn sie mit dem Sportwagen stecken blieb, hatte sie in der Einöde ein Problem.

Sie kam nur langsam voran. Und nach zwanzig Meilen, die sie im Schritttempo gefahren war und während derer sie keinerlei Hinweise auf eine Wandmalerei entdeckt hatte, fragte sie sich, ob sie die korrekte Strecke genommen hatte, und überlegte sogar umzukehren.

Da sah sie den Rio Pecos und seine glitzernden Fluten. Sie hielt den Wagen an und schaute sich nach allen Seiten um. Endlich erblickte sie das riesige Felsmassiv in einiger Entfernung! Irgendwo dort musste die Malerei einfach sein. Sie ließ ihren

Blick über die Felsen gleiten. Zuerst übersah sie die Zeichnung. Erst auf den zweiten Blick erkannte sie die Umrisse eines riesigen Fabelwesens, das vor langer Zeit mit primitiven Werkzeugen in den Fels gehauen und mit Erdfarben bemalt worden war.

Bei genauer Betrachtung fügte sich aus Strichen und Linien eine Gestalt mit kurzen, spitzen Hörnern, dreieckigem Gesicht und einem langen Umhang, unter dem ein Paar Beine herausragten, zusammen.

Natassja war am Ziel angekommen. Jetzt musste sie nur noch den Zugang zu der unterirdischen Stadt finden.

Sie parkte den Wagen versteckt hinter einem Gebüsch und holte ihre Ausrüstung aus dem Kofferraum. Sie hatte unter anderem ein Kletterseil, Gurte, Karabinerhaken und feste Schuhe eingepackt. Zuerst erschien ihr der Aufwand übertrieben. Aber sie musste verhindern, dass die Rettungsaktion scheiterte, weil sie eine simple Kleinigkeit vergessen hatte. Eine Vorsichtsmaßnahme, die sich nun bezahlt machte. Denn das Fabelwesen befand sich kurz unter dem Gipfel einer gigantischen Felsformation. Ein schwieriger Aufstieg. Natassja war keine geübte Kletterin, und die spitzen, scharfkantigen Steine würden selbst für Profis eine Herausforderung darstellen. Sehnsüchtig dachte sie an Joshua, der ein geübter Kletterer war.

Natassja überprüfte, ob sich das Springmesser noch in ihrer Hosentasche befand. Sie hatte es vor wenigen Tagen in einem Military Shop erstanden. Sollte ihr Bruder gefesselt sein, wollte sie ihn damit befreien. Außerdem diente die Waffe, um Angriffe abzuwehren.

Sie fragte sich, ob sie die Kaltblütigkeit und die körperliche Kraft besaß, um zu töten. Bei der Vorstellung, zu einer solchen Tat gezwungen zu sein, wurde ihr übel. Andererseits würde sie niemals unbewaffnet in Anwars Reich der Finsternis gehen!

Sie hoffte, Bat City entsprach eher einem übersichtlichen

Dorf als einer Stadt. Denn sie wusste nicht, wo sie nach Joshua suchen sollte. Aber die Lücken in ihrem Plan ignorierte sie, sonst würde sie den Mut verlieren.

Sie schnürte ihren Rucksack und durchquerte zielstrebig den Wüstenabschnitt Richtung Bergmassiv. Sie musste Joshua bis zum Einbruch der Nacht befreien. Schließlich waren Fledermäuse nachtaktiv. Das galt vermutlich auch für Anwar und seine Gefolgsleute. Zumindest schloss sie aufgrund ihrer bleichen Hautfarbe darauf.

Der Aufstieg dauerte länger als erwartet. Was an ihrer mangelnden Übung lag. Obwohl sie am frühen Morgen aufgebrochen war, erreichte sie den Fuß des Fabelwesens erst in der Mittagshitze. Die Temperatur war auf knapp vierzig Grad gestiegen, und die Sonne brannte gnadenlos auf sie nieder.

Sie verfluchte sich, Joshuas Angaben folgend bereits in ihrem schwarzen Outfit den Berg hinaufgeklettert zu sein, anstatt die Kleidung erst auf dem Plateau anzuziehen. Schwarz zog die Sonne an. Und so hatte Natassja ihren Wasservorrat bereits ausgetrunken. Sie litt Durst. Sie keuchte außer Atem und ließ sich erschöpft auf einen Steinvorsprung fallen. Kein gutes Zeichen, dass sie schon erschöpft war, bevor sie ihre eigentliche Aufgabe antrat.

Sie nahm das schwarze Tuch, das ihre Haare bedecken sollte, aus ihrem Rucksack und wischte sich damit den Schweiß von der Stirn und steckte es in ihre Hosentasche. Dann sah sie sich nach dem Eingang zur unterirdischen Stadt um.

Das Felsmassiv, auf dem sich die Malerei befand, war relativ glatt, ohne Höhlen oder Einbuchtungen. In der Höhe und bei dem Klima wuchs lediglich Gestrüpp. Natassja bog die Zweige einzelner Sträucher auseinander. Vielleicht befand sich dahinter der Zutritt zu Joshuas Gefängnis. Sie fand jedoch keine Öffnung, geschweige denn einen Höhlenzugang.

Nach einer halben Stunde vergeblicher Suche bezweifelte sie, den richtigen Standort ausgewählt zu haben, und ärgerte sich. Alle Mühe und Anstrengung waren umsonst gewesen. Sie war gescheitert, und Joshua wartete vergeblich auf sie. Entmutigt lehnte sie sich mit dem Rücken gegen die bemalte Felswand und ließ den Kopf zur Seite rollen. Sie schloss die Augen. Sie fühlte sich fix und fertig. Ein vorstehender Stein drückte unangenehm gegen ihren Nacken. Genervt tastete sie mit den Fingern darüber. In dem Moment gab er nach. Lautlos verschwand er in dem Felsen. Und hoch über Natassjas Kopf versank mit einem schabenden Geräusch der dreieckige Schädel des Fabelwesens im Innern des Berges und gab einen Geheimgang frei. Das Tor zu Bat City!

Natassja verharrte verblüfft auf der Stelle. Erst jetzt fiel ihr auf, dass die kurzen Hörner des mythischen Wesens Ohren darstellten und der dunkle Umhang zwei schwarze Flügel. Dazu noch der nach unten spitz zulaufende Kopf … Das Fantasiegeschöpf zeigte eine Fledermaus! Oder vielmehr eine Mischung aus Zweibeiner und Blutsauger.

Es handelte sich um einen Vampirmenschen – und der bewachte den Eingang zur Unterwelt!

Ganz schon dreist! Die Bat People machten kein Geheimnis aus ihrer Stadt. Im Gegenteil. Nur waren die Menschen zu dumm, um die Wahrheit zu erkennen. Und somit war das Offensichtliche die perfekte Tarnung.

Wider Willen zollte Natassja den Bat People Respekt. Sie bewunderte ihre Chuzpe, Intelligenz und Raffinesse.

Sie schaute an der glatten Steilwand hoch. Sie würde erneut ihre Kletterausrüstung einsetzen müssen. Aber jetzt erfasste sie bei dem Gedanken riesige Angst. Was, wenn das Hämmern beim Einschlagen der Steighaken im Berg Vibrationen auslöste? Die Fledermausmenschen wären dank ihrer Echoortung sofort alarmiert, dass unerwünschter Besuch ins Haus – oder vielmehr in die Höhle – stand.

Für solche Überlegungen war es zu spät. Denn wenn die Bat People durch ihre Sinne von ihrer Ankunft wussten, dann schon seit Natassja am Fuß des Berges den ersten Haken ins Gestein getrieben hatte. Sollten Anwars Jäger im Dunkeln des Geheimganges auf sie lauern, würde sie sich dem Kampf stellen. Es gab kein Zurück. Vielleicht hatte sie auch Glück, und die Bevölkerung der unterirdischen Stadt war mit den Vorbereitungen für die Feierlichkeiten so beschäftigt, dass sie für nichts anderes Augen und Ohren hatte.

Sie schlang das schwarze Tuch um ihre rote Mähne und hämmerte den ersten Haken in die Wand.

Eine Viertelstunde später starrte sie in ein gähnendes schwarzes Loch. Der Geheimgang führte steil bergab ins Bodenlose. Ihr Instinkt riet ihr, sofort umzukehren. Aber sie riss sich zusammen, holte eine Taschenlampe aus dem Rucksack und leuchtete ins Dunkel. Kein Fledermausmensch, der auf sie lauerte.

Dennoch war sie kurz davor aufzugeben. Im Gegensatz zu den Vampirmenschen besaß sie keine Flügel, um in den Schacht hineinzufliegen. Mit dem Kletterseil kam sie nicht weit. Sie brauchte besseres Licht, um es anzubringen. Außerdem war es nicht lang genug, und sie würde es zurücklassen müssen. Dabei sollte es später dazu dienen, sie und Joshua aneinanderzuknüpfen und ihren Aufstieg zu sichern.

Hilflos und unschlüssig, was sie als Nächstes unternehmen sollte, leuchtete sie noch einmal mit der Taschenlampe in den Gang. Da erkannte sie im schwachen Schein der Taschenlampe in den Fels gehauene Stufen. Sie führten in die Unterwelt hinab.

Der Abstieg war riskant. Es gab so gut wie keine Möglichkeit, sich festzuhalten. Aber die schmalen Stufen waren ihre einzige Chance. Sie sandte ein Stoßgebet gen Himmel und blickte sich sicherheitshalber noch einmal um, ob jemand sie beobachtete. Doch die Wüste lag einsam und menschenleer vor ihr. Sie atmete tief durch, nahm all ihren Mut zusammen und schwang ihre Beine über den Abgrund.

Nachdem sie die ersten Stufen hinabgeklettert war, gewann sie mehr Sicherheit.

Auch wenn ihre Füße wenig Halt fanden, existierten Steinmulden, in die sie ihre Finger krallen konnte. An der ausgewaschenen Form der Kuhlen erkannte sie, dass schon tausende Hände sich darin festgeklammert hatten. Die Taschenlampe hielt sie mit den Zähnen fest. Eine Notlösung und keine gute.

Sie stieg zehn, zwanzig Minuten in absoluter Stille abwärts. Kein Laut drang von außen herein. Kein Verkehrslärm, kein Kojotengeheul, kein Adlerschrei. Sie hörte einzig und allein ihren Herzschlag, der wie Stakkato in den Ohren dröhnte. Sie fühlte sich lebendig begraben.

Sie blickte nach oben. Winzig klein sah sie einen Streifen Helligkeit dort, wo sich das Einstiegsloch befand. Im gleichen Moment fiel ein Schatten über den Eingang und verdeckte das Sonnenlicht. Ein Schatten in Form einer sehr großen Fledermaus.

Natassjas Puls schoss in die Höhe. Hektisch suchte sie ein Versteck. Fand keins. Durch die unkontrollierte Bewegung rutschte ihr die Taschenlampe aus dem Mund. Das Gehäuse schlug gegen das Gestein, und das Licht erlosch. Einige Sekunden später hörte Natassja seinen Aufprall auf dem Grund des Schachts. Zitternd presste sie sich an die kalte Felswand. Ein Luftzug – und der Schatten schoss in hohem Tempo an ihr vorbei in die Tiefe.

Immerhin hatte der Fledermausmensch sie nicht entdeckt. Aber sie hatte sich geirrt. Die Bat People konnten tags im Hellen unterwegs sein, anders als andere Vampire. Das bedeutete, selbst wenn sie es schaffte, mit Joshua zu fliehen, war es den Vampirmenschen möglich, sie nach draußen in die Welt der Menschen zu verfolgen. Mist! Damit hatte sie nicht gerechnet.

Zudem hatte sie ein neues Problem. Durch den Verlust ihrer Lampe konnte sie nichts mehr sehen. Undurchdringliche Schwärze umgab sie. Gleichgültig, ob sie weitermachen und nach unten klettern oder die Flucht antreten wollte. Sie steckte fest.

Unschlüssig, was sie als Nächstes tun sollte, klammerte sie sich an den Steinen fest. Da tauchten unter ihr in zirka zwanzig Metern Tiefe Fackelträger auf. Zwei Vampirmänner trugen eine Kiste zwischen sich. Sie schleppten sie in einen Tunnel. Obwohl sie sich aus Natassjas Sichtfeld entfernten, erleuchtete das Licht ihrer Fackeln noch den Schacht. Eilig machte sie sich an den Abstieg. Vielleicht gelang es ihr doch, ihren Plan umzusetzen.

Mit einem Sprung aus zwei Metern landete sie schließlich auf dem Boden des Geheimgangs. Sie blickte sich um. Von dem Punkt, an dem sie stand, gingen sternförmig diverse Tunnel ab. Zu ihrer Linken vernahm sie die Stimmen der Träger, verstand aber nicht, was sie sagten. Die Männer waren zu weit weg.

Eilig öffnete sie ihren Rucksack und zerrte einen schwarzen Poncho heraus. Ein halbherziger Versuch, Flügel zu imitieren. Aber besser als nichts. Sie warf ihn sich über und stand vor der Wahl, welcher der Gänge sie ins Herz von Bat City brachte. Sie betrat den Tunnel, aus dem die Vampirmänner gekommen waren. Je weiter sie voranschritt, je lauter wurde ein Sausen und Brummen wie in einem Bienenkorb. Sie sah Licht und roch Blumenduft und Gewürze. Um genau zu sein: Flieder und Zimt.

Sie bog um eine Ecke und blieb wie angewurzelt stehen. Sie befand sich auf einer Anhöhe, und vor ihr erstreckte sich eine Tropfsteinhöhle gigantischen Ausmaßes. Am Umfang der Stalaktiten und Stalagmiten ließ sich ermessen, dass die Höhle hunderttausende Jahre alt sein musste. Das war schon faszinierend genug. Doch was Natassja den Atem raubte, war eine

Siedlung von mindestens tausend Adobe-Rundbauten, lauter Häuser aus luftgetrockneten Lehmziegeln. Und über den Häusern auf der gegenüberliegenden Seite der Höhle thronte ein Palast aus purem Gold!

Bat City! Sie hatte Anwars Reich gefunden.

5. KAPITEL

Bat City war viel größer und beeindruckender, als Natassja erwartet hatte, und es herrschte geschäftiges Treiben. Auf Straßen und Wegen zogen Bat People Karren und trugen Säcke mit Lebensmitteln, Stoffen und sonstigen Gütern, die sie für den Alltag benötigten. Von ihrem Standort aus erblickte sie einen Markt- und Versammlungsplatz, eine Schule und Bibliotheken, Kaufläden, ein Theater; Restaurants und Parks. Es gab sogar ein Rathaus. In Stein gemeißelt stand über der Eingangstür „Bat Hall". Die City war mit Stadtmauern befestigt. Ein Fluss floss um den Ort herum, verlieh ihm die Ansicht einer Insel und machte ihn schwer einnehmbar für Feinde.

Natassja fühlte sich in eine andere Zeit zurückversetzt. In ein mittelalterliches Fantasy-Land. Sie spürte, dass ihr der Mund offen stand. Und sie wäre gewiss wie angewurzelt stehen geblieben, hätte sie nicht hinter sich die beiden Vampirmänner kommen hören.

Schnell, damit sie ihr nicht ins Gesicht sahen und sie als Mensch entlarvten, lief sie die Straße zum Haupttor hinunter. Sie musste eine hölzerne Brücke überqueren, die über den Fluss führte, und die Wachen passieren. Mit wild pochendem Herz mischte sie sich unter eine Gruppe junger Vampirfrauen, die scherzend und laut lachend in die Stadt gingen. Die Wachen hatten nur Augen für die hübschen, vergnügten Fledermausmädchen, und Natassja konnte ungehindert Bat City betreten.

In der Stadt stellte sie sich die Frage, wo Joshua wohl gefangen gehalten wurde. Da er erzählt hatte, Anwar begleite ihn wie sein Schatten, vermutete Natassja, dass ihr Bruder im goldenen Palast festsaß. Zielstrebig hielt sie also auf das Gebäude zu. Aufgrund seiner Größe und Pracht konnte sie es nicht verfehlen. Wie sie hineingelangen sollte, dass würde sie überlegen, sobald sie davor stand.

Obwohl sie zügig und mit möglichst gesenktem Kopf durch die Straßen eilte, schaute sie ab und zu doch neugierig zu beiden Seiten. Das Leben der Fledermausmenschen unterschied sich nicht sonderlich von dem ihren. Okay, es gab keine Autos und kein elektrisches Licht und von daher wohl auch keine Fernseher, Videospiele und Handys. Aber der altmodische Flair und das Licht der Fackeln besaßen einen eigenen Charme, dem sich Natassja kaum entziehen konnte.

Ein unerklärliches Gefühl ergriff von ihr Besitz. Sie konnte es nicht benennen, aber es war nicht unangenehm. Sie schob es auf den intensiven Flieder- und Zimtgeruch. Vermutlich handelte es sich dabei um ein Lockmittel, wie viele Tiere es verströmten, und der Duft zeigte bei ihr seine betörende Wirkung und benebelte sie.

Sie erreichte den Markt- und Versammlungsplatz, auf dem Stände und eine Bühne aufgebaut wurden. Handwerker sägten und hämmerten. In der Mitte des Platzes errichteten sie mehrere Masten. Bei genauerem Hinsehen stellte Natassja fest, dass es sich um Marterpfähle handelte. Ihre positive Stimmung verflog. Wie hatte sie sich nur so einlullen lassen können? Die Bat People waren Vampire. Und Vampire ernährten sich von Blut. Angesichts ihrer Größe und Stärke womöglich von Menschenblut. Vielleicht stellten sie einen dieser Marterpfähle für Joshua auf. Warum sonst hatten sie ihren Bruder entführt?

Sie verbot sich, weiter nach rechts und links zu schauen, und konzentrierte sich auf ihre eigentliche Aufgabe. Sie musste nur noch unentdeckt den Hang hinaufkommen, und dann stand sie vor dem goldenen Palast. Sie zog sich das Tuch tiefer in die Stirn und verbarg ihre Hände in den Falten des Ponchos. Denn Joshuas Warnung war angebracht, niemand hier hatte rote Haare. Alle waren schwarz. Und obwohl Natassja als echte Rothaarige in der Sonne nicht braun wurde, sondern knallrot und zu Sommersprossen neigte, besaß sie im Gegensatz zu der wächsernen

Haut der Bat-City-Bewohner einen gesunden, sommerlichen Teint.

„Seht euch mal die Bucklige an!“, schrie ein Vampirjunge neben ihr und deutete auf Natassjas Rücken.

Sogleich versammelte sich eine Horde Fledermauskinder um sie herum und begann sie zu ärgern und zu beschimpfen.

Natassjas versuchte sie mit einer wütenden Handbewegung zu verscheuchen und schritt schneller voran. Aber die Kleinen ließen sich nicht abwimmeln. Im Vorbeigehen an einem Ladenfenster checkte sie ihre Silhouette und verfluchte sich für ihre eigene Dummheit. Sie trug den Rucksack auf dem Rücken unter dem Umhang – und sah aus wie Quasimodo. Zu gern hätte sie den Zwergen die Leviten gelesen. Doch dann flog sie mit ziemlicher Sicherheit auf. Sie zog den Poncho hoch bis zu ihrer Nasenspitze, dass nur noch ihre Augen zu sehen waren. So hetzte sie den Hang hinauf, in der Hoffnung, die Meute abzuschütteln. Aber die Kinder hielten mit und freuten sich, ihr auf der Nase herumtanzen zu können.

Außer Atem erreichte sie das verschlossene Tor des goldenen Palasts. Wachen standen mit versteinerten Mienen und schweren Lanzen am Eingang. Natassja befand sich in einer Zwickmühle. Normalerweise wäre sie an den Mauern des Palastes entlanggegangen und hätte Ausschau nach einem Durchschlupf gesucht, durch den sie heimlich in den Palast gelangt wäre. Aber von „heimlich“ konnte angesichts der grölenden Horde nicht die Rede sein.

Die Wachen wandten sich ihr und den kleinen Vampiren zu, um zu sehen, was es mit den Störenfrieden auf sich hatte.

„Bist du hässlich!“, kreischte ein Fledermausmädchen in Natassjas Ohr. „Ich wette, du versteckst dein Gesicht, weil es noch abstoßender ist als dein krummer Rücken! Los! Zeig uns, wie furchtbar du wirklich aussiehst!“ Das Kind machte Anstalten, Natassja den Stoff vom Gesicht zu ziehen.

In ihrer Not schlug Natassja nach ihm. Obwohl sie das Mädchen nicht traf, schrie es wie am Spieß. Es versuchte seine Angreiferin mit seinen spitzen Vampirzähnen zu beißen. Aber Natassja zog schnell die Hand zurück. Da begann die Kleine lauthals zu heulen. Eine der Wachen wurde aufmerksam und trat ans Gittertor.

„Ruhe!", herrschte er die Gruppe an. „Ihr befindet euch vor dem Palast des Fürsten. Hat euch niemand beigebracht, eurem Herren Respekt zu erweisen?"

„Sie hat mich geschlagen!", beschwerte sich die Mini-Vampirin schluchzend und zeigte mit dem Finger auf Natassja.

Natassja senkte den Kopf und zog die Schultern hoch. Ihr Herz hämmerte in ihrer Brust. Sie hielt die Luft an. Die verdammte Göre lieferte sie ans Messer – oder vielmehr an die Speerspitzen der Jäger!

Quietschend öffnete sich das Tor. Der Wachmann trat heraus. Die Vampire wichen vor seiner massigen Gestalt zurück. Er trat auf Natassja zu und blieb unmittelbar vor ihr stehen. Er sagte kein Wort, sondern starrte nur auf sie herab. Natassja starrte auf ihre Füße und zwang sich, nicht schreiend wegzurennen.

Er bringt mich um! Er foltert mich zu Tode! Er saugt mir das Blut aus! Eine Horrorvorstellung jagte die nächste. Mit zitternden Fingern umklammerte sie ihr Messer.

In dem Moment spannte der Wachmann einen seiner Flügel aus, und seine schwere Hand berührte Natassjas Schulter. „Was willst du hier?", dröhnte seine Stimme.

Bevor Natassja antworten konnte, wiederholte das Mädchen: „Sie hat mich geschlagen!"

„Nun, ich denke, du hattest es verdient!", konterte die Wache. „Habt ihr alle keine Manieren, dass ihr eine vom Schicksal gebeutelte Fledermausfrau schikaniert? Entschuldigt euch, und schert euch nach Hause!"

Die Meute wich vor seinem vorwurfsvollen Ton und seiner Größe erschrocken zurück. Die Vampire murmelten etwas, was wie „Entschuldigung“ klang. Dann flogen und rannten sie davon. Natassja blieb mit dem Wächter und seinem Kollegen allein zurück. Damit hatte sie nicht gerechnet, ihre Knie zitterten. Immerhin war sie die Meute los, aber wie sollte es jetzt weitergehen? Sie fürchtete, jede Sekunde ohnmächtig zu werden.

„Nun, was führt dich hierher?“, fragte der Wachmann erneut.

„Ich … ich möchte den Fürsten um einen Gefallen bitten“, stammelte Natassja, ohne den Fledermausmenschen anzusehen. „Es geht um mein Aussehen. Mir scheint, ich bin weit und breit die einzige entstellte Bat Woman. Vielleicht hat der Fürst Mitleid mit mir und weiß, wie mir geholfen werden kann.“

Der Wachmann schwieg. „Ich denke zwar, dass du den Schamanen aufsuchen solltest und nicht den Fürst. Aber er hat ein großes Herz. Vielleicht gibt er dir Goldstücke, um den Heiler zu bezahlen. Ich bringe dich zu Anwar. Folge mir.“ Der Fledermausmensch trat einen Schritt zur Seite und gab Natassja den Weg in den Hof vor dem Palast frei.

Natassja blieb wie angewurzelt stehen. Vor Kurzem hatte sie noch überlegt, wie sie in die Höhle des Löwen gelangen sollte. Und nun bekam sie sogar persönliches Geleit. Allzu wohl war ihr dabei aber nicht. Insbesondere als sie den Hof betrat und sich hinter ihr das Tor mit einem dumpfen Ton schloss.

Auf den Boden starrend, lief sie der Wache nach. Ab und zu hob sie für Millimeter den Blick, um zu sehen, wohin er sie führte. Der Fledermausmann flog wenige Zentimeter über der Erde schwebend vor ihr her. Immer wieder drehte er sich mit skeptischem Gesichtsausdruck nach ihr um.

„Bist zum Läufer mutiert, was?“, fragte er plötzlich.

„Bitte?“, meinte Natassja irritiert.

„Ich wollte dich nicht beleidigen“, sagte er schnell. „Ist bestimmt nicht schön, wie die Menschen zu sein und nur gehen und nicht fliegen zu können. Liegt an deinem Buckel, hab ich recht?“

„Äh ... ja, leider! Ich will endlich die Flügel ausbreiten können. Und nicht so sein wie die ... die ... Menschen. Deshalb bin ich hier.“

„Gute Entscheidung.“ Der Wächter nickte zustimmend. Er öffnete eine Seitentür kurz vor dem Haupteingang zum Palast und führte sie ins Gebäude. „Der Dienstboten- und Bittstellereingang“, erklärte er und deutete auf die offene Tür. „Dort drin kannst du warten. Ich sage Gylan Bescheid, in welcher Sache du Anwar sprechen möchtest.“

„Danke. Vielen Dank“, flüsterte Natassja und verschwand eilig in dem Zimmer. Ihr Kopf hämmerte. Gylan?! Das war doch die durchgeknallte, mandeläugige Hexe, vor der Joshua sie gewarnt hatte! Vor ihrem geistigen Auge tauchte die kampfbereite asiatische Schönheit auf.

Schwer atmend lauschte sie auf das leise Geräusch, das die Flügel des Fledermauswächters machten, als er sich entfernte. Als er fort war, hob sie den Kopf und sah sich um. Sie befand sich in einem Wartesaal. Er hatte eine hohe, mit Goldstuck verzierte Decke und einen Parkettboden. Bis auf die Stühle, die an den Wänden entlang aufgereiht standen, und die Gemälde war der Raum leer.

Die Bilder zeigten verschiedene Fledermausmenschen weiblichen und männlichen Geschlechtes. Anhand ihrer wechselnden Frisuren und Kleidung ging Natassja davon aus, dass es sich um mehrere Generationen von Anwars Ahnen handelte. Bei einigen der Porträtierten glaubte sie, eine gewisse Ähnlichkeit zu dem jungen Vampirfürsten zu sehen. Bei anderen entdeckte sie optische Parallelen zu ... ja, zu wem?

Sie schüttelte den Kopf. Sie durfte keine Zeit mit der Betrachtung der Ölgemälde verlieren. Sie musste sich ihren nächsten Schritt überlegen – und zwar schnell, bevor Gylan auftauchte, ihre Tarnung aufflog und sonst was mit ihr geschah.

Verärgert, dass Anwar und die Kultur der Bat People sie so beeindruckten, dass sie das Wesentliche vergaß, machte sich Natassja eilig auf in den Flur. Von ihm gingen weitere Gänge und Zimmer ab. Sie hatte keine Ahnung, wo sie nach Joshua suchen sollte – vorausgesetzt, er wurde überhaupt im Palast festgehalten.

Im Laufschritt hetzte sie durch die Halle, blickte in jedes offen stehende Zimmer und öffnete nach kurzem Lauschen verschlossene Türen, um in die Räume zu spähen, stets in der Hoffnung, ihrem Bruder und niemand anderem zu begegnen. Sie befand sich anscheinend im Gästetrakt. Sie betrat Arbeits- und Aufenthaltszimmer. Alle geschmackvoll eingerichtet und überall Ahnenbilder. So viel Sinn für Ästhetik hätte sie diesem Volk gar nicht zugetraut.

Da hörte Natassja Stimmen. Schnell versteckte sie sich hinter einem der bodenlangen Samtvorhänge, die die Fenster schmückten. Zuerst befürchtete sie, der Wächter kehrte mit Gylan zurück. Doch es handelte sich um zwei weitere Wachmänner. Sie unterhielten sich leise.

Natassja lugte vorsichtig hinter dem Vorhang hervor. Der erste Wachmann trug einen goldenen Kelch, in dem eine rote Flüssigkeit schwappte. Der zweite hielt ein Tablett mit einem abgedeckten Teller.

„Der Gefangene wird meines Erachtens zu sehr verwöhnt“, meinte der Erste. „Ich frage mich, wofür? Er wird eh auf dem Fest geopfert, und jetzt trinkt er den besten Wein! Das ist rausgeworfenes Geld.“

„Was kümmert es dich? Es sind nicht deine Goldstücke“, entgegnete der Zweite und verzog angewidert das Gesicht. „Mag ja sein, dass er den besten Wein trinkt. Aber das Essen ist widerlich. Hühnchen, und noch dazu gebraten und nicht roh!

Kein winziger Tropfen Blut! Fürchterlich! Mich wundert, wie die Läufer mit dieser Ernährung und ihren körperlichen Handicaps zur uns überlegenen Rasse werden konnten."

„Das frage ich mich auch", stimmte der Erste zu. „Ein Leben ohne frisches Blut und Flügel ... unvorstellbar ...."

Sie stiegen am Ende des Ganges eine Treppe hinunter, und Natassja konnte nicht mehr hören, was die Wachen sagten. Sie verließ ihr Versteck und setzte ihnen nach. Mit dem gefangenen Läufer konnten sie nur einen meinen: Joshua. Auf Zehenspitzen folgte sie den Männern in den Keller des Palasts. Fackeln erleuchteten das Untergeschoss. Das Gemurmel der Wachen verriet ihr den Weg. Das Gespräch wurde lauter, die Sätze deutlicher. Die Wächter waren stehen geblieben.

Natassja näherte sich, bis sie sie sehen konnte. Dann verbarg sie sich in einer Nische hinter einer Skulptur eines Fledermausmenschen. Sie beobachtete, wie der erste Wächter das schwere Schloss vor einer massiven Eichentür öffnete und dem zweiten den Kelch reichte. Der Zweite trat ein, redete mit jemandem, der sich in dem Raum befand, und verteilte Essen und Getränk.

Da ertönten schnelle Schritte, rauschendes Flügelschlagen und laute Rufe aus dem Erdgeschoss. Natassja glaubte, Gylans Stimme zu erkennen, die Kommandos brüllte. Vermutlich hatte der Wachposten vom Tor die schlitzäugige Hexe in den Warteraum geführt und Natassjas Abwesenheit entdeckt. Jetzt würden sie sie überall suchen. Natassja musste schnellstens ihre Mission erfüllen. Das Gepolter alarmierte die Fledermausmänner im Keller. Der Erste trieb seinen Kollegen zur Eile an. Die Tür wurde zugeschlagen und verriegelt. Zügig flogen sie die Treppe hinauf.

Natassja wartete, bis sie verschwunden waren, dann lief sie zu der massiven Eichentür. Sie wollte klopfen und fragen, wer sich dahinter befand. Da sah sie, dass die Wächter in ihrer Hektik den Schlüssel im Schloss hatten stecken lassen. Natassja drehte den Schlüssel und stieß langsam die Tür auf. Dahinter konnte sich alles Mögliche befinden, vielleicht ein verrückter Serienmördervampir, der Bat City unsicher machte.

„Joshua?“ Natassja steckte vorsichtig den Kopf durch den Türschlitz. Es handelte sich um ein Verließ. Es roch modrig und lag im Halbdunkel. Nur der schwache Schein eines Teelichts warf Schatten an die Wand. Der Schatten sah aus wie ein Mann. Er stand an die Wand gedrückt, atmete und bewegte sich nicht.

„Joshua? Ich bin's, Nasti. Antworte, wenn du es bist!“ Ihre Stimme zitterte vor Angst.

Für eine Weile herrschte Totenstille. Dann löste sich der Schatten von der Wand und taumelte auf Natassja zu. Er streckte die Hand nach ihr aus. Sie bekam Gänsehaut und wollte fliehen. Da sagte die Gestalt: „Natassja, du bist hier!“

„Joshua!“ Sie rannte auf ihren Bruder zu und umarmte ihn. Er hing matt und leblos in ihren Armen. „Joshua, was ist mit dir? Ist alles okay?“, fragte sie besorgt.

„Ja ... ja“, sagte er verzögert. „Ich bin nur etwas benommen. Der Schamane hat mir auf Anwars Anweisung hin Engelskraut verabreicht. Aus Strafe, weil meine Seele abgehauen ist und dich besucht hat. Das Zeug setzt einen schachmatt. Die Beine gehorchen nicht. Und mit dem Denken, das ist auch so eine Sache. Aber wenn der Rausch vorbei ist, bin ich wieder ganz der Alte.“

„Glaubst du, du kannst fliehen?“, fragte Natassja panisch. Das fehlte noch, dass ihr Bruder ausgerechnet am Tag seiner Rettung halb im Koma lag!

„Wird schon gehen. Ich reiße mich zusammen“, entgegnete er.

„Wissen Anwar und seine Gefolgsleute, dass deine Seele mich getroffen hat? Und rechnen sie mit meiner Ankunft?“, forschte Natassja nach und lauschte nach oben. Ihr war lieber, Gylan nahm an, dass eine verwirrte, bucklige Fledermausfrau im Wartezimmer gesessen und aus Angst vor der eigenen Courage das Treffen mit Anwar gemieden hatte. Als dass die mandeläugige Kriegerin wusste, dass eine Menschenfrau – oder wie die Bat People sagten „Läuferin" – im Anmarsch war.

„Nein, Anwars Jäger konnten aufgrund des Nordostwinds an dem Abend auf dem Friedhof deinen Geruch nicht aufnehmen. Sie glaubten, ich sei allein."

„Gut", sagte Natassja leise. „Dann haben wir vielleicht eine Chance." Sie stützte Joshua und brachte ihn zum Ausgang. Unschlüssig stand sie im Flur. Sie bezweifelte, dass es eine gute Idee war, den alten Weg einzuschlagen.

„Da lang!", meinte Joshua und deutete in die entgegengesetzte Richtung. „Ich bin schon eine Weile hier und kenne mich einigermaßen aus. Hinter der Ecke ist eine Treppe. Sie führt in den Garten des Palastes und von dort in die Felswände. Ein Pfad oberhalb der Stadt führt zum Hauptausgang der Höhle. Wir können hinter den Felsen versteckt entlangschleichen und umgehen die Wachen sowie die Tore und müssen auch keine Brücke überqueren."

Entschlossen nahm Natassja seine Hand und führte ihn nach draußen. Der Garten glich mit seiner Pflanzenvielfalt einem Paradies, und der sinnliche Duft tausender Pflanzen empfing sie. Dutzende Fliederbäume mit weißen und lilafarbenen Blüten säumten eine Allee, die vom Palast bis in den Berg führte. Joshua atmete mehrmals tief durch. Dann meinte er: „Ich fühle mich schon viel besser. Los! Wir müssen uns beeilen." Er rannte los.

Natassja folgte ihm durch die Allee, drehte sich sicherheitshalber jedoch einige Male um, um zu überprüfen, ob ein Wächter oder gar Gylan auf sie aufmerksam geworden waren. Aber niemandem war ihre Flucht aufgefallen. Ohne Aufsehen zu erregen, erreichten sie den Bergpfad. Hand in Hand liefen sie ihn entlang. Natassja warf einige neugierige Blicke von oben auf die Stadt und ihre agilen Bewohner. Sie bereute, dieses einzigartige, gefährliche und faszinierende Volk – und seinen jungen Anführer – nicht näher kennenlernen zu können.

„Du fällst zurück!“, herrschte Joshua sie an. „Was gibt es denn da zu gucken?“

„Nichts“, antwortete Natassja. „Es ist nur ... Ich finde es beeindruckend, was die Bat People in ihrer Unterwelt geschaffen haben. Und wie geschäftig sie sind. Ist alle Tage so ein Betrieb?“

„Nein, nein. Normalerweise schlafen sie tagsüber und gehen abends auf die Jagd, so wie alle Fledermäuse“, antwortete Joshua. „Aber bald ist ‚Blue Moon‘. Das heißt: ein zweiter Vollmond im Kalendermonat. Dann herrscht Ausnahmezustand. Die Bat People feiern diesen Event mit einem rauschenden Fest, der Blutnacht.“

„Blutnacht?“ Natassja schauderte. „Das klingt nicht gut ... Ich habe die Marterpfähle auf dem Marktplatz gesehen ...“ Sie dachte an die Bemerkung des Wächters.

„Hör auf!“, unterbrach sie Joshua. „In meinem Gefängnis habe ich mir Tag und Nacht den Kopf darüber zerbrochen, ob ich die Hauptattraktion des Festes sein sollte. Du bist gerade noch rechtzeitig gekommen.“ Er schüttelte sich und meinte unwirsch: „Findest du die Bat People jetzt immer noch beeindruckend?“

Natassja antwortete nicht. Sie ging angesichts der Lebensweise der Bat People davon aus, dass es sich bei ihnen um ein sehr altes Volk handelte. Viele archaische Kulturen bestanden aus Licht und Schatten. Die Maya-Indianer waren eine Hochkultur mit großen Mathematikern und fantastischen Bauherren. Gleichzeitig frönten sie den Menschenopfern und rissen auf Festen zu Ehren ihrer Götter tausenden Mitbürgern die Herzen aus den Leibern. Aber sie wagte nicht, diesen Vergleich laut zu äußern. Joshua wäre ausgeflippt. So lief sie schweigend an seiner Seite weiter zum Hauptausgang. Joshua nahm eine Abkürzung. Dadurch umgingen sie die verwinkelten Gänge, durch die Natassja auf ihrem Hinweg geirrt war, und standen direkt unter dem Schacht. Der Nachteil war, dass sie auf den ersten Metern ihres Aufstiegs von der Stadt aus bestens zu sehen waren.

„Wir sind da", unterbrach Joshua ihre Gedanken. „Kletter hinein!"

„Nein. Geh vor. Du bist der bessere Sportler. Oder fühlst du dich noch zu schlapp?", fragte sie ihn besorgt.

„Habe ich eine Wahl? Keine Sorge, das schaffe ich schon!" Aufmunternd lächelte er Natassja an. Sie wühlte in ihrem Rucksack und zog ein Nylonseil für Bergsteiger heraus. Es war das einzige Hilfsmittel ihrer Ausrüstung, das sie im Schacht benutzen konnten, ohne halb Bat City auf sich aufmerksam zu machen.

Geübt knüpfte Joshua ein Seilende um seinen Körper und das andere um Natassjas Taille. „Kann es losgehen?", fragte er.

Sie nickte. Und Joshua begann mit dem Aufstieg. Natassja folgte ihm, und bevor sie komplett in den dunklen Schacht eintauchte, warf sie einen letzten Blick über die Schulter auf Anwars goldene Stadt. Sie verdrängte einen irritierenden Anflug von unbegründeter Wehmut – schließlich hatte sie Bat City nur einmal gesehen und würde nie wieder hierhin zurückkehren – und krallte ihre Finger in eine Stufe.

Sie verschwand gerade in der Sicherheit des Schachts, als sie einen durchdringenden Pfeifton vernahm. Er glich dem Schrei eines Raubvogels: laut, hoch, intensiv und meilenweit zu hören. Zuerst konnte sie sich den Ruf weder erklären noch ihn zuordnen. Erst als sie bemerkte, dass Joshua sein Aufstiegstempo verdoppelte, dämmerte ihr, dass sie in Gefahr schwebten.

„Die Jäger!", ächzte Joshua atemlos. „Sie müssen uns auf der kurzen freien Strecke in den Berg gesehen haben."

In stiller Übereinkunft kämpften sie sich die Felswand hoch. Natassja sah hoch über sich das orangerote Licht der späten Nachmittagssonne in die Schachtöffnung scheinen. Sie erinnerte sich daran, wie lange der Abstieg gedauert hatte. Sie würden es niemals aus der Höhle schaffen. Die Jäger würden sie vorher packen.

„Wir kriegen das hin! Halt durch!", stieß Joshua hervor. Mit dem Mut der Verzweiflung aktivierte er sämtliche Kraftreserven und kletterte an dem Felsen hoch wie eine Bergziege.

Natassja spürte, wie sich das Seil um ihren Bauch spannte und ihr die Luft abschnürte. Obwohl sie sich Mühe gab, konnte sie mit Joshua nicht Schritt halten. Im Gegenteil: Sie behinderte ihn.

Da hörte sie ein Rauschen und Flattern. Als sie nach unten blickte, reckten sich ihr die Gesichter dreier mit Lanzen und Schwertern bewaffneter Fledermausmänner entgegen. Ihren Mienen nach zu urteilen, verstanden sie keinen Spaß. Schon setzten sie ihr und Joshua nach. Beherzt zog Natassja ihr Messer, um sich und ihren Bruder zu verteidigen.

„Nun beeil dich doch!", rief Joshua panisch. „Was machst du denn? Du ziehst mich nach unten!"

„Ich bin zu langsam!", schrie sie zurück. „Zusammen schaffen wir es nicht. Geh ohne mich! Rette dich! Lass mich zurück!"

„Spinnst du?! Niemals!"

„Es muss sein! Sonst erwischen sie uns beide. Ich komme hier irgendwie wieder raus. Glaub mir! Ich werde nicht sterben. Wir werden uns wiedersehen. Versprochen! Aber jetzt geh, und kehr nicht meinetwegen zurück!"

„Ich geh nicht ohne dich!", jammerte Joshua und zerrte an dem Seil, um sie nach oben zu ziehen.

Natassja sah sie vor ihrem geistigen Auge schon beide in der Gewalt der Bat People. Kurz entschlossen setzte sie ihr Messer an das Nylonseil an und schnitt es beherzt entzwei.

Als Joshua das schlappe Seil in Händen hielt, schluchzte er auf. „Nein!!!"

„Nun los! Mein Opfer soll nicht umsonst gewesen sein! Ab

mit dir, Joshua." Plötzlich fiel ihr noch etwas ein. „Die Corvette ist direkt am Fluss hinter Gestrüpp mit ... mit rosa Blüten", rief sie Joshua zu und schaute nach oben. Hoffentlich reichte diese Beschreibung.

Nach unschlüssigem Zögern kletterte ihr Bruder schließlich behände zur Höhlenöffnung und verschwand über ihren Rand. Im gleichen Moment packte einer der Jäger Natassjas Fußgelenk. Sie hackte mit dem Messer zu. Der Vampirmensch schrie auf. Sein Schmerzenslaut klang wie das schrille Fiepen einer Ratte oder Maus. Seine Begleiter schossen im Steilflug an Natassjas rechte und linke Seite und ergriffen ihre Arme. Sie riss sich los, stach wild zu. Da tauchte in rasantem Tempo eine Vampirin direkt vor ihrem Gesicht auf.

„Ist das etwa die ‚Bucklige'?", höhnte die Bat Woman.

Natassja wandte sich von ihren Angreifern ab und der Frau zu – und blickte in die funkelnden Bernsteinaugen Gylans. Gerade wollte Natassja ein trotziges Gesicht aufsetzen und der Hexe die Stirn bieten. Da stieß ihr die Vampirfrau mit der Hand gegen die Brust. Ein greller Blitz leuchtete vor Natassjas innerem Auge auf, und sie wurde bewusstlos.

6. KAPITEL

„Willkommen in Cibola!“, weckte eine tiefe, melodische Männerstimme Natassja aus dem Koma. Sie musste die Augen nicht aufschlagen, um zu wissen, wer sie ansprach. Sie hatte die Stimme zwar erst einmal gehört, doch sie hätte sie aus Tausenden heraus erkannt. Anwar!

„Cibola?“, flüsterte sie schwach und blinzelte.

„Ja. Cibola. Unsere goldene Stadt.“ Er stand direkt vor ihr und sah noch besser aus, als sie ihn in Erinnerung hatte. Das dichte schwarze Haar fiel ihm über die Schultern. Die markanten Gesichtszüge strahlten Entschlossenheit und Männlichkeit aus. Sein starker Wille spiegelte sich auch in seinen blauen Augen. Es war schwer, der Intensität seines Blickes standzuhalten. Es schien, als wollte er in ihre Seele schauen, um ihr wahres Wesen zu erkennen.

Natassja bekam Gänsehaut, und ihr Herzschlag verdreifachte sich. Hatte sie bisher die Anziehungskraft, die er auf sie ausübte, mehr oder weniger erfolgreich verdrängt, konnte sie sie jetzt nicht länger vor sich verleugnen. Die Erkenntnis ließ ihr das Blut in die Wangen schießen. Hoffentlich bemerkte er ihre Gefühle und ihre Verlegenheit nicht! Verunsichert schaute sie zu ihm auf.

Er erwiderte ihren Blick unbeirrt, offen und voller Neugierde. Ein spöttisches Lächeln umspielte seinen vollen Mund. Natassja fühlte sich in flagranti erwischt, konnte aber über die peinliche Situation nicht nachdenken. Etwas viel Interessanteres lenkte ihre Aufmerksamkeit ab. Zum ersten Mal erkannte sie deutlich seine spitzen Vampirzähne, die bei leicht geöffnetem Mund auf seinen Lippen ruhten und leichte Druckstellen hinterließen. Fasziniert starrte sie ihn an.

„Vergiss den Small Talk, Anwar! Lass sie uns töten!“ Kriegsherr Batur trat mit großen Schritten zu ihnen heran. Er schwang seine Peitsche durch die Luft. Der messerscharfe Lederriemen sauste Millimeter an Natassjas Wange vorbei zu Boden und zerschnitt den schweren moosgrünen Teppich.

Natassja fuhr entsetzt aus ihren Tagträumen hoch und sprang von der Chaiselongue. Erst jetzt bemerkte sie, dass sie nicht allein mit Anwar im Raum war. In dem mit Brokattapeten und schweren Möbel ausstaffierten Arbeitszimmer befand sich neben ihr, dem Vampirfürsten und Batur auch noch Gylan. Die schöne Kriegerin lungerte auf einem massigen, mit dunkelgrünem Samt überzogenen Sessel. Sie hatte lässig ein Bein über die Lehne geschwungen und ließ es auf und ab wippen. Ihre Finger spielten mit ihrem Dolch. Als sich ihre und Natassjas Blicke begegneten, schleuderte sie die Waffe blitzschnell dem Mädchen entgegen.

Natassja sprang zur Seite und fiel rittlings auf die Liege. Der Dolch blieb Vibrierend in ihrem Rucksack stecken, der neben der Chaiselongue auf dem Boden stand.

„Netter Buckel“, meinte Gylan spitz. Dann wandte sie sich an Anwar. „Batur hat recht. Je schneller die Läuferin tot ist, umso besser.“ Mit diesen Worten stand sie auf und schritt entschlossen auf Natassja zu.

Auch Batur setzte sich in Bewegung. Finster dreinblickend näherten sie sich Natassja von rechts und links. Natassja tastete nach ihrem Messer. Man hatte es ihr abgenommen. Schnell beugte sie sich vor und zerrte an Gylans Dolch. Doch bevor sie ihn aus dem Stoff ziehen konnte, umfasste Batur ihr Handgelenk und zog sie zu sich heran. Ihr Körper berührte seinen. Sie konnte seinen Atem auf ihrem Gesicht spüren und roch einmal mehr das Gemisch aus Flieder und Zimt.

„Lasst sie! Ich entscheide, wer stirbt und wann!“, sprach Anwar ein Machtwort.

Batur gab einen unwilligen Laut von sich und stieß Natassja von sich. Missmutig trat er hinter seinen Anführer und lehnte sich lässig an die Wand.

„Du kannst sie während der Blutnacht opfern. Als Ersatz für ihren Bruder“, schlug Gylan vor. „Unser Volk kam lange nicht in den Genuss von Menschenblut. Es würde dein Ansehen erheblich steigern, Anwar.“ Die Hexe schlich um Natassja herum und begutachtete sie. „Attraktiv und jung. Noch dazu mit außergewöhnlichem Haar!“ Sie langte in Natassjas Mähne und bog ihren Kopf zurück. Beim Anblick einer bläulichen Ader, die in Natassjas Hals pochte, loderte Begierde in Gylans Blick auf. Sie bleckte ihre Vampirzähne und beugte sich über die weiße Kehle.

„Gylan! Schluss jetzt!“, kommandierte Anwar sie zurück. „Hast du mich eben nicht verstanden? Ich bestimme über Leben und Tod! Und auch wenn du meine Freundin und Beraterin bist. ICH bin immer noch dein Anführer.“

„Schon gut ...“ Die Kriegerin ließ Natassjas Haare los. „Aber gibt es dir nicht zu denken, dass ein unerfahrenes Menschenkind wie dieses Mädchen den Zugang zu unserer goldenen Stadt findet und sogar bis in deinen Palast vordringt?“

„Natürlich“, entgegnete Anwar und seufzte. „Es bedeutet, dass es für erfahrene, menschliche Jäger ein Kinderspiel wäre, uns aufzuspüren und auszumerzen.“

„Und die Jäger der Läufer werden kommen“, sagte Gylan nachdrücklich. Sie hob ihren Dolch auf und kehrte zu ihrem Sessel zurück. Dort nahm sie ihre alte Position ein, wippte mit ihrem Bein und spielte mit der Waffe. Sie hielt beide Enden zwischen den Fingerspitzen ihrer Mittelfinger und drehte den Dolch mit schneller Drehung um die eigene Achse. Dabei musterte sie Natassja aus ihren Mandelaugen wie eine hungrige Raubkatze, die auf den richtigen Moment zum Angriff wartete.

„Ich hätte dem Mädchen gar nicht so viel Mumm zugetraut. So erbärmlich und ängstlich wie es in der Nacht ausgeschaut hat, als wir seinen Bruder holten“, stellte Batur fest.

„Tja, stille Wasser sind unergründlich. Jetzt hat sie Joshua sogar befreit“, meinte Gylan. „Er wird in der Menschenstadt Alarm schlagen, um ihr zu helfen, und uns Militär und Polizei auf den Hals hetzen. Ich schlage vor, wir legen ihren leer gesogenen Körper nach der Blutnacht weitab von unserer Stadt in die Wüste. Aber in der Nähe einer Menschensiedlung, sodass die Läufer sie finden. Es muss aussehen, als habe ein Raubtier sie getötet oder am besten ihr eigener Bruder. Dann erklären die Läufer ihn für verrückt, halten seine Erzählungen über die Bat People für Hirngespinste, und wir können in Frieden weiterleben.“

„Gylans Vorschlag gefällt mir“, stimmte Batur zu. „Allerdings malt sie ein zu schwarzes Bild, was unsere Verfolgung durch die Menschen angeht. Ich habe bereits meine Jäger auf den Jungen angesetzt. Er schafft es niemals in die Läuferstadt. Meine Männer fangen ihn vorher ab und bringen ihn zurück. In Anbetracht unserer bevorstehenden Blutnacht schlage ich vor, das Mädchen UND Joshua bei dem Fest zu opfern. Wir können keine Mitwisser gebrauchen. Und das letzte Menschenblut floss zur Krönung deines verstorbenen Vaters Ragan vor dreißig Jahren. Opfere das Mädchen den Ahnen und ihren Bruder dem Gedenken Ragans. Daran erkennt dein Volk, dass du deinen Vater ehrst und die Bat People in seinem Sinne weiterführst. Damit werden alle Zweifel, die deine Untertanen jemals dir gegenüber gehabt haben, mit einem Schlag verschwunden sein.“

„Bin ich denn so unbeliebt bei meinen Leuten?“, fragte Anwar.

„Nein. Aber du stehst im Schatten Ragans“, erklärte Batur. „Er war ein starker, mutiger und umsichtiger Fürst. Jetzt ist das Volk verunsichert. Du bist jung. Sie fragen sich, ob du der Verantwortung gewachsen bist. Außerdem hast du aus ihrer Sicht seltsame Ideen …“

„Fang nicht schon wieder mit dem Thema an!“, fuhr Anwar dazwischen und brachte seinen Kriegsherren mit einem finsteren Blick zum Schweigen. „Ich habe mich bei meinem letzten öffentlichen Auftritt deutlich ausgedrückt. Ich bin für die Aufrechterhaltung unserer Traditionen. Aber wir müssen lernen, im 21. Jahrhundert zu leben, sonst werden wir untergehen. Und Menschenopfer sind alles andere als zeitgemäß. Du hast eben selbst festgestellt: Die letzten liegen drei Jahrzehnte zurück. Bereits mein Vater hat bewusst während seiner Regierungszeit darauf verzichtet."

„Aber dein Vater war ein Krieger. Und er hat nicht gezögert, gegen die Menschen zu kämpfen und sie zum Schutz seines Volkes zu töten. Er ist im Zweikampf mit einem Läufer gestorben", warf Gylan ein.

„Ich verneige mich vor meinem Vater und seinen Taten", entgegnete Anwar. „Aber nur um der Ehre willen werde ich keinen Kampf mit den Menschen provozieren und einen Läufer töten."

„Das Volk wird dir das als Feigheit auslegen." Batur kreuzte die Arme vor dem Oberkörper, als wollte er verhindern, dass er seinen jungen Fürsten wegen dessen Uneinsichtigkeit schüttelte.

„Das ist mir egal", behauptete Anwar. „Wenn die Zeit reif ist, werde ich mich beweisen, ob mit diplomatischem Geschick oder im Kampf auf Leben und Tod. Zurzeit ist unser Volk viel zu schwach, um im Falle einer militärischen Auseinandersetzung gegen die Läufer siegen zu können. Im Gegenteil: Eine solche Begebenheit wäre unser Aus. Bis auf wenige alte Läufer, die vielleicht einem Fledermausmenschen begegnet sind, oder ein paar Wissenschaftler, die sich mit den verschiedenen Flughundarten beschäftigen, weiß heute kaum mehr jemand von uns. Wir sollten uns von den Menschen fernhalten. Aber wenn wir Kontakt mit ihnen haben, versuchen, ein gutes Verhältnis aufzubauen und zu pflegen."

„Das ist ketzerisch!", brauste Batur auf. „Nie und nimmer reiche ich in Freundschaft einem Läufer die Hand. Und glaube mir, die Bat Women und Men auch nicht!"

„Ich rede nicht von Freundschaft! Und ich bin kein Verräter!", hielt Anwar dagegen. „Ich denke im Interesse unseres Volkes. Ich wiederhole noch einmal: Wollen wir überleben, müssen wir uns mit den Menschen arrangieren und sie besser kennenlernen."

„Dann kannst du mit ihr ja gleich anfangen." Gylan deutete mit der Dolchspitze auf Natassja, die die hitzige Auseinandersetzung aufmerksam von der Chaiselongue aus verfolgt hatte. „Frag sie aus, über das Leben als Läufer. Bring alles Wichtige in Erfahrung – und dann opfere sie deinem Volk!" Mit diesen Worten schwang sich Gylan aus dem Sessel und verließ das Arbeitszimmer.

Im gleichen Moment betrat ein Jäger den Raum. Der Fledermauskrieger salutierte vor seinem Fürsten und seinem Kriegsherren. „Oberster Feldherr", machte er Meldung, „der Flüchtige ist entkommen."

Baturs Gesicht verfinsterte sich. Sein Mund verwandelte sich in einen schmalen Strich. „Wie konnte das geschehen?", fragte der Kriegsherr mit gepresster Stimme. „Der Läufer hat nur Beine. Meine Männer verfügen über Flügel!"

„Er ist mit einem Wagen geflohen. Ein getuntes Corvette Cabriolet. Keiner unserer Männer kann so schnell fliegen", erklärte der Jäger unterwürfig.

Natassjas Herz machte einen Freudensprung. Joshua hatte es geschafft und sich in Sicherheit gebracht! Wie gut, dass sie den Wagenschlüssel im Zündschloss hatte stecken lassen. Sie senkte den Kopf, damit die Anwesenden ihre Freude nicht mitbekamen. Denn so sauer, wie Batur über die Nachricht war, konnte es sein, dass er seinen Ärger an ihr ausließ.

Doch dem Kriegsherrn stand der Sinn nach anderem. Mit einer Handbewegung entließ er den Jäger. Dann wandte er sich an

Anwar. „Nun, willst du immer noch mit den Läufern auf Kuschelkurs gehen? Bald werden Horden von ihnen vor unseren Toren stehen!"

Anwar ignorierte die Provokation. „Wir können nicht ungeschehen machen, dass Joshua entkommen ist. Aber mithilfe des Schamanen habe ich Vorsorge getroffen, dass er uns nicht gefährlich wird. Dennoch verstärkst du die Wachposten am Haupttor und an den Seiteneingängen. Und betraue nur deine besten Männer mit der Aufgabe. Sonst bekommen wir womöglich bedeutend unliebsameren Besuch als den letzten." Er warf einen Seitenblick auf Natassja. Dann konzentrierte er sich wieder auf Batur. „Das Volk erfährt erst nach dem Fest von Joshuas Verschwinden. Ich will ihnen den Spaß nicht verderben. Außerdem ist der ‚Blue Moon' ein heiliger Event. Er ist, seitdem wir vor achthundert Jahren in diese Höhlen gezogen sind, nicht einmal ausgefallen. Und das wird er auch diesmal nicht. Jetzt instruiere deine besten Männer!"

Batur nickte und eilte zur Tür. Dort wartete Gylan auf ihre Befehle.

„Du kümmerst dich um den reibungslosen Ablauf der Feier, um den Auf- und Abbau, die Versorgung der Gäste, das Entertainment …", befahl Anwar.

Bei dem Wort „Entertainment" grinste sie fies und betrachtete Natassja mit einem anzüglichen Blick. Er entging Anwar nicht.

„Ich lasse dich rechtzeitig wissen, ob es ein Menschenopfer gibt", sagte er. „Und nun geht. Es gibt genug zu regeln."

Der Kriegsherr und die Hexe verließen das fürstliche Arbeitszimmer. Natassja blieb allein mit dem Vampir zurück. Angespannt hockte sie auf der Kante der Chaiselongue. Anwars Gegenwart machte sie nervös. Er musterte sie ausgiebig.

„Wie heißt du?", fragte er schließlich.

„Natassja", antwortete sie schüchtern.

„Natassja …“ Er ließ den Namen auf seiner Zunge zergehen. „Sehr schön. Sehr außergewöhnlich … Wie vieles an dir.“ Er trat heran und berührte vorsichtig ihr Haar. Er lächelte gedankenverloren. Seine Vampirzähne wurden sichtbar. Spitz und leuchtend weiß. „Nun, das Schicksal hat uns zusammengeführt. Lass uns das Beste daraus machen. Du hast die Unterhaltung mit meinen Gefolgsleuten gehört. Ich bin nach ihrem Geschmack zu menschenfreundlich. Ehrlich gesagt, habe ich vor deinem Bruder und dir Läufer nur aus der Ferne gesehen. Es stimmt, ich bin sehr neugierig, Menschen kennenzulernen und mehr über ihren Lebensstil und ihre Ansichten zu erfahren. Aber ihr seid unsere Feinde, und ich vergesse nie, welches Leid ihr meinem Volk angetan habt. Also glaube nicht, dass ich Mitleid mit dir haben werde, wenn …“

„Ich verstehe, Sir … ähm … Eure Hoheit …“, antwortete Natassja leise.

„Dann wäre das ja geklärt“, meinte er. „Aber nenn mich nicht Hoheit. Wenn du das sagst, fühle ich mich alt, um nicht zu sagen, scheintot. Sag Anwar!“

Zur gleichen Zeit erreichte Joshua Carlsbad. Er hatte die teils unwegsame Strecke in Rekordzeit zurückgelegt. Dennoch war es bereits Abend, als er mit quietschenden Reifen vor dem Sheriffbüro in der Innenstadt bremste. In der Kleinstadt waren die Bürgersteige hochgerollt, und Sheriff Burke ruhte sich längst zu Hause auf dem Sofa vor dem Fernseher aus. Joshua hämmerte mit den Fäusten gegen die Tür des Polizeireviers. Es dauerte geschlagene fünf Minuten, bis Burkes übellaunige Vertretung reagierte.

„Was gibt es denn so Dringendes, das nicht bis morgen warten kann?“, fragte der Beamte der Nachtschicht und spie, um seinem Ärger über die Störung Ausdruck zu verleihen, im hohen Bogen Kautabak direkt neben Joshuas Schuh.

„Ich bin Joshua Licedei. Sind Sie der zuständige Sheriff?"

„Nein. Burke ist wohlverdient zu Hause. Du kannst auch mit mir reden", meinte der Cop abwiegelnd. „Was ist denn passiert? Ist dir dein Mädchen abgehauen? Hast du eine Beule in einen fremden Wagen gefahren? Oder gibt es eine Prügelei in ‚Sloppy Joe's Bar'?"

„Nein! Verdammt! Ich bin Joshua Licedei! Ich wurde vor fünf Wochen von den Bat People entführt. Meine Schwester hat mich aus der unterirdischen Stadt der Fledermausmenschen befreit. Aber sie hat es nicht rausgeschafft. Die Vampire haben sie in ihren Fängen. Sie müssen mir helfen! Wir müssen sie befreien! Ich habe Angst, dass sie sie während der Blutnacht umbringen!" Joshua hatte sich während seiner Rede so ereifert, dass er den Beamten bei den Schultern gepackt hatte und schüttelte. Ganz so, als könne er auf diese Weise das Denkvermögen des unwilligen Polizisten erhöhen.

„Nun nimm mal die Finger von mir, Bürschchen!", befahl der Beamte. „Dann reden wir in Ruhe, okay?"

Ungeduldig folgte Joshua der Aufforderung und ließ den Mann los. Sofort zog der Cop seine Waffe und hielt ihn in Schach.

„So, Kleiner!", meinte der Polizist. „Ich weiß nicht, welche Drogen du genommen hast. Aber es handelt sich offensichtlich um Teufelszeug. Bat People, Fledermausmenschen, Vampire, Blutnacht … Holla, holla! Du bist eine Gefahr für dich und die Allgemeinheit. Du verbringst die Nacht in der Zelle. Und morgen sehen wir weiter. Dann kommt Sheriff Burke. Und vielleicht rufen wir dann einen Doc, der nach dir sieht und rausfindet, was du im Blut hast."

„Nein! Ich habe keine Drogen genommen!", protestierte Joshua heftig. „Alles, was ich sage, ist wahr! Haben Sie denn meinen Namen noch nie gehört? Ich wurde im Carlsbad Bezirk verschleppt! Ich bin mir sicher, Ihr Sheriffbüro hat meinen Fall bearbeitet."

„Mag sein, Junge. Ich wurde erst letzte Woche in diesen Distrikt versetzt. Nimm es nicht persönlich. Aber ich halte dich für verrückt.“ Der Beamte legte Joshua Handschellen um.

„Nein! Sie müssen meiner Schwester helfen! Es geht um Leben und Tod!“ Joshua wehrte sich und machte Anstalten zu fliehen.

Der Cop schlug ihm den Knauf seines Revolvers über den Schädel. Benommen sank Joshua in die Knie. Die Handschellen klickten um seine Handgelenke.

„Ich … muss … telefonieren …“, stammelte Joshua.

Der Polizist ignorierte sein Gejammer. Er hatte nahezu jeden Tag mit betrunkenen Jugendlichen zu tun. Joshua war nur einer von vielen. Er zerrte den bewusstlosen Jungen über den Boden bis in eine Zelle. Dort rollte er ihn auf die harte Pritsche. Bis zu Sheriff Burkes Dienstbeginn am nächsten Morgen sollte dieser Junge erst mal seinen Rausch ausschlafen.

7. KAPITEL

Während Joshua die Nacht unruhig schlafend in der Zelle verbrachte, saß Natassja bei Orangentee und Rosengebäck mit Anwar im Wohnzimmer des Palastes. Der junge Vampirfürst löcherte sie mit Fragen über die Welt der Menschen. „Wie viele Einwohner hat Albuquerque? Wer ist der Bürgermeister der Stadt? Wie funktioniert das Sozialsystem? Welche Bildungsmöglichkeiten gibt es? Wie ist die Infrastruktur?“

Natassja antwortete, so gut sie konnte. Nach allgemeinen Themen wechselte er in den privaten Bereich. Er fragte sie über ihre Familie, ihre Interessen und Zukunftspläne aus. Er wollte sogar wissen, ob sie einen Freund hatte. Als sie verneinte, sah er sie einen Augenblick schweigend an. Um sie in der nächsten Sekunde erneut mit seinem Wissenshunger zu überfallen, was Natassja jedoch nicht unlieb war in Anbetracht des eigentlichen Hungers eines Vampirs, den sie lieber verdrängte.

Nachdem sie mehrere Stunden Frage und Antwort gestanden hatte, meinte sie: „Ich bin dran! Erzähl mir von den Bat People und von eurer Vergangenheit. Sag mir, was es mit Cibola auf sich hat? Ist dieser Palast wirklich aus Gold? Wie lange lebt ihr schon hier, und wer hat das unterirdische Reich gebaut? Und …“

„Stopp! Stopp! Stopp!“, rief Anwar. „Alles der Reihe nach.“ Er rieb sich nachdenklich das Kinn. „Womit soll ich anfangen … Nun, Cibola oder Bat City, wie die Menschen unsere Stadt nennen, gehört zu den sieben goldenen Städten der Welt. Die meisten Läufer denken, sie sei ein Mythos und nur ein Traumgespinst. Andere, zum Beispiel die spanischen Kolonisatoren, haben sie gesucht, um ihren Schatz zu rauben und berühmt und reich zu werden. Es ist ihnen nicht gelungen, und bisher hat uns noch niemand gefunden – außer dir.“ Er machte eine kurze Pause und schenkte ihr ein seltsames Lächeln.

Natassja lächelte scheu zurück. Der junge Vampirfürst gefiel ihr immer besser. Aber sie durfte die Zuneigung nicht zulassen. Vermutlich war sie eh nur einseitig. Er hatte selbst gesagt, dass er zum Wohl seines Volkes kein Mitleid mit ihr hätte.

„Einerseits ist es gut, dass du hier bist. Wann hätte ich sonst all die interessanten Dinge über die Menschen erfahren, die ich schon immer wissen wollte“, fuhr Anwar fort. „Andererseits waren wir bei euch Läufern weitestgehend in Vergessenheit geraten. Wir, die Bat People und unser Gold. Nun geht die Jagd auf uns womöglich wieder von vorne los.“

„Das tut mir leid. Das habe ich nicht gewollt“, sagte Natassja ehrlich. Trotz der Lebensgefahr, in der sie angesichts der bevorstehenden Blutnacht schwebte, verstand sie, dass die Bat People nur um ihr Überleben kämpften und jeden ausschalten mussten, der das gefährdete. Gegebenenfalls auch sie selbst.

„Warum wollen euch die Menschen töten? Nur wegen des Goldes?“, fragte sie.

„Es spielt eine große Rolle. Aber die Feindschaft zwischen Läufern und Vampiren beruht nicht allein auf der menschlichen Gier nach unserem Gold. Den Ureinwohnern Amerikas war das wertvolle Edelmetall gleichgültig. Sie haben es uns sogar geschenkt. Mit der Eroberung des Landes durch die Pioniere wurde unser Schicksal besiegelt. Im Gegensatz zum roten Mann fürchtete uns der weiße. Er verteufelte uns wegen unserer Andersartigkeit: unseres Aussehens und Lebensstils, unserer Vorliebe für Blut. Gegen die Waffen der Einwanderer konnten wir nichts ausrichten. Aber wir haben gekämpft und ebenso wie unsere Gegner keine Gefangenen gemacht.“

Natassja schwieg bedrückt. Dann meinte sie: „Und du möchtest den Hass aufbrechen, die Vergangenheit vergessen und mit den Menschen neu anfangen.“

„Mein Volk braucht Ruhe und Frieden, um sich zu regenerieren. Wir brauchen frisches Blut …“ Er lachte, als er ihr entsetztes Gesicht sah. „Nein, nicht, wie du denkst! Wir brauchen neue Partner in unseren Beziehungen. Wir verstecken uns seit Jahrhunderten vor den Läufern und haben kaum Kontakt zur Außenwelt. In der Abgeschlossenheit vermählen sich immer wieder dieselben Familien. Das führt zu Erbkrankheiten und intellektuellem Verfall. Schon unter der Herrschaft meines Vaters wurden Boten zu unseren entfernten Verwandten in der Mongolei, Sibirien, China und Brasilien entsandt. Wir konnten Familien gewinnen, zu uns nach New Mexico zu ziehen. Aber es sind zu wenige."

„Stammt Gylan aus einer der zugezogenen Familien?", fragte Natassja.

„Ja. Ihre Eltern kamen vor ihrer Geburt zu uns. Sie stammen aus der Mongolei, wie man an Gylans Gesichtszügen erkennen kann. Baturs Mutter ist von hier. Sein Vater stammt aus China, aus einer Dynastie, die exzellente Samurai hervorgebracht hat. Sein Erbe zeigt sich in seiner Kampfkunst. Er wie auch Gylan sind auf der Suche nach Partnern – ebenso wie ich."

„Warum heiratest du dann nicht Gylan?" Natassja bereute ihre vorlaute Frage sofort. Obwohl Anwar sie über ihr Privatleben ausgehorcht hatte, stand ihr dasselbe nicht zu. Sie war seine Gefangene, und Frechheiten konnten sie den Kopf kosten. Aber davon abgesehen, fürchtete sie vielmehr, dass Anwar der wahre Grund für ihre Neugier auffiel. Denn ihr passte die Vorstellung nicht, dass der attraktive Vampirfürst ausgerechnet an die schlitzäugige Hexe Gylan vergeben war.

Ihr schoss das Blut in die Wangen. Doch Anwar schien es nicht zu bemerken. „Gylan ist meine entfernte Cousine. Würde ich sie zur Frau nehmen, hätten wir eventuell das gleiche Problem in puncto Erbkrankheiten. Außerdem stammt sie in direkter Linie vom Hunnenkönig Attila ab. Er gehörte übrigens auch zu den Bat People. Wie sonst hätte er ohne Flügel ein solch riesiges Weltreich erobern können? Die Läufer verschweigen diese

Tatsache natürlich gern. Auch wenn die westliche Welt vor ihm zitterte, soll ein so großer Kriegsherr zu den Flügellosen zählen. Jedenfalls besitzt Gylan sein Temperament und seine Leidenschaft. Aber eine kämpferische Frau im Bett ist mir zu anstrengend, ehrlich gesagt. Ich suche etwas anderes." Als er das sagte, sah er Natassja direkt in die Augen.

Irritiert und durcheinander starrte sie zurück. Das Rot ihrer Wangen vertiefte sich.

„Die Gesandten der asiatischen Bat People schicken mir seit Monaten Porträts ihrer schönsten Mädchen. Es war der Wunsch meines Vaters, dass ich eine chinesische Prinzessin heiraten soll. Aber ich habe mir noch nie gerne etwas vorschreiben lassen." Er stand auf und reckte sich. „Schluss mit dem Thema. Hast du Lust, dir Bat City anzusehen? Es ist gleich Mitternacht. Die beste Nachtzeit, um sich ins brodelnde Geschehen zu stürzen."

„Ja. Gerne", antwortete Natassja überrascht. Sie hatte damit gerechnet, dass er das Gespräch beenden und sie in das Verlies schicken würde, indem zuvor ihr Bruder vegetiert hatte.

„Der kleine Stadtbummel ist mein Dankeschön an dich. Du hast mir interessante Informationen über die Menschen geliefert und warst viel kommunikativer als dein verstockter Bruder."

„Oh, ja? Danke. Dabei redet Joshua sonst dauernd."

„Nun, nicht mit mir. Im Gegenteil war er sogar ziemlich unverschämt. Ich war kurz davor, ihn Demut zu lehren." Anwars Gesichtszüge verhärteten sich. Er knackte hörbar mit den Fingern, als mache er sich warm, um jemanden zu würgen.

Natassja räusperte sich. Damit Anwar seinen Ärger über Joshua nicht an ihr ausließ, meinte sie schnell: „Mein Bruder war wohl undankbar. Und das, obwohl du und deine Gefolgsleute ihm das Gegenmittel gegen die Transformation zum Vampir verabreicht habt. Was auch immer für Pläne ihr danach mit ihm hattet."

„Er hat es dir also erzählt. Offensichtlich hatte Joshua sehr viel Zeit, auf dem Friedhof mit dir zu plaudern. Meine Jäger haben kläglich versagt, das nicht zu unterbinden und vor allem zu übersehen, dass er mit dir gesprochen hat. Nun ja, es ist ja noch einmal gut gegangen – für uns." Anwars Mimik entspannte sich wieder. Er deutete zum Ausgang und ließ ihr den Vortritt. „Joshua wäre nach ein, zwei Tagen von den Scheintoten wieder auferstanden und hätte normal als Mensch weiterleben können, ohne zum Fledermausmenschen zu mutierten. Dafür war die durch den Biss übertragene Transformationsflüssigkeit nicht intensiv genug. Es hätte weiterer Bisse bedurft. Möglicherweise hätte es vielleicht ein paar unbedeutende Nebenwirkungen gegeben. Doch nichts, womit er nicht hätte umgehen können."

„Warum habt ihr ihn dann vom Campingplatz in euer Reich geholt?", fragte Natassja verblüfft.

„Nun, wir wussten nicht, wie viel Transformationsflüssigkeit ihm verabreicht worden war. Wir mussten es checken. Außerdem konnten wir das Risiko nicht eingehen, dass er einen Arzt aufsucht. Denn dann hätte der Doktor festgestellt, dass Joshua Bat-Zellen in sich trägt. Ein Biss genügt, um sie zu übertragen. Und die Bat-Zellen kommen nur in unserem Blut vor. Dein Bruder wäre als medizinisches Phänomen herumgereicht worden, bis ein findiger Wissenschaftler den ursprünglichen Wirt entdeckt hätte – uns. Und schon wäre die Jagd auf uns losgegangen."

„Und jetzt trägt Joshua keine Bat-Zellen mehr in sich?"

„Nein. Der Schamane hat ihm ein Gebräu aus Ayahuasca und Datura – das sind Dschungelliane und Stechapfel – verabreicht und die Zellen neutralisiert. Sie befinden sich nach wie vor in seinem Körper, sind aber mit den Hilfsmitteln der Menschen nicht mehr nachweisbar. Allerdings dauert eine solche Neutralisation eine Woche. Deshalb musste er in unser Reich kommen."

„Dann wolltest du ihn anschließend gehen lassen?!" Natassja blieb fassungslos stehen.

„Nein. Ich wollte ihn nicht gehen lassen. Es stand wirklich zur Debatte, ihn bei der Blutnacht zu opfern. Die Neutralisation war nur eine Sicherheitsvorkehrung, falls seine Leiche nach dem ‚Blue Moon' in der Wüste von Läufern gefunden worden wäre."

Natassja schwieg betroffen. Anwars Nüchternheit, mit der er über den Opfertod ihres Bruders sprach, brachte sie auf den Boden der Tatsachen. Hatte sie sich bisher in der Unterhaltung mit dem Vampirfürst wohlgefühlt, wurde ihr nun schlagartig klar, dass Anwar mit ziemlicher Wahrscheinlichkeit genau so kalt über sie richten würde wie über Joshua. Ihr wurde einmal mehr bewusst, dass sie ihre Gefühle unter Kontrolle bringen musste.

„Denk an erfreulichere Dinge", sagte Anwar, als könnte er ihre Gedanken lesen. Er reichte ihr einen schwarzen Umhang mit Kapuze, den er von der Garderobe im Flur des Palastes nahm. „Trag ihn, und bedeck dein Haar. Es ist ein Blickfang. Jeder Bürger Bat Citys würde es sonst anfassen wollen."

Natassja legte den Poncho um. Während sie neben Anwar über den Vorhof des Palastes zum Tor schritt, dachte sie über die Ereignisse nach, die erst Joshua und dann sie hierhergeführt hatten.

„Ein Fledermauswächter hat Joshua gebissen. Aber die Fledermäuse in der Bat Cave sehen nicht aus wie ihr."

„Nein. Sie sind die Vorstufe zu den Bat People. Einige von ihnen werden sich in menschenähnliche Vampire verwandeln. Andere bleiben, was sie sind: Flughunde. Wir wissen nicht, wer mutiert. Deshalb werden sie bewacht."

„Aber wieso wisst ihr nicht, wer …?"

„Das verrate ich dir später. Sieh dir jetzt die Stadt an."

Die Wächter salutierten vor ihrem Fürsten und öffneten die Tore zur Bat City.

In den Straßen brodelte das Leben. Anwar hatte nicht zu viel versprochen. Die Wege waren überfüllt mit Vampirmenschen jeden Alters. Ganz so, wie an einem Samstag in den Innenstädten der Menschen. Wo immer Anwar und Natassja hinkamen, zollte das Volk seinem jungen Herrscher Respekt. Bat Women und Bat Men verbeugten sich vor ihm. Aber Natassja entgingen auch die skeptischen Blicke nicht. Sie dachte an Anwars Auseinandersetzung mit Batur und Gylan. Der junge Fürst musste sich offensichtlich noch bewähren.

Doch die misstrauischen Blicke galten nicht nur ihm. Offen hasserfüllt oder blutgierig starrten einige Natassja an. Sie zog die Kapuze ihres Umhangs tiefer in die Stirn und rückte näher zu Anwar.

„Es ist nichts Persönliches. Du bist ein Mensch. Das ist dein Problem", meinte Anwar, der die Aufmerksamkeit, die sie erregte, bemerkte. „Und ich denke, dass es vielen meiner Untertanen nicht gefällt, dass du an meiner Seite gehst."

„Weil dein Vater von einem Menschen getötet wurde?"

Anwar betrachtete sie überrascht. „Mhm. Du hast gut aufgepasst."

„Das tue ich immer", entgegnete Natassja und fügte hinzu: „Was ist mit Fürst Ragan geschehen?"

„Mein Vater war ein großer Krieger. Doch sein Tod war ein … Missgeschick." Er seufzte. „Ragan konnte sich problemlos unter den Menschen bewegen. Du hast bestimmt schon bemerkt, dass wir nicht wie andere Fledermäuse nachtaktiv sind. Wir bevorzugen zwar die Dämmerung. Aber Tageslicht schadet uns nicht – jedenfalls wenn wir uns nicht länger als ein, zwei Stunden darin aufhalten. Unsere Augen sind zu empfindlich. Im schlimmsten Fall können wir bei zu langer Sonneneinwirkung erblinden. Mein Vater jedoch nicht. Er war ein Grenzgänger. Er besaß in jeder Hinsicht das Beste aus beiden Welten. Willst du ihn sehen?"

„Ich denke, er ist tot!", meinte Natassja verwundert.

„Du stehst vor ihm", entgegnete Anwar.

Natassja hatte sich in ihrer Unterhaltung so auf Anwar konzentriert, dass sie nicht bemerkte, wohin er sie führte. Nun stand sie am Rand des Marktplatzes, auf dem die Vorbereitungen für die Blutnacht in vollem Gange waren. In der Ferne entdeckte Natassja Gylan, die Arbeitern Befehle beim Aufbau der Bühne gab. Die Mongolin warf einen finsteren Blick in Anwars und Natassjas Richtung, offensichtlich wenig erfreut, dass der junge Fürst eine Läuferin in die Öffentlichkeit mitnahm. Natassja wandte sich demonstrativ von ihrer Feindin ab und hob den Kopf. Vor ihr ragte in überdimensionaler Größe eine in Stein gemeißelte Statue auf, die Natassja in Staunen versetzte.

„Dein Vater war Indianer?!“, stieß sie ungläubig aus. In ihren grauen Zellen machte es klick! Die Ähnlichkeit der Fledermausmenschen zu den amerikanischen Ureinwohnern war ihr schon beim Betrachten der Ahnengalerie im Wartesaal aufgefallen. Sie hatte sie nur nicht deuten können.

„Nur auf den ersten Blick. Wenn du genau hinsiehst, erkennst du seine Fledermausflügel und seine Vampirzähne. Aber ansonsten hast du recht. Der genetische Pool unseres Volkes besteht aus amerikanischen Ureinwohnern und Fledermäusen. Vor über zweitausend Jahren pflegte der Stamm der Anasazi-Indianer einen Fledermauskult. Sie verehrten die Geschöpfe der Nacht für ihre Fähigkeit, im Dunkeln zu sehen und sich die finstere Hälfte des Tages zueigen zu machen. Die Anasazi glaubten, eine Verschmelzung von Mensch und Fledermaus würde das perfekte Wesen ergeben. Es könnte bei Tag und Nacht leben, besäße die Möglichkeit, zu fliegen und zu laufen, und käme in Hungerszeiten mit seinem eigenen Blut aus. Nun ja, die Indianer verfügten über ein beschränktes Wissen.“

„Kein Vampir kann von seinem eigenen Blut zehren“, fuhr er fort. „Dennoch zolle ich den Anasazi größten Respekt. Über Dutzende Generationen vermischten sie sich mit ausgesuchten Fledermäusen und schufen unsere Rasse. Doch seit etwa hundert Jahren, seit der letzte Anasazi in die ewigen Jagdgründe einging, fehlt uns der menschliche Genpool. Es kommen mehr Fledermäuse als Fledermausmenschen auf die Welt. Und somit erklärt sich auch deine Frage, wieso wir nicht wissen, welche Fledermäuse aus der Bat Cave so werden wie Batur, Gylan und ich. Während andere Tiere bleiben."

„Aber das Problem sollte sich lösen, wenn ihr euch mit euren asiatischen Verwandten vermehrt."

„Nur kurzfristig. Es führt zwar zu einer Auffrischung unseres Blutes. Aber unsere asiatischen Verwandten haben das gleiche Problem. Auch sie sind aus Ureinwohnern und Fledermäusen entstanden. Und ihre menschlichen Vorfahren sind alle ausgestorben. Und ohne den menschlichen Anteil werden mit der Zeit immer mehr Fledermäuse und immer weniger Bat People geboren."

„Ihr seid dem Untergang geweiht."

„Ja und nein. Mein Vater suchte in der Welt der Läufer nach Verwandten der Anasazi. Nachfahren, in deren Adern ein Viertel oder auch nur ein Achtel reines Indianerblut fließt. Diese Menschen wollte er für ein Leben in unserer Welt gewinnen. Doch er wurde vorher erschossen. Von einem Läufer. Wie ich schon sagte: Es war ein Unglück und kein Zweikampf, wie es Batur, Gylan und meine Untertanen darstellen. Mein Vater jagte einen Hirsch, um sein Blut zu trinken. Der Läufer verfolgte dasselbe Tier. Er glaubte, es im Visier seines Gewehrs zu haben, schoss und tötet aus Versehen meinen Dad. Die Gefolgsmänner meines Vaters schleppten ihn weg, bevor der Läufer und seine Begleiter ihn fanden. Der menschliche Jäger dachte, er hätte kein Jagdglück und den Hirsch verfehlt."

„Wann war das?"

„Erst letztes Jahr. Jetzt verstehst du gewiss, wieso ich mich meiner Rolle und meines Volkes noch würdig erweisen muss. Außerdem hatte ich keinen guten Start. Ich ordnete an, den menschlichen Jäger zu verschonen. Wie gesagt: Er hat meinen Vater nicht absichtlich getötet. Und ich wollte nicht, dass womöglich noch mehr Bat Blut vergossen wird, wo mein Volk schon so hart ums Überleben kämpft. Aber viele Bat People legten mir diese Entscheidung als Schwäche aus oder behaupteten, ich hätte meinen Vater nicht geliebt."

„Das ist bitter und ungerecht", meinte Natassja und legte, ohne darüber nachzudenken, mitfühlend ihre Hand auf seinen Arm. Sofort schoss ein Kribbeln durch ihren Körper. Sie meinte ein leichtes Zucken in Anwars Arm bemerkt zu haben. Natassja fühlte sich von Kopf bis Fuß elektrisiert und konnte den Blick nicht mehr von ihm abwenden. Seine Haut und das Fell seines Flügels fühlten sich an wie Samt und Seide, und zum ersten Mal sah sie, dass seine Arme und Schwingen durch eine dünne hellgraue Haut miteinander verbunden waren. Dunkelrote Adern zeichneten sich darunter ab. Er bewegte seine Finger, und eine Wellenbewegung ging durch die Flugmembran. Die Flügel erstreckten sich von seinen Hand- bis zu den Fußgelenken. Auch zwischen seinen Fingern befanden sich dünne, fast durchsichtige Häutchen. Sie hob den Kopf und hatte das Gefühl, in seinen blauen Augen zu versinken. Ihr Herz raste, und jeder klare Gedanke setzte aus. Beinah wäre sie ihm um den Hals gefallen und hätte ihn geküsst.

„Danke für dein Mitgefühl, Tassja", sagte Anwar. Seine Stimme klang rau.

Tassja ... noch nie hatte jemand sie so genannt. Wie wunderschön! Ein überwältigendes Glücksgefühl durchflutete sie. Sie war völlig durcheinander. Nur mit größter Anstrengung schaffte sie es, den Bann zu lösen. Verwirrt dachte sie über ihre heftige Reaktion nach. Gleichzeitig nahm sie einen überwältigenden Blumen- und Gewürzduft wahr. In ihrer Verlegenheit stammelte sie: „In deiner goldenen Stadt riecht es überall nach Zimt und Flieder."

„Es ist unser Körpergeruch“, antwortete Anwar. „Je stärker unsere Emotion, je intensiver der Geruch.“

Dann bist du gerade sehr aufgewühlt. Warum? Wegen mir?, wollte Natassja ihn fragen. Doch in dem Augenblick trat Gylan an sie heran. Die Mongolin kräuselte die Nase und schnupperte. Als sie den umwerfenden Duft roch, zogen sich ihre Mandelaugen zu Schlitzen zusammen.

„Ich störe ungern, Anwar“, sagte sie spitz. „Aber es gibt Fragen zum Bankett der Blutnacht.“ Sie warf Natassja einen hasserfüllten Blick zu und meinte: „Wird die Läuferin nun der Hauptgang oder nicht?“

8. KAPITEL

„Willaby, Sie sind ein Vollidiot!“, polterte Sheriff Mark Burke los, als er am Morgen um acht Uhr sein Büro betrat und Joshua hinter Gittern sah. „Schließen Sie sofort die Zelle auf, und bringen Sie dem Jungen einen Kaffee und zwei Donuts. Ich fasse es nicht! Sie haben ein Entführungsopfer eingesperrt! Haben Sie denn nichts von dem Fall Licedei gehört, das muss doch auch zu Ihnen durchgedrungen sein?“

Willaby, der Beamte der Nachtschicht, antwortete seinem Vorgesetzten lieber nicht. Eilig öffnete er Joshuas Zelle und kam wenig später mit einem großen Becher frisch gebrühten Kaffee und zwei Schokokringeln zurück.

In der Zwischenzeit gab Joshua Sheriff Burke seine Entführung durch die Fledermausmenschen zu Protokoll. In schillernden Farben schilderte er Bat City und seine Bewohner und drängte zur Eile, seine Schwester aus den Fängen der Blutsauger zu befreien.

Sheriff Burke, der zuerst übereifrig sein Aufnahmegerät und den Notizblock auf den Schreibtisch packte und Joshuas Geschichte überaus interessiert zuhörte, stellte die Aufnahme ab und legte den Kugelschreiber nieder, als das Wort „Vampir“ fiel. Er starrte Joshua erst ungläubig, dann verärgert an. Willaby, der zuvor wie ein geprügelter Hund zurückgezogen in einer Ecke des Büros gesessen hatte, rückte nun grinsend mit seinem Stuhl heran und murmelte etwas wie: „Wer ist jetzt der Vollidiot?“ Laut sagte er: „Chef, ich glaube, der Junge steht unter Drogeneinfluss.“

Joshua wehrte sich verzweifelt gegen die Vorwürfe und die Zweifel, die die Cops seiner Erzählung entgegenbrachten. Er gab ihnen detaillierte Beschreibungen von Anwar, Batur und Gylan. Aber als er den Cops den Weg nach Bat City beschreiben wollte, litt er an Gedächtnisschwund. Sein Gehirn schaltete auf „leer“, wie sehr er sich auch konzentrierte. Er erinnerte sich nicht einmal mehr lückenlos an die Autofahrt in der vorangegangenen Nacht. Wie war er nach Carlsbad gelangt? Einzelne Szenen tauchten vor seinem inneren Auge auf, ergaben aber kein zusammenhängendes Bild.

„Die Bat People haben einen Schamanen auf mich angesetzt. Er hat vermutlich meine Erinnerung gelöscht“, meinte Joshua zu den Beamten.

Die beiden Männer sahen sich lange an.

„Gibt es Fälle von Schizophrenie in Ihrer Familie?“, wollte Burke wissen.

„Nein!“ Joshua sprang empört auf. „Wozu erzähle ich Ihnen das alles, wenn Sie mir sowieso nicht glauben?! Meine Schwester schwebt in Lebensgefahr! Vielleicht ist sie schon tot! Und Sie sitzen hier und unternehmen gar nichts!“

„Bring den Jungen zurück in seine Zelle, Willaby“, meinte Sheriff Burke und erhob sich seufzend vom Schreitisch. „Ich rufe seine Eltern in Albuquerque an. Sie sollen ihn abholen kommen. In diesem Zustand kann er auf keinen Fall fahren.“

„Nein! Sie können nicht einfach gehen! Warten Sie!“, schrie Joshua.

Doch Burke wandte sich nicht einmal mehr um. Er verließ den Befragungsraum, und Joshua sah durch das vergitterte Fenster in der Tür, wie der Cop telefonierte. Willaby packte Joshuas Arm und zerrte ihn im Polizeigriff zurück in seine Zelle.

„Ihr Stadt-Kids seid irgendwie alle irre“, meinte er und schloss die Tür hinter Joshua.

Am späten Nachmittag trafen Joshuas Eltern und die Zwillinge ein. Seine Mom umarmte ihn überglücklich. Nur Natassjas Verschwinden überschattete die Wiedersehensfreude. Dass sie nicht in Las Vegas feierte, wie sie ihrer Familie hatte weismachen wollen, bezeugte die Corvette, die vor der Tür parkte. Doch die Story von Bat City und Natassjas risikoreichem Rettungsversuch ihres Bruders glaubten auch die Eltern Licedei nicht. Immer wieder redeten sie auf Joshua ein und baten ihn inständig, zu erzählen, wann er Natassja zum letzten Mal gesehen hatte. Irgendwann reimten sie sich zusammen, dass es einen Unfall beim Klettern gegeben haben musste. Sofort wollten sie in Richtung der Berge aufbrechen, doch Sheriff Burke versicherte ihnen, dass die Polizei eine Suchaktion einleiten würde und dass es für Ortsundkundige viel zu gefährlich in der Wüste sei. Schließlich gaben die Eltern nach – auch in Anbetracht von Joshuas bedenklichem Zustand. Er musste dringend zu einem Arzt.

„Wir bringen dich in Albuquerque zu einem Psychiater. Vielleicht bringt er Licht ins Dunkel und findet heraus, was dir Schreckliches widerfahren ist und was mit Natassja passiert ist“, meinte Joshuas Mom und führte ihren Sohn aus dem Büro des Sheriffs hinaus in die untergehende Sonne. Am entgegengesetzten Himmelsende konnte man schon schwach den Vollmond erkennen.

„Heute ist Blutnacht in Bat City“, schrie Joshua aufgeregt, als er den Blue Moon sah. „Sie werden Natassja aussaugen und töten!“

„Still, Junge! Still!“ Joshuas Mutter schob ihn auf den Rücksitz ihres Vans.

Sheriff Burke stand vor seinem Büro und sah zu, wie Joshuas Dad in die Corvette stieg. Im Van drehte Joshua das Fenster herunter und rief: „Sheriff Burke! Ich habe meinen Talisman, eine Muschelkette, auf der Flucht aus Bat City verloren. Sie muss unmittelbar in der Nähe zum Höhleneingang liegen. Ich bin beim Abstieg an einem Felsvorsprung hängen geblieben. Bitte suchen Sie meine Schwes…!“

Das Aufheulen der Corvette übertönte Joshuas Stimme. Der Familien-Van fuhr los, gefolgt von dem Sportflitzer. Sheriff Burke sah den Wagen hinterher, bis sie außer Sichtweite waren.

„Bekloppte gibt's", meinte Willaby, der neben den Sheriff getreten war, und spuckte in einem riesigen Bogen seinen Kautabak auf die Straße. „Ich mach dann mal Feierabend. Will heute noch auf die Jagd."

Burke antwortete nicht. Er überlegte, ob er das Interview mit Joshua zu vorschnell abgebrochen hatte. Denn auf einmal erinnerte er sich an eine Mär, die ihm sein Großvater erzählt hatte, als er noch ein kleiner Junge war. Die Fabel handelte von Indianern, die sich in Fledermäuse verwandelten ...

„Gleichgültig, ob das Volk es schätzen würde und es meinem Ansehen zuträglich wäre ... Tassja nimmt als Gast an unserem Fest teil, nicht als Hauptmahlzeit. Das ist mein letztes Wort!" Anwar lehnte sich in seinem Sessel zurück und kreuzte die Arme vor der Brust.

„Wie du meinst. Dann ist das dein letzter ‚Blue Moon' als Herrscher! Das garantiere ich dir!", meinte Gylan und rammte wütend ihren Dolch in den massiven Holztisch, an dem sie mit Anwar und Batur die letzten Absprachen für die Blutnacht besprach. „Du hast dich vor deinem Volk mit der Läuferin gezeigt und sie zuvorkommend behandelt, als sei sie eine von uns. Um diesen Affront wiedergutzumachen, MUSST du sie während der Blutnacht opfern. Verstehst du das denn nicht?"

Anwar presste die Lippen zusammen und schwieg.

„Inszeniere ihre Opferung als spektakulären Höhepunkt des Festes, und niemand wird jemals wieder an dir zweifeln", mischte sich Batur ein. „Wenn du es nicht tust, fürchte ich eine Revolution. Und dein Volk wird dich stürzen."

„Ihr übertreibt maßlos", stieß Anwar hervor. „Das Fest strotzt nur so vor Höhepunkten, und es fließt sogar Blut. Die Jäger, die versäumt haben, Joshuas Gespräch mit seiner Schwester zu unterbinden, werden geopfert. Ebenso der Wächter, der Tassja das Tor zum Palast geöffnet hat."

„Das ist nicht dasselbe“, insistierte Gylan. „Es sind welche von uns.“

„Sie hat recht!“, stimmte Batur zu. „Menschenblut muss fließen. Zuerst stand Joshua zur Wahl. Er ist fort. Dann muss seine Schwester sterben. Ich weiß nicht, wo das Problem liegt. Außer du fürchtest eine Racheaktion der Menschen. Aber warum sollten sie davon erfahren?“

„Nun, ich bin mir ziemlich sicher, das werden sie, wenn die Läufer ihre blutleere Leiche in der Wüste finden“, sagte Anwar ungehalten. „Im Gegensatz zu euch bezweifele ich nämlich, dass sie den Bruder verdächtigen werden. Abgesehen davon möchte ich Tassja als Geisel einsetzen. Sollte sich Joshua trotz der Gehirnwäsche durch die vom Schamanen verabreichten Substanzen doch noch an den Weg nach Bat City erinnern, können wir uns unsere Flucht erkaufen, indem wir den Läufern Tassja anbieten.“

„Pah!“ Gylan verdrehte genervt die Augen. „Deine Ausrede ist smart. Aber nicht smart genug für mich. Du willst sie nicht als Geisel benutzen. Du willst sie für dich! Du hast dich in die Kleine verguckt. Meinst du, ich habe nicht gesehen, wie du sie gestern Nacht auf dem Marktplatz angehimmelt hast? Und ich würde mich nicht wundern, wenn jede Menge deiner Untergebenen das auch mitbekommen haben. Du konntest dir ja nicht verkneifen, sie heute erneut zu begleiten.“

„Ist das wahr?“, fragte Batur entsetzt. „Eine Liaison wäre eine Katastrophe!“

„Wieso? Wir brauchen dringend frisches Blut, um genetisch nicht zu degenerieren. Und was spricht gegen eine Menschenfrau? Meinen politischen Vorstellungen käme das sehr entgegen. Ihr wisst, dass ich einen friedlichen Kurs mit den Läufern einschlagen will. Wenn ich eine von ihnen zu meiner Gattin …“

„Sprich nicht weiter! Oder ich vergesse mich!“ Batur war von seinem Stuhl aufgesprungen. Aufgebracht lief er im fürstlichen Arbeitszimmer auf und ab. „Ein Vampirmann und eine Läuferin – so etwas hat es noch nie gegeben, und das wird es auch nicht, solange ich lebe! Es würde unser soziales Gefüge auf den Kopf stellen, unsere Moral- und Wertvorstellungen zerstören. Es kann kein Glück in einer solchen Konstellation geben. Weder für die beiden, noch für ihre Völker." Er atmete schwer. Dann sah er Anwar lange schweigend an. Schließlich meinte er: „Es ist also wahr, was Gylan sagt: Du bist in das Mädchen verliebt."

„Das habe ich nicht gesagt", entgegnete Anwar kühl. „Ihr unterstellt mir das. Ich habe meine Gründe, sie am Leben zu lassen, deutlich klargemacht."

Gylan und Batur starrten ihn misstrauisch an. Anwar erwiderte ihre Blicke, ohne mit der Wimper zu zucken.

„Okay, ich glaube dir. Dann habe ich mich geirrt", sagte Gylan plötzlich.

Anwar und Batur sahen sie überrascht an. Die Männer kannten die Mongolin zu gut. Sie führte etwas im Schilde.

„Wenn ich den Sachverhalt richtig sehe, wollen Batur und ich, dass *Tassja* ...", sie sprach den Kosenamen mit spöttischem Unterton aus, „... als Blutopfer den Bat People dargebracht wird. Anwar möchte sie als Geisel für einen Notfall beziehungsweise einen Konflikt mit den Läufern einsetzen."

Der junge Fürst und sein Kriegsherr nickten zögernd.

„Gut", fuhr Gylan fort. „Da wir der ‚Schwarzen Dreifaltigkeit' angehören und jeder von uns stimmberechtigt ist, sollten wir eine demokratische Wahl abhalten. Wer ist dafür, dass die Läuferin heute Abend stirbt?" Sofort schossen Gylans und Baturs Hände in die Höhe.

Anwar war überstimmt, Natassjas Schicksal besiegelt. Resigniert betrachtete der Vampirherrscher seine Gefolgsleute – und Gegenspieler. Er wusste, dass sie die Entscheidung zum Wohl der Allgemeinheit fällten und ihm ansonsten in jeder Lebenslage treu ergeben waren. Doch zum ersten Mal in den langen Jahren ihrer Freundschaft wünschte er, ihnen niemals so viel politische Macht verliehen zu haben.

Natassja ahnte nicht, dass ihr Tod beschlossene Sache war. Sie saß am Fenster im Turmzimmer des Palasts, das ihr Anwar zugewiesen hatte, und schaute hinaus auf die Stadt. Sie hatte auch ihren zweiten Tag mit dem jungen Vampirfürsten verbracht. Und sie schwebte auf Wolke sieben. Sie konnte nicht erklären, was es war, und sie schämte sich als Verräterin an ihrem Bruder, aber Anwar zog sie magisch an. Sie mochte nicht eine Minute ohne ihn sein, und wenn sie ihr Gespür nicht trog, ging es ihm genauso.

Er hatte ihr am heutigen Festtag seine Lieblingsplätze gezeigt. Eine grüne Grotte, die seine Ahnen vor Jahrhunderten geschaffen und zu Ehren der Anasazi-Gottheiten mit Smaragden geschmückt hatten. Und einen unterirdischen See, in dem durch die Abwesenheit von Sonnenstrahlen weiße Fische schwammen.

Natassja war verliebt. In Anwar, sein Leben, die Bat People und ihre Stadt. Ausgerechnet hier hatte sie das Gefühl, angekommen zu sein. Sie mochte sich diese Wahrheit noch gar nicht eingestehen. Verleugnete sie damit nicht ihre geliebten Eltern und machte alles klein, was sie für sie getan hatten?

Ihr schlechtes Gewissen pochte. Sie fühlte sich hin- und hergerissen zwischen ihrer alten, bekannten Welt und dieser neuen. Sicherlich hatte sie darüber nachgedacht, dass sie in Bat City unerwünscht war. Die Bat People traten ihr zu Recht mit Skepsis entgegen. Schließlich war sie eine Läuferin. Gylan und Batur feindeten sie offen an und hätten sie gewiss sofort einen Kopf kürzer gemacht, wenn Anwar nur zugestimmt hätte. Dass er das tun würde, konnte sie sich nach den zwei intensiven Tagen allerdings nicht mehr vorstellen.

Sie wollte gerne bleiben. Sie würde sich auch nützlich machen und den Bat People beweisen, dass nicht alle Läufer schlecht waren. Damit würde sie Anwar helfen und zeigen, dass er sich mit seinen „revolutionären“ Ideen auf dem richtigen Weg befand. Gleich heute Abend beim Fest würde sie ihm den Vorschlag machen, er solle sie sozusagen als PR-Frau in eigener Sache anheuern. Ihr Lohn: ein weiterer Monat in seinem unterirdischen Reich.

Sie lächelte verträumt bei der Vorstellung. In vier Wochen konnte sie ihn sehr gut kennenlernen. Dann würde sich herausstellen, ob er der Mann war, den sie in ihm sah, und ob er ihre Liebe verdiente.

Während Natassja sich Mädchenträumen hingab, näherte sich draußen in der Wüste ein Streifenwagen. Cop Willaby genoss seinen Feierabend und fuhr durch diesen ihm noch unbekannten Teil der Gegend. Er betrachtete den Berg in der untergehenden Sonne. In dem orangenen Licht sah er schwach eine Wandmalerei der Anasazi. Er konnte die Umrisse nicht genau ausmachen, und es interessierte ihn auch nicht, was das ausgestorbene Volk zurückgelassen hatte. Er freute sich auf die Jagd. Seit seinem Umzug nach Carlsbad war dies der erste Abend, an dem er jagen konnte. In der Dämmerung tauchten Kojoten und Pumas auf, um nach Erdmännchen und Wild Ausschau zu halten. Diesmal würden sie als seine Beute enden.

Willaby parkte den Wagen und stieg aus. Er holte sein Jagdgewehr aus dem Kofferraum und streckte sich. Die Büroarbeit machte ihn träge. In einem verschlafenen Kaff wie Carlsbad geschah schließlich wenig. Nicht, dass er sich einen richtigen Cop-Job gewünscht hätte. Verbrechen wie in New York sah er sich lieber als Serie im Fernsehen an. Dennoch war der durchgeknallte Junge Josh, oder wie er auch immer hieß, eine unterhaltsame Abwechslung gewesen.

Fledermausmenschen ... Vampire ... Willaby lachte in sich

hinein. Wenn der Junge nicht unter Drogeneinfluss gestanden hatte, besaß er zumindest eine lebhafte Fantasie. Aber wenn man mal ehrlich war … Solche Typen wie der gehörten doch in die Psychiatrie. Sie wurden am besten für den Rest ihres erbärmlichen Lebens weggeschlossen. Damit sie die normalen Leute nicht nervten.

Ein Rascheln riss Willaby aus seinen Gedanken. Schnell hockte er sich hinter einen Busch und entsicherte seine Waffe. Ein Puma? Das wäre zu schön. Der Kopf der Raubkatze fehlte ihm noch in seiner Trophäensammlung. Willaby blinzelte, um in der schnell herabsinkenden Dunkelheit seine Umgebung zu erkennen. Von einem Puma keine Spur. Oder doch. Da! Hinter der Kaktee!

Sofort hatte der Cop das Gewehr im Anschlag. Ein schwarzer Puma – eine Seltenheit in dieser Gegend, die meisten besaßen silbergraues oder gelbliches Fell – strich durch das Gestrüpp. Willaby leckte sich vor Jagdfieber und Freude über eine so rare Beute über die Lippen. Angespannt lauerte er, dass die Großkatze in die offene Landschaft trat, damit er eine sichere Schusslinie hatte.

Die Katze machte einen Schlenker und bewegte sich jetzt auf Willaby zu. Sein Finger krümmte sich um den Abzug. Da richtete sich das Tier zu seiner vollen Größe auf. Der Cop erstarrte. Einen Moment lang glaubte er, aufgrund der zunehmenden Dunkelheit nicht richtig zu sehen. Aber nein, der Puma war ein Mensch. Obwohl … er streckte seine Arme, nein, Flügel aus!

Willaby gab ein entsetztes Stöhnen von sich und drückte ab. Ein lautes Klick! Kein Schuss. Dafür drehte das Wesen nun blitzschnell seinen Kopf in die Richtung von Willabys Versteck. Nur mühsam unterdrückte er den Impuls wegzurennen. Er zitterte am ganzen Leib und verfluchte sich. Ihm als erfahrenem Jäger hätte dieses Missgeschick nicht passieren dürfen! Er hatte vergessen, das Gewehr zu laden.

Sein Herz und seine Gedanken rasten, während er verfolgte, wie das Wesen nach ihm suchte. Hatte dieser Junge etwa nicht gelogen? Was er dort im Halbdunkel sah, entsprach den Fledermausmenschen, die der verrückte Bengel beschrieben hatte. Zu seiner Erleichterung wandte sich die Gestalt ab und verschwand im Gebüsch. Willaby beschloss, sofort nach Hause zu fahren. Er würde niemandem von dem Erlebten berichten, sonst landete er in der Klapsmühle. Und er würde nie mehr einen Fuß in diese Gegend setzen. Sie war verhext!

Er drehte sich um und wollte auf allen vieren zu seinem Auto krabbeln. Da berührte seine Hand Fell. Er zuckte zurück und sah auf, direkt in die kohlenschwarzen Augen eines ... ja, was? Das Wesen sah aus wie ein bleicher Mann mit schwarzen Haaren. Aber aus seinen Schultern wuchsen Flügel, von denen Willaby einen gerade berührte!

Der Cop kreischte auf wie ein ängstlicher Teenager. Der Fledermausjäger lachte über ihn und bleckte seine perfekten, spitzen Vampirzähne. Dann packte er Willaby.

9. KAPITEL

„Für mich? Das kann ich nicht annehmen! Es ist viel zu wertvoll." Natassja schlug sich verlegen die Hände vor die Brust und betrachtete staunend das mit tausenden Perlen bestickte dunkelgrüne Zeremonienkleid, das Anwar ihr reichte.

„Es ist kein Geschenk, sondern nur etwas zur Blutnacht. Das Kleid tragen ausschließlich Auserwählte."

„Wenn es lediglich eine Leihgabe ist, dann ziehe ich es an!" Begeistert nahm Natassja das Gewand an sich. Vorsichtig hielt sie es hoch und bestaunte es in all seiner Pracht. „Wie wundervoll! Zu welchem Zweck wird es angelegt?"

Anwar senkte den Kopf. Er konnte ihr nicht in die Augen sehen. „Es hat verschiedene religiöse und rituelle Funktionen. Mal kleidet es den Ehrengast, mal eine besonders mutige Kriegerin oder ... das Blutopfer."

Seine Stimme ging in ein Murmeln über, sodass Natassja das letzte Wort nicht verstand.

Sie war bereits hinter den Paravent im Turmzimmer gerannt und zerrte sich ihre Sachen vom Leib, um das traumhaft schöne Kleid anzuprobieren. Keine zwei Minuten später drehte sie sich vor dem Spiegel.

„Oh, mein Gott! Ist das schön! Ich sehe super aus!" Im gleichen Moment wurde sie tiefrot. Sie schämte sich, vor Anwar so aus sich herausgegangen zu sein. Aber an seinem Blick erkannte sie, dass er ihrer Meinung war.

Doch zur ihrer Überraschung sagte er mit strenger Miene: „Zieh es aus! Es ist keine gute Idee. Wir finden etwas anderes, weniger Aussagekräftiges für dich."

„Aber wieso?", fragte sie enttäuscht.

Bevor Anwar antworten konnte, klopfte es an der Tür. Er rief: „Herein!"

Einer seiner Jäger betrat das Zimmer und verbeugte sich vor

seinem Herrn. „Fürst Anwar, entschuldigt die Störung. Aber es ist dringend."

„Begleite mich in mein Arbeitszimmer", sagte Anwar zu dem Jäger. Er wollte verhindern, dass Natassja die Unterhaltung mithörte. Bei dem Jäger handelte es sich um einen der Männer, die er in die Wüste geschickt hatte, damit sie patrouillierten und Alarm schlugen, sobald sich Läufer näherten. Wenn Joshuas Gehirnwäsche fehlgeschlagen war und er mit bewaffneter Unterstützung zurückkehrte, musste seine Schwester dies nicht erfahren. Schließlich war Blut dicker als Wasser. Und selbst wenn es so schien, als ob es ihr gut in Bat City gefiel, und Anwar sich sehr zu ihr hingezogen fühlte. So musste er doch Vorsicht walten lassen, sein Volk an erste Stelle setzen und Natassja gegebenenfalls als Geisel benutzen. „Ich bin gleich zurück", sagte er zu ihr und ließ sie allein.

Natassja drehte sich unschlüssig vorm Spiegel hin und her. Sollte sie das Festgewand nun ausziehen? Wenn ja, welche Alternative bot sich?

In dem Moment wurde die Tür geöffnet. Natassja drehte sich lächelnd und voller Erwartung, Anwar zu sehen, um. Doch Gylan betrat das Zimmer. Sie musterte Natassja abschätzig von oben bis unten. Dann breitete sich ein zufriedenes Grinsen auf ihrem Gesicht aus. „Schickes Kleid", meinte sie.

Der Unterton gefiel Natassja nicht, aber sie konnte ihn nicht deuten.

„Komm! Ich begleite dich zum Fest", sagte Gylan und streckte die Hand nach Natassja aus.

„Aber Anwar ...", stammelte Nastassja.

„Er wird da sein. Keine Sorge." Gylan lächelte einladend.

Natassja betrachtete sie misstrauisch. Von der mongolischen Hexe erwartete sie nichts Gutes. Gleichgültig, wie nett sie tat. Dennoch willigte Natassja ein. Was sollte sie sonst tun? An Gylans Seite verließ sie das Zimmer und anschließend den Palast.

Sie sah sich mehrfach nach Anwar um, entdeckte ihn aber nirgends. Auf dem Weg durch die Stadt zum Festplatz standen die Bewohner Bat Citys Spalier. Sie starrten Natassja an. Einige versuchten, ihre roten Haare anzufassen. Doch Gylans Leibwächter blockten sie ab. Die meisten Bat People tuschelten, während sie an ihnen vorbeiging, und Natassja dachte, dass sie für die Fledermausmenschen ebenso exotisch war wie die Bat People für sie. Zu Natassjas Verwunderung brandete vereinzelt Applaus auf. Galt er ihr? Gylan? Was ging hier vor?

Auf dem Marktplatz angekommen, zuckte sie einen Augenblick vor der Masse der versammelten Fledermausmenschen zurück. Wie schon auf der Straße musterten sie auch hier alle mit einem seltsamen Blick. Hoch erhobenen Hauptes marschierte Natassja geradeaus und ließ sich ihre Angst nicht anmerken. Sie stieg neben Gylan die Treppe zur Bühne hinauf. Dort war eine Festtafel aufgebaut. Hier speisten und tranken die „Schwarze Dreifaltigkeit“ und auserwählte Gäste. Batur und einige ihr unbekannte Bat People hatten bereits Platz genommen und unterhielten sich. Neugierig musterten sie sie. Vor der Bühne standen auf dem geschmückten Marktplatz Tische und Bänke für die Bürger. Natassja warf einen schnellen Blick über die Schulter auf die erhöht stehenden Marterpfähle. Ihr lief ein Schauer über den Rücken. Wenn doch nur schon Anwar hier wäre. Bei ihm fühlte sie sich sicher.

„Setz dich!“, forderte Batur sie lächelnd auf. Er erhob sich von seinem Platz und deutete auf den freien Stuhl neben sich. Er bemerkte Natassjas Zögern und meinte: „Du bist heute unser Ehrengast. Deshalb sitzt du unter den Mitgliedern der ‚Schwarzen Dreifaltigkeit‘.“

„Danke“, murmelte Natassja unsicher und nahm langsam Platz. So ganz geheuer war ihr die Sache nicht. Batur und Gylan benahmen sich viel zu freundlich zu ihr.

Ein Jäger betrat die Bühne und sprach mit Batur und Gylan. Nachdem der Fledermausmann sie wieder verlassen hatte, winkte Batur einen Diener heran. Er servierte den Gästen Rotwein. Auch Natassja schenkte er ein Glas ein.

Batur, Gylan und die anwesenden Bat People prosteten ihr zu.

„Warten wir nicht auf Fürst Anwar?“, fragte Natassja schüchtern.

„Anwar hat gerade einen Jäger geschickt. Er verspätet sich. Eine politisch wichtige Angelegenheit. Sie kann eine Weile dauern. Er hat mich gebeten, das Fest zu eröffnen und ohne ihn zu beginnen.“ Der Kriegsherr wandte sich an das Volk und hob sein Glas. „Im Namen unseres jungen Fürsten Anwar wünsche ich euch allen einen unvergesslichen ‚Blue Moon‘! Trinkt und feiert zu Ehren unserer Stammväter und Stammmütter aus dem Volk der Anasazi!“

Jubel brandete auf. Die Bat People ließen Anwar und die „Schwarze Dreifaltigkeit“ hochleben. Getränke und Essen wurden gereicht. Eine Musikgruppe spielte mittelalterlich klingende Musik. Die ersten Tänzer wagten sich an eine Estampie, einen mittelalterlichen Tanz.

Zögerlich trank Natassja einen Schluck Rotwein und beobachtete das Treiben. Immer wieder begegneten ihr neugierige, um nicht zu sagen heißhungrige Blicke. Sie wandte schnell die Augen ab und starrte ins Leere. Anwar! Wo blieb er nur?

Statt des jungen Fürsten erschienen Jäger. Sie führten gefesselte Fledermausmänner mit sich. Die Verurteilten wurden mit Hohn und Spott übersät und an den Marterpfählen angekettet.

„Was haben sie verbrochen?“, fragte Natassja Batur. Denn sie erkannte unter den Unglücklichen den Wächter, der ihr seinerzeit als „Buckliger“ Eintritt zum Palast gewährt hatte.

Anstelle von Batur antwortete ihr Gylan, die an seiner anderen Seite saß. Sie beugte sich über den Tisch und sah Natassja kalt grinsend an. „Sie haben dich in unsere Mitte gelassen“, sagte sie.

Natassja verschlug es die Sprache. Die Bat Men sollten ihretwegen sterben? „Aber ...! Aber sie trifft doch keine Schuld!“, stieß sie hervor.

„Natürlich sind sie schuldig“, entgegnete Batur. „Beim Gros der Verurteilten handelt es sich um Jäger, die versäumten, Joshua rechtzeitig einzufangen, bevor er mit dir sprechen konnte. Danach verpassten sie die Gelegenheit, dich mit ihm zusammen zu uns zurückzubringen. Der da vorne“, er deutete auf den Wächter, „hat dich in das Allerheiligste, Anwars Palast, eindringen lassen.“

„Aber ich habe nichts Böses vor! Ich will euch und eurem Volk nicht schaden! Ihr müsst die Männer gehen lassen!“, sagte Natassja eilig, in der Hoffnung, das Leben der Gefangenen zu retten.

Doch Batur und Gylan lachten nur laut los. Batur klatschte in die Hände. Es war das Kommando, dass sich die Bat People auf die Vampire an den Marterpfählen stürzten. Ihre verzweifelten Hilfeschreie erstickten schnell. Die Zahl der Angreifer war so groß. Die Verurteilten litten nicht lange. Sie waren aufgrund der unzähligen Bisse und des hohen Blutverlustes schnell bewusstlos – und kurz darauf tot.

Natassja konnte den Anblick nicht ertragen. Ihr Magen rebellierte. Und nur mit größter Mühe konnte sie verhindern, sich zu übergeben. Sie unterdrückte ihre Tränen und sah einfach nicht mehr hin. Da drang eine Unterhaltung am Tisch an ihr Ohr.

„Wann gibt es denn das Menschenopfer?“, fragte eine Bat Woman leise ihren Tischnachbarn.

„Um zwei Uhr morgens zur heiligen Stunde der Anasazi“, antwortete er.

Natassja hob den Kopf und sah die Gesprächspartner an.

Der Mann und die Frau erwiderten ihren Blick. Ihre dunklen Augen schauten gierig. Sie lächelten und bleckten ihre scharfen Vampirzähne.

Ich! Ich bin das Menschenopfer, schoss es Natassja durch den Kopf. Hektisch sah sie sich am Tisch um. Jeder der geladenen Fledermausmenschen betrachtete sie mit genau demselben Ausdruck von Verlangen und Vorfreude. Natassja hätte beinah laut losgeschrien. Aber der Schock verschlug ihr die Sprache. Sie starrte an ihrem üppig geschmückten Kleid hinunter. Deshalb trug sie das Festgewand! Deshalb hatten die Bat People auf der Straße applaudiert. Von wegen Ehrengast! Das Kleidungsstück entlarvte sie als Hauptgang des Menüs! Gylan hatte ihren Kopf durchgesetzt. Aber wie?

„Anwar", murmelte Natassja. Wie konnte er sie so hintergehen? Hatte sie in sein stilles, freundliches Wesen ihre Erwartungen hineininterpretiert? Lag sie so falsch? Mochte er sie in Wahrheit nicht? Sie schwankte zwischen Furcht und Wut. Vor allem Wut auf sich selbst. Wie konnte sie so dumm sein, sich eine Zukunft in Bat City und an Anwars Seite auszumalen?

Sie wäre am liebsten vom Festtisch aufgesprungen und weggerannt. Doch dann stand sie vermutlich binnen Sekunden am Pranger und endete wie der arme Wächter. Da entdeckte sie Anwar. Schnellen Schrittes eilte er durch die Menge der Feiernden. Seine Leibwächter konnten sein Tempo kaum mithalten. Immer wieder schwebten sie ein Stück mithilfe ihrer Flügel. Anwars Gesichtsausdruck war angespannt, fast panisch. Obwohl er seinen Kopf nicht bewegte und sich eine majestätische Haltung verlieh, eilten seine Blicke durch die Menge. Er suchte jemanden … sie!

Als er Natassja am Tisch neben Batur sah, wich die Anspannung aus seinen Gesichtszügen. Er wurde merklich langsamer. Endlich schenkte er seinem Volk, das im Feierrausch innehielt und sich vor ihm verbeugte, Beachtung. Vereinzelt schüttelte er Hände, lachte herzlich und sprach freundlich mit einzelnen Bürgern.

Er betrat die Bühne, legte im Vorbeigehen kurz seine Hand auf Natassjas Schulter und drückte sie. Dann trat er an Batur und Gylan heran. Die drei steckten die Köpfe zusammen. Den ersten Teil der Unterhaltung verstand Natassja nicht. Offensichtlich war Anwar sauer auf Gylan. Sie lieferten sich ein hitziges, wenn auch leises Wortgefecht. Schließlich verbot Anwar Gylan das Wort und schnitt ein anderes Thema an.

Natassja fing nur Wortfetzen auf, sah aber Baturs und Gylans entgeisterte Gesichter.

„Bist du sicher, dass er allein ist?“, hörte Natassja Batur fragen.

„Vielleicht hat er einen Lageplan skizziert?“, warf Gylan ein.

„Nein. Das Mittel des Schamanen hat gewirkt. Joshua kann sich an nahezu nichts erinnern“, entgegnete Anwar. „Es ist alles in Ordnung. Macht euch keine Sorgen.“

Joshua? War ihr Bruder hier? Natassja starrte Anwar an. Dann blickte sie eilig hin und her. Sollte er mit ihr als Menschenopfer sterben?

Anwar setzte sich neben sie. Natassja holte Luft, um ihn mit Fragen zu bestürmen. Er hob die Hand und gebot ihr somit zu schweigen. Das Fest ging weiter. Ein Gaukler führte Zaubertricks vor. Eine Theatertruppe spielte komische Szenen aus dem Alltag der Bat People nach. Das Volk wie seine Anführer amüsierten sich prächtig. Zwischendurch wurde in Kelchen das Blut von lebenden Hühnern, Hasen und Rindern gereicht. Die Leichen der geopferten Fledermausmenschen waren von den Marterpfählen verschwunden.

Natassja war froh, ihren Anblick nicht länger ertragen zu müssen. Auch wenn sie ihre Abwesenheit nur nebenbei registrierte, ebenso wie die Festivitäten. Ihre Gedanken beschäftigten sich unentwegt mit Joshua und damit, was als Nächstes mit ihr und ihm geschehen würde.

Anwar beschäftigte sich ausschließlich mit seinen Gästen. Was ihre Vorstellung, bald zu sterben, anheizte. Um zwei Uhr morgens erhob sich der junge Vampirfürst von seinem Sitz. Er verharrte einen Moment. Fanfaren ertönten, um die allgemeine Aufmerksamkeit auf ihn zu lenken. Als die Bat People sich vor der Bühne versammelten, ergriff Anwar das Wort.

„Geschätzte Bat People! Dieser ‚Blue Moon' ist von besonderer Bedeutung. Vor einem Jahr verließ uns mein ehrenwerter und geliebter Vater, Fürst Ragan."

Ein Raunen ging durch die Menge. Vereinzelt hörte man leises Schluchzen.

„Ich weiß, dass viele von euch sich fragen, ob ich ein ebenso weiser und starker Herrscher wie mein Vater sein kann."

Baturs Kopf fuhr herum. Er sah Anwar entsetzt an. Offensichtlich verstand er es als schlechten Schachzug, die Wahrheit in der Öffentlichkeit anzusprechen. Doch Anwar ließ sich nicht beirren. „Ich verstehe eure Bedenken. Schließlich kennt ihr mich nur als Ragans Sohn, nicht als Lenker unserer Geschicke. Ich weiß, nach den letzten Vorfällen hegt ihr Zweifel an meiner Politik des Friedens mit den Läufern. Aber ich versichere euch, ich handele aus bestem Wissen und Gewissen und nur für euch. Niemand treibt einen Keil zwischen mich und mein Volk. Damit ihr seht, wie ernst ich es meine, möchte ich eure Bedenken mit einer kleinen Geste von großer Bedeutung zerstreuen. Ich werde euch zeigen, was mit unseren Feinden passiert, wenn sie es wagen, unsere Kreise zu stören."

Er klatschte in die Hände. Wieder setzten Fanfaren ein. Natassja rechnete damit, dass Jäger sie ergriffen und an einen der frei gewordenen Marterpfähle schleppten. Doch stattdessen teilte sich die Menge auf dem Platz, und die Wächter des Verlieses schleppten einen verängstigten, ältlichen Läufer in die Mitte des Marktplatzes.

„Ein Menschenopfer!", schrie jemand aus dem Publikum

und versetzte die Menge in Aufregung. Ein Surren und Rauschen erfüllte die Luft. Das Opfer – aber auch Anwars ehrliche Worte trafen den Geschmack des Volks. Beifallsrufe wurden laut und priesen Anwar.

Natassja war über die Wendung ihres Schicksals und die Tatsache, dass dort unten nicht ihr Bruder, sondern ein fremder Mann mit einem Sheriffstern auf der Brust stand, total verblüfft. Nicht minder Gylan, die irritiert zwischen ihr und Anwar hin- und herblickte. Auch im Publikum gab es einige enttäuschte Gesichter, die hungrig auf die rothaarige Schönheit in dem rituellen Gewand blickten. Aber das Gros der Bat People war begeistert. Es war ihnen gleichgültig, wen der Tod traf.

Natassja sah Anwar fragend an. Er ignorierte sie. Mit einer Armbewegung wies er die Wächter an, Willaby an den Marterpfahl in der Platzmitte zu fesseln. Der Cop schien wie paralysiert. Stocksteif und mit weit aufgerissenen Augen starrte er in die Mienen der Bat People, als warte er darauf, aus diesem Albtraum aufzuwachen und sich daheim neben seiner Frau im Bett wiederzufinden.

Erst als ein Wächter ihn am Marterpfahl ankettete, löste sich seine Starre. Willaby begann, um sein Leben zu betteln. Aber die Menge schloss sich bereits um ihn. Willaby lachte – schrill und hysterisch. Er ahnte wohl, was ihm bevorstand. Auch wenn sein Verstand sich weigerte, die Situation als real anzuerkennen.

Die Menge drehte sich zu Anwar um. Sie wartete auf seine Anweisung. Der junge Fürst nickte kurz.

Die Bat People rannten und flogen auf Willaby zu wie losgelassene Jagdhunde auf einen einsamen Fuchs.

Natassja wandte den Kopf ab und blickte direkt in Anwars Augen. Auch er wollte sich die Opferung nicht ansehen.

„Warum?“, flüsterte sie.

„Entweder er“, antwortete Anwar, „oder du.“

Seine Antwort traf Natassja wie ein Faustschlag, obwohl sie

damit gerechnet hatte. Sie presste die Lippen fest zusammen, um ihre Trauer, Wut und Verzweiflung nicht hinauszuschreien. Sie wollte Anwar Vorwürfe machen. Aber sie hatte kein Recht dazu. Schließlich hatte er sie gerettet. Ihr Blick fixierte seinen. Irrte sie sich, oder baten seine Augen sie um Verzeihung?

„Du hast das Volk auf deiner Seite“, unterbrach Batur ihren Austausch. „Meine Hochachtung. Aber du hast das Ergebnis unserer Abstimmung in den Wind geschlagen.“

„Dabei wäre ein Gesetzeshüter eine wertvollere Geisel gewesen als ein Mädchen aus Albuquerque“, fügte Gylans schneidende Stimme hinzu.

„Nicht jetzt und nicht hier!“, entgegnete Anwar kurz.

„Wann dann?“ Gylan ließ sich nicht den Mund verbieten. „Du magst dem toten Cop glauben, dass er zufällig auf uns gestoßen ist. Ich nicht! Es gibt Mitwisser. Und jeder Mitwisser ist einer zu viel!“

„Wir unterhalten uns morgen darüber“, sagte Anwar in strengem Ton.

„Morgen sind wir vielleicht schon alle tot.“ Gylan kreuzte die Arme vor der Brust.

„Was genau hat der tote Cop im Verhör zu dir gesagt?“, wandte sich Batur an Anwar.

Der junge Fürst seufzte auf. Seine Gefolgsleute würden keine Ruhe geben. „Er meinte, dass Joshua ihm und seinem Chef, Sheriff Burke, von uns erzählt hat. Aber niemand hat ihm unsere Existenz geglaubt. Vielmehr haben die Cops ihn für verrückt erklärt und seine Eltern informiert. Die haben Joshua abgeholt und ebenfalls äußerst zurückhaltend auf seine fantastische Fledermausgeschichte reagiert.“

„Mhm“, Batur strich sich nachdenklich über seine Narbe. „Vorausgesetzt, der Läufer hat die Wahrheit gesagt … Dann räumen wir alle, die von uns wissen, so schnell wie möglich aus dem Weg, bevor sie auf die Idee kommen, uns nachzustellen oder jemand anderem von uns zu erzählen."

„Das machen wir", stimmte Gylan zu. „Am besten direkt morgen früh nach dem Fest."

„Nein! Das macht ihr nicht!" Natassja schlug mit der Faust auf den Tisch, sodass sämtliche Gäste erschrocken zu ihr blickten. Es war ihr völlig gleichgültig, ob sie eine Szene veranstaltete. Sollten die Fledermausmenschen sie doch umbringen. Ihr Tod war eh nur eine Frage der Zeit. Batur und Gylan würden so lange keine Ruhe geben, bis Anwar sie an den Marterpfahl schickte. Und er schien sie eh nur aus einer Laune heraus am Leben zu lassen.

„Nein!", wiederholte sie. „Es ist mir egal, was ihr mit Sheriff Burke macht. Ich kenne ihn, und er ist mir nicht sonderlich sympathisch. Aber meine Familie lasst ihr in Ruhe. Sie haben euch nichts getan! Sie sind tolerante und offene Menschen. Sie würden euch und euren Lebensstil akzeptieren."

„Aber sicher", meinte Gylan spöttisch. „Die Akzeptanz haben wir bei Joshua gesehen. Rennt direkt zu den Gesetzeshütern, um uns ans Messer zu liefern." Gylan machte eine wegwerfende Handbewegung, als handelte es sich bei Natassja um eine lästige Schmeißfliege. „Sei froh, dass Anwar so weichherzig ist. Ich hätte dich längst getötet."

Für Natassja gab es kein Halten mehr. Eh sie sich versah, packte sie Gylan an der Kehle und schüttelte sie. „Du Miststück!", schrie sie.

Die Feiernden wurden auf die Auseinandersetzung aufmerksam. Musik und Tanz erstarben. Alle starrten die Frauen an.

Die Mongolin wurde aschfahl. Die Attacke hatte sie überrascht. Was für eine Schmach! Vor aller Augen griff eine Läuferin die große Kriegerin an. Das bedeutete Rache bis aufs Blut! Gylan stieß Natassja von sich. Das Mädchen flog in hohem Bogen zu Boden. Ein Flügelschlag, und Gylan hockte auf ihrer Brust. Sie bleckte ihre Vampirzähne und war gerade im Begriff, sie in Natassjas weißen Hals zu bohren. Als Anwar dazwischenging.

Er packte Gylan im Nacken und zog sie mit eisernem Griff zurück. So ruhig wie möglich und um den gesellschaftlichen Schaden gering zu halten, sagte er zu seinem ihn schweigend anstarrenden Volk: „Für diesen ‚Blue Moon' ist die Zahl der Blutopfer bereits abgedeckt. Feiert weiter! Es war ein Versehen. Es ist nichts geschehen!"

Raunen und Murmeln gingen durch die Menge. Die Musik setzte erneut ein. Zögerlich begannen die Bat People wieder zu tanzen und sich zu amüsieren. Der Vorfall schien vergessen. Nur für Gylan nicht.

„Wie kannst du es wagen, mich, eine der ‚Schwarzen Dreifaltigkeit', vor den Bat People zurechtzuweisen – für eine Läuferin?!"

„Ich bin immer noch der Fürst! Ich bestimme, was geschieht!" Anwar baute sich in seiner vollen Größe vor Gylan auf. „Du hast eigenmächtig gehandelt und Natassja ohne meine Erlaubnis aus dem Turmzimmer abgeholt und wie ein Schlachtopfer zum Fest geführt. Ich werde dir so etwas nicht noch einmal durchgehen lassen."

„Ihr Tod war beschlossene Sache!", zischte die Mongolin. Sie biss die Zähne zusammen und unterdrückte mühsam ihre Wut. Sie drehte sich auf dem Absatz um und verließ die Tafel und das Fest.

„Das war keine gute Idee", tadelte Batur seinen Fürsten. „Gylans Temperament ist aufbrausend. Und sie provoziert oft Streit. Aber du darfst die ‚Schwarze Dreifaltigkeit' nicht entzweien."

„Das werde ich nicht", antwortete Anwar. „Vertrau mir. Ich weiß, was ich tue."

Der Kriegsherr schwieg. Aber sein Gesichtsausdruck zeigte, dass er das bezweifelte.

„Es ist Zeit zu gehen“, sagte Anwar zu Natassja. „Ich begleite dich.“

Umringt von seinen Leibwächtern, bahnten sie sich einen Weg durch die Menge. Natassja entging nicht, dass Anwars Untertanen skeptisch zwischen ihr und ihm hin- und hersahen.

Nachdem sie den Festplatz verlassen hatten und in die leeren Straßen der Stadt einbogen, schickte Anwar seine Leibstandarte vor in den Palast. Nur zu zweit liefen sie schweigend nebeneinander her.

„Du wolltest mich auf der Blutnacht opfern!“, platzte es schließlich aus Natassja heraus. „Dabei habe ich dir vertraut. Ich dachte ...“ Sie zögerte. Sollte sie ihm ihre wahren Gefühle gestehen? Es musste sein. Sie war zu aufgebracht über die Geschehnisse dieser Nacht. Außerdem war sie ein ehrlicher Mensch und hasste nichts mehr als Heuchelei und Betrug. „Ich dachte, es bestünde eine Verbindung zwischen uns. Ich glaubte sogar an eine Seelenverwandtschaft! Mein Gott, war ich dumm! Du hast mich nur über die Kultur und das Leben der Menschen ausgefragt. Und nachdem ich dir zu nichts mehr nütze war, sollte ich den Platz meines Bruders am Marterpfahl einnehmen. Und jetzt soll auch noch meine Familie sterben. Mach mit mir, was du willst. Aber lass sie bitte leben!“

Natassja brach in Tränen aus. Sie konnte den Aufruhr in sich nicht länger unterdrücken. Anwar blieb stehen und sah sie mitfühlend an. Er streckte die Hand aus und strich ihr übers Haar. „Nicht weinen, Tassja“, flüsterte er zärtlich. „Ich hätte dich nicht geopfert. Genauso wenig wie Joshua. Warum, glaubst du, bat ich den Schamanen, ihm die Tropfen des Vergessens einzuflößen? Damit er am Marterpfahl endet? Wohl kaum.“ Er betrachtete ihr außergewöhnliches Haar und lächelte wehmütig. „Ich muss gestehen, der Druck seitens Gylan und Batur war groß, dich in der Blutnacht zu opfern. Doch selbst als ich dich bat, dass rituelle Gewand zu tragen, wusste ich im tiefsten Innern, ich würde nicht zulassen, dass du stirbst. Dass der Cop dazwischenkam, war ein Glücksfall, aber nicht ausschlaggebend."

„Hast du deshalb gesagt, ich soll das Kleid wieder ausziehen?", fragte sie hoffnungsvoll. Sie wollte ihm glauben. Unbedingt.

Anwar nickte. „Wenn meine Jäger den Polizisten nicht aufgespürt und mich zu seiner Befragung geholt hätten, hätte ich verhindert, dass du im Opfergewand auf das Fest gehst. Hast du denn nicht gesehen, wie aufgelöst ich auf die Feier gestürmt bin? Ich hatte große Angst, dass Gylan dich den Bat People bereits geopfert hatte. Ich weiß nicht, was ich dann getan hätte ..."

Natassja sah ihm in die Augen. Er versteckte seine Gefühle nicht. Sie konnte in ihm lesen wie in einem offenen Buch. Ihr Herz machte einen Satz. Sie hatte sich nicht geirrt. Er liebte sie! Eben noch zu Tode betrübt, hätte sie nun lauthals jubeln können. Sie wollte ihm um den Hals fallen. Doch dann dachte sie an ihre dem Tod geweihte Familie.

„Du darfst meine Eltern und Geschwister nicht umbringen lassen! Bitte!" Ihre Stimme zitterte. Sie würde Anwar nicht mehr lieben können, wenn durch seinen Befehl die Licedeis ausgelöscht wurden.

Anwar seufzte und trat einen Schritt von ihr zurück. Der Bann war gebrochen. Er war wieder der Fürst. „Ich wünschte, es gäbe eine Möglichkeit, deine Familie zu verschonen. Aber dein Bruder wird keine Ruhe geben und versuchen, dich zu befreien. Und irgendwann wird er auf jemanden stoßen, der ihm die Geschichte von den Fledermausmenschen glaubt. Und dann kommen die Läufer und rotten uns aus."

„Das muss nicht sein!", sagte sie eifrig. „Lass mich gehen. Ich erzähle Sheriff Burke in Carlsbad, ich sei hierhergereist, um meinen Bruder zu suchen, und hätte ihn in der Wüste gefunden. Ich werde behaupten, er wäre anscheinend die ganze Zeit seines Verschwindens durch die Einöde geirrt. Die Sonne hätte seine Gehirnzellen ausgetrocknet, und als ich ihn entdeckte, sei er im

Delirium gewesen. Er hätte sogar mich nicht erkannt und aus Angst niedergeschlagen und in der Wildnis liegen lassen. Damit erklärt sich, wieso er allein mit der Corvette in die Zivilisation zurückkehrte. Als Beispiel für seinen schlechten Geisteszustand gebe ich an, dass er von Vampirsichtungen spricht. Ich ziehe seine Behauptungen ins Lächerliche. Die Story tische ich auch meiner Familie auf. Dann spreche ich mit meinem Bruder und bitte ihn inständig, seine bisherigen Geschichten als Spinnereien zu bezeichnen. Ich werde ihm sagen, dass ich die Kultur der Bat People kennen und schätzen gelernt habe und dass sie nicht untergehen darf. Um meinetwillen wird er bestimmt den Mund halten. Er ist mein Bruder. Wir lieben uns." Sie hoffte, dass Anwar zustimmte.

Doch er schwieg. Nach einer endlosen Pause sagte er: „Es ist spät. Ich muss darüber nachdenken. Wir reden morgen." Dann schritt er in Richtung Palast, ohne auf sie zu warten oder sich nach ihr umzudrehen.

10. KAPITEL

„Ich vertraue Tassja“, sagte Anwar am Morgen nach der Blutnacht zu den Mitgliedern der „Schwarzen Dreifaltigkeit“.

Einen kurzen Moment starrten Gylan und Batur ihn fassungslos an. Dann polterte der Kriegsherr los: „Das kommt Hochverrat gleich!“

Wütend sprang er von seinem Stuhl in Anwars Arbeitszimmer und lief mit hochrotem Kopf auf und ab. Seine Narbe zeichnete sich bleich auf seiner Wange ab. Weder Anwar noch Gylan hatten ihn je so außer sich gesehen. „Bisher stand ich stets auf deiner Seite, Anwar. Aber das geht zu weit! Erst flanierst du mit der Läuferin durch die Stadt. Dann sitzt sie als Ehrengast an deiner Tafel. Und jetzt fällst du auf ihr süßes Lächeln herein und lässt sie frei? Sie tanzt dir auf der Nase herum und macht dich lächerlich! Was ihr Bruder nicht vollbracht hat, sie wird es tun: uns die Menschenjäger auf den Hals hetzen!“

„Das macht sie nicht“, entgegnete Anwar ruhig. „Sonst sind ihre Eltern und ihre Geschwister tot. Und ich bringe sie eigenhändig um. Das schwöre ich. Außerdem haben wir bereits mit der Polizei zu tun. Oder glaubst du, die Gesetzeshüter gehen darüber hinweg, dass einer von ihnen spurlos verschwunden ist?“

Anwars Argumentation war schwer zu widerlegen. Batur und Gylan schwiegen. Aber die Spannung im Raum war fast körperlich spürbar. Nicht nur, weil Anwar Natassja in die Welt der Menschen zurückkehren lassen wollte. Gylan hatte ihm nicht ohne Genugtuung mitgeteilt, dass er die Pluspunkte, die er durch das Menschenopfer gewonnen hatte, zum größten Teil wieder verloren hatte – und zwar durch seinen Umgang mit der Läuferin.

Die Bat People hatten sie im Opfergewand gesehen und mit Verwunderung und Missmut registriert, dass er sie verschonte. Als er kurz darauf Gylan verbot, die Rothaarige zur Ader zu lassen, verärgerte er sein Volk damit umso mehr. Der Missmut äußerte sich, nachdem er mit Tassja das Fest verlassen hatte. In einzelnen Gruppen wurde diskutiert, was in den jungen Herrscher gefahren war und ob man seine Worte überhaupt ernst nehmen konnte.

„Nun gut", meinte Batur resigniert. „Gylan und ich werden dich nicht umstimmen können. Du lässt die Läuferin auch gegen unseren Willen gehen. Aber du musst für sie geradestehen. Sie darf nicht bei den Menschen bleiben, sondern sie muss nach dem Gespräch mit ihrem Bruder zu uns zurückkehren, um uns eventuell als Geisel zur Verfügung zu stehen. Sie muss spätestens dann wieder in Bat City sein, wenn ich meine Kampftruppe zur Verteidigung der Stadt gegen einen potenziellen Läuferangriff zusammengestellt habe. Kehrt sie nicht zurück, oder verrät sie uns ..." Es fiel ihm sichtlich schwer, den Satz zu beenden. Anwar tat es für ihn.

„Dann muss ich als Verräter sterben", sagte er gefasst. „Das nehme ich in Kauf."

„So sind die Regeln", meinte Batur fast entschuldigend.

„Und wir müssen uns an sie halten. Gleichgültig, wie schwer es uns fällt", fügte Gylan hinzu.

„Ich kenne unsere Gesetze. Ihr müsst euch nicht schlecht fühlen. Es ist ganz allein meine Entscheidung. Folglich trage ich auch die Konsequenzen."

„Dann soll es so sein", sagte Batur und rief einen seiner Jäger ins Arbeitszimmer. Er beauftragte ihn, Natassja zu holen.

Kurz darauf stand sie vor den Mitgliedern der „Schwarzen Dreifaltigkeit". Verunsichert blickte sie von einem zum andern.

„Du kannst gehen und versuchen, deinen Bruder umzustimmen", sagte Anwar zu ihr. „Aber wir setzen dir folgendes Ultimatum: Du musst in drei Tagen bis Mitternacht zurück sein." Er sah Batur an. Der Krieger nickte. Die Zeit reichte, um ein

Heer auf die Beine zu stellen.

„Okay", antwortete Natassja leise. Sie hatte sich gewünscht, dass Anwar sie bat wiederzukommen. Allerdings hatte sie sich die Umstände romantischer vorgestellt.

„Bist du bis dahin nicht zurück, wird Anwar am Marterpfahl geopfert", sagte Gylan zu Anwars Ärger. Er hatte Natassja die möglichen Folgen seines Entschlusses nicht mitteilen wollen.

Natassja wurde aschfahl. Anwar riskierte ihretwegen sein Leben. Am liebsten hätte sie alles wieder rückgängig gemacht. Aber dafür war es zu spät. „Ich werde da sein. Mein Ehrenwort!", sagte sie und sah Anwar fest in die Augen. Sie hätte sich gerne richtig von ihm verabschiedet. Ihn umarmt. Ihn geküsst. Ihm geschworen, dass sie ihn niemals hintergehen und verraten würde. Stattdessen blieb es bei einer förmlichen Verabschiedung. Sie erwiderte das Kopfnicken des jungen Fürsten. Und schon führte der Jäger sie aus dem Raum.

In Natassja tobte ein Aufruhr der Gefühle. Sie trug die Verantwortung für Anwars Leben. Was, wenn ein Missgeschick sie in Carlsbad oder Albuquerque festhielt? Sie durfte gar nicht daran denken!

Da sprach sie der Jäger an und riss sie aus ihren schrecklichen Gedanken. „Fürst Anwar hat mich gebeten, dir diesen Weg zu zeigen. Merk ihn dir! Er ist eine Alternative, um in einem Notfall in die Stadt und aus ihr heraus zu kommen."

Natassja nickte und konzentrierte sich auf die unbekannte Strecke. Der Jäger brachte sie in den Keller des Palasts. Dort betraten sie einen Geheimgang, von dem ein Labyrinth abging. „Folg den grünen Steinen", sagte der Jäger und deutete auf den Boden. Ein sanftes grünes Schimmern zeigte Natassja den Weg aus dem unterirdischen Reich ans Licht. Der Jäger begleitete sie bis zum Ausgang. Nach der langen Zeit in der Dunkelheit bei Fackellicht blendete sie die Sonne. Sie blinzelte. Als sie sich nach dem Fledermausjäger umsah, war er verschwunden. Natassja trat aus der Höhle und überlegte, welche Route sie am schnellsten nach Carlsbad führte.

Natassja ging auf der unbefestigten Straße, auf der sie vor gar nicht so langer Zeit mit Joshuas Corvette nach Bat City gefahren war, zum nächstgelegenen Highway. Dort hielt sie einen Truck an und bat den Fahrer, sie in Carlsbad vor der Polizeistation abzusetzen. Probehalber erzählte sie dem hilfsbereiten Mann Teilaspekte ihrer erfundenen Story, um zu überprüfen, ob sie sich glaubhaft anhörte und ob sie ihrer Stimme den richtigen Klang verleihen konnte. Das tat sie. Nicht zuletzt, weil Natassja ihre Geschichte mit einem entsprechend abgerissenen Äußeren untermalte.

Nach dem Verlassen der Bat City hatte sie ihre Kleidung an verschiedenen Stellen zerrissen, sich im Sand gewälzt und in einer schmerzhaften Prozedur Arme, Hände und Gesicht an einem Dornenstrauch zerkratzt. Schließlich konnte sie nach Tagen in der Wildnis nicht wie aus dem Ei gepellt aussehen.

Der Lastwagenfahrer setzte sie vor der Polizeistation ab. Natassja sah durch die Fensterscheibe Sheriff Burke an seinem Schreibtisch sitzen und telefonieren. Als sie eintrat, entdeckte sie am schwarzen Brett eine Vermisstenanzeige mit Foto von Burkes Kollegen Willaby. Bei dem unerwarteten Anblick des Cops wurde ihr schlecht, und die Bilder der Blutnacht stiegen vor ihrem inneren Auge auf.

Für einen Moment bekam sie weiche Knie und wusste nicht, ob sie es schaffte, ihr Lügenkonstrukt durchzuziehen. Da sie normalerweise bei der Wahrheit blieb, fürchtete sie plötzlich, dass ihr jeder an der Nasenspitze ansehen würde, wenn sie log.

„Miss Licedei!“ Sheriff Burke starrte sie an, als sei sie eine Erscheinung. „Ich rufe zurück“, sagte er in den Hörer und legte auf. Er erhob sich von seinem Stuhl und trat eilends auf sie zu. Fürsorglich fragte er: „Geht es Ihnen gut? Sie sehen mitgenommen aus? Wo haben Sie gesteckt? Niemand hat mehr damit gerechnet, Sie lebend wiederzusehen. Die Suchtrupps haben jeden Stein nach Ihnen umgedreht. Wir haben Sie schon für tot erklärt."

„Kann ich ein Glas Wasser haben?", fragte Natassja, scheinbar erschöpft.

Der Beamte führte sie in den Aufenthaltsraum, setzte sie auf die Couch und brachte ihre einen Krug mit Limonade und einen Donut. „Nun erzählen Sie mal?", forderte Burke sie auf und musterte sie aufmerksam.

Jetzt durfte ihr kein Fehler unterlaufen! Sie nahm das volle Glas Limonade in Empfang, das Burke ihr reichte, und trank es mit einem Zug aus – um Zeit zu gewinnen und weil sie nach dem Marsch durch die Wüste und der Autofahrt wirklich Durst hatte.

„Also ...", begann sie mit dem Märchen von ihrem Verschwinden und Joshuas Fantastereien.

Burke hakte erwartungsgemäß detailliert nach. Wo traf sie auf ihren Bruder? Wo war die Corvette geparkt? Wie hat sie zurückgefunden?

Natassja parierte seine Fragen mit Bravour und Unschuldsmiene. Nur einen Moment geriet sie aus der Fassung. Als Burke fragte: „Sheriff Willaby ist Ihnen nicht zufällig begegnet?"

„She... riff Will... aby?", stammelte sie. Sie wusste sofort, von wem Burke redete. „Nein? Wieso? Ich kenne den Beamten nicht. Aber ich habe die Suchmeldung am schwarzen Brett gesehen ..."

„Eugene Willaby ist seit gestern Abend spurlos verschwunden. Es hätte ja sein können, dass ein Zufall sie zusammengeführt hat." Er sah sie an, als wollte er ihre Gedanken lesen.

„Mir ist niemand begegnet", sagte sie und erwiderte Burkes forschenden Blick.

Der Sheriff nickte bedächtig. „Haben Sie ein Handy?"

„Ja. Aber der Akku ist leer. Warum?“, fragte sie misstrauisch. Die unerwartete Frage nach Willaby hatte sie aus dem Konzept gebracht.

„Ich dachte nur, es wäre nett, wenn Ihre Familie erführe, dass Sie leben und wohlauf sind.“ Er zog sein Handy aus der Hosentasche und reichte es ihr. „Ich rufe von meinem Arbeitszimmer aus den Allgemeinmediziner an. Er soll Sie sicherheitshalber untersuchen, ob Ihnen auch wirklich nichts fehlt.“

Der Sheriff ließ sie allein in dem Aufenthaltsraum zurück. Natassja holte tief Luft. Die erste Hürde hatte sie genommen. Sie wählte die altbekannte Nummer ihrer Eltern.

„Mum, ich bin es, Natassja … Mum?“ Sie hörte nur ein einziges Schluchzen. Dann war ihr Vater am anderen Ende der Leitung.

„Natassja, Liebling, wo bist du? Was machst du denn für Sachen? Geht es dir gut?“ Doch bevor sie antworten konnte, hatte sie schon Joshua in der Leitung, was ihr gar nicht lieb war.

„Natassja, haben sie dich freigelassen, bist du geflohen? Ich bin so froh!“ Dann musste ihre Mutter den Hörer zurückerobert haben.

„Sag uns nur, wo du bist, wir sind schon unterwegs!“ Natassja nannte ihr die schon bekannte Adresse der Polizeistation und brach in Tränen aus. Es war so schön, die Stimmen ihrer geliebten Familie zu hören, und erst jetzt merkte sie, wie erschöpft sie war und wie sehr sie sie vermisst hatte.

„Natassja, Liebling, ruh dich aus, wir holen dich ab“, redete ihre Mutter beschwichtigend auf sie ein, dann beendeten sie das Gespräch.

Natassja freute sich unglaublich auf das Wiedersehen mit ihrer Familie, aber sie wusste auch, was ihr bevorstand. Jetzt galt es, die Familie und vor allem Joshua zu überzeugen. Ihre Eltern entpuppten sich als das geringste Problem. Sie freuten sich, ihre

Tochter wiederzuhaben, und wollten da weitermachen, wo ihr Leben vor dem Verschwinden ihrer Kinder ins Stocken geraten war. Alles andere interessierte sie nicht. Für die Zwillinge schienen außergewöhnliche Geschehnisse und seltsames Verhalten – auch das anderer – zur Tagesordnung zu gehören. Schließlich steckten sie mitten in der Pubertät. Wenn Joshua mit seiner Vampirstory kam, winkten sie lachend ab. Und was Natassja anging … schön, dass sie wieder zu Hause war.

Zum Glück hatte Joshua sich noch nicht an die Medien gewandt. Vermutlich hatte er Angst, in der Irrenanstalt zu landen.

So wäre theoretisch alles bestens gelaufen. Theoretisch … Hätte Joshua nicht auf stur geschaltet. Die Nähe, die seine und Natassjas Beziehung seit der Kindheit prägte, war wie weggeblasen. Jetzt behandelte er sie wie einen Feind und suchte ihren Hals sogar nach Bissen der Fledermausmenschen ab.

„Ich verstehe nicht, warum du die Bat People schützen willst. Sie wollten uns töten oder uns zu einem von ihnen machen. Da zöge ich jederzeit den Tod vor!“, giftete er sie an, als sie abends mit ihm allein auf der Veranda ihres Elternhauses saß. „Und dann erwartest du, dass ich mich selbst denunziere und als Idioten und Lügner darstelle. Findest du das nicht ein bisschen viel verlangt für ein paar widerliche Blutsauger?“

„Sprich nicht so über sie!“, fuhr Natassja ihn an.

„Was ist nur mit dir geschehen?“ Joshua schüttelte fassungslos den Kopf. „Haben sie dich einer Gehirnwäsche unterzogen?“

„Nein, haben sie nicht! Doch sie besitzen die gleiche Lebensberechtigung wie du und ich. Und mit deinem Gerede bringst du die Läufer auf falsche Ideen. Du weißt, wie ignorant und hasserfüllt sie sind.“

„Läufer?“, stieß Joshua hervor. „Du redest von uns ‚Menschen‘, als wenn du selbst nicht mehr dazugehörst.“

„Ich habe es nicht so gemeint. Aber jetzt, wo du weißt, dass es mir gut geht, kannst du den Vorfall doch vergessen. Die

Menschen würden die Bat People auslöschen!“

„Das wäre ganz in meinem Sinn!“, antwortete Joshua. Seine Kieferknochen waren angespannt, und er spie die Worte geradezu heraus: „Ich hasse diese Missgeburten! Nicht Fledermaus, nicht Mensch. Einfach abstoßend! Außerdem trachten sie UNS nach dem Leben. Und ich rede nicht nur von den Opferungen. Sie streben die Weltherrschaft an! Wir sollten unsere Mitmenschen warnen, bevor es zu spät ist. Nur ein toter Vampir ist ein guter Vampir! Glaube mir.“

Natassja starrte ihren Bruder mit offenem Mund an. Sein hassverzerrtes Gesicht, seine mörderische Ignoranz ... Wohin war ihr geliebter, weichherziger Joshua verschwunden?

„Tu es mir zuliebe“, bat sie mit Tränen in den Augen.

Joshua schien einen Moment über ihre Bitte bestürzt. Der harte Zug um seinen Mund wich einem weichen, mitleidigen Lächeln. Dann lachte er laut und gemein. „Ich dachte, du magst keine Fledermäuse. Hast du jedenfalls immer gesagt. Wie kommt es zu dem Sinneswandel und deinem Verrat an deinen eigenen Leuten?“

„Ich verrate niemanden“, entgegnete sie. „Ich möchte, dass wir friedlich nebeneinander existieren, wenn schon kein Zusammenleben möglich ist. Du kennst den Spruch: Leben und leben lassen.“ Sie schluckte, um nicht in Tränen auszubrechen. Dass Joshuas sie als Verräterin bezichtigte, verletzte sie sehr. Anscheinend verstand nur einer ihre guten Intentionen: Anwar.

„Hat dir ihr Anführer den Kopf verdreht?“, fragte Joshua misstrauisch.

„Wen meinst du?“, fragte Natassja unschuldig. Sie traute ihrem Bruder nicht.

„Tu nicht so! Du weißt genau, von wem ich spreche. Anwar. Dein Gerede von der außergewöhnlichen Kultur, die dich fasziniert ... bla ... bla! Er ist der Grund, warum du durchdrehst, oder? Hat er dich verhext?“

„Du siehst zu viele Horrorfilme!“, konterte Natassja. „Anwar ist total nett. Er ist intelligent, weltgewandt, nachdenklich. Und ich finde, er sieht ausgesprochen gut aus!“

Joshua starrte sie schweigend an. „Oh, Mann!“, stieß er schließlich hervor. „Du bist verknallt.“

Natassja schwieg. Was sollte sie sagen? Es entsprach der Wahrheit. Vielleicht lenkte Joshua ein, jetzt, da er wusste, dass es ihr um eine Herzensangelegenheit ging.

Joshua räusperte sich. „Du bist meine Schwester und warst immer meine beste Freundin. Ich liebe dich“, begann er. „Aber was die Bat People angeht, teile ich ganz und gar nicht deine Meinung. Ich kann keine Rücksicht darauf nehmen, dass du in einen von ihnen verliebt bist. Das bestärkt mich vielmehr darin, mit meiner Geschichte an die Öffentlichkeit zu gehen. Wo soll das hinführen, wenn Menschen sich mit Vampiren vereinigen?“ Er verzog das Gesicht, als hätte er auf etwas Fauliges gebissen.

„Dein letztes Wort?“, fragte Natassja.

Joshua nickte.

Natassja sah ihren Bruder lange an. Entweder er und ihre Familie oder Anwar und die Bat People. Sie stand auf und ging wortlos ins Haus. Sie hatte ihre Entscheidung getroffen. Im Morgengrauen würde sie nach Bat City zurückfahren, um Anwar und sein Volk zu warnen. Und wenn sie ehrlich war, konnte sie es kaum erwarten, ihn wiederzusehen.

Sie betrat ihr Zimmer. Die Luft war stickig. Sie öffnete das Fenster. Von der Veranda klang Joshuas Stimme herauf. Er sprach hastig und leise. Unterhielt er sich mit Mom und Dad und plauderte aus, was Natassja ihm unter vier Augen anvertraut hatte?

Verärgert trat sie ans Fenster, um herunterzubrüllen, dass er gefälligst den Mund halten sollte. Da sah sie, dass er auf dem Handy telefonierte.

„Ja, ich habe meinen Standpunkt zu den Fledermausmenschen deutlich dargelegt, aber sie lenkt nicht ein", meinte Joshua zu seinem Gesprächspartner. „Aber Sie können Natassja beschatten. Kommen Sie am besten sofort. Oder schicken Sie einen Ihrer Männer. Ich bin überzeugt, sie nimmt schon sehr bald wieder Kontakt mit dem Anführer der Vampire auf. Sein Name ist Anwar, und meine Schwester ist in ihn verliebt."

Wer war hier der Verräter?! Natassja wurde vor Wut auf Joshua kreidebleich. Wie konnte er ihre intimsten Geheimnisse verraten? Mit wem sprach er überhaupt? Und wieso hetzte er einen Fremden auf sie, um sie zu verfolgen? Sie kam sich vor wie ein in die Enge getriebenes Tier.

Sie drückte sich an die Wand neben das Fenster, um das Telefonat ihres Bruders weiter zu belauschen. Aber Joshua schwieg. Er empfing die Instruktionen seines Mitwissers. „Ja. Mach ich. Nein, ich wende mich nicht an die Medien. Erst wenn wir die Vampire haben. Und ich passe auf Natassja auf, bis Sie in Albuquerque sind. Vielen Dank für Ihre Hilfe. Und sehen Sie, ich bin kein Spinner."

Verdammt! Wie konnte ihr Bruder ihr nur so in den Rücken fallen? Wahrscheinlich hatte Joshua mit Sheriff Burke telefoniert. Den Cop hatte Natassja, was die Bat People anging, doch schon um den kleinen Finger gewickelt. Glaubte sie zumindest ...

Die Wahrheit sah anders aus. Burke hatten Joshuas Geschichte von den Fledermausmenschen und die Erinnerung an das Märchen seines Großvaters nicht losgelassen. Burkes Opa schmückte seinerzeit seine Storys mit fantastischen Elementen aus. Er zog Parallelen zu den Aliens, die angeblich tot in den Kühlhäusern des unterirdischen NASA-Labors in Roswell lagerten. Schließlich wurde es Mark Burkes Mutter zu viel. Sie verbot ihrem Schwiegervater, das Kind mit „solchen Schauermärchen" vollzuschwatzen. Die Mär der Fledermauswesen fand ein Ende und geriet für den kleinen Jungen und späteren Sheriff in Vergessenheit. Bis jetzt.

Da sein Großvater schon vor Jahren gestorben war und sich Sheriff Burke albern vorkam, andere Männer und Frauen dieser Generation zu Vampiren zu befragen, recherchierte er im Internet. Nach längerer Suche stieß er auf Berichte erster Siedler im South-West-Territory, zu dem auch New Mexico zählte. Die Pioniere des 19. Jahrhunderts schrieben, dass Wesen, halb Indianer – halb Fledermaus, ihren Treck vor dem Verdursten gerettet hatten.

Die Berichte schilderten die anfängliche Angst vor den unheimlichen Gestalten, die jedoch in Sympathie, sogar Freundschaft umschlug, als sie den Menschen selbstlos halfen. Es gab auch negative Erfahrungen. In einem Text stand, dass nach einer Auseinandersetzung zwischen einem betrunkenen Cowboy und einem stolzen Vampirjäger, die blutleere Leiche des Viehtreibers am Morgen nach dem Streit in der Wüste gefunden wurde. Die Fledermausmenschen und ihr Jäger waren verschwunden. Die Pioniere verzichteten darauf, den Toten zu rächen. Niemand kannte ihn gut genug. Außerdem hatte der Cowboy auch seinen eigenen Leuten übel mitgespielt.

Der nüchterne Burke las die sogenannten Erlebnisberichte mit gebotener Skepsis. Immerhin waren sie fast hundertfünfzig Jahre alt. Die Menschen der damaligen Zeit besaßen bei Weitem nicht das Wissen, das ein heutiger Durchschnittsbürger hatte. Aberglaube und Übernatürliches belebten ihre Fantasie. Burke fürchtete, sich lächerlich zu machen, wenn er sich auf solche „Informationen" berief. Schließlich strebte er in naher Zukunft den Posten des Polizeichefs der Region an.

Noch dazu kam die Rückkehr des Mädchens aus der Wüste. Er glaubte Natassja mehr als ihrem Bruder. Nicht, dass er sie für vertrauenswürdiger hielt. Aber sie sah ihm während ihrer Aussage direkt in die Augen und zwinkerte nicht einmal. Kein

Verbrecher oder Lügner schaffte das. Burke kannte seine einschüchternde Wirkung auf andere. Nur etwas machte ihn stutzig und ging ihm nicht aus dem Kopf.

Natassja verströmte einen betörenden Duft. Zuerst glaubte er, es sei ihr Parfum, und schenkte ihm keine weitere Beachtung. Sie war schon nach Albuquerque abgereist, als er sich an eine Textzeile aus den Berichten der Pioniere erinnerte. Darin schrieb eine Frau, dass die Fledermausmenschen nicht nur ansprechend aussahen, sondern extrem gut rochen: nach Flieder und Zimt.

Danach hatte Natassja geduftet! Das konnte kein Zufall sein. Ein solches Parfum kannte er aus keinem Laden. Außerdem verriet ihm sein Cop-Instinkt, dass Natassja etwas über Willabys Verschwinden wusste. Nur sah er noch keinen Zusammenhang.

Als dann Joshua anrief und ihm von Natassjas Bitte und Bat City erzählte, musste Burke der Sache nachgehen.

Erst mal würde er allein nach Albuquerque fahren und das Mädchen mit aller Härte befragen. Sollte sich herausstellen, dass es das unterirdische Reich der Vampire wirklich gab, würde er eine Truppe aus Männern seines Vertrauens zusammenstellen und die Höllenbrut ausräuchern. Wer die Fledermausmenschen waren, interessierte ihn nicht. Sie waren so oder so ein Fehler der Natur – und mussten beseitigt werden. Und der Medienrummel um die Heldentat würde seinen Aufstieg zum Polizeichef sicherlich beschleunigen, sinnierte er.

Bevor er in die Hauptstadt New Mexicos fuhr, würde er sich die Akten über Joshuas Entführung durch die drei Fremden noch einmal durchlesen. Hatte Natassja ihm damals nicht die Beschreibung dieses Anwar gegeben?

11. KAPITEL

Natassja wartete, bis alle Familienmitglieder im Haus schliefen. Dann schlich sie die Treppe herunter zur Garage. Sie öffnete die Fahrertür der Corvette und rutschte auf den Sitz. Sie nahm den Sportwagen statt des Vans, um nach Bat City zu fahren und Anwar zu warnen. Die Corvette war bedeutend schneller. Im Übrigen wollte sie sich an ihrem illoyalen Bruder rächen. Er war gewiss stinksauer, wenn sein geliebter Wagen am nächsten Morgen verschwunden war. Denn seit er sich zu Hause wieder eingelebt hatte, traten auch die Allüren wegen seines Sportflitzers erneut auf.

„Mist!“, fluchte Natassja. Sie langte nach dem Zündschlüssel, um die Corvette zu starten, und griff neben dem Lenkrad ins Leere. Normalerweise ließ Joshua die Schlüssel stets im Zündschloss stecken. Sie überlegte, ob sie am Schlüsselbrett hingen. Dann fiel ihr ein, dass Joshua sie unter sein Kopfkissen gelegt hatte. So viel zu dem Thema: Niemand durfte sein Auto anfassen.

Sie stieg aus und wechselte in den Van. Ihre Mom bewahrte ein zweites paar Schlüssel im Handschuhfach auf. Sie holte es heraus, startete den Wagen und ließ ihn im Leerlauf aus der Garage rollen. Dann steuerte sie den Bus im Schritttempo aus der Ausfahrt, damit niemand ihren Aufbruch mitbekam. Erst als sie auf die Hauptstraße bog, gab sie Gas.

Die Familienkutsche besaß bei Weitem nicht so viel PS wie die Corvette und fuhr maximal neunzig Meilen die Stunde. Für die gut dreihundert Meilen von Albuquerque nach Carlsbad würde sie über vier Stunden benötigen. Also endlos!

Sie hatte Albuquerque eine halbe Stunde hinter sich gelassen. Die Wüstenlandschaft war still, der Highway leer. Nur gelegentlich kam ihr ein Lastwagen entgegen. Da tauchten in ihrem Rückspiegel Scheinwerfer auf. Das Fahrzeug kam schnell näher.

Zuerst glaubte sie, ein Polizist habe sie erwischt und wollte ihr wegen Geschwindigkeitsübertretung einen Strafzettel verpassen. Dann erkannte sie Joshuas Corvette.

Automatisch trat sie das Gaspedal bis zum Anschlag durch. Doch der Van ruckelte nur und blieb bei seinen neunzig Meilen Höchsttempo.

Joshua kam rasch näher. Er zog die Corvette neben den Van auf die Gegenfahrbahn und schrie Natassja etwas zu. Durch den Fahrtwind und die geschlossenen Fenster konnte sie ihn nicht verstehen. Sie wollte auch nicht hören, was er zu sagen hatte. Sie wusste es schon. Unbeirrt fuhr sie weiter. Joshua an ihrer Seite.

Da kam ihnen einen LKW entgegen. Der Fahrer hupte panisch. In einem riskanten Fahrmanöver bremste Joshua ab und reihte sich hinter Natassja ein. Sie hoffte, einen Vorsprung herauszuholen. Da krachte die Stoßstange der Corvette gegen den Van.

Natassja zuckte zusammen. Mom und Dad würden ihr und Joshua den Hals umdrehen, wenn der Van einen Schaden davontrug. Sie trat im Stakkato auf das Gaspedal. Aber es war zwecklos. Der Van gab nicht mehr her. Nachdem der LKW vorbeigedonnert war, zog Joshua erneut neben sie. Er machte Zeichen, sie solle anhalten. Natassja ignorierte ihn. Er bretterte an ihr vorbei, schleuderte mit der Corvette herum und blockierte quer stehend die Fahrbahn.

Natassja trat voll in die Eisen. Der Van rutschte. Die Bremsen brauchten dringend neue Belege. Sie rechnete jede Sekunde mit dem Aufprall auf die Corvette. Da blieb der Van Zentimeter vor der Seitentür des Sportwagens stehen. Joshua sprang aus dem Wagen und rannte zur Fahrertür des Vans. Geistesgegenwärtig versuchte sie, den Bus zu verriegeln. Doch ihre vor Aufregung und Anspannung feuchten Finger rutschten von dem Knopf ab, und schon riss Joshua die Autotür auf.

„Bist du irre?!“, schrie er sie an und zerrte sie aus dem Bus.

„Das könnte ich dich genauso gut fragen!“, brüllte sie zurück. Sie stieß ihm gegen die Brust. „Lass mich los! Hast du sie noch alle? Wir hätten einen superschweren Unfall haben können?!“

„Das Risiko gehe ich ein. Ich würde alles tun, um zu verhindern, dass du die Bat People warnst. Verstehst du denn nicht?! Sie sind unsere Feinde und gefährlich!“

„Bist du mir gefolgt, um mir diesen Schwachsinn zu sagen?“

„Nein. Ich wollte dir bis zu dem unterirdischen Reich der Vampire nachfahren und Sheriff Burke den entscheidenden Tipp geben. Aber du bist immer schneller geworden, sodass mir klar war, dass du die Corvette erkannt hast.“

„Du hast Sheriff Burke doch schon genug Hinweise gegeben. Ich habe dich mit ihm telefonieren gehört! Wie kannst du das nur tun?“

„Es ist zu unserer aller Besten. Auch zu deinem. Ich will nicht, dass meine Schwester mit einem Vampir zusammen ist.“

„Zu meinem Besten?“, giftete Natassja ihn an. „Du hast keine Ahnung, was gut für mich ist. Das entscheide ich!“ Sie trat nach ihm und versuchte, sich loszureißen. Doch Joshua hielt sie fest. Er drehte ihr die Arme im Polizeigriff auf den Rücken und zerrte sie zur Corvette. Sie wehrte sich. Aber er war stärker. Er öffnete mit einer Hand die Heckklappe. Natassja ahnte, was er vorhatte, und biss ihn in den Arm. Sie rangen miteinander, und plötzlich verlor Natassja das Gleichgewicht, taumelte und stürzte Richtung Kofferraum. Sofort ergriff Joshua die Gelegenheit, presste blitzschnell ihre Arme und Beine hinein und schlug die Klappe zu.

„Wenn du keine Luft bekommst, klopf gegen den Deckel!“, rief er ihr zu. Natassja war fassungslos. Ihr eigener Bruder hatte sie in den Kofferraum eingesperrt. Sein Hass musste abgrundtief sein. Wie konnte er ihr das antun, seiner eigenen Schwester? Sofort trommelte sie gegen die Heckklappe.

„Joshua, hol mich hier sofort raus! Bist du wahnsinnig, öffne den Kofferraum, Joshua!“, schrie sie, so laut sie konnte, in die Dunkelheit.

Doch sie hörte nur, wie er sich vom Wagen entfernte. Dann hörte sie Schritte zurückkommen. Er stieg in die Corvette und gab Gas. Nach einer Stunde unternahm sie einen Täuschungsversuch und hämmerte gegen die Heckklappe. Entweder hörte Joshua sie absichtlich nicht. Oder der laute Motor übertönte ihr Klopfen. Was, wenn sie wirklich keine Luft mehr zum Atmen hätte? Würde Joshua sie zu „ihrem Besten“ ersticken lassen?

Sie hasste ihn in dem Moment abgrundtief und nahm sich vor, unter allen Umständen zu fliehen. Selbst wenn sie ihn dafür verletzen musste.

Sie verlor jegliches Zeitgefühl. Ihr Handy befand sich in ihrer Tasche auf dem Beifahrersitz des Vans. Nach gefühlten zwei Stunden stoppte Joshua den Wagen und fuhr auf den Seitenstreifen. Sie hörte es am Knirschen der losen Steine unter den Reifen. Ein zweiter Wagen hielt an. Türen schlugen. Männerstimmen. Sie erkannte Joshua und … Sheriff Burke. Schritte. Die Männer traten an das Heck der Corvette. Joshua schloss den Kofferraum auf. Die Klappe ging hoch. Sheriff Burke und ihr Bruder sahen auf Natassja herab.

„Gute Arbeit, Junge“, lobte Burke Joshua.

Joshua reichte Natassja die Hand, um ihr aus dem Kofferraum zu helfen. Sie schlug ihm auf die Finger und kletterte steif alleine heraus. Sie war verschwitzt, und ihr schmerzten von der Enge sämtliche Glieder. Aber das war Nebensache. In erster Linie war sie wütend.

„Das gibt eine Anzeige wegen Freiheitsberaubung“, schimpfte sie.

Doch Sheriff Burke winkte ab. „Sollten Sie mit den Vampiren zusammenarbeiten, sind Sie eine Gefahr für die Menschheit. In dem Fall ist jedes Mittel recht, Sie festzuhalten“, sagte er, und ehe sie sich versah, schnappten Handschellen um ihre Handgelenke, und der Cop führte sie ab zu seinem Wagen.

Während Sheriff Burke sie durch die Wüste nach Carlsbad fuhr, sah Natassja, wie im Osten die Sonne über den Horizont stieg. An diesem Abend um Mitternacht lief ihr Ultimatum ab. Wenn sie bis dahin nicht in Bat City auftauchte, verlor Anwar wegen Hochverrats an seinem Volk sein Leben. Sie drehte den Kopf und sah aus dem Rückfenster. Joshua folgte ihnen in der Corvette. Im anbrechenden Morgenlicht schien sein Haar kupferrot wie Feuer. In ihrer Fantasie sah sie Bat City abbrennen. Schnell wandte sie sich ab und drückte die Stirn gegen die Fensterscheibe.

Sie fühlte sich ohnmächtig und allein und hatte keine Ahnung, wie sie sich aus der Bewachung befreien und die Bat People rechtzeitig warnen sollte. Sie zermarterte sich erfolglos das Hirn, bis sie die Polizeistation erreichten.

Sheriff Burke führte sie in das Befragungszimmer. Dort versuchte er, sie auf die nette Tour zum Reden zu bringen. Er meinte, sie sei gewiss verwirrt und emotional aufgewühlt. Aber sie könnte doch nicht allen Ernstes für die Fledermausmenschen Partei ergreifen. Als Natassja hartnäckig schwieg, wurde sein Ton schärfer. Er schlug mit der Faust auf den Tisch und drohte ihr mit jahrelanger Haft, falls durch ihre Mitschuld ein Vampir einen Menschen tötete. Doch weder seine Schmeicheleien noch Brüllattacken beeindruckten sie. Natassja hielt den Mund und starrte stur auf den Tisch.

Schließlich sah Sheriff Burke ein, dass er seine Zeit und Energie verschwendete. „Sie bleiben vierundzwanzig Stunden in Beugehaft, Miss Licedei“, sagte er verärgert, zog sie an den Handschellen von ihrem Stuhl und führte sie aus dem Raum.

Ein Tag Beugehaft?! Dann war Anwar tot! Natassja überlegte fieberhaft, wie sie um den Aufenthalt im Gefängnis herumkam. Sie konnte Sheriff Burke auf eine falsche Fährte locken, ihn in die Wüste führen und abhauen. Die Idee war idiotisch! Er würde sie nicht aus den Augen lassen. Außerdem war er bewaffnet. Was dann?!

Ihre grauen Zellen waren wie leer gefegt. Starr betrat sie die Zelle und sah zu, wie die Gittertür zufiel und Burke sie verriegelte. Er gab einem seiner Untergebenen die Anweisung, auf Natassja aufzupassen. Dann bog er in den Gang zu seinem Büro ab und war verschwunden.

Während Natassja in der Zelle saß und wie gelähmt dem Ticken der Wanduhr zuhörte, fuhren Burke und Joshua zum Peco River. Joshua erinnerte sich aufgrund der vom Schamanen verabreichten Substanzen nicht mehr genau, wo Bat City lag, aber er wusste, dass es sich nahe dem Fluss befand.

In brütender Hitze schlichen die Männer durch die Wüste und suchten nach Hinweisen jedweder Art. Sheriff Burke betrachtete durch sein Fernglas die Felsformationen und überprüfte sie auf Höhlenzugänge. Nach Stunden vergeblicher Suche setzte sich der Cop auf einen Fels, nahm seinen Stetson ab und goss sich Wasser aus seiner Wasserflasche über die Stirn.

„Es ist die berühmte Suche nach der Nadel im Heuhaufen", meinte Burke und stützte müde die Arme auf die Knie.

Joshua blickte forschend umher. Zum hundertsten Mal streiften seine Augen über das Fabelwesen, das die Anasazi vor langer Zeit hoch oben im Berg in den Stein geritzt und dann bemalt hatten. Er war sich sicher, es schon einmal gesehen zu haben. Nur wann? Möglicherweise während seiner Reise mit Natassja. Obwohl, dafür war die Straße zu schlecht. Er hätte niemals seine edle Corvette über so eine holprige Strecke gefahren. Im Übrigen gab es besser erhaltene Indianerbilder an zugänglicheren Orten. Zumindest hatte er das im Reiseführer gelesen. Er seufzte. Sein Gedächtnis ließ ihn seit seinem Aufenthalt in Bat City im Stich. Würde sich das jemals wieder geben?

Frustriert trat er gegen einen Stock, der zu seinen Füßen lag.

Er wirbelte Staub auf. In dem Dreck bewegte sich etwas Braunes und klapperte.

„Eine Klapperschlange!“ Burke sprang von dem Fels auf und zog Joshua zurück.

„Sie haben einen Sonnenstich“, meinte Joshua grinsend und beugte sich zum Sandboden herab. „Es ist kein Tier.“ Er hob den völlig verdreckten Gegenstand auf. „Es ist ein Armband oder ei…“ Der Anblick verschlug ihm die Sprache.

„Was ist, Junge? Nun sag schon!“, drängte Sheriff Burke.

„Es ist mein Talisman! Die Muschelkette, von der ich Ihnen erzählt habe!“

Einen Moment starrten sich die beiden an. Dann brachen sie in Hektik aus.

„Bat City muss ganz in der Nähe sein!“, meinte Joshua aufgeregt und drehte sich um die eigene Achse.

Burke marschierte derweil zielstrebig auf den Felsen mit dem Fabelwesen zu. Am Fuß des Bergs blieb er stehen und sah zu der Gestalt hoch. Er rieb sich übers Kinn und winkte Joshua heran.

„Mit ein bisschen Fantasie sieht die Figur aus wie eine Fledermaus. Was meinst du, Junge?“

Joshua nickte. Ohne zu zögern, machte er sich an den Aufstieg. „Mal sehen, ob sich da oben ein Eingang befindet.“ Kaum hatte er den Satz zu Ende gesprochen, da rutschte er ab. Er fiel zu Boden und riss sich an den scharfen Felskanten die Hände auf.

„Lass gut sein, Junge. Die Vampire laufen uns nicht weg. Wir kommen in ein paar Stunden mit Verstärkung und entsprechender Ausrüstung wieder. Bis dahin besorge ich mir einen Lageplan der Gegend. Wäre doch gelacht, wenn wir die Bewohner des unterirdischen Reichs nicht aufstöbern könnten.“

Zwei Stunden später hatte Sheriff Burke in seinem Büro zwanzig Männer, Ex-Cops und ehemalige Soldaten um sich versammelt. Er sagte ihnen, dass er das Versteck einer ominösen Sekte auszuheben plane, deren Mitglieder unter körperlichen Anomalien litten und die zu ihrer Heilung Blutopfer darbrächten. Er grenzte auf einer Landkarte die Umgebung ein, wo die Männer suchen sollten. Und er instruierte sie, keine Gnade walten zu lassen. Es handele sich bei den Jüngern um gewaltbereite Irre, die für ihren Kult über Leichen gingen. Insbesondere gelte es einen zu erledigen, und Burke beschrieb dessen Aussehen haargenau: Anwar, den Anführer.

Natassja hörte in ihrer Zelle die Instruktionen, die Burke den Hilfssheriffs gab, und ihr wurde übel. Sie musste unbedingt aus diesem Gefängnis raus. Vielleicht konnte sie das Schlimmste noch verhindern. Schließlich konnten die Bat People fliegen. Vielleicht gelang es ihnen, auf diesem Weg vor ihren Mördern zu fliehen. Aber vermutlich hatte Joshua das dem Sheriff schon erzählt, und der hatte entsprechende Vorbereitungen getroffen.

Joshua hatte mehrfach versucht, mit ihr zu sprechen, seit er mit dem Sheriff vom Peco River zurückgekehrt war. Aber sie hatte den Kopf weggedreht und ihn ignoriert. Um ihn zu strafen. Aber auch, damit er ihre Waffe nicht sah.

Denn seit der Sheriff sie in die Zelle gesperrt hatte, war sie nicht untätig gewesen. Nachdem sie den ersten Schock überwunden hatte, nutzte sie unbeobachtete Momente, um die Schlafpritsche auseinanderzubauen. Wegen ihrer brüchigen Fingernägel hatte sie stets eine Nagelpfeile dabei. Nun mauserte sich der Schönheitsfehler zum Vorteil. Sie drehte mit der Feile die Schrauben des Bettgestells aus der Verankerung.

Da ihr Bewacher aus Langeweile auf seinem Handy telefonierte und sich zwecks besseren Empfangs im Vorraum aufhielt, gelang es ihr, ein Metallbein abzumontieren. Sie versteckte die Stange unter der Bettdecke. An die leere Stelle schob sie den Stuhl zur Stütze und setzte sich darauf. Damit die seltsame Konstruktion nicht auffiel, legte sie die Beine hoch aufs Kissen.

„Venenprobleme“, sagte sie zu ihrem jungen Bewacher, als er einen prüfenden Blick in ihre Zelle warf und wegen ihrer Körperposition die Augenbrauen hochzog.

Der junge Cop zuckte gleichgültig mit den Schultern und telefonierte weiter, bis Burke und Joshua aufgeregt zurückkamen und der Sheriff die Männer zusammentrommelte.

Am Geräuschpegel, den lauten Schritten und dem Türenschlagen erkannte Natassja, dass der Sheriff und seine Helfer das Revier verließen, um auf Vampirjagd zu gehen. Der Zeitpunkt zu handeln war für Natassja gekommen. Sie überlegte, wie sie ihren jungen Bewacher in ein Gespräch verwickeln sollte. Doch er begann die Unterhaltung von selbst.

Mit einem Donut in der Hand kam er schmollend um die Ecke. „Nie nehmen sie mich zu aufregenden Einsätzen mit“, beschwerte er sich bei ihr. „Entweder muss ich Bürokram erledigen oder Kaffee kochen oder auf Gefangene aufpassen. Das ist nicht fair!“

„Wie lange arbeitest du denn schon hier?“, fragte Natassja.

„Ein Jahr. Ich bin noch in der Ausbildung zum Cop“, begann der Junge und erklärte detailliert, warum er Gesetzeshüter werden wollte.

Natassja nickte in regelmäßigen Abständen, hörte ihm aber nicht richtig zu. Sie sah, wie sich die Sonne senkte. Sie durfte keine Zeit mehr verlieren, wollte sie Anwar und sein Volk retten. Mühsam zwang sie sich, ruhig zu bleiben. Nun war ihr junger Bewacher zum Thema Frauen gewechselt, um ihr sein Leid mit den Mädchen zu klagen.

„Ach, echt? Du hast noch nie eine Freundin gehabt? Das kann ich mir gar nicht vorstellen. Du siehst doch gut aus“, schmeichelte Natassja ihm.

„Meinst du wirklich?“, fragte er ungläubig und strich sich unsicher über sein Akne geplagtes Gesicht.

„Klar. Die Mädchen in Carlsbad haben anscheinend keine

Augen im Kopf." Sie machte eine Pause und schenkte ihm ihr charmantestes Lächeln. „Glaubst du, du könntest mich auf die Gästetoilette gehen lassen?"

„Aber in deiner Zelle ist eine Toilette."

„Schon. Aber ehrlich gesagt, ekel ich mich, wenn ich mir vorstelle, wer die schon alles benutzt hat."

„Das kann ich nachvollziehen", entgegnete der junge Polizist. „Aber ich darf dich nicht aus der Zelle lassen. Sheriff Burke schmeißt mich raus, wenn er das erfährt."

„Er muss es ja nicht erfahren. Nur du und ich sind in der Polizeistation, richtig?"

„Mhm."

„Na siehst du. Und ich sage ihm bestimmt nichts." Wieder lächelte sie zuckersüß.

„Ich weiß nicht ..." Der Cop sah bedrückt aus.

„Du kannst mir vertrauen. Was soll ich schon machen? Abhauen?" Sie lachte. „Du bist viel größer und stärker als ich. Gegen dich hätte ich keine Chance."

„Ja, das stimmt", meinte der junge Cop geschmeichelt, rückte aber immer noch nicht mit dem Schlüssel heraus.

„Im Übrigen sind wir alte Bekannte", trumpfte Natassja auf. „Du hast mich damals bei der Entführung meines Bruders an den Lügendetektor angeschlossen."

„Stimmt. Ich hab dich auch sofort wiedererkannt. Aber ich dachte, du mich nicht." Verlegen kratzte er sich am Kinn.

„Hey, dich vergisst man doch nicht", meinte Natassja herzlich.

Der junge Cop wurde knallrot. Er drückte seine schmächtigen Schultern durch und zog das Schlüsselbund aus der Hosentasche. Er trat an Natassjas Zelle heran. „Und du verrätst mich wirklich nicht?"

„Nein. Habe ich etwa beim Lügendetektor-Test geschwindelt?", fragte Natassja lächelnd.

Der Polizist schüttelte verneinend den Kopf und schloss die Zelle auf. Als er die Tür öffnete, griff Natassja blitzschnell zur abmontierten Eisenstange und zog sie ihm mit aller Kraft über. Er brach zusammen – zum Glück in der Zelle. Sie vergewisserte sich, dass er nur bewusstlos war, und schloss schnell die Zellentür von außen ab.

Dann rannte sie aus dem Revier auf die Straße. Vor der Wache war ein Streifenwagen geparkt. Natassja versuchte ihr Glück und langte nach dem Türgriff. Das Fahrzeug war nicht abgeschlossen, und der Zündschlüssel steckte. Vermutlich gingen die Cops davon aus, dass niemand es wagte, einen Dienstwagen zu klauen.

Irrtum!, dachte Natassja und rutschte auf die Fahrerseite.

Als sie Carlsbad verließ, verschwand die Sonne hinter dem Horizont, und die ersten Schatten der Nacht zogen auf. Hoffentlich schaffte sie es rechtzeitig nach Bat City. Was, wenn der Suchtrupp schon in die Stadt eingedrungen war? Würde Anwar glauben, sie habe ihn verraten? Würden Batur und Gylan ihn dann vor dem Ultimatum töten?

Sie trat das Gaspedal durch bis zum Anschlag. Dennoch schien die Fahrt nach Bat City eine Ewigkeit zu dauern. Als sie ankam, herrschte pechschwarze Nacht. Im Schritttempo fuhr sie die letzten Meter und schaltete die Scheinwerfer aus. Burke und seine Leute sollten sie nicht sehen. Sie ließ den Streifenwagen ausrollen und parkte ihn verdeckt inmitten von Gestrüpp. Sie stieg aus und wartete eine Weile, bis sich ihre Augen an die Dunkelheit gewöhnt hatten und sie sich orientieren konnte.

Im Berg, etwa auf der Höhe der Felsmalerei und des Eingangs zur Vampirstadt, entdeckte sie ein oranges, flackerndes Licht. Dann ein zweites, ein drittes … Feuer! Der Sheriff und seine Helfer trugen Fackeln bei sich. Sie wollten Bat City ausräuchern und in Schutt und Asche legen!

Blindlings rannte Natassja zum Seitenausgang, durch den sie der Jäger vor drei Tagen hinausgeführt hatte. Sie stolperte und stürzte beinah. Das Gestrüpp schlug ihr ins Gesicht. Dornen zerkratzten ihre Haut. Doch sie spürte die Schmerzen nicht, denn ein lauter Knall zerriss die Stille der Nacht. Waren Burkes Männer auf Vampirjäger gestoßen und schossen auf sie?

Natassja hangelte sich am Felsen hoch. Sie musste zu Anwar! Eilig rannte sie in den Geheimgang. Schon sah sie das grüne Schimmern auf dem Boden, das ihr den Weg ins unterirdische Reich wies. Da packte jemand sie von hinten, stieß sie gegen die Felsen und drückte ihr die Luft ab. Gylan!

„Miststück!“, zischte die mongolische Kriegerin. „Ich wusste, dass du uns verrätst! Los!“, befahl sie den Jägern. „Packt die Läuferin, und schleppt sie an den Marterpfahl ... zu Anwar.“

12. KAPITEL

„Lyncht sie! Vierteilt sie! Dann gebt uns ihr Blut!“ Der Mob von Bat City forderte für Natassja und Anwar einen langsamen, qualvollen Tod. Einzelne Fledermausmenschen bewarfen die Verurteilten mit Dreck und Abfällen. Gylan stellte sich vor den Pranger und hetzte die Meute weiter auf – allerdings ausschließlich gegen Natassja. Ihr Versuch, den Hass der Bevölkerung von Anwar abzulenken und auf die Läuferin zu wälzen. Wenn sie schon nicht sein Leben retten konnte, so sollte wenigstens er nicht leiden, sondern Natassja.

„Die Menschenfrau hat unsere Feinde hierhergebracht, damit sie uns ermorden!“, schrie die Mongolin in die Versammlung. „Sie soll dafür büßen!“ Gylan zog ihren Dolch aus seinem Schaft und fuhr mit einer blitzschnellen Bewegung über Natassjas Schulter.

Die Klinge war so scharf, dass Natassja keinen Schmerz spürte. Sie sah nur das blutige Rinnsal ihren Arm hinunterlaufen.

Die Bat People johlten und steigerten sich in einen Blutrausch. Es war eine Frage der Zeit, wann sie sich auf sie stürzen und aussaugen würden. Bevor das geschah, musste Natassja noch dringend eine vermeintliche Schuld bereinigen.

„Anwar!“, raunte sie.

Der junge Fürst stand zu ihrer linken Seite am zentralen Marterpfahl und starrte mit ausdrucksloser Miene auf das Spektakel vor seinen Augen. Als die Jäger Natassja auf den Marktplatz brachten, hatte Anwar sie entsetzt und voller Mitleid und Liebe angeschaut. Zumindest glaubte Natassja, ihm diese starken Gefühle angesehen zu haben. Doch seit sie neben ihm angeprangert stand, beachtete er sie nicht mehr. Dafür konnte es nur einen Grund geben.

„Anwar! Ich habe Sheriff Burke und seine Leute nicht hierhergeführt! Ich würde so etwas nie tun. Das schwöre ich! Joshua war es. Er ist komplett durchgedreht! Und hat nicht auf mich gehört. Ich wollte dich warnen. Aber er und der Sheriff haben mich abgefangen und eingesperrt. Deshalb komme ich zu spät."

Anwar schwieg und starrte weiter vor sich hin. Hatte er sie nicht gehört?

„Anwar! Wenn ich euch verraten hätte, würden jetzt schon Hundertschaften durch den Seiteneingang in deinen Palast stürmen und von dort aus die Stadt erobern. Aber ich bin als Einzige durch den Geheimgang gekommen. Frag Gylan! Sie hat mich dort abgefangen."

„Mit den Ausreden kannst du dein Leben auch nicht mehr retten", sagte Gylan, die ihren Namen hatte fallen hören, verächtlich.

„Das will ich auch gar nicht!", konterte Natassja. „Es ist mir egal, ob ich sterbe. Mir ist nur wichtig, dass Anwar mir glaubt. Denn ... ich liebe ihn!"

Gylan starrte Natassja in einer Mischung aus Abscheu und Ungläubigkeit an. In dem Moment wandte Anwar seinen Kopf zu Natassja herum.

„Ich liebe dich auch", sagte er, und seine Augen leuchteten. „Vom ersten Moment, als ich dich sah. Und das nicht nur, weil mir der Schamane vor vielen Jahren eine rothaarige Frau als meine Seelenverwandte prophezeit hat. Ich wusste sofort, dass du die Richtige bist. Aber ich musste sichergehen. Du musstest mein Reich finden und dir wünschen zu bleiben. Als du zu deiner Familie zurückkehren wolltest, war ich tief getroffen. Ich dachte, du wolltest in erster Linie weg von mir. Aber dann dachte ich wieder an die Zeit, die wir zusammen verbracht haben und dass ich tief in mir gespürt habe, dass du in Bat City und bei mir sein willst."

„Das will ich auch! Für immer!", rief Natassja – und weinte. Einerseits aus Freude, andererseits aus Trauer. Denn nun, wo sie endlich zueinandergefunden hatten, mussten sie ihre Liebe schon begraben.

Ein Stein traf sie an der Brust. Sie keuchte und bekam keine Luft.

„Tötet die Läuferin endlich! Worauf wartet ihr noch?“, schrie der Angreifer, ein wütender Fledermausmann.

„Ja, bringt sie endlich um! Das Menschenweib!“, unterstützte ihn der Mob.

„Seid still!“, dröhnte da Anwars Stimme über den Versammlungsplatz.

In immer noch tief verankertem Gehorsam gegenüber ihrem Anführer verstummten die Bat People abrupt. Ein Raunen ging durch die Menge. Dann sahen alle schweigend ihren Fürsten an.

„Was ist nur in euch gefahren?“, fragte Anwar. „Habt ihr vergessen, welches Leid und wie viele Vorurteile ihr ertragen musstet, weil ihr als Fledermausmenschen verachtet wurdet? Ihr fordert den Kopf der Menschenfrau, die ihr Volk verließ, um uns zu warnen. Ich habe euch für intelligenter und verständnisvoller gehalten. Aber ihr benehmt euch nicht anders als die Läufer.“

„Anwar paktiert mit der Verräterin!“

„Lügner!“

„Verbrennt sie beide!“, schrien einzelne Zuhörer. Aber das Gros der Versammelten schien anderer Meinung.

„Anwar war uns immer ein guter Führer“, mischte sich ein Vampir ein. „Er ist nicht so erfahren wie sein Vater Ragan. Aber dafür besitzt er Jugend und will uns in eine neue Zukunft führen.“

„Wir haben keine Zukunft mehr! Wir werden untergehen!“, schrie jemand.

„Ihr würdet so oder so untergehen. Ob heute oder morgen oder an einem anderen Tag!“ Anwar erhob seine Stimme über die seiner Widersacher. „Ihr verweigert euch der Tatsache, dass sich die Zeiten geändert haben. Wir müssen einen anderen Lebensweg einschlagen und uns langfristig mit den Läufern einigen, um zu überleben. Nicht alle Läufer wollen unseren Tod wie die Horde, die sich vor unserem Reich zusammengerottet hat. Es gibt auch unter den Menschen Gleichgesinnte, die einen gemeinsamen Weg beschreiten wollen. Eine davon möchtet ihr umbringen." Er blickte auf Natassja. Dann wandte er sich wieder an sein Volk. „Habt ihr nicht immer geglaubt, ihr seid besser als die Läufer? Haben die Anasazi nicht auch unsere Überlegenheit gesehen und deshalb ihr Blut mit unserem vermischt? Nun beweist, dass ihr Größe und Stärke besitzt! Kämpft gegen den wahren Feind, den dort draußen in der Wüste! Nicht gegen eure vermeintlichen Verräter – Tassja und mich. Verstärkt die Wachen! Bewaffnet noch mehr Jäger! Und tötet die, die nach eurem Leben trachten. Und wenn ihr unsere Gegner besiegt habt, beginnt neu – aber mit den Läufern."

Anwars Worten folgte Totenstille. Entweder würden die Bat People seinen Vorschlag annehmen oder ihn in Stücke reißen.

„Hoch lebe Anwar!", brüllte plötzlich ein Vampir und breitete seine Flügel aus, um auf der Stelle hochzufliegen.

Andere folgten seinem Vorbild, und ein Sausen und Rauschen erklang.

„Unser Fürst hat recht! Erledigen wir unsere Feinde und behaupten unseren Platz in der Welt!", rief ein anderer Fledermausmensch.

„Wir lassen uns nicht verdrängen!", schrie jemand aus der Mitte der Menge. „Auf zu den Waffen! Wir zeigen es den Läufern!"

Bewegung kam in die Masse. Bevor sie auseinanderliefen und sich zu kopflosen Aktionen hinreißen ließen, ging Batur dazwischen. Der Kriegsherr war soeben vom Haupteingang, den er mit seinen Jägern verteidigte, zurückgekehrt. „Ich brauche alle kampffähigen Bat Men und Women an den Toren!", befahl er. „Über die Zahl unserer Feinde bin ich mir noch nicht sicher …"

„Es sind zweiundzwanzig Männer! Zwanzig Elitekämpfer, Sheriff Burke … und mein Bruder", rief Natassja ihm zu.

Mit einem Nicken bedankte sich Batur für ihre Information. „Die Jäger der Menschen sind bestens ausgerüstet. Sie haben moderne Waffen … und sie bringen Feuer!"

Ein bestürztes Murmeln ging durch die Bat People. Panik machte sich breit.

„Wir sitzen nicht in der Falle!", erhob Anwar seine Stimme. „Der Seitenausgang ist frei." Er lächelte Natassja an. Dann sagte er zu seinem Kriegsherren: „Ich kämpfe mit dir." Er wandte sich an einen Jäger. „Hol meinen Brustpanzer und meine Streitaxt!"

Während der Jäger Anwars Befehl nachkam, löste Gylan Anwars Fesseln und widerwillig die Natassjas. Batur kommandierte die kampfbereiten Bat People ab. Anwar vertraute Gylan die übrigen an, die sie sicher durch den Geheimausgang in die Freiheit führen sollte.

„Tassja", sagte er zärtlich und nahm ihre Hände. „Geh mit Gylan. Ich will dich in Sicherheit wissen."

„Ich bleibe bei dir. Ich kämpfe an deiner Seite!", beharrte sie.

„Nein. Ich möchte nicht, dass du und Joshua euch als Feinde gegenübersteht. Außerdem würde ich mir zu viel Sorgen um dich machen und könnte nicht entsprechend hart gegen die Angreifer vorgehen." Er strich ihr über die Wange. „Wirst du bei mir bleiben, gleichgültig, wie der Kampf ausgeht?", fragte er.

„Du kennst die Antwort", sagte sie. „Ich will mit niemand anderem zusammen sein als mit dir." Sie hob das Gesicht zu ihm. Hoffentlich küsste er sie!

„Fürst …" Der Jäger zerstörte den romantischen Augenblick. Womöglich ihren letzten. Er brachte Anwars Axt und seinen Brustpanzer. Anwar legte den Schutz an. Da tauchte Batur auf, um ihn abzuholen.

„Pass gut auf dich auf", flüsterte Anwar, drückte Natassjas Hände, und schon folgte er Batur mit schnellen Schritten.

Natassja sah Anwar so lange nach, bis er im Heer der Vampire verschwand. Dann suchte sie Gylan. Die Mongolenkriegerin hatte natürlich nicht auf sie gewartet, sondern trieb die Schutzbedürftigen bereits vor sich her zum Palast. Natassja eilte ihnen nach und begleitete die Fledermausmenschen durch das Labyrinth, entlang den grün schimmernden Steinen hinaus ins Mondlicht.

Von Ferne erschollen Kampfgeräusche. Schüsse hallten durch die Tunnel, die nach Bat City führten. Die Vampire besaßen nur Dolche, Äxte und Schwerter – ein ungleiches Verhältnis. Natassja zitterte vor Angst um Anwar und sandte Stoßgebete gen Himmel, dass er verschont würde.

Am Ausgang angekommen, checkte Gylan die Lage. Vorsichtig trat sie ins Freie und sah sich nach der besten Fluchtmöglichkeit um. Keine Scheinwerfer. Hervorragend! Die Bat People brauchten in der Dunkelheit nur ihre Schwingen auszubreiten und fortzufliegen.

Da ertönte ein finsteres Grollen wie von einem aufziehenden Gewitter. Es schwoll an und löste sich in einer ohrenbetäubenden Explosion. Der Berg bebte. Natassja wich mit knapper Not herabfallenden Felsbrocken aus.

„Anwar hat die Festungsanlagen sprengen lassen", teilte Gylan den Anwesenden mit. „Das ist kein gutes Zeichen. Es bedeutet, dass sie die Angreifer nicht abwehren konnten und die menschlichen Jäger es bis vor die Tore der Stadt geschafft haben. Gleich werden Anwar, Batur und unsere Jäger den Weg zu uns einschlagen. Wir warten auf sie und werden uns dann gemeinsam davonmachen."

Gylan hatte gerade zu Ende gesprochen, da kündigte ein Rauschen und Sausen die fliehenden Vampirkrieger an. Sie versammelten sich unter Baturs Führung an Gylans Seite. Natassja blickte sich hektisch nach Anwar um. In ihrer Not um ihn stürzte sie zurück in den Tunnel. Da packte jemand sie am Arm. Sie schlug nach der Hand und fluchte: „Lass los! Ich muss Anwar suchen!“

„Ich bin doch schon da“, flüsterte er.

Erleichtert fuhr Natassja zu ihm herum. Er blutete stark aus einer Schulterwunde. „Oh, nein!“, stieß sie aus. Tränen schossen ihr in die Augen.

„Es ist nichts“, beruhigte er sie. „Es sieht schlimmer aus, als es ist. Der Schamane wird es wieder richten.“

„Ich hatte solche Angst um dich“, raunte sie mit tränenerstickter Stimme.

„Jetzt wird alles gut“, sagte er und zog sie an sich heran. Zärtlich strichen seine Lippen über ihre Wange und fanden dann ihren Mund. Sein Kuss ließ Natassja erschauern und traf ihr tiefstes Inneres. Seine Berührung löste solche Glücksgefühle in ihr aus, dass Natassja wusste, dass sie nie mehr von jemand anderem als ihm geküsst werden wollte.

Schließlich löste sich Anwar langsam von ihr und führte sie zu den anderen. Er drückte ihre Hand und sagte: „Nichts und niemand kann uns mehr trennen.“

„Irrtum!“, sagte eine Männerstimme mit zynischem Unterton, gefolgt von einem metallischen Klicken, das das Entsichern eines Gewehrs ankündigte.

„Joshua!“, stieß Natassja entsetzt hervor.

„Sie hat uns doch verraten! Dieses Miststück!“, schrie Gylan und warf sich mit gezücktem Dolch auf Natassjas Bruder.

Joshua bremste den Angriff der Mongolin mit dem Gewehrschaft ab. Sie prallte dagegen und fiel hart zu Boden. Sofort rappelte sie sich auf und sah in die Mündung der Waffe.

„Ich würde von weiteren Attacken absehen“, sagte Joshua gelassen zu ihr.

„Wie hast du den Seitenausgang gefunden?", fragte Natassja ihn.

„Ich habe vorhin die Scheinwerfer eines Streifenwagens gesehen und dachte, Sheriff Burke hätte Nachschub angefordert. Als die Lichter plötzlich ausgingen, aber niemand zu uns stieß, wurde ich misstrauisch. Da habe ich mir gedacht, ich schau mal nach. Würde mich nicht wundern, wenn meine schlaue Schwester es aus dem Knast herausgeschafft hat, um ihren neuen Freunden zu helfen. Und das kann ich nicht zulassen." Er presste die Lippen zusammen und schüttelte den Kopf.

„Was willst du tun?", fragte Natassja. „Uns alle töten?"

„UNS?", wiederholte Joshua abfällig. „Wie tief bist du nur gesunken?" Er spie auf den Boden.

Batur nutzte den Moment, um ihn mit dem Schwert anzugreifen. Doch Joshua hatte mit einer Attacke gerechnet. Er riss das Gewehr herum und feuerte. Der nahkampferprobte Kriegsherr warf sich reaktionsschnell zur Seite. Dennoch zeigte ein Aufstöhnen, dass er getroffen war. Ein Streifschuss hatte seinen rechten Flügel verletzt.

„Ihr solltet mich nicht unterschätzen", meinte Joshua kühl. „Ich habe noch eine kleine Überraschung für euch. Sheriff Burke weiß, wo ich bin. Er kann jede Sekunde mit seinen Männern auftauchen."

Panik machte sich unter den Fledermausmenschen breit. Ein Übergriff war zu befürchten. Aber Joshua hielt sie mit dem Gewehr in Schach. „Und jetzt, Natassja, hör auf, den Friedensengel und Vampirversteher zu spielen, und komm zu mir!", befahl er.

„Du solltest mich nicht unterschätzen!" Natassja kreuzte die Arme vor der Brust und stellte sich schützend vor Anwar und sein Volk. „Ich bleibe, wo ich bin – und wo ich hingehöre!"

„Was?!" Joshua starrte sie fassungslos an.

Auch Gylan und Batur blickten sie ungläubig an. Während Anwar zur Unterstützung Natassjas Hand drückte.

„Joshua", fuhr sie fort. „Ich liebe dich, Mom, Dad und die Zwillinge. Aber seit ich Bat City betreten habe, fühle ich mich das erste Mal wirklich zu Hause. Ich habe in Anwar meinen Seelenverwandten gefunden. Und es ist, als wäre ich nach einer langen Suche endlich angekommen. Du darfst ihn und sein Volk nicht an Sheriff Burke ausliefern oder gar töten! Ich bitte dich! Du hast selbst gesagt, ich bin nicht nur deine Schwester, sondern deine beste Freundin."

„Jetzt nicht mehr! Wenn du dich mit dem Abschaum gleichstellst, hast du genauso den Tod verdient." Tränen füllten Joshuas Augen. Er starrte auf Natassja und Anwar, die sich fest an den Händen hielten. Sein Finger am Abzug des Gewehrs krümmte sich ... löste sich ... und krümmte sich erneut.

„Ich mache dir die Entscheidung, mich zu töten, leicht", sagte Natassja zu Joshua. Sie legte den Kopf in den Nacken, streifte ihre leuchtend rote Mähne zur Seite und bot Anwar ihre Halsschlagader an. „Beiß hinein!", forderte sie.

„NEIN!", schrie Joshua auf. „Dann wirst du eine von ihnen!"

„Es ist das, was ich will. Wenn ich schon nicht mit ihnen leben kann, dann will ich als eine von ihnen sterben." Natassja schloss die Augen und wartete auf den Biss.

Anwar trat auf sie zu. In dem Moment drückte Joshua den Abzug. Ein metallisches Klicken. Mehr nicht. Kein Schuss löste sich. Das Gewehr hatte eine Ladehemmung. Joshua fluchte und schüttelte die Waffe. Batur und Gylan wagten einen Angriff. Joshua bückte sich blitzschnell, riss einen Revolver aus dem an seinem Bein festgeschnallten Halfter und hielt sie dem jungen Vampirfürsten an die Schläfe.

Unbeeindruckt von der Gefahr, schlang Anwar seine Flügel um Natassjas Körper. „Auf immer und ewig, Tassja", flüsterte er. Sie lächelte, und er biss zu. Natassja stöhnte leise auf, als Blut aus der Wunde trat. Sofort bildete sich an der Stelle grünlicher Schorf, wie seinerzeit an Joshuas Finger.

Doch anders als bei ihrem Bruder pulsierte die Verletzung nicht. Stattdessen zuckte Natassjas ganzer Körper. Anwar hielt sie fest, damit sie nicht hinfiel. Unter ihren geschlossenen Augen traten grüne Tränen hervor und liefen über ihre Wangen. Der rosarote Farbton ihrer Haut verwandelte sich in transparentes Weiß. Purpurblau schienen die Adern durch. Die Zuckungen hörten schlagartig auf. Sie öffnete die Augen. Sie leuchteten in einem intensiven Grün. Übermenschlich – wie bei einem Raubtier. Sie lächelte und bleckte dabei die Zähne. Schimmernd senkten sich ihre neuen, spitzen Vampirzähne in ihre roten Lippen.

„Oh, nein!!!“, schrie Joshua auf. Er hatte die Transformation zitternd verfolgt, unfähig, die Waffe abzufeuern. Jetzt ließ er den Revolver fallen und schlug die Hände vors Gesicht. „Meine Schwester!“, wimmerte er. „Meine Schwester ist tot.“

„Bin ich nicht“, sagte Natassja und streichelte zärtlich über seine zuckenden Schultern. „Ich bin nur endlich die, die ich immer sein wollte.“ Zur Bestätigung schüttelte sie sich, und von ihren Schultern breiteten sich lange, samtene schwarze Fledermausflügel aus.

„Sieht aus, als hätte ich mich in der Läuferin geirrt“, meinte Batur zu Gylan.

„Das möchte ich bezweifeln“, erwiderte die Mongolin. „Mensch bleibt Mensch – und die verändern sich nie.“

„Joshua! Junge, wo steckst du? Geht es dir gut!“, dröhnte Sheriff Burkes Stimme vom Fuß der Felsformation zum Höhleneingang hinauf.

Die Bat People erstarrten in Todesangst. Von unten drangen die Gespräche ihrer Verfolger herauf.

„Wir haben durch die Sprengung drei Männer verloren. Liegen unter den Felsen begraben“, sagte einer der Hilfssheriffs.

„Hoffentlich ist der Junge nicht der vierte“, murmelte ein anderer.

„Seid mal ruhig!“, fuhr Burke dazwischen. „Joshua!!!“

Natassja sah ihren Bruder beschwörend an und hauchte: „Bitte!“

„Junge!“, brüllte Burke. „Gib ein Lebenszeichen von dir!“

Joshua räusperte sich und rief: „Ich bin hier Sheriff! Hab eine Menge Rauch und Staub geschluckt. Ich kann noch nicht richtig sprechen.“ Er hustete.

„Gut, deine Stimme zu hören, Junge. Habe mir schon Sorgen um dich gemacht. Muss ich raufkommen und dich holen? Hast du was entdeckt? Sind da oben Bat People? Wir haben ihnen Feuer unter ihren schwarzen Flügeln gemacht und ihre Stadt in Brand gesetzt. Daraufhin haben die Fledermausbastarde sich lieber in die Luft gejagt, als zu verbrennen. Ich frage mich, ob wir alle erwischt haben.“

Joshua schwieg. Er kämpfte mit sich. Lange betrachtete er Natassja. Sein Blick schweifte über Anwar, Gylan und Batur. Die drei hielten ihre Waffen im Anschlag. Er betrachtete das Volk der Bat People, das armselig bewaffnet, aber mit dem Mut der Verzweiflung kampfbereit hinter ihnen stand. „Sheriff Burke!“, rief er schließlich. „Ich habe nichts gefunden. Die Höhle hier oben ist nach der Detonation verschüttet. Die Bat People sind alle tot. Ich klettere zu Ihnen herunter.“

Erleichtertes Aufatmen ging durch die Reihen der Bat People.

„Danke“, sagte Natassja und wollte Joshua um den Hals fallen.

Er wich vor ihr zurück. Die Vorstellung, ihre Fledermausflügel zu berühren, stieß ihn ab. „Schon gut. Was auch immer du jetzt bist. Du warst meine Schwester.“ Er machte eine Pause. Dann sagte er: „Ich hoffe, du wirst glücklich.“

Natassja streckte die Hand nach ihm aus, um ihn wenigstens ein letztes Mal zu fühlen. Aber Joshua stieg eilig den Felsen herab, ohne sich umzudrehen. Tränen liefen ihr über die Wangen. Sie würde weder ihn noch ihre Eltern und Geschwister je wiedersehen.

„Wir sind jetzt deine Familie, Tassja“, sagte Anwar und legte seinen Arm fest um sie. Schweigend standen sie eng beieinander. Ebenso wie die Bat People.

Sie hörten, wie Sheriff Burke Joshua freudig begrüßte und wie sich die Stimmen der Männer langsam entfernten.

Gylan, Batur und die Jäger begleiteten die Bat People in ihre untergegangene Stadt zurück, um im Schutt nach verbliebenen Habseligkeiten zu suchen, bevor sie in der Morgendämmerung in ein anderes Land und ein anderes Leben aufbrachen.

Anwar und Natassja blieben allein zurück. Hand in Hand sahen sie über die weite Wüste und warteten auf den Sonnenaufgang.

EPILOG

Einen Monat später saß Sheriff Burke nachmittags in seinem Büro und dachte über die vergangenen Wochen nach. Dank seines aufopferungsvollen Einsatzes gegen die Vampire war er vorzeitig zum Polizeichef berufen worden. Jetzt plante er, seine drei in der Höhle verstorbenen Männer zu ehren. Ihre Namen sollten eine goldene Tafel zieren, die hoch im Berg unter der Anasazi-Malerei angebracht werden würde. In einem Nebensatz sollte auch Cop Willaby gedacht werden. Sheriff Burke hatte in dem unterirdischen Reich seine Polizeimarke gefunden. Wie auch immer sie dort hingekommen war, ließ sich nicht mehr klären. Aber niemand rechnete mehr damit, den ältlichen Polizisten lebend wiederzusehen.

Alles in allem war Burke mit dem Ausgang des Falls zufrieden. Dennoch ärgerten ihn zwei Dinge. Kurz bevor die Bat People ihre Stadt zerstörten, glaubte er, einen Palast aus reinem Gold zu sehen. War das möglich? Vermutlich eine Fata Morgana. Was ihn aber viel mehr ärgerte, war, dass er Anwar, den Anführer der Bat People, nicht lebend gefangen hatte. Zu gern hätte er ihn den Bürgern Carlsbads, den Medien und somit der ganzen Welt als Trophäe vorgeführt. Nun ja, man konnte nicht alles haben …

Zur gleichen Zeit fand vor der Familiengruft der Licedeis eine Beerdigungszeremonie statt. Joshua, seine Mom, sein Dad und die Zwillinge trugen Natassja zu Grabe. Oder zumindest das, was von ihr übrig war: ein Zopf ihrer roten Haare.

Joshua hatte seinen Eltern und Geschwistern erzählt, dass es sich bei den Bewohnern der Höhle nicht um Vampire, sondern um durchgeknallte Sektenmitglieder handelte. Gegen sie hatten Natassja, Sheriff Burke, seine Männer und er mutig gekämpft – und gesiegt. Zu einem hohen Preis. Denn Natassja hatte es angeblich nicht mehr rechtzeitig aus der brennenden, zusammenbrechenden Stadt geschafft. Ihr Körper konnte unter den tonnenschweren eingestürzten Felsen nicht geborgen werden. So wurde ein Zopf, den sie als junges Mädchen nach einem Frisörbesuch in ihrer Schublade aufgehoben hatte, beerdigt.

Joshua hielt eine bewegende Grabrede über die guten Charaktereigenschaften und die Schönheit seiner Schwester. Familie Licedei weinte sich an der Gruft die Augen aus. Aber sie war auch stolz. Schließlich hatte Natassja ihr Leben für eine ehrenvolle Tat gelassen. Die Urne mit dem roten Haarzopf wurde feierlich auf die Särge der Ahnen gestellt und die Gittertür der Gruft verriegelt.

Dad legte seinen Arm um seine schluchzende Frau und führte sie vom Friedhof. Bedrückt folgten die Zwillinge. Joshua schritt langsam hinter ihnen her. Während der ganzen Zeit des Begräbnisses wurde er das Gefühl nicht los, beobachtet zu werden. Unruhig sah er sich um und kratzte an der Bisswunde, die ihm der Vampirwächter vor einer scheinbaren Ewigkeit verpasst hatte. Die Verletzung war zwar verheilt, und nur ein Kratzer erinnerte an sie. Aber regelmäßig überfiel Joshua an der Stelle ein unangenehmer Juckreiz. Außerdem glaubte er, seit dem Biss empfänglicher für Visionen geworden zu sein. Aber die Annahme entsprang vermutlich nur seiner Einbildung.

Er schüttelte sich, um die wirren Gedanken loszuwerden, und wollte gerade loslaufen, um seine Familie am Eingang des Friedhofs einzuholen. Da hörte er ein Flüstern.

„Joshua!"

Er drehte sich um. Nichts.

„Joshua!"

Ein Flügelschlagen ließ ihn nach oben blicken. In einem Baumwipfel nahe der Gruft saß Natassja. Ihre Fledermausflügel trug sie wie einen Umhang um ihren Körper geschlungen.

Neben ihr stand Anwar an den Baumstamm gelehnt. Beide betrachteten Joshua.

„Danke für die schöne Grabrede“, sagte Natassja.

„Schon okay. Nicht der Rede wert“, meinte Joshua verlegen und verwirrt. Er war perplex, sie zu sehen. Aber er freute sich.

„Wir sind auf der Durchreise“, erklärte sie. „Bis wir wussten, wo die Bat People ein neues Zuhause finden, waren wir bei ihren Verwandten in Südamerika. Jetzt haben wir einen Platz für uns gefunden. Und da wir über New Mexico dorthin reisen, bin ich hier, um euch alle noch einmal zu sehen. Ich konnte nicht anders.“ Natassja lächelte ihn zärtlich an.

Joshua lächelte zaghaft zurück. „Ich habe mich wie ein Vollidiot benommen“, sagte er schüchtern. „Es tut mir leid. Ich möchte mich bei euch beiden entschuldigen. Und ich wünsche euch und den Bat People nur das Beste. Ehrlich!“

„Alles ist vergeben und vergessen“, sagte Natassja. „Ich liebe dich, Joshua.“ Sie breitete ihre Fledermausflügel aus.

Im schwindenden Sonnenlicht sah Joshua eine Schar Fledermäuse gen Westen ziehen.

„Unsere Leute“, meinte Natassja und deutete mit ihrem Flügel auf die kleiner werdende Gruppe. Sie nickte ihm noch einmal zu und erhob sich an Anwars Seite in die Luft. Vor Joshuas Augen verschwanden sie in der heraufziehenden Nacht.

– ENDE –

Raven Cross

BAT City

Roman

MIRA®

1. KAPITEL

Die ersten Sonnenstrahlen glitten über den Horizont und erhellten die Baboquivari-Wildnis im südlichsten Zipfel Arizonas. Die Wüstenlandschaft leuchtete in hellen Gelb-, cremigen Ocker- und satten Orangetönen. Kojoten verabschiedeten sich mit der Beute einer langen nächtlichen Jagd in ihre Höhlen. Erdhörnchen krochen vorsichtig aus ihren Bauen im sandigen Boden. Bevor sie aufbrachen, um ihr Frühstück zu erjagen, suchten sie den Himmel nach ihren Feinden, den Raubvögeln, ab.

Natassja saß auf der Spitze des Baboquivari-Gipfels, ließ die Beine über den Rand der Felsformation baumeln und beobachtete das Erwachen der Natur. Sie liebte diese Tageszeit. Alles war ruhig. Noch herrschte keine Betriebsamkeit in der Vampir-Grotte. Ihre Bewohner, die Fledermausmenschen, hingen kopfüber in den Felswänden und hielten Siesta. Erst am frühen Nachmittag würde die Kolonie der Bat People wieder zum Leben erwachen.

Natassja gähnte. Seit dem Ende des Blue-Moon-Festes um vier Uhr morgens hatte sie noch kein Auge zugemacht. Sie liebte die Feierlichkeiten – Gesang, Tanz, Essen und Trinken in Hülle und Fülle. Herrlich! Nur an der Bluttafel fand sie einfach keinen Gefallen. Dafür war sie immer noch zu sehr Mensch und zu wenig Vampir.

Sie schüttelte sich bei dem Gedanken an die lebenden Tiere, die zum Festmahl angebunden wurden und an deren Blut sich die Bat People während der Feierlichkeiten labten. Auch nach einem Jahr, das sie schon mit den Vampirmenschen lebte, wusste sie, dass sie sich daran nie gewöhnen würde.

Ein Jahr ... Wie schnell die Zeit verging. Sie erinnerte sich an ihre erste, angsterfüllte Begegnung mit den Bat People und ihrem attraktiven Anführer Anwar. Niemals hätte sie gedacht, dass der schöne Fürst des Schattenreichs ihre große Liebe werden würde und sie ihm und der Kultur der Vampire verfallen würde.

Anwar ...

Sie musste nur an ihren Liebsten denken, und schon liefen begehrliche Schauer über ihren Rücken. Ihre Nackenhaare richteten sich auf. Auch nach zwölf Monaten, in denen sie ständig mit ihm zusammen war, hatten ihre Liebe und Leidenschaft für Anwar nicht nachgelassen. Im Gegenteil. Sie stellte sich seine strahlend blauen Augen, seine markanten Gesichtszüge, sein langes pechschwarzes Haar, seinen üppigen, weichen Mund und den festen Griff seiner Hände vor ... und sie drehte fast durch. Ihr Herz raste, und eine Welle des Glücks überflutete sie.

Gleichzeitig packte sie die Angst, Anwar und ihre neue Familie, die Bat People, zu verlieren. Ob Sheriff Burke immer noch glaubte, dass er sie alle beim Brand Cibolas getötet hatte? Oder hatte er den Ort des vermeintlichen Untergangs noch einmal besucht, durchstöbert und Anzeichen für Leben gefunden?

Wohl kaum. Zusammen mit Anwar und seinen Leuten hatte Natassja New Mexico unmittelbar nach dem Gefecht mit den Läufern verlassen. Nach Abstechern bei brasilianischen Verwandten der Fledermauswesen hatten sie hier am „Nabel der Welt“, wie die ansässigen Tohono O’odham Indianer das Baboquivari-Gebiet bezeichneten, ein neues Zuhause gefunden. Hoffentlich ihr endgültiges.

Natassja seufzte und verscheuchte die Gedanken an die Vergangenheit. Ihr Rücken schmerzte vom langen Sitzen auf dem felsigen Untergrund. Sie reckte sich, schüttelte ihr wallendes rotes Haar und streckte ihre Fledermausflügel aus. Stolz betrachtete sie die schwarzen, seidigen Schwingen, die am offensichtlichsten zeigten, dass sie nicht länger eine Läuferin, sondern eine Bat Woman war.

Anfangs waren ihr die Flügel bei jedem Handgriff im Weg gewesen, doch dann hatte sie sich überraschend schnell an sie gewöhnt. Genauso wie an ihre neuen Fähigkeiten: Sie konnte fliegen, extrem gut bei Nacht sehen, verfügte über ein Radarsystem und besaß ein Paar scharfe, spitze Reißzähne. Nur an Blut fand sie nach wie vor keinen Geschmack. Und das war auch gut so, selbst wenn das ein Stein des Anstoßes für Kriegerin Gylan war und sie Natassja ständig mit spitzen Bemerkungen aufzog.

Ob Blutsauger oder nicht – Natassja war und blieb der mongolischen Hexe ein Dorn im Auge. Von der ersten Sekunde an hatte Gylan sie gehasst. Und daran würde sich in diesem Leben nichts mehr ändern, egal, welchen Einsatz Natassja für ihre neue Familie zeigte. Wenigstens musste sie nur Gylan aus dem Weg gehen. Kriegsherr Batur verhielt sich ihr gegenüber höflich neutral. Sie gehörte zwar nicht gerade zu seinen Lieblingspersonen auf diesem Planeten, aber er schien auch nichts mehr gegen sie zu haben.

Zum Glück. Denn es reichte, wenn ein Mitglied der Schwarzen Dreifaltigkeit sie verabscheute. Schließlich bildeten die mächtigen drei – Anwar, Gylan und Batur – die Elite der Bat People. Zwar regierte Anwar als uneingeschränkter Herrscher. Aber er war ein demokratischer Fürst und glaubte, dass drei schlaue Köpfe besser waren als einer. So sorgten sie sich zu dritt um das Wohlergehen des Volkes und trafen alle wichtigen Entscheidungen gemeinsam.

Anwar hatte sich seinen Posten nach dem Tod seines gigantischen Vaters Ragan zunächst mühsam erkämpfen müssen. Hinzu kam, dass der junge Fürst trotz der blutigen Auseinandersetzungen mit den Menschen langfristig ein friedliches Zusammenleben mit den Läufern anstrebte. Das gefiel nicht allen, auch nicht Gylan und Batur. Dennoch standen die beiden ihm uneingeschränkt zur Seite. Und bei den Bat People war Anwar inzwischen hoch angesehen.

Natassja seufzte erneut. An den Dauerstress mit Gylan hatte sie sich schon gewöhnt. Womit sie sich aber nur schwer abfand, war die Abwesenheit Joshuas. Sie hatte ihren jüngeren Bruder seit der Flucht der Bat People aus ihrer alten Heimat nicht mehr gesehen. Dabei waren sie mehr als nur Geschwister: Sie waren auch beste Freunde gewesen. Schließlich betrug der Altersunterschied zwischen ihnen nur ein Jahr. Dadurch hatten sie viele Gemeinsamkeiten. Doch seit sie ihn das letzte Mal vor zwölf Monaten gesehen hatte, konnte viel geschehen sein. Ob aus dem schlaksigen 17-Jährigen ein Mann geworden war? Die ersten Anzeichen dafür hatte sie schon damals gesehen. Und wie es wohl ihren Eltern und den Zwillingen Kyle und Erin ging? Ihre kleinen Geschwister hatten im letzten Monat ihren 16. Geburtstag gefeiert. Und sie war nicht dabei gewesen ... Nun ja, die Freude ihrer Familie über ihren spontanen Besuch hätte sich gewiss in Grenzen gehalten. Immerhin glaubten ihre Eltern und Kyle und Erin, sie sei tot.

Bei der Vorstellung, als Überraschungsgast in ihr Elternhaus zu flattern und als Fledermausfrau auf dem Geburtstagskuchen zu landen, musste Natassja breit grinsen. Ihre Mutter würde in Ohnmacht fallen. Ihr Dad bekäme vermutlich eine Herzattacke. Und die Zwillinge fänden die Situation extrem cool. Falls das immer noch ihr favorisiertes Wort für aus ihrer Sicht tolle Aktionen sein sollte.

„Na, Miss Licedei, was ist so amüsant?“ Anwar schlang seine Arme um ihren Körper und küsste zärtlich ihren weißen Nacken. Genau auf die vernarbte Stelle, in die er vor einem Jahr gebissen und sie damit zu einer von seinen Leuten gemacht hatte.

„Ich habe dich gar nicht kommen hören“, antwortete Natassja, drehte sich in seinen Armen um und presste ihre Lippen leidenschaftlich auf seinen Mund.

Nach einem langen Kuss löste er sich von ihr. „Du hast ja auch geträumt“, flüsterte er. „Woran hast du gedacht?“

„Ach, an meine Familie, besonders an Joshua. Und dass ich sie vermisse. Genauso wie das einst prächtige Cibola und meine Heimatstadt Albuquerque." Sie strich ihm zärtlich eine Strähne seines schwarzen Haares aus der Stirn.

„Ich denke auch oft an Cibola", sagte Anwar leise. „Und ich frage mich, ob die Stadt wirklich vollkommen zerstört ist oder ob ein Wiederaufbau möglich wäre. Aber selbst wenn die alte Bat City nicht in Trümmern liegt, ist es zu gefährlich zurückzukehren. Schließlich wissen die Läufer nun, wo sie liegt. Also verdränge ich meine Sehnsucht und versuche, mit dem Heimweh zu leben." Er küsste Natassja auf das Ohrläppchen und flüsterte: „Außerdem ist mein Zuhause dort, wo du bist. Und wenn es auf dem Mond wäre."

„Ach, ich liebe dich so sehr! Wir werden auf immer und ewig zusammen sein, das schwöre ich dir." Natassja seufzte und schmiegte sich an ihn. Am liebsten wäre sie mit ihm verschmolzen.

„Du machst mich sehr glücklich, meine kleine Tassja", raunte Anwar und vergrub sein Gesicht in ihrer roten Mähne. Er roch an ihrem üppigen Haar und lachte leise. „Du wirst mit jedem Tag mehr zur Bat Woman. Du verströmst schon den Körperduft der Bat People. Dieser unwiderstehliche Geruch nach Flieder und Zimt."

„Das ist gut", antwortete Natassja. „Ich will auch mit Haut und Haar zu euch gehören. Das heißt natürlich: zu dir."

Eng umschlungen standen sie auf dem Felsen und sahen in die aufgehende Sonne, die am Himmel aufstieg und das Land in gleißendes Licht tauchte. Anwar blinzelte. Vampirmenschen konnten Tag und Nacht draußen sein. Allerdings mieden sie meist das grelle Tageslicht und bevorzugten die Morgen- und Abenddämmerung. Zu starke Helligkeit vertrugen ihre empfindlichen Augen nicht. Und ab einem gewissen Zeitpunkt machte ihr Kreislauf schlapp. Handicaps, die Natassja nicht hatte. Als Läuferin geboren, besaß sie trotz der Transformation zum Vampir überwiegend menschliche Gene und konnte sich rund um die Uhr im Freien bewegen.

„Lass uns in die Höhle zurückkehren", schlug sie Anwar dennoch vor. Sie wollte nicht, dass er um ihretwillen blieb und womöglich bleibende Schäden davontrug.

„Ich habe eine bessere Idee", sagte er mit einem spitzbübischen Grinsen. „Bis auf die Wachen schlafen alle tief und fest. Wir sind völlig ungestört und können den neuen Tag mit einem wilden Liebesspiel an den unterirdischen Quellen begrüßen."

Bei der Vorstellung lief Natassja ein wohliger Schauer über den Rücken, und das Blut schoss ihr in die Wangen. Sie lächelte verführerisch und meinte: „Worauf warten wir noch?"

Anwar lachte und nahm ihre Hand. Gemeinsam hoben sie vom Felsen ab, schwangen sich in die Luft und flogen einige Hundert Meter zu dem versteckt liegenden Eingang der heißen Quellen. Eilig verschwanden sie im dunklen Labyrinth der Gänge, bevor sie womöglich ein anderer Frühaufsteher entdeckte und ihnen in der Badebucht der Bat People Gesellschaft leistete. Niemand sollte sie von den wirklich wichtigen Dingen im Leben abhalten. Total verliebt und vollkommen ineinander versunken, bemerkten sie die Staubwolke nicht, die sich am Horizont bildete und wie ein Tsunami auf sie zurollte.

„Hörst du den Donner?" Natassja löste sich aus Anwars inniger Umarmung und setzte sich auf.

„Mhm", stimmte er schläfrig zu, streichelte ihren nackten Körper und die zarte schwarze Membran, die Haut und Flügel auf ihrem Rücken miteinander verband. „Die Wüste kann Regen vertragen. Seit Monaten herrscht Dürre. Nach einem ordentlichen Guss erwachen die Pflanzen zu neuem Leben und verwandeln die Ödnis in ein Farbenmeer, wenn auch nur kurz. Das ist ein Spektakel, das wir uns nicht entgehen lassen dürfen.

Dafür geschieht es zu selten. Wir werden es uns zusammen ansehen ... Später ...“ Er richtete sich auf und bedeckte ihre weiße Hüfte und ihre schmale Taille mit Küssen.

„Nicht! Ich bin kitzelig!“ Natassja kicherte und wehrte ihn halbherzig ab. Schon loderte ihre Begierde wieder auf. Sie schlang die Arme um seinen muskulösen Körper. Sie küssten sich leidenschaftlich und rollten vom Fels in die warmen, sprudelnden Quellen. Da dröhnte und polterte es genau über ihnen.

Sie fuhren auseinander und sahen sich fragend an.

„Das ist kein Donner ...“, meinte Natassja. „Das sind ...“

„Pferdehufe!“, antwortete Anwar und schwang sich, so schnell er konnte, aus der Quelle. Hastig schüttelte er das Wasser ab und streifte seine Kleidung über. „Verdammt! Wo ist meine Axt?“ Er sah sich nach seiner Waffe um.

„Du hast sie gar nicht bei dir getragen“, antwortete Natassja. „Wofür brauchst du sie denn? Was ist los?“ Sie kletterte aus dem Geysir und streifte die Wassertropfen von ihrer Haut ab.

„Bleib hier! Ich will nicht, dass dir etwas geschieht. Wenn dort oben das ist, was ich befürchte, wird unsere Welt bald nicht mehr wiederzuerkennen sein.“

„Wovon sprichst du? Du machst mir Angst!“ Obwohl Natassja gerade dem heißen Wasser entstiegen war, begann sie zu zittern.

Statt einer Antwort trat Anwar auf sie zu, küsste sie, als sei es das letzte Mal, und meinte: „Versprich mir, dass du hier unten bleibst und auf mich wartest. Falls ich nicht zurückkomme, verlass frühestens nach vierundzwanzig Stunden die Höhle. Verstanden?“

Sie nickte. Was sollte das heißen: falls er nicht zurückkam? Panik ergriff sie. „Anwar!“

Doch er war bereits in den Gängen des Labyrinths verschwunden.

Eilig zog sie ihre Kleider an. Was immer dort draußen vor

sich ging, es bedrohte das Leben der Bat People – und somit auch ihres. Sie würde sich von Anwar nicht verbieten lassen, ihre neue Familie zu beschützen.

Gerade warf sie ihren Umhang über, da ertönte direkt über ihr ein Traben, Trommeln und Poltern, als jagten die Hufe Hunderter Pferde davon. Obwohl meterdicke Gesteinsschichten zwischen ihr und der Oberwelt lagen, zog sie automatisch den Kopf ein.

Doch der Geräuschpegel schwoll wieder ab. Das Donnern entfernte sich. Wer oder was auch immer die Vampirmenschen heimgesucht hatte, es machte sich davon. Natassja breitete ihre Schwingen aus und sauste durch das Tunnellabyrinth nach draußen.

Eine riesige Staubwolke stob ihr auf dem Berg entgegen und hüllte sie ein. Sie hustete und konnte keinen Meter weit sehen. „Anwar?!", rief sie und erschrak über ihr dünnes, furchtsames Stimmchen. Sie kämpfte sich durch den gelben, aufgewirbelten Dreck zum Eingang der Vampir-Grotte vor. Da raste plötzlich ein großer Schatten aus dem Nebel auf sie zu.

Ein nachtschwarzes Pferd sauste im Galopp heran. Sein Reiter hing vorgebeugt über dessen Nacken und trieb es an. Die Mähne des Tieres flatterte in sein Gesicht. Dennoch erkannte Natassja seine Züge. Wie gelähmt blieb sie stehen. Sie hatte noch nie eine so furchterregende Fratze gesehen. Die Gestalt glich einem Wesen aus einem Horrorfilm. Der Mann war sehr groß. Im Stehen musste er zwei Meter messen. Er trug Kettenhemd, Helm, Schild und Lanze. Sein Äußeres ähnelte dem einer Fledermaus. Jedenfalls besaß er ihre Ohren und Flügel. Sein Gesicht zeichnete sich jedoch durch eine spitz zulaufende Hundeschnauze und kleine, schmale pechschwarze Augen aus. Sie waren es, die Natassja die Nackenhaare hochstehen ließen. Ihr Ausdruck war leer. Ihr Besitzer machte keine Gefangenen.

In dem Moment begegneten sich ihre Blicke. Natassja erschauerte, und sie wich vor Furcht und Abscheu zurück. In diesem Moment prallte der Brustkorb des Pferdes gegen ihre Schulter. Die Wucht schleuderte sie durch die Luft. Sie fiel zu Boden. Als sie Reiter und Ross nachsah, waren die beiden im Staub verschwunden. Die Begegnung war so kurz, dass Natassja beinahe glaubte, sie habe sie sich eingebildet. Langsam rappelte sie sich hoch und wandte sich wieder dem Eingang der Vampir-Grotte zu.

Da lichtete sich der Staubnebel und bot ihr einen schrecklichen Anblick.

Dutzende Wächter und Jäger lagen blutüberströmt und mit üblen Wunden bedeckt im Schmutz. Die meisten waren tot. Die wenigen Überlebenden wanden sich schreiend vor Schmerz. Der Schamane war bereits zur Stelle und bellte Befehle an seinen Assistenten und die freiwilligen Helfer.

Natassja lief an der Ansammlung von Fledermausmenschen vorbei und hinab ins Stadtzentrum. Sie schämte sich, dass sie den Verwundeten nicht half, aber sie musste unbedingt Anwar finden. Nur wie? In dem schmalen Tunnel, der in die Vampir-Grotte führte, wimmelte es von verletzten, hysterischen und kampfwütigen Bat People. Ihre Feinde hatten sie schlafend und schutzlos erwischt. Entsprechend verheerend hatten sie zuschlagen können. Und nun war es für eine erfolgreiche Gegenwehr zu spät. Zwar rechneten viele Fledermausmenschen mit einer zweiten Attacke. Aber die Angreifer hatten sich längst zurückgezogen und nur verbrannte Erde hinterlassen.

Natassja drängte sich durch die Menge und schrie: „Anwar!" Doch in dem allgemeinen Gezeter ging ihr Ruf unter. Unruhig sah sie umher. In dem Tumult entdeckte sie einzelne bekannte Gesichter, aber nicht den jungen Vampirfürsten. Sie lief tiefer in die Grotte.

Das Gewölbe war etwa so groß wie das der riesigen Tropfsteinhöhle Cibolas, befand sich jedoch noch mitten im Ausbau und war deshalb unübersichtlich. Zu allem Übel glichen die Straßen der neuen Bat City bisher eher Trampelpfaden. So hatten die Bat People den Verkehr in die Luft verlegt. Entsprechend herrschte Chaos über den notdürftig errichteten Rundbauten, die keinem Vergleich mit den prachtvollen Häusern und dem goldenen Palast der alten Bat City standhielten. Zudem war die Vampir-Grotte nicht so gut gesichert wie die alte Heimat. Es fehlte an Schutzmauern und Wehrtürmen. Für die kurze Zeit, die die Bat People in Arizona lebten, hatten sie eine Menge geschafft. Aber, wie die Attacke der unbekannten Macht zeigte, offensichtlich nicht genug.

Überall loderten Feuer. Jäger und unverletzte Bürger versuchten, die Flammen zu löschen. Doch das Gros der Lehmhäuser lag in Schutt und Asche. Gegen das Feuer anzugehen kam einem verzweifelten Aufbäumen gegen das Unvermeidliche gleich. Die Stadt war nicht mehr zu retten.

Sie hatte ein schreckliches Déjà-vu. Vor ihrem inneren Auge flackerten die Bilder von Sheriff Burkes Razzia auf, als Cibola zerstört wurde.

„Anwar!“ Sie entdeckte ihren Liebsten am anderen Ende der Stadt. Mit bloßen Händen schaufelte er unter einem eingestürzten Haus eine verschüttete Bat Woman frei.

Natassja flog zu ihm und fiel ihm um den Hals. Stürmisch küsste sie sein Gesicht. „Ich hatte solche Angst um dich! Was ist denn nur passiert? Wer war das? Geht es dir gut? Du blutest ja!“ Besorgt tastete sie sein blutdurchtränktes Hemd ab und hob es vorsichtig an. Ein horizontaler Schnitt verlief über seinen muskulösen Bauch. Blut sickerte heraus und lief in Rinnsalen über seine Haut.

„Du musst sofort zum Schamanen!“, befahl Natassja.

Anwar winkte ab. „Halb so wild. Der Coyotero hat mich nur mit seiner Lanzenspitze erwischt. Ich habe bereits Allantoin-Salbe aufgetragen. Davon habe ich immer ein Fläschchen bei mir. Für den Notfall. Die Salbe desinfiziert. Gleich wird das Blut gerinnen und Krusten bilden. Du wirst schon sehen. Packst du mit an?“ Er beugte sich vor und zog zusammen mit Natassja eine ältere Bat Woman aus dem Lehmbruch ihres Hauses.

„War noch jemand in dem Gebäude?“, fragte er die verstörte Frau.

Sie schüttelte den Kopf und torkelte mit hängenden Flügeln an seinem Arm benommen hin und her. Der Vampirfürst winkte einen Jäger heran und befahl ihm, die Verletzte in das zur Notaufnahme umfunktionierte Schwitzzelt des Schamanen zu bringen.

„Coyotero?“ Natassja sah Anwar fragend an. Sie dachte an die Furcht einflößende Gestalt auf dem Rappen. „Was ist ein Coyotero?“

„Das schrecklichste Wesen, das auf diesem Planeten lebt“, antwortete Anwar knapp.

Natassja schluckte. „Und wieso habe ich noch nie davon gehört?“

„Weil die Coyoteros angeblich ausgestorben sind und nur noch in Albträumen existieren. Was nicht stimmt. Wie mein Volk soeben auf die bitterste Weise erfahren musste.“ Er presste die Lippen zusammen und wischte sich den Staub vom Gesicht. Sein Blick schweifte über das zerstörte Häusermeer. „Das sollen sie mir büßen, diese Mistkerle!“

2. KAPITEL

„Wir können nichts gegen die Coyoteros unternehmen. Sie sind in der Überzahl und uns waffentechnisch überlegen. Wir müssen die Vampir-Grotte verlassen und eine neue Unterkunft suchen“, sagte Batur zwei Stunden später, als die Schwarze Dreifaltigkeit und Natassja in Anwars halb zerstörter Unterkunft Kriegsrat hielten.

„Du willst, dass wir fliehen? Du bist mein Heerleiter, der Kriegsherr!“ Anwar starrte Batur ungläubig an.

„Unterstellst du mir Feigheit?“, fragte Batur mit einem gefährlichen Unterton in der Stimme. Er stammte aus einer langen Ahnenlinie chinesischer Samurai und nahm es mit der Familienehre sehr genau.

„Nein, natürlich nicht!“ Anwar schüttelte ungehalten den Kopf. Es war nicht die Zeit für falsche Eitelkeiten. Er sprang auf und lief ungeduldig hin und her. „Es muss eine andere Lösung als Flucht geben.“

„Gibt es aber nicht!“, erwiderte Batur. „Außer du willst, dass wir bleiben und kämpfen. Von mir aus. Aber dann werden wir alle sterben.“

„Diese verdammten Coyoteros!“, fluchte Anwar. „Wo kommen sie so plötzlich her? Ich hatte keine Ahnung, dass Arizona ihre Heimat ist.“

„Ist es auch nicht“, meinte Gylan. „Die Coyoteros haben keine Heimat. Sie sind Nomaden und stammen aus den Wüsten Arabiens. Dort nannten sie sich wegen ihrer schnellen Pferde ‚Söhne des Windes‘ und gehörten einer gefürchteten Kriegerzunft an. Vor vielen Jahrhunderten standen sie in Lohn und Brot bei dem Kalifen Sundat. Doch der Herrscher behandelte sie schlecht. Er erwartete, dass sie sich ihm mit Haut und Haar unterwarfen. Aber niemand bändigt einen Coyotero. Als Sundat einen widerspenstigen Windssohn auspeitschen ließ, beschlossen dessen Kampfgenossen, an dem Kalifen ein Exempel zu statuieren. Sie vierteilten ihn und brannten sein Reich nieder. Danach arbeiten sie nie wieder für eine einzelne Person, sondern holten sich, was sie brauchten, durch Plünderungen, Mord und Totschlag. Oder sie verdingten sich als Söldner. Sie streiften durch Afrika und Asien bis nach Europa. Dann verlor sich ihre Spur. Es hieß, sie seien auf den Schiffen Christopher Columbus' in die Neue Welt gereist. Man kann nicht behaupten, die Bewohner der Alten Welt seien darüber traurig gewesen. Jedenfalls verlor sich die Spur der Söhne des Windes in Amerika. Das Letzte, was über sie bekannt wurde, war, dass sie sich hier angeblich wegen ihrer Ähnlichkeit zu den Kojoten umgetauft haben. Danach verschwanden sie in diesem großen Land."

„Woher weißt du das alles?", fragte Natassja.

„Die Coyoteros waren in der Heimat meiner Familie sehr gefürchtet", entgegnete die Mongolin herablassend und ohne Natassja direkt anzusehen. Gylan empfand es als Affront, dass Anwar seine Läufer-Freundin überallhin mitnahm, sogar zu den Treffen der Schwarzen Dreifaltigkeit. „Mein Stamm hielt es für besser, alles über die Coyoteros zu wissen, um gegen einen eventuellen Angriff gewappnet zu sein", fuhr sie fort. „Es war ein Befehl meines Ahnen, des Hunnenkönigs Attila, dass das Wissen über unsere Feinde über Generationen weitergegeben wird. Sonst hat man in einem Kampf gegen sie schon verloren."

„Aber was wollen die Coyoteros von den Bat People?", fragte Natassja. „Sie hätten genauso gut weiterhin die Menschen angreifen können."

„Die Läufer verfügen seit hundert Jahren über zu gute Waffen", warf Batur ein. „Sie kämpfen nicht mehr zu Pferde. Sie haben inzwischen Panzer. Außerdem verfügen sie über Maschinengewehre und neueste militärische Technologie. Die Coyoteros tragen Lanzen, Krummsäbel und Schwerter. Sie sind in gewisser Weise genauso hinter der Zeit zurückgeblieben wie wir.

Nur sind sie uns in puncto Aggression und Gewalttätigkeit bei Weitem überlegen."

„Das kann doch nicht der einzige Grund sein ...", hakte Natassja nach.

Die Schwarze Dreifaltigkeit schwieg betreten.

Schließlich meinte Anwar: „Nein. Die Coyoteros hassen die Bat People. Wir haben sie nie als ebenbürtig angesehen, weil sie eine untere Kaste unseres Volkes waren. Sie trugen die Gene der Fledermäuse und der Menschen in sich, aber auch die des Hundes. Sie galten in den Zeiten unserer Ahnen als minderwertige Lebewesen. Nun, den Rest kannst du dir denken. Auch wenn ich finde, dass es ein Fehler war, die Coyoteros aus der Gemeinschaft der Bat People auszustoßen, kann ich die Zeit nicht zurückdrehen. Und inzwischen sind die Coyoteros so verroht und mordlüstern, dass sogar ich denke, die apokalyptischen Reiter müssen untergehen. Insbesondere nach dem Angriff auf mein Volk."

„Fürst Anwar!" Der Assistent des Schamanen kam außer Atem in die Unterkunft gestürmt. Ein ungebührliches Verhalten. Normalerweise durfte niemand die Versammlung der Schwarzen Dreifaltigkeit stören. „Fürst Anwar!", wiederholte der junge Fledermausmann und rang nach Luft. „Der Medizinmann schickt mich. Es gibt ein Problem. Ihr sollt sofort ins Schwitzzelt kommen. Es geht um Leben und Tod."

„Wir sind in einer wichtigen Besprechung", fuhr Batur den Assistenten an. „Die im Kampf verwundeten Bat People werden auch ohne uns leben oder sterben. Wie sollte der Fürst da helfen?"

„Bitte kommt mit! Ihr müsst es mit eigenen Augen sehen", drängte der Assistent. „Es geht um das Weiterbestehen unseres Stammes."

Anwar warf Natassja einen kurzen Blick zu. Dann meinte er zu den anderen: „Wir vertagen unsere Besprechung und sehen, welches Drama uns im Zelt des Medizinmannes erwartet. Danach entscheiden wir, ob wir bleiben oder fortgehen.“ Er nahm Natassjas Hand. Gemeinsam flogen sie los. Batur und Gylan folgten ihnen.

Im Schwitzzelt schlugen ihnen Geschrei, Gejammer und ein atemraubender Fäulnisgeruch entgegen. Er überdeckte den angenehmen Körperduft der Fledermausmenschen aus Flieder und Zimt und verströmte eine Atmosphäre von Verfall und Tod. Ein Dutzend schwer verletzter Bat People lag in Decken gehüllt auf Krankenmatten und wand sich vor Schmerz. Sie zuckten unter Krämpfen und verdrehten sich in bizarre Stellungen. Schaum trat ihnen auf die Lippen, und eine gelbe Flüssigkeit lief aus Nase, Ohren und Mund. Ihre Augäpfel verschwanden in den Augenhöhlen, bis nur noch das Weiße zu sehen war. Sie bleckten ihre Vampirzähne, kreischten wütend und schnappten nach den Händen und Hälsen der Freiwilligen, die sie betreuten.

„Das Krankheitsbild ähnelt dem der Tollwut“, erklärte der Schamane, der eilig an den jungen Vampirfürsten und seine Begleiter herantrat. „Der Schaum ... die Aggressivität ...“

„Haben die Coyoteros den Virus übertragen?“, fragte Anwar aufgebracht und ballte die Fäuste hasserfüllt. „Schließlich fließt Hundeblut durch ihre Adern, und die Vierbeiner leiden häufig an Tollwut.“

„Nicht unbedingt. Die Kranken weisen keine Bisswunden auf, die der klassische Übertragungsweg von Tollwut sind. Außerdem spricht dagegen, dass die Ausscheidungen gelb und nicht weiß sind. Die gelbe Farbe deutet auf eine Vergiftung hin. Aber ich kann noch keine eindeutige Diagnose geben. Und die verabreichten Salben und Kräuter zeigen bisher keine Wirkung. Der Zustand der Patienten wird im Gegenteil kritischer. Ich ließ dich rufen, Fürst Anwar, weil ich befürchte, dass all diese Bat People sterben – und noch mehr infiziert sind.“

Der junge Herrscher betrachtete einen erkrankten Jäger.

„Kann er sich durch Rattendreck mit einer Seuche infiziert haben?“, fragte Anwar. In seiner neuen Stadt in der Vampir-Grotte fehlte es an vielem. Vor allem an halbwegs funktionierenden sanitären Anlagen. Trotz ausgesprochener Verbote verunreinigten manche Bat People den unterirdischen Fluss, aus dem sie ihr Trinkwasser bezogen, mit Abfällen. Deshalb litten die Bewohner unter einer Rattenplage. Anwar hatte das Gros seiner Jäger auf die Pestilenz bringenden Nager angesetzt. Bisher vergeblich. Die intelligenten Tiere ließen sich nicht so leicht ausräuchern.

Der Medizinmann schwieg nachdenklich und blickte auf den Jäger, der sich vor Schmerzen wand. Der Fledermausmann fantasierte und nahm nicht wahr, was um ihn herum geschah. Er schwitzte. Gelbliche Schaumbläschen bildeten sich in seinem Mundwinkel. Ein dünnes gelbes Rinnsal lief über seine Lippen und tropfte auf die Unterlage, auf die er gebettet war.

„Ratten verbreiten Pest und Cholera“, flüsterte der Schamane leise, als fürchte er, mit der Benennung der Geißeln der Menschheit und des Vampirtums selbige heraufzubeschwören. „Noch habe ich bei keinem der Opfer die Symptome dieser Krankheiten entdeckt. Es könnte eine andere Seuche sein: das Antoniusfeuer. Es wird von einem hochgiftigen Pilz ausgelöst, der sich in der Roggenähre einnistet. Auf dem Blutfest gab es Opfertiere, die sich von dieser Getreideart ernähren. Das Antoniusfeuer löst beim Opfer Krämpfe aus, in manchen Fällen werden die Extremitäten brandig. Auch tritt den Kranken Schaum auf die Lippen. Das Schlimmste ist, dass die Seuche in Windeseile um sich greift.“

„Natassja, ich möchte, dass du nach Hause gehst!“, befahl Anwar ohne Umschweife. „Ich will nicht, dass du dich ansteckst.“

Natassja öffnete den Mund, um zu protestieren.

Aber der Medizinmann kam ihr zuvor. „Ihr solltet alle gehen und eure Körper in den nächsten Stunden beobachten. Wenn Schweißausbrüche oder Ohnmachtsanfälle auftreten, kommt sofort zu mir. Sollten wirklich die Opfertiere mit dem Krankheitserreger infiziert gewesen sein, steht uns eine Katastrophe bevor. Alle Bat People haben von ihrem Blut gekostet. Dann müssen wir mit einer Epidemie rechnen."

In dem Moment bäumte sich der kranke Jäger jäh auf. Sein Blick ging ins Leere. Schweiß perlte von seiner Stirn. Tief aus seiner Kehle erklang ein Laut gleich dem eines tödlich verwundeten Tieres. Er bleckte die Vampirzähne, schnappte nach dem Schamanen, verfehlte jedoch sein Ziel. Dann sackte er in sich zusammen, fiel zurück auf die Matte und gab keinen Mucks mehr von sich.

Der Schamane bedeckte das Gesicht des Mannes mit einem Tuch. „Der erste Tote ... Er muss so schnell wie möglich verbrannt werden", sagte der Alte und blickte auf seine stöhnenden Patienten. „Vielleicht war dieser Jäger von schwacher körperlicher Konstitution, oder bei den anderen Kranken dauert die Inkubationszeit länger. Jedenfalls will ich kein Risiko eingehen. Ich werde das Schwitzzelt unter Quarantäne stellen, bis ich weiß, um welche Krankheit es sich handelt."

„Wir sitzen in der Falle!", stellte Gylan fest, als sie in Anwars Haus zurückgekehrt waren. Sie lehnte an dem verbrannten Arbeitstisch des Fürsten und rammte ihren Dolch in das schwarze Holz, zog ihn heraus und stieß ihn wieder hinein. „Baturs Vorschlag zu fliehen können wir vergessen. Mit all den Verletzten und dieser lauernden Krankheit können wir uns unmöglich auf Wanderschaft begeben. Was, wenn auf der Flucht noch mehr Bat People erkranken? Dann haben wir weder eine Unterkunft noch ausreichend Versorgung. Aber wenn wir hierbleiben, bieten wir uns den Coyoteros wie Opferlämmer dar." Sie stampfte ungestüm auf und rammte ihren Dolch so hart in den Tisch, dass die Klinge stecken blieb und dort hin und her schwankte.

In solchen Krisensituationen verfluchte die Mongolin die

Tatsache, dass die Bat People technisch so rückständig lebten wie im Mittelalter und über keinerlei moderne Errungenschaften verfügten. Sie besaßen weder Handys noch elektrisches Licht, geschweige denn medizinische oder militärische Ausrüstung. Wie viel einfacher wäre die schwierige Lage zu meistern gewesen, wenn wenigstens eine Grundausstattung existiert hätte!

„Ich bin mir sicher, dass die Coyoteros zurückkommen, um uns völlig auszulöschen", sagte Anwar. „Deshalb habe ich meine Meinung geändert. Wir werden die Vampir-Grotte so schnell wie möglich verlassen. Mit den Kranken. Fernab von Baboquivari haben wir eventuell eine Chance, sie vor unseren Feinden zu verstecken. Hier in der Grotte würden sie niedergemetzelt."

„Eine gute Entscheidung", pflichtete Batur bei.

„Aber wo willst du hin?", fragte Gylan skeptisch. „Zu unseren Verwandten nach Brasilien oder in die Mongolei?"

„Nein." Anwar schüttelte den Kopf. „Die Wege sind zu weit. Mit unseren angeschlagenen Leuten schaffen wir diese Entfernungen niemals. Außerdem möchte ich die Coyoteros nicht zu den Städten unserer Verwandten führen. Sie würden dort ein Massaker anrichten. Genauso wie wir, wenn wir mit einer ominösen Krankheit bei unseren Brüdern und Schwestern auftauchen. Der Stamm der Bat People kämpft zu hart ums Überleben, als dass wir uns aus Angst vor dem eigenen Tod gegenseitig dezimieren dürfen."

„Es wird viele Leben kosten. Die meisten Kranken werden unsere Flucht nicht überstehen", meinte Batur. „Aber ich bin froh, dass du aufbrechen willst. Sonst würden wir alle sterben."

„Hört mir keiner zu?", fragte Gylan genervt. „Wohin ziehen wir? In eine der anderen goldenen Städte? Außer unserem untergegangenen Cibola gibt es immerhin sechs weitere."

„Dafür müssten wir ihre Lage kennen", meinte Anwar. „Unser Volk hat achthundert Jahre in der Bat City gelebt. Die anderen großen sechs kennen wir nur aus Erzählungen und Legenden."

„Na, super! Und jetzt?“ Gylan kreuzte bockig die Arme vor der Brust. „Sollen wir in den Wüstenstaaten umherirren und in irgendwelchen Pumahöhlen Unterschlupf finden?“

Betretenes Schweigen senkte sich über die Runde. Weder Anwar noch Batur hatten eine perfekte Lösung parat.

„Warum gehen wir nicht zurück nach Cibola?“, fragte Natassja in die Stille.

„Schön blöd!“, höhnte die Mongolin. „Dann rennen wir Sheriff Burke direkt in die Arme. Aber vielleicht ist das ja in deinem Interesse, Läuferin. Vielleicht hast du die Nase voll vom Leben unter den Bat People und willst triumphal zu den Menschen zurückkehren, indem du uns ans Messer lieferst.“

„Halt den Mund!“, fuhr Natassja sie an. „Ich habe deine Unterstellungen satt! Ich bin längst keine Läuferin mehr. Ich bin eine Vampirin, ob es dir gefällt oder nicht!“

„Du bist höchstens ein Halbblut“, giftete Gylan. „Und damit nicht besser als ein Coyotero!“

„Das lasse ich mir nicht bieten“, begehrte Natassja auf. Sie ballte die Fäuste.

Gylan grinste amüsiert. Was Natassja nur noch wütender machte. Denn sie wusste, dass sie in einem Fight mit der Mongolin den Kürzeren ziehen würde. Gegen die in unzähligen Kampfsportarten trainierte Kriegerin konnte sie als zur Vampirin mutiertes Menschenmädchen nicht viel ausrichten. Natassja hatte in der Highschool Gymnastik und Tanzen belegt – nicht Kickboxen.

Dennoch war ihr eins klar: Auch wenn sie körperlich unterlegen war – über kurz oder lang würde es zwischen ihr und Gylan zum Knall kommen. Dann musste Natassja beweisen, was in ihr steckte, und die heißblütige Kriegerin in die Schranken verweisen. Sonst bekam sie von ihr und vermutlich auch vom Gros der Bat People niemals den notwendigen Respekt, um an Anwars Seite die Rolle der Fürstin einnehmen zu können.

Aber dies war für einen entscheidenden Zweikampf der falsche Zeitpunkt. Bevor die Situation eskalierte, trat Anwar zwischen die Kampfkatzen und forderte: „Ruhe. Beide!" Er sah Natassja eindringlich an. Warum sprang sie immer wieder auf Gylans Provokationen an? Die Mongolin freute sich doch nur, wenn es ihr gelang, Natassja zu ärgern. „Cibola ... mhm, die Idee ist eine Überlegung wert."

„Das glaube ich nicht! Das sagst du nur, weil der Vorschlag von *Tassja* kommt." Die Mongolin betonte Anwars Kosenamen für seine Geliebte voller Spott.

„Gylan, du vergisst, mit wem du sprichst. Ich bin immer noch der Fürst!" Anwars Tonfall ließ keinen Widerspruch gelten. „Cibola ... Wir wissen nicht, ob die Bat City wirklich komplett zerstört ist. Vielleicht haben der goldene Palast und die Gebäude im Stadtzentrum Feuer und Dynamit unbeschadet überstanden. Wir könnten wieder dort leben, und sei es auch nur vorübergehend. Einen Versuch wäre es wert. Cibola ist von der Vampir-Grotte nicht weit entfernt. Die alte Bat City verfügt im Gegensatz zu unserer neuen Stadt über eine Infrastruktur. Und selbst wenn Wasserleitungen und sanitäre Anlagen repariert werden müssen, wäre das immer noch einfacher, als irgendwo anders komplett neu anzufangen. Außerdem glaube ich, dass es den Bat People nach diesem schrecklichen Schicksalsschlag seelisch Kraft und Auftrieb geben würde, in die alte Heimat zurückzukehren. Ich weiß, dass viele an Heimweh leiden. Im Übrigen hätten wir schnell einen Platz, an dem wir unsere Kranken versorgen könnten. Und was nicht zu unterschätzen ist: Die Coyoteros kennen Cibola nicht."

„Woher willst du das wissen?", hakte Batur nach.

„In all den Jahrhunderten, die die Bat People dort gelebt haben, sind sie niemals mit den Coyoteros in Berührung gekommen", erklärte Anwar.

„Das ist alles schön und gut", unterbrach ihn Gylan, die sich von nichts und niemandem einschüchtern ließ. „Aber vergisst du nicht etwas Wesentliches? Die Menschen kennen die Zugänge nach Cibola."

„Das habe ich nicht vergessen", sagte Anwar. „Was die Läufer angeht, glaube ich, dass sie zwölf Monate nach unserem offiziellen Untergang keinen Gedanken mehr an uns verschwenden. Die wenigen Menschen, die von uns wissen, halten uns allesamt für tot. Und selbst wenn sie wüssten, dass wir noch leben, würden sie uns nicht für so dreist halten, wieder unser altes Zuhause zu bewohnen. Außerdem ist Cibola verschüttet. Sie müssten es größtenteils ausgraben. Wozu? Aber um ganz sicherzugehen, dass kein Läufer auf die Idee kommt, dem unterirdischen Reich einen Besuch abzustatten, können wir die alten Zugänge zumauern und an weit entfernten Stellen neue bauen. Was meinst du dazu, Batur?"

„Nun ja, es ist noch nicht abzuschätzen, wie viele Bat People wir durch Verwundung und Krankheit verlieren werden", sagte der Kriegsherr und strich sich gedankenverloren über die breite Narbe, die auf seiner rechten Gesichtshälfte von der Schläfe bis zum Mundwinkel führte. „Aber ich vertraue auf das Geschick des Schamanen. Es werden gewiss genug Jäger und Bürger überleben, um unser Volk zu schützen und Cibola zumindest notdürftig wiederaufzubauen. Allerdings habe ich meine Bedenken, was die Läufer angeht. Ich denke, insbesondere Sheriff Burke wird uns noch mal Schwierigkeiten machen. Er mag geschluckt haben, dass unser Volk ausgestorben ist. Aber sollte er beim Angriff auf Cibola den goldenen Palast gesehen haben, traue ich ihm zu, dass er aus reiner Geldgier das verschüttete Cibola freisprengt. Dann haben wir ein Problem. Ich könnte es natürlich lösen, indem ich ihn und seine Mitwisser kurz nach unserer Ankunft in New Mexico umbringe."

Natassja stöhnte entsetzt auf.

Gylan grinste gemein. „Aber Batur", meinte die schöne Mongolin, „dann müsstest du auch Joshua töten, Natassjas Bruder."

„Für ihn garantiere ich", sagte Natassja schnell. „Er wird uns nicht verraten. Das wisst ihr. Denn falls ich euch daran erinnern darf: Er hat vor einem Jahr Sheriff Burke angelogen, um die Bat People zu retten."

Gylan verkniff sich einen Kommentar. Zu gerne hätte sie gesagt, dass Joshua dies gewiss nur wegen seiner Schwester getan hatte. Denn Sheriff Burke und seine angeheuerten Mörder hätten auch vor der Läuferin keinen Halt gemacht und sie mitsamt den Bat People abgeschlachtet. Außerdem wünschte sich Gylan, dass Joshua eine Abreibung bekam – wenn schon nicht von ihr, dann von Batur. Denn der rothaarige Läuferbengel mit den grünen Katzenaugen hatte sie vor ihrem Volk bloßgestellt. Im finalen Gefecht zwischen Vampir und Mensch hatte Joshua die mutige Nachfahrin Attilas ausgeknockt, und Gylan war vor großem Publikum zu Boden gegangen. Eine Schmach, die sie auch nach all den Monaten nicht vergessen hatte und für die sie immer noch auf Rache sann.

„Es mag sein, dass Joshua uns zu guter Letzt gerettet hat, aber er war auch derjenige, der Sheriff Burke auf uns gehetzt hat", sagte Batur. „Ich möchte mir das Recht vorbehalten, ihn zu erledigen, wenn er eine Bedrohung für unser Volk darstellen sollte."

„Auf keinen Fall ...", begann Natassja. Schon wollte sie den Kriegsherrn verbal attackieren. Zwar war sie ansonsten mit Leib und Seele Bat Woman. Doch wenn jemand ihre Familie bedrohte, erinnerte sie sich an ihre Wurzeln und wurde wieder ganz und gar Mensch.

„Niemand wird erfahren, dass wir nach New Mexico gehen", mischte sich Anwar ein. „Cibola liegt mitten in der Wüste, weit genug weg von Carlsbad, wo Burke seinen Dienst schiebt. Joshua Licedei lebt mit seinen Eltern und Geschwistern in Albuquerque, Hunderte von Meilen entfernt. Aber wenn es euch beruhigt ... Tassja darf keinen Kontakt mit ihm aufnehmen."

Natassja schoss Anwar einen Blick voller Ungläubigkeit, Enttäuschung und Wut zu. „Du kannst nicht einfach über mich bestimmen!", rief sie empört.

„Doch. In diesem Fall schon", entgegnete Anwar ruhig. „Als Fürst muss ich an das Wohl meiner Untertanen denken. Und deshalb muss jeder Opfer bringen – auch du."

Natassja biss die Zähne zusammen. Natürlich hatte er recht. Dennoch verzieh sie ihm diese Bevormundung nicht. Vor allem da sie ihm gerade erst gebeichtet hatte, wie sehr sie ihre Familie und besonders ihren Bruder vermisste. Sie starrte stur auf den Boden, unfähig, in Gylans höhnisch triumphierendes Gesicht zu sehen.

„Dann ist der Umzug beschlossene Sache?", meinte Batur, und es klang nicht wie eine Frage, sondern wie eine Bestätigung.

Anwar nickte. „Überprüfe, inwieweit unsere Kranken transportfähig sind, Batur. Und frag den Schamanen, wie viele Neuinfektionen aufgetreten sind. Dann sag den Gesunden, sie sollen nur das Nötigste mitnehmen. Und teile allen Bat People mit, dass es heim nach Cibola geht."

3. KAPITEL

Bis zur Abenddämmerung zählten Natassja, Anwar und seine Gefolgsleute dreihundert tote Bat People – Tendenz steigend. Da trotz der Anstrengungen des Schamanen, den todbringenden Erreger zu isolieren, immer noch kein Ergebnis vorlag, brachten die Jäger die Leichen in die Wüste und verscharrten sie weitab von den anderen Fledermausmenschen. Normalerweise erhielt ein Adliger eine Baumbestattung, und für den Bat Bürger wurde eine Feuerbestattung ausgerichtet. Doch für die angemessenen Totenrituale fehlte die Zeit, und die Ansteckungsgefahr für die Lebenden war zu groß. Außerdem wäre für die vielen Opfer ein riesiges Feuer notwendig gewesen, was in der offenen Landschaft weithin sichtbar gewesen wäre und die Aufmerksamkeit von Läufern wie Coyoteros auf sie gezogen hätte.

Während die Jäger ihre schreckliche Arbeit verrichteten, trieb Anwar sein Volk zur Eile an. Er ging davon aus, dass die Söhne des Windes schon sehr bald ein zweites Mal angreifen würden. Von seinem Vater Ragan wusste er, dass die Coyoteros bei der Jagd kaltblütig vorgingen. In einer Blitzattacke fügten sie ihren Opfern größtmögliche Verletzungen zu. Dann zogen sie sich zurück und legten sich auf die Lauer, um die Schwere der Verwundungen abzuschätzen und einen zweiten Angriff mit entsprechend großem oder kleinem Aufwand zu führen. So sparten sie ihre Kräfte, hielten die eigenen Verluste gering und siegten immer.

Deshalb musste der Aufbruch nach Bat City noch in dieser Nacht stattfinden. Batur sollte die erste Gruppe anführen, Gylan die zweite. Anwar und Natassja geleiteten die dritte und letzte, in der sich fast ausschließlich Kranke befanden. Der Schamane und sein Assistent würden die Infizierten betreuen. Die Jäger bildeten das Schlusslicht, um eventuelle Verfolger abzuwehren. Sollten sie in einer Attacke unterliegen, würden die

Kranken zum Wohl der Gesunden geopfert, und der Vampirfürst und seine Freundin würden im Kampf gegen die Angreifer sterben. So lautete der Plan im schlimmsten Fall.

Eine Stunde vor dem Aufbruch betraten Anwar, Natassja, Batur und Gylan das Schwitzzelt des Medizinmanns, um ihn über den Stand der Dinge zu befragen. Das Zelt war leer, der Alte alleine. Nur die fleckigen, verschwitzen Matten erinnerten an die inzwischen verstorbenen Fledermausmenschen. Der Schamane experimentierte bis zur letzten Sekunde vor der Flucht. Umringt von Tiegeln und Töpfen, füllte er Blut von Verstorbenen in winzige Holzschalen und mischte es mit unterschiedlichsten Kräutern und Extrakten aus Tierorganen und -knochen. In manchen Gefäßen brodelte und zischte es. In anderen mischten sich Blut und Zusätze zu unterschiedlichen Farben.

Vertieft in seine Arbeit, schreckte er hoch, als er ihre Blicke auf sich spürte. Seine Gesichtszüge entspannten sich kurz, als er den Fürst und seine Begleiter sah, um sich dann jedoch sofort wieder zu verfinstern. „Fürst Anwar, was ich dir zu sagen habe, wird dir nicht gefallen“, begann der Alte. „Ich habe herausgefunden, was unsere Leute tötet. Es handelt sich nicht um eine ansteckende Krankheit. Auch das Blut der Opfertiere war rein. Deine erste Vermutung, Fürst Anwar, hat sich als richtig erwiesen. Die Coyoteros sind an unserem Leiden schuld.“

„Also doch Tollwut. Diese verdammten Hunde!“, fluchte Anwar.

„Nein. Warte, Fürst!“, unterbrach ihn der Schamane. „Es ist schlimmer als Tollwut.“

„Schlimmer?“, stieß Gylan hervor. „Was kann schlimmer sein? Ohne Impfung ist Tollwut tödlich. Und nur Läufer sind geimpft.“ Sie warf Natassja einen vorwurfsvollen Blick zu.

„Wie ich vorhin schon festgestellt habe, wies keiner der Infizierten und späteren Toten die für die Tollwut typischen Bisswunden auf. Dafür hatten alle Verletzungen von Lanzen,

Schwertern oder Messern aus dem Angriff davongetragen“, erklärte der Medizinmann. „Ich habe daraufhin die Wunden auf Giftspuren untersucht und bin fündig geworden. Die Speerspitzen, Messerklingen und Lanzenschneiden sind in einer chemischen Substanz getränkt worden, die selbst in kleinster Dosis für das Opfer tödlich ist.“

„Deine Wunde, Anwar!“, stieß Natassja hervor. Kreidebleich berührte sie seinen Bauch.

„Später“, raunte der junge Vampirfürst. Er hielt ihre Hand fest, damit sie den Stoff des Hemdes nicht hochziehen konnte. „Das ist nur ein Kratzer“, sagte er. „Ich muss mich erst um mein Volk kümmern. Danach kann sich der Schamane meine Verletzung ansehen.“

„Dann ist es vielleicht zu spät! Du hast gehört, was er gesagt hat“, wandte Natassja alarmiert ein. Meistens bewunderte sie Anwars Aufopferungsbereitschaft für die Bat People. Aber was zu weit ging, ging zu weit.

„Wenn es ein Gift ist, hast du gewiss schon einen Zaubertrank dagegen gemischt, wie ich dich kenne, Schamane“, meinte Batur. „Verabreiche den Sud Anwar und unserem Volk, und wir ziehen los.“

„So einfach ist es nicht“, sagte der Schamane. „Gegen das Gift der Coyoteros ist kein Kraut gewachsen.“

Natassja krallte sich an Anwars Arm fest, um nicht ohnmächtig zu werden. Würde ihr Liebster als Nächster sterben?

„Wie ihr wisst, haben die Söhne des Windes lange unter den Menschen gelebt. Ihre Erfahrung hat sie gelehrt, die Läufer zu hassen. Aber sie haben auch viel von ihnen gelernt. So zum Beispiel, wie man hinterhältig tötet. Ich habe den Sand untersucht, den die Hufe ihrer Pferde auf dem Boden der Vampir-Grotte hinterlassen haben. Darin befinden sich dieselben toxischen Partikel wie in den Wunden unserer Toten. Die Sandkörner unterscheiden sich von denen aus Baboquivari. Sie haben eine hellere

Farbe, eine andere Konsistenz. Sie stammen aus den Wüsten Nevadas. Und dort haben die Läufer vor vielen Jahrzehnten Bomben gezündet und chemische Waffen ausprobiert, um ihre Wirkung im Ernstfall zu überprüfen. Die Regionen, in denen die Tests stattfanden, sind bis zum heutigen Tag für jedes Lebewesen gesperrt. So hochgiftig und hundert Prozent tödlich sind die Überreste dieser chemischen Zusammensetzungen. Eine Handvoll Sand, mit Wasser gemischt und an der richtigen Stelle platziert, kann eine ganze Stadt entvölkern ..."

„Oh, Anwar!" Natassja sackte in sich zusammen.

Der junge Fürst fing sie auf und nahm sie fest in die Arme. „Mir geht es gut", sagte er fest.

„Behauptest du etwa, die Coyoteros haben sich in das Sperrgebiet gewagt, um sich eine der gefährlichsten Substanzen der Welt als Waffe zu besorgen?" Baturs Narbe trat vor Anspannung blaurot auf seiner weißen Haut hervor.

„Ich behaupte das nicht", entgegnete der Medizinmann. „Es ist so."

„Aber das ist doch verrückt", wandte Natassja verzweifelt ein. „Das würden sie niemals tun! Auf verseuchtem Boden gefährden die Coyoteros ihre eigene Gesundheit und ihr Leben."

„Die Coyoteros fürchten weder Tod noch Teufel", antwortete Gylan. „Wenn sie ihre Feinde auf das Grausamste töten können, sind sie zu solch einem schrecklichen Märtyrertod bereit. Je elender sie selber untergehen, desto größer sind die Ehrungen die sie in Hammalet, ihrem Paradies, erfahren." Die Mongolin betrachtete Natassja verächtlich. „Schau nicht so betroffen! Es war klar, dass ihr Läufer mal wieder eure schmutzigen Finger im Spiel habt, wenn es darum geht, die Bat People auszulöschen. Und krepieren wir nicht an dem Gift eurer Bomben, lieferst du uns den Gewehrsalven Sheriff Burkes und seiner Männer aus, sobald wir wieder in Cibola sind."

„Ich liefere niemanden aus!", brauste Natassja auf. Sie hatte endgültig genug von Gylans unhaltbaren Vorwürfen. Immer wieder brachte Gylan das gleiche Thema auf. „Du stellst die Fakten willentlich falsch dar, nur um mich zu provozieren. Nach Cibola zurückzukehren erscheint mir in der jetzigen Situation das Richtige. Und offensichtlich sind auch Anwar und Batur meiner Meinung. Ich habe nur das Beste für die Fledermausmenschen im Sinn, auch wenn du ständig meine Bemühungen torpedierst. Allerdings bin ich in einer Sache voll und ganz Läuferin und entsprechend egoistisch. Alles, worum es mir geht, ist Anwar! Und deshalb habe ich alles Recht der Welt, betroffen zu sein. Denn ich liebe ihn. Und ich will nicht, dass er stirbt."

Natassjas flammende Rede prallte an Gylan ab. Die Kriegerin musterte sie kalt. „Du weißt doch gar nicht, wovon du sprichst. Liebe? Pah! Liebe ist Aufopferung. Wie zum Beispiel für unser Volk. Für dich ist Anwar nur ein Abenteuer. In ein paar Jahren oder vielleicht auch nur Monaten kannst du damit vor deinen Läufer-Freundinnen angeben. Hört her, ich war mit einem Vampir zusammen! Und seht nur, er hat mich gebissen. Seitdem trage ich ein Souvenir in meinem Mund: Vampirzähne." Gylan lachte bitter. „Aber für uns ist Anwar der einzige Fürst, den wir haben. Würde er sterben, gäbe es keinen Ersatz. Mit ihm ginge eine uralte Dynastie der Anasazi-Vampirmenschen unter. Dennoch weiß er Prioritäten zu setzen, und sei der Preis dafür sein Leben. Denn das Wichtigste ist nun mal das Wohlergehen seines Volkes."

„Es reicht!" Anwar war nun richtig böse. „Es ist äußerst interessant, dass ihr über meinen Tod redet. Aber noch bin ich mitten unter euch. Und auch wenn es alle bezweifeln: Es geht mit gut. Was mich aber vorzeitig in den Sarg oder vielmehr auf die Baumwipfel unserer Totenhügel bringt, ist euer ständiger Kleinkrieg. Gylan und Natassja, bitte! Gebt wenigstens ein Mal Frieden – im Interesse der Bat People."

Die Mongolin wandte sich ab und murmelte etwas Unverständliches vor sich hin. Natassja senkte beschämt den Kopf. Wie so oft hatte sie sich von der Mongolin herausfordern lassen und war auf deren Beleidigungen angesprungen. Dabei konnte ihr Gylans Meinung ganz egal sein. Was zählte, war, was Anwar von ihr dachte und dass er den Giftanschlag überlebte.

„Darf ich, Fürst?“, fragte der Medizinmann. Er deutete auf Anwars Bauch und lenkte damit vom Streit der Frauen ab.

Anwar nickte und ließ den Schamanen gewähren. Der Alte hob sein Hemd und studierte die Wunde eingehend. Dabei stieß er verwunderte Laute aus.

„Was ist?“, fragte Anwar ungeduldig. „Wie lange habe ich noch zu leben?“

„Anwar, du bist ein Phänomen“, meinte der Medizinmann. „Deine Verletzung hat sich nicht infiziert. Die Wundränder sind bereits weitestgehend abgeheilt. Sie schimmern in einem gesunden Rosa, statt in einem feuchten Dunkellila zu leuchten wie bei den anderen Kranken. Hast du Schmerzen?“

Anwar schüttelte verneinend den Kopf. „Ich habe direkt nach der Verwundung Allantoin-Salbe eingesetzt.“

„Nun, Fürst, damit habe ich die anderen Opfer auch behandelt“, entgegnete der Schamane. „Es hat nichts genützt. Sie sind mir dennoch unter den Händen weggestorben. Wie ich schon sagte: Du bist die Ausnahme von der Regel. Der Einzige …“

„Aber kann auch wirklich nichts mehr passieren?“, fragte Natassja ängstlich. „Vielleicht beträgt bei Anwar die Inkubationszeit länger als bei den anderen Betroffenen.“

„Die letzte aktuelle Infektion liegt drei Stunden zurück. Zu dem Zeitpunkt stiegen die Opferzahlen noch einmal rapide an. Seitdem gab es keine weiteren Krankheitsfälle“, antwortete der Schamane. „Der Höhepunkt der Epidemie scheint überschritten zu sein. Jetzt bleibt nur noch abzuwarten, ob von den neu Erkrankten jemand überlebt. Was jedoch Anwar angeht, so sieht es wahrlich so aus, als sei er auserkoren.“

„Ach was!“, unterbrach Anwar den Medizinmann. „Ich habe einfach nur gute Gene. Und dafür danke ich meinen Vorfahren und den Göttern der Anasazi. Aber deswegen bin ich nichts Besonderes. Statt mich in Verlegenheit zu bringen, Schamane, verrate mir lieber, inwieweit unsere Kranken transportfähig sind.“

„Medizinisch habe ich mein Bestmögliches getan, auch wenn es zu meinem Bedauern nicht viel war“, entgegnete der Alte. „Mein Assistent hat eine Truppe Freiwilliger zusammengestellt, die die Kranken auf Tragen durch die Lüfte fliegt. Folglich können wir jederzeit aufbrechen.“

„Dann wollen wir nicht länger warten“, sagte Anwar. „Alle an ihre Plätze! Batur, gib den Befehl zum Aufbruch.“ Der junge Fürst stürzte aus dem Zelt. Natassja hielt ihn am Hemdsärmel fest.

„Und du bist ganz sicher, dass es dir gut geht?“, fragte sie ihn eindringlich.

„Es ist alles okay. Mach dir keine Sorgen, meine kleine Tassja.“ Anwar küsste ihre weichen Wangen und grinste spöttisch. „Du hast doch gehört: Ich bin einzigartig.“ Er nahm ihre Hand, breitete die Flügel aus und schwang sich mit ihr auf über die zerstörte Stadt. Voller Tatendrang ignorierte er das Pochen in seinem Bauch.

Um Mitternacht schwärmten die Bat People nach New Mexico aus. Ihr Zug von tausenddreihundert Fledermausmenschen bildete am Nachthimmel einen gigantischen Schatten gleich einem schwarzen Loch im Universum. Sie waren keine zwanzig Meilen von der Vampir-Grotte entfernt, als ein orangener Lichtschein die Finsternis erhellte und eine entfernte Detonation die Erde unter ihnen erschütterte.

„Ein Erdbeben?“, fragte Natassja Anwar erstaunt. Sie wandte sich zu dem leuchtenden Spektakel um, und sofort wurde ihr klar, dass es sich nicht um ein dramatisches Naturschauspiel handelte. „Bei allen Göttern", flüsterte sie. „Die Explosion kommt aus der Richtung von Baboquivari ..."

„Schau nicht zurück!", meinte Anwar, der an ihrer Seite flog. „Es gibt keine Vampir-Grotte mehr. Die Coyoteros sind zurückgekehrt und haben den ‚Nabel der Welt' zerstört. Wir müssen nach vorne blicken und zu den Ahnen beten, dass die Söhne des Windes unser neues altes Zuhause nicht finden."

Zwei Nächte brauchten die Bat People für die sechshundert Meilen nach Cibola, da die Reisegeschwindigkeit durch die Kranken beschränkt war. Am ersten Tag ruhten sich die Vampirmenschen in den Felshöhlen von Lordsburg hinter der neumexikanischen Grenze aus. Den zweiten verbrachten sie in den Bergen nahe der Stadt Las Cruces. Zwar hätte ihre Fähigkeit, das Sonnenlicht bis zu einem gewissen Grad zu ertragen, ihnen die Möglichkeit eröffnet, schneller in Bat City anzukommen. Aber eine so große Gruppe von Vampiren blieb auch in der spärlich besiedelten Wüste nicht unentdeckt. Außerdem wollte Anwar den Infizierten eine Gelegenheit zur Rast geben. Nicht, dass es den Kranken geholfen hätte. Im Gegenteil.

Sie starben trotz aller erdenklichen Maßnahmen wie die Fliegen. Die letzten lebenden Giftopfer hauchten ihr Leben kurz vor dem Abflug aus Las Cruces aus. Anwar befahl, die toten Körper als Ehrerbietung mit den gewebten Matten ihrer Anasazi-Vorfahren zu bedecken, und ließ die Leichname in den Höhlen in Ewigkeit ruhen. Dann brachen die Bat People auf, um die restlichen Meilen in die alte Heimat zurückzulegen.

Insgesamt starben achthundert Bat People. Eine Katastrophe für das vom Aussterben bedrohte Volk. Der Stamm war um die Hälfte dezimiert und somit dem Untergang geweiht. Es mussten dringend neue Fledermausmenschen zu ihnen stoßen, wollte Anwars Gemeinschaft überleben.

Natassja betrachtete Anwars von Sorgenfalten gerunzelte

Stirn, während sie neben ihm durch die Wolken glitt. Zu gern hätte sie ihm geholfen. Aber auch sie wusste keine Lösung. Die Verwandten der Bat People in Brasilien, Sibirien, China und der Mongolei quälten die gleichen Probleme. Es fehlte an frischem Vampirblut. Wegen ihrer geringen Anzahl und des Lebens in abgeschiedenen Regionen paarten sie sich untereinander. Cousins heirateten ihre Cousinen. Der Genpool degenerierte. Fehlgeburten und Erbkrankheiten waren die Regel.

Immer weniger Fledermausmenschen kamen auf die Welt. Dafür stieg die Geburtenzahl von Flughunden, die keinerlei menschliche Züge besaßen, kontinuierlich. In ihrer Verzweiflung suchten die Bat People sogar unter den Läufern nach Nachkommen ihrer menschlichen Vorfahren, der ausgestorbenen Anasazi. Es reichte, wenn in den Adern der Halbblute ein Viertel oder auch nur ein Achtel reines Indianerblut floss. Doch vergeblich. Kein Mensch entsprach den notwendigen Kriterien. Und dann noch die Giftattacke der Coyoteros ... Wenn es so weiterging, würden die Bat People in spätestens zwei Generationen aussterben und zu einer der vielen Legenden des Wilden Westens werden.

Da stieg Natassja ein bekannter Geruch in die Nase, der sie aus ihren trüben Gedanken riss. Moschus und Lavendel! Der Duft der Wüstenregion um Cibola. Sie atmete tief ein, und das lange unterdrückte Heimweh brach hervor.

„Zu Hause“, flüsterte sie, den Tränen nah.

Auch Anwar hatte den Duft wahrgenommen und lächelte trotz all seines Kummers. Er nahm ihre Hand und drückte sie. „Endlich wieder daheim“, sagte er. „Erst jetzt weiß ich, wie sehr ich unsere goldene Stadt vermisst habe.“

In dem Jahr ihrer Abwesenheit hatte der Indianerberg, in dessen Kern Cibola ruhte, keine störenden Besuche erhalten. Der ursprüngliche Haupteingang war seit seiner Sprengung bei der

Polizeirazzia von massiven Felsbrocken verschlossen. Nur der Geheimausgang, durch den sich die Bat People damals vor dem Feuer und Sheriff Burke gerettet hatten, war nach wie vor zugänglich. Zwar blockierten einzelne herabgestürzte Steine den Pfad ins Herz der alten Bat City. Aber mit vereinten Kräften räumten die Bat People sie schnell aus dem Weg.

Anwar entzündete mitgebrachte Fackeln und reichte Natassja eins der Lichter. Als Vorhut schritten sie durch den Tunnel hinab in das unterirdische Reich. Seit dem Vorfall im vergangenen Jahr schien alles unberührt. Die im Felsboden eingelassenen Smaragde leuchteten ihnen den Weg. Natassja zitterte vor Aufregung und rieb ihre feuchten Hände an ihrem Umhang trocken.

Direkt nach der Zerstörung waren einige Wagemutige ein letztes Mal hinabgestiegen, um aus ihren Häusern in der Vorstadt die Reste ihres Besitzes zu bergen. Natassja hatte darauf verzichtet, sich die Trümmer anzusehen. Sie wollte Cibola so schön in Erinnerung behalten, wie es in seiner Blütezeit gewesen war. Daher wusste sie nicht, was sie jetzt erwartete.

Der Geheimgang führte in den Keller des Palastes. Als sie das Untergeschoss von Anwars Herrensitz betraten, stellten sie fest, dass die Decken heruntergestürzt waren. Schweigend kletterten sie über zerbrochenen Marmor und undefinierbare Mobiliarreste.

Natassja wappnete sich innerlich dagegen, ein Trümmerfeld vorzufinden. Sie erklomm die Treppe. Jede zweite Stufe fehlte. An Anwars Seite erreichte sie das Parterre, in dem sich einst die Empfangsräume befunden hatten. Die Flure waren verwüstet. Allerdings nicht vom Brand, sondern von wilden Tieren, die die verlassene Stadt für sich erobert und auseinandergenommen hatten, was immer sie zwischen die Zähne bekommen hatten. Die Ahnenporträts an den Wänden eines Besuchersaals wiesen Risse und Flecken auf. Moder und Schimmel machten die Gesichter der dargestellten Fledermausmenschen unkenntlich.

Bei genauer Betrachtung erkannte Natassja jedoch, dass die Wände unbeschädigt waren und das Haus nach einer Aufräum- und Putzaktion wieder problemlos bewohnt werden konnte. Sie verließ das Schloss und trat mit Anwar hinaus auf den Hof. In der Tropfsteinhöhle herrschte pechschwarze Dunkelheit. Natassja hob ihre Fackel. Ein warmes gelbes Schimmern ... die Außenmauern des goldenen Palastes.

Hinter ihr ertönten die Stimmen Baturs und seiner Jäger sowie das Rascheln und Flattern unzähliger Fledermausflügel. Nach und nach flogen die Bat People auf den Vorplatz des Palasts, und der Schein ihrer Fackeln erhellte das unterirdische Reich.

Als auch die letzten Vampire ihre Lichter hochhielten, erstrahlte der goldene Palast in seiner alten Pracht. Bis auf ein paar Risse in den Mauern war das Gebäude intakt. Ein erleichtertes Aufseufzen ging durch die Reihen der Fledermausmenschen. Langsam wandten sie sich ihrer Stadt zu. Baturs Jäger stiegen auf, um die Szene von allen Seiten zu beleuchten.

In den äußeren Bezirken der Bat City ragten Ruinen aus schwarzer Asche, wo einst Häuser gestanden hatten. Deprimiertes Murmeln und leises Aufschluchzen ertönten. Batur sandte einen zweiten Trupp Jäger in das Zentrum. Die Fledermausmänner platzierten sich vor der Bat Hall, dem Rathaus, sowie der Bibliothek und auf dem Marktplatz.

Alle hielten unwillkürlich den Atem an und machten sich auf das Schlimmste gefasst. Natassja krallte ihre Fingernägel in Anwars Arm und legte sich eine Hand auf den Mund, um gegebenenfalls einen Entsetzensschrei zu ersticken. Da erleuchteten die Fackeln das Herz Cibolas.

Kaufläden, Restaurants, das Theater und die Parks – alles, was sich innerhalb der massiven Stadtmauern befand, lag konserviert unter einer dicken Ascheschicht und verweilte im Dornröschenschlaf. Als warte dieses mittelalterliche Fantasieland nur darauf, von seinen früheren Bewohnern zu neuem Leben erweckt zu werden. Das leise Plätschern des Flusses, der den Ort umfloss und ihm seinen Inselcharakter verlieh, bewies den sprachlos staunenden Bat People, dass dies kein Spuk war, sondern die Realität.

Erst herrschte Totenstille. Dann brach lauter Jubel los. Für einen Moment vergaßen alle ihre Trauer. Bis auf kleine Schönheitsfehler strahlte Cibola in seinem alten Glanz. Und die Bat People hatten allen Heimsuchungen zum Trotz eine sichere Unterkunft.

Natassja fiel Anwar um den Hals und küsste ihn stürmisch. Tränen liefen ihr über die Wangen. Er trocknete sie mit seinen Lippen.

„Es war eine gute Entscheidung zurückzukehren“, flüsterte er ihr ins Ohr und zog sie ganz eng an sich.

„Wir gehen nie mehr weg. Egal, was passiert“, antwortete sie leise. Sie war unendlich glücklich, wieder an dem Ort zu sein, der ihr wie kein anderer das Gefühl gab, angekommen zu sein.

4. KAPITEL

Während die Bat People ihre goldene Stadt wieder aufbauten, stand Sheriff Mark Burke vor den Trümmern seiner Karriere. Die Zerschlagung der Vampir-Ansiedlung vor einem Jahr hatte ihm den Posten des Polizeichefs eingebracht. Doch Burke platzte vor Ehrgeiz und Eitelkeit und hatte seine neue Macht missbraucht, um im politischen Geschehen Carlsbads und der umliegenden Distrikte mitzumischen. Mit seinem übertriebenen Einsatz an falscher Stelle hatte er den Bürgermeister und diverse Kleinstadtpolitiker gegen sich aufgebracht, die befürchteten, dass er ihnen ihren Einfluss und ihre Macht streitig machen wollte.

Inzwischen sah sich die Führungsspitze im lokalen Regierungssitz nach einem anderen Kandidaten für den Posten als Polizeichef um. Ein Konkurrent war schnell gefunden worden. Es handelte sich um einen Sheriff aus dem Nachbardistrikt, der die Diebstähle an Touristen effektiv dezimiert hatte und als neue Hoffnung gegen die wachsende Kriminalität im Süden New Mexicos galt. Die Neuwahlen zum Polizeichef fanden schon im nächsten Jahr statt. Und Burke hatte seinem Gangster fangenden Gegenspieler nichts entgegenzusetzen. In Carlsbad herrscht Friede, Freude, Eierkuchen.

Grübelnd hockte Burke am Schreibtisch seines Büros und überlegte, ob er die Medien für sich gewinnen könnte, indem er die Wahrheit über die Fledermausmenschen in die Zeitung brachte. Vor der Razzia hatte er behauptet, sie würden in den Höhlen des Indianerbergs eine ominöse Sekte ausheben, deren Mitglieder unter körperlichen Anomalien litten und die zu ihrer Heilung Blutopfer darbrächten.

Die Bürger Carlsbads hatten die Lüge geglaubt, und auch seinen Elitekämpfern war nichts aufgefallen. Schließlich griffen sie die Vampire in der Dunkelheit an, und es kam selten zum Nahkampf. Die Männer, die sich direkt mit einem Fledermausmenschen konfrontiert sahen, hatten den Zweikampf nicht überlebt. Damals war der Tod der wenigen Zeugen von Vorteil. Dadurch flog Burkes Lügengespinst nicht auf. Wenn er aber jetzt mit der Wahrheit herausrückte, bestand die Gefahr, dass man ihn wegen der Vampir-Mär für verrückt abtat oder ihm unterstellte, er sei krankhaft geltungsbedürftig. Wobei Letzteres stimmte.

Und selbst wenn er jemanden von der Existenz dieser abstoßenden Wesen überzeugen konnte, warf es ein schlechtes Licht auf ihn, dass er im Vorfeld gelogen hatte. Wie er die Sache auch drehte und wendete, er kam dabei nicht gut weg.

Damit nicht genug, quälten ihn zwei Dinge: Er hatte sich nach der Zerstörung der Bat City geärgert, dass er keinen der Vampirmenschen als Trophäe festgesetzt hatte. Dabei dachte er insbesondere an Anwar. Einen jungen Vampirfürsten in Handschellen in der Zelle sitzen zu haben war schon ein echter Kick fürs Ego. Aus Joshua Licedeis Beschreibungen und Protokollen wusste Burke, wie Anwar aussah und welche Charaktereigenschaften er besaß. Der Fledermausherrscher übte eine große Faszination auf den Cop aus. Und über die vergangenen Monate hinweg hatte sich seine Festnahme als fixe Idee in Burkes Kopf eingenistet. Zu schade, dass Anwar mitsamt seinem Volk in jener Nacht gestorben war. Jedenfalls hatte ihm das Joshua gesagt. Und dem Jungen vertraute er.

Außerdem dachte Burke immer wieder an den Palast aus Gold, den er glaubte, in der Tropfsteinhöhle gesehen zu haben. War das Gebäude echt? Oder handelte es sich um eine Fata Morgana?

Burke kratzte sich am Kinn und strengte seine grauen Zellen an. Es war dunkel gewesen unter der Erde. Im Schein der Brandfackeln konnte er nicht wirklich gut sehen. Außerdem steckte er mitten in einem Gefecht. Die Jäger der Bat People griffen ihn an. Um ihn herum loderten bereits die Flammen, die die Vorstadt verschlangen. Bevor er ins Zentrum vordringen und sich das Herrscherschloss genau ansehen konnte, sprengten sich die Fledermausmenschen selbst in die Luft.

Das verschüttete unterirdische Reich freizuschaufeln würde Unmengen an Zeit und Geld kosten. Woher sollte er das Bare dafür nehmen? Sicherlich konnte er dem Bürgermeister unter vier Augen von einer unentdeckten Goldmine erzählen. Aber dann erwartete sein Mitwisser auch Mitbeteiligung. Womöglich forderte er den gesamten Schatz für die städtische Haushaltskasse, da Grund und Boden zu seinem Distrikt gehörten.

Mist! Egal, welche Idee ihm kam, er war hilflos und handlungsunfähig.

Missmutig recherchierte er im Internet nach einem geheimnisvollen Goldpalast. Doch alles, was er fand, handelte von mythenumwobenen Goldstädten in Südamerika, die schon die spanischen Konquistadoren vergeblich gesucht hatten. Er wollte den Computer gerade ausschalten, als der Begriff „Cibola“ auftauchte. Neugierig las Burke von den sieben goldenen Städten, deren strahlendste und schönste besagtes Cibola sein sollte.

Zwar wurde die Lage der sagenhaften Stadt nicht preisgegeben. Aber irgendwie kam ihm der Name bekannt vor. Hatte Joshua ihm damals nicht erzählt, dass vor langer Zeit die Menschen die Vampirsiedlung Bat City nannten, die Fledermauswesen jedoch von Cibola sprachen?

Burkes Laune besserte sich. Bei der nächsten Gelegenheit würde er den Jungen in Albuquerque anrufen. Er würde ein bisschen Small Talk machen, auf Bat City zu sprechen kommen und ihn über den goldenen Palast ausfragen. Zuvor würde er sich jedoch nochmals die Antworten durchlesen, die Joshua nach seiner Flucht aus dem Reich der Vampire zu Protokoll gegeben hatte. Burke konnte sich zwar nicht erinnern, dass Joshua einen goldenen Palast erwähnt hatte. Aber sicher war sicher.

„Floyd!“, brüllte Burke nach seinem Hilfssheriff.

„Ja, Chef. Donuts? Limonade?“ Floyds pickliges Gesicht und seine knochige Gestalt tauchten im Türrahmen auf. Er hielt einen Groschenroman über Außerirdische in den Händen. Offensichtlich las er mal wieder während der Dienstzeit Trash.

„Nee, Junge. Ausnahmsweise will ich keinen Snack. Bring mir die Akte über die Entführung von Joshua Licedei. Und dann hol auch gleich das Befragungsprotokoll seiner Schwester, Natassja Licedei.“

Bei der Erwähnung des Namens Natassja Licedei zuckte Floyd zusammen. Das hübsche Mädchen hatte ihn beinah seinen Job und vollkommen seinen Stolz gekostet. Die Hitze schoss ihm in Erinnerung an sie in die Wangen.

Sheriff Burke hatte sie im letzten Sommer in diesem Büro in eine Zelle gesperrt, um zu verhindern, dass sie die widerlichen Bewohner des Indianerbergs vor der Polizeirazzia warnte. Floyd musste sie bewachen. Natassja hatte ihm Honig um seinen Ziegenbart geschmiert und es geschafft, dass er sie aus der Zelle ließ. Niedergeschlagen hatte sie ihn!

Doch viel schlimmer als die weithin sichtbare Beule und der Spott der halben Stadt war sein gekränktes Ego. Floyd wusste, dass er kein schöner Mann war. Aber Natassja hatte ihm Hoffnungen gemacht, nur um ihn auszunutzen. Das war etwas, was er niemals vergeben würde. Er wünschte sich nichts mehr, als ihr seine Schmach heimzuzahlen. Doch das ging nicht. Sie war tot. Begraben unter den Felsen des Anasazi Mountain. So musste er seinen Hass mit sich herumtragen. Ein Leben lang.

„Warum interessieren Sie sich denn für diesen alten Fall?“, fragte Floyd seinen Boss betont gleichgültig.

„Das muss dich erst mal nicht kümmern, mein Junge“, sagte Burke. „Ich gebe dir rechtzeitig Bescheid, falls ich die Geschichte noch mal aufrolle. Und jetzt beeil dich, und wirf endlich diese Schundromane über Aliens weg!“

„Aua! Mist!" Natassja betrachtete ihren blutenden Finger und die Glasscherben auf dem Fußboden des Lehmhauses. Dass ihr auch ausgerechnet das letzte Glas mit Kröteneiern, das sie in die Unterkunft des Schamanen trug, hinfallen musste! Sie bückte sich und sammelte die Scherben auf. Dabei verteilte sie jedoch nur überall rote Tropfen und verunreinigte den Heilsud mit ihrem Blut.

„Lass, ich mach das!" Anwar stellte den Korb mit Heilkräutern ab und nahm zärtlich ihre Hand. Er steckte ihren verletzten Finger in seinen Mund und leckte das Blut ab. „Lecker." Er schmatzte. „Mhm, ich schmecke immer noch einen Hauch Läuferblut."

„Du bist unmöglich!", schimpfte Natassja halbherzig und lächelte ihn an. „Ich hoffe, du kommst nicht auf den Geschmack. Sonst ende ich beim nächsten Blutfest noch am Marterpfahl."

„Keine Sorge. Durch deine Verwandlung zur Bat Woman enthält dein Blut nicht mehr genug von den Nährstoffen, die einen Vampir gierig nach dir machen", sagte Anwar.

„Na, super! Willst du damit andeuten, dass ich dir nicht mehr gefalle?"

„Das nenne ich ‚fishing for compliments', mein Schatz", entgegnete Anwar. „Du weißt ganz genau, dass ich verrückt nach dir bin – nur nicht nach deinem Blut. Und das ist ja wohl dein Glück." Er bleckte seine spitzen, messerscharfen Vampirzähne.

„Sexy!", konterte Natassja. Er sollte bloß nicht glauben, dass sie sich so leicht einschüchtern ließ.

Der Schamane erhob sich von seinem Stuhl und reichte ihr ein Tuch, um die Blutung zu stoppen. Natassja wickelte es um ihren Finger. „Kann ich noch etwas tun, Schamane?"

Der Alte schüttelte verneinend den Kopf.

Anwar legte seinen Arm um ihre Taille. „Ich bringe dich besser von hier fort, bevor du nicht nur dich, sondern auch noch andere verletzt.“ Er hielt ein scharf gezacktes, rot gesprenkeltes Glasstück hoch.

„Sehr witzig.“ Natassja warf das blutbesudelte Tuch in den Müll. „Ich finde, ich habe meine Arbeit gut gemacht.“

„Hast du auch. Daran besteht kein Zweifel“, beschwichtigte Anwar sie. „Aber es reicht jetzt. Du hast fast sechzehn Stunden geschuftet. Die Bat People werden dir deinen Einsatz hoch anrechnen. Und ich bin einfach nur beeindruckt. Es wäre vollkommen sinnlos, wenn du dich nun vor Erschöpfung ernsthaft verletzt.“

„Ich bin nicht erschöpft. Das ist nur ein Kratzer!“, protestierte Natassja, während Anwar sie schon aus dem Rundhaus des Schamanen führte.

Das Gebäude lag am äußeren Rand Cibolas. Von hier aus hatte man einen fantastischen Blick über die märchenhafte Stadt. Natassja und Anwar blieben stehen und genossen schweigend das Panorama.

„Es ist so wunderschön“, flüsterte Natassja ehrfurchtsvoll. „Und es sieht wieder aus wie früher.“

„Ja, wir haben viel erreicht. Den Läufern ist es nicht gelungen, uns und Bat City zu vernichten. Und die Coyoteros haben den Weg nach Cibola nicht gefunden.“ Anwar seufzte erleichtert. „Ich bin wirklich glücklich.“

„Ich auch“, sagte Natassja, aber ein Hauch von Wehmut klang in ihrer Stimme mit. Nicht, dass sie log. Sie sagte die Wahrheit. Sie liebte Anwar und wollte nirgendwo anders als bei ihm sein. Auch erfüllte es sie mit Stolz und Zuversicht, dass die Fledermausmenschen Cibola wieder vollständig aufgebaut und ihre Spuren so gut verwischt hatten, dass die Söhne des Windes sie nicht aufspüren konnten. Trotzdem war sie von innerer Unruhe erfüllt. Seit Tagen nagte die Sehnsucht an ihr. Das Verlangen, ihre Familie wiederzusehen, wurde immer stärker. Doch mit Anwar konnte sie nicht darüber reden. Er hatte ja klargemacht, was er von einem Treffen hielt.

Sie verstand seinen Standpunkt. Angesichts der Bedrohung durch die Coyoteros und ihrer Rückkehr in Sheriff Burkes Territorium durften sie sich keine Schnitzer erlauben. Das Risiko, entdeckt zu werden, war zu hoch. Und Joshuas Einstellung zu den Bat People war unberechenbar. Dennoch sträubte sich in ihr etwas gegen Anwars Verbot, ihren Bruder zu besuchen. Sie ließ sich von niemandem bevormunden. Hätte Anwar wenigstens mit ihr darüber diskutiert, statt sie vor vollendete Tatsachen zu stellen. Noch dazu in Gylans Anwesenheit! Das Miststück musste sich ungemein gefreut haben. Verflucht!

Während Natassja neben ihrem Geliebten die Aussicht genoss, beschloss sie, heimlich einen Ausflug nach Albuquerque zu machen: Sie würde zu ihrem Elternhaus fliegen, sich in den Baumwipfeln im Garten verstecken und ihre Familie beobachten. So konnte sie sich versichern, dass es ihnen gut ging, ohne gegen Anwars Auflage zu verstoßen.

Sie hatte diesen heimlichen Ausflug zu Mama und Papa Licedei und vor allem Joshua schon eine Weile im Kopf, ursprünglich aber erst in ein paar Wochen geplant. Doch nun konnte sie an nichts anderes mehr denken. Da sie nicht vorhatte, sich ihrer Familie zu erkennen zu geben, sprach nichts gegen einen baldigen Besuch. Außer ihrem schlechten Gewissen … Denn sie würde den Mann hintergehen, den sie liebte. Nicht nur, dass sie entgegen seiner eindringlichen Bitte handeln würde. Sie würde es zudem hinter seinem Rücken tun. Was für ein Vertrauensbruch!

„Belastet dich etwas?“ Anwar sah sie forschend an. „Du wirkst so nachdenklich.“

„Nein“, entgegnete Natassja hastig und blickte zu Boden. „Vielleicht hast du recht. Ich bin einfach nur erschöpft.“

„Ich bringe dich zurück zum Palast“, sagte er fürsorglich. „Dort kannst du dich ausruhen. Leider ist es mir nicht möglich, bei dir zu bleiben. Ich habe eine Besprechung mit Gylan und Batur. Es geht um die Lage der neuen Zugänge nach Cibola. Es müssen extra Zufahrtswege gebaut werden. Ein umfangreiches Thema. Ich vermute, das Treffen wird lange dauern."

„Mach dir keine Gedanken. Mir geht es gut. Lass dir so viel Zeit, wie du brauchst." Natassja lächelte ihn herzlich an. Gleichzeitig schämte sie sich für ihre Hintergedanken: Je länger Anwar wegblieb, desto mehr Zeit hatte sie, nach Albuquerque zu fliegen. Eine solche Gelegenheit würde so schnell nicht wieder kommen. Und da sie sich sowieso schon elend fühlte, konnte sie den Ausflug auch gleich hinter sich bringen – um ihn danach möglichst schnell wieder zu vergessen.

Nachdem Anwar sie in ihr Turmzimmer begleitet und sich mit leidenschaftlichen Küssen verabschiedet hatte, teilte Natassja dem Wächter der Fürstengemächer mit, dass sie sofort schlafen gehen würde und nicht mehr gestört werden wollte – von niemandem.

Sie wartete, bis der Fledermausmann im entgegengesetzten Gebäudetrakt verschwand. Dann schlich sie über den Keller ins Labyrinth, von dem verschiedene Tunnel in alle Himmelsrichtungen abgingen. Der Geheimgang, der in die Wüste führte und durch den die Bat People in ihre alte Stadt zurückgekehrt waren, war inzwischen auf Gylans Betreiben hin zugeschüttet worden, da Joshua den Zugang kannte.

Das weitere Tunnelgeflecht umfasste Hunderte von Meilen und führte durch das gesamte Gebiet der Carlsbad Caverns und ihrer atemberaubend schönen Tropfsteinhöhlen. Obwohl Natassja noch nie einen dieser Gänge betreten hatte, wusste sie, welche Richtung sie einschlagen musste. Das war einer der Vorteile, die die Existenz als Vampirin mit sich brachte. Seit ihrer Transformation besaß sie den achten Sinn. Sie musste nur an das gewünschte Ziel denken, und schon zeigte sich vor ihrem inneren Auge der Weg dorthin – wie dank einer Landkarte oder eines eingebauten GPS-Senders. Sie war noch nicht dahintergekommen, wie diese Wahrnehmung funktionierte. Aber das neue Talent faszinierte sie.

Auch dass sie im Dunkeln fliegen musste, stellte kein Problem dar. Sie verfügte wie alle Fledermäuse über ein Radarsystem in ihrem Kehlkopf und sendete Ultraschallwellen aus. Wenn diese auf ein Hindernis trafen, wurden sie wie ein Echo zurückgeworfen. Sie musste sich nur nach diesem Echo richten, um jede Hürde sicher zu umfliegen. Sie konnte sogar die Augen schließen, während sie in hohem Tempo durch das unterirdische Straßensystem schoss.

Allein, ganz ohne Begleitung oder die Last eines kranken Fledermausmenschen, schaffte sie die dreihundert Meilen von Cibola bis in ihre Heimatstadt in drei Stunden. Wie ein Pfeil schoss sie durch den Nachthimmel und genoss die Freiheit, die ihr ihre Flügel verliehen. Schon als kleines Mädchen hatte sie sich gewünscht, fliegen zu können. Niemals hätte sie damit gerechnet, dass ihr Traum wahr werden würde. Sie liebte es, die Erde aus der Ferne zu betrachten. Die Stille in den Wolken beruhigte sie, verschaffte ihr einen klaren Kopf und ließ selbst den größten Kummer klein erscheinen. Obwohl sie immer noch ihr Gewissen plagte.

Als sie ihr Elternhaus in Albuquerque erreichte, war es zehn Uhr abends. Sie hoffte inständig, dass Joshua und die flügge gewordenen Zwillinge nicht mit Freunden unterwegs waren. Es wäre so traurig, sie nicht zu sehen.

Natassja landete im Baumgipfel der Eiche, die direkt neben der Veranda wuchs. Sie spähte durch das Laub ins Haus. Im Erdgeschoss saßen ihre Mom und ihr Dad vor dem Fernseher. Ihre Mutter strickte, während sie eine Serie verfolgte. Ihr Vater las Zeitung und rauchte Pfeife. Die beiden hatten sich nicht verändert. Keine Falten, kein graues Haar. Es schien, als hätte Natassja sie erst gestern gesehen. Ihr Herz raste, als sie ihre Eltern so vertraut dasitzen sah. Tränen stiegen ihr in die Augen. Wie gerne hätte sie sie in die Arme genommen und sie wissen lassen, dass sie nicht gestorben, sondern einfach nur mutiert war! Sie wünschte, sie könnte ihnen sagen, wie gut es ihr ging. Dass sie liebte und geliebt wurde und ihre Eltern sich keine Sorgen machen mussten.

Bevor ihre Gefühle sie übermannten, stieß sie sich von dem Ast, auf dem sie hockte, ab und flog auf. Auf dem Dachsims ließ sie sich nieder und äugte vorsichtig in das Zimmer der Zwillinge. Überrascht stellte sie fest, dass die beiden nicht mehr zusammen in einem Raum schliefen. Die linke Hälfte des Dachgeschosses gehörte nun Kyle. Er saß an seinem Computer und spielte Ego-Shooter. Er war so vertieft in sein Spiel, dass er Natassja nicht bemerkte, obwohl sie sich, nur durch die Fensterscheibe getrennt, keine fünfzig Zentimeter von ihm entfernt befand.

Natassja staunte nicht schlecht, wie sehr ihr kleiner Bruder gewachsen war. Er sah aus wie ein richtiger Mann, mit den gleichen attraktiven Gesichtszügen wie Joshua. Er besaß auch dasselbe rote Haar. Allerdings hatte seines eine erdbeerfarbene Schattierung, während Joshuas kastanienrot schimmerte. Im Gegensatz zu seinen grünäugigen älteren Geschwistern leuchtete Kyles Iris braun, und er hatte Sommersprossen. Sehr charmant.

Natassja konnte sich gar nicht an ihm sattsehen. Aber sie befürchtete, er würde spüren, dass er beobachtet wurde. Und so schwebte sie von ihrem Platz zur rechten Seite des Dachgeschosses. Dort bewohnte Erin ein echtes Mädchenzimmer in Pink und mit viel weißem Tüll. Ihre jüngere Schwester lag auf der rosa Tagesdecke ihres Bettes und blätterte in einem Lifestyle-Magazin. Erin hatte eine ähnliche Verwandlung durchlaufen wie ihr Zwillingsbruder. Sie war kein Kind mehr, im Gegenteil. Sie schien geradezu einem Modemagazin entstiegen:

schlank und rank, mit endlos langen Beinen, einer safranroten Mähne und dunkelbraunen Augen.

Der Anblick ihrer jüngeren Geschwister versetzte Natassja einen Stich. Sie hatte so viel verpasst ... Sie wich von dem Fenster zurück und setzte sich auf die Dachschräge. Einen Moment lang bereute sie, ihre Familie verlassen zu haben. Doch wenn sie sich erneut entscheiden müsste zwischen Anwar samt der Bat People und dem Clan der Licedeis, würde sie wieder denselben Weg wählen. Sie gehörte einfach zu Anwar. Daran bestand kein Zweifel. Bei ihm und den Bat People fühlte sie sich so heimisch, wie sie sich bei ihrer leiblichen Familie nie gefühlt hatte ... Dennoch war sie traurig, dass sie keinen Anteil mehr am Leben ihrer Herkunftsfamilie hatte.

Sie flog auf und um das Haus herum. Joshuas Zimmer lag auf der Rückseite. In seinem Raum brannte kein Licht. Die Vorhänge waren zugezogen. Natassja legte das Ohr an die Fensterscheibe. Mit ihrem Vampirgehör konnte sie Lebewesen selbst durch dicke Mauern atmen hören. Aber in Joshuas Zimmer herrschte Stille. Er war nicht da. Was für eine Enttäuschung! Sie hatte sich so darauf gefreut, ihn wiederzusehen.

Sie schwebte vom Dach herab. Vielleicht war er in der Küche gewesen und leistete nun ihren Eltern Gesellschaft. Aber nein. Die beiden saßen immer noch allein vor dem Fernseher. Es nützte nichts. Natassja konnte unmöglich auf ihn warten. Sie ging sowieso schon ein hohes Risiko ein. Anwars Besprechung dauerte auf keinen Fall so lange, wie sie unterwegs sein würde. Und ob er sich in seinem eigenen Palast von einem Wächter den Zutritt in ihr Zimmer verbieten ließ, war fraglich.

Natassja warf einen letzten Blick auf ihre Eltern und wollte gerade abheben, als sie sich beobachtet fühlte. Für einen kurzen Moment glaubte sie, ihre Mom und ihr Dad hätten sie entdeckt. Das wäre verheerend gewesen, denn dann hätte sie so einiges zu erklären gehabt. Doch das bewegliche Hindernis, das ihr Radarsystem wahrnahm, befand sich nicht im Haus, sondern davor, und es kam nun im Dunkeln auf sie zu.

Natassja drehte den Kopf in die Richtung des Objekts und erkannte den Umriss eines groß gewachsenen Mannes. Sein kräftiger, trainierter Körper und sein selbstsicherer Gang kamen ihr nicht bekannt vor. Was tat ein Fremder um diese Uhrzeit auf dem Grundstück ihrer Familie? Sie wich in den Schatten des Hauses zurück und bleckte ihre spitzen Vampirzähne, um ihn notfalls zu attackieren. Da sprach er sie an.

„Nasti?!"

Nur einer nannte sie so.

„Joshua?!"

Er löste sich aus dem Schatten der Bäume und trat ins Mondlicht. Es war ihr Bruder – und auch wieder nicht.

„Wow! Hast du dich verändert! Du bist kaum wiederzuerkennen." Sie musterte ihn von oben bis unten. Hatte sie schon über die Zwillinge gestaunt, so machte sie Joshuas Anblick fassungslos. Bei ihrem letzten Treffen hatte er noch viele jungenhafte, um nicht zu sagen kindliche Züge besessen. Auch war er oft albern und unsicher gewesen. Doch nun war das Knabenhafte komplett verschwunden. Vor ihr stand ein fertiger Mann, äußerst attraktiv, entschlossen und selbstbewusst.

Er war gewachsen und maß nun fast zwei Meter. Sein kantiges Kinn schmückte ein Dreitagebart. Sein dichtes kastanienbraunes Haar fiel ihm auf die Schulter. Er lachte breit und freute sich, sie zu sehen. Seine meergrünen Augen strahlten. Er hob sie hoch und wirbelte sie herum. „Du hast dich auch verändert. Du bist noch schöner geworden", sagte er und drückte sie an sich. „Es ist toll, dich zu sehen. Ich habe mir Sorgen um dich gemacht. Wie geht es dir? Was machst du hier?"

„Ich wollte dich und die Familie sehen."

„Heimlich? Wie ein Verbrecher, der durch die Fenster lugt?"

„Nun ja, was soll ich tun?"

„Also ich weiß, dass du lebst. Mit mir musst du nicht Versteck spielen", beschwerte er sich. „Was machst du überhaupt in Albuquerque? Ist Anwar auch hier?" Er sah hinauf in die Baumgipfel und suchte den Vampirfürst im Geäst.

„Nein. Ich bin allein gekommen. Anwar darf gar nicht wissen, dass ich hier bin und wir miteinander gesprochen haben."

„Warum denn das nicht? Misstrauen er und die Schwarze Dreifaltigkeit mir immer noch? Ich dachte, ich hätte meine Loyalität bewiesen", meinte Joshua ärgerlich.

„Es ist nichts Persönliches", log Natassja und verdrängte den Gedanken an Gylans Hetzrede gegen Joshua. „Wir mussten unser neues Zuhause verlassen. Feindliche Horden und eine Epidemie haben die Bat People heimgesucht. Hunderte sind gestorben und ermordet worden."

„Das ist ja schrecklich!" Er wich schockiert zurück und schüttelte ungläubig den Kopf.

„Was ist?", wollte Natassja wissen. „Ich bin nicht ansteckend. Mach dir keine Sorgen."

Joshua antwortete nicht. Stattdessen bewegte er seinen Kopf weiterhin wie ein Parkinson-Patient. „Das darf nicht wahr sein! Ich will nicht", murmelte er leise vor sich hin.

„Was ist los mit dir? Nun sag schon!" Natassja legte ihre Hand auf seinen Arm. Sie spürte, dass ihm ihre Berührung unangenehm war. Nur mühsam unterdrückte er den Impuls, sich loszureißen. Sie verstand die Welt nicht mehr. Was hatte sie gesagt oder getan? Eben noch hatte er sie überschwänglich umarmt und durch die Luft gewirbelt, und nun? Vielleicht glaubte er ihr nicht und hatte Angst davor, sich mit einer tödlichen Krankheit zu infizieren. Zutiefst verletzt zog sie ihre Hand zurück.

„Dann lebt ihr wieder in Cibola?!" Der Tonfall, in dem Joshua fragte, ließ Natassja aufhorchen. Etwas stimmte nicht.

Anscheinend fürchtete er sich nicht nur vor Krankheitserregern. Offensichtlich gefiel ihm auch die Vorstellung nicht, dass die Fledermausmenschen wieder in New Mexico lebten. Übelkeit stieg in Natassja auf. Es war falsch gewesen, nach Albuquerque zu fliegen. Was, wenn Joshua in Wirklichkeit erneut einen Sinneswandel durchlaufen hatte? Vielleicht verachtete und hasste er die Vampirmenschen wieder wie seinerzeit, als er sie als „Fehler der Natur" bezeichnete, der beseitigt werden müsste. Womöglich pflegte er erneut engen Kontakt zu Sheriff Burke. Wenn das der Fall war, kam dieses Wiedersehen einem Super-GAU gleich.

Natassja wagte nicht, ihn auf sein seltsames Verhalten anzusprechen. Die Vorstellung, womöglich das Schicksal der Bat People besiegelt zu haben, nahm ihr den Atem.

„Also, leben die Bat People nun wieder in Cibola oder nicht?", fragte Joshua unwirsch.

„Nei...nein", stammelte Natassja. „Wir sind auf der Durchreise und campieren in der Wüste." Sie machte eine vage Handbewegung in die entgegengesetzte Richtung von Cibola. „Ich wollte den Zwischenstopp nutzen, um dich zu sehen. Das habe ich ja nun. Äh ... Ich muss leider wieder gehen. Wie gesagt, ich sollte eigentlich gar nicht hier sein. Wir haben nämlich nicht viel Zeit. Schon im Morgengrauen fliegen wir weiter zu den verwandten Stämmen in Südamerika. Wir müssen nach den Horrorerlebnissen neue Energie tanken."

„Ich verstehe", meinte Joshua und musterte sie misstrauisch.

„Na, denn. Äh. Sag, auf die Schnelle, geht's dir gut? Hast du eine Freundin? Wie ich sehe, fährst du noch das Corvette Cabriolet." Sie deutete auf den Autoschlüssel mit dem Corvette-Anhänger, der von seinem Zeigefinger baumelte. Am liebsten wäre sie im Boden versunken. Sie war eine lausige Small Talkerin und eine noch viel schlechtere Lügnerin.

„Ja, ich habe den Wagen noch. Aber keine Freundin. Ich suche noch nach der Frau fürs Leben. Mit achtzehn habe ich dafür ja auch noch eine Menge Zeit. Ansonsten geht es mir prima. Ich treffe mich mit Freunden. Komme gerade von einem Grillfest. Alles ist gut." Joshua war ein genauso mieser Small Talker wie sie. Natassja spürte, dass die Worte einfach nur aus ihm heraussprudelten, aber dass er dabei über etwas völlig anderes nachdachte.

„Ich mach mich dann mal wieder auf den Weg", sagte sie eilig. „Schön, dass mit dir und der Familie alles in Ordnung ist. Äh. Vielleicht stoppe ich auf unserer Rückreise noch mal in Albuquerque. Äh. Wir planen nämlich, in Oregon eine neue Heimat zu finden ..." Bei den Göttern der Anasazi! Sie redete sich um Kopf und Kragen. Je mehr Lügen sie erfand, desto weniger würde er ihr glauben.

„Dann mach es mal gut. Ich würde mich freuen, wenn du auf der Rückreise vorbeischaust", sagte Joshua kalt und emotionslos.

Sie sahen sich kurz in die Augen. Viel Unausgesprochenes stand zwischen ihnen. Ohne ihn zum Abschied zu küssen oder zu umarmen, streckte Natassja die Flügel aus und hob ab. Schon fast in den Wolken, sah sie über die Schulter zurück. Joshua stand an derselben Stelle und schaute ihr nach, sein Gesicht verzerrt, die Lippen zusammengepresst. Sie hatte einen großen Fehler gemacht.

5. KAPITEL

„Anwar, wie lange sage ich dir schon, dass du deiner *Tassja* nicht trauen kannst?“ Gylan zog Natassjas Spitznamen wie immer gehässig in die Länge. „Jetzt war unsere ganze Arbeit umsonst. Wir müssen Cibola so schnell wie möglich verlassen, bevor Sheriff Burke mit einer Armee vor unseren Toren aufkreuzt. Wir wissen nicht, wohin. Unsere Leute sind viel zu erschöpft nach all den Strapazen. Und wenn wir Pech haben, fliegen wir den Coyoteros direkt in die Arme oder geraten vielmehr unter die Hufe ihrer Pferde.“

„Nun mal nicht gleich den Teufel an die Wand“, antwortete Anwar. „Es ist nicht gesagt, dass Joshua uns verrät. Außerdem hat Tassja ihm erzählt, wir wären auf der Durchreise. Und wenn der Sheriff vor Bat City auftauchen sollte, muss er erst die neuen Zugänge finden. Schafft er das, was ich für unwahrscheinlich halte, ist unsere Stadt diesmal bedeutend besser befestigt als bei Burkes letztem Besuch. Daher werden wir einfach abwarten.“

„Das ist Selbstmord auf Raten“, warf Gylan ein und kreuzte wütend die Arme vor der Brust – ein Zeichen dafür, dass ein Donnerwetter kurz bevorstand.

„Nun, was Joshua angeht, habe ich meine Zweifel. Aber ansonsten stimme ich Anwar zu“, meinte Batur und sah Gylan scharf an, um sie an einem Ausraster zu hindern. „Die Zugänge der neuen Tunnel sind nicht nur schwerer identifizierbar, weil sie weiter vom Stadtzentrum entfernt liegen. Sie sind auch leichter kontrollierbar. Zwei meiner Jäger reichen, um unerwünschte Eindringlinge aufzuhalten und zu töten. Wir müssen das Risiko eingehen. Eine weitere Flucht würde unser Volk seelisch und körperlich nicht verkraften.“

„Davon abgesehen, habe ich mir geschworen, dass wir nie mehr weglaufen werden“, fügte Anwar hinzu. „Wenn wir sterben müssen, dann in Cibola."

Damit war alles gesagt. Die Mitglieder der Schwarzen Dreifaltigkeit schwiegen. Sorgenvoll dachten sie über die neue Situation nach. Natassja hockte zusammengesunken auf ihrem Stuhl am anderen Ende von Anwars Arbeitszimmer. Würde sich doch nur der Boden öffnen und sie darin versinken!

Zwei Stunden zuvor war sie nach Bat City zurückgekommen. Als sie das Turmzimmer betrat, saß Anwar auf ihrem Bett und sah sie fragend an. Vor lauter schlechtem Gewissen wartete sie gar nicht erst ab, bis er nachhakte, wo sie gewesen war. Sie gestand ihm sofort, dass sie Joshua getroffen und er sich seltsam benommen hatte.

Sie hoffte, Anwar würde sie anschreien und ihr eine Szene machen. Bestraft hätte sie sich besser gefühlt. Er tat nichts dergleichen. Er sagte nur: „Du enttäuschst mich. Ich dachte, wir hätten keine Geheimnisse voreinander."

Es brach ihr fast das Herz. Wie in einem Kitschfilm warf sie sich vor ihm auf die Knie und stammelte Entschuldigungen.

Er seufzte, zog sie hoch und küsste sie. „Es wird schon schiefgehen", sagte er leise.

Natassja bereute ihren Egoismus. Sie hätte sich einen Flügel ausgerissen, um ihre Handlung ungeschehen zu machen. Aber so funktionierte Buße nicht. Deshalb schwor sie sich, Anwar nie mehr zu täuschen – nicht einmal zum Wohl oder im Interesse ihrer Familie.

Dann hatte sie sich an seiner Seite Gylan und Batur gestellt.

Jetzt fühlte sie sich unter den verächtlichen und durchdringenden Blicken ihrer Kritiker klein und dumm. Die Bonuspunkte, die sie sich bei Batur durch ihren Einsatz für die Bat People in den vergangenen zwölf Monaten mühsam erarbeitet hatte, hatte sie mit dieser unüberlegten Aktion verwirkt. Damit hatte sie ihrer Erzfeindin Gylan in die Hände gespielt.

Die mandeläugige Mongolin wusste das genau. Als sie und Batur nach einer langen Schweigepause Anwars Arbeitszimmer verließen, raunte sie Natassja zu: „Du hast dir selber den Todesstoß verpasst. Und ich mache dir nun den Garaus."

Natassja fühlte sich so schuldig, dass sie auf Gylans Kriegserklärung nichts erwiderte. Stattdessen betete sie inständig dafür, dass Joshua nur einen schlechten Tag gehabt hatte und nicht wieder Burkes Handlanger war.

Während Natassja sich noch Hoffnungen auf einen guten Ausgang ihres Ausflugs machte, begab sich Sheriff Burke auf den Weg nach Cibola. Im Schlepptau hatte er seinen Hilfspolizisten Floyd. Der Junge war nicht seine erste Wahl. Seine Naivität und sein langsames Denken gingen Burke auf die Nerven. Ein Typ wie Joshua Licedei entsprach mehr seinem Geschmack. Aber im Moment war nur Floyd zur Stelle, und er besaß immerhin ein paar Qualitäten: Er war ein begnadeter Schütze, und er verehrte seinen Boss Burke abgöttisch. Eine derart hündische Unterwürfigkeit konnte dem Cop irgendwann von Nutzen sein. Um den jungen Polizisten noch mehr an sich zu binden, weihte ihn der Sheriff in sein Geheimnis ein.

Allerdings verriet er Floyd nichts von dem Goldpalast, den er zu finden hoffte. Er hielt den Jungen zwar nicht für schlau genug, um ihm den Fund abspenstig zu machen. Aber er behielt gern ein Ass im Ärmel. Außerdem war sein Optimismus seit der Lektüre von Joshuas Protokoll gedämpft. In der Aussage erwähnte der junge Licedei keinen goldenen Palast. Und er hätte gewiss über eine so außergewöhnliche Entdeckung gesprochen. Außer er wollte selbst abkassieren. Aber so schätzte Burke Joshua nicht ein. Also beschloss der Sheriff, sich den Indianerberg erst mal anzusehen und dann eventuell noch einmal mit dem jungen Licedei zu reden.

Dem Hilfssheriff erzählte er, dass in den Tiefen des Indianerbergs ein sagenumwobener Schatz liegen sollte. Falls dieser existierte, würden nur sie beide ihn heben.

Ein ominöser Schatz konnte alles Mögliche sein. Die vage Beschreibung ließ Burke die Möglichkeit, kurzfristig zu entscheiden, ob er mit Floyd teilte oder ihn leer ausgehen ließ. Und der Bengel war zu dumm, um den wahren Wert des goldenen Gebäudes zu erkennen, selbst wenn er direkt davorstand.

Floyd fühlte sich von Burkes vermeintlichem Vertrauen zutiefst geschmeichelt. Er war Feuer und Flamme, schwor, Stillschweigen gegenüber Dritten zu halten, und brannte darauf, sofort mit der Suche zu beginnen.

So waren Burke und Floyd zu früher Morgenstunde in die Wüste aufgebrochen und kraxelten jetzt auf den Anasazi Mountain zu dem in den Fels gemeißelten Bild einer Fledermaus aus den Zeiten der Anasazi-Indianer.

Wie erwartet, lag der alte Haupteingang verschüttet vor ihnen. Der Sheriff ächzte. Obwohl es noch lange nicht Mittag war, herrschten brütende 38 Grad im Schatten. Nur dass es keinen Schatten gab. Burke wischte sich den Schweiß von der Stirn. Wenn er so weitermachte, bekam er noch einen Herzinfarkt. Seit er als Polizeichef arbeitete und die meiste Zeit saß, hatte er ein paar Kilo zugelegt. Das Übergewicht machte ihn unbeweglich. Deshalb schickte er den schlaksigen Floyd in die Felswand zu dem Seiteneingang, in dem dank Joshuas Hilfe und ohne Burkes Wissen seinerzeit die Fledermausmenschen überlebt hatten.

„Dicht!“, brüllte Floyd aus fünfzehn Metern Höhe zu Burke hinab. „Ohne Sprengstoff kommen wir auf keinen Fall ins Berginnere und zu der Höhle.“

Burke nickte und gab Floyd ein Zeichen, zu ihm herabzuklettern. Missmutig grübelte er vor sich hin. Um den Gang freizusprengen, bedurfte es eines Fachmannes. Den gab es jedoch nur in Albuquerque. Er konnte ihn auf eigene Kosten buchen. Die Sprengung würde zwar sein gesamtes Erspartes schlucken, aber dann wäre der Zugang zur Bat City frei. Nur, wie sollte er einen solchen Alleingang vor dem Bürgermeister und der Lokalregierung rechtfertigen? Die Gegend stand unter Naturschutz. Und was, wenn er ein Hirngespinst jagte? Mist!

„Vielleicht gibt es weiter entfernt noch andere Zugänge", meinte Floyd, der atemlos an Burkes Seite auftauchte. „Wenn Sie wollen, Boss, dann suche ich nach denen. Natürlich gehe ich nicht allein hinein", fügte er schnell hinzu, als er Burkes misstrauischen Blick bemerkte. „Wenn ich einen Höhlenzugang finde, sage ich Ihnen Bescheid."

„Mach das!", stimmte Burke nach kurzem Zögern zu. „Ich besorge uns solange Hilfe aus Albuquerque."

„Was führt Sie her, Sheriff Burke? Ein Freundschaftsbesuch?" Joshua überspielte seine Überraschung über das unangekündigte Auftauchen des Cops mit einem herzlichen Willkommen. Er stieß die Tür zum Haus seiner Eltern auf und bat den Polizisten herein.

„Lass uns auf der Veranda sitzen, Junge", meinte Burke und ließ sich schwerfällig in die Hollywoodschaukel fallen. „Hier draußen sind wir ungestörter."

„Ich bin allein", meinte Joshua.

Aber Burke winkte ab. „Jetzt sitze ich schon. Außerdem gefällt es mir hier draußen. Schöne Eiche", sagte er und betrachtete bewundernd den prächtig gewachsenen Baum, von dem aus vor Kurzem Natassja ihre Familie beobachtet hatte.

„Ich hole uns Limonade. Oder wollen Sie lieber ein Bier?", bot Joshua an.

„Nichts, Junge. Danke. Ich bleibe nur kurz und will auch nicht lang um den heißen Brei herumreden", begann Burke. Er kratzte sich am Kinn und schenkte Joshua einen seiner durchdringenden Cop-Blicke. „Als die Bat People dich gefangen gehalten haben, hast du da in der Tropfsteinhöhle einen goldenen Palast gesehen?“

„Nein“, antwortete Joshua ohne Zögern. „Warum?“

„Ach, nur so. Mir ist zugetragen worden, dass Goldgräber ins Innere des Indianerbergs vordringen wollen, weil sie vom Mythos der unterirdischen goldenen Stadt gehört haben“, log Burke. „Ich wollte sichergehen, dass es sich um eine Fabel handelt, bevor ich den Schürfern den Spaß verderbe. Du weißt, dass die Gegend unter Naturschutz steht. Wenn dort Gold liegt, muss es mit schonenden Maßnahmen aus der Erde geholt werden und gehört dann dem Staat beziehungsweise dem Distrikt und keiner Privatperson.“

„Ich kann Sie beruhigen. Dort unten ist nichts, was der Mühe wert wäre“, bekräftigte Joshua und hielt Sheriff Burkes bohrendem Blick stand.

„Na gut“, sagte der Cop schließlich und hievte sich aus dem Sitz.

Joshua hielt ihm die Hand hin und zog ihn aus der Hollywoodschaukel. Burke packte ungelenk seine Finger. Joshua stöhnte auf.

„Mein Gott, Junge! Was ist das denn?“, fragte Burke und wischte sich angewidert seine Hand an der Uniformhose ab.

Joshuas Zeigefinger wies eine üble Wunde auf. Die Verletzung pochte. Eine grünliche Flüssigkeit triefte heraus. „Ich habe mit Freunden ein Lagerfeuer gemacht und mir beim Aufstapeln der Holzscheite einen Splitter in den Finger gejagt. Der Riss hat sich entzündet“, schwindelte Joshua. Er hielt es für keine gute Idee, den Cop daran zu erinnern, dass er genau an der Stelle von dem Vampirmenschen gebissen worden war.

Seit einem Jahr machte ihm die Wunde zu schaffen. Kaum war sie verheilt, brach sie wieder auf und nässte unangenehm. Aber viel mehr als der unappetitliche Anblick störte Joshua, dass mit dem Ausbruch Anfälle, Visionen und seltsame Träume einhergingen. Bisher hatte er noch niemandem davon erzählt.

Und der Sheriff war wohl kaum derjenige, dem er sich anvertrauen konnte. Joshua fürchtete, sich doch noch in einen Fledermausmenschen zu verwandeln, obwohl ihm der Schamane der Bat People seinerzeit auf Anwars Anweisung hin ein Gegenmittel verabreicht hatte.

„Du solltest damit zum Arzt gehen“, meinte Burke und rieb sich noch einmal die Hand an der Hose ab. „Wenn du die Sache schleifen lässt, bekommst du womöglich eine Blutvergiftung. Und wenn du Pech hast, muss der Finger amputiert werden.“

„Ich werde Ihren Ratschlag beherzigen“, antwortete Joshua knapp, während er den Sheriff die Stufen der Veranda hinabbegleitete.

Er sah zu, wie Burke in seinen Streifenwagen stieg und in einer Staubwolke davonfuhr. Joshua glaubte dem Sheriff kein Wort. Es gab keine Goldgräber. Wenn jemand Interesse an dem unterirdischen Schatz hatte, dann der Cop selbst. Joshua hatte instinktiv gelogen, was Anwars goldenen Palast betraf. Er mochte kein Freund der Fledermausmenschen sein. Aber er war auch kein Verräter. Und er würde auf keinen Fall einem habgierigen Polizisten das Gold der Vampire frei Haus liefern.

Er stieg die Stufen zur Veranda hoch, als ihn plötzlich ein Krampf schüttelte. Er hatte die Situation schon Dutzende Male erlebt. Die Zuckungen setzten unerwartet ein und lähmten seinen Körper. Joshua schaffte es gerade noch auf die Hollywoodschaukel. Dann verkrampften sich seine Muskeln. Verdammt! Er musste von dem Vampirbiss noch Bat-Zellen in sich tragen. Wie sollte er das einem Doktor erklären?

Jeglicher Widerstand war zwecklos. Ihm blieb nichts anderes übrig, als den Schub irgendwie auszuhalten und geduldig zu warten, bis sich alles von selbst regulierte. Er schloss die Augen und stöhnte vor Schmerz laut auf. Im gleichen Moment setzte auch schon die Vision ein.

„Anwar, ist dir schlecht? Soll ich den Schamanen rufen?" Natassja beugte sich besorgt über ihren Liebsten. Er saß am Schreibtisch in seinem Arbeitszimmer. Seine linke Wange ruhte auf der Tischplatte. Seine Arme hatte er um den Kopf geschlungen. Er sah aus, als schliefe er – abgesehen von seinen rasselnden Atemzügen und den Schauern, die seinen Körper in kurzen Abständen erzittern ließen.

Natassja hatte ihn zum gemeinsamen Abendessen rufen wollen. In den letzten Tagen arbeitete Anwar rund um die Uhr und gönnte sich kaum Pausen. Er suchte verzweifelt nach einer Idee, wie man das Blut der Bat People auffrischen könnte.

Durch das große Sterben als Folge der Vergiftung ließ sich die Dringlichkeit nun nicht mehr ignorieren. Tag und Nacht studierte Anwar alte Dokumente, die von der Existenz der weltweit verstreuten Vampirstämme berichteten. Vielleicht fand er in einem entlegenen Winkel der Erde noch eine Gruppe, mit der die Bat People nicht eng verwandt waren, sodass eine Verheiratung der Mitglieder eine Überlebenschance bot.

„Anwar! Nun sag doch was! Ist alles in Ordnung? Schläfst du? Du arbeitest zu viel. Du musst dir mehr Ruhe gönnen." Natassja berührte seine Schulter und rüttelte ihn leicht.

Da riss der junge Fürst den Kopf hoch. Blitzschnell schnappten seine gebleckten Vampirzähne nach ihrer Hand. Geistesgegenwärtig zog Natassja sie zurück, bevor er ihr eine Verletzung zufügen konnte.

„Lass mich in Ruhe!", giftete er sie an. „Wer bist du überhaupt? Was machst du in meinem Palast?" Er sprang von seinem Stuhl und richtete sich zu voller Größe auf. Er breitete seine Flügel aus, wie Vampire es vor einem Angriff taten, und starrte mit blutunterlaufenen Augen auf Natassja herab. Er öffnete den Mund, bleckte die Zähne. Schaum quoll aus seinen Mundwinkeln wie von den Lefzen eines tollwütigen Hundes.

„Was ist los mit dir?", stammelte sie entsetzt. „Erkennst du mich denn nicht? Ich bin es, Tassja." In Zeitlupe ging sie rückwärts zum offen stehenden, rettenden Ausgang.

Da stürzte Anwar auf sie zu. Schon griff er nach ihrer Kehle. Sie sah seine messerscharfen Zähne. Vampire konnten ihre Artgenossen töten! Im gleichen Moment wurde Natassja unsanft zurückgerissen und in den Gang gestoßen.

Batur und zwei seiner Jäger waren zufällig am Arbeitszimmer des Fürsten vorbeigekommen. Der Kriegsherr erfasste die Situation sofort und schritt ein. Jetzt hielten er und seine Männer den Fürsten an seinen Schwingen fest, sodass er handlungsunfähig in der Luft baumelte.

Anwar spie Gift und Galle, trat heftig um sich und stieß schreckliche animalische Laute aus. Er erkannte weder seinen Kriegsherren noch dessen Soldaten.

„Natassja, hol den Schamanen!", befahl Batur.

Sie flog sofort los. Es dauerte, bis sie den Medizinmann in der grünen Grotte fand. Er mischte das mineralhaltige Wasser der unterirdischen Quellen mit Blutproben, die er von verschiedenen Bat People genommen hatte. Natassja fiel ein blutbeflecktes Tuch auf, das ihr bekannt vorkam. Aber sie hatte keine Zeit, darüber nachzudenken. Es gab Wichtigeres zu erledigen.

„Anwar braucht dringend deine Hilfe! Ich habe Angst, dass er die Coyotero-Krankheit hat und stirbt", stieß sie hervor und zerrte den Medizinmann von seinen Versuchen fort.

Als sie mit dem Alten in das Arbeitszimmer des jungen Fürsten zurückkehrte, saß dieser erschöpft und bleich in einem Sessel. Geifer bedeckte sein Kinn und seine Brust. Aber sein Blick war wieder klar.

„Warum halten mich die Jäger fest? Was macht der Schamane hier?", fragte Anwar erstaunt und sah Natassja Hilfe suchend an. „Kannst du mir verraten, was geschehen ist, Tassja?"

Aufsteigende Tränen machten es ihr unmöglich zu antworten. Sie dachte an den Coyotero-Angriff in Baboquivari, die

Vergiftung, das aggressive Verhalten der Infizierten, den Schaum vor ihren Lippen – und das Massensterben … Selbst wenn Anwar sich von dem Schub, den die Seuche mit wochenlanger Verzögerung erst jetzt in ihm auslöste, erholt hatte und nun ahnungslos lächelnd in die Runde besorgter Gesichter sah, konnte nichts darüber hinwegtäuschen, dass die Krankheit über kurz oder lang tödlich war.

6. KAPITEL

„Seht mal, wen ich beim Herumstreunen vor unserem alten Haupteingang gefunden habe!“ Gylan stieß den gefesselten Joshua vor Anwars Füße. „Glaubst du jetzt immer noch, dass *Tassja* über jeden Zweifel erhaben ist und den Bat People nicht schaden will?“

„Halt den Mund, mongolische Hexe!“, stieß Joshua hervor. „Ich bin gekommen, um euch zu …“

Bevor Joshua weitersprechen konnte, schlug Gylan ihm mit der flachen Hand auf den Mund. Ihre Augen sprühten vor Wut und vor …

Ja, vor was, fragte sich Natassja, während sie von ihrem Stuhl in Anwars Arbeitszimmer aufsprang und sich zwischen Gylan und ihren Bruder stellte. „Wage es nicht, ihn noch einmal zu schlagen!“, fuhr sie die Mongolin an. „Sonst …“

„Was ‚sonst‘?“, höhnte Gylan. „Willst du gegen mich antreten? Du versuchst es immer wieder. Ich rate dir: Lass es! Es wird dir nicht guttun.“ Sie gab sich betont kämpferisch. Aber neben ihrem verächtlichen Gehabe war etwas in ihrem Blick, das Natassja nicht deuten konnte, das sie aber massiv irritierte.

Was auch immer in der mongolischen Kriegerin vorging, es bedeutete gewiss nichts Gutes. Natassja verschwendete keinen weiteren Gedanken an Gylans Befindlichkeiten. Stattdessen sah sie sich Joshuas aufgeplatzte Lippe an. Natassja versuchte, sich nichts anmerken zu lassen. Aber sie war geschockt, ihn im Palast von Cibola zu sehen.

„Anstatt ständig auf Tassja herumzuhacken und ihr zu unterstellen, als subversives Element unser Volk von innen heraus vernichten zu wollen, solltest du mir lieber sagen, warum du Joshua in unser Reich gebracht hast, Gylan“, brauste Anwar auf. Mit einer Handbewegung signalisierte er dem Schamanen, der seinen Puls abtastete, die Untersuchung zu unterbrechen. Er rückte sich auf seinem Platz zurecht und fuhr fort: „Wenn er vor dem alten Haupteingang gestanden hat, hätte er von allein nicht hineingefunden."

„Ich habe ihm die Augen verbunden!", verteidigte sich Gylan und wurde puterrot. Sie ballte die Fäuste und schien kurz vor einer Explosion zu stehen. Als Alpha-Weibchen vertrug sie von niemandem Kritik. Doch das war nicht alles. Natassja schien es, als fühlte sich die schlitzäugige Hexe ertappt. Aber wobei? Da war sie wieder, diese Veränderung in Mimik, Gestik und Verhalten.

Natassja löste Joshuas Fesseln. Die aufgeschürfte Haut an seinen Handgelenken nässte. Sie wollte sich die Stelle genauer ansehen. Aber er zog eilig den Sweater darüber.

„Miststück!", zischte er die Kriegerin hasserfüllt an. „Was immer du denken magst, Gylan, es stimmt nicht. Ich bin hier, um euch zu warnen. Sheriff Burke wird bald vor den Toren Cibolas auftauchen und erneut versuchen, in die Stadt einzudringen."

„Und nun, da er dich vorgeschickt hat und unsere sonst ach so schlaue und durchtriebene Gylan dich durch einen unserer neuen Zugänge hergebracht hat, weiß er den Weg", tadelte Batur die Kriegerin. „Was ist in dich gefahren, Gylan? Ich habe dich noch nie so unbedacht handeln sehen."

„Er war allein", verteidigte sich die Kriegerin.

„Sie hat ausnahmsweise recht ... Ich bin kein Verräter", meinte Joshua und wandte sich an seine Schwester. „Auch wenn ich mich bei deinem Besuch in Albuquerque abweisend benommen habe, hättest du mich nicht anschwindeln müssen. Zu behaupten, du und die Bat People wärt auf der Durchreise. So ein Quatsch! Du konntest noch nie gut lügen, Nasti. Du solltest es sein lassen. Es hat mich gekränkt, dass du mir nicht vertraust. Andererseits habe ich mich wirklich seltsam benommen. Aber ich hatte meine Gründe", fügte er ausweichend hinzu und blickte betreten zu Boden.

„Die Gründe wüsste ich gern“, forderte Gylan. „Sonst muss ich annehmen, dass du doch in Burkes Auftrag hier bist.“

„Schwachsinn!“, schimpfte Joshua. „Burke war, kurz nachdem Natassja mich besucht hat, bei mir. Er hat versucht, mich über den goldenen Palast auszuhorchen. Anscheinend hat er ihn bei der Razzia gesehen. Und jetzt lässt ihn das Verlangen nach unermesslichem Reichtum nicht mehr los. Er wird kommen. Ich bin mir sicher. Und er kommt nicht allein. Er hat einen Helfer. Er scheint Burkes Lakai zu sein, aber er ist brandgefährlich. Denn ihn motiviert nicht nur Habgier, sondern vor allem Hass. Das ist eine der schlimmsten Triebfedern. Sie führt wie die Liebe zu blindwütigen Aktionen.“

„Woher weißt du das?“, fragte Batur. „Du sagst selbst, Burke hat dir seine wahren Pläne nicht unterbreitet. War dieser ominöse Helfer auch in Albuquerque?“

„Nein. Ich … äh …“ Wieder schaute er zu Boden.

„Er lügt! Seht nur! Ihm fällt keine Ausrede ein!“ Gylan kickte Joshua in die Kniekehlen. Da seine Fußgelenke noch gefesselt waren, verlor er das Gleichgewicht, kippte nach vorne und fiel aufs Gesicht.

Der Medizinmann half ihm auf die Beine. „Er lügt nicht“, sagte der Medizinmann. „Er träumt es.“ Der Alte schob den Ärmel von Joshuas Sweater hoch. An der Stelle, an der sich die Fesseln befunden hatten, schimmerte eine feuchte Wunde in Fleischrot und Grün. Sie zog sich von seinem Zeigefinger bis zum Handgelenk.

Natassja sog scharf die Luft ein. „Der alte Vampirbiss!“, stieß sie hervor. „Aber ich erinnere mich nicht daran, dass er so riesig war.“

„Ist er normalerweise auch nicht. Aber in letzter Zeit breitet sich die alte Wunde immer weiter aus. Eine Reizung wie die Fesseln, und schon explodiert meine Haut in ekligen Farben.“ Joshua klang verzweifelt. „Es tut nicht weh. Es sieht nur abstoßend aus. Und seit die Wunde wieder aufgebrochen ist, habe ich das zweite Gesicht und sehe in die Zukunft. Ich weiß noch nicht, ob dieses neue Talent eine Gabe oder ein Fluch ist. Bisher habe ich versucht, es zu leugnen. Aber dann tauchte Natassja in Albuquerque auf und erzählte mir von eurer Heimsuchung durch die wilde Horde. Ich dachte, mich trifft der Schlag. Denn ich hatte die Vision, dass schakalköpfige Wesen euch überfallen und Tod und Verderben bringen. Deshalb habe ich auf deinen Besuch so seltsam reagiert, Nasti. Ich konnte die Tatsache, dass ich hellsehe, nicht mehr abstreiten." Er sah den Schamanen vorwurfsvoll an. „Das Gebräu aus Ayahuasca und Datura, das du mir damals zur Neutralisierung der Bat-Zellen verabreicht hast und das meine Transformation zum Bat Man verhindern sollte, wirkt nicht! Ich habe Angst ... Ich habe Angst, ein Fledermausmensch zu werden."

„Es gibt Schlimmeres", meinte Gylan verächtlich. „Außerdem wärst du es nicht wert, einer von uns zu sein. Genauso wenig wie deine Schw..." Sie brach in der Mitte des Satzes ab, als sie Anwars zornigem Blick begegnete.

„Schamane, erklär uns, wieso das Gegenmittel bei Joshua keine Wirkung zeigt", forderte Anwar.

„Ich habe einen Verdacht, Fürst", entgegnete der Alte. „Aber ich will erst sichergehen, dass ich nicht falsch liege. Deshalb bitte ich dich, Anwar, ein paar Versuche an Joshua durchführen zu dürfen."

„Nein!", protestierten Natassja und Joshua gleichzeitig.

„Es wird nicht wehtun", beschwichtigte der Schamane sie.

„Und wieder bestätigt sich: Blut ist dicker als Wasser", meinte Gylan zynisch angesichts der Einigkeit, die die Geschwister zeigten. „Die beiden sind nicht, was sie scheinen. Mir glaubt nur keiner."

„Blut ...", sagte der Medizinmann und betrachtete Gylan versonnen. „Nun, ich glaube, Kriegerin, du bist näher an der Wahrheit, als du ahnst."

Die Mongolenkriegerin lag falsch, als sie behauptete, Joshua sei allein vor dem alten Haupteingang von Cibola gewesen. Der Zufall hatte ihm ohne sein Wissen einen Begleiter geschickt.

Floyd streifte allein durch die Wüste nahe dem Indianerberg. Er ärgerte sich über Sheriff Burke. Seit der Cop aus Albuquerque zurückgekehrt war, hatte er die Idee mit dem Schatz verworfen. Burke äußerte sich nur halbherzig über seinen Ausflug. Aber Floyd war klar, dass Natassjas Bruder Joshua seinem Boss die Sache ausgeredet hatte.

Diese Erkenntnis trieb Floyd zur Weißglut. Erst erniedrigte ihn diese verdammte Natassja Licedei. Und kaum war sie tot, vermasselte ihr Bruder ihm die Chance, trotz seines mittelprächtigen Aussehens durch Massen von Geld das Leben zu führen, das er begehrte. Verfluchte Licedeis. Der ganze Clan sollte in der Hölle schmoren!

Wütend kickte Floyd einen Stein gegen eine Kaktee, als er aus den Augenwinkeln eine Person am linken Hang des Indianerbergs hochklettern sah. Wenn man vom Teufel spricht … Das durfte doch nicht wahr sein. Der Kletterer war kein anderer als Joshua!

Floyd kannte ihn von den Ermittlungen im letzten Jahr. Außerdem hatte er noch einmal die Akte zum Entführungsfall Joshua Licedeis gelesen, und unter den Unterlagen befand sich sein Foto. Joshua war alles, was Floyd nicht war: attraktiv, intelligent und selbstsicher.

Floyd hasste ihn, wie er zuvor Natassja gehasst hatte. Und nicht nur wegen seiner optischen und charakterlichen Attribute, sondern auch, weil Burke so große Stücke auf Joshua hielt. Dabei hatte er, Floyd, Anerkennung und Lob verdient! Stand er seinem Boss nicht mit Leib und Seele zur Seite? Bemerkte Burke das denn nicht? Floyd würde dem Sheriff schon beweisen, dass er mit Joshua auf den falschen Mann setzte. Und wenn er sich nicht täuschte, bekam er genau jetzt die Gelegenheit dazu.

Floyd duckte sich hinter dem Gestrüpp und verfolgte dabei Joshuas Aufstieg. Was suchte er, so viele Kilometer von Albuquerque entfernt, in den Bergen? Er machte gewiss keinen Ausflug. Nein. Für Joshuas Auftauchen konnte es nur eine Erklärung geben: Er hatte Burke die Suche nach dem Gold ausgeredet, um den Schatz selber zu heben und zu behalten.

Floyd ballte die Fäuste. Dieses Schwein! Er würde Joshua die Tour vermasseln, und wenn es das Letzte war, was er tat.

Geduckt rannte er zwischen Gestrüpp und Kakteen hindurch und näherte sich dem Berg. Noch konnte er Joshua sehen. Aber er musste schnell hinterherklettern, bevor dieser hinter den Felsen verschwand. Floyd schwang sich auf den ersten Felsvorsprung. Er mochte nicht der Sportlichste sein, aber Wut und Wille trieben ihn an. Er würde es ihnen allen zeigen!

Problemlos folgte er Joshua in den Hang. Er hielt einen Sicherheitsabstand, ließ seinen Gegner aber nicht aus den Augen. Einmal drehte sich Joshua um. Sein Instinkt verriet ihm anscheinend, dass er verfolgt wurde. Floyd versteckte sich hinter einem Felsen und wartete ein paar Sekunden. Während er dort hockte, glaubte er, Flügelschlagen zu hören und einen schwarzen Schatten zu sehen. Er hob den Kopf zum Himmel empor. Es gab Adler und andere Raubvögel in der Gegend.

Doch der Himmel über ihm war leer und strahlend blau. Kein Vogel weit und breit. Seltsam. Floyd lugte vorsichtig über den Rand des Felsens. Joshua war verschwunden. Verdammt!

Eilig krabbelte Floyd auf allen vieren hinter ihm her. Aber egal, in welche Richtung er sich wandte, er sah Joshua nicht mehr. Es war, als hätte ihn der Berg verschluckt. Frustriert richtete sich Floyd zu seiner vollen Größe auf. Er stand direkt vor dem verschütteten früheren Haupteingang von Cibola. Nirgends in näherer Umgebung gab es eine Höhle oder einen weiteren Zugang. Er hatte sich hier schon gründlich umgesehen. Er fühlte sich verraten. Wütend kickte er einen Stein vom Felsen und sah zu, wie dieser in die Tiefe fiel und schließlich auf dem Wüstenboden zerbarst.

Auch wenn ihm Joshua entkommen war, hatte er nicht verloren. Er würde Burke von Joshuas Besuch am Indianerberg erzählen und Misstrauen säen. Wäre doch gelacht, wenn er Burke nicht beeinflussen könnte.

„Packt ihn! Er darf nicht die Möglichkeit bekommen, sich frei zu bewegen! Und passt auf seine Reißzähne auf. Wenn er euch beißt, seid ihr infiziert!", brüllte Batur vier seiner Jäger zu, die mit aller Macht versuchten, Anwar in seinen Sessel im Arbeitszimmer zu drücken.

Der junge Vampirfürst hatte einen weiteren, von der Vergiftung ausgelösten Schub und entwickelte unbändige Kräfte wie eine wilde Bestie. Einen Jäger hatte Anwar bereits mit einem blitzschnellen Biss in die Kehle getötet. Das Blut seines Opfers trocknete in seinen Mundwinkeln. Die verbliebenen Jäger schafften es kaum, ihn festzuhalten, geschweige denn zu bändigen.

Zum Glück kam in diesem Moment Natassja mit dem Schamanen ins Zimmer gestürmt. Sie hatte den Medizinmann zu Hilfe gerufen, bevor Anwar noch Schlimmeres anrichtete.

„Jemand muss Anwars Mund aufhalten!", kommandierte Batur, der zusammen mit Gylan die Beine des Fürsten fixierte.

Die Jäger starrten ihren Kriegsherrn entsetzt an. Jeder fürchtete, das gleiche Schicksal wie ihr Kamerad zu erleiden.

Todesmutig drängte sich Natassja zwischen ihnen hindurch. Beherzt packte sie Anwars Kinn und zwang seinen Kiefer auseinander. Der Schamane trat heran und träufelte ihm einen blauen, übel riechenden Sud auf die Zunge.

Anwar grunzte, schrie und spuckte Schaum. Aber kaum lief die Medizin seine Kehle hinunter, beruhigte er sich. Sein Körper sackte erschöpft zusammen. Sein Blick wurde wieder klar.

Überrascht blickte er in die Runde. Dann sah er Natassja und lächelte sie zaghaft an.

„Was ist passiert?“, fragte er schwach.

„Ein weiterer Anfall“, erklärte sie mit sanfter Stimme.

„Oh, nein!“ Anwar blickte sie verzweifelt an. Die Abstände zwischen den Schüben wurden immer kürzer. Ein Wunder, dass er überhaupt noch lebte.

Langsam ließen die Jäger ihren Herren los, blieben jedoch auf dem Sprung, um sofort wieder zuzupacken, falls er erneut einen Ausraster hatte.

Anwar richtete sich in seinem Sitz auf und sah den toten Jäger auf dem Boden liegen. Sein Gesicht nahm einen gequälten Ausdruck an. „Ich bin eine Gefahr für alle. Ich befehle euch, mich im Verlies einzusperren, bis der Schamane ein Mittel gefunden hat, das mich langfristig und endgültig von der Krankheit erlöst. Oder aber bis ich an der Seuche sterbe.“

Natassja zuckte bei dem Wort „sterben“ zusammen und wurde kreidebleich. Schnell nahm sie seine Hand und drückte sie. Ohne auf die Fledermausmenschen, die um sie herumstanden, zu achten, flüsterte sie: „Wenn du stirbst, will ich auch nicht mehr leben. Dann infizier mich!“

„So etwas Dummes will ich nicht von dir hören“, entgegnete Anwar. „Wenn du mich so sehr liebst, dann sollst du dich nicht sinnlos opfern, sondern du musst mir einen Wunsch erfüllen.“ Er erhob die Stimme. „Ich bestimme, dass Tassja im Fall meiner geistigen Umnachtung oder meines Ablebens meinen Platz auf dem Thron Cibolas einnimmt und als Mitglied der Schwarzen Dreifaltigkeit über das Wohl des Fledermausvolks bestimmt.“

Ein ungläubiges Raunen ging durch den Raum. Gylan ballte die Fäuste und stieß wütend zwischen den Zähnen hervor: „Anwar ist bereits geistig umnachtet! Die Krankheit zerfrisst seine grauen Zellen. Er weiß nicht, was er redet.“

„Bist du dir ganz sicher, was du da sagst, Anwar?“, hakte Kriegsherr Batur nach.

Bevor Anwar antworten konnte, mischte sich Natassja ein. „Ich kann deinen Platz nicht einnehmen. Ich bin nicht als Vampirin geboren. Dein Volk wird aufbegehren, wenn eine ehemalige Läuferin es führen soll. Ich halte das für keine gute Idee.“

„Aber ich“, bestand Anwar auf sein Ansinnen. „Ich spreche mich schon seit langer Zeit für eine Verständigung zwischen Menschen und Vampiren aus. Du kennst beide Seiten. Außerdem werden Gylan und Batur gleichberechtigt mit dir regieren und die Belange der Bat People vertreten, die du nicht nachvollziehen kannst.“ Er hob die Hand und gebot Gylans Aufbegehren Einhalt. „Ich erwarte, dass ihr, Batur und Gylan, Tassja so treu dient und ergeben seid wie mir. Dies ist ein Befehl – und mehr noch eine Bitte als euer Freund.“

Unerträgliche Stille senkte sich über den Raum.

„Du wirst nicht sterben. Das lasse ich nicht zu!“, sagte Natassja und schmiegte sich an ihn.

„Wenn das so einfach wäre“, meinte Anwar, strich ihr eine Haarsträhne aus der Stirn und küsste sie. „Des Weiteren bestimme ich, dass Joshua nach den Untersuchungen durch den Schamanen nach Albuquerque zurückkehren darf.“

„Das darf nicht wahr sein!“, schrie Gylan und stampfte auf. „Du lässt unseren Feind laufen? Was ist nur mit dir los?“

„Mein Instinkt sagt mir, dass Joshua uns in Bezug auf unseren wahren Feind Sheriff Burke in Freiheit mehr Nutzen bringt als hinter den Gittern unseres Verlieses“, entgegnete Anwar. Mit einem finsteren Blick in die Runde erstickte er weitere Widerworte im Keim. „Außerdem …“, fuhr er fort und nannte seine Wünsche und Vorstellungen für die Zukunft seines Volkes. Dabei sprach er mit einer Dringlichkeit, als handelte es sich um seinen letzten Willen.

Natassja liefen die Tränen über die Wangen. Sie würde ein

Leben ohne Anwar weder ertragen noch durchhalten können. Sie streichelte mechanisch seine Hand und prägte sich jeden seiner Gesichtszüge ein. Nein!, hämmerte es in ihrem Kopf. Bitte nicht!

Da sackte Anwar plötzlich weg. Sein Kopf rollte zur Seite. Seine Augen starrten ins Leere. Sein Körper rutschte den Stuhl hinab auf den Teppich.

„Er ist tot!“, kreischte Natassja aufgebracht und warf sich auf ihn.

„Das würde dir so passen“, giftete Gylan und zerrte Natassja von dem Leib des Fürsten herunter. Sie verpasste ihr einen Stoß, sodass Natassja durch den halben Raum flog. Batur und der Schamane beugten sich über den Fürsten. Nach einem Moment allgemeiner Angst und Panik gab der Medizinmann Entwarnung.

„Er ist nur bewusstlos“, sagte er.

„Dann bringt ihn ins Verlies, wie es sein Wunsch war“, befahl Batur den Jägern. „Wir müssen den Bat People die größtmögliche Sicherheit garantieren – auch vor ihrem Fürsten.“

Während die Jäger Anwar unter Baturs Führung davontrugen und der Schamane ihnen folgte, rappelte Natassja sich auf, um zu ihrem Geliebten zu laufen und ihn zu begleiten. Aber Gylan versperrte ihr den Weg.

„Von dir werde ich keine Befehle entgegennehmen“, sagte die mongolische Kriegerin.

Obwohl Natassja sich fürchtete, Anwars Platz als Bat Oberhaupt zu übernehmen, dachte sie nicht im Traum daran, vor ihrer ärgsten Gegnerin klein beizugeben. Mutig meinte sie: „Nun, Gylan, du wirst dich daran gewöhnen müssen.“

„Niemals!“, schrie Gylan, stürzte sich auf sie.

Natassja wich keinen einzigen Millimeter zurück, sondern bot der Hexe energisch die Stirn. Trotz ihrer Angst vor der jähzornigen Mongolin und deren körperlicher Überlegenheit wagte sie den ersten Schlag und boxte Gylan, wenn auch etwas ungeschickt, auf die Nase.

Perplex über den unerwarteten Angriff, verharrte Gylan einen Augenblick sprachlos. Dann fauchte sie wie eine wild gewordene Katze. Wütend, von einer Amateurin verletzt worden zu sein, attackierte sie Natassja mit aller Kraft. Die Kriegerin packte ihre Gegnerin bei ihrer roten Mähne, wirbelte sie im Kreis und schleuderte sie gegen die Wand. Bei dem harten Aufprall verlor Natassja beinah das Bewusstsein. Schwankend stand sie auf. Ihre Fledermausflügel knackten. Ihre Beine fühlten sich wie Gummi an. Dennoch dachte sie nicht daran aufzugeben. Lieber würde sie im Kampf gegen dieses Miststück sterben!

Gylan dachte genauso. Ein kurzer Flügelschlag, und sie landete so nah vor Natassja, dass sie deren Atem nach frischer Minze riechen konnte. Die Hexe packte ihre Feindin an der Kehle und drückte ihr die Luft ab. Natassja zappelte. Ihre Gesichtsfarbe wechselte von Weiß zu Rosa zu Rot zu Lila.

„Ich hasse dich“, zischte Gylan. „Dich und deine verdammte Läuferbrut. Ich weiß nicht, was mein Cousin Anwar an dir findet. Du bist Gift für ihn. Genauso wie die Seuche der Menschen, die sein Blut verpestet und seinen Geist umnebelt. Ich werde dich töten. Dann haben Anwar und die Bat People ein Problem weniger.“ Gylan beugte sich über Natassjas Hals und setzte zum Todesbiss an.

Da betrat Batur den Raum. Mit einem Blick erfasste er die Lage und ging sofort dazwischen. Mit eisernem Griff löste er Gylans Hand von Natassjas Kehle und stieß sie zurück. Die Mongolin prallte hart gegen den Schreibtisch. Blind vor Hass, wollte die Hexe den Kriegsherrn angreifen. Aber Batur baute sich martialisch vor ihr auf.

„Es kann nicht sein, dass wir uns über eine Läuferin zerstreiten“, sagte er zu Gylan. „Ich stimme auch nicht mit jeder Entscheidung Anwars überein. Aber er ist und bleibt unser Fürst, egal, ob er lebt oder stirbt. Und wir müssen seine Wünsche und Befehle respektieren."

Gylan antwortete nicht. Stattdessen wischte sie mit einem Flügelschlag sämtliche Gegenstände von Anwars Schreibtisch. Ein gequälter Schrei drang aus ihrer Kehle, ein Schmerzenslaut gleich dem schrillen Fiepen einer Ratte. Dann schoss sie aus dem Zimmer hinaus in den Palastgang.

Natassja rieb sich den Hals und rang nach Atem. Ihre Luftröhre brannte wie Feuer. Sie kämpfte darum, bei Bewusstsein zu bleiben, und konnte kaum sprechen.

„Danke, Batur", stieß sie hervor und reichte dem Kriegsherrn die Hand.

Er ignorierte ihre Geste und sah sie kalt an. „Ich habe nicht dir geholfen, sondern meinem Fürsten. Ansonsten teile ich Gylans Meinung zu hundert Prozent." Mit diesen Worten verließ er das Arbeitszimmer.

Natassja blieb allein zurück. Erschöpft rutschte sie an der Wand hinab auf den Boden. Egal, was sie tat oder sagte, anscheinend wollten weder Gylan noch Batur sie verstehen. Sollte Anwar wirklich von ihr gehen, blieb sie ohne Freunde und Verbündete zurück.

„Ich dachte, die große Gylan ist unschlagbar. Wer hat dir denn eine blutige Nase verpasst?", fragte Joshua spöttisch, als die Mongolin seine Zelle betrat.

„Halt den Mund. Du sprichst nur, wenn du gefragt wirst!", giftete Gylan ihn an, wich aber seinem Blick aus.

„Sag bloß, meine Schwester hat dir endlich mal handfest die Meinung gegeigt", meinte Joshua.

Hasserfüllt starrte Gylan ihn an.

„Wow, Volltreffer!" Er lachte. „Dabei habe ich nur geraten. Das hätte ich meiner netten Nasti gar nicht zugetraut. Du musst ihr ganz schön auf die Nerven gegangen sein. Liegt wohl in der

Familie. Vor einem Jahr habe ich dich geschlagen und nun meine Schwester."

„Still. Ich will nichts mehr hören!", fauchte Gylan ihn an. „Mir reicht schon, dass ich dich freilassen muss. Da will ich nicht noch deinen Spott ertragen. Du und deine Schwester, ihr habt nur Glück gehabt. In einem echten Kampf gegen mich hättet ihr keine Chance."

„Wollen wir es drauf ankommen lassen?" Joshua grinste Gylan herausfordernd an.

„Ich mache mir an keinem Licedei mehr die Finger schmutzig", konterte Gylan. „Und ich hoffe, der Schamane hat dich bei seinen Untersuchungen gequält!" Sie hob die Eisenkette, an die er auf Baturs Befehl hin angekettet war, vom Boden auf und steckte den Schlüssel in die Handschellen. Dann öffnete sie die Fesseln und nahm sie ihm ab. Dabei kam die Kriegerin dem Läufer sehr nah.

Joshua wollte provozierend antworten, dass der Medizinmann ihn zuvorkommend behandelt und ihm nur ein paar Tropfen Blut abgenommen hatte. Doch da stieg ihm der typische Vampirduft aus Flieder und Zimt in die Nase. Wider Willen musste er sich eingestehen, dass die schlitzäugige Hexe gut roch. Um nicht zu sagen: fantastisch duftete. Und nicht nur das. Sie hatte unglaubliche Bernsteinaugen. Selbst – oder vielmehr gerade – wenn sie ihn so wütend anfunkelten wie im Moment, waren sie und ihre Besitzerin unwiderstehlich.

„Was siehst du mich an wie ein Mondkalb?", fauchte sie. „Ergötzt du dich an meiner Erniedrigung? Wenn es nach mir ginge, würde ich dir mit meinen Zähnen die Kehle aufschlitzen. Leider hat Anwar einen Narren an dir und deiner Schwester gefressen. Also muss ich dich gehen lassen, ob es mir passt oder nicht. Aber bau keinen Mist, vor allem nicht mit Sheriff Burke. Ich beobachte dich. Selbst wenn du mich nicht siehst oder hörst: Ich bin bei dir. Ich warte nur darauf, dass du einen

Fehler machst und mir einen Grund gibst, dich zu töten!"

„Boah! Jetzt hab ich aber Angst", meinte Joshua spöttisch und rieb sich vorsichtig die schmerzenden Gelenke. Die leckende Wunde reichte nun schon bis zum Ellbogen. „Reih dich in die Schlange meiner anderen Feinde ein."

„Die anderen? Wer soll das denn sein? Ich falle auf deine Märchen in Bezug auf Burke nicht herein. Du steckst mit ihm unter einer Decke. Ihr verfolgt die gleichen Interessen: uns zu vernichten und den goldenen Palast auszurauben. Eine Krähe hackt der anderen kein Auge aus. Du hast keine Feinde außer mir."

„Wenn du dich da mal nicht irrst", sagte Joshua. Aber er ging auf das Thema nicht weiter ein. Nach den Untersuchungen des Schamanen war er in seiner Zelle eingenickt und hatte die Vision, dass ihm jemand nach dem Leben trachtete. Warum? Wer hasste ihn so sehr, dass er ihn tot sehen wollte? Joshua hatte keine Ahnung. In seinem Kopfkino blieb das Gesicht seines Gegners stets im Schatten. Jedes Mal, wenn Joshua glaubte, der Nebel würde sich lichten, ertönten lautes Dröhnen und Donner wie von einem anrückenden Gewitter, einem Erdbeben oder Pferdehufen.

„Bevor ich dich in die Welt der Menschen zurückbringe, muss ich sichergehen, dass du den Weg zurück nach Cibola nicht findest", riss Gylan ihn aus seinen Gedanken. Sie stellte sich auf die Zehenspitzen, um ihm eine schwarze Augenbinde anzulegen. Joshua war mindestens vierzig Zentimeter größer als die zierliche Asiatin. Er beugte sich zu ihr hinab und machte einen Schritt auf sie zu. Sie trat im gleichen Moment vor. Die beiden stießen zusammen.

Die unerwartete Berührung traf ihn wie ein Blitzschlag. Als habe die Hexe ihn elektrisch aufgeladen, bebte und zitterte er. Sein Herz raste. Gleichzeitig durchfluteten ihn ein unendliches Glücksgefühl und ein tiefes Verlangen – nach Gylan!

Entsetzt wich er zurück.

Das fehlte noch, dass er sich in dieses Weib verliebte! Sie hasste ihn und wollte ihn und Natassja tot sehen. Dennoch … Gylan gefiel ihm. Schon lange vor dem ersten Körperkontakt, als sie ihn auf dem Indianerberg abgefangen hatte, war ihm aufgefallen, wie gut sie aussah. Zudem war sie mutig und stark und temperamentvoll. Attribute, die er an einer Frau mochte und bewunderte.

Er schüttelte vehement den Kopf. Nein. Das durfte nicht sein! Barsch schnauzte er sie an: „Na, los. Mach schon. Leg mir die Augenbinde an. Ich will hier raus und so weit wie möglich von dir weg, du mongolischer Giftzwerg."

Gylan zuckte unter der Beleidigung zusammen. Denn die Berührung hatte auch sie nicht kalt gelassen. Ein regelrechter Gefühlstaumel hatte sie erfasst. Es schien ihr, als habe der Kontakt eine verschüttete Erinnerung geweckt. Sein Körper wirkte vertraut. So als habe sie schon immer auf ihn gewartet und dies bereits seit endlosen Zeiten gewusst. Für den Bruchteil einer Sekunde hatte sich ihr Herz für den Läufer geöffnet. Jetzt aber verschloss sie sich ihm völlig. Sie verhärtete ihre Gesichtszüge und zurrte die Augenbinde mit einem heftigen Ruck fest, um ihm Schmerz zuzufügen. Das durfte nicht wahr sein, dass ihr ausgerechnet Joshua gefiel!

7. KAPITEL

„Wo warst du? Du hättest wenigstens Bescheid sagen können. Dein Besuch wartet schon seit Stunden in deinem Zimmer“, beschwerte sich Joshuas Mutter, als er, aufgewühlt und erschöpft von seinem Abstecher nach Cibola, nach Hause zurückkehrte.

„Mein Besuch? Ich erwarte niemanden“, sagte er misstrauisch und blickte die Treppe zu seinem Zimmer hinauf.

„Wirklich? Vielleicht hast du die Verabredung vergessen“, meinte seine Mutter leichthin. „Es ist der nette Cop aus Carlsbad mit seinem Hilfssheriff.“

Burke? Was wollte der denn schon wieder hier? Automatisch roch Joshua an sich, um zu überprüfen, ob ihm noch der Flieder-Zimt-Geruch der Bat People anhing.

„Joshua, Junge, da bist du ja endlich!“, rief Burke jovial. Er stand im ersten Stock auf dem Treppenabsatz und grinste Joshua freundlich an.

Zu freundlich für Joshuas Geschmack.

„Ich dachte, ich hätte deine Stimme gehört. Lag ich doch richtig!“ Polternd schritt Burke die Stufen hinab. Unten angekommen, klopfte er Joshua auf die Schulter. „Ich hab da noch ein paar Fragen an dich, Junge. Können wir uns unter vier Augen unterhalten?“

„Sicher“, meinte Joshua und blickte erneut hinauf in den ersten Stock. Hatte seine Mom nicht gesagt, sie wären zu zweit? Der Gedanke, dass ein Polizist sein Zimmer durchwühlte, gefiel Joshua ganz und gar nicht. Vor allem angesichts der Vorstellung, dass es sich bei ihm womöglich um den ominösen Schattenmann aus seinen Visionen handelte.

Burke legte die Hand auf seine Schulter und versuchte, ihn auf die Veranda zu führen.

„Wo ist denn Ihr Kollege? Noch oben?“ Joshua versteifte sich unter seinem festen Griff.

Burke zog seine Hand zurück. Das breite Lächeln verschwand aus seinem Gesicht. Er musterte Joshua mit stahlhartem Blick. „Floyd!“, brüllte Burke in Richtung des ersten Stocks. „Wo bleibst du denn, mein Junge?“

Es dauerte ewig, bis der Hilfssheriff auftauchte.

Vermutlich räumt er in meinem Zimmer wieder alles an seinen ursprünglichen Platz zurück, dachte Joshua erbost. Er ging davon aus, dass Burkes Partner seinen Besitz nach einem Hinweis für die Existenz des Goldpalasts durchwühlt hatte. Da konnte der Typ lange suchen! Einen solchen Hinweis gab es nicht.

Das Vampirgold interessierte Joshua herzlich wenig. Aber er wollte verhindern, dass die Fledermausmenschen wegen ihres Schatzes ein weiteres Martyrium durchlitten. Warum lag ihm das Wohlergehen der Fledermausmenschen plötzlich so sehr am Herzen? Wollte er wirklich nur seiner Schwester helfen?

Als Nasti sich für ein Leben als Vampir entschieden hatte, hatte er ihren Beschluss gerade so geduldet. Inzwischen verstand er sie ganz gut und empfand sogar Respekt vor den Errungenschaften der Bat People. Vielleicht hatte er Natassja so sehr vermisst, dass er ihr nun wieder näherkommen wollte, indem er sich für ihr Leben interessierte. Oder basierte seine veränderte Einstellung zu den Bat People auf der Verwandlung, die er selbst durchlief? Möglicherweise suchte er unbewusst nach Verbündeten, falls er zum Vampir mutierte. Es gab allerdings noch eine dritte Möglichkeit: Gylan.

NEIN! Bloß nicht schon wieder an die Mongolin denken! Er hasste das schlitzäugige Weib. Oder nicht? Verdammt! Gylan ging ihm einfach nicht aus dem Kopf. Die Erinnerung an ihre bernsteinfarbenen Augen und ihren umwerfenden Duft hatte ihn die gesamte Strecke von Bat City bis nach Hause verfolgt.

„Was ist los mit dir, Joshua? Du wirkst so angespannt. Hast du mir etwas zu beichten?“ Burke musterte ihn eindringlich.

„Ich weiß nicht, wovon Sie sprechen, Sheriff Burke“, meinte

Joshua scheinbar arglos und fügte bissig hinzu: „Wo bleibt denn nun Ihr Kollege? Hat er es sich in meinem Zimmer bequem gemacht?“

„Bin schon da!“, tönte eine Fistelstimme aus dem oberen Stock.

Joshua blickte hoch, und Schauer liefen ihm den Rücken hinunter. Endlich hatte Burkes geisterhafter Helfer aus seinen Visionen ein Gesicht. Joshua musterte ihn. Irgendwie kam ihm der Polizist bekannt vor. Hatte Burke ihn nicht gerade Floyd genannt? Joshua kramte in seinem Gedächtnis, konnte den jungen Cop aber nicht einordnen. Derart unsympathische Typen strich er üblicherweise sofort aus seiner Erinnerung.

Neugierig musterte er das dünne, picklige Bübchen. Dieser Schluck Wasser sollte eine größere Bedrohung als der Sheriff darstellen?

Da begegnete Joshua Floyds Blick. Die Kälte und der Hass, die ihm entgegenschlugen, verursachten ihm Gänsehaut. Vor ihm stand jemand mit einer Mission. Und welche Motivation auch immer dahintersteckte – was Floyd anpackte, würde kein gutes Ende nehmen.

Joshua riss sich zusammen und nickte dem jungen Polizisten mit einem unschuldigen Lächeln zu.

Floyd erwiderte es nicht. Er kam die Treppe hinunter und folgte Joshua und Burke hinaus auf die Veranda. Mama Licedei fragte die Cops, ob sie Limonade wollten. Joshua ärgerte sich über ihre Gastfreundlichkeit. Die Beamten sollten sich nicht heimisch fühlen, im Gegenteil. Er wollte sie so schnell wie möglich wieder loswerden. Aber das konnte seine Mutter natürlich nicht ahnen, genauso wenig wie die Tatsache, dass diese vermeintlich freundlichen Polizisten ihren Sohn in die Mangel nehmen wollten.

Burke und Floyd warteten mit dem Kreuzverhör gerade so lange, bis Mom Licedei im Haus verschwunden war. Dann schossen sie im Wechsel ihre Fragen wie Pfeile auf Joshua ab.

„Was hattest du am Indianerberg zu suchen, Junge? Ausgerechnet nachdem ich dich auf den Schatz angesprochen habe?“, fragte Burke. „Hast du mich angelogen und willst alles für dich?“

„Haben Sie einen weiteren Zugang in die Stadt gefunden, Joshua?“, hakte Floyd nach. „Wenn ja, wo? Sie wissen, dass Sie sich strafbar machen, wenn Sie uns belügen? Das abzustreiten ist sowieso überflüssig. Ich habe Sie auf den Berg der Anasazi klettern sehen!“

„Ich weiß überhaupt nicht, wovon Sie sprechen“, entgegnete Joshua kühl. „Es ist kein Verbrechen, einen Ausflug in die Wüste zu machen.“

„Nein, absolut nicht, Junge“, meinte Burke kumpelhaft. „Aber vielleicht verfolgst du einen verspäteten Racheplan. Du hast deine Schwester durch mich verloren. Dafür nimmst du mir zur Strafe das Gold weg. Kann doch sein, oder?“ Der Sheriff beugte sich zu Joshua vor, sodass dieser den Atem des älteren Mannes auf seiner Wange spürte.

Aber Joshua ließ sich nicht einschüchtern. „*Ihr* Gold, Sheriff Burke? Haben Sie mir bei Ihrem letzten Besuch nicht von Goldgräbern erzählt?“

Burke lief rot an. Hektisch sah er zu seinem Hilfssheriff hinüber. Floyd starrte irritiert zurück. Joshua verfolgte den Blickwechsel. Offensichtlich hatte der Sheriff den jungen Cop nicht vollständig eingeweiht. Joshua genoss den peinlichen Moment.

„Nun, Ihre Belange bezüglich des Goldes gehen mich nichts an“, fuhr Joshua fort. „Die meisten Menschen vergessen Moral und Anstand, wenn sie sich bereichern können. Dennoch verzichte ich darauf, Teil Ihrer wilden Fantasien zu sein. Auch wenn Sie es nicht glauben: Es gibt Menschen, denen liegt nicht viel an materiellen Dingen. Ich bin einer von ihnen. Ich habe keine Ahnung von Ihrem Schatz, und er interessiert mich auch nicht. Wenn Sie in die verschüttete Stadt vordringen wollen – bitte schön. Aber belästigen Sie mich nicht mit Ihren Ideen. Und soweit ich mich erinnere, haben Sie Ihren Besuch weder angekündigt, noch habe ich Sie eingeladen. Sollte Ihr Wachhund“, Joshua blickte verächtlich auf Floyd, „mein Zimmer ohne Durchsuchungsbeschluss auf den Kopf gestellt haben, leite ich ein Ermittlungsverfahren gegen Sie ein. Sie haben mich verstanden. Einen schönen Tag noch!“

Joshua kreuzte die Arme vor der Brust und versperrte den beiden Cops den Weg ins Haus. Die Männer standen mit dem Rücken zu den Stufen, die von der Veranda hinunter in den Garten führten.

Sheriff Burke schien ernsthaft schockiert von Joshuas Auftritt. „Das lasse ich mir nicht bieten“, brauste er auf. „Ich war immer freundlich zu dir, und so dankst du es mir? Na warte, Freundchen. Du wirst mich kennenlernen!“ Aufgebracht polterte er die Treppe hinunter und eilte zu seinem Wagen.

Floyd blieb zurück und starrte Joshua wortlos an. Der picklige Hilfssheriff neidete Joshua seine Selbstsicherheit. Er selbst hätte sich niemals getraut, so gegen Burke aufzubegehren. Zugleich freute er sich, dass Joshua es sich mit Burke verscherzt hatte. Nun bekam er, Floyd, endlich die Chance, Burkes Favorit zu werden. Es gab nur einen Wermutstropfen: Burke hatte ihn angelogen. Er wusste ganz genau, was dort unten in der Höhle lag. Kein ominöser Schatz, sondern Gold. Seine Lüge konnte nur bedeuten, dass er ihm, Floyd, misstraute oder ihn sogar austricksen wollte. Diese Erkenntnis versetzte Floyd einen Stich ins Herz. Aber vor Joshua würde er sich seine Enttäuschung nicht anmerken lassen. Betont lässig fasste er sich zu einem Abschiedsgruß an seinen Stetson.

„Joshua Licedei, Sie sind schuldig“, sagte Floyd. „Ich weiß noch nicht, was für Dreck Sie am Stecken haben, aber ich, Floyd Hatherway, werde Sie überführen und einbuchten. Mein Ehrenwort." Er drehte sich auf den Absätzen seiner Cowboystiefel um und eilte Burke hinterher.

Eigentlich wollte Joshua auf der Stelle nach Cibola zurückfahren. Doch von Übelkeit geschüttelt, legte er sich im Wohnzimmer seiner Eltern auf die Couch. Seine Mom stellte ihm ein Glas Limonade auf den Tisch und beschwerte sich über seine Unhöflichkeit. Da hatte sie extra für die Cops Zitronenpunsch zubereitet, und Joshua ließ die Männer in der Hitze ohne ein Glas ziehen.

Joshua ging auf die Vorwürfe seiner Mutter nicht ein. Er fühlte sich matt und schloss die Augen. Sofort fiel er in einen unruhigen Wachtraum und wurde von Bildern heimgesucht. In der Vision sah er Gylan auf dem Marktplatz von Bat City und rief ihren Namen. Sie drehte sich verwundert um, ohne ihn zu sehen.

„Gylan", rief seine innere Stimme. „Ich bin's, Joshua. Vergiss deinen Hass auf mich, und hör mir zu! Du musst die anderen warnen. Burke und der Hilfssheriff haben mich in meinem Elternhaus aufgesucht. Sie wissen, dass ich im Indianerberg war. Und sie werden nicht eher ruhen, bis sie ins Herz Cibolas vorgedrungen sind, um den goldenen Palast zu erobern."

Joshua ächzte und stöhnte. Die telepathische Kontaktaufnahme mit der Mongolin kostete ihn ungeheure Kraft. Schweiß rann ihm von der Stirn in den Hemdkragen. Hoch konzentriert, nahm er nichts um sich herum wahr.

Seine Mom, die erneut das Zimmer betreten hatte, um ihm Kekse zum Punsch zu bringen, fühlte ängstlich seinen Puls. Sie sprach ihn an. Aber er hörte sie nicht. Er beobachtete Gylan, die sich Hunderte von Meilen entfernt ungläubig an die Schläfen fasste.

„Joshua? Bist du in meinem Kopf?", fragte die Hexe.

„Ja. Hast du gehört, was ich gesagt habe?"

Sie nickte, das Gesicht in einer Mischung aus Fassungslosigkeit und Ungläubigkeit erstarrt.

„Dann sag Batur, er soll die Jäger kampfbereit machen.“ Joshua brach ab. Er zitterte am ganzen Leib. Die Vision von Gylan auf dem Marktplatz zerplatzte wie eine Seifenblase. Er wusste nicht, ob er sie geträumt oder wirklich erlebt hatte. Schüttelfrost packte ihn, und er fror erbärmlich.

Seine Mom holte eilig eine Decke. „Ich rufe einen Arzt!“, rief sie panisch.

„Nein, Mom. Tu das nicht! Es geht mir gut. Ich brauche nur Schlaf“, sagte Joshua, sackte weg und begann zu schnarchen.

Zur gleichen Zeit kehrte Natassja mit einem Korb voller Yellow Dock und Bupleurum aus der Wüste zurück. Der Schamane hatte sie gebeten, die Pflanzen zu sammeln. Er wollte aus ihrem Sud einen Heiltrank für Anwar brauen. Der Medizinmann ließ nichts unversucht. Dennoch schien niemand mehr davon auszugehen, dass der junge Fürst noch lange durchhielt. Nachdem Anwar noch ein paar Mal kurz bei Bewusstsein und Verstand gewesen war, glitt er weiter in Raserei und Wahn ab.

Gylan berief währenddessen auf dem Marktplatz eine Versammlung der Bat People ein. Sie beruhigte die Bevölkerung und erzählte nur die halbe Wahrheit über Anwars Befindlichkeit. Als sie von der Veranstaltung zurückkam, wirkte sie ungewöhnlich in sich gekehrt und geradezu verletzlich.

Natassja bemerkte den verwirrten Zustand der Mongolin, ignorierte ihn aber. Schließlich zeigte die Hexe ihr gegenüber auch kein Mitgefühl. Stattdessen ging Tassja direkt zum Lehmhaus des Schamanen.

Der nickte anerkennend, als er ihre Ausbeute an Heilpflanzen sah, und machte sich sofort an die Arbeit. Er zerstampfte die Kräuter und vermischte sie mit Klapperschlangenblut und dem Dotter eines Adlereis. Dann sprach er heilige Formeln in der

Sprache der Anasazi und füllte den Sud in kleine Gefäße. „Ich werde Anwar den Inhalt eines dieser Fläschchen sofort verabreichen. Hoffen wir das Beste." Er stand auf, um seine Unterkunft zu verlassen.

„Kann ich mitkommen? Ich möchte Anwar sehen", bettelte Natassja.

„Das ist zu gefährlich", meinte der Schamane. „Anwar befindet sich im Delirium. Er erkennt nichts und niemanden. Was, wenn er dich wieder angreift?"

„Das Risiko gehe ich ein."

Der Schamane zögerte, überlegte einen Augenblick und meinte: „Na dann." Er wandte sich ab und trat seinen Marsch zum Palast an. Natassja folgte ihm.

„Kein Zutritt!" Die Wächter des Verlieses versperrten ihr den Weg zu Anwars Zelle.

„Sie gehört zu mir", sagte der Schamane.

„Batur hat ein striktes Besuchsverbot verhängt. Nur Ihr, Medizinmann, Gylan und der Kriegsherr dürfen den Fürsten sehen."

Natassja öffnete den Mund, um sich bei dem Wächter zu beschweren, obwohl der Fledermausmann die Regeln natürlich nicht selbst aufgestellt hatte. Sie wollte einfach ihrem Ärger Luft machen. Dass Batur sie nicht auf die Liste der Personen setzte, die Anwar besuchen durften, verstand sie als persönlichen Affront – und als Herausforderung. Hatte sie bisher Zweifel gehegt, ob sie Anwars Stelle im Rat der Schwarzen Dreifaltigkeit übernehmen würde, war sie nun wild entschlossen. Gylan und Batur wollten sie ins Aus stellen. Sie würden ihr blaues Wunder erleben!

„Ich …", begann sie. Aber der Medizinmann legte seine Hand auf ihre Schulter.

„Ich übernehme die Verantwortung für Natassja", sagte er zu dem Wächter.

Der Vampir gab den Weg frei, und Natassja und der Schamane begleiteten ihn in den finstersten Teil des Gefängnisses. Vor einem schweren Eisentor blieb der Wächter stehen.

„Halt dich hinter mir!“, sagte der Schamane zu ihr. „Und lauf sofort aus der Zelle, wenn auch nur die vage Möglichkeit eines Angriffs besteht. Verstanden?“

Sie nickte. Zu sprechen war ihr unmöglich. Ihr Herz raste. Sie wünschte sich sehnlichst, Anwar zu sehen, und fürchtete sich gleichzeitig davor. Seit dem Schub in seinem Arbeitszimmer hatte er noch vier weitere Anfälle durchgemacht. Obwohl sie an seiner Seite sein wollte, hatten Baturs Jäger sie ferngehalten. Was, wenn die Krankheit alles, was ihren Geliebten ausmachte, zerstört hatte?

Der Schamane schob den Eisenriegel zur Seite und öffnete das Tor. Ein metallisches Quietschen ertönte. Dann folgte Stille. Der Medizinmann wagte sich vor. Er nahm eine brennende Fackel aus dem Halter neben der Tür und betrat die Zelle. Natassja folgte ihm langsam. Sie hielt vor Anspannung den Atem an. In ihrer Fantasie sah sie Anwar an ein Andreaskreuz gefesselt, umgeben von schwarzen Kerzen und Gebetsfahnen, die ihm den Dämon Seuche austreiben sollten.

Erleichtert stellte sie fest, dass die Unterkunft keiner Kammer aus einem Horrorfilm glich. Vielmehr handelte es sich um ein luxuriöses Quartier, edel mit einer grünen Chaiselongue eingerichtet. Eine einzelne weiße Kerze spendete sanftes Licht. Auf dem gedeckten Tisch zappelten Hühner und Hasen, deren Beine und Läufe zusammengebunden waren.

Das Essen war unberührt. Überhaupt wirkte die Zelle unbewohnt. Erst auf den zweiten Blick erspähte Natassja in der hintersten Ecke den Umriss einer Person. Sie erkannte Kopf und Schultern und die am Körper anliegenden Flügel. Allerdings erinnerte die Gestalt kaum an den Fürsten. Anwar war von mittlerer Größe und besaß eine athletische Figur. Der Fledermausmann, der an der Wand lehnte, maß mindestens einen Meter neunzig und hatte breite, muskulöse Schultern.

„Wir sind in der falschen Zelle", raunte Natassja dem Medizinmann zu.

Aber entweder hörte der Alte sie nicht, oder er bemerkte die Veränderung des vermeintlichen Fürsten nicht. Zielstrebig hielt der Schamane auf das Wesen zu. „Fürst Anwar, ich bringe dir einen Trank zur Genesung", sagte er und reichte dem Schattenmenschen das Fläschchen.

Aus der Dunkelheit langte eine Hand nach dem Behälter. Natassja zuckte bei ihrem Anblick zusammen und wich zur offenen Zellentür zurück. Das waren nicht Anwars feingliedrige Finger, sondern die eines adrigen, muskulösen Kriegers.

„Wir sind falsch", wiederholte sie. „Das ist nicht Anwar."

Da sagte eine dunkle, ihr fremde Stimme: „Tassja?"

Vage hörte sie aus dem rauen Bariton Anwars einschmeichelnden Tenor heraus. Sie konnte es nicht glauben. Dennoch machte sie einen Schritt auf ihn zu. „Anwar?"

Im gleichen Moment erfüllte ein furchterregendes Grollen die Zelle. Blitzschnell stieß sich das Wesen von der Wand ab und preschte auf Natassja zu. Schützend riss sie die Arme über ihren Kopf. Da fiel das Licht der Fackel auf Anwar. Oder vielmehr auf das, was das Gift aus ihm gemacht hatte. Erschüttert von dem Anblick, ließ Natassja ihre Arme sinken.

Ein schreckliches Antlitz mit tiefen Furchen um Lider und Mund starrte auf sie herab. Purpurne Adern pochten an seinen Schläfen und schwollen an, als er einen Kampfschrei ausstieß. Seine kalten blauen Augen fixierten Natassja. Seine Klauen schossen vor und griffen nach ihr.

Der Schamane warf sich dazwischen. Doch der mutierte Fürst fegte ihn mit einem Faustschlag fort. Er packte Natassja bei ihrer roten Mähne und fletschte seine Vampirzähne. Geifer tropfte auf ihr Gesicht herab.

„Anwar“, sagte Natassja leise und sah direkt in seine leeren Augen. „Warum willst du mich töten? Liebst du mich denn nicht mehr?“

Er zögerte und musterte Natassja intensiv. Sie konnte sehen, dass seine Gedanken arbeiteten. Dann blitzte in seinen Augen für den Bruchteil einer Sekunde ein Funken auf. Bekam er Mitleid mit ihr? Schon riss Anwar den Kopf herum und biss Natassja in die Hand.

Sie schrie auf. Blut schoss aus der Wunde und tropfte auf den Boden. Der Vampirfürst presste seine Lippen auf die Verletzung und sog den Lebenssaft gierig auf, um kurz darauf ihr Blut auszuspucken.

Nicht genug Nährstoffe, dachte Natassja. Anwar hatte es selbst gesagt. Ob er sie nun aus Wut umbringen würde?

Da stürmten Gylan und Batur die Zelle. Der Wächter hatte sie über Natassjas Auftauchen informiert, um sich abzusichern.

Beim Anblick des Kriegsherrn und der Hexe stieß der Fürst ein markerschütterndes Geheul aus, breitete seine Flügel aus und schoss auf sie zu. Er schleuderte Gylan zur Seite und warf den zu Hilfe eilenden Wächter mit einem Flügelschlag zu Boden. Batur leistete erbittert Widerstand. Er schlug mit seiner Peitsche auf die Steinfliesen, um den Fürsten einzuschüchtern.

Doch Anwar lachte spöttisch auf, packte seinen Kriegsherrn bei dessen Kettenhemd und schüttelte ihn wie einen ungehorsamen Hund. Dann ließ er ihn hart auf die Erde fallen und flog aus dem Verlies hinaus in die Freiheit.

Alle verharrten in Schockstarre. Schließlich jagte Batur hinter Anwar her. Die Kommandos, die er den Jägern zur Ergreifung des Fürsten zubrüllte, hallten weithin hörbar durch die Flure des Palasts.

Deprimiert rappelte Natassja sich auf. Hätte Anwar sie umgebracht, wenn Batur und Gylan nicht gekommen wären?

„Er weiß nicht, was er tut“, sagte der Schamane. Er zog ein

Glasfläschchen aus seinem Umhang, nahm vorsichtig ihre verletzte Hand und drehte sie so, dass das Blut in den Behälter tropfte.

„Was soll das?“, fauchte Natassja ihn an, riss sich los und versteckte die blutende Hand hinter ihrem Rücken.

„Ich will dein Blut untersuchen. Vielleicht überträgt sich die Coyotero-Seuche über den Speichel“, entgegnete der Medizinmann. „Du willst doch wissen, ob er dich angesteckt hat, oder?“

„Anwar ist in die Wüste entkommen“, teilte Batur ihnen kurz darauf mit. Zu Natassja sagte er in grimmigem Ton: „Und das nur deinetwegen! Was tust du hier? Ich habe ausdrücklich ein Besuchsverbot ausgesprochen!“

„Batur, es ist meine Schuld. Ich habe für Natassja gebürgt“, wandte der Schamane ein.

„Du?“ Batur schüttelte den Kopf. „Gerade du müsstest es besser wissen!“

„Der Schamane wollte mir nur behilflich sein“, sagte Natassja zu seiner Verteidigung. „Immerhin bin ich Anwars Freundin. Und ich finde es unglaublich, dass du den Wächtern aufträgst, mir den Zugang zu seiner Zelle zu verwehren!“

„Es war zu deinem Schutz, du dumme Läuferin“, brauste Batur auf. „Du hast es soeben selbst erlebt. Deine Anwesenheit reicht, um Anwar aus der Fassung zu bringen. Kannst du denn kein bisschen kombinieren? Der Fürst leidet an einer mörderischen Krankheit, die selbst einen sanftmütigen Engel in einen zerstörerischen Dämon verwandelt. Damit er sich und andere nicht verletzt oder anderweitig in Gefahr bringt, darf man ihm keinen Anlass für Aufregung oder andere starke Emotionen geben. Und genau das tust du. Wenn Anwar in seinem jetzigen Zustand etwas zustößt, bist du dafür verantwortlich!“ Batur stieß ihr mit dem Zeigefinger hart gegen das Brustbein.

Der Schmerz durchfuhr Natassjas ganzen Körper. Beinahe hätte sie angefangen zu weinen.

„Lass ihr eine Atempause, Batur." Gylan hatte bisher schweigend an der Wand gelehnt und sich von dem Sturz erholt. Jetzt klopfte sie sich den Staub von ihrem Umhang und trat an die Streitenden heran. „Natassja hat es nicht absichtlich getan. Sie hat einfach nicht darüber nachgedacht, wie riskant es ist, Anwar zu reizen."

Natassja traute ihren Ohren nicht und starrte ihre Gegnerin mit offenem Mund an. Was war denn bloß in Gylan gefahren? Hörte sie richtig? Verteidigte die Hexe sie wirklich? Das konnte nicht mit rechten Dingen zugehen. Wenn das keine Falle war!

Auch Batur verschlug es die Sprache. „Bitte?" war das Einzige, das er herausbrachte.

„Es geht um Wichtigeres als Tassjas Fehltritt." Gylan sprach Anwars Kosenamen für seine Geliebte zum ersten Mal nicht mit Spott und Hohn aus. „Ich habe eine ... wie soll ich sagen ..." Sie mied die Augen der anderen und blickte über Baturs Schulter ins Leere.

Für Natassja ein deutliches Zeichen, dass Gylan im Begriff war zu lügen.

„Ich hatte eine Vision", fuhr Gylan fort. „Von Sheriff Burke geht nun konkrete Gefahr aus. Er will unbedingt unseren Goldschatz und wird keine Mühen scheuen, ihn zu bekommen. Wir müssen die Zahl der Jäger an unseren Eingängen verstärken."

„Du – eine Vision?" Batur lachte auf. „Mach dich nicht lächerlich, Gylan!"

„Es ist wahr!" Gylan ballte die Fäuste. Wie immer konnte sie keine Widerworte ertragen.

„Vampirmenschen können vieles, was Normalsterbliche nicht können. Fangen wir mit dem Offensichtlichsten an: fliegen", konterte Batur. „Blut saugen, bei Nacht sehen, Feinde mit einem Handgriff oder der Berührung einer Flügelspitze in die

Bewusstlosigkeit befördern ... Ich könnte die Liste beliebig verlängern. Aber eins gehört nicht dazu: hellsehen! Dazu ist man geboren. Wie der Schamane. Und er hat keine solchen Bilder gesehen. Was soll das? Wir müssen Anwar finden. Das ist unsere oberste Priorität. Ich setze meine Jäger für die Suche ein und nicht dafür, dass sie an bereits bestens gesicherten Eingängen herumlungern."

„Dann glaubst du mir eben nicht", fauchte Gylan. „In dem Fall poche ich auf mein Recht als Mitglied der Schwarzen Dreifaltigkeit und bestehe darauf, dass ein Teil der Jäger zur Verteidigung unserer Tore zurückbleibt und die Schutzwälle verstärkt werden."

„Cibola ist ausreichend geschützt", beharrte Batur. „Hast du mir nicht zugehört?"

„Ist es nicht!", entgegnete Gylan.

„Ist es wohl! Und wegen einer Spinnerei ordne ich keine zeitraubenden, personalverschleißenden und überflüssigen Maßnahmen an!"

„Ich dreh noch durch!", schimpfte Gylan. „Das alles ist nicht überflüssig, sondern dringend notwendig, wenn sich die Razzia vom letzten Jahr nicht wiederholen soll. Aber da du keinen Frieden gibst: Ich habe die Information telepathisch empfangen. Und für Gedankenübertragung ist JEDER Fledermausmensch empfänglich. Machst du es jetzt?"

Batur gab sich noch nicht geschlagen. Lauernd betrachtete er die Mongolin. „Von wem hast du die Info?"

Gylan schwieg.

„Nun?", beharrte Batur.

Mit einem flüchtigen Blick auf Natassja antwortete Gylan schließlich: „Von Joshua."

8. KAPITEL

„Ein alter Mann ist kein D-Zug, Floyd. Warte auf mich! Die Hitze macht mir zu schaffen. Außerdem blamiere ich mich total, wenn du wie eine Bergziege den Hang im Wettkampftempo nimmst und ich hinterherächze.“ Sheriff Burke lehnte sich an einen Felsvorsprung im Indianerberg und wischte sich mit einem Taschentuch den Schweiß von der Stirn.

„Machen Sie sich keine Gedanken, Boss. Ich guck nur mal kurz, ob ich da oben was entdecke“, antwortete Floyd, ohne sich nach seinem Chef umzudrehen.

Burke erkannte seinen Hilfssheriff kaum wieder. Seit dem unerfreulichen Besuch bei Joshua Licedei hatte Floyd, was den Schatz anging, eine geradezu krankhafte Besessenheit entwickelt. Zuerst fürchtete Burke, die Unterstützung seines Hilfssheriffs zu verlieren. Schließlich hatte er ihm nicht die volle Wahrheit über das Gold gesagt.

Aber Floyd erwähnte den Betrug mit keinem Wort. Dafür stürzte er sich übereifrig in die Schatzsuche. Er aß und schlief kaum und kraxelte rund um die Uhr in der Umgebung der alten Anasazi-Felsmalerei herum. Dass er trotz tagelanger Suche keinen Zugang zur Stadt fand, schien ihn nicht zu entmutigen, sondern anzustacheln.

Burke blickte nach oben zur Bergspitze. Floyd war aus seinem Sichtfeld verschwunden. So ging das nicht. Er konnte nicht zulassen, dass der Junge ihm vor der Nase weglief. Sonst fühlte sich der dumme Bengel womöglich doch noch überlegen. Der Sheriff aktivierte seine letzten Kraftreserven. Er hatte sich zu viel Speck angefuttert. Mit gerade mal sechsundvierzig Jahren ging es nicht an, dass ihn die kleinste Anstrengung schachmatt setzte!

Mit einem Ruck stieß er sich vom Felsen ab. Sofort sah er Sternchen. Er schwankte und wäre beinahe umgekippt. Schnell fasste er nach dem Felsen und griff in – Fell. Instinktiv zog er die Hand zurück. Er riss die Augen auf. Ein gurgelnder Laut drang aus seiner Kehle. Kurz glaubte er, seine Kreislaufprobleme ließen ihn halluzinieren. Doch was er sah, war kein Trugbild, sondern die bittere Wahrheit.

Anwar packte ihn an der Kehle und drückte ihm die Luft ab. Im Kopf des Sheriffs jagte ein Déjà-vu das nächste. Er dachte an die Razzia in Cibola und die Jäger der Bat People. Burke war der einzige der Männer, der bei dem Überfall echte Fledermausmenschen von Nahem gesehen hatte. Allerdings war keiner von ihnen so Furcht einflößend gewesen wie dieses Exemplar.

Riesig und mit Zähnen von der Größe und Schärfe eines Tigers bewaffnet, beugte sich der Vampir über Burke, um ihn in Stücke zu reißen.

Paralysiert vor Angst, starrte der Sheriff in die blutunterlaufenen Augen seines Angreifers. Waren die Bat People nicht alle tot? Das war jedenfalls das, was Joshua ihm gesagt hatte. Burke fingerte ungeschickt nach seiner Waffe, die im Holster an seinem Bein saß. Dieser verdammte Junge! Er hatte ihn belogen. Aus falsch verstandener Verbundenheit zu seiner Schwester. Es würde Burke nicht wundern, wenn das Weibsstück auch noch lebte. Er staunte über seine eigene Vertrauensseligkeit. Aber für weitere Erkenntnisse blieb ihm keine Zeit.

Seine Waffe glitt ihm aus den schweißnassen Händen, fiel polternd auf den Stein und dann an der Felswand hinunter. Gleichzeitig zerfetzten Anwars Zähne Burkes Uniform und streiften seine nackte Haut. Ein sauberer Schnitt, gerade und tief wie von einem Skalpell. Es tat nicht einmal weh. Staunend betrachtete der Cop das Blut, das erst langsam, dann immer schneller aus seiner Brust floss. Erst als der brennende Schmerz der Verletzung einsetzte und seine zugeschnürte Kehle vor Atemnot wie Feuer brannte, löste sich seine Erstarrung. Er begann, um sein Leben zu kämpfen. Er trat um sich und rammte Anwar seine

Ellbogen in die Seiten. Er trommelte mit den Fäusten auf seine ausgebreiteten Schwingen ein.

Aber es half nichts. Der Vampir grinste und musterte ihn verächtlich mit seinen auffallend blauen Augen. Auf einmal erkannte Burke ihn. Das musste Anwar sein! Der junge Herrscher der Bat People. Der Sheriff erinnerte sich an Joshuas Beschreibung und die Einzelheiten, die Natassja über den Vampir zu Protokoll gegeben hatte, bevor sie das Lager wechselte und zu diesen Kreaturen zog.

Anwar ... Das Phantom, das er gejagt und sich als Trophäe erhofft hatte.

Erbittert bäumte sich Burke gegen seinen übermächtigen Gegner auf. Auf keinen Fall wollte er durch die Bisse des Fürsten der Finsternis sterben. Den Triumph würde er seinem ärgsten Feind nicht gönnen! Im Gegenteil: Er würde den Vampir töten, seine Leiche öffentlich ausstellen und den Ruhm dafür kassieren, dass er die Gefahr, in der die Menschen durch diese Wesen schwebten, unter Einsatz seines eigenen Lebens gebannt hatte. Burke würde ein Held sein. Endlich!

Doch Burkes Kräfte ließen nach. Der Sauerstoffmangel machte sich bemerkbar. Ihm schwanden die Sinne, und seine Muskeln fühlten sich wie Pudding an. Floyd!, wollte er rufen, doch er brachte keinen Ton heraus. Stattdessen japste er wie ein Fisch auf dem Trockenen.

Anwar beobachtete Burkes Todeskampf. Obwohl ihn die Vergiftung vollkommen verwirrte und er oft Freund und Feind nicht unterscheiden konnte, wusste er genau, wer sich dort verzweifelt in seinen Fäusten wand: der Läufer, der sein Volk vernichten und Cibola in Schutt und Asche legen wollte! Anwar näherte sich Burkes Gesicht. Der Mistkerl sollte langsam sterben und jede Sekunde leiden. Der Vampirfürst bleckte seine Zähne für den Todesbiss. Da taumelte er.

Seit Ausbruch der Infektion litt Anwar nicht nur unter Gedächtnisschwund. Er verlor auch jedes Zeitgefühl. So hatte er die Dauer, die er als Vampirmensch im Tageslicht verbringen durfte, unterschätzt und sich der prallen Sonne viel zu lange ausgesetzt.

Jetzt bekam er die Quittung dafür. Er hyperventilierte und konnte weder seine Arme noch seine Flügel oder Beine bewegen. Seine Muskeln erschlafften. Er holte tief Luft, um sich in einem letzten Kraftakt in den Himmel zu schwingen und in einer schattigen Höhle in Sicherheit zu bringen. Da traf ihn ein Felsbrocken im Rücken. Er hörte ein Knacken. War einer seiner Flügel gebrochen? Bevor er den Gedanken zu Ende führen konnte, sackte er bewusstlos zusammen. Der Sheriff fiel auf ihn.

„Sheriff Burke! Chef! Alles klar? Sagen Sie doch was!“ Floyd rüttelte an Burkes Schultern und richtete seinen Körper auf. Er lehnte den Rücken des Sheriffs gegen seine Schulter und flößte dem Mann Wasser aus seiner Wasserflasche ein.

Hustend kam Burke zu sich. Er hatte sich verschluckt. Aber wenigstens war er nicht tot.

Sobald Burke Lebenszeichen von sich gab, sprang Floyd auf und führte einen Veitstanz um den zusammengebrochenen Anwar auf.

„Ist das cool!“, rief Floyd begeistert. „Wir haben einen Alien gefangen! Ich fass es nicht! Das erste Mal seit den 1950ern werden Menschen eines dieser extraterrestrischen Bastarde habhaft, und dann ausgerechnet wir! Mist, dass ich mein Handy nicht dabeihabe! Sonst könnten Sie ein Foto von mir und diesem Ding schießen.“ Floyd stellte seinen Fuß auf Anwars Rücken und zog eine seiner Schwingen zu ihrer vollen Spannweite auseinander.

Sheriff Burke kam langsam wieder zu Atem und nahm seine Umgebung allmählich wahr. Er sah den blutverschmierten Felsbrocken neben Anwars Körper und seinen in Siegerpose triumphierenden Hilfssheriff. Er richtete sich vorsichtig auf und trat an den Vampirmenschen heran, legte dem Fürsten Handschellen um und verpasste ihm einen heftigen Tritt in die Rippen.

„Hast du mich gerettet, Junge?“, fragte er Floyd mit einer Kopfbewegung in Richtung des blutbesudelten Steins.

„Ja, Chef, ich habe den Außerirdischen niedergeschlagen“, sagte Floyd stolz.

„Danke, Junge. Das hast du gut gemacht.“ Burke klopfte Floyd auf die Schulter. „Aber besonders helle bist du nicht!“, sagte der Sheriff, bevor seinem Untergebenen das Lob zu Kopf stieg. „Das ist kein Alien. Das ist ein …“ Verdammt! Jetzt hätte er sich fast verplappert. Sobald er die Bezeichnung „Bat People“ in den Mund nahm, würde Floyd nachhaken, woher er von den Wesen wusste. Was sollte er dann sagen?

Bevor der Sheriff sich eine ausgeklügelte Lüge einfallen lassen konnte, ergriff Floyd das Wort. „Ich habe den Eindruck, Sie verschweigen mir was, Boss“, sagte der Hilfssheriff in ungewöhnlich spitzem, geradezu herablassendem Ton. Burkes Beschimpfung hatte seinen wunden Punkt getroffen. „Hässlich und doof“ – so hatten ihn schon seine Schulkameraden tituliert. Außerdem nahm er Burke immer noch krumm, dass er ihn im Bezug auf das Gold belogen hatte. Eine weitere Lüge würde er seinem Chef nicht durchgehen lassen. Wie ein gereizter Köter griff er an. „Bei der Razzia im letzten Jahr haben Sie und Ihre Männer hier am Indianerberg angeblich einen Unterschlupf missgestalteter, krimineller Sektenmitglieder ausgehoben, stimmt's?“

Burke nickte. Verflucht! Floyd war nicht so dumm, wie er aussah.

„Seien Sie ehrlich! Es waren keine Sektenmitglieder, sondern Aliens. Und der Goldschatz befindet sich in den Händen der Außerirdischen. Chef, Sie dachten, Sie hätten die Wesen vernichtet. Aber einige, so wie der hier …“, er verpasste Anwar einen Tritt,

„haben überlebt und verteidigen ihren Schatz bis in den Tod."

„Äh." Sheriff Burke war sprachlos. Dieser Floyd hatte wirklich eine blühende Fantasie! Doch er ließ den Jungen in dem Glauben, auf Aliens gestoßen zu sein, denn er brauchte Zeit zum Nachdenken.

Wo ein Fledermausmensch war, gab es bestimmt noch mehr. Burke konnte sich nicht vorstellen, dass ausgerechnet das Oberhaupt der Bat People als Einziger überlebt haben sollte. Nein, er musste jetzt mit einem Heer von Vampiren rechnen. Das erschwerte die Bergung des Goldes. Und dann war da noch Joshua, der mit den früheren Feinden gemeinsame Sache machte.

Burke sah Floyd nachdenklich an. Der aufmüpfige, wütende Tonfall seines Untergebenen war ihm nicht entgangen. Dieser Volltrottel war und blieb sein einziger Verbündeter. Und so musste er ihn in das Geheimnis von Cibola und seinen Bewohnern einweihen, um ihn wieder für sich zu gewinnen.

„Du hast es erfasst, Junge", sagte der Sheriff mit einem jovialen Grinsen und klopfte Floyd kumpelhaft auf den Rücken. „Ich hoffe, du verstehst das. Ich wollte dich vor der schrecklichen Wahrheit schützen. Du nennst sie ‚Aliens', ich ‚Bat People' … Das ist eigentlich egal, solange wir uns einig sind. Ich meine: wir gegen den Rest der Welt. Was meinst du, wie die Öffentlichkeit reagiert, wenn wir von diesen Wesen erzählen? Entweder halten uns die Leute für durchgeknallt, oder aber sie geraten in Panik und bauen den größten Mist …"

„Ich bau keinen Mist, Chef!" Floyd war ganz in seinem Element. „Ich weiß, wie man mit Außerirdischen umgeht. Ich habe es in meinen Büchern gelesen."

„Das ist gut, Junge", entgegnete der Sheriff. Was für ein Spinner dieser Floyd doch war! „Ich erzähle dir jetzt unter dem Siegel der Verschwiegenheit, was wirklich im letzten Jahr am Indianerberg geschehen ist …"

„Ich schweige bis ins Grab! Auf mich können Sie sich verlassen." Floyd strahlte seinen Boss an. Für den Moment war sein Ärger über Burkes Unehrlichkeit verflogen. Denn endlich war er das, was er immer sein wollte: die Vertrauensperson und der erste Mann an Sheriff Burkes Seite.

„Wir können diesen Anwar unmöglich aufs Revier bringen", erklärte Floyd dem Sheriff kurz darauf, hievte den immer noch bewusstlosen Fürsten unter größter körperlicher Anstrengung hoch und lehnte ihn gegen einen Felsen. „Das gäbe einen Menschenauflauf, wenn wir ihn auf dem Rücksitz des Streifenwagens durch Carlsbad führen!" Ein leicht schwärmerischer Unterton lag in seiner Stimme. Ganz so, als ob er ein wenig bedauerte, mit seinem spektakulären Gefangenen nicht angeben zu können.

Aber dann würden Reporter den Fall aufgreifen und eins und eins zusammenzählen. Und selbst wenn er und Burke den Fundort verschwiegen, wäre ihr Projekt, den Goldschatz zu heben, gefährdet oder gar gestorben. Schließlich schnüffelte die Presse überall herum. Dennoch hätte Floyd sich gern in der allgemeinen Aufmerksamkeit gesonnt und alle ihn verhöhnenden Schandmäuler Lügen gestraft.

„Was schlägst du vor?", fragte Burke. Nicht, dass er nicht selbst ein gutes Versteck für den Vampir gefunden hätte. Er gab Floyd nur deshalb ein bisschen Macht, damit er ihm später besser gehorchte.

„Es muss ein Ort wie ein Hochsicherheitstrakt sein, an dem wir ihn in aller Ruhe ausquetschen können. Wer weiß, welche Geheimnisse der Typ hat. Vielleicht gibt es nicht nur ein Cibola, sondern mehrere."

Burke schwieg. War es nicht doch ein Fehler gewesen, Floyd das Ruder in die Hand zu geben? Unterschätzte er ihn? Dieser dumme picklige Junge hatte, ohne es zu wissen, richtig getippt. Es gab sieben goldene Städte.

„Ich weiß, was wir machen!“ Aufgeregt rannte Floyd hin und her und kaute nervös an den abstehenden Haaren seines Zipfelbarts. Scheinbar wägte er ab, ob seine Idee wirklich umsetzbar war. „Doch, doch! So könnte es gehen. Wir bringen ihn nach Roswell … in die unterirdischen Labors der Raumfahrtbehörde. Dort gibt es eine Abteilung, die sich ausschließlich mit der Landung von Aliens auf der Erde beschäftigt. Die werden uns die Hände küssen und mit allem versorgen, was wir brauchen, wenn wir ihn dort abliefern. Ich weiß, ich weiß …“, beruhigte er Sheriff Burke, der sich gerade aufregen wollte. „Es ist kein Außerirdischer, sondern ein Fledermausmensch. Was immer Sie sagen, Chef.“ Floyd grinste selbstgefällig. Er schien seinen sonst so verehrten Boss in diesem Fall für verbohrt und ignorant zu halten. „Ich will Sie nicht kritisieren, Sheriff Burke. Aber sehen Sie sich den Typen an! Halb Mensch, halb Fledermaus. Der ist niemals von diesem Planeten. Der stammt aus dem All. Genauso wie der Rest seiner elenden Truppe.“

„Junge, es geht nicht darum, ob es Aliens oder Vampirmenschen sind. Ich halte Roswell einfach für keine gute Idee“, protestierte Burke. „Wozu verstecken wir ihn vor der Presse und der Bevölkerung, wenn wir ihn dann einer Behörde der USA ausliefern? Die werden ihn als ihren Fund verkaufen, und dann sind wir in jeder Hinsicht angeschmiert.“

„Wieso? Die NASA-Leute haben Schweigepflicht. In Roswell liegen schon seit Generationen Aliens auf Eis, die bei der Landung auf der Erde verunglückt sind. Selbst darüber gibt es nur Gerüchte, so gut halten die Wissenschaftler dicht. Wir machen einen Deal mit denen. Sie bekommen für ihre Experimente ein lebendes Exemplar. Dafür rüsten sie uns mit den modernsten Waffen und Bohrgeräten aus. Natürlich sagen wir ihnen nicht, wofür wir die Ausrüstung brauchen. Eine Hand wäscht die andere. Feierabend.“

„So funktioniert das nicht, Junge! Schon gar nicht mit Staatsangestellten. Du müsstest das wissen. Schließlich bist du auch einer.“

„Ja, ja“, winkte Floyd ab und grinste verschlagen. „Ich habe Ihnen etwas verschwiegen. Mein Kumpel Titus arbeitet in dem Roswell-Labor.“

Burke starrte Floyd an. Seit wann hatte der Freunde?

„Also, Titus arbeitet nicht direkt in der Abteilung für außerirdisches Leben“, gab Floyd unter Burkes bohrendem Blick zu. „Er ist Wachposten am Haupteingang. Meistens schiebt er allein Wache. Das heißt, wir kämen ungesehen mit Anwar rein. Außerdem kennt mein Kumpel ein paar von den Wissenschaftlern, die mit den toten Außerirdischen experimentieren.“

„Hat er schon mal einen Alien gesehen?“, fragte Burke, der bezweifelte, dass in den Kerkern von Roswell wirklich Außerirdische lagerten. Was, wenn sie dort mit Anwar auftauchten und das Interesse an vermeintlichen Extraterrestrischen erst weckten?

„Nein, er hat noch keine Aliens gesehen, und er ist auch nicht wirklich mein Freund“, lenkte Floyd ein. „Wir kennen uns aus dem ‚Andere Welten‘-Laden, dem Shop für Alien-Kultur. Aber er hat mir beim Leben seiner Mutter geschworen, dass ein Wissenschaftler-Team über einem Projekt namens ‚Marsmenschen‘ brütet. Wenn ich ihm sage, wen wir im Schlepptau haben, hilft er uns hundert Prozent, einen geheimen und ausbruchssicheren Platz für Anwar zu finden.“

„Das ist ausgemachter Schwachsinn, Junge! Das kann auch nur von dir kommen“, fuhr Burke ihn an. „So was Dämliches und Unausgegorenes habe ich seit Langem nicht mehr gehört!“

Floyd zuckte unter dem Ausbruch des Sheriffs zusammen. Er duckte sich, als erwartete er eine Tracht Prügel. Dann flackerte etwas Dunkles, Unberechenbares in seinen Augen auf. Burke spielte mit ihm! Das wurde ihm schlagartig klar. Sein Chef verabreichte ihm Zuckerbrot und Peitsche, um ihn gefügig zu machen. Wut über Burkes Missachtung seiner Person keimte in ihm auf. Gemischt mit der Enttäuschung über seinen Betrug und den Schmerz lebenslanger Hänseleien, brannte bei Floyd eine Sicherung durch.

„Es wird gemacht, was ich sage, und damit basta!", brüllte er seinen Boss an. „Oder möchten Sie, dass ich den Bürgern von Carlsbad erzähle, dass Sie im letzten Jahr mit ihrem Leben gespielt haben? Sie glauben doch nicht im Ernst, dass Sie Ihren Posten und Ihr Ansehen behalten, wenn herauskommt, dass Sie es im Alleingang mit einer Übermacht missgebildeter, gefährlicher Kreaturen aufgenommen haben. Ihre Aktion hätte genauso gut schiefgehen können. Dann hätten die außerirdischen Bat People die Menschen in Stücke gerissen. Mit Schimpf und Schande wird man Sie aus der Stadt jagen ...", ereiferte sich Floyd.

Burke starrte seinen Hilfssheriff sprachlos an. Der Sklave schwang sich zum Meister auf. Der Sheriff konnte es nicht glauben. Seinen fassungslosen, schlaffen Gesichtszügen war abzulesen, dass er mit einer solchen Wendung nicht gerechnet hatte. Plötzlich erkannte er, dass der vermeintliche Vollidiot keiner war. Floyd spürte intuitiv, was in Burkes Kopf vor sich ging. Angeekelt wandte er sich ab. Wie hatte er diesen schlappen alten Mann, der zu keinerlei Gegenwehr mehr fähig war, je bewundern können?

„Anwar kann nicht spurlos verschwunden sein! Wo soll er denn hin? Zurück nach Baboquivari? Das glaube ich nicht!" Natassja blickte verzweifelt über die weite Wüstenlandschaft. Es wurde bereits Nacht, und noch immer gab es keine Spur von dem jungen Fürsten. Obwohl sie versuchte, sich zusammenzureißen, suchten Horrorfantasien sie heim. Wilde Tiere könnten ihren Geliebten anfallen und töten. Oder er geriet menschlichen Jägern vor die Flinte.

„Wir finden ihn“, sagte Gylan und legte beruhigend ihre Hand auf Natassjas Schulter. „Das Gros der Jäger ist ausgeschwärmt. Batur führt seine Elite-Kämpfer an. Wenn er Anwar nicht aufspürt, wer dann?“

„Ja, wer dann“, murmelte Natassja und machte einen Schritt zur Seite, sodass die Hand der Kriegerin von ihrer Schulter glitt. Die Hexe tat, als ob sie die Absicht dahinter nicht bemerkte.

Ein Wächter sauste aus dem neuen Eingang Cibolas und landete direkt vor Gylan. „Eindringling am West-Tor!“, meldete er.

„Wer ist es? Ein Läufer? Sheriff Burke? Ist er allein, oder kommt er als Vorhut einer militärischen Truppe?“ Gylan griff sofort kampfbereit nach ihrem Dolch.

„Es ist ein Läufer, aber nicht der Sheriff“, teilte ihr der Wächter mit. „Er war schon mal hier. Es ist der Entführte.“

„Joshua?“, sagten Natassja und Gylan gleichzeitig und wechselten einen verwunderten Blick.

Eilig flog die Mongolin auf und schoss in den Tunnel hinab zum West-Tor der Stadt. Natassja jagte hinter ihr her. Sie traute der neuen Gylan nicht und verfluchte ihren Bruder, dass er nach Bat City zurückgekehrt war, obwohl die Mongolin ihm nach dem Leben trachtete. Was lief zwischen ihm und der erklärten Feindin der Licedeis? Erst übermittelte er der Hexe die Hiobsbotschaft. Dann tauchte er unaufgefordert in der Unterwelt auf. Das konnte kein Zufall sein!

Als Natassja das West-Tor erreichte, befragte Gylan ihren Bruder bereits. Joshua stand zwischen zwei Wächtern, die ihm die Arme auf dem Rücken fixierten. Eine Sicherheitsmaßnahme, falls er die Mongolin angreifen wollte. Gylan schnippte mit den Fingern. Daraufhin ließen die Fledermausmänner Joshua los.

„Was machst du hier?“, fragte Natassja ihren Bruder. Er warf ihr einen kurzen Seitenblick zu, dann konzentrierte er sich wieder auf Gylan.

„Sheriff Burke und sein Helfer haben Anwar entführt“, stieß

Joshua atemlos hervor. „Ich habe es in einer Vision gesehen. Zuerst habe ich Anwar gar nicht erkannt. Er sah völlig verändert aus. Überdimensional groß, stark und gefährlich. Er griff Burke auf dem Indianerberg an, wurde aber von dem Hilfssheriff niedergestreckt. Ich weiß nicht, wohin sie ihn gebracht haben. Die Vision verschwand von einer Sekunde auf die andere. Aber ich bin sofort losgefahren, um euch Bescheid zu geben."

Gylan betrachtete Joshua schweigend.

„Ich kann nicht glauben, dass du mir immer noch nicht vertraust!", rief Joshua genervt aus. „Hast du meine telepathische Warnung nicht erhalten?"

„Doch, aber Burke und sein Lakai sind nicht gekommen", entgegnete die Mongolin.

„Weil sie Anwar vorher erwischt haben! Der Hilfssheriff stand unmittelbar vor einem eurer neuen Eingänge. Er hat ihn nur deshalb nicht entdeckt, weil er seinen Chef vor dem Vampirfürsten gerettet hat."

„Soso. Und das hast du alles in deiner Vision gesehen", höhnte Gylan, aber irgendwie fehlte ihrer Antwort die gewohnte Schärfe. Ihre Stimme klang überraschend sanft. Sie schien dies selbst zu merken und errötete. „Deine Prophezeiungen können genauso gut eine Finte sein", warf sie gewollt kühl ein. „Erst erschleichst du dir mein Vertrauen. Dann öffnest du dem Sheriff und seinen Mördern Tür und Tor. Wenn du über telepathische Fähigkeiten verfügst, warum hast du dir die Mühe gemacht, stundenlang zu fahren, um uns die Nachricht persönlich zu überbringen?"

„Ich wollte sehen, ob es Natassja gut geht", antwortete Joshua, sah dabei aber nicht seine Schwester, sondern Gylan an.

Die Mongolin errötete unter seinem Blick noch stärker. Natassja blinzelte. Sie musste eine Sehstörung haben.

„Wie hast du überhaupt in die Stadt hereingefunden? Bei deinen Besuchen habe ich dir stets die Augen verbunden", hakte

Gylan betont unfreundlich nach, um über ihre Verlegenheit hinwegzutäuschen.

„Wie gesagt: Ich habe seherische Fähigkeiten. Schon vergessen?“, wiederholte Joshua. „Und sie werden von Tag zu Tag besser.“

„Trotzdem wundert mich dein plötzliches Interesse an den Bat People. Dafür muss es noch andere Gründe geben als deine Sorge um unser Wohlergehen.“ Gylan sah ihn erwartungsvoll an.

„Die Gründe gibt es“, meinte Joshua und schob mit zwei Fingern seine Oberlippe Richtung Nase.

Gylan wirkte verwirrt und ein wenig enttäuscht, als hätte sie mit einer anderen Antwort gerechnet. „Sind die echt?“ Sie streckte ihren Zeigefinger aus und berührte vorsichtig zwei kleine, noch im Wachstum begriffene Vampirzähne.

„Allerdings“, meinte Joshua. „Noch Zweifel?“

Gylan schüttelte zögernd den Kopf.

„Wieso verwandelst du dich?“, meldete sich Natassja zu Wort, die das Gespräch der beiden sowie ihre Gesten und ihr Mienenspiel aufmerksam verfolgt hatte. „Ich begreife das nicht!“

„Ich kann es dir auch nicht erklären“, meinte Joshua. „Als ich heute Morgen wach wurde, war die schwelende Wunde vom Vampirbiss verschwunden. Dabei hatte sie sich gestern Nacht bereits bis zur Schulter ausgebreitet. Ich war unglaublich erleichtert. Dann habe ich in den Spiegel gesehen …“ Er deutete auf die scharfen Mini-Hauer.

„Der Medizinmann soll kommen.“ Gylan rief einen der Wächter heran und schicke ihn nach dem Schamanen. „Vielleicht kann der Alte etwas dagegen unternehmen, wenn dich deine Veränderung so stört.“

„Sie stört mich ganz und gar nicht. Ich empfinde sie als Ehre“, konterte Joshua.

Aber Gylan hörte ihn nicht. Ein lautstarker Tumult im Tunnel über dem West-Tor lenkte sie ab.

Ein Pulk Fledermausmenschen umkreiste einen Vampir in ihrer Mitte und bestürmte ihn mit Fragen nach Anwar. Der Ausbruch des Fürsten war nicht unbemerkt geblieben, und seine Mutation verängstigte die Bat People. Der Bedrängte löste sich aus der Gruppe. Es war Batur. Er kehrte von der Suche nach dem Fürsten zurück.

„Gylan, Natassja, zur Besprechung ins Arbeitszimmer!", kommandierte der Kriegsherr. Dann deutete er auf Joshua. „Der bleibt hier. Was will er überhaupt schon wieder in Cibola?"

Bevor Natassja für ihren Bruder Partei ergreifen konnte, sagte Gylan: „Joshua kommt mit, Batur. Ich will deine Meinung zu seiner Geschichte hören."

„Anwar sitzt in den Kerkern von Roswell. Sheriff Burke hat ihn dorthin gebracht. Einer meiner Jäger hat den Streifenwagen in der Wüste bemerkt und ihn bis vor die Tore des NASA-Stützpunkts verfolgt", teilte Batur dem kleinen Kreis im Arbeitszimmer des Fürsten mit.

„Das ist eine Katastrophe!", sagte Gylan und warf Joshua einen besorgten Blick zu.

Der zuckte mit den Schultern und murmelte: „Glaubst du mir jetzt?"

Die Mongolin wandte sich schnell ab. Nicht schnell genug. Schon wieder wurde sie puterrot.

Zu ihrem Glück fragte Natassja: „Die Kerker? Handelt es sich um ein Gefängnis?"

„Kein Gefängnis im klassischen Sinne", erklärte die Hexe und fächelte sich mit ihrer Schwinge Luft zu, damit ihr Gesicht wieder den normalen bleichen Hautton annahm. „Die Kerker stammen aus den 40er- und 50er-Jahren des 20. Jahrhunderts, als die Läufer noch felsenfest davon überzeugt waren, dass der blaue Planet regelmäßig von Außerirdischen besucht würde. Angeblich liegt in den unterirdischen Katakomben ein eingefrorener Alien, der beim Absturz seines UFOs in der Wüste ums Leben kam."

Sie lachte spöttisch auf. „Wer's glaubt, wird selig." Dann wurde sie wieder ernst und meinte finster: „Wenn Anwar in die Fänge der Wissenschaftler gerät, wird er furchtbare Qualen durchleiden. Schon früher, als noch mehr Menschen von unserer Existenz wussten, setzten die Läufer Gerüchte in die Welt, wir seien Außerirdische. So ein Schwachsinn! Trotzdem hielt sich das Ammenmärchen hartnäckig, und es wurde lange massiv Jagd auf uns gemacht. Aber die Häscher erwischten keinen der Bat People. So gaben sie schließlich auf. Wir wurden als reine Fantasiewesen dargestellt, und man ließ uns in Ruhe. Bis letztes Jahr ... Und nun das! Die Forscher werden in Anwar kein beseeltes Wesen sehen, sondern einen Dummy, mit dem sie machen können, was sie wollen. Sie werden ihn foltern ... bis er stirbt."

„Das werde ich nicht zulassen!" Natassja sprang von ihrem Stuhl auf. „Wir befreien Anwar! Notfalls mit Waffengewalt!"

„Beruhige dich", beschwichtigte Batur sie. „Ich erarbeite einen Schlachtplan, und wir schlagen noch heute Nacht zu. Allerdings halte ich es für keine gute Idee, dich mitzunehmen, Natassja. Du bist im Kampf nicht so erfahren wie wir. Außerdem verzeiht uns Anwar nie, wenn dir etwas passiert."

„Und ich verzeihe mir nie, wenn ich nicht versuche, ihn zu retten." Natassja funkelte Batur böse an. „Ich lasse es mir nicht verbieten, mit euch zu fliegen und zu kämpfen. Ende der Diskussion!"

„Ich komme auch mit", meinte Joshua. „Ich habe zwar keine Flügel. Jedenfalls noch nicht. Aber ich besitze einen Wagen. Meine Corvette fährt fast so schnell, wie ihr fliegt. Ich werde meine Schwester beschützen. Und wenn ich mich sowieso in einen von euch verwandle – und danach sieht es ja aus –, kann ich auch gleich für meine neuen Leute geradestehen."

Natassja lächelte Joshua an. Sie ging zu ihm und drückte ihm einen innigen Kuss auf die Wange. Endlich waren sie wieder auf einer Wellenlänge und mehr als nur Bruder und Schwester: beste Freunde.

Batur wollte Einspruch erheben. Aber Gylan kam ihm zuvor. „Wenn Joshua sowieso schon hier ist, kann er uns vielleicht von Nutzen sein“, sagte sie. „Er sieht als Einziger von uns noch wie ein Mensch aus. Vielleicht ist er unsere Eintrittskarte in das Reich der Weltraumforscher.“

Trotz ihres Disputs tauschten Natassja und Batur verblüffte Blicke miteinander. Mal wieder stellte sich die Mongolin auf Joshuas Seite. Ihr unerwarteter Sinneswandel und ihr, wenn auch nicht freundlicher, so doch neutraler Tonfall sprachen Bände.

„Ich hoffe, es ist nicht so, wie es mir vorkommt“, murmelte Batur mit einem Seitenblick auf die Mongolin kaum hörbar vor sich hin.

„Bitte?“, fragte Gylan.

Aber der Kriegsherr winkte ab. Stattdessen rollte er eine Landkarte von New Mexico auf Anwars Schreibtisch aus. „Nun gut, Joshua ist dabei“, meinte er und zeigte auf einen schwarzen Punkt nördlich von Carlsbad: Roswell. „Die unterirdische NASA-Anlage liegt hier …“, begann er.

9. KAPITEL

„Bin ich hier richtig beim Museum für Außerirdische?" Joshua saß am Steuer seiner Corvette und schenkte dem grimmigen, mit einem Gewehr bewaffneten Soldaten, der vor den schweren Eisentoren mit dem weithin sichtbaren Schriftzug „NASA Laboratories" stand, sein freundlichstes Sonnyboy-Lächeln.

„Museum für Außerirdische?", grummelte der Wächter, auf dessen Namensschild „Titus Smith" stand, missmutig. „Bei dir piept's wohl! Mach, dass du wegkommst! Fährst du auch nur einen halben Meter weiter, befindest du dich auf NASA-Gelände. Dort ist Unbefugten das Betreten verboten. Das heißt, ich kann dich erschießen." Er wedelte mit der Waffe vor Joshuas Nase herum. „Solche Clowns wie dich nerven uns jeden Tag. Museum? Darauf muss man erst mal kommen. Und selbst wenn das hier ein für die Öffentlichkeit zugängliches Gebäude wäre – hast du schon mal von einem Museum gehört, das bis Mitternacht geöffnet hat?"

„Nein", entgegnete Joshua, immer noch freundlich grinsend. „Aber ich dachte mir, wenn es hier Aliens zu sehen gibt, dann vermutlich auch zu extraterrestrischen Öffnungszeiten."

„Du bist ein echter Witzbold, was?" Der Soldat verlor langsam sichtlich die Geduld mit seinem unerwünschten Besucher. „*Du* kommst mir vor wie von einem anderen Stern. Vielleicht solltest du zurück zu deinem Heimatplaneten fliegen." Er deutete mit dem Gewehrlauf in die Richtung, aus der Joshua gekommen war.

Joshua wechselte die Taktik. „Es tut mir leid. Ich wollte Sie nicht nerven. Ich hab wohl dem Klatsch über den eingefrorenen Außerirdischen zu viel Beachtung geschenkt. Ich hau wieder ab. Allerdings hab ich mich verfahren." Er stellte den Motor ab, nahm die Straßenkarte in die Hand und stieg aus. „Können Sie mir freundlicherweise sagen, wie ich zurück nach Alamogordo finde?“ Er hielt die Karte unter das Licht der Neonleuchten des Haupteingangs.

Der Wärter musterte ihn von oben bis unten, bevor er sich von seinem Posten entfernte. „Zeig mal her!“, forderte er Joshua auf und nahm ihm die Landkarte ab. Er vertiefte sich in den Plan und murmelte: „Oh, Mann! Dämlich ist er auch noch! Kann nicht mal Karten lesen. Was für eine Schande, bei so einem schönen Auto!“

Aus weiter Ferne ertönte ein Gewittergrollen.

„Das fehlt mir noch“, moserte der Soldat. „Erst ein durchgeknallter Alien-Fan und dann Regen. Na, super! Und das, wo hier heute echt mal was los ist. Aber das ist ja immer so. Wenn mich mal was interessiert, kann ich nicht dabei sein.“

Das Dröhnen kam näher. Es klang wie das Anrücken einer Heerschar berittener Krieger. Dann war es schlagartig still. Die Ruhe vor dem Sturm.

„Verdammt! Das wird ein fettes Gewitter mit Blitz und Donner!“, schimpfte der Soldat. „Und ich habe noch vier Stunden Nachtschicht. Ich werde so was von nass werden … Hier!“ Er reichte Joshua seinen Plan zurück. „Du musst einfach nur denselben Highway zurückfahren, den du gekommen bist. Aber so, wie du mich angrinst, weißt du das. Du willst mich verschaukeln. Oder bist du ein Idiot?“

„‚Idiot‘ würde ich nicht sagen“, entgegnete Joshua lachend und entblößte seine in den letzten Stunden zu stattlichen Reißern herangewachsenen Vampirzähne. „Wohl eher ein Fledermausmensch!“ Er spreizte seine Arme und präsentierte ein prächtiges Paar seidig schwarzer Schwingen.

„Verflucht!“, stieß der Soldat hervor. „Bin ich in ‚Versteckte Kamera‘, oder was?“ Er begann zu zittern, hyperventilierte sogar. „Oh, nein! Bei Gott! Du bist ein Alien!“ Panisch versuchte er, sein Gewehr zu entsichern. Aber in der Hektik glitt es ihm aus den Fingern.

Joshua lachte ihn aus und gab ihm die Chance, die Waffe wieder aufzuheben. Der Soldat schaffte es, das Gewehr scharfzumachen, und wollte gerade den Abzug betätigen, als Natassja aus dem dunklen Nachthimmel auf ihn herabstürzte und mit einem gezielten Tritt gegen das Kinn schachmatt setzte.

„Bist du lebensmüde?“, fuhr sie ihren Bruder an. „Wie kannst du zulassen, dass der Typ sich seine Waffe wieder greift? Nur weil du als Vampirmensch über außergewöhnliche Kräfte und Fähigkeiten verfügst, bist du nicht unsterblich!“

„Sorry“, meinte Joshua kleinlaut. „Kommt nicht wieder vor.“

Natassja seufzte. „Das hoffe ich“, sagte sie. „Hilf mir mal, den Soldaten hochzuheben.“

Zusammen stemmten sie den bewusstlosen Mann gegen ein Eisentor. Natassja hob seine Hand hoch und drückte seinen Daumen in den Scanner neben dem Gitter. Der Fingerabdruck des Soldaten wurde gelesen, und das Tor ging auf.

„Nette Flügel“, meinte Natassja mit einem Blick auf Joshuas Rücken anerkennend, während sie die Taschen des Wachmanns durchwühlte. „Deine Verwandlung zum Bat Man geht aber ziemlich schnell voran.“

„Ja, cool, oder?“, freute sich Joshua und tanzte mit ausgebreiteten Schwingen im Kreis. „Auf der Fahrt hierher haben meine Schulterblätter gejuckt. Ich dachte, ich werde wahnsinnig. Aber dann sind die dabei herausgekommen.“ Er grinste und betrachtete stolz seine Fledermausflügel. „Mann, ist das geil! Noch besser als das Cabriolet – und schneller!“

„Krieg dich wieder ein.“ Batur landete mit Gylan und einem Stoßtrupp Elite-Jäger neben Joshua und Tassja. „Du bist nicht der Einzige, der Flügel besitzt. Bisher hast du deinen Job gut gemacht. Sieh zu, dass es dabei bleibt und du nicht wegen einer Kinderei Mist baust.“

„Schon gut“, antwortete Joshua und verdrehte genervt die Augen. Gylan grinste ihm verschwörerisch zu. Dann schlüpften Joshua und die Mongolin hinter Tassja auf das Gelände der Raumfahrtbehörde.

„Bringt den Soldaten tief in die Wüste“, befahl währenddessen der Kriegsherr zwei seiner Jäger. „Verabreicht ihm den Vergessenstrank, und lasst ihn nahe einer Straße liegen, damit er in die Zivilisation zurückfindet.“ Dann wandte sich Batur an seine verbliebenen Jäger und befahl ihnen, das Gelände und seine Umgebung zu sichern. Schließlich folgte er der Mongolin und den Licedeis zum Eingang des Labors.

Die Türen waren verriegelt. Aber Natassja zog einen elektronischen Ausweis hervor. „Habe ich dem Wachsoldaten gestohlen“, meinte sie und führte die Karte in ein Lesegerät ein.

Schwupp! Und die Panzerglastüren öffneten sich.

In den Gängen herrschte tiefe Dunkelheit. Licht anzuschalten bedeutete ein zu großes Risiko – und war auch nicht nötig. Dank ihrer Echoortung erkannten Natassja und die Fledermausmenschen jedes Hindernis. Nur Joshua nicht. Er rannte mit Karacho gegen eine Garderobe.

„Aua!“, stöhnte er auf.

Schnell erstickte Natassja sein Gejammer, indem sie ihm eine Hand auf den Mund legte.

„Noch so ein Ding, Joshua, und du bleibst draußen“, zischte Batur.

„Ich pass auf. Versprochen! Aber mein Radarsystem funktioniert noch nicht. Ich kann keine Ultraschallwellen aussenden“, antwortete Joshua entschuldigend und rieb sich die schwellende Beule am Kopf.

„Schon gut, Batur. Ich passe auf ihn auf“, sagte Gylan.

Natassja schüttelte ungläubig den Kopf. Wenn sie es nicht besser gewusst hätte, hätte sie angenommen, dass Gylan in Joshua verliebt sei.

Natassja zog die Doppelaxt, die sie sich aus dem Waffenarsenal der Bat People ausgesucht hatte, aus ihrem Ledergurt und schwang sie probehalber hin und her. Die Axt lag leicht in der Hand, war aber eine nicht zu unterschätzende gefährliche Waffe. Natassja hatte in Baboquivari ein paar Mal mit ihr geübt, fühlte sich im Gebrauch aber nicht allzu sicher. Dennoch war die Doppelaxt die einzige Waffe, mit der sie überhaupt einigermaßen umgehen konnte. Im Fall einer gewalttätigen Auseinandersetzung musste es irgendwie klappen.

Sie flog neben Batur durch den Gang. Zu beiden Seiten gingen Türen ab. Ihr feines Gehör verriet ihr, dass sich niemand dahinter befand. Sie horchte erst auf, als sie ein unterdrücktes Husten und ein schwaches Flattern wie das eines Fledermausflügels hörte. Zuerst konnte sie nicht ausmachen, woher die Geräusche kamen. Dann …

„Im Stockwerk direkt unter uns", raunte sie Batur zu.

Gemeinsam richteten sie ihre Echoortung auf den nächsten Durchgang, eine offen stehende Glastür am Ende des Flurs, um zu überprüfen, ob dort weitere Wachsoldaten auf Arbeit warteten und ihren Weg in das Untergeschoss behinderten.

Nichts. Außer ihnen befanden sich nur die Personen in dem Kellerraum in diesem Gebäudetrakt.

Natassja drängelte sich vor und flog hinunter in den Keller. Wenn Anwar dort unten gefangen gehalten wurde, musste sie als Erste bei ihm sein. Sie würde alles tun, um ihn zu befreien. Notfalls sogar ihr eigenes Leben opfern! Sie sah sich um. Leere Zellen reihten sich an karge Verhörzimmer und weiß gestrichene Untersuchungsräume mit technischen und medizinischen Gerätschaften. Dies mussten die besagten Kerker sein.

Dort! Ein schwacher Lichtschein fiel durch eine Fensterklappe über der Tür. Sie konnte deutlich das Husten eines Mannes hören. Schritte. Ein Fausthieb. Ein Stöhnen.

Bei dem gequälten Seufzer lief es ihr eiskalt den Rücken herunter. Sie stellte sich vor, wie Anwar ächzte. Wenn er es wirklich war, würde sie seinen Peiniger töten!

Schon griff sie nach dem Knauf, um die Tür aufzureißen, hineinzustürmen und die Folterer mit Axthieben zu zerhacken. Da spürte sie Baturs festen Griff. Er hielt sie an ihren Flügeln zurück.

„Nein", flüsterte er. „Sie sind zwar nur zu fünft – und vermutlich ist einer von ihnen Anwar, aber wir wissen nicht, ob sie in dem Raum Waffen lagern. Gewehre, Pistolen, Messer – sie könnten in den Schränken versteckt sein. Oder eng am Körper getragen werden. So detailgenau ist unsere Wahrnehmung auch wieder nicht. Warte, bis ich den Befehl zum Angriff gebe!" Er flog zu der Klappe auf und lugte in das Zimmer hinein.

Natassja schämte sich. Ihre unbedachte Handlung hätte sie alle den Kopf kosten können. Mit einem Flügelschlag befand sie sich neben Batur und schaute in den Raum. Was sie sah, übertraf ihre schlimmsten Vorstellungen.

Anwar lag auf einer Pritsche festgeschnallt in der Mitte des spärlich eingerichteten Raumes. Zwei Männer in weißen Kitteln standen vor ihm. Ein bebrillter Forscher steckte eine riesige Spritze in seinen Arm und nahm ihm Blut ab. Der andere notierte die einzelnen Schritte der Untersuchung auf einem Block.

Der Vampirfürst wand sich in seinen Handschellen und versuchte, sie zu sprengen. Vergeblich. Unterdrückte Laute des Schmerzes und der Anstrengung drangen durch das Klebeband, mit dem die Forscher seinen Mund verschlossen hatten. Stricke schnitten tief in seine Handgelenke und unterbanden die Blutzufuhr, sodass seine Haut sich bläulich verfärbt hatte.

Der Brillenträger stach nun eine lange Nadel in Anwars Flügel, um die Reaktion zu testen. Gerade die dünne Membran der Schwingen war besonders schmerzempfindlich. Der junge Fürst zuckte wimmernd zusammen und verlor das Bewusstsein.

Natassja ballte die Hände zu Fäusten und biss sich auf die Unterlippe, um nicht aufzuheulen. Den Kerl, der Anwar das antat, musste Batur für sie reservieren!

Da hustete jemand verhalten in dem Folterzimmer. Natassja und Batur pressten ihre Gesichter so nah wie möglich an die Scheibe, um zu sehen, wer direkt neben der Tür und unter der Fensterklappe saß.

„Sheriff Burke“, raunte Natassja Batur zu. Der Cop drehte seinen Stetson zwischen den Fingern. Er hüstelte ab und an und blickte oft zu Boden. Offensichtlich konnte er die Prozedur, die vor seinen Augen ablief, nicht mit ansehen.

Anders der junge Typ, der neben ihm saß. Natassja konnte sein Gesicht nicht erkennen, weil er, im Gegensatz zu Burke, seinen Hut aufgelassen hatte. Der junge Polizist feuerte die Forscher mit Worten und ausholenden Armbewegungen an.

„Schneidet den Alien auf! Zerpflückt ihn in seine Einzelteile!“, forderte er die Männer in Weiß auf und breitete, ohne dass ihm einer der Anwesenden Gehör schenkte, seine Theorien zu Anwars Herkunft aus. „Vielleicht stammt er vom Planeten Ciron aus der Zentaurus-Galaxie. Ich habe gelesen, dass dort schwarz gewandete Wesen ohne Gesichter und mit riesigen Flügeln leben.“

„Nun, Junge, dieser hat ein Gesicht“, meinte Sheriff Burke. „Und ehrlich gesagt, liest du zu viel Schrott. Den Mist hast du doch bestimmt aus diesen Science-Fiction-Romanen.“

„Das ist kein Schrott. Das ist meine Bibel!“, entgegnete der Junge giftig. „Darin steht die reine Wahrheit. Die Forscher können es bezeugen. Sie experimentieren täglich mit Außerirdischen. Stimmt’s?“

Die Wissenschaftler ignorierten ihn. Sie konzentrierten sich voll auf ihre Arbeit.

Natassja lauschte angestrengt. Durch das geschlossene Fenster konnte sie die Unterhaltung schlecht hören. Dennoch kam ihr die Stimme des Jungen bekannt vor. Nur konnte sie sie nicht zuordnen.

Batur gab Natassja ein Zeichen, und sie sanken auf den Boden herab. „Sheriff Burke, ein junger Cop und zwei Forscher befinden sich in dem Zimmer. Anwar ist bewusstlos und auf einer Pritsche gefesselt", teilte er Gylan und Joshua mit. „Wir greifen wie folgt an: Ich stürme voraus und attackiere Sheriff Burke. Gylan übernimmt den anderen bewaffneten Cop. Natassja, du setzt den Forscher mit der Brille außer Gefecht. Joshua, traust du dir den Typen mit dem Notizblock zu?"

„Klar."

„Okay. Auf drei stürmen wir. Sollten wir mit den Läufern nicht fertig werden, dann rufe ich die Jäger. Sollten wir getrennt werden und ein Einzelner gerät in Schwierigkeiten, dann kommandiert das Losungswort ‚Geronimo' meine Männer zur Unterstützung herbei. Alles klar?", fragte Batur.

Die anderen nickten.

„Dann ... eins, zwei, drei!" Batur trat die Tür ein und sauste, seine Peitsche schwingend, in das Untersuchungszimmer. Sheriff Burke sprang entsetzt von seinem Stuhl, der krachend umfiel. Er griff nach der Waffe in seinem Holster. Doch schon packte ihn Batur bei der Kehle und presste ihn wie eine flache Flunder gegen die Wand. Burke ächzte und stöhnte und wehrte sich erbittert.

Gylan stürzte sich mit wildem Kampfgeschrei auf den jungen verdutzten Cop.

Joshua griff den überraschten Forscher an und lieferte sich mit ihm eine wilde Prügelei.

Natassja holte mit der Doppelaxt aus, um den Kopf des anderen Wissenschaftlers zu spalten, der Anwar so gequält hatte. Aber der Mann ging wimmernd vor ihr auf die Knie und flehte um sein Leben.

Natassja hasste sich dafür, aber sie konnte ihn in dem Moment nicht mehr töten. Vielleicht hatte der Mann Frau und Kinder. Und so bitter es klang: Er machte nur seinen Job. So briet sie ihm mit der flachen Seite der Axt einen Schlag über. Er fiel bewusstlos zu Boden. Er würde eine schmerzhafte Beule davontragen, aber nicht sterben.

In dem Moment übertönte ein lauter Knall die Kampfgeräusche. Natassja fuhr herum und sah Gylan ausgestreckt auf dem Beton liegen, ihren Dolch weit entfernt in einer Ecke. Sie hatte ein Einschussloch im linken Oberschenkel. Die Wunde blutete stark. Über ihr thronte mit feistem Grinsen Sheriff Burkes Helfer. Eins seiner Hosenbeine war hochgeschoben und entblößte neben seinen blassen, dünnen Waden ein Holster für den Reserverevolver, den er für einen Notfall dort versteckt hielt und mit dem er nun ein zweites Mal auf die Kriegerin feuern wollte. Er zielte direkt zwischen Gylans Augen.

Da begegneten sich sein und Natassjas Blick. Zuerst starrte Floyd Tassja nur dumpf an. Dann huschte der Ausdruck des Erkennens über sein Gesicht. Er wurde bleich und schüttelte stur den Kopf.

„Du bist doch tot!", stieß er hervor und vergaß für kurze Zeit, dass er die Mongolin töten wollte. Er musterte Tassja von oben bis unten. Betrachtete ihre schneeweiße Haut mit den durchschimmernden Adern und ihre schwarzen Flügel. Sein Mund verzog sich angeekelt. „Du wärst besser tot als eine von diesen Missgeburten!"

„Floyd?!", stieß Natassja ungläubig hervor. Was war nur mit dem schüchternen Jungen geschehen, dass er sich in ein mordlüsternes Monster verwandelt hatte?

„Ja. Floyd!", antwortete er und spie auf den Boden. „Der naive Floyd, den du im letzten Jahr mit einem Pritschenbein niedergeschlagen und der Lächerlichkeit preisgegeben hast. Wenn ich es mir recht überlege, ist es gut, dass du noch lebst. So bekomme ich wenigstens meine Rache. Erst erledige ich diese Ausgeburt des Teufels!" Er schwenkte die Waffe vor Gylans Gesicht. „Dann dich!" Er blickte Natassja hasserfüllt an.

„Aber warum? Du bist doch eigentlich … nett."

„Willst du mich wieder einlullen? Träum weiter! Ich hab dazugelernt. Auf Schlampen wie dich falle ich nicht mehr herein."

„Ich will dir nichts Böses", lenkte Natassja ein. „Das wollte ich noch nie. Und es tut mir sehr leid, dass ich dich niedergeschlagen habe. Es war nichts Persönliches. Ich musste meinen Freund und sein Volk retten."

„Deine Gründe interessieren mich nicht, außerdem glaube ich dir kein Wort. Du verdienst es nicht mehr zu leben. Ebenso wenig wie die!" Er krümmte den Finger um den Abzug. Die Mongolin versuchte, ihm den Revolver mit ihrem unverletzten Bein aus der Hand zu treten. Aber die Verwundung war so schwer, dass die Schmerzen sie lähmten.

Floyd verfolgte höhnisch grinsend ihren vergeblichen Versuch, sich zu retten. Er drückte ab. Aber der Schuss verpasste sein Ziel – und traf Joshua.

Natassjas Bruder hatte aus dem Augenwinkel gesehen, dass es um Leben und Tod ging. Er musste handeln! Er nahm alle Kraft zusammen und schlug den Forscher mit seinem Notizblock k. o. Dann hechtete er quer durch den Raum und warf sich als Schutzschild vor Gylan.

Die Kugel aus Floyds Waffe traf Joshua mitten in die Brust. Er stieß noch einen tiefen Seufzer aus. Dann sackte er auf Gylan zusammen.

„Joshua!", schrie die Mongolin hysterisch.

Natassja stand wie gelähmt da. Sie konnte nicht glauben, was geschah. Ihr Bruder ... sein zerstörter Körper ... die kaltherzige Kriegerin Gylan, die sie noch nie so verzweifelt erlebt hatte ...

Es schien Natassja, als vergingen Stunden. In Wirklichkeit handelte es sich um Sekunden. Schon hob sie ihre Doppelaxt. Wer die Missgeburt war, darin bestand wohl keine Frage. Floyd, dieser armselige Mistkerl! Was hatte er nur ihrem geliebten Bruder angetan?

Sie sah, wie der junge Cop ein weiteres Mal den Finger um

den Abzug krümmte, um erneut auf Joshua zu feuern oder Gylan den Rest zu geben. Natassja zielte und schleuderte die Axt mit aller Kraft. Die Waffe surrte durch die Luft … und hätte Floyd mit hundertprozentiger Sicherheit den Kopf gespalten. Wenn ihm nicht der Boden unter den Füßen weggezogen worden wäre.

Denn im gleichen Augenblick ertönte ein Donnern und Grollen, als öffnete sich die Erde unter ihnen, um sie zu verschlucken. Die Wände und der Untergrund bebten.

„Die Aliens kommen!“, kreischte Floyd. Das Gesicht verzückt verzerrt. Die Pupillen gigantisch.

Da jagte durch die offen stehende Tür ein riesiger Rappe, auf seinem Rücken ein schwer bewaffneter Hüne in Kettenhemd, Helm, Schild und Lanze … mit der Schnauze eines Schakals. Von wegen Außerirdische.

„Coyoteros!“, schrie Natassja.

Da ging schon alles drunter und drüber.

Dem Reiter des Rappen folgten weitere Söhne des Windes auf ihren edlen Vierbeinern. Sie drangen in das Untersuchungszimmer ein und schlugen mit ihren Schwertern auf alles, was sich bewegte.

Batur kämpfte gegen den Anführer der mörderischen Meute. Doch mit einer Peitsche konnte er wenig gegen dessen Lanze ausrichten. Schon zierten sein Gesicht und seine Arme tiefe, blutige Stiche.

Sheriff Burke wechselte angesichts der furchterregenden Angreifer die Seite und schoss das Magazin seines Revolvers auf die Coyoteros leer. Die Kugeln prallten jedoch an den meisterlich verarbeiteten Kettenhemden ab. Als er die Waffe nachlud, schlug ihn einer der Coyoteros nieder. Burke sackte mit einer stark blutenden Kopfwunde zusammen.

„Geronimo!“, brüllte Natassja, während sie sich mit letzter Kraft gegen die vorandrängenden Hundekrieger widersetzte. Sie sandte ein Stoßgebet zu den Göttern der Anasazi, dass die Unterstützung in Windeseile herbeigeflogen käme.

„Spar dir deinen Atem, Rotschopf!“, fuhr sie ein Coyotero an und holte mit seinem Säbel aus, um ihr den Kopf abzuschlagen. „Eure Jäger sind alle tot. Von uns vernichtet!“

Es ist alles verloren, dachte Natassja verzweifelt und wehrte den Schlag des Coyoteros mit einer medizinischen Schale ab, in der zuvor Einwegspritzen, Pinzetten und unterschiedliche Instrumente gelegen hatten. Der Coyotero drosch die Metallschale entzwei. Die Schneide seines Säbels traf sie an der Schulter, zerschnitt ihr Gewand und sauste um Millimeter an ihren Muskeln vorbei. Sie blutete. Es war nur ein Kratzer. Aber ein neuerlicher Angriff würde weniger glimpflich ausgehen – und sie hatte nichts mehr, um sich zu verteidigen.

Natassja floh vor ihrem Verfolger zu der Pritsche, auf der ihr Geliebter bewusstlos und mit Wunden bedeckt lag. Sie schlang ihre Arme um ihn und flüsterte: „Wenn ich schon nicht mit dir leben kann, dann will ich mit dir sterben.“ Sie riss das Klebeband von seinen Lippen, küsste ihn und wartete auf den tödlichen Hieb des Coyoteros.

Stattdessen hörte sie ihren Angreifer stöhnen. Natassja blickte auf. Der Sohn des Windes ging vor ihr in die Knie. Ein erstaunter, ungläubiger Ausdruck huschte über sein Gesicht. Dann fiel er tot vor Natassjas Füße. Zwischen seinen Schulterblättern steckte Gylans Dolch.

Die Mongolin hatte Natassja gerettet.

Tassja sah auf. Gylan hatte sich und Joshua in die Ecke zu ihrer Waffe geschleppt. Jetzt hielt sie den Schwerverletzten in ihren Armen und wiegte ihn beruhigend hin und her. Ihre bernsteinfarbenen Katzenaugen warfen Natassja einen Blick unendlicher Trauer und todesmutiger Entschlossenheit zu.

„Danke!“, hauchte Natassja. Trotz des Kampfgetümmels verstand Gylan sie und nickte ihr zu.

Natassja glitt von Anwar herunter und zerrte den Dolch aus dem Rücken des Toten. Sie würde kämpfen bis zum Untergang – der so gut wie sicher war. Batur konnte allein nichts gegen die Übermacht der Feinde ausrichten. Gylan war schachmatt gesetzt. Joshua ... sie durfte nicht an ihn denken, sonst verlor sie jeden Mut. Die Wissenschaftler ... bewusstlos. Burke gehörte zu ihren Gegnern und konnte jederzeit mit den Coyoteros paktieren – oder wurde von ihnen getötet. Und Floyd ... wo steckte er überhaupt?

Sie sah sich in dem Gedränge nach dem jungen Cop um und entdeckte ihn zu Füßen des Coyotero-Anführers.

„Ich bin Euer treuer Diener, allmächtiger Außerirdischer!", rief Floyd und berührte mit seiner Stirn den Boden vor den Hufen des Coyotero-Pferdes.

Der Anführer der Söhne der Winde hob seine Lanze. Der Lärm erstarb, und in dem engen, mit Leibern vollgepackten Raum herrschte Totenstille.

Floyds Wangen glühten vor Aufregung und Freude über die ungeteilte Aufmerksamkeit, die ihm die Coyoteros, die Bat People sowie die Menschen schenkten. Er holte Luft, um sich dem vermeintlichen Außerirdischen anzubiedern – und musste feststellen, dass er irrte.

Sämtliche Augenpaare richteten sich auf die Pritsche, auf der Anwar lag. Der junge Vampirfürst kam zu Bewusstsein. Er schlug die Augen auf. Sein Blick: blau, hart und klar. Ein Ruck – und die Handschellen, mit denen er an sein Lager gekettet war, zerbarsten, als seien sie Streichhölzer. Er schwang sich von der Liege und breitete seine Flügel aus. Er streckte und reckte sich und blickte dem Anführer der Coyoteros furchtlos in die Augen.

Natassja verharrte wie vom Donner gerührt auf der Stelle. Sie konnte weder atmen noch sprechen. Vor ihr stand Anwar – und doch wieder nicht.

Es war sein Gesicht, ohne Zweifel. Auch sein Körper gewissermaßen. Das Schreckliche und Furchterregende, das die Vergiftung ausgelöst hatte, war verschwunden. Geblieben waren die Größe, die Muskeln und die dominante Ausstrahlung. Erschien Anwar vor der Verseuchung als mutiger, entschlossener junger Vampirmann, stand dort nun ein gereifter, allen Widrigkeiten widerstehender Bat Man.

„Tassja!“, sagte Anwar. Seine Stimme war tief und maskulin. Er streckte die Hand nach ihr aus. Wie in Trance ging sie zu ihm. Als sich seine Finger um ihre schlossen, spürte sie seine neue Kraft und seine alte Liebe zu ihr. Alle Furcht wich von Natassja. An seiner Seite konnte ihr nichts geschehen. Gemeinsam hielten sie allem und jedem stand – ob Läufer oder Coyotero.

„Die Prophezeiung!“, sagte der Anführer der Coyoteros. „Sie ist wahr geworden.“

Ein Raunen ging durch seine Menge.

„Ich, Karanjai Bahul, Sohn des Windes und Beschützer meiner Coyotero-Brüder“, fuhr der Anführer fort, „glaubte nicht, dass ich die Erfüllung der Prophezeiung jemals mit eigenen Augen sehen würde. Ich fühle mich geehrt.“ Er verneigte sich vor Anwar und Tassja. „Ihr seid der Auserkorene! Der Fürst der Bat People, der das Gift der Läufer überlebt und der Rache der Coyoteros mithilfe seiner rothaarigen Prinzessin und seiner engsten Getreuen die Stirn bietet. Mit Euch ist Euer Volk auf dem richtigen Weg, um zu überleben. Meine Ehre gebietet mir, Euch, Fürst, und Euren Stamm zu verschonen. Aber nur Eure Bat-People-Gemeinde. Eure weltweit verstreuten Verwandten können keine Gnade von mir erwarten. Denn nur Ihr seid mir ebenbürtig.“

Mit diesen Worten wandte er sich an seine Männer. In Stakkato stieß er Befehle in Aramäisch, der jahrhundertealten Sprache seiner Stammesbrüder, aus. Auf steigenden Pferden jagten die Söhne des Windes aus dem Labor hinaus. Das Donnern der Pferdehufe erschütterte den Beton. Zurück blieben Karanjai

Bahul und drei seiner Männer. Der Anführer der Reiterhorde deutete auf die Forscher, Floyd und Sheriff Burke.

Der erste Berittene hob einen bewusstlosen Wissenschaftler vor sich auf sein Pferd. Der zweite Reiter packte den anderen Forscher und warf ihn hinter sich über den Sattel. Während die Coyoteros aus dem Labor galoppierten, fragte sich Natassja, was die Coyoteros mit den NASA-Experten vorhatten und wie die Männer reagieren würden, wenn sie am Lagerfeuer schakalähnlicher Wesen zu sich kämen.

Die Frage würde unbeantwortet bleiben.

Der dritte Krieger packte Floyd am Arm und schleuderte ihn über den muskulösen Pferdenacken.

„Ich komme nur mit, wenn ihr wirklich Aliens seid", kreischte Floyd. „Sagt es mir: ja oder nein. Na los, ich will es wissen!" Er trommelte mit den Fäusten auf den Oberschenkel des Tieres.

Der Coyotero ignorierte ihn, gab seinem Pferd die Sporen, und schon schoss der Vierbeiner mit seiner Fracht hinaus auf den Gang.

Sheriff Burke hatte die Szene mit ungläubig aufgerissenen Augen verfolgt. Er atmete schwer. Seine Brust hob und senkte sich sichtbar. Schweißperlen rannen ihm über die Stirn in den Hemdkragen hinab.

Karanjai Bahul ritt zu ihm heran und streckte seine Hand nach der des Sheriffs aus. „Thomas Burke?", fragte der Coyotero.

„Nei...nein", stammelte der Sheriff. „Mark Burke. Thomas war mein Großvater."

„Mhm. Sie haben große Ähnlichkeit mit ihm", meinte Bahul, die Hand nach wie vor ausgestreckt.

Burke rutschte an der Wand entlang, seinen Blick erstarrt auf die Pranke des Coyoteros gerichtet.

„Kommen Sie freiwillig mit, Sheriff Mark Burke", meinte Karanjai Bahul. „Mitarbeit wird Ihnen die Qualen erleichtern."

„Qualen? Was für Qualen?" Sheriff Burkes Brustkorb hob und senkte sich noch heftiger. Hilfe suchend sah er Anwar, Natassja und Batur an.

Da packte ihn Karanjai Bahul und zerrte ihn bäuchlings über den Sattel des Pferdes. „Nun, Ihr Großvater Thomas Burke war ein leidenschaftlicher Coyotero-Jäger, und er machte keine Gefangenen. Wir Coyoteros glauben an die Familie. Was der Vater macht, fällt auf den Sohn zurück – und umgekehrt. Das nennt man Kollektivschuld." Und mit diesen Worten jagte der Sohn des Windes mit dem schreienden Sheriff auf seinem Rappen aus dem Labor und fort von dem Gelände.

10. KAPITEL

„Warum?“ Natassja sah Anwar mit großen Augen an, während sie an seiner Seite durch das Labyrinth ins Herz Cibolas flog.

„Was ‚warum‘?“

„Warum bist du plötzlich von der Seuche genesen? Was ist das für eine Prophezeiung, wegen der uns die Coyoteros verschonen? Und wieso opfert mein Bruder sein Leben für Gylan?“

Anwar seufzte und drückte sanft ihre Hand. „Ich habe auf keine deiner Fragen eine Antwort. Ich weiß es selber nicht.“

Natassja senkte den Blick und ließ die letzte Stunde vor ihrem inneren Auge Revue passieren.

Nachdem die Coyoteros mit den Polizisten und den Forschern die Labors verlassen hatten, waren die Bat People aus dem unheimlichen Untersuchungszimmer geflohen. Vor dem Haupttor zu den NASA Laboratories fanden sie Baturs Jäger dahingemetzelt. Der Kriegsherr blieb zurück, um ihre Leichen vom Platz zu räumen, bevor sie den Läufern in die Hände fielen und diese Nachforschungen anstellten. Außerdem wollte Batur seinen Männern die letzte Ehre erweisen und sie selbst an heiligen Stätten in der Wüste begraben.

Natassja, Anwar, Gylan und Joshua waren gen Bat City aufgebrochen und befanden sich nun auf dem Weg zum Lehmhaus des Schamanen. Die Mongolin hatte darauf bestanden, Joshua allein zum Medizinmann zu transportieren. Als seine Schwester und Anwar ihr dabei hatten helfen wollen, glaubte sie, den leblosen Körper für sich beanspruchen zu müssen. Natassja ließ sie gewähren. Und die zarte, verletzte Gylan mit dem eisernen Willen und der zähen Kondition schulterte den viel größeren und viel schwereren Joshua und flog eilends davon. Anwar und Natassja konnten kaum folgen. Der Abstand zwischen ihnen wurde immer größer.

Anwar schätzte den Zustand des Schwerverletzten kritisch

ein und rechnete kaum mit einer Überlebenschance. Der Medizinmann musste ein Wunder vollbringen, wenn er Joshua retten wollte.

Natassja verdrängte die Wahrheit über den Zustand ihres Bruders, weil sie sich vor einem Nervenzusammenbruch fürchtete. Sie verhielt sich unnatürlich ruhig. Keine Tränen, kein Gefühlsausbruch.

„Wir sind da, Tassja“, holte Anwar sie sanft aus ihren traurigen Gedanken. Er nahm sie in seine Arme, küsste ihre Lippen, ihre Nasen und ihre Augenlider und hüllte sie in seinen tröstenden Flieder-Zimt-Duft ein. „Ich bin bei dir. Vergiss das nicht! Egal, was geschieht“, flüsterte er ihr ins Ohr. Dann legte er einen Arm um sie und schob die schwere, gewobene Decke, die den Eingang zum Lehmhaus des Schamanen verhängte, zurück.

Im Innern der Hütte war eine Feuerstelle. Auf den qualmenden Holzscheiten stand ein Topf, in dem ein heißer Sud brodelte. Nebelschwaden quollen daraus hervor. Joshua lag auf einer Matte am Boden. Die Augen geschlossen, atmete er hastig. Schweiß rann ihm über das Gesicht. Zwischen seinen halb geöffneten Lippen schimmerten seine neuen Vampirzähne durch. Der Schamane stand über ihm. Er hielt einen Becher mit dampfender Flüssigkeit in der Hand. Ab und an träufelte er dem Schwerverletzten Tropfen des Suds auf die Stirn und in den Mund. Dabei sprach er Gebete der Anasazi. Gylan kniete neben Joshua. Sie tupfte ihm die Schweißperlen von seiner Stirn.

„Joshua liegt im Sterben“, platzte Gylan mit zitternder Stimme heraus, als sie Natassja und Anwar bemerkte.

Ihr Ausruf traf Natassjas wie ein Faustschlag. Ihr Herz schrumpfte zum Schutz gegen ihren übermächtigen Kummer zu einem kleinen, harten Kirschkern zusammen. Sie wusste nicht, was sie tun würde, wenn ihr Bruder starb. Ängstlich beugte sie sich zu Joshua hinab.

Gylan wich gerade so viel von seiner Seite, dass Natassja sich hinhocken konnte. Sorgenfalten zeichneten die sonst glatte, mädchenhafte Stirn der Mongolin. Zum ersten Mal sah Natassja, wie weich und verletzlich die Hexe war.

„Der Schamane hat ihm die Kugel entfernt und die Wunde mit Heilkräutern verschlossen", erklärte Gylan. „Aber das Geschoss hat einen Lungenflügel durchschlagen, und er hat zu viel Blut verloren." Gylan schluckte hart. Weinte sie etwa?

Natassja betrachtete die Hexe lange, bevor sie vorsichtig fragte: „Was verbindet dich und meinen Bruder, dass er bereit ist, für dich zu sterben? Ich verstehe es nicht. Ich dachte, ihr hasst und verachtet euch. Aber mir scheint, ihr liebt ..."

„Es stimmt. Ich hasse die Läufer", unterbrach Gylan sie hastig. „Aber nicht alle. Zumindest seit einiger Zeit nicht mehr." Sie seufzte und holte tief Luft. Kurz musterte sie Natassja mit ihren bernsteinfarbenen Mandelaugen. „Wir waren nicht gerade die besten Freundinnen." Sie blickte unschlüssig auf ihre Hände. „Um ehrlich zu sein, wollte ich dich vernichten und habe dir bei jeder Gelegenheit das Leben in der Gemeinschaft der Bat People so schwer wie möglich gemacht."

„Das kann ich nicht abstreiten", erwiderte Natassja.

„Aber seit Kurzem stelle ich eine Veränderung in mir fest. Denk nicht, dass mir das gefällt!" Gylan schaffte es einfach nicht, über ihren Schatten zu springen und ihre wahren Emotionen preiszugeben. „Jedenfalls kann ich dich und Joshua nicht länger ablehnen. Erst recht nicht, nachdem er sein Leben selbstlos für meins hingegeben hat. Er hat es getan, weil ..." Ihre Stimme brach. Sie wandte den Kopf ab, damit Natassja ihre Tränen nicht sah.

„Weil Liebe Aufopferung bedeutet", sagte Natassja leise. „Das hast du selbst einmal gesagt." Sie legte ihre Hand auf Gylans Schulter.

Statt der Schwester Joshuas zu antworten, legte die Mongolin ihre Finger auf Natassjas.

Sie verharrten schweigend eine Weile und beobachteten, wie sich Joshuas Brustkorb immer langsamer hob und senkte. Es schien jede Sekunde mit ihm zu Ende zu gehen. Da öffnete er plötzlich in einer letzten Kraftanstrengung die Augen.

„Gylan ... Nasti ... Anwar.“ Er lächelte. „Ihr seid hier. Das ist gut.“ Er schluckte schwer. Es erforderte seine ganze Konzentration zu sprechen. „Schwesterherz, ich liebe dich. Es tut mir leid, dass ich dir so viel Kummer bereite. Hätte ich doch nur Floyds Gesicht mit dem des jungen Cops vom letzten Jahr in Verbindung gebracht. Dann hätten wir ein Problem weniger. Aber ich habe einfach kein Auge für Jungs. Ich stehe auf Mädchen“, versuchte er einen Witz und suchte Gylans Hand.

Sie nahm sie und presste sie fest an sich, als wollte sie ihre Lebensenergie auf ihn übertragen.

Joshua hustete, Blut rann aus seinem Mundwinkel. „Nasti, sei eine gute Bat Woman. Mach den Licedeis alle Ehre. Und leb für mich mit. Tu nichts, was ich nicht auch täte. Und Anwar ... sei meiner Nasti ein guter Mann. Egal, in welche Welt meine Seele entschwindet, ob gen Himmel oder Hölle, ich beobachte dich und komme wieder, wenn du Mist baust.“

„Das werde ich nicht. Vertrau mir“, antwortete der junge Fürst.

„Nasti und Anwar, ich hoffe, ihr seid nicht sauer auf mich“, fuhr Joshua fort. „Aber am schwersten fällt es mir, von Gylan zu gehen.“ Er strich der Mongolin eine Strähne ihres pechschwarzen Haares aus dem ovalen Gesicht. „Ich bin völlig verrückt nach dir“, gestand er der Hexe. „Du beherrschst meine Gedanken, meine Seele, mein Herz. Es ist so schade, dass wir keine Zeit gemeinsam verbringen konnten.“

„Joshua!“ Die Stimme der Mongolin bebte. Endlich platzte der Knoten. „Ich liebe dich. Und das seit der ersten Sekunde, in der ich dich sah. Ich mochte es mir nicht eingestehen, weil du ein Läufer warst. Ich habe sehr lange gegen meine Gefühle für dich angekämpft. Aber spätestens als du anfingst, mit mir telepathisch zu kommunizieren, habe ich deinen guten Kern gesehen. Du wolltest mein Volk zum zweiten Mal retten. Und diesmal nicht wegen deiner Schwester, sondern ..."

„Deinetwegen", beendete Joshua Gylans Satz. Er legte seine Hand an ihre Wange und flüsterte. „Seit meiner Kindheit war ich von Fledermäusen fasziniert, besonders von den exotischen Schönheiten – wie dir. Wenn ich schon nicht als Vampir mit dir leben kann, so möchte ich als vollständiger Fledermausmann in deinen Flügeln sterben. Ich bitte dich inständig: Verwandele mich in einen von euch, solange es noch geht."

Gylan zögerte keine Sekunde. Sie beugte sich zu ihm hinab, ihre und seine Finger verschlangen sich ineinander. Die Mongolin öffnete ihren üppigen roten Mund. Sie bleckte ihre spitzen weißen Reißzähne und biss Joshua in einer letzten Liebesbekundung in die Halsschlagader.

Er stöhnte vor Schmerz auf und schloss die Augen. Gylan sog sein Blut ein. Durch ihren Speichel übertrug sie die Transformationsflüssigkeit. Natassja sah ein grünes Schimmern unter Joshuas Haut, als die Substanz durch seine Adern rann.

Nach einer Weile zog Gylan ihre Zähne aus der Wunde. Sofort begann Joshuas Körper zu zucken. Unter seinen geschlossenen Augen traten grüne Tränen hervor und zeigten das Fortschreiten seiner Verwandlung an. Der gräuliche Farbton seiner Haut verwandelte sich in transparentes Weiß. Purpurblau schienen die Adern durch. Die Zuckungen hörten schlagartig auf. Er öffnete die Augen. Sie leuchteten in einem unnatürlich intensiven Grün. Übermenschlich – wie bei einem Raubtier. Er lächelte und zeigte dabei seine prachtvollen Vampirzähne.

„Danke", raunte er. „Du hast mir meinen sehnlichsten Wunsch erfüllt, meine schöne Gylan. Jetzt kann ich zufrieden sterb..." Er brach ab. Sein Lächeln gefror auf seinen Lippen, sein Blick erstarrte. Er fixierte einen Punkt über Gylans Scheitel. Dann brachen seine Augen, und sein Kopf rollte zur Seite. Gylan schluchzte jämmerlich und warf sich auf seinen Körper. Joshua war tot.

„Auf Wiedersehen, Brüderchen“, flüsterte Natassja ihm zu, beugte sich vorsichtig hinab und küsste sanft seine nasse Stirn.

In dem Moment begann Anwar zu keuchen. Ein rauer, schmerzhafter Laut drang aus seiner Kehle. Dann brach er zusammen. Epileptisch zuckend lag er am Boden.

Natassja, hin- und hergerissen zwischen der Trauer um ihren toten Bruder und der Sorge um ihren Geliebten, entschied sich für den Vampirfürsten. Joshua konnte sie nicht mehr helfen. Daran würden alle Tränen der Welt nichts mehr ändern. Aber für ihren Geliebten gab es vielleicht noch Hoffnung.

Natassja eilte zu Anwar. Der Schamane kniete bereits neben ihm und drehte ihn in die stabile Seitenlage. Der Fürst beruhigte sich ein wenig, blieb aber bewusstlos.

„Blut! Er braucht Menschenblut, sofort!“, stieß der Medizinmann hervor und blickte Natassja an.

„Ich besorge uns einen Läufer“, sagte Batur, der in diesem Moment zur Tür hereinkam. Er wollte auf dem Absatz umdrehen und sich in die Menschensiedlung aufmachen.

Aber der Schamane rief: „Nein! Warte, Batur! Ich spreche nicht von einem Läufer-Opfer im klassischen Sinne.“ Er wandte sich erneut an Natassja. „Anwar braucht dein Blut.“

„Was! Wieso? Seit wann? Ich dachte, er verträgt mein Blut nicht?“, fragte sie skeptisch.

„Das ist richtig. Ich spreche auch nicht davon, dass er es trinken soll. Aber dazu gleich. Lass mich kurz den Sachverhalt erklären.“ Der Alte räusperte sich. „Also, ich habe seit dem Ausbruch der Krankheit Experimente durchgeführt und festgestellt, dass die Vergiftung nur deshalb tödlich für die Bat People verläuft, weil die Bat-Zellen in ihrem Blut gegenüber den degenförmigen Blutkörperchen der Anasazi-Indianer überwiegen. Versteh mich nicht falsch. Ohne die Bat-Zellen wären wir nicht, wer wir sind. Aber dadurch, dass das Erbgut der Fledermäuse überwiegt, verwandeln sich nicht nur unsere Kinder wieder zurück in simple Flughunde, sondern auch das Immunsystem erwachsener Bat People wird empfänglich für Krankheiten beziehungsweise für Vergiftungen. Unsere Bat Men und Women besitzen teils nur noch vierzig Prozent Anasazi-Blutkörperchen. Um einer Seuche zu widerstehen oder gesunden Nachwuchs zur Welt zu bringen, braucht ein Fledermausmensch jedoch fünfundsiebzig Prozent."

„Aber was kann ich da tun? Ich bin als Läuferin mit europäischer Abstammung geboren. Ich besitze wohl kaum degenförmige Blutkörperchen", meinte Natassja.

„Unterbrich mich nicht!", sagte der Schamane unwirsch. „Ich bin mit meinen Ausführungen noch nicht fertig. Anwar hat die Konstitution eines Bullen. Schließlich ist er der Einzige, der der Verseuchung widersteht, auch wenn er durch ihre Erreger mutiert ist. Das Gleiche wäre mit den anderen Opfern geschehen. Nur haben sie die Schübe nicht so lange überlebt. Wollen wir Anwar retten und zurückverwandeln, brauchen wir einen Spender, in dessen rotem Lebenssaft achtzig Prozent Anasazi-Blutkörperchen sind."

„Das ist aussichtslos. Ich sollte ihn gleich töten, bevor er länger leidet und andere ansteckt." Batur hob sein Schwert und schwenkte es über Anwars Hals.

„Nein!", schrie Natassja und warf sich schützend auf Anwars Körper. „Schamane, ich tue alles, um Anwar zu retten. Nur, ich verstehe immer noch nicht: Wozu willst du meinen Mix aus Läufer- und Vampirblut?"

„Weil du neunzig Prozent Anasazi bist." Der Schamane grinste triumphierend.

Einen Moment lang herrschte Totenstille. Natassja starrte

den Schamanen an, als spräche er eine Sprache, derer sie nicht mächtig war.

„Woher weißt du das?“, herrschte Batur den Medizinmann ungläubig an.

„Als Natassja mir beim Einrichten meines Lehmhauses half, hat sie sich verletzt. Sie hat die Blutung mit einem Tuch gestillt. Ich habe es im Müll entdeckt. Mir fiel auf, dass die Blutstropfen spiralförmige Kreise bildeten. So gerinnt nur Anasazi-Blut. Leider reichte die Blutmenge auf dem Tuch nicht aus, um sicherzugehen. Also habe ich Joshuas Blut untersucht. Und später, nachdem Anwar Tassja gebissen hat, noch einmal ihres. Es besteht kein Zweifel. Natassja und Joshua stammen in direkter Linie von Anasazi-Indianern ab.“

Natassjas Gedanken rasten. Das konnte nicht sein! Ihre Ahnen waren irische, deutsche und russische Einwanderer. Obwohl … Sie erinnerte sich, dass ihre Oma ihr in der Kindheit voller Stolz erzählt hatte, dass reines Indianerblut durch ihre Adern flösse. Allerdings handelte es sich um kanadische Ureinwohner. Ob im Norden einst versprengte Stämme der Anasazi lebten und dort vielleicht sogar noch existierten? „Aber das bedeutet ja, dass meine Geschwister und meine Eltern auch …“, begann sie.

„Es muss nicht die ganze Familie betreffen“, lenkte der Schamane ein. „Manchmal überspringt die Weitergabe der degenförmigen Blutkörperchen eine Generation. Oder nur ein Mitglied einer Familie ist ein Vollblut-Anasazi. Du und Joshua, ihr seid jedenfalls welche. Der Biss des Vampirwächters in den Carlsbad Caverns hat Joshuas Anasazi-Anteil aktiviert. Die Blutkörperchen ruhen wie Schläfer in ihrem Wirt. Sie brauchen einen Anlass, um aktiv zu werden. Dann beginnen sie mit ihrer Arbeit. Deshalb ist Joshuas Bisswunde zwölf Monate lang nicht verheilt, und mein Mittel gegen seine Verwandlung zum Vampirmenschen hat nicht gewirkt. Allerdings brauchten auch die

Bat-Zellen eine Weile, um ihre volle Wirkung zu entfalten. Daher zeigten sich seine Vampirzähne und Fledermausflügel erst jetzt."

„Warum teilst du uns das so spät mit?", fuhr Batur den Schamanen an. „Die Leben unzähliger Bat People hätten gerettet werden können!"

„Die letzten Testergebnisse habe ich erst heute ermittelt. Ich bin zu euch in Anwars Arbeitszimmer geeilt. Aber ihr wart bereits zu den Roswell-Kerkern aufgebrochen. Und erst eine Vision gab mir die Sicherheit, dass Natassjas Blut unseren Fürsten retten kann. Ich sah Anwar auf der Pritsche in dem NASA-Untersuchungszimmer liegen. Er blutete aus frischen Folterwunden. Die Coyoteros griffen euch an. Natassja warf sich auf Anwar. Dabei vermischte sich das Blut aus ihrer Schulterwunde mit seinem. Obwohl es nur winzige Tröpfchen waren, zeigte sich prompt die Wirkung. Der Fürst sprengte seine Ketten. Stellt euch vor, was eine größere Blutzufuhr erst bewirkt!"

„Ich bin zu allem bereit. Lasst uns loslegen! Wir verschwenden kostbare Zeit." Natassja riss sich ihren Umhang herunter und entblößte ihre Kehle, damit der Medizinmann die Reißzähne des Fürsten in ihre Halsschlagader pressen konnte.

„So nicht!" Der Medizinmann zog sie von Anwar zurück. „Ich habe bereits gesagt, er soll es nicht trinken. Euer beider Blut muss sich erneut vermischen. Ich ritze mit einem heiligen Kultmesser eure Pulsadern auf, und du presst deine geöffneten Adern auf seine. So fließt dein Blut in seinen Körper und umgekehrt. Aber ich muss dich warnen, Natassja. Noch befindet sich viel Gift in seinem Körper. Bisher bist du nicht infiziert. Aber trotz deiner Bat-Zellen und deines starken Anasazi-Blutes besteht ein Restrisiko. Schließlich bist du zu zehn Prozent normale Läuferin. Es ist deine Entscheidung."

„Schneid!" Ohne Zögern streckte Natassja dem Alten ihre Handgelenke hin.

Der Schamane zog ein schmales goldenes Kultmesser aus seinem Umhang. Dann bat er Batur, den zuckenden Vampirfürsten festzuhalten und die Innenflächen seiner Hände nach außen zu drehen. Zwei Schnitte, und der Fürst war für den Austausch bereit.

Der Medizinmann nahm Natassjas Hände in seine. Ein schneller Schnitt links, ein schneller Schnitt rechts – und frisches Arterienblut rann aus ihren Adern. Der Alte drehte ihre Handgelenke herum und presste sie auf Anwars.

Im Moment der Berührung durchfuhr Natassja ein weißer Blitz. Sie spürte, wie Anwars Lebenssaft sich mit ihrem vermischte. Mit dem Blutstrom floss ein Kribbeln durch ihre Venen bis hoch zu ihrem Herzen. Dort angekommen, breitete sich das Gefühl aus, als liefen Hunderte Ameisen im Kreis. Es kitzelte und juckte gleichzeitig. Sie wusste nicht, ob sie lachen oder schreien sollte. Ihr Puls verlangsamte sich, setzte einen Schlag aus, um dann loszurasen. Eine Hitzewelle trieb ihr die Röte ins Gesicht. Es mochte nur Einbildung sein, aber sie fühlte Anwars Präsenz, seine Seele, in sich. Ein großes Glücksgefühl durchströmte sie. Dann wurde sie ohnmächtig.

Als sie wieder zu sich kam, lag sie neben Anwar ausgestreckt auf dem Bett im Turmzimmer. Sie fühlte sich benommen, aber unglaublich stark. Anders vermochte sie das Gefühl nicht zu beschreiben. Es schien ihr, als sei neben einem Stück seines Ichs noch eine andere Kraft in sie eingedrungen, die ihr übermenschliche Kräfte verlieh. Von tödlicher Infektion keine Spur. Sie setzte sich auf und betrachtete Anwar.

Er schlief und atmete tief. Er sah gesund und kraftvoll aus. Sie berührte seine Wange. Er seufzte und schlug die Augen auf.

„Tassja!“ Er lächelte und nahm ihre Hand.

Sie beugte sich zu ihm hinab. Als sich ihre Lippen berührten, lief ein Schauer über ihren Körper, und die Härchen in ihrem

Nacken richteten sich auf. Verlangen und Begehren flackerten in ihr auf. Doch diesmal war ihre Begegnung anders. Intensiver, wilder, leidenschaftlicher. Ob das an ihrem Blutaustausch lag? Sollte es so sein, hatte die Vergiftung auch Vorteile. Natassja lächelte versonnen und gab sich ganz ihrer Wollust hin.

„Wie fühlst du dich?", flüsterte Natassja ihm ins Ohr, als sie sich später aus der innigen Umarmung lösten.

„Fantastisch! Ich könnte Bäume ausreißen. Allerdings habe ich einen Filmriss. Was geschah, bevor wir uns geliebt haben? Hatte ich einen Schub? Und wieso sind unsere Handgelenke verbunden?" Anwar runzelte die Stirn.

„Du hattest einen Schwächeanfall. Aber jetzt ist alles gut. Für immer." Sie bedeckte sein Gesicht mit Küssen.

„Ich verstehe das nicht ..." Anwar zupfte verwundert an ihrem Verband.

„Das ist eine lange Geschichte", sagte Natassja und richtete sich auf. „Bevor ich dir alles erzähle, will ich nach Gylan und meinem geliebten toten Joshua sehen."

„Hast du ‚Joshua' gesagt?" Die Tür flog auf, und Natassjas Bruder kam hereingestürmt, Hand in Hand mit einer glücklichen Gylan, die auf ihrem verbundenen Bein ein wenig humpelte.

Natassja starrte ihn mit offenem Mund an. „D...d...d... DU?!", stieß sie schließlich hervor.

„Ich bin es wirklich", meinte Joshua und flatterte zu ihr und Anwar ans Bett. Er umarmte seine Schwester, hob sie mitsamt der Decke kurz in die Luft und ließ sie dann übermütig grinsend unsanft auf die Matratze plumpsen. „Totgeglaubte leben länger. Vor allem wenn sie kurz vorm Sterben eine Vampirin beißt", verkündete Joshua und schlang seine Arme um Gylan.

„Dann hat dich ihr Biss gerettet?", wunderte sich Natassja. „Aber wie geht das? Fledermausmenschen sind doch gar nicht gegen Schusswunden immun."

„Das ist schon richtig. Doch wie mir der Schamane berichtet hat, verfügen du und ich über fast hundert Prozent Anasazi-Blut. Diese hohe Konzentration in Kombination mit einer frisch verabreichten Portion Transformationsflüssigkeit feit gegen so gut wie alles, außer das Alter und den Tod."

„Oh, Joshua! Ich bin so froh, dich wiederzuhaben!" Natassja schlang ihre Arme um seinen Hals und begann vor lauter Freude zu weinen.

„Ihr besitzt fast hundert Prozent Anasazi-Blut?" Anwar starrte die Geschwister fassungslos an. „Was ist während meines Schubs hier vor sich gegangen? Ich verstehe nur Bahnhof."

„Das ist auch Teil der langen Geschichte, die ich dir erzählen muss." Natassja warf sich in seine Arme und küsste ihn stürmisch.

„Hört auf zu knutschen! Dafür habt ihr noch ein ganzes Leben Zeit", sagte Joshua. „Seht euch lieber meinen Jungfernflug als richtiger Vampir an!" Er breitete seine Schwingen in ihrer vollen Pracht aus und sauste kreuz und quer durch den Raum. Übermütig lachte er und rief glücklich: „Wenn ich geahnt hätte, dass Fliegen cooler als Corvette-Fahren ist, hätte ich Gylan schon letztes Jahr gebeten, mich zu beißen."

„Dann kannst du mir ja deinen Sportflitzer schenken", meinte Natassja hinterlistig.

„Träum weiter!", entgegnete Joshua.

„Was ist denn hier los? Allgemeine Verbrüderung?", dröhnte Baturs Stimme vom Eingang des Turmzimmers. Mit schweren Schritten betrat er den Raum. „Ich muss gestehen, Natassja und Joshua, ihr habt mich angenehm überrascht. Euer Einsatz war klasse! Aber lasst euch das Lob nicht zu Kopf steigen. Für Kinderspielchen haben wir keine Zeit. Ich möchte eine Versammlung der Schwarzen Dreifaltigkeit einberufen. Am besten jetzt gleich. Wir können uns nicht auf das Wort des Coyotero-Führers Bahul verlassen. Gut möglich, dass er und seine Männer es sich anders überlegen und in einem Blutrausch über Cibola herfallen. Ich bin mir sicher, dass sie inzwischen wissen, wo unsere Stadt liegt. Und selbst wenn nicht, wird es nicht allzu lange dauern, bis sie es herausfinden. Immerhin haben sie uns auch in den Kerkern Roswells entdeckt. Also stellt sich die Frage: Verstärken wir die Schutzwälle von Bat City? Rüsten wir meine Jäger auf? Oder ziehen wir erneut fort und suchen eine der sechs verbliebenen goldenen Städte? Ich plädiere für …“

„Entspann dich, Batur!“, unterbrach Fürst Anwar seinen Monolog. „Soweit ich über den Ehrenkodex der Söhne des Windes Bescheid weiß, sind sie zuverlässige Männer und halten ihre Versprechen. Ich denke, wir sind eine Weile hier sicher und können uns eine Auszeit gönnen.“

„Batur braucht eine Freundin“, warf Joshua herausfordernd grinsend ein. „Dann ist er nicht immer so bierernst.“

Sofort begannen die anderen zu lachen. Selbst der Medizinmann. Nur Batur nicht.

„Für so einen Blödsinn wie Liebe bin ich nicht zu haben! Ich bin ausschließlich für das Kriegshandwerk geschaffen“, behauptete Batur. Offensichtlich verlegen, rieb er sich über die Narbe auf seiner Wange.

„Spaßbremse“, meinte Joshua. Und übermütiges, albernes Kichern schüttelte ihn, Gylan, Natassja und Anwar.

Bevor sich die vier noch mehr über den mutigen Kriegsherren mit seiner Angst vor Gefühlen lustig machten, rief der Schamane sie zur Besinnung. „Lieben, Leben, Kämpfen, Sterben … alles zu seiner Zeit. Wir haben eine Verschnaufpause verdient. Uns stehen Tage, Wochen und Monate, vielleicht sogar Jahre des Friedens bevor. Das sagt mir meine innere Stimme. In dieser Ruhephase kann sich die Prophezeiung erfüllen, von der mir unsere Vorfahren berichtet haben und von der Coyotero Bahul sprach: Ein junger Vampirfürst wird den Mut besitzen, eine rothaarige Läuferin als seine Begleiterin auszuwählen. Gemeinsam werden sie das Volk der Bat People vor dem Untergang retten und ihm eine neue Zukunft schenken."

„Na, wenn das mal keine rosigen Aussichten sind", meinte Joshua, packte Gylan und küsste sie begehrlich.

„Nicht so stürmisch, junger Mann!", mahnte ihn der Medizinmann. „Für dich bedeuten die nächsten Monate Arbeit. Ich werde dich unter meine Fittiche nehmen und deine seherischen Fähigkeiten trainieren."

„Aber doch nicht sofort ...", protestierte Joshua.

Natassja und Anwar saßen still nebeneinander auf dem Bett. Er nahm ihre Hand. Sie sagte: „Unser Glück ist perfekt." Er zog sie in einer leidenschaftlichen Umarmung an sich.

Batur schnaubte. „Kindsköpfe! Allesamt. Du auch, Schamane."

„Irrtum", entgegnete der Medizinmann. „Für dich wartet die Zukunft mit großen Veränderungen auf. Aber ich werde sie dir nicht verraten. Du wirst es merken, wenn du für sie bereit bist."

– ENDE –

Raven Cross

BAT Woman

Roman

MIRA®

1. KAPITEL

Milchig weiß schimmerte Natassja Licedeis nackte Haut im Licht des Vollmonds. Der kühle Wüstenwind streifte sacht über ihren Körper und trocknete den Schweiß zwischen ihren kleinen Brüsten, die an reife Äpfel erinnerten. Ein Schauer lief ihr über Bauch und Rücken, und sie bedeckte ihre Blöße mit ihren seidigen schwarzen Fledermausflügeln. Erschöpft, aber glücklich räkelte sie sich auf dem moosbedeckten Felsen, während sie ihren Geliebten Anwar betrachtete.

Der junge Vampirfürst hatte die Augen geschlossen und schien nach ihrem leidenschaftlichen Liebesspiel zu schlafen. Nur ein feines Lächeln um seinen üppigen roten Mund verriet, dass er wach war und über die Liebkosungen und Liebesbeschwörungen der vergangenen Stunden nachsann.

„Ich liebe dich", flüsterte Natassja und liebkoste mit ihrer Zunge seine Ohrmuschel. Sie atmete seinen Duft nach Flieder und Zimt ein, der allen Vampirmenschen zueigen war und den sie nach körperlicher Anstrengung besonders intensiv verströmten.

Anwars Lächeln verwandelte sich in ein breites, zufriedenes Grinsen und gab den Blick auf seine scharfen, spitzen Vampirzähne frei. Ein leises Seufzen drang aus seiner Kehle. Dann lachte er auf einmal laut auf und rollte sich von Natassja weg.

„Du kitzelst mich!", beschwerte er sich und legte die Hand über das nasse Ohr.

„Tu nicht so! Es hat dir doch gefallen, oder etwa nicht?" Natassja lächelte ihn spitzbübisch an und legte sich auf seinen muskulösen Körper. Sofort regte sich sein Begehren wieder. Allein eine Berührung dieses zarten Mädchens war genug. Seine kräftigen Hände packten ihre schmale Taille, und er zog sie fest zu sich heran. Gerade wollte er zu einer weiteren wollüstigen Umarmung übergehen, als plötzlich jemand an der Felskante vor ihnen auftauchte.

„Ach nee! Habt ihr kein Zuhause? Müsst ihr euch denn überall lieben? Nicht mal einen ruhigen Nachtflug kann man machen, ohne auf hormongesteuerte Vampirpaare zu treffen. Vor dem Eingang nach Cibola knutschen sich Gylan und Joshua ab, als gäbe es kein Morgen, sodass die Wachen ganz rot vor Scham werden. Und ihr rollt euch hier auf dem Felsen wie liebestolle Hunde. Wenn ihr so weitermacht, werde ich noch blind.“ Missmutig kickte Kriegsherr Batur einen Stein von dem Tafelberg hinab. Die Aufschläge klangen weithin hörbar durch die Nacht, bis der Stein mit einem dumpfen Aufprall im Wüstensand liegen blieb.

„Höre ich da eine Spur Neid heraus?“, fragte Anwar seinen Kriegsherren spöttisch und warf seinen schwarzen Umhang über seinen und Natassjas nackten Körper.

„Neid? Pah! Ich weiß nicht mal, was das ist“, konterte Batur. Aber er konnte es noch so bestreiten: Der Vampirfürst wusste genau, dass er ins Schwarze getroffen hatte.

„Ach, Batur, gib's doch zu. Du brauchst eine Freundin!“, scherzte Natassja, womit sie noch mehr Salz in die Wunde rieb. Denn auch wenn der mutige Samurai-Krieger stets behauptete, nur für den Kampf und die Schlacht geboren zu sein, deutete sein Verhalten in den letzten Monaten darauf hin, dass er dringend weibliche Gesellschaft brauchte. Beim Anblick von Natassja und Anwar oder dem zweiten glücklichen Paar in der Vampirführungsriege, der Hexe Gylan und Natassjas Bruder Joshua, verwandelte sich Batur immer öfter in einen knurrigen, griesgrämigen Zeitgenossen.

„Euch geht es zu gut“, moserte Batur. „Der lange Frieden in Cibola macht euch übermütig, und ich muss es ausbaden. Anstatt mich mit aus der Luft gegriffenen, unhaltbaren Behauptungen zu ärgern, solltet ihr euch um eure eigenen Angelegenheiten kümmern und jeden Tag in unserem Reich genießen. Wer weiß, wie lange unser Glück anhält? Nur, weil die Coyoteros uns verschont haben, bedeutet das noch lange nicht, dass wir vor ihnen sicher sind. Die Hundekrieger sind seit Generationen unsere Feinde. Daran ändert auch das Ehrenwort ihres Anführers Karanjai Bahul nichts. Seine Sympathie für dich, Anwar, und seine Bewunderung für deine Schönheit, Natassja, kann schnell ins Gegenteil umschlagen. Dann hetzt er seine schakalköpfige Meute auf unsere Bat People. Ich bezweifele, dass meine Jäger einem Ansturm der apokalyptischen Reiter standhalten können. Anwar, deine laxe Art färbt auf meine Männer ab. Sie frönen nur noch den schönen Dingen des Lebens und vernachlässigen ihre soldatische Pflicht."

„Ach, Batur, du hast ja recht", entgegnete der junge Vampirfürst beschwichtigend. „Aber gönn uns allen mal eine kurze Verschnaufpause. Nach den blutigen Auseinandersetzungen mit den Läufern und den Coyoteros haben die Bat People ein bisschen Erholung verdient. Auch deine Jäger. Es werden früh genug andere Zeiten kommen, in denen jeder einzelne Fledermausmensch seinen Pflichten nachkommt."

Batur schüttelte unwillig den Kopf. Die Narbe auf seiner rechten Wange zeichnete sich blaurot auf seiner bleichen Haut ab – ein deutliches Zeichen, dass es in ihm brodelte, er sich aber mit seiner Meinung zurückhielt. Dies gelang ihm nicht für lange. Er öffnete gerade den Mund, um seinen Standpunkt zu verteidigen, da flogen Gylan und Joshua aus dem Schatten der Felsen heran. Die Mongolenkriegerin und ihr zum Vampir mutierter Läufer-Lover landeten neben dem aufgebrachten Kriegsherrn.

„Beschwörst du in dieser wundervollen Nacht wieder Horrorszenarien?", fragte Gylan ihren Kampfgefährten Batur. „Vergiss deine Sorgen wenigstens ein Mal und genieß das Leben." Sie zeigte zum Himmel hinauf und meinte: „Ende dieses Monats leuchtet der Vollmond ein zweites Mal innerhalb von 30 Tagen, und wir feiern ihm zu Ehren das ‚Blue-Moon-Fest'. Such dir bis dahin ein nettes Vampirmädchen. Zu zweit machen die Feierlichkeiten viel mehr Spaß. Danach kannst du uns und deine Jäger wieder mit deinen Moralpredigten antreiben. Aber bis dahin bekommen wir eine Auszeit. Was meinst du dazu?"

„Ihr verkennt alle den Ernst der Lage! Sogar du, Gylan", meinte Batur enttäuscht. „Offensichtlich macht Liebe wirklich blind. Und nicht nur das. Sie macht euch auch taub für meine Warnungen und setzt den allen Vampiren angeborenen Instinkt des Selbstschutzes außer Kraft. Von Natassja und Joshua erwarte ich nichts anderes. Schließlich wurden sie als Menschen geboren. Aber ihr, Anwar und Gylan, ihr müsstet es besser wissen. Ihr seid mit der ständigen Bedrohung unseres Volkes aufgewachsen. Habt ihr denn eure fünf Sinne nicht mehr beisammen? Ihr tanzt verliebt durch den Tag. Auf unseren Sitzungen der ‚Schwarzen Dreifaltigkeit' bringt ihr Natassja und Joshua mit, als handelte es sich um einen Ausflug und nicht um wichtige Treffen, in denen die Belange unseres Stammes besprochen werden."

„Jetzt gehst du zu weit!", fuhr Anwar den Kriegsherrn an.

„Du bist ungerecht, Batur!", begehrte Gylan auf.

„Ich weiß, ich weiß ...", lenkte der Kämpfer ein. „Es geht euch gegen den Strich, wenn ich anzuführen wage, dass die ehemaligen Läufer nichts in unserer Dreier-Runde zu suchen haben. Ich betone, dass ich niemanden persönlich angreifen möchte. Darum geht es nicht. Anwar, ich kann verstehen, dass du Natassja als deine künftige Fürstin in die Staatsgeschäfte einweihen willst. Und mir ist dein Wunsch bekannt, dass sie das Zepter übernehmen soll, falls dir etwas zustößt. Aber dafür muss sie die politischen Geschäfte von der Pike auf lernen, statt einfach nur in unserer Runde rumzusitzen. Und Gylan, ich stimme dir zu, dass Joshua als angehender Schamane über die Vorgänge in Bat City informiert werden muss. Dennoch hat die Anwesenheit der beiden einen schlechten Einfluss auf unsere Besprechungen. Wir mutieren vom Führungstrio zum Spaß-Quintett. Anwar! Gylan! In der Gegenwart eurer Partner schwebt ihr im siebten Himmel und vergesst, was auf der Erde geschieht. Ich kann nur hoffen, dass ihr wieder rechtzeitig zu euch kommt. Nämlich bevor ihr hart auf dem Boden der Tatsachen landet und euch mit den Lanzen und Schwertern der Coyoteros konfrontiert seht.“ Batur seufzte resigniert und breitete seine schwarzen Fledermausschwingen aus. Er erhob sich in den Nachthimmel und wandte sich zum Eingang von Bat City. Bevor er in das unterirdische Reich der Vampirmenschen entschwand, drehte er sich noch einmal um und rief: „Und hört endlich auf, mir eine Freundin aufzuschwatzen. Ich habe absolut kein Interesse, und damit basta!“

Nachdem der Kriegsherr in dem Tunnellabyrinth zur unterirdischen Stadt verschwunden war, herrschte unter den Zurückgebliebenen betretenes Schweigen.

„Lenke ich dich wirklich zu sehr von deinen Aufgaben als Führer der Bat People ab?“, fragte Natassja Anwar schuldbewusst.

„Nein, Tassja. Ganz und gar nicht“, entgegnete der Vampir und streichelte beruhigend ihre nackte, kühle Schulter, von der sein Umhang herabgeglitten war. Er zog den Stoff wieder hoch und küsste ihre Wange. „Du fühlst dich kalt an. Du solltest dir etwas anziehen.“

Natassja nickte und griff nach ihrer Kleidung.

„Ich komme mir vor, als hätte ich Batur verraten“, sagte Gylan kläglich. „Seit meiner Kindheit haben wir uns in jeder Situation zur Seite gestanden und viele Kämpfe durchfochten. Und nun bin ich mit dir zusammen ...“ Sie lehnte ihren Kopf an Joshuas Brustkorb. „... und kümmere mich kaum noch um meinen alten Freund und Vertrauten.“

„Das Gleiche gilt für mich“, stimmte Anwar ihr zu. „Seit ich Tassja kenne, ist sie mein Augenstern. Aber Batur täuscht sich, wenn er meint, dass ich die Interessen meines Volkes vernachlässige. Und das Wort ‚Verrat' trifft den Sachverhalt nicht, Gylan. Du redest dir unnötige Schuldgefühle ein. Unser aller Leben hat sich einfach sehr verändert. So ist nun mal der Lauf der Zeit. Nichts bleibt, wie es ist. Unser Volk musste stets um sein Überleben kämpfen. Unsere Zahl war schon dezimiert, bevor Sheriff Burke und seine Männer uns in Cibola aufspürten, unsere Stadt brandschatzten und uns vertrieben. Aber seitdem haben wir viel dazugelernt. Wir haben Bat City zurückerobert, den Coyoteros die Stirn geboten und sind auf dem besten Wege, eine Lösung für unser Nachwuchsproblem und die Auffrischung unseres Blutes zu finden. Sosehr ich Batur als Fledermausmann, Freund und Feldherrn schätze, er tut uns Unrecht. Wir ziehen uns nicht aus der Verantwortung, nur weil wir glücklich sind." Er schlang seinen Flügel um Natassjas Taille.

„Batur ist nun einmal durch und durch Krieger", meinte Gylan. „Seine gesamte Existenz ist dem Kampf geweiht. Er kennt und will nichts anderes. Er kann nicht nachvollziehen, dass wir plötzlich andere Interessen haben." Ihre bernsteinfarbenen Katzenaugen funkelten Joshua stolz und besitzergreifend an. Zärtlich streichelte sie über den Dreitagebart auf seiner Wange.

„Nun, wir sind alle volljährig. Da ist es normal, dass wir Lust auf Liebe und Sex haben und uns Partner suchen", meinte Anwar. „Batur kann nicht erwarten, dass wir wie er gegen Sehnsucht und Verlangen gefeit sind."

„Ich glaube nicht, dass er in Herzensdingen gefühllos ist", wandte Natassja ein. „Vielleicht ist es sein Samurai-Blut … und der Ehrenkodex der alten Kriegerkaste, der ihm verbietet, an sich zu denken." Sie seufzte nachdenklich. „Ich habe Batur in den letzten Wochen wirklich zu sehr mit seinem Defizit in puncto Frauen aufgezogen. Ich werde damit aufhören." Sie wandte sich an ihren Bruder. „Joshua, du bist so schweigsam. Das ist gar nicht deine Art. Was sagst du zu all dem?"

„Zu Batur und seinem Liebesproblem, Nasti?“, fragte er grinsend.

„Nein. Oder vielmehr: das auch. Aber vor allem interessiert mich, ob an seinen Befürchtungen im Bezug auf die Coyoteros etwas dran ist. Immerhin besitzt du seherische Fähigkeiten. Und seit du beim Medizinmann in die Lehre gehst, muss sich dein Talent noch um Längen verbessert haben, oder?“

Drei Augenpaare richteten sich neugierig auf Joshua. Er räusperte sich.

„Äh, es stimmt schon, dass meine Gabe durch die Aufgaben, die mir der Schamane stellt, wachsen und meine Visionen umfangreicher und intensiver werden. Aber durch die täglichen Übungen bin ich häufig überanstrengt und habe oft – wie soll ich es nennen? – Funkstörungen. Visionen, Prophezeiungen und Bilder schieben sich übereinander. Ich sehe zwar in die Zukunft, kann aber nicht hundertprozentig sagen, dass ich die Wirklichkeit erkenne. Mein Kopf macht aus zwei Geschichten eine.“ Er zuckte entschuldigend mit den Achseln. Als die anderen ihn weiter schweigend anstarrten, fuhr er nervös fort: „Der Medizinmann sagt, dass viele Fehler und eine miserable Trefferquote am Anfang einer Ausbildung zum Seher normal sind. Dafür bin ich später umso sicherer und detailgetreuer bei meinen Vorhersagen. Es ist aber nicht so, dass ich momentan komplett versage“, stammelte er, als er in die skeptischen Gesichter seiner Freunde sah.

„Und was heißt das?“, hakte Anwar ungeduldig nach.

„Also, ich kann Baturs Befürchtungen nicht bestätigen“, sagte Joshua.

Anwar, Natassja und Gylan atmeten erleichtert auf.

„Aber“, wandte Joshua ein. „Ich habe seit einer Weile einen beunruhigenden Traum: Ein Bote kommt aus dem Süden. Aus Feuerland, um genau zu sein. Und er bringt schlechte Nachrichten. Sehr schlechte Nachrichten.“

2. KAPITEL

„Feuerland?“ Anwar zog die Augenbrauen hoch. „Unsere südamerikanischen Verwandten leben in Brasilien, nicht im tiefsten Patagonien. Erklärst du mir Joshuas Traum, Medizinmann?“ Der junge Vampirfürst saß im Schneidersitz im Schwitzzelt des Schamanen und beugte sich angespannt zu dem alten Mann vor, der seit Jahrzehnten als Heiler, Prophet und Traumdeuter die Geschicke der Fledermausmenschen lenkte.

„Ich kann dir leider nicht weiterhelfen“, entgegnete der Schamane. „Die Sache verhält sich folgendermaßen: Joshua ist ein überaus talentierter Seher. Er hat das Potenzial, der beste aller Schamanen zu werden. Aber noch ist er nicht so weit. Um seine Entwicklung zu beschleunigen, übertrage ich während unserer Sitzungen meine Kraft mithilfe von Meditation, Beschwörungen und Gebeten auf ihn. Die Vorgehensweise stärkt Joshua – und schwächt mich. Ich kann zwar meinen alltäglichen Arbeiten, wie beispielsweise dem Heilen, nachgehen. Und ich bin in der Lage, meine Experimente mit Natassjas und Joshuas Blut weiterzuführen, um einen Sud aus ihrem Lebenssaft zu gewinnen, der unser erbkrankes Volk regeneriert. Aber für transzendente Anstrengungen wie das Hellsehen oder die Traumdeutung reicht meine Energie momentan nicht aus. Um sie wiederherzustellen, müsste ich Joshuas Sonderbehandlung einstellen. Allerdings würde es selbst bei sofortigem Stopp mindestens 24 Stunden dauern, bis ich wieder bei Kräften bin.“

„Na super! Joshua ist noch nicht fit genug, um unser Volk mit Weisheit und Wahrsagung zu schützen, und du bist es nicht mehr. Die Bat People sind also ohne jeglichen spirituellen Beistand. Du hättest mich wegen deines Vorhabens, Joshua auf diese Weise zu unterstützen, um Erlaubnis bitten müssen“, beschwerte sich der junge Fürst.

„Das habe ich“, entgegnete der Schamane und warf Anwar

einen vielsagenden Blick zu. „Aber du warst anderweitig beschäftigt."

Tassja! Dem jungen Vampirfürst schoss das Blut in die Wangen. Er war so vernarrt in seine Geliebte, dass er wirklich alles andere vergaß. Batur hatte ihn folglich zu Recht gerügt. Und dem Medizinmann war seine geistige Abwesenheit auch schon aufgefallen. Hoffentlich hatte er sich in seiner Verliebtheit vor seinem Stamm nicht vollkommen zum Narren gemacht.

„Du brauchst dich nicht zu sorgen", riss ihn der Medizinmann aus seinen Gedanken. „Zumindest nicht, was die spirituelle Unterstützung der Bat People und ihr Vertrauen in dich angeht. Die Götter unserer indianischen Vorfahren, der großen Anasazi, sind mit dir und deinen Untertanen." Der Alte grinste über Anwars verblüfftes Gesicht. Wie jung der Herrscher der Bat People noch war! Auch wenn der Fürst durch das radioaktive Gift der Menschen eine beeindruckende Verwandlung zu einem kraftvollen und Furcht einflößenden Vampir durchlaufen hatte, gab es immer wieder Momente, in denen sich seine Unschuld und Unbedarftheit zeigten. So wie jetzt.

„Ich mag zwar vorübergehend saft- und kraftlos sein", scherzte der Medizinmann. „Aber um deine Hoffnungen und Ängste zu erkennen, reichen meine Fähigkeiten noch aus."

„Es tut mir leid, wenn ich respektlos und unhöflich war", entschuldigte sich Anwar. „Ich hege keinen Groll gegen dich, sondern gegen mich selbst. Ich gebe es ungern zu, aber ich war in den vergangenen Monaten eigennützig und habe nur für mein privates Glück gelebt. Das steht einem normalen Bat Man zu, nicht jedoch einem Fürsten."

„Geh nicht zu hart mit dir ins Gericht", antwortete der Medizinmann. „Jeder hat Liebe verdient. Ausnahmslos. Und sei beruhigt: Du hast deine Pflichten als Herrscher erfüllt. Solltest du dennoch Zweifel hegen und glauben, dass du die Bat People vernachlässigt hast, bietet sich dir jetzt die Gelegenheit, Versäumtes wiedergutzumachen." Der Alte deutete mit einer Kopfbewegung zum Eingang des Schwitzzeltes.

Anwar schlug die Lederhäute zurück, die das Tipi verschlossen. In einiger Entfernung näherten sich Natassja und Batur dem Adobe und Saunazelt des Schamanen. Beim unerwarteten Anblick Tassjas jagte eine Welle aus Liebe, Leidenschaft und Angst um sie durch Anwar. Er bekam eine Gänsehaut, der kalte Schauer kroch bis in die Spitzen seiner Flügel. Ein leichtes Vibrieren seiner Schwingen verriet seine Gefühle. Ein verträumtes Lächeln spielte um seine Lippen und erstarb, als er den blutverschmierten Bat Man sah, den seine Geliebte und sein Vertrauter stützten.

Der Fürst sprang auf und verließ ungeachtet seines nackten, verschwitzten Oberkörpers das Zelt. Zwei kräftige Flügelschläge, und er landete vor Natassja, Batur und ihrem verletzten Begleiter.

Der Fledermausmann hing leblos zwischen Natassjas und Baturs Armen. Seine Augen waren geschlossen, seine Fledermausschwingen hingen schlaff herab. Der rechte war gebrochen. Er hatte zerzaustes schwarzes Haar und trug einen bodenlangen schwarzen Mantel. An seiner linken Seite baumelte eine Streitaxt im Gürtel. Er hätte einer von Anwars Untergebenen sein können. Aber zwei Merkmale unterschieden ihn von den Fledermausmenschen New Mexicos: Er war kleinwüchsig, kaum über ein Meter sechzig groß, und er besaß im Gegensatz zur schneeweißen Haut der Cibolaner einen olivfarbenen Teint.

Der Bote aus Feuerland! Der Unheilüberbringer aus Joshuas Traum!

Anwar atmete dreimal tief durch, um sich gegen eine Hiobsbotschaft zu wappnen. Seit er Natassja liebte, war er verletzlich geworden. Seine Furchtlosigkeit hatte ihn verlassen. Und er hasste diese neue Schwäche. „Wo habt ihr ihn gefunden?", fragte er deshalb betont sachlich.

„Er lag im Wüstensand vor dem Indianerberg“, erklärte Batur. „Einer meiner Jäger hat ihn entdeckt und mich gerufen.“

„Ist er bei Bewusstsein? Hat er gesprochen? Wer ist er? Was will er?“ Anwar legte seine Finger unter das Kinn des Verletzten und hob dessen Kopf an. Hätte er nicht den Atem des Vampirs auf seiner Haut gespürt, hätte er ihn für tot gehalten.

„Er sagt, sein Name ist Pol. Er gehört zum Stamm der brasilianischen Bat People. Mehr haben wir bisher nicht aus ihm herausbekommen. Er will nur mit dir sprechen, Anwar“, antwortete Natassja.

Als Anwars Name genannt wurde, öffnete der Bote die Augen, als habe er auf diesen Moment gewartet. Seine Pupillen waren unnatürlich geweitet, das Weiß um seine Iris blutunterlaufen.

„Seid Ihr der Fürst?“, murmelte er mit rauer, brüchiger Stimme und starkem brasilianischem Akzent.

„Ja. Ich bin Fürst Anwar.“ Der Vampirherrscher nahm Natassjas Platz ein und half dem Boten in das Adobe des Schamanen. Dort legte er den Verletzten mit Baturs Hilfe auf eine mit Fellen bedeckte Pritsche.

„Ich hole Pol Essen und Trinken“, sagte Natassja.

„Nein!“, stieß der Bote heftig hervor und hielt sie am Flügel fest. „Was ich zu sagen habe, betrifft Euch auch. Ihr seid doch die Menschenfrau, die aus Liebe zur Vampirin geworden ist?“

Natassjas nickte. Sie warf einen verschämten Seitenblick auf Anwar und wurde rot.

Pol lächelte schwach. „Ich habe Euch an Eurem leuchtend roten Haar erkannt. Ihr und der Fürst seid bei allen Bat-People-Stämmen von Brasilien bis China, von der Mongolei bis Sibirien das Tagesgespräch. Unsere Völker setzen große Hoffnung in Euch. Denn die Prophezeiung, dass der Vampirfürst und seine schöne Läuferin unseren Genpool auffrischen und starke Erben zeugen werden, gibt uns die Kraft, trotz der vielen Missgeburten und Erbkrankheiten an unsere Zukunft zu glauben. Ist es wahr, dass durch Eure Adern und die Eures Bruders fast hundert Prozent reines Indianerblut fließt?"

„Ja. Joshua und ich sind direkte Nachfahren der Anasazi, der menschlichen Vorfahren der Bat People." Natassja hoffte, dass Pol nicht nach ihrer genauen Herkunft fragen würde. Sie wusste sie selber nicht. Bis der Schamane zufällig entdeckt hatte, dass ihr Blut spiralförmige Kreise bildete und dies die Eigenschaft besten Anasazi-Blutes war, hatte sie geglaubt, von russischen, irischen und deutschen Amerika-Einwanderern abzustammen.

Doch Pol genügten ihre Angaben. Er griff nach ihrer Hand und drückte sie fest. „Es ist mir eine Ehre, Euch kennenzulernen", sagte er. „Ihr seid noch schöner, als uns zugetragen wurde."

„Zugetragen? Von wem?", fragte Natassja und warf Anwar einen weiteren Seitenblick zu. Außergewöhnliche Nachrichten reisten offensichtlich schnell. Es wunderte sie, dass die Vampirwelt bereits über ihr und Joshuas Blut-Phänomen informiert war.

„Den ... Coyoteros ....", stammelte Pol. Ein Hustenanfall erstickte seine Worte.

Bei der Erwähnung der Schakal-Krieger zuckte Natassja zusammen. Anwars bleiches Gesicht wurde noch eine Spur blasser.

„Ich wusste es!", stieß Batur hervor und ballte die Fäuste.

„Unser Stammesfürst Zantapau ist mit seinen Kriegern während einer Jagd zufällig auf ein Lager der Coyoteros gestoßen", erklärte Pol, der sich wieder etwas erholt hatte. „Er und seine Männer haben sich herangeschlichen und die Söhne des Windes belauscht. Dabei haben sie von Euch erfahren und dass die Coyoteros einen heiligen Krieg gegen alle Bat People führen wollen. Zantapau und seine Getreuen sind sofort in unsere Bat Cave am Fluss Xingu zurückgekehrt. Wir haben noch in derselben Nacht unser Zuhause verlassen, um gen Süden aufzubrechen. Aber die Coyoteros haben uns aufgespürt und zusammen mit den anderen brasilianischen Stämmen bis nach Feuerland getrieben, bevor wir fliehen konnten. Wir, die Xingu-Fledermausmenschen, standen am Ende der Welt, mit dem Rücken zum antarktischen Meer. Wir können nicht schwimmen, und unsere Überlebenschancen am eisigen Südpol gehen gegen null. Viele haben Selbstmord begangen, um den Coyoteros nicht in die Klauen zu fallen. Nur wenige konnten fliehen. Die anderen wurden in die kalten Fluten der Magellanstraße getrieben. Ich bin der einzige Überlebende der Xingu. Unser Stammesfürst hat mich kurz vor unserem Untergang zu Euch, Fürst Anwar, gesandt, um Euch zu warnen. Er hat gehört, wie sich der Anführer der Coyoteros und sein Diener Moc darüber unterhalten haben, dass der oberste Coyotero plant, nach der Vernichtung der südlichen Vampirmenschen gen Norden zu ziehen und den Bewohnern Cibolas endgültig den Garaus zu machen. Er hat wortwörtlich gesagt: ‚Ich räche die jahrhundertelange Schmach, die die Coyoteros durch die Bat People erfahren haben, indem ich den Auserkorenen, den Fürst der Bat People, der das Gift der Läufer überlebt hat, und seine Läuferin töte! Damit werde ich die Zukunft der Fledermausmenschen im Keim ersticken‘." Erschöpft sackte der Bote nach seinem Monolog zusammen.

„Ich wusste es!", wiederholte Batur und wandte sich an Anwar. „Dein Vertrauen in Ehren. Aber das Ehrenwort eines Coyoteros ist einen feuchten Dreck wert! Du hättest Karanjai Bahul niemals glauben dürfen, dass er unseren Stamm verschont, während er unsere Blutsbrüder tötet."

Anwar ignorierte Baturs Vorwurf und rüttelte Pol, der in sich zusammengesunken auf der Pritsche lag, vorsichtig an der Schulter. „Ist der Name des obersten Coyoteros Karanjai Bahul?", fragte er den Boten. Der Vampirfürst wollte nicht glauben, dass ein Krieger und Ehrenmann wie Bahul sein Wort brach.

„Arghh ...", antwortete der Bote. Er versuchte zu sprechen, doch seine Stimmbänder gehorchten ihm nicht. Er riss die Augen auf, aber seine Lider flatterten. Sein Blick irrte leer und ziellos im Rundhaus des Schamanen umher. Ein Hustenanfall schüttelte seinen von Kampfverletzungen und Reisestrapazen geschwächten Körper. Schaum quoll über seine Lippen. Ein Zittern und Zucken lief durch seinen Leib. Seine Gliedmaßen verkrampften sich. Plötzlich bleckte er seine Vampirzähne und versuchte, Anwar, der sich zu ihm hinunterbeugte, in die Halsschlagader zu beißen. Doch bevor er sein Ziel erreichte, sackte Pol in sich zusammen. Seine Augen drehten sich in ihren Höhlen nach oben, bis nur noch das Weiße zu sehen war. Mit einem Seufzer hauchte der Bote sein Leben aus.

„Batur, ruf zwei deiner Jäger!“, befahl Anwar. „Sie sollen Pol in die Wüste bringen und seinem Leichnam die einem Bat Man gebührende Feuerbestattung geben. Seine Asche sollen sie anschließend in die südliche Himmelsrichtung verstreuen, damit seine Seele sich mit seinen toten Gefährten vereinen kann.“

Der Kriegsherr nickte grimmig. Ihn drängte es, sich um die Vorbereitungen für den bevorstehenden Angriff der Schakal-Krieger zu kümmern, anstatt einem toten Fremden die letzte Ehre zu erweisen. Aber er fügte sich Anwars Wunsch und verließ unwillig das Adobe.

„Schaum auf den Lippen ... ein unerwarteter Gewaltausbruch ...“ Der Schamane bedeckte Pols verzerrtes Gesicht mit einem Leinentuch. „Alles deutet darauf hin, dass die Coyoteros ihre Waffen noch mit dem Läufergift bestreichen. Es hat dir, Anwar, deine übernatürliche Kraft verliehen, aber alle anderen, die damit in Kontakt kamen, getötet. Sollten uns die Schakalmenschen erneut mit derart vergifteten Lanzen und Schwertern angreifen, erholt sich unser von ihrer letzten Attacke stark dezimierter Stamm nicht mehr, Natassjas und Joshuas Anasazi-Blut hin oder her.“

„Ich weiß“, sagte Anwar nachdenklich. „Aber ich denke, die Coyoteros besitzen nur noch Restbestände des Giftes. Das Gros haben sie bei ihrer Hatz auf uns in Baboquivari verbraucht.

Hätten sie noch mehr von dem toxischen Sand besessen, hätten sie ihn bei ihrem Angriff auf den NASA-Stützpunkt in Roswell eingesetzt. Wenn sie jetzt Gift gegen uns verwenden wollen, müssen sie den langen Weg nach Nevada auf sich nehmen, um ihr Depot aufzustocken. Das wäre strategisch unklug. Sie müssten erst an uns vorbeiziehen, um dann mit dem verseuchten Sand zurückzukehren und uns den Krieg zu erklären."

„Vielleicht hat Bahul seine Krieger direkt nach unserer Begegnung in den Alien-Kerkern der NASA nach Nevada geführt und dort die leeren Munitionstaschen mit Gift auffüllen lassen", warf Natassja ein.

„Möglich, aber unwahrscheinlich", meinte Anwar. „Pol sagte, die Coyoteros hätten sein hilfloses Volk ins Meer getrieben und ertränkt. Wozu der Aufwand, wenn ein schneller Giftmord möglich ist? Nein, nein. Darüber zu rätseln, ob sie toxische Substanzen besitzen oder nicht, ist vollkommen sinnlos. Denn ehrlich gesagt, brauchen sie das Zeug gar nicht, um uns umzubringen. Die apokalyptischen Reiter sind uns auch so überlegen. Sie sind in der Überzahl und verfügen über bessere Waffen. Folglich bleibt uns so oder so nicht viel Zeit zum Handeln."

„Das ist richtig!", stimmte Batur zu, der in diesem Moment mit zwei Jägern die Hütte betrat. Er deutete mit dem Flügel auf den Toten. Seine Männer schulterten den Leichnam und verschwanden aus dem Adobe.

Pol hat Überfledermausmenschliches geleistet, indem er zirka 13.000 Meilen von Feuerland nach New Mexico geflogen ist", sagte der Kriegsherr. „Bei einem realistischen Durchschnittsflugtempo von 187 Meilen pro Tag, das ein Fledermausmensch problemlos schaffen kann, hat er etwa 43 Tage vom äußersten Südzipfel bis hierher gebraucht. Aber Pol war schwer verletzt. Das machte ihn langsamer. Andererseits trieben ihn sein Wille und sein Pflichtbewusstsein an, sich nicht zu schonen. Ich schätze, er war 50 Tage unterwegs. Die Coyoteros dagegen sind gesund und wohlgenährt. Sie besitzen die Gene der Menschen, der Hunde und der Fledermäuse. Und sie verfügen über die meisten Fähigkeiten der drei Spezies. Aber ... obwohl sie wie wir Flügel tragen, sind sie flugunfähig. Um diese Unfähigkeit auszugleichen, reiten sie pfeilschnelle Araberpferde. Die Tiere sind eine spezielle Züchtung aus den Ställen Scheich Abdul Dais. Sie siegen in jedem Rennen, und ihnen werden mythische Kräfte nachgesagt. Allerdings müssen sie sich unter anderem durch den Dschungel kämpfen. Und ich bezweifele, dass sie es mit der Schnelligkeit eines Vampirs – selbst eines verletzten – aufnehmen können. Das gibt uns zehn ... nein, zwanzig Tage, um aufzurüsten."

„Das ist nicht viel. Aber immerhin", meinte Anwar. „Lasst uns zum goldenen Palast zurückkehren und ein Treffen der ‚Schwarzen Dreifaltigkeit' einberufen. Ich will Gylans und" – er sah Batur scharf an – „Joshuas Meinung zu unserer Vorgehensweise hören."

„Schade, dass unser Jahr Schonfrist vorbei ist", stellte Gylan wenig später in Anwars Arbeitszimmer fest. „Gerade sind die letzten Reparaturarbeiten in Cibola beendet. Die schönste der sieben goldenen Städte, unsere wundervolle Bat City, erstrahlt wieder in ihrem alten Glanz. Die Bat People haben die Mühsal und das Leid von Vertreibung und Tod vergessen. Und nun beginnt alles von vorn."

Sie seufzte und drückte mit einem traurigen Lächeln Joshuas Hand. Dann sammelte sie sich und warf trotzig ihre lange, schwarze, aalglatte Mähne zurück. Ihre Mandelaugen blitzten, als sie entschlossen ihren Dolch aus dem Gürtel zog und in Anwars Schreibtisch rammte. Die Klinge vibrierte und gab einen surrenden Laut von sich. „Die Coyoteros wollen Krieg? Dann können sie Krieg haben! Sollen sie ruhig kommen. Ich bin bereit!" Gylan kreuzte die Arme vor ihrem Brustkorb.

„Tapferkeit allein wird uns nicht zum Sieg führen", sagte Batur und zwang sich, nicht zu lächeln. Seine Befürchtung, die kuscheligen Friedenszeiten hätten seine beste Kriegerin handzahm gemacht, löste sich in Wohlgefallen auf. Gylan besaß immer noch den gleichen Kampfgeist wie vor ihrer Beziehung mit Joshua. Eine echte Mongolin aus dem Hause des Hunnenkönigs Attila war eben durch nichts zu bändigen. „Wir müssen Taktik und Strategie einsetzen", fuhr Batur fort. „Vor zwölf Monaten wussten Bahul und seine Hundekrieger noch nicht, wo Cibola liegt. Aber nachdem sie Sheriff Burke und seinen Lakaien Floyd aus dem NASA-Labor verschleppt haben, müssen wir davon ausgehen, dass die beiden Cops unseren Standort verraten haben. Entweder um ihr erbärmliches Leben zu retten oder um sich verbesserte Lebensbedingungen in der Gefangenschaft zu erkaufen."

„Oder um sich anzubiedern", warf Natassja in Gedanken an ihren Erzfeind Floyd ein. Seit der Hilfssheriff versucht hatte, ihren Bruder zu töten, hasste sie den pickeligen, schlaksigen Verlierer bis aufs Blut.

„Denkst du wirklich, dass Aufschneider Mark Burke und Alien-Fan Floyd noch leben?", fragte Anwar seinen Kriegsherren. „Das kann ich mir nicht vorstellen. Immerhin war Burkes Großvater Thomas ein gnadenloser Coyotero-Jäger, und Bahul plante, den Sheriff für die Taten seines Vorfahren bluten zu lassen. Und dieser Schmarotzer Floyd geht jedem einigermaßen klar denkenden Wesen schon nach ein paar Minuten auf die Nerven. Den lässt niemand lange leben."

„Wenn ich nur daran denke, wie Floyd sich vor die Hufe von Bahuls Pferd geworfen hat und schrie: ‚Ich bin Euer Diener, allmächtiger Außerirdischer'", meinte Gylan verächtlich. Sie imitierte Floyds Fistelstimme so perfekt, dass die anderen trotz der bitteren Erinnerung an die Geschehnisse im NASA-Labor und der aktuellen Bedrohung lachen mussten. Allerdings nur kurz.

Batur holte die Anwesenden in die schroffe Realität zurück. „Ob lebendig oder tot, ich glaube, einer der Polizisten oder sogar beide haben geredet. Weder Burke noch Floyd haben die Zugänge nach Bat City gekannt. Das verschafft uns einen Vorteil. Die Coyoteros müssen ihren Weg in unsere Stadt erst finden."

„Allzu schwer wird ihnen das aber nicht fallen", bemerkte Anwar. „Sobald sie wissen, wo sie nach uns suchen müssen, setzen sie ihre Spürnasen ein. Sie riechen zwar nicht so gut wie Hunde – weil sie nicht nur tierische Gene, sondern auch die von Mensch besitzen. Aber ihr hündisches Erbe reicht aus, um im Umkreis von ein paar Metern unsere Witterung aufzunehmen. Und unser einzigartiger Duft nach Zimt und Flieder wird ihnen die Arbeit zusätzlich erleichtern."

„Dann finden sie eben die Zugänge nach Cibola. Na und?", begehrte Gylan auf. „Unsere neuen Tore sind stabiler als die alten und mit wenigen Jägern gegen eine Übermacht von Angreifern zu halten. Wir bauen Verteidigungslinien hinter den vorderen Kriegern auf, sodass sofort neue Kräfte nachrücken können, wenn sie fallen."

„So ist es geplant", stimmte Batur zu. „Allerdings müssen wir berücksichtigen, dass die Coyoteros uns von der Außenwelt abriegeln, wenn sie mit der ersten Attacke nicht in Cibola eindringen können. Wir benötigen genügend Vorräte, um eine monatelange Belagerung durchzuhalten. Außerdem ..."

Plötzlich unterbrach ein dumpfer Aufprall Baturs Rede. Joshua war zusammengebrochen. Er lag auf dem Boden und warf den Kopf hin und her. Seine Augen waren halb geschlossen, seine Gliedmaßen zuckten. Schweiß rann ihm über die Stirn. Er murmelte Unverständliches.

„Er hat eine Vision!", erklärte Gylan. Sie kniete sich neben ihn und wiegte seinen Kopf sanft in ihrem Schoß. „Seit er bei dem Schamanen in die Lehre geht, treten seine seherischen Schübe häufiger und heftiger auf. Er kann sie noch nicht kontrollieren. Wenn die Bilder kommen, kippt er um – egal, wo er sich gerade befindet. Ich habe Angst, dass er sich irgendwann dabei schwer verletzt." Sie strich ihm eine schweißverklebte kastanienrote Haarsträhne aus der Stirn.

Joshua ächzte und stöhnte. Dann erstarrte er auf einmal, öffnete die Augen und richtete sich auf. Sein Blick war klar, seine Gesichtszüge jedoch verzerrt. Er sah aus wie ein Mensch, der gerade etwas Schreckliches gesehen hat. „Wir haben keine Zeit zu verlieren!", warnte er. Hastig kam er auf die Füße. „Die Coyoteros sind nah. Sie sind nicht auf dem Landweg von Patagonien nach New Mexico aufgebrochen; sie haben den Seeweg genommen. Ein Schiffer in der Hafenstadt Ushuaia hat ihnen seinen maroden Kahn verkauft. Mit dem Seelenverkäufer sind sie in wenigen Tagen bis an die texanische Küste gesegelt und stehen nun ..."

„Feind vor den Toren!" Ein Jäger preschte unangemeldet in Anwars Arbeitszimmer. „Fürst Anwar! Kriegsherr Batur! Apokalyptische Reiter dringen nach Cibola ein! Die Viertel jenseits des Flusses sind erobert. Aber die Elite-Jäger konnten den weiteren Vormarsch der Coyoteros stoppen. Sie haben die Brücken verbrannt und die Tore ins Stadtzentrum verschlossen. Trotzdem müssen wir schnell handeln! Die Schakal-Krieger rücken zu Tausenden an. Unsere Soldaten sind dieser Übermacht nicht gewachsen!"

„Ich komme sofort!", sagte Batur zu dem Jäger und wandte sich, während er schon zum Ausgang flog, noch einmal zu dem jungen Fürsten um. „Anwar, du bist das Ziel der Attacke. Du musst dich in Sicherheit bringen. Das Ost-Tor und die unterirdischen Labyrinthe sind noch nicht in die Hände der Coyoteros gefallen. Flüchte in die Höhlen bei Las Cruces! Sie können uns für einige Tage oder gar Wochen als Unterschlupf dienen."

„Nein! Nicht die Höhlen! Zumindest nicht für längere Zeit", unterbrach ihn Joshua. „Mein Psi verrät mir, dass wir dort auf Dauer nicht sicher sind. In meiner Vision bricht das Volk der Bat People zu den verbliebenen sechs goldenen Städten auf, um unter ihnen die eine zu finden, die das endgültige Zuhause der Fledermausmenschen werden soll. Der Weg dorthin wird nicht einfach sein. Die Stadt liegt in einem weit entfernten Land. Aber sie ist die Mühen und Entbehrungen wert. Denn dieses Eldorado wird noch schöner sein als das viel gepriesene Cibola."

„Schöner als Bat City? Das gibt es nicht!", sagte Gylan. „Wo soll das sein? Wie kommen wir dorthin?"

„Wenn ich es wüsste, würde ich es euch sagen. Doch mehr hat mir meine Vision nicht verraten", entgegnete Joshua, blickte aber über Gylans Kopf hinweg und mied die Augen der anderen.

„Ich habe geschworen, Cibola niemals zu verlassen!", warf Anwar ein und griff zu seinen Waffen. „Achthundert Jahre haben die Bat People hier gelebt. Ich überlasse unsere Heimat nicht diesen mörderischen Nomaden."

„Heimat ist nicht ein Stück Land!", warf Natassja ein und legte ihre Hand auf Anwars Arm, der bereits seine Axt schwang. „Heimat ist, wo du und ich, deine Freunde und dein Volk sind."

„Natassja hat recht!", bekräftigte Batur. „Die Bat People brauchen dich lebend, Anwar. Vergiss nicht: Du bist nicht nur der Anführer unseres Stammes. Du bist der Auserkorene für alle Völker der Fledermausmenschen. Deine Verantwortung geht über lokale Interessen hinaus. Sie ist global! Unser Treffpunkt bleiben die Höhlen – vorübergehend. Ich verteidige Cibola mit meinen Jägern, so lange ich kann. Sollten meine Männer und ich morgen nicht bei euch sein, zieht weiter." Der Kriegsherr nickte in die Runde und folgte seinem Jäger hinaus in die Schlacht.

Seinen Worten gab es nichts entgegenzusetzen. Anwar steckte seine Axt in seinen Gürtel. „Nun gut. Flucht heißt nicht, dass wir uns geschlagen geben", sagte er zu den Verbliebenen. „Gylan und Joshua, ihr führt unseren Stamm nach Las Cruces. Für uns gilt dasselbe wie für Batur: Wenn Natassja und ich nicht bis morgen zu euch stoßen, wartet nicht! Verlasst Amerika und begebt euch zu unseren Verwandten nach China, Sibirien oder in die Mongolei. Warnt sie vor den Coyoteros und bereitet euch mit ihnen auf den Kampf vor."

„Was hast du vor?", fragte Gylan. „Warum fliegst du nicht gleich mit uns? Du darfst dein Leben nicht unnötig riskieren!"

„Ich habe Wichtiges zu erledigen. Natassja und ich holen alte Dokumente, die in den Archiven des goldenen Palastes lagern. In ihnen sind die Lagepläne der goldenen Städte verzeichnet. Wenn wir Joshuas Prophezeiung folgen wollen, brauchen wir eine Karte." Er lächelte der Mongolenkriegerin aufmunternd zu. „Es wird schon schiefgehen. Wir sehen uns in den Höhlen." Er klopfte Joshua zuversichtlich auf die Schulter.

Gemeinsam verließen sie das Arbeitszimmer. Die Hexe und der Seher schlugen den Weg zum Vorplatz des Palastes ein. Anwar und Natassja mussten in die entgegengesetzte Richtung zu den Archiven. Der junge Fürst sauste den Gang hinunter, und auch Gylan flog bereits zum Portal. Schnell, bevor sie Joshua nicht mehr sprechen konnte, packte Natassja ihren Bruder bei seinem Flügel und hielt ihn fest.

„Das war doch nicht alles, was du gesehen hast!", raunte sie ihm zu. „Du verschweigst etwas."

„Nein. Nichts", murmelte Joshua und machte Anstalten, sich loszureißen.

Natassja packte fester zu. „Ich kenne dich mein ganzes Leben lang. Lüg nicht! Was ist es?!"

Joshua seufzte, schloss kurz die Augen, um sich Mut zu machen. Leise, damit Gylan und Anwar ihn nicht hörten, sagte er: „Der Preis für unsere Flucht ist hoch: Entweder du oder ich – einer von uns Licedeis wird sterben."

3. KAPITEL

„Spießt ihre Köpfe auf! Macht keine Gefangenen!“, feuerte der Anführer der Coyoteros seine Soldaten an. Er gab seinem Schimmel die Sporen, galoppierte zum West-Tor, vor dem die heftigste Schlacht zwischen Schakal-Kriegern und Vampirmenschen tobte, und mischte sich ins Kampfgetümmel. Er hieb und stach mit seinem Krummsäbel auf jeden ein, der wie ein Fledermausmensch aussah. Im Blutrausch verletzte und tötete er sogar seine eigenen Leute. Der Anführer buchte das unter Schwund ab. Denn nur eins interessierte ihn: die komplette Vernichtung der Bat People.

Er trieb sein Pferd in die Reihen seiner Männer und brüllte seinen Diener an: „Bring das heiße Pech, Moc! Versiegle damit den Eingang! Los, Bogenschützen, vorwärts marsch! Sobald Moc seine Arbeit getan hat, feuert ihr eure Brandpfeile auf die Pechnaht! Fackelt die Fledermausbande ab!“

„Das könnt Ihr nicht tun!“ Ein hochgewachsener Coyotero-Reiter in Kettenhemd, mit Helm, Schild und Lanze ritt auf seinem nachtschwarzen Pferd an den Anführer heran und drängte sich zwischen ihn und seinen Diener Moc. „In der Bat City befinden sich noch Frauen und Kinder. Das ist kaltblütiger Mord! Ihr brecht den Ehrenkodex der Söhne des Windes. Ihr beschmutzt unsere Würde und befleckt unseren Stolz!“

„Red nicht so geschwollen, alter Mann!“, entgegnete der Anführer und kickte den Reiter mit einem harten Tritt von seinem Pferd.

Der Schakalreiter landete unsanft auf der Erde und schluckte Sand. Er hustete und richtete sich mühsam auf. Sein schweres Kettenhemd zog ihn auf den Wüstenboden hinab.

Der Anführer der Coyoteros lachte hämisch. „Ausgerechnet du sprichst von Stolz und Würde. Sieh dich doch an! Du kommst nicht einmal mehr von alleine auf die Beine, und du frisst Dreck! Verzieh dich in unser Lager. Du störst und bist vollkommen nutzlos!“

„Was soll ich jetzt machen, Chef?“, meldete sich Diener Moc mit seiner hellen Fistelstimme zu Wort. „Der Pecheimer ist schwer, und die heißen Dämpfe benebeln mich.“

„Was machst du überhaupt noch hier?“, fuhr der Anführer ihn an. „Hast du meinen Befehl immer noch nicht ausgeführt? Los! Zack, zack! Bring das Pech zum Tor, sonst fackle ich dich an Ort und Stelle mit ab!“

Der Diener zog seine knochigen Schultern hoch und senkte sein pickliges Gesicht. Gebückt schlich er mit dem schweren, dampfenden Eimer davon.

„Schneller!“, brüllte ihm der Anführer hinterher und klopfte sich grölend auf die Schenkel, als Moc vor Schreck zusammenzuckte und über die eigenen Füße stolperte. „Wenn du auch nur einen Tropfen verschüttest, teere und federe ich dich!“, rief der Ober-Coyotero. Dann wandte er sich an den Reiter im Kettenhemd. „Mach schon, dass du wegkommst. Sonst lass ich dich ans brennende Tor Cibolas nageln.“

Der Reiter klopfte den Staub von seinen Hosen ab und richtete sich zu seiner vollen Größe von stattlichen zwei Metern auf. Todesmutig wollte er gegen den mörderischen Anführer der Coyoteros aufbegehren. Doch schon prasselte der brennende Pfeilregen der Bogenschützen über seinen Kopf hinweg gegen das mit Pech beschmierte Tor. In Sekundenschnelle loderten Flammen auf. Der Holzeingang brannte lichterloh. Die gefangenen Bat Women und Kinder begannen vor Todesangst zu wimmern. Ihre Schreie klangen wie das helle Fiepen von Mäusebabys.

„Das lasse ich nicht zu!“, stieß der Kettenhemdträger hervor und schwang sich auf sein Pferd, um zum Tor zu reiten, die Flammen zu ersticken und zumindest einige der Fledermausmenschen zu retten.

Doch der Anführer schlug ihn mit der flachen Seite seines

Säbels erneut aus dem Sattel. „Wage es nicht! Ich habe dir bereits gesagt, dass ich nicht davor zurückschrecke, einen Waffenbruder zu töten."

„Ich bin nicht Euer Waffenbruder!" Der Alte spie die Worte förmlich aus. „Ich sterbe lieber, als Euer Verbündeter zu sein."

„Wie du willst", entgegnete der Anführer der Coyoteros, wirbelte den Krummsäbel in der Luft herum und legte seine scharfe Schneide an den Hals des Reiters.

Der Schakal-Krieger blickte mit Todesverachtung in die Augen seines Henkers.

Da traf den Anführer ein Peitschenhieb mitten ins Gesicht. Er schrie auf und kippte rückwärts von seinem Pferd. Dann schlug er sich die Hände vor das schmerzende, blutende Gesicht und jammerte: „Meine Nase! Meine Lippen! Sie sind gespalten!"

Im gleichen Augenblick sauste Batur auf ihn herab. Er packte den Chef der Coyoteros bei seiner Rüstung, zerrte ihn zu sich heran und schlug seine Furcht erregenden Vampirzähne in dessen Halsschlagader.

Die Schnauze des Schakalherrschers verzerrte sich in einem stummen Schrei. Batur riss seine Hauer aus der Wunde. Blut sprudelte hervor.

„Deine letzte Stunde hat geschlagen!", verkündete der Kriegsherr der Bat People.

Der Anführer der Coyoteros bellte laut. Es klang wie das Jaulen eines Hundes. Der Vampirkrieger knockte den Coyotero-Anführer aus. Zu spät. Schon stürzten vom West-Tor Schakal-Soldaten herbei, um Batur mit ihren Klauen zu zerfetzen.

„Batur!"

Der Vampirfeldherr fuhr herum und blickte in das Gesicht des Coyotero-Reiters. „Karanjai Bahul! Ihr wagt es, mich beim Namen zu nennen? Wie dankt Ihr Anwar sein Vertrauen? Er hat Eurem Ehrenwort geglaubt. Und was macht Ihr? Ihr hetzt

Eure Hundekrieger auf unseren Stamm!"

„Nein! So ist es nicht!", entgegnete Bahul. „Ich habe meinen Schwur nicht gebrochen. Es gab eine Rebellion unter meinen Männern. Viele waren mit meiner Entscheidung, euch zu verschonen, nicht einverstanden. Ogre Worzok hat sich den Aufstand zunutze gemacht und mich zu einem Duell herausgefordert. Er hat mich geschlagen und entmachtet. Seit er der Anführer der Coyoteros ist, ist nichts mehr beim Alten. Begriffe wie Ehre und Anstand sind Fremdwörter für ihn. Er ist ein mörderischer Bastard und nicht würdig, ein Sohn des Windes zu sein. Aber genug geredet. Ogres Fußvolk naht! Ich halte die Truppen auf. Flieht! Rettet Euer Leben! Anwar braucht Euch. Und richtet ihm aus, dass Karanjai Bahul sein Wort hält. Immer."

„Ich werde es ihm sagen", versprach Batur, während er seine kraftvollen Schwingen ausbreitete. Er schoss in den Himmel über der Wüste und rief mit einem spitzen Fledermausschrei seine Jäger zum Rückzug. Cibola war verloren. Eine schwarze Rauchwolke kündete von seinem Untergang und dem Tod unzähliger unschuldiger Vampirmenschen. Batur schwor, für ihre verlorenen Leben Rache zu nehmen und den neuen Anführer der Coyoteros, Ogre Worzok, zu vernichten. Und wenn es das Letzte sein sollte, das er in seinem Leben tat.

„Die Karte ist geografisch ungenau. Sie stammt aus dem 16. Jahrhundert. Damals verfügten die Kartografen noch nicht über das Wissen und die Vermessungswerkzeuge von heute. Sie kannten die Breiten-, aber nicht die Längengrade, deshalb sind ihre Aufzeichnungen sehr vage", sagte Anwar und breitete das vergilbte, rissige Pergament auf dem Steinboden der Höhle nahe Las Cruces aus.

Natassja, Joshua und Gylan beugten sich über die historische Landkarte und versuchten, aus den kolorierten Flüssen, Bergen und Missionsstationen die modernen Staaten New Mexico, Arizona, Nevada und Kalifornien auszumachen.

„Die eingezeichneten roten Rosen markieren die Orte, an denen sich die goldenen Städte befinden sollen“, erklärte Anwar.

„Warum denn Rosen?“, fragte Natassja.

„Die edlen Blumen wurden damals von den Anasazi und den Bat People als Sinnbild für das heilige, Leben spendende Blut, auf dem unsere Gesellschaft und unsere Entwicklung beruhen, verehrt. Vermutlich zeichnete der Kartograf sie als Ehrerbietung an unseren Ursprung ein“, meinte Anwar.

„Du hast aber in Geschichte gut aufgepasst“, meinte Natassja schmunzelnd und hakte nach: „Dann weißt du sicher auch, was die Schriftzeichen bedeuten.“

Anwar schüttelte verneinend den Kopf. „Leider nicht. Da muss ich passen.“

„Dabei sind die Worte Anasazi“, mischte sich Gylan ein.

„Echt?“ Natassja hob verwundert die Augenbrauen. „Ich dachte, die Indianer kannten keine schriftlichen, sondern nur mündliche Überlieferungen.“

„Das ist richtig“, stimmte Anwar zu. „Aber der Text wurde nicht von einem Indianer aufgezeichnet. Ein Bat Man oder eine Bat Woman muss ihn niedergeschrieben haben. Die Worte sind im Alphabet der Bat People verfasst. Es war bis ins 18. Jahrhundert üblich, dass die Bat People den Anasazi auf diese Weise huldigten, als Dank für ihre Transformation vom einfachen, blutsaugenden Flughund zum hochentwickelten Fledermausmenschen. Ab dem 19. Jahrhundert verloren unsere Leute die Fähigkeit, Anasazi zu schreiben und zu sprechen. Sie passten sich den veränderten Umständen an und lernten die Sprache der Einwanderer.“

„Versteht der Schamane vielleicht Anasazi?“, hakte Joshua nach. „Er ist ein Allround-Talent, ein belesener, gebildeter Mann.“

„Niemand spricht mehr die Indianersprache. Sie ist mit den Anasazi untergegangen“, meinte Anwar. „Es bleibt uns nichts anderes übrig, als uns nach dieser Zeichnung zu richten und zu hoffen, dass wir die goldenen Städte finden."

Die vier schwiegen bedrückt. Angesichts der dilettantischen Landkarte, auf der nur fünf und nicht sieben Rosen eingezeichnet waren, ein schier unmögliches Unterfangen. Anwar stand auf und flog in den hinteren Teil der Höhle, um nach seinem Volk zu sehen. Die Fledermausmenschen hingen kopfüber in den Felswänden und schliefen. Beruhigt kehrte er zu den anderen zurück. Natassja entdeckte er am Ausgang der Höhle. Sie blickte zum Horizont. Dort zeigte sich der erste Streifen rosa- und pfirsichfarbenen Lichtes, der den Morgen ankündigte.

„Ich mache mir Sorgen um Batur", flüsterte sie Anwar zu und legte ihren Kopf an seine Schulter. „Er ist ein guter Stratege und ein bedachter Feldherr. Aber in der Hitze des Gefechtes vergisst er oft, sein Temperament zu zügeln, sieht nur noch die gerechte Sache und passt nicht auf sich selbst auf. Was, wenn er nicht zu uns zurückkehrt? Ich kann mir unser Leben ohne ihn gar nicht vorstellen."

„Das musst du auch nicht, Natassja. Du bekommst noch deine Chance, mich zu verkuppeln." Grinsend landete Batur direkt vor ihren Füßen am Eingang der Höhle. „Aber danke, dass du dich um mich gesorgt hast. Ich hätte nicht gedacht, dass du mich so gut leiden kannst. Schließlich hatten wir in der Vergangenheit heftigste Auseinandersetzungen."

„Die liegen lange zurück. Und was vorbei ist, ist vorbei", entgegnete Natassja und wurde rot, weil der Feldherr ihre Lobeshymne auf ihn gehört hatte.

„Bist du allein?", fragte Anwar. „Wie hoch sind unsere Verluste?"

„Dort kommen meine Jäger", entgegnete Batur und deutete auf einen Schwarm Fledermäuse, der in Formation im aufgehenden Sonnenlicht auf die Höhle zuflog. „Ich habe nur zehn Soldaten verloren. Aber fünfzig Frauen, Alte und Kinder sind den Flammen zum Opfer gefallen."

„Dieser verdammte Karanjai Bahul! Das soll er mir mit seinem Blut büßen!“, stieß Anwar hervor und ballte die Fäuste.

„Sie sind nicht auf Bahuls Befehl hin gestorben. Ich habe mich geirrt und vorschnell geurteilt. Du lagst richtig. Karanjai ist ein Ehrenmann. Er hat mir das Leben gerettet. Der wahre Bat-People-Killer heißt Ogre Worzok, ein riesenhafter Albino. Seine weißblonde Mähne, seine schneeweiße Haut und seine blutroten Augen machen ihn leicht erkennbar. Er ist ein Psychopath, herzlos und krank, getrieben von Mordlust und Hass. Ich habe ihn verletzt, aber nicht geschlagen. Es ist eine Schande für mich, dass diese Ausgeburt des Bösen noch lebt!“

„Mach dir keine Vorwürfe. Ich weiß, was für ein tapferer Krieger du bist. Komm mit mir und Tassja in die Höhle! Gylan und Joshua werden sich freuen, dich in ihre Arme schließen zu können. Wir haben uns alle Sorgen um dich gemacht. Und ich habe eine Überraschung für dich. Eine alte Karte, auf der die goldenen Städte eingezeichnet sind. Vielleicht kannst du einen Sinn darin sehen.“

„Dieser verfluchte Mistkerl hat mich für den Rest meines Lebens entstellt!“, rief Ogre Worzok, als ihm Diener Moc in seinem Zelt im Coyotero-Lager einen Spiegel hinhielt. Die weißen Finger des Anführers glitten über seine gespaltene Schnauze, die Baturs Peitsche zerfetzt hatte. Die Lippenränder hingen fransig herab. Künftig würde er Probleme beim Trinken haben. Die Flüssigkeit würde an den Seiten unschön herauslaufen. Schlimmer noch sah sein Profil aus. Das vorderste Stück seines Schakalriechers fehlte, und Ogre glich einer Sphinx, der die Feinde, um sie unkenntlich zu machen und ihr die Würde zu nehmen, die Nasenspitze abgeschlagen hatten.

„Das wirst du mir büßen, Karanjai! Meine Fußsoldaten haben mir berichtet, dass du mit diesem Batur geredet hast, statt ihn zu töten. Und du hast meine Truppen aufgehalten, als sie mir zur Hilfe eilen wollten. Ich hätte dich schon vor den Toren Cibolas abstechen sollen, wie ich es ursprünglich vorhatte!"

„Ich will nicht Euer Waffenbruder sein", entgegnete Karanjai gelassen. „Aber ich paktiere auch nicht mit Euren Feinden. Eure Männer haben sich im Eifer des Gefechtes geirrt. Wenn Ihr mich dennoch töten wollt ... bitte! Ich hänge nicht so sehr am Leben, dass ich darum bettele."

„Arroganter Bastard! Dir werde ich es zeigen!" Ogre riss seinen Krummsäbel aus dem Schaft an seinem Gürtel.

„Ja! Tötet ihn, Gebieter!", rief Moc. „Ich will Blut fließen sehen!"

„Du wagst es, mir Befehle zu geben, Läuferknecht?", brüllte Ogre und richtete seine Waffe gegen ihn. „ICH entscheide über Leben und Tod. Vielleicht gefällt es mir, Bahuls UND deinen Skalp an den Eingang meines Zelts zu hängen! Was sagst du dazu?"

„Ich bin ganz in Eurer Gewalt. Ihr könnt frei über mich verfügen", antwortete Moc unterwürfig. Seine Stimme zitterte. „Ich wollte Euch nichts befehlen. Das käme mir nie in den Sinn. Ich denke nur pragmatisch. Anwar, seine rothaarige Läuferfreundin und seine Gefolgsleute sind nicht unter den Toten. Sie sind Euch entkommen. Wenn Karanjai heute dem Kriegsherren geholfen hat – und das hat er, auch, wenn er es abstreitet – wird er erst recht nicht wollen, dass dem von ihm verehrten Vampirfürsten etwas zustößt. Bahul wird immer wieder gegen Euch intrigieren. Auch weil er es nicht erträgt, dass Ihr ihn entmachtet habt. Lebt er, schwebt Ihr in ständiger Lebensgefahr."

„Soll das heißen, ich kann nicht auf mich selbst aufpassen? Unterstellst du mir, dass mich dieser dumme alte Mann überlistet?" Ogre presste die Spitze des Krummsäbels gegen Mocs Kehle. Ein Blutstropfen rann über die Klinge.

„Nein! Nein! Ihr seid der größte und klügste aller Coyotero-Krieger! Ich habe mich nur um Euch gesorgt. Schließlich bin ich Euer treuer Diener Moc."

Ogre verharrte ungerührt. Dann ließ er seinen Krummsäbel sinken. „Glück gehabt. Du hast die richtigen Worte gefunden“, sagte er und zog Moc fest an seinem Ziegenbart, der ihm in einem dünnen Schwänzchen bis auf die Brust wuchs. „Und jetzt hau ab, bevor ich es mir anders überlege.“

„Danke, Chef! Danke! Ich war wirklich nur um Euch besorgt. Ehrlich!“ Moc machte einen Bückling und schlich in gekrümmter Haltung rückwärts aus dem Zelt.

„Dieser Moc ist ein widerlicher Wurm!“, knurrte Bahul zwischen den Zähnen hindurch. „Wenn ich geahnt hätte, dass in diesem dürren Kerlchen ein unberechenbarer Irrer steckt, hätte ich ihn damals im NASA-Kerker mit meiner Lanze durchstoßen.“

„Dafür ist es nun zu spät“, antwortete Sheriff Burke, der als einer der niedrigen Diener Ogres dafür zuständig war, dessen Zelt sauber zu halten, und nun achtlos vom Teller geschleuderte Wildschweinknochen von Worzoks letztem Mahl aufsammelte. „Ich habe mich auch in ihm geirrt“, gab der Cop zu. „Er ist mir genauso in den Allerwertesten gekrochen wie früher dir und jetzt Ogre. Er kennt keine wahre Loyalität. Was meinst du, wie es ihn ärgert, dass er dir aus Versehen das Leben gerettet hat!“

„Ich gebe Worzok ungern recht“, meinte Bahul. „Aber in Bezug auf diesen verlogenen Schleimer hat er den Sachverhalt auf den Punkt getroffen. Er hat ihm den aramäischen Spitznamen ‚Moc‘ gegeben. Das heißt in der Sprache unserer Väter ‚Abschaum‘!“

„Was habt ihr beiden zu bequatschen?“, fuhr Worzok die Männer an. „Suchst du hinter meinem Rücken Verbündete gegen mich, Karanjai? Nur weil ich dich diesmal verschont habe, heißt das nicht, dass du in Sicherheit bist. Wenn du mir so sehr nach dem Leben trachtest, dann fordere mich zu einem zweiten Duell heraus. Wir werden sehen, wie es ausgeht.“

Bahul schwieg und rührte sich nicht von der Stelle.

Ogre lachte. „Du bist ein elender Feigling, Karanjai! Das hab ich mir gedacht. Und vor so was wie dir soll ich Angst haben? Raus! Beide!" Mit einer abfälligen Handbewegung scheuchte er den Coyotero und den Läufer aus seinem Zelt. Dann nahm er erneut den Spiegel zur Hand und drehte ihn nach rechts und links, um die verkrusteten Einstichwunden von Baturs Reißzähnen an seinem Hals zu betrachten.

Wütend warf er den Spiegel zu Boden. Er zerbarst in unzählige Splitter. Ogre sprang auf und rief seinen Feldherrn zu sich. „Bereite den Aufbruch vor! Wir ziehen nach Las Cruces. Dort gibt es Höhlen, in deren heiligen Quellen mineralhaltiges Wasser fließt. Vielleicht heilt es meine Wunden, sodass ich wieder aussehe wie zuvor."

„Ich werde Worzok töten!", knurrte Bahul, als er neben Burke durch das Lager stapfte. Ogres Beleidigung „Feigling" hatte ihn tiefer getroffen, als es dessen Krummsäbel je gekonnt hätte. „Ich warte nur auf den richtigen Zeitpunkt! So wie bei dir", fuhr er Burke an.

„Lass deine schlechte Laune nicht an mir aus. Du hattest genügend Gelegenheiten, mich umzubringen, und hast es nicht getan", entgegnete Burke und rieb sich geistesabwesend über seinen Bauch, den eine lange, gerade Narbe zierte.

„Es hat mir mehr Spaß bereitet, dich langsam zu Tode zu quälen. Leider hat Ogre mich gestürzt, bevor ich mein Werk an dir vollenden konnte. Aber was nicht ist, kann ja noch werden", drohte Karanjai grimmig und ließ den Sheriff stehen.

Burke sah dem Coyotero nach, wie er zwischen den Zelten im Lager verschwand. „Träum deine Rachefantasien ruhig weiter, Bahul. Hast du denn heute nichts gelernt? Bist du so ignorant wie Ogre Worzok?", murmelte der Sheriff leise vor sich hin. „Euer wahrer Feind bin weder ich noch Anwar. Er heißt Moc oder vielmehr Floyd, mein ehemaliger Hilfssheriff und das personifizierte Böse."

4. KAPITEL

„Diese Karte ist der letzte Dreck!“ Wütend schleuderte Anwar das historische Pergament in den Wüstenstaub. Seit sie die Höhlen von Las Cruces vor drei Tagen verlassen hatten, irrten sie auf der Suche nach der ersten der verbliebenen sechs goldenen Städte durch die Weiten New Mexicos und Arizonas.

„Aufgeben gilt nicht!“, meinte Natassja und hob die Landkarte auf, bevor der Wind sie davonblies. Sie starrte zum hundertsten Mal auf die fein gezeichneten Linien, die Flüsse, Berge und Missionsstationen zeigten, und wurde daraus genauso wenig schlau wie zuvor. Die Zeichnung war so vage. Die Landschaften konnten überall und nirgends auf der Welt liegen. Genervt wischte sie über die Aufzeichnung, um ein dunkles Staubkorn zu entfernen, und stellte fest, dass es sich nicht um Schmutz, sondern um einen Tintenfleck handelte.

Bisher war er ihr nicht aufgefallen. Er war winzig und schwarz. Wahrscheinlich hatte der Zeichner mit seiner Feder gekleckert und sich zwar geärgert, war aber zu faul gewesen, wegen eines so kleinen Schönheitsfehlers eine neue Karte anzufertigen. Natassja wollte das Pergament gerade zusammenrollen, als ihr auffiel, dass der schwarze Fleck die Form einer Träne hatte. Ein Zufall? Sie betrachtete den Punkt und seine Lage genau. Er befand sich in unmittelbarer Nähe einer Rose, also eines Ortes, an dem eine goldene Stadt liegen sollte. Natassja grübelte.

„Was ist? Hast du eine Idee?“, fragte Anwar angesichts ihrer angestrengten Mimik.

„Vielleicht. Schau, hier! Der schwarze Klecks ähnelt einer Träne, und er ist nahe bei einer Rose. Vielleicht hat das etwas zu bedeuten.“

„Tränen, Rosen“, murmelte Gylan vor sich hin. „Wenn man sich an den Dornen einer Rose sticht, kann der Schmerz einen zum Heulen bringen. Oder auch nicht.“

„Wenn die Rose Symbol für den roten, Leben spendenden Saft ist, bedeutet es vielleicht, dass das Leben der Bat People schon immer von Blut und Tränen bestimmt wurde“, überlegte Natassja laut.

„Aber was hat das mit einer goldenen Stadt zu tun?“, hakte Batur nach.

„Die Mädels liegen falsch!“, warf Joshua ein. „Die Träne ist schwarz. Sagt euch das was?“

Natassja, Gylan und Batur schüttelten verneinend den Kopf.

„Apachen-Tränen sind schwarz“, murmelte Anwar nachdenklich. „Die Steine wurden von unseren Vorfahren für Kulthandlungen benutzt.“

„Davon weiß ich nichts“, meinte Joshua. „Was ich aber weiß, ist, dass die dunklen Steine von den europäischen Einwanderern lange Jahre für wertvoll erachtet wurden, bis sich herausstellte, dass es sie wie Sand am Meer gibt. Zu der Zeit, als die Karte entstand, glaubten die weißen Eroberer noch, sie hätten Edelsteine gefunden. Die schwarze Träne kennzeichnet eine Schürfstelle. Vielleicht hat sie der Zeichner eingetragen, um Bat People wie Indianer vor einer Begegnung mit den räuberischen Europäern zu warnen. An der Geldgier der Menschen hat sich bis heute nichts geändert. Wo befindet sich in Nevada jetzt noch eine Geisterstadt, in der die Touristen für ein paar Dollar Apachen-Tränen aus dem Wüstensand buddeln dürfen?“

„In der Nähe von Las Vegas“, antwortete Natassja.

„Und damit haben wir unsere goldene Stadt!“ Joshua grinste triumphierend.

„Las Vegas?!“ stieß Anwar schockiert hervor. „Die Spielermetropole ist ein Moloch! Wo sollen wir dort eine Bat City finden? Das wäre so, als ob man eine Stecknadel im Heuhaufen sucht!“

„Und vor allem das viele Licht“, meinte Gylan besorgt.

„Es ist künstlich und kann Vampiren nicht schaden“, meinte Joshua und streichelte ihre Wange.

„Ich bin keine Idiotin!“, giftete die Mongolenhexe ihn an und schlug ihm unsanft auf die Hand.

„Wenn du zickig bist, liebe ich dich ganz besonders“, entgegnete Joshua und küsste Gylan auf die Stirn.

Sie funkelte ihn mit ihren Katzenaugen an, in denen neben unterdrückter Wut auch wilde Begierde lag. Sie schlang ihren Arm um Joshuas Hüfte und wandte sich an Natassja. „Abgesehen von den unqualifizierten Kommentaren deines Bruders frage ich mich, wie wir uns ungesehen in einer hell erleuchteten Millionenstadt bewegen sollen.“

„Lass das nur meine Sorge sein“, entgegnete Natassja. „Ich habe eine Idee. Los, wir fliegen nach Las Vegas! Wenn wir uns beeilen, sind wir am frühen Morgen da. Genau die richtige Zeit für meinen Plan.“

Schon eine Stunde bevor die Bat People die glitzernde Metropole erreichten, erhellten die in allen Regenbogenfarben leuchtenden Reklamen und Lichter der Kasinos, Clubs und Hotels den Nachthimmel über der Wüste. Die aufgehende Sonne verblasste geradezu im Vergleich zum Schein der künstlichen Welt.

Um sechs Uhr morgens landeten Natassja und Anwar in einer wenig belebten Gasse nahe dem „Strip“, der pulsierenden Hauptschlagader von Las Vegas. Am Strip lagen alle wichtigen Kasinos. Dort tobte das Leben, und Menschenmassen schoben sich spielsüchtig und abenteuerlustig von einer Spielhölle zur nächsten.

Doch zu so früher Morgenstunde erlahmte selbst in der Stadt, die niemals schlief, das Treiben. Nur vereinzelt fuhren Autos. Grüppchen von Partygängern torkelten nach einer durchzechten Nacht in ihre Hotelzimmer. Spieler beschlossen müde ihren Zocker-Abend und rechneten auf ihrem Heimweg nach, wie viel sie verloren hatten und ob sie sich einen weiteren Tag im Spielerparadies leisten konnten. Gewinner liefen trunken vor Glück und blind für alles um sie herum in eine der 24-Stunden-Bars, um den Gewinn zu feiern und sofort wieder umzusetzen.

Natassja und Anwar liefen zügig unter den Palmen, die den Strip säumten. Sie blickten keinem der Passanten, die ihnen begegneten, in die Augen und ignorierten die „Grufti"-Rufe von Jugendlichen, die sich über ihr Aussehen lustig machten. Ihre Fledermausflügel hatten sie unter den Umhängen versteckt. Die Lippen hatten sie fest geschlossen, damit ihre Vampirzähne nicht hervorblitzten.

Anwar trug die historischen Dokumente und die Landkarte bei sich. Natassja übernahm die Führung. Sie kannte sich in Las Vegas aus. In ihrer Zeit als Läufer-Teenager hatte sie die Stadt einige Male zu feuchtfröhlichen Feiern besucht.

„Dort ist der Internetshop!" Sie deutete auf die flackernde Leuchtschrift „Kinko's". Von hier hatte sie seinerzeit ihren besorgten Eltern E-Mails geschickt, die den Partyfaktor herunterspielten und ihren Trip nach Las Vegas wie einen Ausflug ins Pfadfinder-Camp klingen ließen.

Natassja öffnete die Glastür und betrat mit Anwar den Laden. Das grelle Deckenlicht beschönigte nichts. Es ließ ihren bleichen Teint noch blasser aussehen und die rot-blauen Äderchen in ihren Gesichtern und an ihren Armen besonders deutlich durch die Haut schimmern. Man musste blind sein, um sie nicht als Vampire zu erkennen.

„Was kann ich für euch tun?", fragte der junge Typ hinterm Kassentresen und lächelte sie professionell an, als irritierte ihn ihr Aussehen nicht im Geringsten. Nur das nervöse Zucken seiner Augenlider signalisierte, dass er überlegte, ob sie harmlose Besucher einer Kostümparty oder durchgeknallte Serienmörder waren.

„Wir brauchen einen PC-Platz für die Internetrecherche",

meinte Natassja freundlich, während sie sich ein breites Grinsen verkneifen musste.

„Ihr könnt die Nummer drei nehmen, da vorne bei den Waschräumen. Oder wollt ihr lieber einen Platz am Fenster?"

„Die Drei ist bestens", entgegnete Natassja und marschierte zielstrebig zu dem Computertisch. Auf dem Weg dorthin sah sie sich vorsichtig in dem Laden um. Sie waren die einzigen Anwesenden, abgesehen von dem Angestellten.

Anwar folgte ihr. Er spürte den neugierigen Blick des Kassierers in seinem Rücken. Der Vampirfürst drehte sich blitzschnell um. Der Junge fühlte sich offensichtlich ertappt und senkte verlegen den Blick, wurde knallrot und räumte eilig die ordentlich gestapelten Blöcke und Kugelschreiber auf seinem Tisch hin und her. Anwar wandte sich ab und grinste.

Natassja saß bereits am PC und hatte sich ins Internet eingewählt. Anwar legte die Dokumente auf den Tisch und rollte die Landkarte aus. Für die nächste Stunde suchten sie im World Wide Web nach Anhaltspunkten über die Lage der sechs verbliebenen goldenen Städte, besonders nach der City im Herzen Las Vegas'.

Sie waren so sehr in ihre Recherche vertieft, dass sie gar nicht bemerkten, wie draußen die Sonne aufging, der Verkehr auf der Straße zunahm, Touristenströme zum Frühstück gingen und sich der Internetshop mit Surfern und Mitteilungswütigen füllte.

Erst ein vorsichtiges Hüsteln neben Anwars Stuhl ließ sie aufblicken. Vor ihnen standen ein Teenagerpärchen und zwei ältere Ladies. Der männliche Teil des Teenager-Paars hielt sein Handy hoch. Er hatte die Kamerafunktion aktiviert. Die Rentnerin mit den lila gefärbten Haaren ließ ihre Digitalkamera aufschnappen.

„Sind Sie nicht die Stars aus dem Musical ‚Tanz der Vampire'?", fragte die alte Dame.

„Quatsch! Nicht ‚Tanz der Vampire'", unterbrach sie der Teenager. „Ihr gehört bestimmt zu Marilyn Mansons neuer Horror-Show!"

„Sie haben mir in dem Musical so gut gefallen!", fuhr die Lady unbeirrt fort. „Sie spielen den Grafen von Krolock, nicht wahr? Sie sind toll in dieser Rolle! Und Ihr Maskenbildner sollte in Hollywood arbeiten. Sie sehen so lebensecht aus. Ach, entschuldigen Sie." Sie kicherte. „Lebensecht ist wohl der falsche Ausdruck. Vampire sind ja tot."

„Da muss ich Sie berichtigen", meinte Anwar zuvorkommend und gab Natassja ein Zeichen aufzustehen. „Blutsauger sind sehr lebendig. Die Geschichten mit den Särgen und der Gruft sollten sie nicht zu ernst nehmen."

„Oh, Sie sind so charmant!", meinte die Alte. „Aber ein bisschen unheimlich sind Sie mir schon. Sie sind ziemlich blass! Um nicht zu sagen: kalkweiß. Und man sieht überhaupt nicht das Make-up! Unglaublich! Darf ich Sie mal anfassen?"

„Aber, aber ...", winkte Anwar ab. „Kennen Sie nicht die Warnschilder im Zoo: ‚Anfassen und füttern der Tiere verboten!'? Das trifft auch bei Vampiren zu. Finger weg! Sonst muss ich Sie beißen." Er langte hinter sich und zog Natassja an ihrem Umhang.

Sie rollte die Landkarte und die Dokumente zusammen, ließ sie unter ihrem Cape verschwinden, schaltete den PC aus und stand auf.

„Bei den Zähnen wäre ich da vorsichtig, Lady", meinte der Teenager und stieß seiner Freundin in die Seite. „Hast du seine Hauer gesehen? Damit kann er ein Reh in Stücke reißen!"

„Ein Reh? Einen Menschen!", entgegnete das Mädchen und presste sich an seinen Freund. „Der Typ macht mir eine Gänsehaut!"

„Aber ein Foto ist doch erlaubt, oder?", flirtete die alte Dame mit Anwar.

„Hey, Leute! Kommt mal alle her!“, rief der Teenager den anderen Surfern im Internetshop zu und winkte sie heran. „Hier sind Marilyn Mansons Musiker!“

„Keine Fotos!“, sagte Anwar, der schon mit Natassja an der Hand Richtung Tür eilte. „Wir sind sehr kamerascheu.“ Ihre Fans rannten hinter ihnen her.

Von den anderen PC-Plätzen erhoben sich die Kunden und starrten sensationslüstern zu ihnen herüber. Stimmen wurden laut, die riefen: „Was hat der Typ gesagt? Da ist Marilyn Manson?“

„Nee, aber irgendwelche berühmten Las-Vegas-Künstler. Lass uns mal hingehen, ein Autogramm holen!“

Das Teenager-Mädchen hatte seinem Freund das Handy aus der Hand gerissen und schoss nun ein Foto nach dem anderen. Auch die alte Lady fotografierte wie besessen. Es war eine Frage von Sekunden, bis der Mob Natassja und Anwar umzingeln, berühren und ihnen Haare und Kleidung vom Leib reißen würde in seiner Fan-Hysterie.

Sie rannten zum Ausgang.

„Euer Outfit ist echt cool!“, rief ihnen der Kassierer hinterher. „Damit würdet ihr bei jedem Halloween-Wettbewerb den ersten Platz gewinnen! Könnt ihr mir verraten, aus welchem Verleih eure Sachen sind? Hey, habt ihr mich gehört? Hallo! Hey, Moment mal, ihr müsst noch bezahlen! Zwei Dollar fünfzig!“

Doch Natassja und Anwar ignorierten ihn. Sie preschten hinaus auf den Strip und ins strahlende Sonnenlicht. Passanten blieben stehen und starrten sie an. Noch mehr Kameras klickten, und Beifallrufe ertönten.

„Nichts wie weg hier!“, stieß Anwar hervor und zerrte Natassja in eine Seitenstraße.

Im Zickzack rannten der Vampirfürst und seine Geliebte von einer Toreinfahrt zur nächsten, um die Meute abzuhängen. Schließlich landeten sie in einer Sackgasse. Schon näherten sich die Schritte ihrer Verfolger.

„Okay, liefern wir ihnen die Show ihres Lebens“, meinte Anwar, riss seinen Umhang auf und breitete seine Flügel aus.

Natassja tat es ihm nach. In dem Augenblick, als das Teenager-Paar um die Ecke bog, hoben sie ab und sausten in den wolkenlosen Himmel.

„Cool, Alter!“, brüllte der Junge und hüpfte aufgeregt auf und ab.

„Das ist kein Mitglied von Marilyn Mansons Band“, kreischte das Mädchen. „Das ist dieser Zauberer. Dieser Totalspinner! Wie heißt der noch? Criss Angel!“

Inzwischen hatten sich um die beiden mehr als ein Dutzend anderer Neugieriger versammelt. Viele fotografierten die fliegenden Vampirmenschen.

„Unsere Sinne haben ganz schön versagt, dass wir die Läufer nicht rechtzeitig wahrgenommen haben“, meinte Natassja besorgt zu Anwar, während sie sich in Windeseile von Las Vegas entfernten. „Spätestens morgen sind wir Titelbild sämtlicher Revolverblätter wie des ‚National Inquirer‘. So viel Aufmerksamkeit können wir Bat People gerade echt nicht gebrauchen.“

„Wir haben einmal gepatzt. Das macht nichts“, entgegnete Anwar beruhigend.

„Du bleibst verdammt cool dafür, dass uns unzählige Menschen fotografiert haben!“ Natassja sah ihren Geliebten irritiert an.

„Die können so viel fotografieren, wie sie wollen“, entgegnete Anwar verschmitzt grinsend. „Auf ihren Bildern werden sie strahlend blauen Himmel und leere Sitzplätze in einem Internetshop sehen.“

„Bitte?“ Natassja sah ihn verwundert an.

„Meine süße Tassja, wir mögen uns von den klassischen Mythen, die sich um Vampire ranken, gravierend unterscheiden. Aber wie du weißt, besitzen alle Märchen einen wahren Kern. Und eine Sache, die sich die Menschen über uns erzählen, stimmt: Unser Abbild ist unsichtbar."

Natassja hielt im Flug inne und flatterte auf der Stelle. „Niemals! Ich kann mich, dich und alle anderen Bat People im Spiegel sehen."

„Das ist etwas anderes. Es geht einzig und allein um Bildmaterial. Hattest du also vor, Hollywood-Schauspielerin zu werden, dann muss du diesen Traum an den Nagel hängen. Auch Familienfotos gehören der Vergangenheit an. Ich rate dir zu Ölgemälden, wenn du eine Erinnerung an dich und deinen Bruder in jungen Jahren haben möchtest."

„Krass! Ich kann es kaum glauben", antwortete Natassja und flog langsam weiter in Richtung der Höhlen, in denen der Stamm der Bat People auf sie wartete.

„Wenn du dich von dem Schock erholt hast, kannst du mir verraten, ob du bei der Internetrecherche etwas herausgefunden hast. Ich war leider abgelenkt."

„Hab ich. Aber es wird dir nicht gefallen. Wart's ab! Ich erzähle dir alles, sobald wir bei den anderen sind."

„Moment mal! Habe ich das richtig verstanden?", hakte Batur nach. „Die erste der verbliebenen sechs Goldstädte liegt *unter* Las Vegas?"

„Das ist nur die halbe Wahrheit", erklärte Natassja. „Sie befindet sich unter Las Vegas und ist gleichzeitig Las Vegas."

„Das ist mir zu hoch!" Der Kriegsherr winkte ab. „Kann einer von euch Natassja folgen?"

Gylan und Joshua schüttelten verneinend den Kopf.

Anwar meinte: „So weit waren wir doch schon. Die goldene Stadt befindet sich auf dem Areal der Spielermetropole. Ist sie in einer Höhle unter den Straßenzügen? Liegt sie in einem bestimmten Viertel, unter einem Hotel wie dem Bellagio oder einem Kasino wie dem Caesar's Palace?"

„Die Gold City befand sich einst unter dem ‚Stardust' im

alten Zentrum von Las Vegas, aber das Kasino wurde 2007 gesprengt“, antwortete Natassja.

„Wurde die goldene Stadt beschädigt?“, fragte Batur.

„Ist sie verschüttet?“, wollte Gylan wissen.

„Weder noch. Die Sprengung spielt keine Rolle. Die Gold City wurde bereits Anfang der 1940er ausgeraubt.“

„Von wem?“, fragte Joshua.

„Von dem Mafioso Bugsy Siegel, dem Gründer von Las Vegas. Im Internet stand, dass nur ein Teil des Geldes, das er nutzte, um die Zocker-Metropole aufzubauen, aus seinen kriminellen Machenschaften stammte. Niemals hätte es gereicht, um diese Megalopolis hochzuziehen. Vielmehr stießen die Bauarbeiter bei der Grundsteinlegung auf einen großen Goldfund. Mit dem wertvollen Schatz hat Bugsy sein Mekka für Glücksritter errichtet.“

„Wow!“ Joshua pfiff durch die Zähne. „Ich weiß nicht, was schlimmer ist: Stress mit den Coyoteros oder mit der Mafia.“

„In den Artikeln aus den 40ern stand nichts davon, dass Bat People in dem unterirdischen Reich entdeckt wurden. Vermutlich sind sie geflohen, als sie das Hämmern und Drillen über ihren Köpfen hörten, oder die Stadt war schon lange verlassen.“

„Oder sie diente nur als Opferplatz“, meinte Hexe Gylan.

„Wenn die Gold City bewohnt wurde, dann vor über achthundert Jahren“, warf Anwar ein. „Ich weiß aus den Überlieferungen unserer Vorfahren, dass nur Cibola von Fledermausmenschen bevölkert wurde. Was allerdings vor unserer Zeit als Cibolaner geschah, steht in den Sternen.“

„Man muss aber kein Sternendeuter sein, um zu erkennen, dass es für uns und unser Volk an der Zeit ist, weiterzuziehen“, meinte Batur ernst. „In Nevada finden wir nicht, was wir suchen. Wir sollten noch in dieser Nacht aufbrechen – bevor die Coyoteros uns aufspüren.“

„Wo soll es denn hingehen?“, fragte Gylan.

„Eldorado County", antwortete Anwar, rollte die historische Karte auf und deutete mit der Spitze seines Flügels auf ein Gebiet zwischen San Francisco und dem Lake Tahoe. „In der Region haben die frühen Siedler Gold geschürft. Vielleicht haben sie bei ihrer Gier nach Reichtum die zweite der sechs verbliebenen goldenen Städte gar nicht beachtet."

„Wir werden sehen", meinte Batur skeptisch. „Wollen wir vor dem Schlafengehen noch einen Blutcocktail zusammen ...?" Er brach mitten im Satz ab. Es hörte ihm sowieso niemand mehr zu. Gylan lag in Joshuas Armen. Sie küssten sich so leidenschaftlich, dass es dem unerschütterlichen Batur die Schamesröte ins Gesicht trieb. Natassja löste Anwars Umhang, und schon eilten sie Hand in Hand zu ihrer Schlafkoje. Keine Frage, wonach ihnen der Sinn stand.

Batur seufzte. Der Anblick der glücklich Verliebten versetzte ihm einen unerwarteten Stich. Auf Zehenspitzen verließ er grübelnd den Versammlungsplatz. Sollten die Bat People keine neue Heimat finden und den Schakal-Kriegern zum Opfer fallen, hatten seine Freunde Gylan und Anwar zumindest erfahren, was Liebe war. Während er, der beste und erfolgreichste Krieger seines Volkes, in emotionalen Dingen immer noch vollkommen ahnungslos war.

Natürlich hatte er schon mal ein Vampirmädchen geküsst, und er hatte auch diverse Nächte mit Fledermaus-Schönheiten verbracht. Aber die Erlebnisse hatten nur seinen Körper befriedigt. Danach hatte er sich einsam gefühlt, und seine leere Seele hatte sich mehr als eine Bettgenossin gewünscht. Vor den anderen hätte er das nie zugegeben. Er konnte es sich selbst kaum eingestehen. Doch in mancher stillen Stunde sehnte er sich nach der einen, die nur für ihn bestimmt war. Gab es sie überhaupt, oder war das nur ein Hirngespinst?

Er schüttelte vehement den Kopf, um diese Gedanken zu vertreiben. Er konnte sich keine Schwäche erlauben. Die Bat

People befanden sich mitten im Krieg. Er musste diesen widerlichen Ogre Worzok besiegen. Und wenn er in der Schlacht fiel, war es besser, kein weinendes Weib zurückzulassen. Dann erfuhr er eben nicht, was Liebe bedeutete. Dafür würden ihm die Bewunderung und die Dankbarkeit seines Stammes sicher sein und sein Name in die Analen der großen Vampirsoldaten eingehen.

Entschlossen, sich nicht von seinen Sehnsüchten irritieren zu lassen, stapfte Batur zu seiner Schlafnische. Der Schamane beobachtete ihn.

Der Alte las die Gedanken des Samurai-Kriegers und lächelte. Baturs Herz war endlich bereit für die Liebe. Und sie wartete schon auf ihn.

5. KAPITEL

„Es riecht nach Vampir! Die Bat People waren hier!“ Ogre Worzok kniete auf allen Vieren in der Höhle bei Las Vegas und schnüffelte mit seiner spitzen Schakalschnauze über den Felsboden. „Vor maximal drei Stunden sind sie weitergezogen. Es stinkt so furchtbar nach Flieder und Zimt, dass einem fast die Luft wegbleibt!“ Er richtete sich auf und hustete angewidert.

„Diese verdammte Bande!“, knurrte er. „Immer sind sie uns ein paar Flügelschläge voraus.“ Er trat an den Höhlenausgang und blickte hinaus in die Wüste. Seine scharfen Augen entdeckten drei Kilometer entfernt Erdmännchen und Klapperschlangen. Ansonsten erblickte er weit und breit kein Lebewesen.

„Verflucht!“, stieß er hervor und ließ seine Wut an dem Erstbesten aus, der ihm über den Weg lief. Er packte Moc bei seinen schmächtigen Schultern und rüttelte ihn gewaltsam. „Spuck's aus: Was für einen Plan verfolgen diese Bastarde? Sie ziehen doch nicht einfach so kreuz und quer durchs Land!“

„Ich habe keine Ahnung, Chef … äh … Gebieter“, antwortete Moc und senkte hastig den Blick. Seit sie bei den Heilquellen gewesen waren, ohne dass sich Worzoks Aussehen dort verbessert hatte, war er noch unberechenbarer als zuvor. In einem Wutanfall hatte er am Vortag die beiden NASA-Experten umgebracht, die die Coyoteros seit einem Jahr mitschleppten. Die Forscher mussten sterben, weil Ogre in ihren Talenten keinen Nutzen für die Coyoteros sah. Nach den Morden gab er eine Runde gegorene Ziegenmilch – das Bier der apokalyptischen Reiter – aus, als wäre nichts geschehen. Es war bloß eine Frage der Zeit, wann er sich an seinen Untergebenen vergreifen würde. Deshalb hielt Moc sich stets bedeckt, versuchte nicht aufzufallen, biederte sich bei jeder Gelegenheit an und schob den schwarzen Peter immer jemand anderem unter. Diesmal seinem alten Boss. „Vielleicht suchen sie ein Versteck für ihren Goldschatz“, spekulierte Moc. „Ich habe nur gehört, dass es ihn gibt. Näheres weiß Sheriff Burke. Er hat ihn sogar gesehen.“

Burke stand abrufbereit in Worzoks Nähe und hörte, wie Floyd ihn verpfiff. „Dieser verdammte Floyd! Der Teufel soll ihn holen“, knurrte er, während er sich in die hinterste Ecke der Höhle verzog, in der unsinnigen Hoffnung, dass er sich dort vor Ogre verstecken könnte.

„Cop!“, brüllte der Albino-Coyotero, und das Echo seiner rauen Stimme hallte von den Felswänden wider. „Cop! Los, komm her! Sonst mache ich dir Beine.“

Keine Chance, Burke musste sich stellen. Wie jedes Mal, wenn er in eine brenzlige Situation kam, zog sich sein Magen zusammen, und die Bauchwunde pochte. Er legte seine Hand auf die alte Wunde und trat, vor Schmerz gebeugt, vor Worzok. „Ihr wünscht?“

„Tu nicht so! Du hast gehört, was Moc gesagt hat“, fuhr Ogre ihn an. „Schwafle nicht lange rum: Was ist dran an dem Gerede über den Goldschatz der Bat People?“

„Ein Ammenmärchen. Ein Gerücht. Ich habe mich geirrt“, stammelte Burke.

„Er lügt!“, fiel Moc seinem ehemaligen Chef in den Rücken. „Cibola war eine goldene Stadt. Auch wenn sie jetzt in Schutt und Asche liegt, haben die Vampirmenschen ganz sicher viele Reichtümer auf ihre Flucht mitgenommen. Die Frage ist nur, wohin.“

„Woher soll ich das denn wissen?“, rief Burke. Wutentbrannt starrte er seinen einstigen Hilfssheriff an. Innerlich verfluchte er den Widerling und wünschte ihm die Krätze an den Hals.

„Prügelt es aus ihm heraus!“, sagte Ogre und kommandierte zwei seiner Schakal-Krieger zu sich. „Ruft mich, wenn er nicht spurt. Ich bekomme ihn dazu, seine eigene Mutter zu verraten.“

Die Hunde-Krieger packten Burke, der vergeblich Widerstand leistete. Er war schon mehrfach Opfer von Willkür und Folter geworden, besonders unter der Führung Karanjai Bahuls. Aber im Vergleich zu Ogres Grausamkeiten glichen Bahuls Übergriffe Streicheleinheiten.

Burke wurde übel vor Angst. Seine Bauchwunde hämmerte gegen seine Hand. „Ich glaube nicht, dass die Bat People Gold mitgenommen haben. Es ist zu schwer. Sie sind auf der Flucht und reisen mit leichtem Gepäck. Aber vielleicht suchen sie die anderen goldenen Städte."

„Welche anderen goldenen Städte?" Ogre war ganz aufgeregt.

„Ein Mythos besagt, dass es sieben gibt. Cibola war eine davon. Ich habe keine Ahnung, ob die anderen sechs wirklich existieren. Bin im Internet nur durch Zufall auf diese Information gestoßen. Es kann sein, dass die Bat People gar nicht ziellos durch die Wüste streifen, sondern einem Plan folgen und die verbliebenen Städte suchen. Vielleicht wissen sie selber nicht, wo die liegen. Immerhin ist die Mär der Gold-Städte jahrhundertealt. Entweder haben die Erzähler sie erfunden, oder die Schätze sind längst geraubt. Vielleicht kennen die Vampirmenschen ihre Lage auch ganz genau und wollen uns in die Irre führen." Burke zuckte hilflos mit den Achseln.

Ogres blutroten Augen musterten ihn intensiv. Der Coyotero versuchte, ihm in die Seele zu blicken und zu überprüfen, ob er log. Anscheinend sagte der Cop die Wahrheit. Er machte sich vor Angst fast in die Hose. Worzok grinste und trat ganz nah an Burke heran. So nah, dass dieser den feucht-muffigen Geruch seines nassen Hundefells riechen konnte.

„Komm, Cop!", raunte Worzok Burke ins Ohr. „Leiste mir ein bisschen Gesellschaft. Unter vier Augen verrätst du mir, was du über die sieben goldenen Städte gelesen hast. Und dann erzählst du mir ein bisschen von Anwars rothaariger Braut. Moc meinte, du hättest früher engen Kontakt zu ihrer Familie gepflegt. Besonders zu diesem Joshua Licedei ..."

„Nichts als Felder und Bauernhöfe. Das kalifornische Eldorado entspricht so gar nicht seinem goldenen Namen: nichts als Kartoffeln und Gülle weit und breit.“ Anwar blickte von einer Anhöhe hinab auf die liebliche Hügellandschaft von Eldorado Hills. Eingebettet zwischen Seen und Laubwäldern, lagen einzelne Farmen und Ranches mit großen Grundstücken, auf denen Orangen, Mais und Weizen angebaut oder Rinder und Pferde gezüchtet wurden.

„Vielleicht wird die Gegend wegen des ertragreichen Bodens ‚die Goldene‘ genannt. Den Bauern scheint es gut zu gehen. Seht euch ihre prachtvollen Häuser und Stallungen an“, bemerkte Natassja. Sie verglich die Realität mit der Abbildung auf der historischen Landkarte und den Aufzeichnungen, die sie von ihrer Internetrecherche in Las Vegas gemacht hatte. „Wenn in meinen Unterlagen auch nur ein Hauch von Wahrheit steckt, liegt die zweite der sechs verbliebenen Gold-Cities direkt vor uns.“

„Seht mal, dort unten“, unterbrach Joshua sie und lenkte die Aufmerksamkeit von Batur, Gylan, Anwar und Natassja auf eine Basaltsäule inmitten eines Feldes. „Markiert der Grenzstein den Besitz, oder handelt es sich um einen Gedenkstein?“

„Das ist von hier oben schwer zu erkennen. Vielleicht haben wir es mit einer stilisierten Vogelscheuche zu tun“, meinte Gylan und stieß sich von dem Bergvorsprung ab. Sie breitete ihre Fledermausschwingen aus und segelte hinab.

„Bist du verrückt? Was ist, wenn der Bauer dich sieht?“, rief ihr Joshua besorgt nach. Aber sie hörte ihn nicht mehr. Eilig sprang er hinter ihr her, holte sie schnell ein und ergriff ihre Hand. Die untergehende Sonne schimmerte auf ihren seidigen blauschwarzen Schwingen.

„Sie geben ein wunderschönes Bild von zwei Verliebten ab“, meinte Natassja melancholisch.

„Ich sehe nur zwei Fledermausmenschen, die zu große Risiken eingehen“, konterte Batur grimmig.

„Ein Risiko besteht immer“, meinte Anwar. „Aber in diesem Fall nur ein geringes. Am späten Nachmittag bestellen die Farmer ihre Felder nicht mehr, zumindest nicht zu dieser Jahreszeit. Kommt, lasst uns auch diesen Stein ansehen.“ Er nahm Natassjas Hand und flog mit ihr Gylan und Joshua hinterher.

Batur schloss sich ihnen maulend an.

„Wenn es nicht so deprimierend wäre, würde ich lachen“, sagte Anwar, als er die Inschrift auf dem Basalt las: „‚Am Ende des Regenbogens wartet ein Topf voller Gold auf den glücklichen Finder, heißt es in einem schottischen Märchen. Wir entdeckten keinen Topf, sondern eine Stadt voller Gold ... Wir danken unserem Schöpfer für das Wunder und die große Gnade, die den Reichtum von Eldorado Hills begründet hat. Anno 1953: Jeremy McDougal, Albert O'Hara ...‘ und so weiter und so fort.“

„Schön für Jeremy und Albert, dass ihnen die Gold City ein glückliches Leben geschenkt hat. Aber damit können wir Stadt zwei auf unserer Liste abhaken“, meinte Joshua und seufzte. „Sagt mal: Spielt in dem Regenbogenmärchen nicht auch ein Kobold mit?“

„Nerv nicht! Wir haben echt andere Probleme“, fuhr Natassja ihn an.

Anwar, Gylan und Batur sahen sie überrascht an. Der unwirsche Ton entsprach überhaupt nicht ihrem sonstigen Umgang. Normalerweise blieb Natassja stets ruhig und bedacht.

„Wir sind alle enttäuscht“, sagte Anwar und legte seinen Arm um sie. „Aber Joshua kann nichts dafür. Er hat nur versucht, uns aufzuheitern.“

„Ja, ja. Schon gut“, wiegelte Natassja ab. Doch es war ihr anzumerken, dass nichts gut war.

„Was ist los mit dir?“, fragte Anwar leise, damit die anderen sie nicht hörten. „Ich wünsche mir auch, dass wir eine sichere Unterkunft für die Bat People finden. Aber es lässt sich nichts erzwingen. Wir haben immer noch vier offene Möglichkeiten.

Und wenn Joshuas Vision stimmt, wartet die schönste aller Bat Cities noch auf uns."

„Darum geht es nicht. Oder zumindest nicht nur", flüsterte sie.

„Worum dann? Hast du Angst vor den Coyoteros? Ich werde dich beschützen. Mit meinem Leben! Es gibt immer Krieg und Frieden. Wir werden auch diese Herausforderung meistern."

„Ich weiß. Ich liebe dich. Für deinen Mut und deine Stärke. Für das, was du bist." Sie küsste Anwar zärtlich. „Wir müssen zurück zum Stamm und uns ins Nachtlager begeben."

Bevor Anwar etwas erwidern konnte, wandte sie sich ab und flog zurück auf den Hügel. Er sah ihr nachdenklich nach. Was verheimlichte ihm seine Geliebte?

In dieser Nacht liebte Natassja Anwar nach allen Regeln des Kamasutra. Noch nie hatte sie sich ihm so haltlos hingegeben, noch nie ihn so fantasievoll verführt. Sie glühte vor Leidenschaft und riss den jungen Vampirfürsten mit. Erst in der blauen Stunde, vor dem Anbruch des neuen Tages, ruhten sie erschöpft nebeneinander.

Anwar war glücklich. Doch Natassjas Eindringlichkeit und die Entschlossenheit, die sie beim Liebesakt gezeigt hatte, irritierten ihn. Er dachte an den Nachmittag und erinnerte sich an diesen traurigen Blick, mit dem sie Joshua und Gylan nachgesehen hatte, als sie Hand in Hand den Hang hinabglitten. Ein Blick … fast wie ein Abschied für immer. Sie machte ihm Angst. Er sorgte sich um sie. Aber er wollte den Moment ihres vollkommenen Glücks nicht zerstören, und so streichelte er sanft ihren Rücken und beschloss, sie ein andermal darauf anzusprechen. Schon bald entführte ihn der Schlaf in seine Traumwelt.

Natassja lauschte seinem regelmäßigen Atem. Sie selbst konnte nicht schlafen. Vorsichtig löste sie sich aus seiner Umarmung, wickelte sich ihren Umhang um den Körper und trat aus ihrem Unterschlupf hinaus ins Mondlicht.

„Blue Moon", der zweite Vollmond in einem Monat. Sonst fand in dieser heiligen Nacht die größte Feierlichkeit der Bat People statt: das Blutfest mit Gesang, Tanz und endlosen Speisenfolgen. Noch nie hatten die Fledermausmenschen diese besondere Veranstaltung ausfallen lassen – bis jetzt.

Sie seufzte und zog sich den Umhang enger um Schultern und Flügel. Sie fror und wollte gerade zu ihrem Schlafplatz neben Anwar zurückkehren, als sie gut zehn Meter entfernt Joshua entdeckte. Er hockte im Gipfel einer Tanne und betete den Mond an. Sie überlegte, ob sie ihn stören durfte. Eigentlich wollte sie schon seit Tagen mit ihm sprechen, hatte sich aber vor der Unterhaltung gedrückt. Sie hatte gehofft, ihre Ängste würden von selbst verschwinden, wenn sie sie ignorierte. Stattdessen hatten sie jedoch ihre Seele fest im Griff und pressten geradezu das Leben aus ihrer Brust. Sie konnte nicht länger fortlaufen. Sie musste sich ihnen stellen.

„Kannst du auch nicht schlafen?", fragte sie Sekunden später ihren Bruder und setzte sich neben ihn auf einen Ast.

„Sieh nur, diese wundervolle Nacht", antwortete Joshua. „Ich weiß jetzt, warum die Bat People den zweiten Vollmond ‚Blue Moon' nennen. Wenn du dir den Erdtrabanten genau ansiehst, ist er gar nicht bleich wie der Gevatter Tod, sondern graublau."

Natassja nickte. Ihr war nicht nach romantischen Betrachtungen über den Mond und seine Farbe zumute. Bei der Erwähnung des Sensenmannes hatte sie eine Gänsehaut bekommen, die nichts mit der Kälte der Nacht zu tun hatte.

„Macht dir deine Vision denn gar keine Angst?", fragte sie unvermittelt.

Joshua wusste genau, welchen Teil seiner Weissagung sie meinte. Er schüttelte den Kopf. „Nein. Ich bin dem Tod schon mal von der Schippe gesprungen und hatte das Glück, zwölf wahnsinnig aufregende Monate mit Gylan, dir, Anwar und den

Bat People zu verbringen. Sollte es mich erwischen, bin ich nur dankbar für die Extra-Zeit." Er legte seinen Arm um ihre Schulter und zog sie eng an sich.

„Ich hoffe sogar, dass es mich trifft. Ich wünsche es mir! Deshalb habe ich eben zum Mond gebetet. Ich will, dass du lebst! Nicht nur, damit sich die Prophezeiung erfüllt und du und Anwar den Vampirmenschen eine neue Zukunft schenkt. Nein. Ich möchte, dass du eine alte, faltige Lady wirst mit einem Stall voller Fledermauskinder und Enkel. Schließlich bist du meine Lieblingsschwester und meine beste Freundin."

Natassja schluchzte auf. Joshuas Selbstlosigkeit brach ihr das Herz. Sie wünschte sich, dass keiner von ihnen beiden sterben musste. „Vielleicht hast du dich geirrt?", flüsterte sie und bekam vom Weinen Schluckauf.

„Nicht heulen! Sonst fange ich auch noch an. Ich kann es nicht ertragen, Mädchen weinen zu sehen", meinte Joshua und tupfte mit seinem Mantel ihre Tränen ab. „Ich habe mich nicht geirrt. Der Illusion dürfen wir uns nicht hingeben. Sonst genießen wir nicht jeden Tag, als wäre es unser letzter. Und das sollten wir! Ich tue alles, was in meiner Macht steht, um Gylan glücklich zu machen. Damit sie mich in guter Erinnerung behält. Und damit ich nicht glaube, ich hätte etwas versäumt, das ich nicht mehr nachholen kann, wenn mir die letzte Stunde schlägt."

„Ich bin auch jeden Augenblick mit dem ganzen Herzen bei Anwar", stimmte Natassja ihm zu. „Hast du es Gylan gesagt?"

Joshua schüttelte verneinend den Kopf. „Das werde ich auch nicht tun. Sie macht sich große Sorgen um ihr Volk. Ich will ihr nicht noch mehr Kummer bereiten. Auch wenn sie mich nach meinem Tod dafür hassen wird. Aber dann kann sie nicht mehr mit mir streiten. Ich bin dann schon in anderen Sphären. Das ist ein Vorteil. Denn diese Frau hat Feuer im Blut. Dagegen versprüht der Teufel in der Hölle nur lauwarme Glut."

„Ich wünschte, ich besäße deinen Galgenhumor", murmelte

Natassja und wischte sich tapfer die Tränen weg. „Ich habe es Anwar auch nicht gesagt. Aber ich fühle mich deswegen schlecht. Ich habe mir vor langer Zeit einmal geschworen, dass ich ihn nie mehr, für nichts und niemanden, hintergehen würde. Damals habe ich ihm verschwiegen, dass ich dich heimlich bei Mom und Dad in Albuquerque besuchte. Und ich habe damit eine Katastrophe losgetreten. Und jetzt? Wiederhole ich das Fiasko?"

„Du hintergehst ihn doch nicht! Und im Endeffekt hast du damals nichts ausgelöst, was nicht sowieso eingetreten wäre. Man kann nie sagen, was richtig oder falsch ist. Jedenfalls ist die Wahrheit nicht immer die beste Lösung. Aber die Entscheidung muss jeder für sich fällen."

„Wenn ich das nur könnte", meinte Natassja schwermütig und legte den Kopf an Joshuas Schulter.

Sie kehrte erst im Morgengrauen zu ihrem Schlafplatz an Anwars Seite zurück. Ihr Bruder begleitete sie. Zum Abschied küsste er sie auf die Stirn. Allein flog Natassja das letzte Stück in ihre Schlafnische. Sie schwebte unter das Höhlendach und hängte sich kopfüber neben Anwar in die Wand. Zärtlich strich sie dem Vampirfürsten über die Wange, aber nur ganz leicht, um ihn nicht aufzuwecken.

Anwar tat, als schliefe er fest. Doch er wartete bereits seit über einer Stunde darauf, dass seine geliebte Tassja zurückkehrte. Sie benahm sich in letzter Zeit seltsam. Er hatte es nicht erst an diesem Nachmittag bemerkt. Sie wirkte geistesabwesend und bedrückt. Vielleicht wurde ihr alles zu viel, und sie wollte ihn nicht mehr. Die Vorstellung, dass sie ihn verlassen könnte, schien widersinnig, aber sie machte ihm dennoch Angst. Sein Herz begann zu rasen. Unkontrollierte Eifersucht raubte ihm den Verstand. Er musste sich zwingen, sie nicht zu packen und zu schütteln und die Wahrheit aus ihr herauszupressen. Hatte er nicht eben die Stimme eines Mannes gehört? Wagte sie es, ihn zu betrügen? Das würde sie nicht überleben!

6. *KAPITEL*

„Moc, verbinde seine Wunden! Ich brauche ihn noch.“ Ogre Worzok stieß den blutenden Sheriff Burke vor die Füße seines Dieners.

Nur widerwillig kümmerte sich Floyd um seinen ehemaligen Chef. Als Intrigant brillierte der einstige Hilfssheriff. Solange er hinter dem Rücken seiner Opfer agierte, war er mutig. Aber er scheute sich davor, ihnen ins Gesicht zu sehen.

„Du mieser Verräter!“, zischte Burke prompt. „Fass mich nicht an!“ Mit letzter Kraft schlug er die Hand von Floyd fort, als der ihm aufhelfen wollte. „Ich verabscheue die Vampirmenschen genauso wie du. Und ich kann verstehen, dass du den Coyoteros ihren Standort Cibola verraten hast. Aber deine Motive sind unehrenhaft. Du möchtest nicht die Menschen vor diesen missgebildeten Kreaturen schützen. Du willst nur Blutvergießen sehen. Und du fühlst dich mit niemandem verbunden! War ich nicht immer gut zu dir? Sieh nur, was dieser Mistkerl Ogre mit mir gemacht hat!“

Der Cop wischte sich das Blut von seiner aufgeplatzten Lippe. Der Albino hatte ihn verprügelt. Und das, obwohl Burke gar nicht erst versucht hatte, den Helden zu spielen. Bereitwillig gab er sein Wissen über Natassja und Joshua Licedei sowie ihre Familie in Albuquerque preis. Dennoch schlug Worzok ihn windelweich. Der weiße Schakal liebte es, andere zu unterdrücken und zu quälen. Und Floyd oder vielmehr Moc entpuppte sich als psychisch genauso gestört wie Ogre. Sklave und Meister hatten sich wirklich verdient!

Floyds keckerndes Lachen riss Burke aus seinen finsteren Gedanken und seinem Selbstmitleid. „Ich weiß gar nicht, wieso Sie sich so aufspielen, *Chef*. Sie waren selbst keineswegs ehrenhaft und als Cop alles andere als Freund und Helfer der Bürger von Carlsbad. Sie haben ausschließlich an sich selbst gedacht und nur Ihre Machtinteressen verfolgt. Die Coyoteros haben Ihnen einen Strich durch die Rechnung gemacht. Pech! Von mir müssen Sie kein Mitleid erwarten. Sie haben mich behandelt wie den letzten Dreck. Sie haben getan, als wären wir Freunde, dabei haben Sie mich in Wirklichkeit belogen, betrogen und ausgenutzt. Sehen Sie zu, wie Sie alleine klarkommen!" Er stieß seinen Stiefel in den Staub. Sandkörner wirbelten auf und flogen Burke in die offenen Wunden.

Als der Cop versuchte, sie auszureiben, schmerzte es unerträglich. Er biss die Zähne zusammen und verfluchte zum tausendsten Mal seinen früheren Untergebenen. Allerdings musste er zugeben, dass Floyd recht hatte. Er, Mark Burke, war ein selbstherrlicher und überheblicher Kerl gewesen. Er hatte sich über den vermeintlichen Dummkopf Floyd lustig gemacht und aus seinem Job und seinen Mitbürgern jeden nur möglichen Vorteil herausgepresst.

Wenn er jetzt darüber nachdachte, wie groß seine Angst gewesen war, den Posten als Polizeichef mit all seinen Vergütungen zu verlieren, kam er sich plötzlich lächerlich vor. Er konnte gar nicht mehr glauben, dass er einmal dieser Mann gewesen war. Heute wünschte er sich nichts weiter, als wieder nach Hause gehen und ein ruhiges Leben führen zu können.

Nannte sich das Altersweisheit? Schließlich ging er auf die fünfzig zu. Oder machte ihn das Nomadenleben an der Seite der Schakalmenschen mürbe? Er konnte nicht einmal mehr die Bat People richtig hassen, auch wenn er gegenüber Floyd die alte harte Fassade aufrechterhielt. Schließlich machte ihm seine neue Weichheit selbst zu schaffen.

Er hob sein zerschlissenes Hemd an und betrachtete die pochende Narbe. Anwars scharfe Vampirzähne hatten sie ihm vor einem Jahr gerissen, als er den Vampirfürsten auf dem Indianerberg vor den Toren Cibolas gefangen nehmen wollte. Burke strich mit dem Zeigefinger über den gerade verlaufenden Strich.

Manchmal glaubte er, dass diese Verletzung seine seelische Veränderung ausgelöst hatte. Das war natürlich völlig abwegig. Ob eine Wunde nun von einem Messerstich oder von einem Vampirbiss herrührte, konnte keinen großen Unterschied machen. Obwohl … wer wusste schon, welche Bakterien an Anwars Hauern klebten? Schließlich trank er Blut von widerlichen Lebewesen wie Ratten und Mäusen …

Burke schüttelte sich. Mühsam unterdrückte er die aufkeimende Panik. Schon des Öfteren hatte ihn ein ungutes Gefühl befallen, als würde er durch den Biss schleichend vergiftet. Schnell zerrte er das Hemd wieder herunter, damit es die Narbe bedeckte. Sein Alltag als Worzoks Fußabtreter erforderte seine ganze Konzentration. Da durfte er sich nicht noch mit solchen Horrorvorstellungen verrückt machen. Dennoch konnte er seine Befürchtungen nicht vollständig verdrängen. Auch nicht, als er seine volle Aufmerksamkeit auf Ogre richtete, der sich vor seine Leute stellte und zu einer Rede anhob.

„Wir brechen die Verfolgung der Bat People ab“, teilte der Coyotero-Anführer seinen Kriegern mit.

Ein unwilliges Raunen ging durch die wilde Horde. Jeder Einzelne hatte mit guter Beute gerechnet, insbesondere nachdem das Gerücht eines Goldschatzes die Runde gemacht hatte. Hatten sie die Verletzungen und Entbehrungen vergeblich erduldet? Waren ihre Kameraden vor Cibola umsonst gefallen?

„Ruhe, Männer!“, beschwichtigte Worzok die wütenden Söhne des Windes. „Ich habe nichts davon gesagt, dass wir aufgeben. Wir machen uns die Jagd nur einfacher.“

„Ich wusste es: Wir reiten nach Nevada und besorgen uns noch mehr toxischen Sand!“, warf ein neunmalkluger Schakal-Krieger in die Runde.

Blitzschnell schleuderte Ogre seinen Krummsäbel in die Richtung des vorlauten Hundesohns. Die Klinge blieb wenige Millimeter neben der Schnauze des Mannes in einer Tanne stecken. Vor Schock fiel der Krieger tot um.

„So viel dazu, was passieren kann, wenn man mich unterbricht“, meinte Ogre. „Allerdings muss ich zugeben, dass die Idee nicht schlecht war. Nur brauchen wir im Kampf gegen die Bat People nicht mehr das Gift, mit dem die Menschen ihre Bomben bauen. Wir haben etwas Besseres!“

Wieder ging aufgeregtes Murmeln durch die Reihen. Aber nach der Krummsäbelattacke wagte niemand mehr, Worzok ins Wort zu fallen.

Der oberste Coyotero genoss die Macht, die er über seine Soldaten besaß. Er liebte es, ihnen Angst einzuflößen und sie im Ungewissen zu lassen. „Auf die Pferde!“, kommandierte er. „Wir reiten nach Albuquerque!“

„Sheriff Burke! Was für eine Überraschung, Sie zu sehen. Was führt Sie her? Besuchen Sie uns einfach so, oder haben Sie eine neue Spur von unserem Sohn Joshua?“ Ein Hoffnungsfunke schimmerte in Mom Licedeis Augen auf. Auch nach über einem Jahr hatte sie ihren ältesten Jungen nicht aufgegeben. Sie konnte den Gedanken, dass ihre Tochter Natassja bei einem Polizeieinsatz gegen eine terroristische Sekte verbrannt war, nur schwer ertragen. Aber dass auch noch ihr Großer tot sein sollte, diesen Gedanken ließ ihre Mutterliebe nicht zu. Sein plötzliches Verschwinden schrieb sie seinem ungestümen Temperament zu. Vielleicht trieb er sich in Los Angeles herum, um Rockstar zu werden. Oder er hatte sich Hals über Kopf in ein hübsches Mädchen verliebt und lebte mit ihr in einer Hippie-WG in Oregon. Mrs. Licedei wäre zwar stinksauer auf Joshua. Doch alles wäre besser als … nun ja.

„Kommen Sie herein!“ Unbefangen öffnete sie dem Sheriff die Tür zu ihrem Haus und führte ihn in die Küche. „Möchten Sie ein Glas selbst gemachte Zitronenlimonade? Sie sehen aus, als könnten Sie eine Erfrischung gebrauchen.“ Mama Licedei war eine höfliche Frau. Niemals hätte sie den Cop direkt auf sein erbärmliches Aussehen angesprochen.

Zwar hatte Ogre Moc losgeschickt, um für den zerlumpten Burke ein paar ordentliche Kleidungsstücke zu klauen. Aber der Cop sah mit seinen Hochwasserhosen und der farblich grauenhaften Zusammenstellung von Hemd, Hose und Jacke wie ein Obdachloser aus.

„Haben Sie abgenommen? Sie sehen schlanker und jünger aus." Mutter Licedei reichte Burke ein besonders großes Glas von ihrem Saft und drängte ihm einen Teller Schokokekse auf.

„Unfreiwillige Diät", murmelte der Cop verlegen. Er vergaß für einen Moment seine guten Manieren und verschlang die Kekse in Sekundenschnelle. Sie erinnerten ihn an die Kekse seiner eigenen Mutter.

„Sheriff Bur..." Mr. Licedei betrat die Küche. Natassjas und Joshuas Vater verschlug es bei dem Anblick des verlumpten Polizisten förmlich die Sprache. Er hüstelte verlegen. „Ich nehme an, Sie sind im Ruhestand?", meinte er unbeholfen. „Sie waren so plötzlich von der Bildfläche verschwunden. Keiner wusste, wohin es sie verschlagen hatte. Ist Ihnen die Razzia in der Terroristen-Höhle so nahe gegangen, dass Sie aussteigen mussten?"

„Aber Schatz, so etwas fragt man doch nicht!" Mutter Licedei kam die Neugier ihres Mannes sehr fehl am Platze vor.

„Nein, nein. Schon okay", meinte Burke schnell. Ihm war sein eigener Auftritt peinlich. Außerdem bezweifelte er, dass er seine Rolle als Lockvogel bis zum Ende durchziehen konnte. Irgendwie wollte er nicht, dass den Licedeis noch mehr Leid widerfuhr. Auch eine neue Regung, die er nicht von sich kannte: Mitleid.

„Gibt es Neues von Joshua?", fragte Papa Licedei. Allerdings erkannte Burke am Klang seiner Stimme, dass er keine Hoffnung mehr hatte. „Seit Sie nicht mehr bei den Cops in Carlsbad sind, ist da der Wurm drin. Der neue Polizeichef kümmert sich kein Stück um die alten Fälle."

„Serge!" Seine Frau runzelte ärgerlich die Stirn.

„Ja, stimmt doch, Valerie! In der Polizeistation wussten die Beamten noch nicht mal, wer Joshua Licedei ist. Und dass Angestellte der NASA uns seine Corvette gebracht haben, hat die überhaupt nicht interessiert. Vielleicht haben ihn Aliens entführt. Kannst du dich an den Zeitungsartikel erinnern? An dem Abend, als Joshuas Auto vor den Laboren der Weltraumbehörde geparkt hat, sind zwei renommierte Wissenschaftler verschwunden. Sie sind nie wieder aufgetaucht! Und Park Ranger fanden diesen orientierungslosen NASA-Wachmann in der Wüste, der in derselben Nacht eigentlich Dienst hatte. Der Typ leidet bis heute an Amnesie. Da ist was faul! Aber egal ob NASA oder Cops, die lügen alle wie gedruckt. 'Tschuldigung, Sheriff Burke, Sie meine ich damit natürlich nicht."

„Ich nehme es nicht persönlich", nuschelte der Cop. Er schwitzte und wäre am liebsten weggerannt. „Sind eigentlich auch Ihre Zwillinge zu Hause?"

„Ja. Sie sind in ihren Zimmern. Warum?", fragte Valerie Licedei verwundert.

„Ach, nur so. Dann ist also die ganze Familie Licedei unter diesem Dach versammelt?" Burke lief der Schweiß in Strömen von der Stirn.

Valerie und Serge Licedei tauschten einen irritierten Blick. Der Sheriff benahm sich extrem merkwürdig.

„Sheriff Burke, was ist der Grund Ihres Besuches?", fragte Serge Licedei und gab seiner Stimme eine tiefe, strenge Note, die er sich sonst für seine Kinder vorbehielt.

Burke antwortete nicht, sondern sah hektisch über seine Schulter aus dem Fenster, als erwarte er jemanden. Offensichtlich war der Cop verwirrt, wenn nicht sogar verrückt.

„Wenn Sie uns keine neuen Informationen über den Verbleib

unseres Sohnes mitteilen können, muss ich Sie leider bitten zu gehen.“ Vater Licedei wies den Cop zur Tür.

„Das würde ich nur zu gern, Sir“, entgegnete Burke und wischte sich mit dem Hemdsärmel über das nasse Gesicht. „Aber ich bin nicht allein gekommen. Jemand möchte unbedingt Sie und Ihre Familie kennenlernen.“

In dem Moment fiel ein riesiger Schatten vor das Küchenfenster und verdunkelte das Innere des Raums. Valerie und Serge Licedei drehten sich gleichzeitig um. Mama Licedei stieß einen gellenden Schrei aus, als sie direkt in Ogre Worzoks blutroten Augen blickte, die sie aus seinem entstellten Albinogesicht anstarrten. Kurz darauf fiel sie in Ohnmacht.

Papa Licedei war angesichts des weißen Schakals, der hoch zu Ross saß und ihn angrinste, so schockiert, dass er vergaß, seine Frau aufzufangen. Nicht einmal ihr Aufprall auf den Küchenboden löste ihn aus seiner Erstarrung.

Erst das Auftauchen seiner Zwillinge, die, vom Schrei ihrer Mutter alarmiert, die Treppe hinuntergerannt kamen, führte Serge Licedei die Gefahr, in der sie alle schwebten, vor Augen. Aber da war es bereits zu spät.

„Natassja! Wir müssen sofort nach Albuquerque aufbrechen!“ Joshua kam im Sturzflug auf seine Schwester und Anwar herabgesaust, die mithilfe der Aufzeichnungen im kalifornischen Sonoma County versuchten, die Lage der vierten Gold City auszumessen.

„Was ist passiert? Ist etwas mit Mom und Dad?“ Natassja verharrte wie gelähmt auf der Stelle. Die Pergamentlandkarte glitt ihr aus der Hand. Unfähig, sie aufzuheben, sah sie zu, wie der Wind das Papier davontrieb, während sich in ihren grauen Zellen die schlimmsten Szenarien abspielten: Ihr Vater hatte einen Herzinfarkt und lag alleine sterbend im Garten des elterlichen Hauses. Ihre Mom krachte mit ihrem Auto in ein entgegenkommendes Fahrzeug, weil sie mal wieder am Radio herumgespielt hatte, um ihren Lieblings-Country-Sender einzustellen, anstatt auf den Verkehr zu achten.

„Es ist weder ein Unfall noch ein Herzinfarkt", las Joshua ihre Gedanken. „Es ist schlimmer. Ogre Worzok und die Coyoteros haben unsere ganze Familie gefangen genommen und entführt. Nicht nur Mom und Dad, sondern auch die Zwillinge."

„Habe ich das richtig verstanden? Die Coyoteros haben eure Eltern und Geschwister? Bist du dir sicher?", fragte Anwar, der eilig angeflogen kam. Er hatte nur einen Teil dessen, was Joshua sagte, gehört, denn er hatte die Landkarte eingesammelt, bevor der Wind sie in Stücke riss.

„Absolut sicher!", entgegnete Joshua. „Es ist schon vor zwei Tagen passiert. Es tut mir leid, dass ich erst jetzt die Zeichen lesen konnte. Aber ihr wisst …"

„Die Funkstörungen", murmelte Anwar und streckte die Hand nach seiner Geliebten aus, um sie zu trösten.

„Das … ist … eine Katastrophe", stammelte Natassja. Sie stellte sich die entsetzten Gesichter ihrer Familie beim Anblick der Schakal-Krieger vor. Die finsteren Gestalten, die aussahen, als seien sie einem Fantasy-Film entsprungen, würden das Weltbild ihrer Eltern für immer auf den Kopf stellen. Die Zwillinge – durch ihre Jugend blind für echte Gefahr – fanden das Spektakel vermutlich cool.

„Die Coyoteros haben eure Familie als Geiseln genommen, um die Bat People zu erpressen. Ogre will um jeden Preis verhindern, dass die Prophezeiung wahr wird. Er fordert, dass Tassja und ich uns ihm ausliefern", stellte Anwar sachlich fest.

Außer Atem stieß Gylan zu ihnen. „Das geht auf keinen Fall! Dann sind die Bat People verloren!", rief sie. Die Kriegerin hatte gesehen, wie Joshua aus dem Schwitzzelt des Schamanen gestürzt und davongeflogen war. Sofort hatten sie dunkle Vorahnungen gepackt. Sie war ihm gefolgt, so schnell sie konnte. Aber es hatte eine Weile gedauert. Joshua maß immerhin über vierzig Zentner mehr als die zarte Asiatin und besaß eine entsprechend breitere Flügelspannweite.

„Ich glaube, das nennt man eine Pattsituation: Egal, wie wir uns entscheiden, wir haben verloren", meinte Natassja bitter. Ihr Herz krampfte sich bei der Vorstellung zusammen, was die Coyoteros ihrer wunderschönen Schwester Erin und ihrem vorlauten Bruder Kyle antun könnten.

„Weiß Ogre Worzok, wie du aussiehst, Anwar?", fragte Joshua.

Der Vampirfürst legte die Stirn in Falten und überlegte. „Ich glaube nicht", entgegnete er zögernd. „Nein. Ich bin mir sogar sicher. Wir sind uns nie begegnet. An einen Albino-Krieger könnte ich mich erinnern. Bahul und die Krieger, die ihn beim Angriff auf die NASA-Labors begleitet haben, würden mich wiedererkennen. Warum fragst du?"

„Ich könnte mich für dich ausgeben und an die Coyoteros ausliefern", antwortete Joshua.

„Nein!" stieß Gylan gequält aus und schlang ihre Arme um ihn. „Ich habe dich schon einmal fast verloren. Ein zweites Mal lasse ich dich nicht gehen!"

„Es würde aber Sinn machen", entgegnete Joshua ruhig und streichelte ihre schwarzen Haare. „Auf mich könntet ihr am ehesten verzichten. Ein Schamane mehr oder weniger – davon geht die Zivilisation der Bat People nicht unter. Wenn die Vampire aber ihren Retter und König verlieren …"

Er beugte sich zu Gylan hinunter und küsste zärtlich ihre Tränen fort. Dann richtete er sich auf und meinte nüchtern: „Nach dem, was Batur von Bahuls Verhalten bei der Schlacht um Cibola erzählt hat, wird der ehemalige Anführer der Coyoteros mich nicht an seine früheren Mitstreiter verraten. Und ob im riesigen Heer der Schakal-Krieger ausgerechnet die Soldaten aus den NASA-Kerkern mich bei meinem Eintreffen sehen, ist fraglich. Um ganz sicherzugehen, können wir meine Haare schwarz färben. Von Statur und Größe sehen Anwar und ich uns einigermaßen ähnlich."

Schweigend verglichen Natassja und Gylan das Aussehen des Vampirfürsten mit dem des einstigen Läufers. Im Gegensatz zu Joshua strotzte Anwar vor Muskeln. Aber mit etwas Wohlwollen und einem an den richtigen Stellen gepolsterten Umhang konnte man aus einem Fledermaus-Normalo den überlebensgroßen Fürsten machen.

„Ich möchte Baturs Meinung dazu hören", meinte Natassja. „Vielleicht fällt ihm als Kriegsstrategen noch eine andere Lösung ein."

„Du kannst ihn gleich um Rat fragen. Da kommt er!", warf Anwar ein und deutete auf den Horizont, wo sich der Vampirkrieger mit mächtigen Flügelschlägen näherte.

Klang Anwar beleidigt? Oder bildete Natassja sich das nur ein? Sie sah ihren Geliebten von der Seite an. Aber der Vampirfürst starrte stur geradeaus, um seinen Kriegsherrn zu empfangen.

„Wir haben Besuch!", rief Batur, noch bevor er landete. „Die Coyoteros haben uns einen Boten geschickt. Einer meiner Jäger hat ihn in der Prärie aufgespürt. Ihr werdet überrascht sein, wenn ihr seht, wer es ist!"

7. KAPITEL

Floyd! Natassja traute ihren Augen nicht. Feist grinsend saß der Widerling hinter dem Steuer von Joshuas Corvette Cabriolet. Als er die Geschwister Licedei erblickte, zog er die Schakalmaske, die er auf die Stirn geschoben hatte, über sein Gesicht. Wie lächerlich! Natassja schnaubte wütend. Was wollte er damit beweisen? Dass er zu den Coyoteros gehörte? Am liebsten hätte sie ihm das Zeichen der Macht heruntergerissen. Sie wunderte sich, dass Ogre Worzok dieser Schmeißfliege erlaubte, einen so wertvollen Kultgegenstand zu berühren, geschweige denn zu tragen. Das sprach nicht für die Läuferkenntnis des Mannes.

„Bleib ruhig! Er ist es nicht wert“, flüsterte Anwar, der ihre Anspannung spürte und dem klar war, dass sie jede Sekunde ausrasten konnte.

Natassja nickte, unfähig zu sprechen. Am liebsten hätte sie sich schreiend auf den ehemaligen Hilfssheriff gestürzt und ihm mit ihrer Doppelaxt den Schädel gespalten. Er hatte versucht, Joshua und Gylan zu töten! Und hätte er die Gelegenheit gehabt, dann hätte er auch Natassja umgebracht. Sie konnte den Hass und die Mordlust in seinen Augen sehen. Sogar jetzt, wo er allein in einem gestohlenen Auto zwischen einer Überzahl von Vampirmenschen hockte, fühlte er sich ihnen überlegen.

Und die Umstände gaben ihm recht. Krümmte sie ihm auch nur ein Haar, brachten die Coyoteros mindestens ein Mitglied ihrer Familie um. Natassja ballte die Fäuste. Sie musste sich beherrschen. Ihre Stunde der Rache würde kommen. Aber nicht jetzt.

„Floyd. Was führt dich her?“, fragte sie ruhig.

„Moc. Nicht Floyd, wenn ich bitten darf“, antwortete er von oben herab. Er schob die Maske wieder zurück, schwang sich auf die Rückenlehne des Fahrersitzes und legte betont lässig die

Unterarme auf seine Oberschenkel. Provozierend langsam knetete er seine Finger. „Ihr wundert euch sicher, wie ich euch gefunden habe.“ Er grinste herablassend. „Ich sage nur ‚die sieben goldenen Städte‘.“ Er wartete die Reaktion der fünf ab.

Doch ihre Mienen blieben versteinert.

Floyd lachte. „Das könnt ihr gut“, meinte er, vermeintlich anerkennend. „Die selbstsicheren, unerschütterlichen Vampirmenschen spielen. Aber ich weiß, dass ihr wisst, dass wir euch in der Tasche haben.“ Er schlug sich selbstzufrieden und siegessicher auf den Oberschenkel. „Euer alter Bekannter, Sheriff Burke, hat Ogre Worzok, dem großen Gebieter der Coyoteros, nicht nur die Adresse der Familie Licedei verraten. Er hat ihm auch von der Lage der goldenen Städte erzählt. Mein Ex-Boss ist nämlich nicht so blöd, wie er aussieht. Als er Cibolas Goldschatz rauben wollte, hat er im Internet recherchiert – und Bingo! Ich bin mir sicher, irgendwo hier in der Nähe habt ihr eure Nester, während ihr nach der nächsten Bat City sucht. Stimmt’s, oder habe ich recht?“

„Komm endlich zur Sache!“, unterbrach ihn Natassja. Dass die Coyoteros von den goldenen Städten wussten, stellte die Zukunft der Bat People in einer der Gold Cities infrage. Zwar hatte Floyd sein Ziel, die derzeitige Unterkunft der Bat People sowie die einstige Bat City von Sonoma, um achtzig Meilen verfehlt. Aber dennoch war er den Fledermausmenschen zu nah gekommen. Achtzig Meilen bedeuteten für die Coyoteros mit ihren Hundespürnasen und auf ihren pfeilschnellen Pferden keine Herausforderung. Sollten sie über dieselben Informationen verfügen, die Natassja in Las Vegas im Internetshop in Erfahrung gebracht hatte, konnten die Bat People ihre Suche nach den verbliebenen goldenen Städten einstellen. In keiner von ihnen würden sie jemals Frieden finden.

„Du weißt, weshalb ich hier bin. Ihr alle wisst es: Ogre fordert Anwars Kopf. Und deinen!“ Floyd grinste sie unverschämt an. „Euer beider Leben gegen die von Serge und Valerie Licedei und ihrer hübschen Zwillinge."

Natassja wurde für einen Moment schwarz vor Augen. In ihr wuchs eine unbändige Wut. Wie Feuer glühte es in ihr, und sie reagierte instinktiv. In Windeseile sprang sie in den Sportwagen und verpasste Floyd einen Fausthieb, der es in sich hatte.

Seine Lippe platzte auf. Seine Nase schwoll rasend schnell an. Er blutete und schrie wie am Spieß. „Das wirst du mir büßen, du Missgeburt! Dafür wird Ogre deiner schönen Schwester ein Auge ausstechen!"

Statt sie einzuschüchtern, brachte Floyd mit seinen Drohungen Natassjas noch mehr in Rage. „Niemand wird meiner Schwester oder einem anderen Licedei auch nur ein Haar krümmen! Hast du mich verstanden?", schrie sie und hämmerte mit ihren Fäusten auf ihn ein.

Nur mit sanfter Gewalt schafften Anwar und Joshua es, sie von ihm zu lösen.

„Das bringt doch nichts", flüsterte ihr Bruder ihr ins Ohr. „Bei diesem Speichellecker helfen weder Worte noch Taten. Du verschwendest nur deine Kraft."

„Du hast mir die Nase gebrochen!", wimmerte Floyd, als könnte er Mitleid erwarten. Er startete den Motor der Corvette und legte den Rückwärtsgang ein, um aus dem Halbkreis den die Schwarze Dreifaltigkeit, Joshua und Natassja um ihn bildeten, herauszustoßen. „Denkt ja nicht, dass ihr so davonkommt! Ogre erwartet euch bei Neumond in der Vampirgrotte von Baboquivari. Wenn ihr den Termin verstreichen lasst, sterben die Licedeis unter Folter, und euer Stamm wird gejagt und vernichtet!" Er ließ den Motor aufheulen und vergaß, die Bremsen zu lösen. Mit quietschenden Reifen fuhr er an. Der Geruch von verbranntem Gummi erfüllte die Luft. Endlich bemerkte er sein Versäumnis, löste die Bremsen und schoss mit seinem Sportflitzer davon.

„Schade. Ich habe die Corvette geliebt“, seufzte Joshua. „Aber nachdem Floyd darin gesessen hat …“ Er schüttelte sich. „Es wird Stunden dauern, bis ich die Sitze von der Schleimspur dieses Opportunisten befreit habe.“

„Mir ist leider nicht nach Lachen zumute.“ Nach ihrem Wutausbruch zitterte Natassja und kämpfte mit den Tränen. „Es scheint alles so hoffnungslos.“

„Wir finden schon eine Lösung.“ Anwar strich ihr eine rote Strähne aus dem Gesicht und nahm ihre Hand. „Zeig mal! Von dem Schlag auf Floyds Nase sind deine Knöchel blutig. Der Schamane soll sich die Verletzung ansehen und sie verbinden.“

„Aber zuerst müssen wir uns einen Plan überlegen“, flehte Natassja. „Neumond ist schon in fünf Tagen!“

„Dann lassen wir uns besser schnell etwas einfallen“, meinte Joshua. „Jetzt, wo wir wissen, dass Floyd und Sheriff Burke leben, kann ich mich nicht mehr als dich ausgeben, Anwar. Die Cops würden mich sofort enttarnen.“

„Ich hätte sowieso nicht zugelassen, dass du dich für mich opferst“, entgegnete der Vampirfürst. „Aber ich rechne dir deine Treue und Freundschaft hoch an und werde sie nie vergessen.“

„Ob Sheriff Burke wirklich über die goldenen Städte Bescheid weiß?“, fragte Gylan. Ihr war ebenso wie allen anderen bewusst, dass sie in dem Fall heimatlos waren.

„Das müssen wir zum gegebenen Zeitpunkt herausfinden“, meinte Batur. „Aber alles der Reihe nach. Warum wählt Ogre Worzok Baboquivari als Treffpunkt? Die Meute der Schakal-Krieger hat uns im letzten Jahr von dort vertrieben und die Grotte zerstört …“ Er rieb nachdenklich seine Narbe, die blaurot schimmerte und vor Aufregung angeschwollen war. „Die Tohono O’odham Indianer nennen Baboquivari den ‚Nabel der Welt‘. Laut dem Mythos ihrer Entstehungsgeschichte entsprang ihr Volk wie das der Anasazi-Indianer den heißen Quellen der Vampirgrotte."

„Ogre will uns zu unserem Ursprung zurückführen und dort töten!", schlussfolgerte Gylan. „Dem Verständnis der Söhne des Windes nach ist dies die ehrenvollste Art, einen Gegner zu besiegen. Die Steppenkrieger meiner mongolischen Heimat folgen denselben Kriegsregeln."

„Das bedeutet, er hatte nie vor, die Bat People leben zu lassen", ergänzte Batur. „Egal ob Natassja und Anwar sich opfern oder nicht."

„Und meine Familie wird er auch nicht gehen lassen", sagte Natassja.

„Mich überrascht, dass so ein ungeschlachter Typ wie Ogre plötzlich Wert darauf legt, die Formen der coyoterischen Kriegsführung zu wahren. Das muss einen tieferen Grund haben", bemerkte Joshua.

„Vielleicht fürchtet er den Zorn der Schakal-Götter, wenn er sich über alle Gesetz hinwegsetzt. Schließlich hat er ohne ersichtlichen Grund Bahul entmachtet. Das ist ein Verstoß gegen den Ehrenkodex der Coyoteros", entgegnete Batur. „Nur schwache oder unfähige Kriegsherren werden vorzeitig abgesetzt. Und das trifft auf den mutigen und umsichtigen Karanjai nicht zu. Ogre handelte aus Gier und Selbstsucht – Eigenschaften, die auch von den Coyoteros verachtet werden. Vielleicht will er aber auch nur die unentschiedene Schlacht vom letzten Jahr an ihrem ursprünglichen Schauplatz zu Ende führen und damit Bahul ein zweites Mal demütigen. Schließlich sind wir Karanjai damals entkommen. Der Grund scheint mir am wahrscheinlichsten. Ogre ist zu machtgierig und zu dumpf, um Traditionen zu achten oder Kriegsregeln zu folgen."

„Jedenfalls erleichtert das unsere Entscheidung", meinte Anwar. „Jetzt ist es klar, wir haben gar keine andere Wahl. Also erklären wir ihnen den Krieg!"

„Die zerstörte Fratze von diesem Ogre Worzok sieht echt krass aus!“, raunte Kyle seiner Zwillingsschwester Erin zu. „Schau nur: Die gespaltenen Lippen sind wulstig vernarbt. Und die Nase! Oh weia! So weiß, wie seine Haut leuchtet, war er vorher schon keine Schönheit. Aber jetzt erst!“

„Red doch noch lauter! Vielleicht hört er dich dann endlich und beißt dir den Kopf ab!“ Erin kniff ihn in die Seite.

„Aua!“ Kyle zuckte zusammen.

„Ruhe! Verdammt! Was habt ihr zu bereden?“ Ihr Wächter, ein Coyotero-Krieger, ritt in einem scharfen Galopp zu ihnen heran und verpasste beiden nacheinander mit der flachen Seite seines Schwertes einen Schlag.

„Ah!“, stöhnte Kyle.

„Hey, lass das! Das tut weh!“, beschwerte sich Erin.

„Dann haltet gefälligst den Mund, sonst könnt ihr was erleben.“ Der Aufpasser kehrte an seinen Platz in der Reiterhorde und hinter dem Pferd der Zwillinge zurück.

„Das hast du toll hingekriegt. Jetzt habe ich einen blauen Fleck!“, flüsterte Erin in Kyles Ohr.

„Hast du nicht gehört? Du sollst den Mund halten. Sonst bleibt es nicht bei dem einen“, konterte Kyle.

„Sagt Mister Quasselstrippe!“ Sie knuffte ihn in die Taille. „Idiot!“

„Ich hab dich auch lieb, Schwesterchen.“ Kyle lachte leise. „Ein Albino-Schakal-Krieger und seine Meute Coyoteros. Das glaubt uns keiner! Mit der Story könnten wir eine Menge Geld machen. Vielleicht würde Hollywood einen Fantasy-Film darüber drehen. Stell dir vor, wir erzählen das unseren Freunden! Die lassen uns in die geschlossene psychiatrische Anstalt einliefern.“

„Dazu werden sie wohl kaum kommen. An deiner Stelle wäre ich mir nicht so sicher, dass du deine Freunde je wiedersiehst. Ich bezweifle nämlich, dass diese räudigen Hundewesen uns lebend aus ihren Fängen lassen."

„Nun sieh nicht alles so schwarz! Hast du überhaupt eine Ahnung, was die von uns wollen?"

„Keinen blassen Schimmer. Aber erst stirbt Natassja, dann verschwindet Joshua. Und jetzt werden wir mitsamt unseren Eltern gekidnappt. Würde mich nicht wundern, wenn das alles zusammenhängt."

„So weit war ich auch schon, Mastermind!", entgegnete Kyle spöttisch und rutschte im Sattel hin und her. Langsam, aber sicher tat ihm sein Allerwertester weh.

Seitdem die Coyoteros ihr Haus in Albuquerque überfallen und die Licedeis verschleppt hatten, saßen Kyle und Erin täglich zehn bis fünfzehn Stunden aneinandergefesselt auf einem Coyotero-Pferd – er vorne, sie hinten – und zogen mit der wilden Horde durch den Südwesten der USA.

Inzwischen hatten sie den Süden Arizonas erreicht. Die bizarren Felsformationen und die karge Mondlandschaft kamen Kyle genauso irreal vor wie die gesamte Entführung. Er rechnete jede Sekunde damit, auf dem Sofa im Partyraum seines Freundes Nick aufzuwachen, um ihn herum seine Freunde, die ihn auslachten und aufzogen, weil er einen Drink zu viel genommen und bewusstlos in der Ecke gehangen hatte. Während er von Coyoteros und dem Ritt durch die Wildnis träumte, machten sie ihre Späßchen mit ihm und schossen Handyfotos, die sie morgen auf dem College-Campus herumzeigen würden.

Das würde seinen Ruf bei den Mädchen vom College ganz schön ruinieren. Aber nicht so sehr, dass er es mit seinem guten Aussehen nicht wieder wettmachen konnte. Er grinste in sich hinein und dachte an Mandy, Phoebe und Cameron. Da rutschte das Pferd beim Aufstieg auf ein Plateau auf dem unwegsamen Steinweg ab, geriet ins Stolpern und rüttelte ihn und seine Schwester ordentlich durch. Gleichzeitig zwickte Erin ihn erneut und riss ihn damit aus seinen wilden Fantasien.

„Welche Theorie über unsere Entführung hast du denn?", fragte sie.

Kyle zögerte eine Sekunde. „Hm, kannst du dich an Natassjas Aussage bei der Polizei erinnern? Damals, als Joshua das erste Mal verschwunden war?"

„Die Story mit den Vampiren? Ich bitte dich! Natassja war auf LSD. Irgendjemand muss ihr Drogen ins Essen gemischt haben. Bat People in einer unterirdischen Stadt ... so ein Quatsch!"

„Und was nennst du das hier?", Kyle deutete mit einer leichten Kopfbewegung erst nach rechts, dann nach links. Zu beiden Seiten ritten, stoisch geradeaus starrend, Coyotero-Krieger.

„Eins zu null für dich", gab Erin klein bei. „Allerdings fällt mir bei solchen Alternativen die Entscheidung richtig schwer. Ich weiß nicht, bei wem ich lieber in Gefangenschaft säße: bei blutrünstigen Vampirmenschen oder bei mordlüsternen Coyoteros. Wieso bist du so still? Fällt dir kein dummer Spruch mehr ein?" Erin hob den Kopf von Kyles Rücken und legte ihr Kinn auf seine breite Schulter. „Wow!", stieß sie hervor.

Vor ihnen erhob sich der atemberaubende Gipfel des Baboquivari-Gebirgszugs. Offensichtlich hatten die Coyoteros ihr Ziel erreicht. Ihr Albino-Anführer befahl abzusitzen. Das galt auch für die Gefangenen. Ihr Aufpasser zerrte Erin und Kyle aus dem Sattel und stieß sie zu Boden, direkt an den Rand einer riesigen Grotte. Erin rutschte auf dem Sand aus und fiel ungebremst in das gähnende schwarze Loch.

Nur die Tatsache, dass sie an Kyle gefesselt war, verhinderte ihren Absturz in die Tiefe. An den Handfesseln baumelnd, hing sie zappelnd über dem Abgrund. Die Lederbänder schnitten ihr tief ins Fleisch und verursachten höllische Schmerzen. Unter ihr öffnete sich ein Krater mit sprudelnden heißen Geysiren. Sie kreischte vor Todesangst.

„Hör auf, so wild um dich zu treten!", brüllte Kyle. „Sonst

kann ich dich nicht halten, sondern stürze mit dir zusammen ab in das Loch!“ Reaktionsschnell hatte er einen Fuß gegen einen Felsen gestellt und stemmte sich nun mit all seinem Gewicht gegen die Schwerkraft, die ihn mitsamt seiner Schwester nach unten zog.

Doch sein Halt war unsicher. Der Felsen saß locker im Gestein und fing an, nachzugeben. Kyle fiel auf die Erde und rutschte in rasantem Tempo auf die Grotte zu. Schon sah er in die tiefe Finsternis hinab, als ihn plötzlich eine kräftige Hand am Kragen packte und mit einem Ruck zurückzerrte. Karanjai Bahul umschlang Kyles Brustkorb und zog ihn zusammen mit Erin auf festen Boden.

„Alles in Ordnung?“, fragte der ehemalige Coyotero-Anführer die beiden Licedeis.

„Ich bin mit einem Schreck davongekommen“, antwortete Kyle kurzatmig.

„Danke. Vielen Dank. Sie haben uns das Leben gerettet!“, stammelte Erin, noch mitgenommen von der Nahtoderfahrung.

„Was ist denn hier los?“, platzte Ogre dazwischen, der gekommen war, um nach dem Rechten zu sehen. Grob packte er sich den Wächter der Zwillinge am Kragen. „Du hättest durch deine Dummheit fast unsere wertvollen Geiseln getötet“, fuhr Worzok den vor Angst schlotternden Hundesohn an. Der Schakal-Krieger senkte winselnd das Haupt vor seinem Boss. Doch Ogre kannte kein Erbarmen. „Ich werde an dir ein Exempel statuieren. Damit deine Kameraden meine Befehle stets beherzigen.“ Er hob den Krummsäbel.

„Nein!“, rief Bahul und machte Anstalten, dazwischenzugehen.

Aber die Klinge sauste bereits auf den Schädel des Aufpassers und tötete ihn auf der Stelle.

Erin schrie spitz auf und verbarg ihr Gesicht in den Händen.

„Die Strafe war unnötig und völlig übertrieben!“, maßregelte

Bahul seinen Nachfolger. „So verliert man seine Gefolgsmänner."

„Halt die Schnauze, alter Mann. Sonst bist du der Nächste!", entgegnete Worzok. „Wo du schon mal da bist, Karanjai, kannst du die Geiseln in die Höhle bringen!", befahl er. Dann stapfte er mit dem blutverschmierten Krummsäbel davon.

„Nehmt euch vor Ogre in Acht. Vertraut ihm niemals, egal, was er zu euch sagt", meinte Bahul zu den Zwillingen und führte sie am Kraterrand entlang zu einem Pfad, der in die Vampirgrotte führte.

Kyle warf einen Blick zurück auf den getöteten Coyotero. Hatte er bisher geglaubt, er träume seine Reise mit den apokalyptischen Reitern womöglich nur, war er nun endgültig in der Realität angekommen.

„Wir sollten Ogre und seine Horde mit ihren eigenen Waffen schlagen", meinte Natassja.

Sie, Joshua und die Schwarze Dreifaltigkeit hielten in ihrer behelfsmäßigen Unterkunft in Sonoma County Kriegsrat.

„Was meinst du denn damit?", fragte Batur.

„Es ist eine fixe Idee. Wenn Ogre uns am Ursprungsort der Bat People vernichtend schlagen will, sollten wir in Baboquivari wie Phönix aus der Asche auferstehen. Ziel ist natürlich die Befreiung und Rettung meiner Familie. Aber sollte uns dies wegen der Übermacht unserer Feinde nicht gelingen, müssen wir dennoch unsere moralische Überlegenheit demonstrieren. Wie beim Partisanenkrieg: Wenn man schon nicht die entscheidende Schlacht gewinnen kann, fügt man dem Gegner empfindlichen Schaden zu."

„Ich bin beeindruckt von deiner taktischen Vorgehensweise." Batur schmunzelte.

„Danke." Natassja lächelte ihn an.

„Wie wäre es denn, wenn wir die Befreiung der Licedeis und den empfindlichen Schaden kombinieren?", meinte Gylan hinterhältig grinsend.

„Was schlägst du vor?“, fragte Joshua.

„Nun, die Tohono O’odham Indianer bezeichneten die Vampirgrotte nicht umsonst als den ‚Nabel der Welt‘. Was ist ein Nabel?“

„Hä? Ich versteh nur Bahnhof!“ Joshua kratzte sich am Kopf. „Eine Delle im Bauch? Eine Einbuchtung? Ein Loch?“

„Fast“, meinte Gylan. „Sagen wir, der Nabel ist ein geschlossenes Loch, das jedoch zuvor offen und durch die Nabelschnur mit der lebensspendenden Plazenta verbunden war. Und wo finden wir in Baboquivari das Pendant dazu?“

„Na, in der Vampirgrotte. Das hast du gerade selbst gesagt“, erwiderte Joshua. „Mach es nicht so spannend!“

„Ich weiß, was Gylan sagen will“, mischte sich Anwar ein. Er hatte bisher geschwiegen und seine geliebte Tassja und Batur beobachtet, wie sie durch ihre Mimik und Gesten miteinander kommunizierten. „Mit dem ‚Nabel‘ meinen die Tohono O’odham nicht die Vampirgrotte, sondern das kreisrunde Erdloch, aus dem der größte Geysir Amerikas sprudelt. Die heiligen, heilenden Wasser spenden Leben und Gesundheit. Ihre Quelle ist deshalb der ‚Nabel der Welt‘.“

„Und inwieweit hilft uns das weiter?“, hakte Joshua nach.

„Die Heilquellen entspringen dem Krater eines erloschenen Vulkans, des Carrizozo. Seine Ausläufer reichen von New Mexico bis Arizona. Und die Mineralien seines Lavagesteins begründen die heilende Wirkung der Quellen von Baboquivari. Das letzte Mal brach der Carrizozo 1583 aus. Dabei sprengte er nicht nur einen der ursprünglich zwei Baboquivari-Gipfel weg, sondern riss den Berg an verschiedenen Stellen auf. Dort entstanden Höhlen, die gleichzeitig seitliche Zugänge zur Vampirgrotte darstellen. Allerdings sind sie nicht begehbar. Seen haben sich in ihnen gebildet.“

„Moment!“, warf Natassja ein. „Wenn ich das richtig verstehe, können wir, von den Coyoteros ungesehen, in die Grotte eindringen. Dafür müssen wir nur durch die Seen schwimmen."

„Nicht ganz. Mit Schwimmen allein ist es nicht getan. Du musst durch ein unterirdisches Labyrinth tauchen. Dafür brauchst du entweder eine moderne Tauchausrüstung oder sehr viel Glück. Denn das Labyrinth gleicht einem Irrgarten. Nur ein Weg führt zum Ziel: der Quelle im Herzen der Grotte."

„Und wenn ich durch die Quellöffnung hindurchtauche, lande ich in den heißen Geysiren", murmelte Natassja vor sich hin. Sie verband angenehme Erinnerungen mit den Heilquellen. An dem Morgen nach einem „Blue Moon-Fest" hatten sie und Anwar sich in den Wassern leidenschaftlich geliebt – und nicht nur ein Mal. Sie errötete und warf dem Vampirfürsten einen verschämten Seitenblick zu.

Doch Anwar blickte nur starr zurück. Er schien durch sie hindurchzusehen. Vermutlich überlegte er, welche anderen Möglichkeiten es gab, unbemerkt in die Grotte zu gelangen.

„Fledermausmenschen können nicht schwimmen", sagte Batur in die Stille hinein.

„Aber Läufer", entgegnete Joshua.

„Ihr seid zu Vampiren mutiert", bemerkte Gylan.

„Ach nee, mein Liebling. Das hätte ich fast vergessen." Er küsste sie auf die Nase und meinte: „Du wirst es kaum glauben, meine außergewöhnliche Alleskönnerin, aber es gibt Dinge, die können Natassja und ich – und ihr nicht! Schwimmen und Tauchen gehören dazu. Denn auf diese Fähigkeiten hatte unsere Transformation keinen Einfluss."

„Hast du es schon ausprobiert?", konterte Gylan.

„Nein. Aber ich kann es dir sofort beweisen." Er sprang auf, breitete seine Flügel aus und flog aus der Höhle. Kopfüber stürzte er sich in einen nahe gelegenen Waldsee.

„31, 32, 33 …", zählte Batur die Sekunden, die Joshua unter Wasser blieb.

Als er auch nach 50 Sekunden nicht wieder auftauchte, überkam Gylan Panik. „Er ist ertrunken!“, schrie sie und wollte sich, obwohl sie Nichtschwimmerin war, in den See stürzen.

Da tauchte Joshua, prustend und mit Seerosen und Moder bedeckt, aus dem Tümpel auf. „Ganz schön abartige Brühe!“, rief er, während er noch Schlamm ausspie. „Ich hoffe sehr, dass die Bergseen klares, reines Wasser enthalten. Sonst sterbe ich nicht an Sauerstoffmangel, sondern vor Ekel.“ Breit grinsend stieg er triefend nass aus dem Wasser. Seine Flügel und sein Umhang klebten an seinem Körper.

Gylan sauste aus der Höhle und warf sich an seine Brust. „Tu das nie wieder! Ich hatte solche Angst um dich!“

„Mindestens ein Mal muss ich es noch machen. Natassja und ich werden durch den unterirdischen Irrgarten schwimmen, um unsere Familie zu befreien. Danach gehe ich nie wieder ins Wasser. Außer zum Baden. Versprochen! Bist du dabei, Natassja?“, rief er seiner Schwester zu.

Sie nickte.

In Ermangelung modernen Tauch-Equipments übten Natassja und Joshua das Luftanhalten in einer Tiertränke auf einer Rinderweide. Sie steckten ihre Köpfe unter Wasser und zählten, wie lange sie mit dem eingeatmeten Sauerstoff auskamen. Natassja schaffte eineinhalb Minuten, Joshua zwei. Ein guter Schnitt für einen Durchschnittsmenschen. Ein fantastischer für Vampire. Ein erbärmlicher, um in dem Unterwasser-Labyrinth zu überleben.

Vor allem in Anbetracht der Tatsache, dass sie durch die Bewegung unter Wasser mehr Sauerstoff verbrauchten und somit gewiss keine zwei Minuten durchhielten. Ganz abgesehen davon, dass sie nicht einmal wussten, welcher Weg sie zur Quelle führte. Dennoch gaben sie nicht auf. Sie verdrängten den Gedanken, dass sie möglicherweise ertrinken könnten. Über Joshuas Prophezeiung, dass ein Licedei für das Wohl der Bat People sterben musste, verloren sie kein Wort. Stattdessen erhöhten sie ihre Trainingseinheiten. Sie hatten keine andere Wahl.

In der Zwischenzeit entwarfen Anwar und Batur eine Skizze des Grotteninneren. Anhand des Verlaufs des Vulkanausbruchs konnten sie errechnen, wo die Wasseradern verliefen und wo vermutlich der Zugang zur Quelle lag. Vermutlich …

Anwar bat Natassja unzählige Male, das Risiko nicht einzugehen. Doch sie winkte nur schweigend ab und besprach lieber mit Batur, welche Richtung sie im Labyrinth einschlagen sollte und was zu tun war, nachdem sie aus den Geysiren stiegen. Denn auch wenn der Tauchgang durch den Unterwasser-Irrgarten eine Meisterleistung war, lag danach der wirklich schwere Teil der Aktion noch vor ihnen: Sie mussten die Licedeis finden und aus der Höhle bringen.

„Es gibt unzählige Plätze in der Vampirgrotte, an denen man Gefangene unterbringen kann“, erklärte Batur. „Aber nur an einem Ort macht es wirklich Sinn: auf der Anhöhe über der unterirdischen Stadt. Kannst du dich erinnern, Tassja? Von dort oben hatte man einen fantastischen Ausblick auf die Straßen und Rundbauten. Gleichzeitig erreichte man von dem Aussichtspunkt zwei verschiedene Ausgänge. Folglich ist es auch ein optimaler Fluchtpunkt. Die Coyoteros wissen zwar, dass sie in der Übermacht sind, aber Ogre Worzok wird nichts dem Zufall überlassen. Er kann sich denken, dass wir unseren Fürsten und seine angehende Fürstin nicht wie Opferlämmer zur Schlachtbank führen. Ogre wird auf der Lauer liegen. Vielleicht erwartet er eine direkte, selbstmörderische Attacke von uns. Oder er geht davon aus, dass wir uns über die Seiteneingänge anschleichen. Egal, was er denkt, er wird die Licedeis auf besagter Anhöhe verstecken, Tassja.“

Tassja?! Der junge Vampirfürst warf seinem Kriegsherrn einen ungehaltenen Blick zu. Noch nie hatte Batur Anwars Geliebte bei ihrem Kosenamen genannt – und jetzt gleich zweimal!

Nicht, dass Anwar das alleinige Recht innehatte, sie so zu nennen. Gewiss riefen auch Gylan und Joshua Natassja manchmal so. Aber dass Batur es tat, stieß Anwar sauer auf. Und wieso sprach Tassja seit den Vorbereitungen für die Licedei-Befreiung eigentlich nur noch mit dem Krieger? Hielt sie ihn, Anwar, für unfähig, einen guten Fluchtplan zu entwerfen?

„Das Innere der Grotte wird zerstört sein, nachdem die Coyoteros unsere Stadt im letzten Jahr niedergebrannt haben", warf Anwar ein. „Trotzdem ist die Anhöhe nicht zu übersehen. Schließlich ist sie aus Fels. Aber der Pfad, der hinaufführte, könnte verschüttet sein. Alternativ gibt es einen zweiten Weg. Du und Joshua erreicht ihn, wenn ihr die Anhöhe von Norden her erklimmt."

Natassja nickte.

Verärgert registrierte Anwar, dass sie ihn nicht einmal anlächelte, sondern ihre Aufmerksamkeit sofort wieder Batur schenkte.

„Gylan und ich werden uns mit jeweils einem Trupp Elite-Jäger an den beiden Ausgängen postieren", erklärte Batur, „um dir, Joshua und eurer Familie Rückendeckung zu geben, falls die Coyoteros euch verfolgen. Anwar wird in der Höhle, aus der ihr startet, auf euch warten."

Joshua, der schweigend dabeigesessen hatte, seine Hand in der von Gylan, fragte: „Wann soll es losgehen?"

„Einen Tag vor Neumond. In der Nacht, bevor unser Ultimatum abläuft", sagte Anwar. „Ich schicke am Morgen einen Boten zu Ogre, der den Anführer der Coyoteros als Täuschmanöver darüber informiert, dass Natassja und ich uns ihm am darauffolgenden Tag ausliefern. Am selben Abend, kurz vor Sonnenuntergang, taucht ihr ab. Seit dem Vulkanausbruch sind die Felswände über dem Unterwasserlabyrinth perforiert. Das Restlicht der Sonne wird euch den Weg erhellen. Vergesst nicht, die Lederseile mit euch zu führen und zu Beginn eures Tauchgangs am Eingang des Labyrinths wie später an seinem Ausgang gut zu vertäuen. Ohne die Richtschnur findet ihr nie wieder zurück."

Für einen Moment schwiegen alle fünf. Jeder stellte sich einen nassen, kalten Tod in absoluter Finsternis vor.

„Können eure Eltern und Geschwister überhaupt schwimmen?", unterbrach Gylan die beängstigende Stille.

„Wie die Fische", beruhigte Joshua sie.

„Gut. Dann ist ja alles geklärt", meinte Anwar. „Magst du mit mir einen Nachtflug unternehmen, Tassja?"

„Später", antwortete sie. „Ich habe noch ein paar Fragen an Batur. Warte an der schwarzen Tanne auf mich."

Anwar antwortete nicht. Mit geballten Fäusten folgte er Gylan und Joshua in die Haupthöhle und ließ Batur und Natassja allein zurück. Nur mit größter Disziplin gelang es ihm, sich nicht nach den beiden umzudrehen.

„Du hast mich sehr lange warten lassen!", beschwerte sich Anwar, als Natassja zwei Stunden später an der schwarzen Tanne auftauchte. „Seit wann seid du und Batur so gute Freunde, dass ihr so viel zu besprechen habt? Ich kann mich an Zeiten erinnern, da habt ihr euch gehasst."

„Sei doch froh, dass das nicht mehr der Fall ist", entgegnete Natassja. „Ich habe Batur mit Detailfragen gelöchert: Welche Waffen wir mitnehmen können, ohne dass sie uns unter Wasser beschweren und in den Abgrund ziehen. Was Joshua und ich machen sollen, wenn unsere Familie von mehr als zwei Wächtern bewacht wird. All solche Dinge. Ich will selbst das kleinste Risiko ausschließen. Und ich ärgere mich, dass Joshua sich nicht dafür interessiert, sondern lieber eine Liebesnacht mit Gylan genießt. Das ist ja schön und gut. Aber wenn er so nachlässig ist, könnte es seine letzte sein!", meinte sie aufgebracht.

Anwar musterte sie, als wollte er tief in die Seele blicken.

Seine hellen Augen, die je nach Stimmungslage die Farbe wechselten und in Blau-Variationen von Sommerhimmel bis Gewitternacht schimmerten, leuchteten in dem Graulila vor einem Hurrikan. Er verstand ihre Anspannung angesichts der bevorstehenden gefährlichen Aktion. Aber sonst behielt sie in riskanteren Situationen stets ihr inneres Gleichgewicht. Auch konnte er ihren Ärger wegen Joshua nachvollziehen. Doch sie kannte ihren Bruder. Er war ein Spieler, und er pokerte auch mit seinem Leben. Es musste einen anderen Grund geben, warum sie so nervös war und seinem Blick auswich. Batur!

Anwar hatte es nicht für möglich gehalten, dass die Eifersucht sein Herz jemals in ihren Krallen halten könnte. Jetzt quetschte sie es zusammen, sodass es kurz vorm Platzen schien. Seine Schläge hämmerten in Anwars Brust und Ohren. Ihm wurde schwindelig, und er glaubte, ohnmächtig zu werden. „Hast du mir etwas zu sagen?", fragte er äußerlich ruhig, während in seinem Innern ein Sturm der Gefühle tobte.

„Nur, dass ich dich liebe", flüsterte Natassja und schlang ihre Arme um ihn. Sie verbarg ihr Gesicht in seinem langen schwarzen Haar und schämte sich, dass sie ihm nicht die Wahrheit sagte. Aber sie wusste, dass er ihr den Tauchgang verbieten würde, sobald sie ihm von Joshuas Todesvision erzählte. „Gleichgültig wie die Rettungsaktion ausgeht: Versprich mir, dass du dich nicht opferst! Ich will, dass du lebst! Sollte ich …", sie zögerte, „sterben, wird es einen anderen Weg als die Prophezeiung geben, die Zukunft der Bat People zu sichern. Der Schamane besitzt genug Blutproben von Joshua und mir, um das rettende Elixier anzumischen."

„Sei still! Ich will nichts von Tod und Untergang hören!" Zu Anwars Eifersucht gesellten sich Angst, Verzweiflung und Wut. Was würde er ohne sie tun? Daran durfte er gar nicht erst denken. Sein Leben wäre vorbei, und er würde nur noch in der Erinnerung an sie weiterexistieren. Aber was, wenn die Läuferin, die er so liebte, ihn betrog? Er stünde da wie der vollkommene Idiot!

Anwar packte Natassja hart bei den Schultern, stieß sie von sich und bohrte seinen Blick in ihre überraschten grünen Augen. Er betrachtete ihren sanft geschwungenen, vollen Mund und griff in ihr dichtes rotes Haar. Er begehrte sie, wie er noch nie zuvor eine Bat Woman begehrt hatte! Er zog sie leidenschaftlich wieder an sich und biss sie wollüstig in ihre aufgeworfenen Lippen. Er würde ihr jeden Gedanken an einen anderen Mann austreiben. Auf seine Art! Mit einem Ruck riss er ihr die Kleidung vom Leib, sodass sie nackt und bleich in seinen Armen lag.

8. KAPITEL

Batur drängte Joshua und Natassja zum Aufbruch. „Die Sonne geht in einer halben Stunde unter. Ihr müsst euch beeilen!"

Die beiden standen, nur mit dünnen Hemden und Hosen bekleidet und leicht bewaffnet am Felsrand des unterirdischen Sees. Natassja tastete nach der Lederleine an ihrem Fußgelenk, die sie mit der Außenwelt verband und ihr den Rückweg weisen sollte. Das Band saß fest an seinem Platz.

Für lange Abschiede fehlte die Zeit. Natassja blickte ein letztes Mal über ihre Schulter auf Anwar. Die unglaubliche Lust und Leidenschaft der vergangenen Nacht würden ihr unauslöschlich im Gedächtnis bleiben. Sie hob die Hand zum Gruß. Er nickte, ganz der souveräne Herrscher. Nur seine riesigen kohlschwarzen Pupillen verrieten, wie aufgewühlt er war. Sie wollte ihm noch so viel sagen …

Da landete sie im Wasser. Joshua hatte ihr einen Stoß verpasst. Zu ihrer Überraschung war der See warm, ganz anders als die sonst eisigen Gebirgsflüsse. Entweder lag es daran, dass das Wasser stand, oder die heißen Heilquellen flossen bis hierher. Sie holte tief Luft und tauchte ab. Instinktiv folgte sie der warmen Strömung. Joshua schwamm hinter ihr.

Durch die Öffnungen im Berg fiel der orange Schein der Dämmerung in die Höhle und erleuchtete den unterirdischen See in kräftigem Gelb. Zuerst glaubte Natassja, die intensive Tönung hinge vom Lichteinfall ab. Doch das Schimmern und Glitzern ließ selbst dann nicht nach, als die Sonne hinter dem Horizont verschwand und die Höhle und den unterirdischen See in Abendgrau tauchte.

Natassja berührte eine Felswand. Sie war nicht rau, sondern glatt. Die Farbe haftete. Farbe? Es handelte sich nicht um Farbe. Es war Gold. Reines Gold!

Sie stieß ihren Bruder an. Joshua hatte das Phänomen auch

bemerkt. Er hob seine Hand und zeigte seine fünf Finger. Sie verstand, was er sagen wollte. Baboquivari war die fünfte der sieben goldenen Städte! Die Bat People hatten sie bewohnt, ohne auf ihre wahre Bedeutung aufmerksam zu werden. Anwar würde nicht schlecht staunen, wenn er das erfuhr.

Aber ich muss mich jetzt konzentrieren, dachte Natassja. Sonst ging ihr die Luft aus, bevor sie ihr Ziel erreichte.

Es gab unzählige Unterwassertunnel. Natassja schwamm einfach dorthin, wo das Wasser am wärmsten war. Schon bald hatte es die Temperatur eines heißen Bads. Und eh sie sich versah, entdeckte sie über sich das Schimmern von Fackeln. Keinen Moment zu früh. Denn sie spürte bereits, dass sich ihr Kehle zuschnürte und ein reflexartiges Würgen einsetzte: erste Zeichen des Erstickens.

Sie sandte ein Stoßgebet an die Götter der Anasazi, dass sie nicht direkt vor der Schnauze eines Schakal-Kriegers auftauchte, und stieß aus dem Wasser. Während sie nach Atem rang, blickte sie sich um. Sie planschte mitten in der Heilquelle. Allein! Kein Coyotero weit und breit.

Sie seufzte erleichtert und flüsterte: „Puh! Joshua, wir haben Glück.“

Keine Antwort.

„Joshua?“ Sie blickte sich hektisch nach ihm um. In dem klaren Wasser war ein Körper leicht zu entdecken.

Sie sah nichts. Sekunden verrannen, die ihr wie Minuten erschienen. Ihre Gedanken überschlugen sich. Schon sah sie ihn kopfunter im Wasser treiben. Oh nein! Nicht Joshua! Hatte er seinen eigenen Tod vorhergeträumt?

„Guck nicht so panisch. Hier bin ich!“ Joshua schwamm aus dem Dunst eines heißen Geysirs zu ihr heran.

„Mach das nie wieder!“, schimpfte sie und spritzte ihm Wasser ins Gesicht. „Ich habe fast eine Herzattacke bekommen!“

„Pscht! Still! Nicht dass uns jemand hört.“ Er grinste.

Vermutlich hatte er sie beobachtet, wie sie angsterfüllt nach ihm Ausschau gehalten hatte. Natassja schüttelte den Kopf.

Dass er seine kindischen Bruder-Schwester-Spiele nicht einmal in dieser gefährlichen Situation lassen konnte! Aber seine Sorglosigkeit, egal ob sie nun echt oder vorgetäuscht war, nahm auch ihr einen Teil der Furcht.

Sie stiegen aus dem Nass und rieben sich mit ihren Flügeln sorgfältig trocken. Schließlich wollten sie keine Spur aus Wassertropfen hinterlassen. Natassja löste das Lederband von ihrem Knöchel und befestigte es an einem Felsen. Dann breiteten sie und Joshua ihre Schwingen aus und flogen in die untergegangene Stadt. Von den Häusern zeugten nur noch verbrannte Trümmer und Ruinen. Wie Anwar vermutet hatte, war der Hauptweg versperrt. Sie flogen gen Norden hinauf auf die Anhöhe.

Gelächter machte sie auf die Coyoteros aufmerksam. Zwei Krieger saßen im Fackellicht mit den Rücken zu ihnen auf dem Boden und spielten ein Würfelspiel. Sie amüsierten sich prächtig und waren so vertieft in ihre Zahlen, dass nicht einmal ihre Spürnasen Witterung von den beiden Fledermausmenschen aufnahmen. Als einer der Söhne des Windes seine Schnauze rümpfte, war es schon zu spät.

Joshuas Dolch sandte ihn bereits zu seinen gefallenen Kameraden in die Hölle.

Den zweiten Hundekrieger traf Natassjas Doppelaxt direkt an der Schläfe. Sie schickte ihn ebenfalls in den langen Schlaf bis zur Auferstehung.

„Wo sind denn jetzt Mom und Dad und die Zwillinge?“, fragte sie, während sie im Licht der Fackeln blinzelte. Weit entfernt, in einer Ecke an den Fels gepresst, glaubte sie, Schatten zu entdecken. Sie ging darauf zu, die Axt gezückt. Schließlich konnten dort auch Coyoteros auf der Lauer liegen.

„Tut uns nichts!“, wimmerte eine weibliche Stimme, als Joshua und Natassja sich der Gruppe näherten.

„Mom?"

„J – o – s – h – u – a?" Der Schatten sprang auf und trat ins Licht. Valerie Licedei, zerlumpt und dreckig, vergaß für einen Moment ihre schreckliche Lage und rannte glücklich auf ihren Sohn zu.

Sie schlang ihre Arme um ihn. „Mein Junge!" Dann prallte sie zurück. Sie hatte das seidige Fell seiner Fledermausflügel berührt. Die Mutter stieß einen spitzen Schrei aus. Natassja sprang vor und hielt ihr den Mund zu. Das fehlte noch, dass ihre Mutter den Rettungsversuch zunichtemachte! Valerie Licedei wand sich unter dem festen Griff und trat und schlug um sich. Da erkannte sie ihre Tochter. Sie konnte es kaum glauben. Entsetzt riss sie die Augen weit auf. „Mein Mädchen?!", murmelte sie gedämpft gegen die Innenfläche von Natassjas Hand. Dann sackte sie ohnmächtig zusammen. Natassja bettete sie in ihre Flügel und legte sie vorsichtig auf einen Felsen.

„Ich hab's dir gesagt: Sie sind Vampire!" Kyle stieß seine Schwester Erin in die Seite. „Wir hätten wetten sollen. Verdammt!" Freudestrahlend rannte er auf seinen großen Bruder Joshua zu und umarmte ihn. „Hey, Alter. Mann, siehst du cool aus! Los, spann mal auf! Die sind doch echt, oder?"

„Sind sie", meinte Joshua und wischte sich verstohlen eine Freudenträne von der Wange. „Ich zeig sie dir später, okay? Wir müssen sehen, dass wir hier wegkommen."

„Natassja!" Erin warf sich in die Arme ihrer Schwester. „Ich habe dich so vermisst! Ich bin so froh, dass du lebst. Oder bist du eine Untote?"

„Nein, bin ich nicht." Natassja drückte erst Erin, dann Kyle. Schließlich ging sie auf ihren Vater zu. „Dad, ist bei dir alles in Ordnung?"

Serge Licedei hatte sich keinen Zentimeter aus dem Schatten gerührt. Jetzt trat er vor. Aber nicht, um seine verlorenen Kinder zu begrüßen. Eilig ging er zu seiner Frau, hockte sich neben sie und berührte ihre Stirn.

„Sie lebt!“, stellte er erleichtert fest.

„Pa, Mom ist nur ohnmächtig!“, beruhigte ihn Natassja.

„Sprich mich nicht an! Du …, du ….“, stieß ihr Vater hervor. „Monster!“ Angewidert betrachtete er seine älteste Tochter und seinen ältesten Sohn. „Ihr wärt besser beide tot! Das, was ihr jetzt seid, ist widernatürlich!“

Natassja taumelte unter der Beleidigung wie unter einem Fausthieb zurück. Sprachlos starrte sie ihren geliebten Dad an. Sie hätte es nie für möglich gehalten, dass er sie abwies, weil sie nicht mehr der Norm entsprach.

„Papa! Wie kannst du so mit Nasti und Josh reden?“, fuhr Erin ihn an. „Es ist doch völlig egal, ob sie Flügel haben oder nicht. Sie leben, und sie sind wieder bei uns. Das ist es, was zählt!“

„Und um diese geilen Hauer beneide ich euch!“, warf Kyle ein und starrte neidisch auf die spitzen Vampirzähne, die er zwischen Natassjas leicht geöffneten Lippen ausmachte.

„Kyle! Erin! Ich verbiete euch, mit den beiden zu sprechen!“ Serge Licedei war außer sich. „Sie sind nicht mehr eure Geschwister. Das sind … das sind ….“

„Monster“, sagte Natassja kalt. „Wir haben es kapiert.“

„Weißt du, Dad“, mischte Joshua sich ein. „Nasti und ich haben gerade unser Leben riskiert, um dich, Mom und die Zwillinge zu retten. Eigentlich finde ich, wir hätten wenigstens ein kleines Dankeschön verdient. Nicht deine Verachtung.“

„Wie redest du mit mir?“, brauste Serge Licedei auf. „Du bist nicht mein Sohn. Du bist nur eine Hülle, die ihm ähnlich sieht! Ich wette, wir haben den ganzen Ärger mit diesen hundsähnlichen Wesen nur euch zu verdanken! Ich sag doch: Ihr wärt besser krepiert!“

„Papa!!!“, begehrten die Zwillinge gleichzeitig auf.

„Hört auf mit eurem Papa-Gerede! Ich habe recht!“

Plötzlich hörten sie ein unheilvolles Knirschen. Steine und Felsbrocken rollten von einem Pfad herab, der zu einem der Seitenausgänge führte. Jemand näherte sich der Anhöhe.

„Dad, halt die Klappe!“, zischte Natassja. „Wir müssen sofort hier weg! Du trägst Mama und kommst mit! Schweigend! Außer du ziehst es vor, von den Coyoteros massakriert zu werden.“ Sie wartete seine Antwort nicht ab, sondern drehte sich herum und lugte vorsichtig hinter einem Felsvorsprung hervor, um zu sehen, wer sich ihnen näherte.

Floyd! Oder Moc, wie er jetzt hieß. Natassja überprüfte schnell, ob er allein war. Es juckte ihr in den Fingern, ihm eine Lektion zu erteilen. Schon griff sie nach ihrer Axt. Aber ihre Rache musste warten. Der Zeitpunkt wäre schlecht gewählt gewesen. Sie hörte Stimmen vom Seiteneingang in die Grotte dringen. Sie mussten sofort aufbrechen, wenn sie nicht alle in die Fänge der Schakal-Krieger geraten wollten.

Natassja wich von dem Felsvorsprung zurück. Sie legte einen Finger auf ihre Lippen und schlich auf Zehenspitzen zum Nordende der Anhöhe. Dann gab sie Joshua und ihrer Familie Zeichen, ihr zu folgen. Die Zwillinge gehorchten brav. Ihr Dad zögerte. Dann hob er ihre Mom hoch und folgte seiner Monstertochter.

Sie erreichten soeben die heißen Quellen, als Valerie Licedei zu sich kam. „Wo bin ich?“, flüsterte sie schwach. „Serge? Warum trägst du mich?“ Dann kehrte die Erinnerung zurück. Blitzschnell wandte sie den Kopf, sah ihre bleichen Vampirkinder und schrie.

„Verdammt!“, stieß Joshua hervor. „Tief einatmen! Alle!“, kommandierte er und stieß, ohne ihre Antwort abzuwarten, die Zwillinge und seine Eltern in die sprudelnden Geysire.

Im selben Augenblick hörten sie Floyds Fistelstimme kreischen. „Dort unten! Natassja und Joshua! Sie haben die Wächter ermordet und ihre Familie befreit. Coyoteros, packt sie!

Lasst sie nicht entkommen!" Dann rannte er los, die Anhöhe hinab.

Mit einem Satz sprang Natassja in den unterirdischen See. Geistesgegenwärtig riss sie das Lederband vom Felsen und schlang es sich um ihr Handgelenk. Der See war nun stockdüster. Ohne diesen Wegweiser würden sie nicht zurückfinden. Sie bekam die Hand ihrer Schwester zu fassen und zerrte sie mit sich. Hoffentlich hatte Joshua Kyle im Griff. Nicht dass er und ihre Eltern hilflos in den Strudeln paddelten, in die Krallen der Hundesöhne fielen oder im Unterwasserirrgarten ertranken.

Hinter sich hörte sie heftiges Planschen. Sie sah sich um und erkannte schemenhaft Floyds dürre, knochige Beine. Er schien nicht der beste Schwimmer zu sein, war ihnen aber dennoch hinterhergesprungen. Sie tauchte ab, um Floyd abzuhängen. Doch er blieb ihr hartnäckig auf den Fersen. Offensichtlich hatte sie ihn unterschätzt. Sein Wille und sein Hass verliehen ihm außergewöhnliche Kräfte.

Natassja schwamm, so schnell sie konnte. Aber Erin hing an ihr wie ein Bleigewicht. Ihre Schwester konnte zwar schwimmen. Doch ihre Kleidung und ihre Schuhe hatten sich mit Wasser vollgesogen und zogen sie hinab. Und mit ihr Natassja. Die Vampirläuferin strampelte. Ihre Lungen brannten. Das Bedürfnis, den Mund aufzureißen und einzuatmen, wurde immer dringlicher. Sie wusste, dass das ihr Todesurteil wäre. Mit zusammengepressten Lippen kämpfte sie sich voran.

Der Rückweg schien endlos. Schon betrachtete sie den unterirdischen See als ihr nasses Grab. Da flackerte am Ende des Tunnels ein Licht. Sein Schein brach sich in den Wellen und spiegelte sich in den goldenen Felswänden wider. Sie erkannte eine Gestalt, die mit weit ausholenden Schritten in den See watete. Ihr Herz machte einen Satz und hämmerte gegen ihren Brustkorb. Anwar kam, um sie zu retten! Durch die Wellen erkannte sie seine muskulöse Figur. Mit einer Fackel in der Hand stand er bis zur Hüfte im Wasser und starrte angespannt in die Tiefe, hin- und hergerissen zwischen Hoffnung und Angst.

Natassja wollte gerade durch die Wasseroberfläche stoßen, als sie mit einem heftigen Ruck zurückgerissen wurde. Erin klammerte sich verzweifelt an sie. Aber Natassjas dünnes Hemdchen zerriss, und Erins Hände glitten am feuchten Körper der Schwester ab.

Floyd zog sie zurück in den Tunnel zur Grotte.

Dieser Mistkerl! Wie sehr Natassja ihn hasste! Woher nahm er die Kraft? Die Luft? Warum konnte er nicht einfach untergehen und auf Nimmerwiedersehen verschwinden?

Obwohl sie in dem nachtschwarzen Wasser nur noch Umrisse erkannte und ihr Brustkorb vor Sauerstoffmangel fast zerbarst, tauchte Natassja ihrer Schwester nach.

Erin streckte verzweifelt die Hände nach ihr aus. Aber sosehr Natassja auch gegen das Wasser ankämpfte, ihre Schwester entfernte sich immer schneller. Ihr langes safranrotes Haar umwogte ihr Gesicht wie Schlingpflanzen. Es schien, als würde sie unwiederbringlich in die Unterwelt hinabgesogen.

In einem verzweifelten Kraftakt stieß Natassja vor und bekam Erins Finger zu fassen. Ihre Hände krallten sich ineinander fest. Sie zog an ihrer Schwester. Doch Floyd hielt dagegen. Wie bei einem grotesken Tauziehen rissen sie Erin einmal in die eine Richtung, dann wieder in die andere. Endlich gelang es Natassja, Erin aus der Schwärze ins Licht zu ziehen. Sobald sie das geschafft hatte, schwanden ihr jedoch die Sinne. Schlagartig wurde ihr Körper schlaff. Ihre Finger lösten sich von Erins. Natassja sah, wie ihre Schwester in einem stummen Hilfeschrei ihren wunderschönen Mund weit aufriss. Das Mädchen schluckte Wasser. Natassja wollte ihr helfen, aber sie war wie gelähmt. Ihr schwindelte, und sie dachte an Joshuas Todesvision. Seine Prophezeiung konnte nicht stimmen. Von einem toten Licedei war die Rede gewesen. Jetzt sollten gleich zwei, sie und ihre Schwester, sterben? Alles um sie herum wurde warm und leicht. Sie konnte keinen Widerstand mehr leisten. Sie musste Atem holen.

Natassja öffnete den Mund. Da packten sie zwei Hände. Sie wurde aus dem Wasser gerissen. Sie sah Fackeln, Felsen – Anwar. Er hatte sie fest im Griff.

„Tassja!“ Er bedeckte ihr Gesicht mit Küssen. Selbst, wenn sie ihn betrog, war ihm das immer noch lieber, als sie ganz zu verlieren. Wo blieb nur sein Ehrgefühl?

Sie hustete und spuckte das geschluckte Wasser aus. Sie bekam Schluckauf, ächzte und stöhnte. „E…rin! Erin!!!“

Pfeilschnell, wie aus dem Nichts, sauste ein Schatten an ihr und Anwar vorbei. Batur stürzte sich kopfüber in die Fluten und verschwand in dem Unterwassertunnel. Sekunden später tauchte der Kriegsherr wieder aus dem See auf. In seinen Armen hielt er die leblose Erin. Ihr Rock war zerfetzt. An ihrem Fußgelenk waren rote Fingerabdrücke zu sehen: Floyds Finger.

Batur trug Erin auf einen Felsen und fühlte ihren Puls.

„Ich will nicht, dass er sie anfasst!“, brüllte Serge Licedei aufgebracht.

„Halt den Mund!“, fuhr Joshua seinen Vater an.

Seine Mom sank auf die Knie und begann zu beten. Kyle lehnte zitternd an der Felswand und flüsterte geschockt: „Erin.“

Batur strich Erins nasse Mähne aus ihrem Gesicht und beugte ihren Kopf vorsichtig zurück. Er lehnte sich vor, presste seine Lippen auf ihre und begann mit der Mund-zu-Mund-Beatmung.

In der Höhle herrschte Totenstille. Niemand wagte, sich auch nur zu rühren. Alle lauschten nur Baturs Atemzügen.

Endlich ließ der Krieger von ihr ab. Erin lag bleich vor ihm, die Augen geschlossen. Doch ihr Brustkorb hob und senkte sich. Wasser lief aus ihren Mundwinkeln. Erst in einem dünnen Rinnsal, dann in einem kontinuierlichen Strom. Batur richtete sie behutsam auf und lehnte ihren Kopf an seine Brust. Ein Hustenanfall schüttelte sie, während sie einen kleinen See auf die Felsen spie. Batur zerriss sein Hemd. Er kam direkt vom Schlachtfeld am West-Tor. Seine Schwingen wiesen starke Verletzungen auf. Auf seinem Wams klebte Feindesblut, soweit das Wasser es nicht weggespült hatte. Er suchte ein Stück unbefleckten Stoff aus, das er Erin reichte, damit sie sich den Mund abwischen konnte.

Erin hob ihr Gesicht. „Dan…“

Ihre Blicke begegneten sich. Wie vom Blitz getroffen, starrten sie einander sprachlos an. Die Luft zwischen ihnen schien zu flimmern. Niemandem entgingen die Funken, die zwischen Erin und Batur sprühten.

Erin löste sich zuerst aus der Erstarrung. Ein kleines Lächeln spielte um ihren rosigen Mund. Je länger sie den Samurai-Krieger ansah, desto breiter wurde es. Sie strahlte ihn an. „Ich bin Erin“, sagte sie und legte ihre Hand auf seine.

„Batur.“ Er nahm sie sanft in die Arme und stellte sie auf ihre Füße.

Geschwächt lehnte sie an seinem Körper. In seinen starken Flügeln schien sie leicht wie eine Feder. Der Krieger lächelte. „Endlich bist du gekommen. Ich habe mein Leben lang auf dich gewartet.“

Während Erin und Batur nur Augen füreinander hatten, staunten Anwar, Natassja und die Licedeis darüber, dass es die Liebe auf den ersten Blick gab. Die einen freuten sich, die anderen waren entsetzt. Der junge Vampirfürst hatte wie immer nur Augen für Tassja und beobachtete genau, wie seine Geliebte auf Baturs Gefühlsausbruch reagierte. Doch bevor Anwar sich dazu eine Meinung bilden konnte, wurde er jäh aus seinen Betrachtungen gerissen.

„Feinde auf dem Vormarsch!“ Gylan stürmte in die Höhle. „Was macht ihr noch hier? Seid ihr lebensmüde?“ Als sie Batur und Erin in inniger Umarmung sah, verengten sich ihre Mandelaugen zu schmalen Schlitzen. „Ich fass es nicht!“, stieß sie hervor. „Na ja, wurde auch Zeit ... Aber los jetzt! Das gilt auch für Romeo und Julia. Sonst endet euer Glück so tragisch wie das der verliebten Veronesen.“

Gylans Erscheinen riss Batur aus seinem Wirklichkeit gewordenen Traum. „Wir fliehen nach Norden!“, befahl er. „Während der Schlacht am West-Tor haben sich Coyoteros aus Osten und Süden genähert. Ich bezweifele, dass es große Truppenverbände sind. Sicher handelt es sich um eine von Ogres militärischen Finten. Aber ich will kein Risiko eingehen. Meine Jäger haben die Meute am West-Tor zurückgedrängt und halten uns den Rücken frei. Aber die Schakal-Krieger sind in der Überzahl. Gylan hat recht: Wir sollten schnellstens fliehen. Sind alle Licedeis gerettet?“ Doch statt in die Runde zu blicken, um dort die Antwort zu finden, sah er nur Erin an.

„Was habt ihr Licedeis nur an euch, dass wir Bat People uns in euch verlieben?“, fragte Gylan Joshua und zupfte an seinen roten Locken. Erstaunt darüber, dass Erin es geschafft hatte, Baturs Herz aus Stein zu erweichen, schüttelte sie den Kopf.

„Wir sind einfach unwiderstehlich!“, antwortete Joshua und grinste spöttisch. Er deutete auf seinen kleinen Bruder. „Das ist Kyle Licedei, der Junior. Kannst du ihn mitnehmen?“

Gylan nickte und reichte Kyle ihre Hand.

Er starrte sie mit offenem Mund an. „Ist das deine Freundin, Joshua? Sie ist wunderschön! Und sie riecht so gut!“

Joshua lachte. „Wie du hörst, Gylan, ist die große Anziehungskraft beidseitig.“

„Genug Süßholz geraspelt!“, warf Anwar ein. „Wir müssen aufbrechen.“ Er packte Mom Licedei, die, stocksteif vor Angst, alles mit sich geschehen ließ.

Joshua streckte die Hand nach seinem Dad aus. Nur widerwillig schlug der alte Licedei ein und erlaubte seinem Sohn, ihn aus der Höhle zu bringen.

Draußen umhüllte sie Dunkelheit. Der Nachtwind trug den Kampflärm vom West-Tor zu ihnen herüber. Ein anschwellendes Grollen wie bei einem aufziehenden Gewitter kündigte die Söhne des Windes an. Die Hufe ihrer schnellen Pferde hallten auf den Felsen wider. In ein, zwei Minuten würden sie bei ihnen sein.

„Folgt dem Nordstern!“, rief Batur.

„Wird gemacht!“, antwortete Anwar und stichelte: „Seit wann kannst du denn schwimmen?“

„Kann ich nicht!“, rief Batur zurück. „Meine innere Stimme hat mir gesagt, am Boden des Sees liegt mein Glück, mein persönliches Cibola. Und dafür setze ich gern alles auf eine Karte.“ Mit mächtigen Flügelschlägen übernahm er die Führung und brachte Erin, die sich fest an seine breite Brust presste, in Sicherheit.

Kyle beobachtete seine Schwester und den Fledermausmann. So kurz nach ihrer ersten Begegnung bildeten sie bereits eine Einheit. Fast hätte er vor Rührung geweint. Da begegnete er dem finsteren Blick seinen Vaters, der auf Joshuas Schwingen neben Gylan und seinem Sohn ritt.

„Tja, Dad, sieht ganz so aus, als ob du dein drittes Kind an die Vampir-Monster verlierst.“ Kyle gab sich betont cool.

„Eher bringe ich Erin um, als dass sie die Frau von diesem Freak wird!“, antwortete Serge Licedei.

9. KAPITEL

„Sie sind dir entkommen!“, fuhr Ogre Worzok seinen Diener Moc an. „Ich dulde keine Fehler! Hast du das immer noch nicht verstanden?“ Er ohrfeigte ihn mit einer Wucht, die ihn niederstreckte. Moc, von seinem Tauchgang noch völlig durchnässt, fiel in den Sand. Der Dreck blieb an ihm haften. Die Coyotero-Krieger lachten ihn aus.

„Was gibt es da zu lachen? Ihr seid genau solche Verlierer wie er!“, wandte sich Ogre nun gegen seine Männer. Die verstummten augenblicklich und senkten die Köpfe. Niemand wagte, dem Anführer in die Augen zu schauen. „Verschwindet! Ich will keinen von euch mehr sehen! Es ist mir unbegreiflich, wie eine Handvoll Bat People euch zurückdrängen und schlagen konnte! Ihr verdient den Namen Coyotero nicht!“

Die Schakalmeute zog sich schweigend zurück. Nur Moc wagte es, sich kriechend seinem Herrn zu nähern. Er fand die Behandlung ungerecht. Hatte er nicht alles getan, um es Ogre recht zu machen? Fast hätte er im See selbst den Tod gefunden, als er versuchte, Erin Licedei zu ertränken! Damit nicht genug, hatte dieser verdammte Batur ihm zwei Zähne ausgeschlagen, als er die Kleine befreite. Moc ballte die Fäuste. Zählte sein Einsatz denn gar nichts? Worzoks Missachtung weckte böse Erinnerungen in ihm. Noch nie in seinem ganzen Leben war er akzeptiert worden. Weder von den Menschen noch von den Bat People, und auch nicht von den Coyoteros. Alle benutzten ihn nur als Fußabtreter. Dabei sehnte er sich so nach Anerkennung.

„Was schleichst du noch hier herum?“ Ogre starrte ihn mit seinen blutroten Augen wütend an. „Ich muss nachdenken. Dafür muss ich allein sein.“ Er kratzte gedankenverloren an den verschorften Bisswunden an seinem Hals. Die Löcher waren verheilt, aber Narben würden bleiben: Andenken an seinen Erzfeind Batur. Genauso wie sein entstelltes Gesicht. Er tastete über seinen Nasenstumpf und seine gespaltenen Lippen.

„Ich muss Batur besiegen“, murmelte er vor sich hin. „Nur wie? Ihn einfach nur zu töten, reicht mir nicht. Er soll leiden. So wie ich. Es muss etwas geben, was er begehrt und liebt. Etwas, ohne das er nicht leben kann. Dessen Verlust ihm das Herz bricht.“

„Ich könnte mich mal umsehen“, bot Moc an.

Ogre zuckte zusammen. Verärgert darüber, dass sein Diener ihn, den furchtlosen Feldherrn, belauscht und erschreckt hatte, ging Worzok erneut auf ihn los. Er stieß Moc vor sich her, verpasste ihm Tritte und äußerte Coyotero-Verwünschungen der übelsten Sorte. „Mach endlich, dass du wegkommst! Und nimm deinen Krempel mit!“ Ogre packte Mocs Beutel, der am Eingang zu seinem Zelt stand, und wedelte damit vor dessen Gesicht herum. „Willst du bei mir einziehen? Was soll das? Du bist ein Diener! Ein Untergebener. Abschaum! Ich bin nicht dein Freund und werde es auch niemals sein!“ Er warf Moc seinen Beutel vor die Füße. Der Inhalt fiel heraus, unter anderem die Schakalmaske, die Floyd bei seinem Treffen mit den Bat People getragen hatte.

Eilig kniete Moc nieder, um seinen Besitz einzusammeln.

„Was ist das denn?“ Ogre beugte sich vor und hob die Maske auf. „Wo hast du die her? Etwa aus meiner Truhe?! Was hast du damit gemacht? Das ist eine Kultmaske! Niemand außer dem obersten Herrscher der Coyoteros darf sie zu rituellen Anlässen aufsetzen. Hast du sie getragen? Dann bete zu deinem Gott!“ Ogre griff nach seinem Krummsäbel und schwang ihn über Mocs Kopf.

„Nein! Ich habe sie nicht aufgesetzt! Ich habe sie gefunden. Sie lag auf dem Boden vor Eurem Zelt“, log Moc und hob schützend die Arme über seinen Kopf. „Ich wollte Euch längst fragen, ob sie Euch gehört. Ich habe sie in Ehren gehalten. Ich schwöre!

Ich würde nie etwas tun, das Euch missfällt, Gebieter!"

„Du lügst wie gedruckt", entgegnete Ogre kalt. Aber er ließ seinen Säbel sinken. Er starrte auf Moc herab, der sich ihm zu Füßen geworfen hatte. „Los! Steh auf! Ich habe eine Idee, wie du dich nützlich machen kannst."

„Alles! Ich mache alles!" Moc richtete sich langsam auf.

„Quatsch nicht dazwischen! Ich rede!" Ogre stieß ihn erneut zu Boden und grinste, voller Genugtuung über Mocs Feigheit. „Du hast gesagt, du könntest dich ‚mal umsehen'. Mhm … Das ist gar keine schlechte Idee. Ich habe zwar keine Ahnung, wie du die Bat People finden willst. Schließlich besitzt du keine Spürnase wie wir. Aber wo ein Wille ist, da ist auch ein Weg. Wenn du herausfindest, womit ich Batur schaden kann, bevor ich ihn töte, vergesse ich, dass du die Schakalmaske gestohlen hast. Und ich sehe darüber hinweg, dass dir die Licedei-Schwestern entkommen sind. Ich schicke dich als Kundschafter vor. Ich denke, die Fledermausmenschen sind nach Norden geflohen. Meine Krieger haben während des Kampfes den Weg in die anderen Himmelsrichtungen abgeschnitten … und haben sie dennoch nicht besiegt."

Er stöhnte verächtlich auf. „Nun gut, das ist ein anderes Thema. Allerdings eins, das bei der Aufgabe, die ich dir erteile, eine wichtige Rolle spielt. Es ist nicht zu leugnen, dass meine Coyoteros kläglich versagt haben. Obwohl wir den Bat People zahlenmäßig und waffentechnisch überlegen sind, haben sie uns vorgeführt. Zugegeben: Ich sag's nur ungern, aber ich habe mich von meinem Übermut leiten lassen. Ich hatte Lust auf ein Massaker – und wollte die Bat People mit einer Großattacke vernichten. Dabei habe ich mich nicht an die Kriegsstrategie meines Volkes gehalten: eine Blitzattacke führen, sich schnell zurückziehen und abwarten, wie schwer die Verluste beim Feind sind, um ihn mit entsprechend großem oder kleinem Aufwand im zweiten und finalen Angriff plattzumachen."

„Aber Boss, Ihr macht keine Fehler“, schleimte Moc sich ein.

Ogre starrte ihn an, als sei er eine Filzlaus in seinem Pelz. „Ich habe keine Lust, noch mehr Krieger sinnlos zu opfern. Ich brauche sie für wichtigere Einsätze, wie zum Beispiel gegen die bevölkerungsstärkeren Bat People in Asien. Außerdem möchte ich mir das Späßchen mit Batur erlauben. Ich will ihn vor mir auf den Knien sehen. Er soll darum betteln, dass ich seinen wertvollsten Besitz, seine Frau, seine Familie, seine Freunde ... was auch immer es ist, verschone. Was ich niemals tun werde ...“ Ogre blickte in die Ferne. Er grinste vor Vorfreude darauf, Batur zu quälen. Schon malte er sich innerlich die Szene in den buntesten Farben aus.

„Ich breche sofort auf, Boss“, sagte Moc. „Ich werde die Fledermausmenschen finden. Darf ich ... äh ... die Corvette nehmen?“

„Sicher.“ Worzok zuckte gleichgültig mit den Achseln. Die Faszination, die Sportwagen auf die Läufer ausübte, konnte er nicht nachvollziehen. Jedes seiner Pferde war schneller.

„Danke. Danke.“ Moc machte einen Diener nach dem nächsten und zog sich eilends zurück.

„Du hast drei Tage!“, rief Ogre ihm nach. „Wenn du bis dahin nicht mit einer positiven Nachricht zurück bist, lasse ich dich jagen. Meine Bogenschützen werden ihre Treffsicherheit an dir üben!“

„Es wundert mich, dass Ogre seinen Fehler einräumt“, meinte Sheriff Burke zu Karanjai Bahul. Der Coyotero und der Läufer hatten die Unterhaltung aus sicherem Abstand verfolgt. Schließlich bestrafte Worzok Bespitzelung mit dem Tod.

„Seine falsche Angriffsstrategie war zu offensichtlich. Selbst seine Krieger wissen, dass viele ihrer Kameraden seinetwegen umsonst gestorben sind“, warf Bahul ein.

„Wäre es dann nicht an der Zeit, etwas gegen Worzok zu unternehmen?“ Burke sah Bahul von der Seite an.

„Willst du mich aus Rache für deine Qualen zur Rebellion anstiften?“, fragte Karanjai den Sheriff.

„Nein. Ich glaube nur, dass sogar Ogres frühere Unterstützer inzwischen begriffen haben, dass sie einen unzurechnungsfähigen Psychopathen an die Macht gebracht haben. Ich könnte mir vorstellen, dass die Coyoteros dich als Anführer zurückhaben wollen.“

„Ich muss gestehen: Ich habe auch schon darüber nachgedacht. Aber dass der Vorschlag von dir kommt, überrascht mich. Willst du mich etwa unterstützen?“

„Warum nicht?“

„Seit wann sind wir Freunde?“, fragte Bahul misstrauisch.

„Sind wir nicht“, entgegnete Burke. „Ich schlage mich nur auf die Seite der Person, von der ich mir am ehesten erhoffe, dass sie mich eines Tages freilässt.“

Bahul lachte. „Und du glaubst, das tue ich, wenn ich Ogre absetze? Warum sollte ich dich dann nicht endlich töten?“

„Das machst du nicht“, antwortete Burke, ohne zu zögern, und strich über seine unter dem Hemd verborgene Narbe. Seit einiger Zeit kam ihm die Wunde wie ein Segen vor. Er hatte den Eindruck, sie beeinflusste ihn positiv. Ihm schien, dass er einen klareren Blick bekam, ein neues Verständnis von dem, was um ihn herum passierte, und von anderen Lebewesen.

Karanjai musterte ihn irritiert. „Du bist ein seltsamer Mann, Burke. Du hast dich seit unserer ersten Begegnung sehr verändert – und zwar zum Guten. Ich werde mir die Sache mit deiner Freilassung überlegen. Aber zuerst muss ich Worzok wirklich stürzen.“

„Das wirst du. Ich zähle auf dich. Ebenso wie du Batur helfen und einen deiner Vertrauten losschicken wirst, um ihn vor Floyds Lauschangriff zu warnen.“

Bahul warf lachend den Kopf in den Nacken. „Dir bleibt aber auch nichts verborgen. Ich frage gar nicht erst, woher du weißt, dass ich neuerdings nicht nur mit Anwar und seinen Gefolgsleuten sympathisiere, sondern sogar bereit bin, sie zu unterstützen. Allerdings glaube ich, dass Kriegsherr Batur meiner Hilfe nicht bedarf. Er kann sich vor einer Nullnummer wie Moc problemlos selber schützen. Außerdem denke ich nicht, dass er etwas hat, woran sein Herz derart hängt, dass er sich einem Ekel wie Ogre unterwerfen würde."

Und genau in dem Punkt sollte sich Bahul irren.

Batur konnte sich an Erin gar nicht sattsehen. Ihr schlanker Körper, ihre safranrote Mähne, ihre dunkelbraunen Augen mit den goldenen Sprenkeln um die Pupille ... Er war völlig verrückt nach ihr. Und Erin nach ihm. Schmachtend erwiderte sie seine feurigen Blicke und sog seinen Duft aus Flieder und Zimt ein, der auf sie wie ein Aphrodisiakum wirkte. Ständig berührten und streichelten sie sich.

„Langsam wird es peinlich", scherzte Gylan mit Batur, nachdem es ihr gelungen war, ihn von Erin loszueisen. Zusammen richteten sie eine Felsplatte als provisorischen Tisch für ein Dinner her. „Ich warte nur noch darauf, dass du wie ein Minnesänger eine Harfe zückst und ein kitschiges Liebeslied für sie anstimmst. Dann hast du meinen Respekt für immer verloren. Darf ich dich zitieren: ‚Für so einen Blödsinn wie Liebe bin ich nicht zu haben! Ich bin ausschließlich für das Kriegshandwerk geschaffen' ... Blabla! Wenn ich daran denke, wie du dich über Anwar und Tassja oder Joshua und mich lustig gemacht hast. Keiner von uns hat sich je so unmöglich benommen. Sieh nur! Papa Licedei flippt gleich aus."

Beide sahen gleichzeitig zu Licedei senior hinüber. Er hockte mit zusammengepressten Lippen neben seiner Frau in der Höhle, die die Bat People übergangsweise bewohnten. Missmutig hatte er eine Stunde zuvor verkündet, dass er auf das Abendessen zu Ehren ihrer Rettung und der Familienzusammenführung verzichtete. Seitdem hatte er sich keinen Millimeter aus seiner Ecke bewegt, dafür aber mit Adleraugen jede Bewegung, jeden Blick und jede Geste seiner jüngsten Tochter verfolgt. Und seine Laune wurde von Minute zu Minute schlechter.

„Sieht so aus, als wärst du nicht sein Wunsch-Schwiegersohn“, meinte Gylan schadenfroh. Sie genoss es, Batur aufzuziehen.

Allerdings gelang es ihr nicht, ihn ernsthaft zu ärgern. Er schwebte auf Wolke sieben und stellte verwundert fest, dass das Leben auch angenehme Seiten hatte und selbst in finstersten Stunden wunderschön sein konnte, wenn man verliebt war.

Anwar und Natassja trugen die Speisen herein. Obwohl sie auf der Flucht waren, hatten sie keine Mühen gescheut, um Papa und Mama Licedei sowie den Zwillingen ein perfektes Essen vorzusetzen. Batur hatte seine Jäger losgeschickt, auf den Feldern der Farmer das beste Gemüse und Obst zu besorgen und von der Weide des größten Ranchers eine Kuh zu stehlen. Er wies seine Männer nachdrücklich an, das Tier nicht lebend zu kredenzen, sondern zu töten und über einem Grill zu rösten. Der Befehl hatte bei seinen Bat Men Verwunderung ausgelöst. Sie empfanden den Vorgang als Zeit- und Nahrungsverschwendung. Aber sie verstanden, dass es ein Zugeständnis an die Läufer war, die die Bat People beherbergten. Schließlich handelte es sich um Natassjas und Joshuas Familie.

Dabei ahnten die Jäger und die Bat People nicht, welche weiteren Zugeständnisse Anwar, Gylan und Batur an die Licedeis machten. Zuzusehen, wie die Vampire einer lebenden Mahlzeit das Blut aussogen, würde der Läuferfamilie den Rest geben. Deshalb hatte Anwar angeordnet, dass seine engsten Vertrauten fasteten. Sie würden sich mit Gläsern voller Kaninchenblut begnügen und auf Anwars Anweisung hin strengstens darauf achten, dass der Lebenssud ihnen nicht aus den Mundwinkeln rann.

Natassja und Joshua, die nach wie vor Läufer-Essen zu sich nahmen, hungerten ebenfalls – aus Solidarität mit ihren Geliebten.

Nachdem der Tisch gedeckt war, trat Anwar vor Serge und Valerie Licedei und begrüßte sie offiziell. „Herr und Frau Licedei, ich bin Fürst Anwar, der Freund Ihrer Tochter Natassja. Ich möchte mich für die Unannehmlichkeiten, die Sie wegen mir und meinen Bat People hatten, entschuldigen. Ich wünschte, wir hätten uns unter anderen Umständen kennengelernt. Aber nun ist die Situation nicht mehr zu ändern. Ich freue mich trotzdem sehr, Ihnen endlich zu begegnen, und ich hoffe, wir werden die Möglichkeit haben, uns auszutauschen. Zuerst möchte ich Sie jedoch an die Tafel bitten. Die zentralen Plätze sind für Sie bestimmt." Er deutete mit einer leichten Bewegung seines linken Flügels auf die besten Sitzplätze.

Vater Licedei ignorierte Anwar. Er starrte stur die Felswand an, als wären er und seine Frau allein in der Höhle.

„Dad!", raunte Erin vorwurfsvoll.

„Du bist still!", zischte ihr Vater ihr zu. „Dein Benehmen lässt extrem zu wünschen übrig." Er schoss seiner Tochter einen vorwurfsvollen Blick zu. Dann betrachtete er Batur voller Abscheu.

„Wenn Sie es vorziehen, zusammen mit Ihrer Frau zwischen Natassja und Joshua zu sitzen, ist das sicher kein Problem", unternahm Anwar einen zweiten Anlauf.

„Das fehlt mir noch!", zischte Licedei senior und schnaubte verächtlich.

„Vergiss es, Liebling!", sagte Natassja verärgert und strich Anwar über seinen Flügel. „Wer nicht will, der hat schon!" Demonstrativ setzte sie sich an die Tafel, ohne ihren Eltern weitere Beachtung zu schenken.

Auch der Vampirfürst, sein Kriegsherr, Gylan und Joshua ließen sich nieder. Als Kyle und Erin sich zu ihnen gesellen wollten, sprang Serge Licedei auf.

„Ihr bleibt hier!", kommandierte er die Zwillinge zurück.

„Ihr esst nicht mit diesem … diesem … Volk an einem Tisch!"

„Dad, ich lasse mir von dir nichts verbieten!", konterte Erin. „Ich werde nächsten Monat volljährig." Zielstrebig ging sie zu Batur und setzte sich auf den freien Platz an seiner Seite.

„Ich hätte nie gedacht, dass du so engstirnig und rassistisch bist", warf Kyle seinem Vater vor. „Dabei hast du uns immer Toleranz und Offenheit gepredigt. Ich verstehe dich nicht!" Er setzte sich neben Anwar. „Hi, ich bin Kyle. Wir sind noch nicht dazu gekommen, uns richtig vorzustellen. Aber zuerst möchte ich mich für das schlechte Benehmen meines Dads entschuldigen. Ich bin sehr froh, dass ihr uns aus den Fängen der Coyoteros befreit habt. Und die Vampirzähne sind total irre! Wie bekommt man die? Kann ich auch welche haben? Die sind ja fast so groß wie ein Tigergebiss!", brach er das Eis.

Anwar lachte.

Die allgemeine Anspannung löste sich, zumindest bei den Vampirmenschen und den jungen Licedeis.

„Sicher kannst du auch solche Zähne bekommen", meinte Anwar zu Kyle. „Aber für Läufer, ich meine Menschen, ist das eine schmerzhafte und langwierige Prozedur. Und in meinem Fall hat sogar noch eine Portion Radioaktivität nachgeholfen."

„Echt? Das ist krass! Erzählst du mir alles, vom Anfang bis zum Ende?", fragte Kyle. Er war Feuer und Flamme für Anwar, die Bat People und das ganze Coyotero-Abenteuer.

„Apropos Radioaktivität", warf Batur ein. „Die Coyoteros kämpfen ohne Hilfsmittel. Das heißt: Sie haben keinen verseuchten Sand mehr."

„Das ist eine gute Nachricht", meinte Anwar. Und schon steckte die Runde mitten in einer Unterhaltung über den letzten Kampf, die bevorstehenden Schlachten und die besten Lösungen.

Nebenbei erfuhr Kyle, dass Vampirmenschen im Vergleich zu Normalsterblichen über ein Radarsystem verfügten und dadurch perfekt Hindernisse umflogen; dass sie selbstverständlich Blut saugten; aber dass die Sache mit dem Knoblauch und dem Kreuz zu den Ammenmärchen gehörte.

Während sich ihre Kinder und die Vampire unterhielten, gelang es Mama Licedei, ihren Mann nach inständigem Bitten dazu zu bewegen, sich auf einen der für sie reservierten Plätze am Kopfende des Tisches zu setzen. Dort hockte er missmutig, lehnte die Speisen, die seine Frau ihm anbot, ab, tat, als sei er ganz woanders, lauschte dem Gespräch aber äußerst aufmerksam.

Als Natassja erwähnte, dass die Felswände des unterirdischen Sees vergoldet waren und sie glaubte, dass Baboquivari einst zu den sieben goldenen Städten gehört hatte, wurde Serge Licedei hellhörig. Er und seine Frau wechselten einen kurzen Blick, um dann scheinbar teilnahmslos die Köpfe zu senken.

Anwar rief einen Jäger und befahl ihm, den Schamanen herbeizuholen.

Der Medizinmann erschien wenig später schlecht gelaunt. „Was ist so wichtig, dass ihr mich bei meinen Experimenten mit Natassjas und Joshuas Blut stört?“, fragte er.

Natassja wiederholte ihre Vermutung.

„Dann ist die Sage also Wahrheit“, meinte der Medizinmann. Sein Interesse war geweckt. „Einst erzählten sich die Stämme der Navajo, der Apachen und der Tohono O’odham, dass vor vielen Hundert Jahren ein Vulkanausbruch die Ära des ersten großen Anasazi-Volks beendete. Diese Indianer waren Meister der Goldschmiedekunst und bemalten die Felswände ihres unterirdischen Reiches angeblich mit reinem Gold. Wenn dieser hoch entwickelte Stamm in Baboquivari lebte, hat beim Vulkanausbruch die Lava das Gold von den Wänden geschmolzen. Entweder löste es sich vollständig in der Lava auf, oder es floss mit dem Lavastrom in den unterirdischen See und lagerte sich an den Felswänden ab. Vielleicht waren die Anasazi aber auch so verrückt nach dem goldenen Schimmern, dass sie sogar die Felsen, die unter Wasser lagen, mit Gold schmückten."

„Warum hast du uns nie von der Sage erzählt, als wir noch in Baboquivari hausten?", fragte Batur den Schamanen.

„Es gab keinen Grund dazu", meinte der Alte achselzuckend. „Die goldenen Städte waren für die Bat People zu dem Zeitpunkt kein Thema. Außerdem hatten wir genug mit dem Aufbau der neuen Bat City zu tun. Ich bin einmal in die heiligen Quellen eingetaucht, um nachzusehen, ob die Felswände aus Gold sind. Aber ich konnte nicht weit genug in die Tunnel eindringen. Ich kann nicht schwimmen. So blieb das Gold unentdeckt ... bis jetzt."

„Nun, das Gold ist für uns bedeutungslos. Ebenso wie das zerstörte Baboquivari", meinte Anwar. „Aber die Information ist aufschlussreich. Das heißt, dass es nur noch zwei goldene Städte gibt."

„Wenn überhaupt ...", warf Gylan ein.

„Cibola, Las Vegas, Eldorado, Sonoma Valley, Baboquivari", zählte Joshua die Orte auf, an denen sie bereits nach ihrer neuen Heimat gesucht hatten. „Nur noch zwei Städte – die Hoffnung schwindet. Habt ihr im Sonoma Valley auch wirklich jeden Fleck abgesucht?"

„Ja. Das Tal ist durch massive Bewirtschaftung ausgebeutet worden. Kein Stein liegt mehr auf dem anderen. Sollten noch Überreste einer goldenen Stadt existieren, würden unsere Nachforschungen Jahre dauern", erklärte Natassja.

Während sie sprach, beugte sich der Schamane zu Anwar herab. „Nimm dich in Acht", flüsterte der Medizinmann. „Der alte Licedei hat eine finstere Aura. Er wird dir Probleme bereiten! Der Junge, Kyle, ist nicht wie die anderen Licedeis. Und das Mädchen mit den safranroten Haaren, die schöne Erin, bringt größtes Glück und größten Schmerz." Er nickte dem Vampirfürsten zu, um sich dann zurückzuziehen. „Du weißt, ich bin beschäftigt", meinte er zum Abschied.

„Anasazi-Indianer? Hat der Schamane Anasazi gesagt?", fragte Erin Batur.

Der Kriegsherr nickte. „Warum interessiert dich das?", fragte er sanft.

„Ach, nur so", meinte sie leichthin und strahlte den Kriegsherrn mit ihrem hinreißenden Lächeln an.

Bevor Batur nachhaken konnte, stieß Valerie Licedei einen spitzen Schrei aus.

Joshua war zusammengebrochen. Zuckend und stöhnend lag er auf dem Felsboden. Gylan hockte neben ihm und bettete seinen Kopf in ihren Schoss.

„Keine Sorge", beruhigte sie seine Mutter, so gut sie konnte. „Er hat nur eine Vision."

10. KAPITEL

Floyd brauste seit Stunden ziellos durch die Gegend. Normalerweise liebte er es, in Joshuas Corvette herumzufahren. Aber seine Auseinandersetzung mit Ogre hatte ihm die Laune verdorben. „Ich bin nicht dein Freund und werde es auch niemals sein", hatte der Coyotero-Anführer gesagt. Und obwohl Worzok die Schmähung im Eifer des Gefechts ausgestoßen hatte, wusste Floyd, dass all die Mühe, die er sich gab, zwecklos war. Er würde niemals irgendwo dazugehören.

Verbittert schlug er mit den Fäusten auf das Lenkrad. Was machte er hier überhaupt mitten in der Nacht? Er hatte keinen blassen Schimmer, wo er nach den Bat People suchen sollte. Aber wenn er ohne eine halbwegs brauchbare Nachricht ins Lager der Coyoteros zurückkehrte, würde Ogre seinen Zorn an ihm auslassen. Wenn es glimpflich ausging, lebte er danach noch. Wenn nicht … auch egal! Was sollte er auf diesem Planeten noch? Nicht einmal auf die Aliens war Verlass. Sie kamen einfach nicht, um ihn abzuholen! Er schämte sich in Grund und Boden, dass er sich vor einem Jahr vor dem damaligen Coyotero-Führer Bahul auf die Knie geworfen und ihn als mächtigen Außerirdischen angebetet hatte. So verschaffte er sich nie bei irgendjemandem Respekt, sondern machte sich nur zum Gespött.

Manchmal wünschte er sich sein langweiliges Leben als Hilfssheriff in Carlsbad zurück. Zwar war er auch damals nicht beliebt gewesen. Aber zumindest hatte er einen Platz in der Gesellschaft. Er hatte sogar ein bisschen Macht besessen, wenn er nach Schließung des Autokinos die Parkplätze kontrollierte und Teenager aufspürte, die unerlaubt Alkohol konsumierten. Es hatte ihm gefallen, wie sie ihn, zitternd vor Angst, mit Geld bestachen, damit er sie nicht im Streifenwagen vor der Haustür ihres Elternhauses ablieferte. Und jetzt? War er Abschaum, Dreck. Er kannte die

Bedeutung seines zweifelhaften Spitznamens.

Frustriert trat er aufs Gas. Der Sportwagen brach auf der nicht asphaltierten Seitenstraße aus und krachte in einen Graben. Auch das noch! Floyd schaltete die Scheinwerfer aus, um die Batterie zu schonen, und stieg aus. Er legte die Fußmatten unter den Reifen und kehrte hinters Steuer zurück. Er zwang sich, ruhig zu bleiben, vorsichtig aufs Gaspedal zu treten und die Kupplung langsam kommen zu lassen. Die Reifen mussten Halt finden, damit der Wagen aus der Grube kriechen konnte.

Es dauerte geschlagene zwanzig Minuten, bis Floyd es schaffte, die Corvette auf die Straße zu lenken. Inzwischen war seine Laune auf dem Nullpunkt angekommen, und es war ihm egal, ob Ogre ihn aufs Übelste bestrafte. Er wollte nur noch zurück ins Lager und schlafen. Er streckte die Hand aus, um die Scheinwerfer wieder einzuschalten, als er in der Weite der stillen Landschaft ein helles Mädchenlachen hörte.

Zuerst glaubte er, seine Fantasie spielte ihm einen Streich. Schließlich wünschte er sich insgeheim eine Freundin, hatte er doch noch nie eine gehabt. Aber da erklang dieses Lachen erneut. Es besaß etwas Provozierendes. Floyd kannte den Unterton. Er hatte ihm oft das Herz gebrochen. Denn noch nie hatte ein solches Lachen ihm gegolten. Das lachende Mädchen flirtete.

Mürrisch stellte sich Floyd knutschende Provinzler vor, die in den Felsen ihren Liebesspielen nachgingen. Davon musste er nicht Zeuge werden. Das war viel zu deprimierend. Dennoch blickte er sich um, als das Mädchen wieder kicherte. Sie befand sich ganz in seiner Nähe. Automatisch zog er den Kopf ein und rutschte tief in den Fahrersitz. Da sprang eine zarte Gestalt von einem Felsen auf die Straße.

Sie besaß dichtes, langes Haar, das ihr Gesicht verbarg. Sie warf ihre Mähne zurück, um sich nach ihrem Begleiter umzusehen. Nur wenige Sterne erhellten den nachtschwarzen Himmel. Dennoch erkannte Floyd Erin Licedei sofort. Sie war ein sehr attraktives Mädchen. Sie war anders als ihre Schwester Natassja, aber dennoch stand sie der Älteren in puncto Schönheit in nichts nach. Floyds Herz krampfte sich zusammen. Eine Frau wie diese würde er niemals besitzen. Hätte er Erin doch nur ertränkt!

„Dafür, dass du keine Flügel hast, bist du ganz schön schnell!", rief eine Männerstimme, die Floyd kannte. Im gleichen Moment sauste Batur von demselben Felsen herab, von dem eben Erin gesprungen war. Er landete direkt neben ihr. Sie lief lachend vor ihm weg, und er jagte ihr hinterher. Spielten sie fangen? Floyd schüttelte irritiert den Kopf. Das war ein Spiel für Kinder … und für Verliebte! Schlagartig hellwach, setzte er sich auf.

Er hatte einen Volltreffer gelandet! Der unantastbare, unbesiegbare Kriegsherr Batur hatte eine Schwäche. Er war in ein Läufermädchen verliebt! Und dann auch noch ausgerechnet in eine Licedei! Vielleicht konnte Floyd sein Schicksal bei den Coyoteros doch noch wenden. Eine so geniale Entdeckung musste auch Ogre Worzok bewundern. Beinah hätte Floyd laut gelacht, wenn er sich damit nicht verraten hätte. Liebe musste wirklich blind machen. Die beiden turtelten keine zwanzig Meter von der Corvette entfernt herum und erkannten weder ihn noch Joshuas Sportflitzer!

Floyd kletterte leise aus dem Wagen und folgte den beiden in sicherem Abstand. Nach einer Meile hob Batur seine Kleine in die Arme und flog mit ihr auf einen Felsvorsprung, von dem aus sie einen Panoramablick über das Wüstental hatten. Floyd wunderte sich, was es in stockfinsterer Nacht zu sehen gab. Dann hörte er Kusslaute und wandte sich ab. Sein Blick schweifte zu der Felsformation. Er blinzelte. Der Schatten nahe dem Gipfel entpuppte sich als Jäger. Der Fledermausmann hielt Wache vor der Unterkunft der Bat People.

Floyds Herz hämmerte vor Aufregung in seiner Brust. Wie

gerne hätte er ein Freudentänzchen aufgeführt! Aber es galt, keine Zeit zu verlieren. Er konnte Ogre nicht nur Baturs Schwachstelle präsentieren. Er konnte den Coyoteros sogar das Volk der Bat People ausliefern!

„Warum untersucht der Schamane Natassjas und Joshuas Blut?" Erin lehnte an Baturs breiter Brust und spielte mit dem Flaum auf der Innenseite seines Flügels.

„Es mag dich überraschen, aber sie besitzen zu fast hundert Prozent Anasazi-Blut. Die Indianer waren unsere Vorfahren. Und mein Volk braucht dringend ihre Blutkörperchen, um sich zu regenerieren. Doch Joshuas und Tassjas Blut ist für die ausgemergelten Zellen der Fledermausmenschen zu hochprozentig. Sie würden bei einer Übertragung an einer Überdosis sterben. Der Medizinmann ist auf der Suche nach einer Möglichkeit, die Wirkung abzuschwächen. Vielleicht fließt auch in deinen und Kyles Adern Indianerblut. Es käme den Bat People sehr zugute. Je mehr Auswahl wir haben, desto besser ist es."

„Brauchst du auch frisches Blut?" Erins Lippen teilten sich verführerisch. Batur konnte das Weiß ihrer Zähne sehen. Sie schloss halb die Augen, legte den Kopf in den Nacken und bot ihm ihren Hals zum Biss.

Batur blickte auf ihre weiße Kehle und schluckte hart. Nur mühsam unterdrückte er sein Verlangen, hineinzubeißen. Aber damit hätte er sie zu einem von vielen Opfern gemacht und das Besondere zwischen ihnen zerstört. „So nicht", flüsterte er und küsste sanft ihr Dekolleté. „Außerdem gehöre ich nicht zu den Bedürftigen, die Frischzellen zum Überleben brauchen." Er betrachtete Erin mehrere Minuten aufmerksam. Ihr zartes Gesicht, ihre makellose Haut und ihr fester Körper spiegelten den Inbegriff unschuldiger Jugend wider und standen im Kontrast zu ihren wissenden Augen. „Du hast den Namen Anasazi schon mal gehört, oder?"

„Der Schamane hat ihn erwähnt." Sie blickte von schräg unten zu ihm herauf. Eine Geste der Unterwerfung, wäre da nicht dieses kleine herausfordernde Lächeln um ihren rosigen Mund gewesen.

Batur hätte am liebsten fest in ihre Lippen gebissen. Aber vermutlich wollte sie gerade das provozieren. So vernarrt er bereits in sie war, er durfte nicht vollständig die Kontrolle verlieren. „Spiel keine Spielchen mit mir!", sagte er streng. „Ich hasse es, vorgeführt zu werden."

„Das würde ich niemals tun!" Ihre Femme-fatale-Attitüde wich dem verwirrten Ausdruck eines Mädchens. „Es ist nur so ...", sie zögerte. „Du hast sicher schon bemerkt, dass mein Dad nicht gerade der lockerste Typ ist. Na ja, die meiste Zeit geht es. Du und deine Leute bekommen nur gerade seine schrecklichste Seite mit. Es gibt zwei, drei Punkte, da versteht er keinen Spaß. Einer davon ist die Familie. Dass Natassja und Joshua freiwillig Vampire geworden sind, kommt für ihn einem Verrat gleich. Er war immer stolz auf seine russischen Wurzeln und hat uns Kindern, als wir klein waren, dauernd davon erzählt. Damals lebte Grandma noch. Sie hat ihn oft gebremst, wenn er überschwänglich von der ‚alten Heimat' in Europa sprach. Schließlich kannte er sie ja gar nicht. Er ist in den USA geboren, sein Vater in Kanada. Jedenfalls haben er und Oma eines Abends über das Thema ‚Abstammung' Streit bekommen. Sie meinte, er soll uns Kids keinen Floh ins Ohr setzen. Sie sagte, nachdem die Licedeis ausgewandert waren, gab es so viele Ehen mit Emigranten aus der ganzen Welt, dass er so russisch wäre wie ein Pandabär. Dad wollte das nicht auf sich sitzen lassen. Es zerstörte sein Selbstbild. Aber Großmutter hatte die Nase voll und zog ein Ass aus dem Ärmel. Sie konfrontierte ihn mit der Wahrheit: Sicherlich stammte unsere Familie von Russen und anderen Europäern ab. Aber nach mehreren Generationen auf amerikanischem Boden besaßen wir auch jede

Menge Indianerblut. Und ich habe mich bestimmt nicht verhört, obwohl ich damals an der Tür gelauscht habe. Sie sagte: ‚Anasazi-Indianer aus Saskatchewan'."

„Hasst dein Dad Indianer?"

„Nein. Er hasst, dass er sich selbst nicht mehr vorgaukeln kann, ein Kosak zu sein." Sie lachte. „Ich bin gerne Indianerin. Aber mit meinen roten Haaren ähnele ich nicht wirklich einer Squaw. Jedenfalls wollte Granny Dad von den Anasazi erzählen. Es ging um ihr Erbe in den kanadischen Wäldern, ihre Hochkultur, entfernte Verwandte im Südwesten der USA und eine gravierende Veränderung innerhalb der Stämme. Aber Dad hat sie abgeblockt. Zumindest glaube ich das. Auf jeden Fall hat er mich hinter der Tür entdeckt, wütend ins Bett gesteckt und mir den Schwur abgenommen, niemandem weiterzuerzählen, was ich erfahren hatte. Erst jetzt habe ich den Schwur gebrochen."

Batur grübelte. Vielleicht bestand ein Zusammenhang zwischen den kanadischen Anasazi und den zwei verbliebenen goldenen Städten. Joshua hatte in seiner Vision die neue Bat City in einem weit entfernten Land gesehen. Die Staaten, in denen Sonoma Valley, El Dorado County, Baboquivari und Las Vegas lagen, befanden sich gewissermaßen um die Ecke. Womöglich war Kanada das gelobte Land.

„Ich muss mit deinem Dad reden", meinte Batur zu Erin.

„Viel Spaß!", konterte sie. „Da kannst du genauso gut versuchen, diesen Fels zum Sprechen zu bringen."

„Notfalls muss ich eben nachhelfen", entgegnete Batur und pochte mit dem Finger gegen seine beeindruckenden Vampirzähne.

Erin lachte hell auf. „Das will ich sehen! Wie du meinen Vater beißt!" Sie kicherte so lange weiter, bis Batur sie an sich zog und ihr mit einem langen, leidenschaftlichen Kuss den Atem nahm und sie auf andere Ideen brachte.

„Hast du dich von deinem Anfall erholt?“ Natassja beugte sich besorgt über ihren Bruder. Er lag in seiner und Gylans Schlafnische in einem abgelegenen Teil der Höhle auf einer gewebten Anasazi-Decke und atmete schwer. Gylan reinigte seine Kopfwunde, die er sich beim Sturz zugezogen hatte. Anwar reichte ihr dafür aufgeschnittene Peyote, eine Kakteenart, deren Sud antibakteriell wirkte.

„Es ist alles in Ordnung“, meinte Joshua schlapp. „Je detaillierter meine Visionen werden, desto stärker nehmen mich die Schübe mit. Und desto länger brauche ich, um mich zu erholen, bis ich euch endlich von den Prophezeiungen berichten kann. Es tut mir leid, dass ihr so lange warten musstet.“ Er setzte sich auf und nahm Gylans Hand. „Die Flucht ist vorbei. Der finale Kampf steht unmittelbar bevor. In dieser letzten Schlacht wird sich unser Schicksal ebenso wie das der Coyoteros entscheiden. Der Ausgang ist offen. Trotzdem dürfen wir uns nicht fürchten und der Versuchung nachgeben, erneut fortzulaufen. Wenn wir feige sind, werden wir unsere neue Bat City niemals finden. Die Götter der Anasazi werden uns gegen die Übermacht der Schakal-Krieger beistehen und uns Hilfe in Form von Donner und Feuer senden.“

„Nun, dann werden wir siegen oder mit Würde untergehen“, meinte Anwar ruhig.

In dem Moment betraten Batur und Erin die Nische. Anwar bemerkte Natassjas unwilligen Blick, als sie sah, dass die beiden Händchen hielten. Er verdrängte seine aufkeimende Eifersucht und informierte seinen Kriegsherrn sachlich über den Inhalt von Joshuas Vision.

„Müssen wir alle sterben?“, fragte Erin ängstlich.

„Nicht, wenn ich es verhindern kann“, sagte Batur zu ihr und drückte sie fest an sich.

„Haben wir Zeit, unsere Familie nach Albuquerque in Sicherheit zu bringen?“, fragte Natassja.

Joshua schüttelte verneinend den Kopf.

„Ich würde sowieso nicht gehen!“, meinte Erin bockig. „Ich will bei Batur bleiben!“

Natassja verdrehte genervt die Augen, verkniff sich aber eine Äußerung.

„Wann wird der Kampf stattfinden?“, fragte Batur Joshua.

„Am Morgen, im Oro-Talkessel“, erklärte Joshua.

„Gut. Ich werde die entsprechenden Vorbereitungen treffen und meine Jäger instruieren“, meinte Batur. Er war ganz in seinem Element und vergaß, Anwar über die kanadischen Anasazi und den möglichen Zusammenhang mit den Gold Cities zu informieren. Auch sein Gespräch mit Serge Licedei rückte in seinem Kopf ganz nach hinten. „Ich bringe dich zu deinem Bruder und deinen Eltern“, sagte er zu Erin. „Morgen vor dem Kampf, wenn ich das Schlachtfeld überprüft habe, werde ich entscheiden, wo du dich am besten versteckst.“

„Ich weiche nicht von deiner Seite!“, beharrte Erin.

„Sei nicht so ein dummes Kind!“, fuhr Natassja sie an. „Batur ist unser wichtigster Krieger. Ich will nicht, dass wir ihn im Kampf verlieren, weil er dich retten muss!“

Erin zuckte zusammen. Tränen stiegen ihr in die Augen.

„Werde endlich erwachsen!“, schimpfte Natassja mitleidslos und wandte sich von ihrer Schwester ab.

„Wir finden eine Lösung“, beruhigte Batur Erin. „Aber deine Schwester hat recht. Ogre Worzok will meinen Kopf. Und nicht nur er. Für viele Schakal-Krieger wäre meine Leiche eine Trophäe. An meiner Seite befändest du dich im Brennpunkt des Geschehens. Das würde ich niemals zulassen. Das verstehst du doch?“

Erin nickte, streckte aber ihrer großen Schwester wie ein trotziges Mädchen die Zunge heraus.

Natassja winkte ab. Sie kannte Erin. Ihre kleine Schwester ließ sich nichts sagen – von niemandem. Sie würde vermutlich nicht einmal auf Batur hören. Ihre Sturheit, gepaart mit ihrem aufbrausenden Temperament, einer großen Portion Selbstüberschätzung und kindlicher Blauäugigkeit, konnten sich zu einer tödlichen Mischung verbinden – nicht nur für Erin.

Dennoch hielt Natassja den Mund. Es war ein Fehler gewesen, Erin anzufahren. Weiter in sie zu dringen, würde die Situation nur verschlimmern und Erin noch unberechenbarer machen.

Anwar betrachtete seine geliebte Tassja missmutig von der Seite. Eigentlich hatte er ihr den Vorschlag machen wollen, angesichts des Todes eine letzte leidenschaftliche Liebesnacht unter den Sternen zu verbringen. Doch nachdem sie Erin derart zurechtgewiesen hatte, vermutete er, dass Tassja lieber anstelle ihrer Schwester in Baturs Armen liegen würde. Bei dem Gedanken vergingen ihm jegliche romantischen Gefühle. Wütend und traurig stapfte er aus der Höhle, um in seiner Nische einen Schlachtplan für den nächsten Tag zu erstellen.

11. KAPITEL

Mit stolzgeschwellter Brust führte Floyd die wilde Horde der Coyoteros an. Er fuhr in Joshuas Corvette den Reitern vorweg. Im Minutenrhythmus langte er an seine Stirn, um sicherzugehen, dass die Schakalmaske noch an ihrem Platz saß. Ogre Worzok hatte sie ihm geschenkt, nachdem er mit den guten Neuigkeiten ins Lager zurückgekehrt war.

Der Coyotero-Anführer ließ es sich nicht nehmen, noch in derselben Nacht eine spezielle Truppe aufzustellen, deren einzige Aufgabe darin bestand, Batur und seine neue Freundin auszuspähen. Wenn sie die beiden entdeckten, sollten sie Ogre sofort informieren. Niemand außer dem Albino-Warrior durfte die beiden töten. Ihre Leben würde sich Worzok selbst zum Geschenk machen.

„Moc ist ein Idiot!“, meinte Bahul zu Burke. „Merkt er denn nicht, dass Ogre ihn als Vorhut direkt in die Waffen der Bat People fahren lässt?“

„Ich habe den Jungen schon lange aufgegeben“, meinte der Sheriff gleichgültig. „Wenn er als Kanonenfutter enden will ... bitte schön. Ich für meinen Teil werde meine Waffe nicht gegen Anwar und seine Gefolgsleute erheben.“

„Mit dem rostigen Schwert macht es auch keinen Sinn“, entgegnete Karanjai spöttisch.

Ogre hatte den Cop widerwillig bewaffnet. Und auch erst, nachdem Bahul ihm unsagbar auf die Nerven gegangen war. Mehr als ein Museumsstück war dabei nicht herausgesprungen.

Burke betrachtete das alte Ding und warf es in einen Graben. „Ich lasse es darauf ankommen. Wenn das Schicksal es will, werde ich leben. Wenn nicht ...“ Er zuckte die Achseln und stieg auf das alte Maultier, das ihm Worzok überlassen hatte. Schleppend trottete das Tier hinter den Truppen her.

Bahul gab seinem Rappen die Sporen und jagte zur Spitze der Coyoteros. Er platzierte sich an einem strategisch günstigen Punkt, von dem aus er die Heeresbewegungen übersehen konnte, ohne den Sheriff aus den Augen zu verlieren. Schließlich musste sich jemand um den Cop kümmern.

Zur gleichen Zeit betrachteten Anwar und Natassja den Morgenstern, der kurz vor Sonnenaufgang sein hell leuchtendes Licht zeigte. Der Vampirfürst und seine Geliebte hingen ihren Gedanken nach und sandten letzte Bitten in die weite Ferne des Himmels.

„Was hast du dir gewünscht?“, fragte Natassja.

„Wenn ich es dir verrate, geht es nicht in Erfüllung“, entgegnete Anwar.

„Du kannst mir einen Hinweis geben.“ Natassja lächelte. „Ich gebe dir einen ... Du weißt, dass der Morgenstern die Venus ist. Und sie ist der Planet aller Liebenden. Ich habe mir gewünscht ...“

„Nein! Sag es nicht! Womöglich kehrt sich dein Wunsch sonst ins Gegenteil um.“

„Seit wann bist du abergläubisch?“ Natassja sah ihn belustigt an. Diese Seite kannte sie noch gar nicht an ihm.

„Bin ich nicht!“, wehrte er ab. Dann lenkte er ein: „Vielleicht liegt es am bevorstehenden Kampf.“ In Wirklichkeit fürchtete er, dass sie ihn anlog und ihm ihre Liebe gestand, obwohl sie es längst nicht mehr ernst meinte. Oder sie schenkte ihm ihr bezauberndes Lächeln nur, damit die Wahrheit nicht so wehtat, wenn sie ihm mitteilte, dass es einen anderen gab. Diese Vorstellung konnte er noch weniger ertragen.

„Du bist so komisch in letzter Zeit.“ Natassja blickte ihn fragend an und berührte zärtlich seine Schwingen.

Fast unmerklich zuckte er bei der Berührung zurück. Natassja erkannte seinen Widerwillen. Gekränkt zog sie ihre Hand zurück und steckte sie tief in die Tasche ihres Umhangs. Schweigend starrte sie die untergehende Venus an, bis sie hinter dem Horizont versank – und war mit ihren Gedanken ganz woanders. Sollten Anwar und sie vor dem alles entscheidenden Kampf so herzlos auseinandergehen? Sie musste mit ihm reden! Was war mit ihnen geschehen?

Da flog Batur heran.

Er trug Kettenhemd, Arm- und Beinschützer. Im Gürtel steckte seine Bullenpeitsche, im Schaft an seiner linken Seite ein Schwert. „Die Jäger sind zum Aufbruch bereit. Wir sollten nicht mehr länger warten."

Anwar zögerte einen Augenblick. Sollte er Tassja und Batur hier und jetzt zur Rede stellen? Dann wären seine Zweifel für immer ausgeräumt. Aber konnte er mit der Antwort leben? Würde das Wissen seine, Tassjas und Baturs Kampfmoral nicht auf das Empfindlichste beeinträchtigen? Er durfte nicht vergessen: Zuerst kam sein Volk, dann er.

„Lasst uns aufbrechen!", sagte er stattdessen. Er wagte es nicht, Natassja ins Gesicht zu sehen.

Die schäumte innerlich vor Wut. War sie ihm nicht mehr gut genug? Begehrte er eine andere? Sie wandte sich abrupt von Anwar ab und Batur zu. „Noch einen Moment! Ich muss kurz mit dir sprechen, Batur ... unter vier Augen."

Die Bat People flogen in Formation den Coyoteros entgegen. Anwar an der Spitze, zu seiner Rechten Natassja, zu seiner Linken Batur, dahinter Gylan und Joshua mit den Elite-Jägern. Batur hatte alle kampftüchtigen Bat Men und Women aufgestellt. Der Stamm wusste, wie es um seine Existenz stand: Entweder sie siegten, oder sie gingen gemeinsam unter.

Die Sonne kletterte über den Horizont, als Baturs Radarsystem Signale empfing, dass sich ein großer Truppenverband auf sie zu bewegte. Er kommandierte seine Jäger, in Angriffsstellung zu gehen. Dann flog er ans Ende der Formation, um nach Erin und ihrer Familie zu sehen. Er hatte frühere Wächter Cibolas beauftragt, sie zu schützen – notfalls mit ihrem Leben.

„Meine Schöne“, flüsterte Batur Erin zu. „Die Schlacht steht unmittelbar bevor. Sollte ich nicht zurückkehren, begleiten meine Männer dich, Kyle und deine Eltern zurück nach Albuquerque. Ich bitte dich inständig: Mach keine Dummheiten. Folge mir nicht. Du kannst mir nicht helfen!“

Erin wollte protestieren. Doch Batur legte ihr den Finger auf den Mund und schüttelte den Kopf.

„Versprich es.“

„Ich verspreche es.“

„Sollte ich in diesem Kampf fallen, trauere nicht um mich. Der Krieg ist meine Berufung, das Kämpfen meine Pflicht. Dennoch hast du mir gezeigt, dass es Wichtigeres im irdischen Dasein gibt. Dafür bin ich dir über alle Maßen dankbar. Und selbst wenn uns nur diese kurze Zeitspanne vergönnt war, ist es die schönste in meinem Leben gewesen.“

„Geh nicht!“, bat Erin mit tränenerstickter Stimme.

„Ach, meine Kleine. Ich wünschte, ich könnte bei dir bleiben.“ Batur strich mit dem Daumen über ihre weichen, rosigen Lippen. Sein Mund berührte ihren. Der Kuss gehörte zu denen, von denen es nur wenige im Leben gibt. Er durchfuhr ihre beiden Körper von den Haarwurzeln bis zu den Zehen und hinterließ das Gefühl, als streichelten sich ihre Seelen.

„Damit du dich immer an mich erinnerst“, raunte Batur in ihr Ohr. Dann riss er sich los und flog davon, ohne sie noch einmal anzusehen. Er hätte es nicht gekonnt. Ein Blick in ihre dunkelbraunen, goldgesprenkelten Augen, und er hätte sein Volk verraten und wäre mit ihr durchgebrannt.

„Batur!“, jammerte Erin.

„Halt den Mund!“, fuhr ihr Vater sie an. „Es ist einfach widerlich, wie du dich diesem Freak an den Hals wirfst! Dieses Wesen ist mehr Tier als Mann. Wie kannst du nur?“

„Ich liebe ihn!“, begehrte Erin trotzig auf.

„Du weißt doch gar nicht, was Liebe ist. Sind denn alle meine Kinder verrückt?“, fragte Serge Licedei empört.

„Nein, du musst nur akzeptieren, dass deine Söhne und Töchter sich die Personen selbst aussuchen, die sie lieben – auch wenn sie nicht deinen Vorstellungen entsprechen“, verteidigte Kyle Erin und seine älteren Geschwister.

„Fängst du jetzt auch noch an?“, regte sich sein Vater auf. „Ich habe genau gesehen, wie du beim Essen um dieses Anwar herumscharwenzelt bist. Unmöglich! Das ist ...“

„Behalt deine Meinung für dich, Dad!“ Kyles Stimme nahm einen bedrohlichen Unterton an. „Ich will nichts Schlechtes über die Bat People hören. Ich finde sie faszinierend. Ich möchte mehr über sie erfahren. Und ich bete zu Gott, dass sie diese Schlacht überleben.“

„Das ist Gotteslästerung!“, schimpfte Serge Licedei mit hochrotem Kopf. „Ihr seid alle krank! Du, Erin ... von Joshua und Natassja ganz zu schweigen. Ich verstoße euch! Alle! Ich habe keine Kinder mehr!“

„Serge! Bitte ....“ Valerie Licedei legte beschwichtigend ihre Hand auf seinen Arm.

„Bist du etwa auf ihrer Seite?“, brauste ihr Mann auf. Der Streit war entbrannt.

Erin und Kyle wandten sich ab.

„Danke“, flüsterte Erin ihrem Zwillingsbruder zu und drückte seine Hand.

„Schon gut.“ Kyle erwiderte den Händedruck. „Ich habe alles gemeint, was ich gesagt habe. Ich wünschte, ich könnte wie Josh und Nasti bei den Vampiren leben.“

„Vielleicht ist es möglich. Für uns beide.“ Erin klang ebenso ängstlich wie hoffnungsvoll.

Die Sonne stieg schnell über dem Oro Valley auf. Binnen einer halben Stunde heizte das Tal auf über dreißig Grad auf. Die

Strahlen blendeten die empfindlichen Augen der Bat People – ein Nachteil gegenüber den Schakal-Kriegern, die es gewohnt waren, hauptsächlich tagsüber zu agieren.

„Wartet auf mein Signal zum Angriff!“, befahl Batur seinen Jägern.

Anwar, Tassja, Gylan, Joshua und die Krieger schwebten über den Bergen, die das Tal einkesselten. Sie nutzten den Aufwind, um sich auf einer Stelle zu halten, und warteten hochkonzentriert auf Baturs Zeichen. Unter ihnen bebte die Erde unter den Hufen der Coyotero-Pferde, die in schnellem Galopp heranrasten. Eine riesige Staubwolke kündigte ihr Kommen an. Dann brach aus dem Sandnebel Ogre Worzoks furchterregende Gestalt hervor. Der Albino-Warrior hatte sich zur finalen Schlacht mit Kettenhemd und Schild gepanzert. Er trug eine ultralange Pike. An seiner linken Seite baumelte sein Krummsäbel. Auf einen schützenden Helm hatte er verzichtet, um seine Geringschätzung der gegnerischen Kampffähigkeiten zu zeigen. Der Blick auf sein entstelltes Gesicht mit den rosafarbenen Wülsten war frei. Sein weißblondes Haar wehte wie eine Fahne hinter ihm her. Er gab seinem Schimmel die Sporen. Das Pferd bäumte sich auf. Schaum trat aus seinem Maul aus. Es besaß die gleichen blutroten Augen wie sein Herr.

„Die Personifizierung des leibhaftigen Tods“, kommentierte Gylan Worzoks imposanten Auftritt.

„Ich würde eher sagen: netter Versuch“, sagte Batur kühl. Ogre konnte ihn weder beeindrucken noch schrecken. Er brannte darauf, sich mit dem Coyotero-Anführer zu messen und ihn in die Hölle zu schicken. „Attacke!!!“, brüllte Batur und schoss im Sturzflug auf Ogre herab.

Ein breites Grinsen spaltete Worzoks Fratze, als er seinen Lieblingsfeind heranjagen sah. Er gab seinen Schakalen den Befehl zum Angriff. „Der Feldherr gehört mir!“, brüllte er, um sicherzugehen, dass ihm niemand aus Versehen doch noch den

Spaß verdarb und Batur im Übereifer tötete. Bevor Worzok und Batur zum mörderischen Kampf aufeinandertrafen, brüllte Ogre Moc zu: „Du weißt, was du zu tun hast!"

Sein Diener nickte und nutzte den sich nur langsam setzenden Staub, um sich hinter die Linien der Bat People zu schlagen.

Schon prallten Ogre und Batur zusammen. Erbittert droschen sie mit Säbel und siebenschwänziger Katze aufeinander ein. Batur war ein Meister der Peitsche. In seinen Händen verwandelte sie sich zur tödlichen Waffe. Doch Worzok war ihm gewachsen. Beide Männer waren von Kindesbeinen an mit dem Kampf vertraut. Es würde eine harte Auseinandersetzung werden – mit offenem Ausgang.

Anwar focht gleichzeitig gegen drei Coyoteros. Zwei Krieger tötete er mit seiner Axt. Den dritten hypnotisierte er mit seinem Blick. Der Mann hielt inne, fasziniert von der wechselnden Augenfarbe des Vampirfürsten. Anwar berührte ihn mit seinem Flügel an der Stelle der Stirn, an der laut den Hindus das unsichtbare dritte Auge saß. Der Sohn des Windes schielte verwundert und kippte um.

Natassja lächelte stolz. Anwar besaß die Gabe, Läufer wie Coyoteros mit einem Flügelschlag in eine andere Welt zu befördern. Wie gerne hätte sie ihm gesagt, dass sie ihn liebte und dass ihr unausgesprochener Ärger es nicht wert war, sich zu entzweien. Aber immer neue Schakal-Krieger preschten auf ihren arabischen Vollblütern heran. Natassja schwang ihre Doppelaxt mit tödlicher Präzision. Doch die Feinde wurden nicht weniger. Vielmehr überschwemmten sie das Tal wie eine Heuschreckenplage.

„Kyle! Dort kämpft Batur! Oh, mein Gott! Siehst du Ogres mächtige Säbelhiebe? Batur wird ihm unterliegen. Wir müssen ihm helfen!" Erin sprang hinter dem Felsen hervor, der ihr als Versteck diente, und machte Anstalten, den Abhang hinabzuklettern und auf das Schlachtfeld zu rennen.

„Bist du wahnsinnig?“ Ihr Bruder zerrte sie zurück. „Hast du alles vergessen, was Natassja dir gesagt hat? Wenn du dich einmischst, machst du alles nur noch schlimmer. Für ihn! Außerdem hast du Batur versprochen, dich keiner Gefahr auszusetzen. Er würde ausflippen, wenn er sehen könnte, wie weit wir uns von den Wächtern weggeschlichen haben.“ Kyle sah über seine Schulter. In einiger Entfernung versuchten ihre Aufpasser, den anhaltenden Streit zwischen Dad und Mom Licedei zu schlichten.

„Sicher habe ich Batur versprochen, ein braves Mädchen zu sein. Aber ich habe dabei meine Finger hinter dem Rücken gekreuzt. Dann ist jedes Versprechen ungültig“, verkündete Erin stolz.

Kyle seufzte. „Meistens bist du diese wundervolle, intelligente junge Frau ... und dann benimmst du dich wieder wie ein dämlicher Kindskopf!“ Er packte sie und drückte sie auf den Steinboden. „Du bleibst hier!“

„Das glaube ich einfach nicht!“, sagte unvermittelt eine Fistelstimme in seinem Rücken.

Der junge Licedei drehte sich herum. Im gleichen Moment streckte ihn der Schlag einer Holzkeule nieder. Floyd grinste breit. Ogres Spähtrupp hatte gute Arbeit geleistet. Es war fast zu simpel gewesen, die kleine Licedei aufzuspüren. „Los, Schätzchen! Bewegung!“, kommandierte er, während er seine Waffe bedrohlich nah an ihrer Schläfe schwang.

Erin versuchte zu schreien. Floyd schlug ihr hart mit dem Handrücken auf den Mund. „Du wolltest doch am Kampfgeschehen teilnehmen“, meinte er. „Nun bekommst du deine Chance.“

„Sprich dein letztes Gebet! Gleich fährst du zur Hölle!“ Batur wickelte seine Bullenpeitsche fest um Ogres Hals. Der bleiche Coyotero lief puterrot an. Seine Hände suchten verzweifelt nach seinem im Kampf verlorenen Krummsäbel. Seine Augen traten aus ihren Höhlen hervor. Er bekam keine Luft mehr und war kurz davor, das Bewusstsein zu verlieren und zu sterben.

„Lass ihn los! Sonst ist die Kleine tot." Floyd stieß Erin vor sich auf die Erde und trat das Mädchen. Sie schrie vor Schmerz. Er ließ seine Holzkeule fallen, schnappte sich Ogres Krummsäbel, der im Staub lag, und setzte ihn ihr an die Kehle.

„Erin!" Batur erstarrte. Sein Herz setzte einen Schlag aus. Seine Hände erschlafften. Ogre gelang es, sich mit letzter Kraft zu befreien. Er kniete im Dreck und rang nach Atem. „Mo… Mo… Moc … mein Säbel!"

Floyd warf ihn Ogre zu. Batur machte einen Satz nach vorn, um die Waffe zu ergreifen. Aber Worzoks Diener packte Erin bei ihrem Safranhaar und riss ihren Kopf mit einer schnellen Bewegung zur Seite. Ihr Nacken knackte.

„Nein!", ächzte Batur.

Erin kippte nach vorn. Sie hechelte und weinte. „Mein Hals", stammelte sie und rieb die schmerzende Stelle.

„Noch so ein Versuch, und ich brech ihr das Genick", meinte Floyd.

„Das brauchst du nicht mehr, Moc. Lass das meine Sorge sein. Ich hab die Sache wieder im Griff." Ogre richtete sich, mit dem Krummsäbel in der Hand, auf. Dort, wo ihm die Peitsche die Luft abgeschnürt hatte, zeichneten sich rote Striemen an seinem Hals ab. „Ba… tur … Ich hasse dich, du widerlicher Fledermausabschaum!", stieß der Coyotero-Anführer hervor. „Sieh nur, was du mit meinem Gesicht gemacht hast!" Er strich sich über die Wülste an Nase und Mund. „Und das hier!", schrie er. „Perforiert!" Ogres Hand glitt über die vernarbten Bisse an seinem Hals.

„Räche dich für dein entstelltes Gesicht", sagte Batur ruhig. „Töte mich. Aber lass Erin gehen."

Worzok lachte auf. „Glaubst du, du kannst Forderungen

stellen? In meinen Augen bist du kein Kriegsherr, sondern eine Schmeißfliege!“ Ogre konnte seinen Zorn kaum beherrschen. Erst hatte er sein Gesicht entstellt. Dann war ihm die Schmach widerfahren, im Kampf gegen Batur zu unterliegen. Dafür sollte der Bat Warrior büßen. Worzok würde seine Qualen ins Unermessliche hinauszögern. „Deine Kleine darf zusehen, wie du stirbst. Und bevor du für immer deine Augen schließt, werde ich ihr die Kehle durchschneiden. Dich aber lasse ich vierteilen!“

Kyle berührte seine Schläfe und zuckte zusammen. Der Schmerz durchfuhr ihn wie eine heiße Klinge. Einen Augenblick lang wusste er nicht, wo er war. Dann schmeckte er Sand in seinem Mund. Er hörte Kampfgeschrei. Es roch nach Blut. Schlagartig erinnerte er sich an alles. Erin! Er fuhr hoch – und sackte sofort wieder zusammen. Dieser Kopfschmerz! Aber er durfte sich jetzt nicht dem Selbstmitleid hingeben. Er richtete sich mühsam auf und spähte über den Felsen auf das Kriegsgetümmel. Er sah Anwar, der Männer mit einem Flügelschlag niederstreckte. Er entdeckte Nasti, die mit ihrer Doppelaxt Schakal-Krieger tötete, als sei sie Superwoman. Und er fand Erin. Sie kniete im Staub und weinte. Der Widerling Moc bewachte sie. Vor ihr lag Batur. Seine Arme und Beine waren gespreizt. Je ein Pferd stand vor jeder seiner Extremitäten. Ogre band persönlich einen Strick um Baturs linkes Bein. Noch waren die anderen Gliedmaßen frei. Aber nicht mehr lange.

Kyle wusste, was geschehen würde. Schließlich hatte er genug mittelalterliche Actionspiele auf seinem Computer gespielt. Er sprang, den rasenden Schmerz in seinem Kopf ignorierend, auf und schrie: „Dad!!!“

Ihre Intuition bewegte Natassja dazu, sich mitten in einem Zweikampf umzudrehen. Es war eine der gefährlichsten Aktionen, die sie in diesem Krieg unternommen hatte, aber unvermeidlich.

Zuerst dachte sie, Anwar sei in Gefahr. Dann erkannte sie, dass es jemand anderes war, der ihr ebenso nahestand: Erin!

Jemand bedrohte ihre Schwester. Und derjenige war … Floyd.

Natassja streckte ihren Coyotero-Gegner mit einem Axthieb nieder und rannte los.

„Ich liebe dich. Ich liebe dich", wiederhole Erin, als ob sie eine Mantra betete.

Batur betrachtete sie zärtlich. Der Tod bedeutete ihm nichts. Erin bedeutete ihm alles. Er würde nicht zulassen, dass Ogre oder Floyd ihr Leid zufügten. Batur sammelte seine Kräfte. Er wartete, bis Ogre sich erhob, um das andere Ende des Seils an der Fessel des Pferdes anzubinden. Er ging in Position, um aufzufliegen, Floyd außer Gefecht zu setzen, bevor er Erin verletzte, und dann mit Ogre abzurechnen. Da brach die Hölle los.

Die Erde bebte – aber nicht unter den Hufen der Coyotero-Pferde. Das erste Mal seit über 400 Jahren brach der Carrizozo wieder aus. Auf der neumexikanischen Seite des Gebirgszuges überflutete seine Lava Dörfer und Städte, während die Explosionswelle im Oro Valley jenseits der Grenze Arizonas die Wüste erzittern ließ und Menschen, Coyoteros und Bat People alarmierte, sofort das Weite zu suchen.

Ogre verlor das Gleichgewicht und fiel, mit dem Gesicht voran, in den Sand. Mühsam versuchte er, sich aufzurappeln, als das panische Pferd ausschlug. Es verpasste ihm einen Tritt gegen den Brustkorb. Der Krummsäbel fiel ihm aus der Hand. Stöhnend sackte er in sich zusammen.

Floyd war hin- und hergerissen. Sollte er sich in Sicherheit bringen? Seinem Gebieter helfen? Oder Erin töten? Im Endeffekt war sich jeder selbst der Nächste. Floyd ergriff Ogres Waffe und dann die Flucht. Erin zerrte er mit sich. Lebend konnte sie ihm als Geisel von Nutzen sein.

Da schleuderte ihn ein mächtiger Flügelschlag zu Boden. Batur schreckte keine wackelnde Erde. Er konnte fliegen. Der Krieger trat dem Fliegengewicht Floyd den Krummsäbel aus der Hand. Erin rollte unverletzt zur Seite, prallte jedoch durch einen weiteren Erdstoß auf eine Steinkante und verstauchte sich das Fußgelenk. Sie konnte nicht aufstehen. Floyd kroch auf allen Vieren weg von Batur, weg von Erin. Er langte nach dem Säbel. Doch die Waffe sprang als Spielball der Elemente über Steine und Felsen außerhalb seiner Reichweite. Dafür rollte auf der Vibrierenden Erde seine Holzkeule auf ihn zu.

Er packte sie und drehte sich blitzschnell um. Er checkte die Lage, registrierte, dass Batur abgelenkt war und sich um Erin kümmerte. Floyd sprang auf und machte einen Hechtsprung in Baturs Rücken. Erin sah ihn die Keule über Baturs Schulter schwingen und kreischte. Schon sauste der Holzknüppel in die Richtung von Baturs Schläfe.

Aber Natassja war schneller. Sie sauste im Sturzflug auf Floyd herab. Er spürte den Luftzug und fuhr herum. Als er sie erkannte, blitzte in seinen Augen pure Mordlust auf. Er holte mit der Keule aus. Natassja hob die Doppelaxt. Da wurde Floyd von einem erneuten Erdstoß von den Füßen und aus der Gefahrenzone gerissen.

Natassja setzte ihm nach. Aus den Augenwinkeln nahm sie zwei Männer wahr. Sie stürzten herbei und versperrten ihr den direkten Zugriff auf den Ex-Hilfssheriff. Zuerst glaubte sie, Bat-Jäger wollten sie schützen und das Problem Floyd erledigen. Aber die Männer flogen nicht. Sie liefen – wie Menschen. Dann erkannte sie ihren Bruder Kyle und – ihren Dad.

Die beiden Licedeis hatten ihren Ärger aufeinander vergessen. Das glaubte zumindest Kyle. Schließlich galt es, seine Zwillingsschwester zu retten. Oder etwa nicht? Als Kyle in Serge Licedeis hassverzerrtes Gesicht sah, überbekamen ihn Zweifel, auf wen es sein Vater abgesehen hatte. Mit einem Felsbrocken bewaffnet, stürmte der Senior auf Batur und seine Tochter los.

Kyle kannte die Engstirnigkeit seines Dads. Hatte er sich erst einmal in eine Sache verrannt, nahm er um keinen Preis davon Abstand. Möglicherweise widerte ihn die Verbindung zwischen Erin und Batur so an, dass er die Chance nutzen wollte, um den Fledermausmann aus dem Weg zu räumen. Oder er vergab Erin ihren vermeintlichen Verrat an der Familie nicht, sodass er sie wirklich umbringen wollte.

Einen Ehrenmord würde Kyle nicht zulassen!

Während Serge Licedei wie ein wilder Eber heranpreschte, gelang es Ogre, seinen Krummsäbel vor dem Absturz in eine Felsspalte zu ergreifen. Er rang nach dem Pferdetritt noch nach Luft. Aber sein Kettenhemd hatte gebrochene Rippen oder Schlimmeres verhindert. Wieder kriegstauglich, schlug er die Säbelklinge gegen Baturs Kniekehle.

Worzoks Angriff erwischte Batur unvorbereitet. Er hob gerade Erin in seine Schwingen. Zwar traf nur die stumpfe Rückseite des Säbels sein Bein. Aber unter der Wucht knickte er ein. Während er und seine süße Last fielen, versuchte er, Erin mit seinem Körper zu schützen. Ogre packte ihren Arm. Batur hielt sie fest.

„Ihr Monster! Fasst meine Tochter nicht an!“ Papa Licedei holte mit dem Felsbrocken aus. Im Kampf ungeübt, bot er seinen Oberkörper ungeschützt Worzoks Krummsäbel an. Der Coyotero lächelte. Noch so ein Läufer-Idiot! Er stieß mit der Säbelspitze nach Serges Brust. Da kickte Batur ihm die Waffe weg.

Nur um Millimeter verpasste die Klinge Papa Licedeis Herz. Der Säbel fiel dem Coyotero aus der Hand und verschwand in der Felsspalte. Für Sekundenbruchteile begegneten sich Serge Licedeis und Baturs Blick.

„Ich habe mich in dir getäuscht“, sagte Pa Licedei zu dem

Kriegsherrn und ließ den Felsbrocken fallen.

Da packte Ogre Baturs Flügel und nahm ihn in den Schwitzkasten. Er stieß ihn gegen eine Felswand und versuchte, Baturs Auge in eine vorragende Steinspitze zu rammen. „Für dich herrscht bald Dunkelheit … für immer“, raunte Ogre Batur ins Ohr.

„Seid euch da nicht so sicher, Ogre.“ Die Silhouette eines Reiters hoch zu Ross fiel auf den Coyotero-Anführer. Worzok blickte auf. Bahul warf Batur sein Schwert zu.

Zur gleichen Zeit humpelte Erin auf ihrem verletzten Fuß auf ihren Bruder und ihren Dad zu. Da tauchte hinter ihr Floyd auf. Er zielte mit seiner Keule auf Erins Hinterkopf.

Kyle dachte keine Sekunde über sein eigenes Leben nach. Er sprang – und warf sich auf seine Zwillingsschwester. Schon krachte das Holz auf seinen Kopf und zersplitterte.

„Nein!!!“ Natassja sah ihren jüngeren Bruder zusammenbrechen. Die Art, wie sein Kopf im Nacken wegknickte, verhieß nichts Gutes.

Floyd holte ein zweites Mal mit der zerborstenen Keule aus. Da packte ihn ein dünner, älterer Mann am Kragen und verhinderte, dass er noch einmal auf Kyle einschlug.

„Was bist du nur für eine charakterlose Null, Junge!“, brüllte der Alte Floyd an.

„Lassen Sie mich los! Sie haben mir gar nichts mehr zu sagen, Sheriff Burke!“ Floyd zappelte hilflos in Burkes Polizeigriff.

Sheriff Burke? Natassja hatte den Cop nicht erkannt. Er hatte eine völlig neue Ausstrahlung: die Aura eines Buddhas – nur ohne den Bauch. Aber Burkes Veränderung war jetzt unwichtig. Sie beugte sich über ihren Bruder.

„Kyle?“ Sie hob vorsichtig sein Gesicht aus Erins Schoss.

Ihre Schwester zitterte und wimmerte: „Ist er tot?“

Natassjas Mund war so trocken, dass sie nicht antworten konnte. Sie strich Kyles erdbeerfarbenes Haar aus seiner Stirn. Sämtliche Farbe war aus seinen Wangen gewichen. Seine braunen Augen waren halb geöffnet. Ein Lächeln lag um seine Lippen, als wollte er einen seiner spitzfindigen Witze machen. Aber er würde niemanden mehr zum Lachen bringen. Blut sickerte aus seinem Mundwinkel. Floyds Schlag hatte ihm das Genick gebrochen.

Erin kreischte los.

Natassjas Vernunft setzte aus. Ihr wurde schwarz vor Augen. Wieder wurde ihr heiß, brannte die Wut wie Feuer in ihr. Sie konnte sich nicht länger beherrschen. Eine Hitzewelle schoss ihr in den Kopf. Rasend vor Zorn, sprang sie auf, packte ihre Axt und stürmte auf Floyd zu, den Burke immer noch festhielt.

„Ich hab deinen Bruder erwischt! Ich sehe es an deinem verzweifelten Gesicht!“ Floyd grinste triumphierend.

Natassjas Doppelaxt traf ihn mitten auf der Stirn. Ein letzter erstaunter Blick, dann sackte Floyd tot in Sheriff Burkes Armen zusammen.

„Der Junge hat es nicht anders verdient“, meinte der Cop und ließ Floyds Leichnam auf den Sand gleiten.

Da riss eine mächtige Explosion Bat People, Läufer, Coyoteros und Pferde zu Boden. Die Erde tat sich auf, und in einer gewaltigen Eruption ergoss der Carrizozo seine Lava in das Tal.

12. KAPITEL

„Ich kann nichts mehr für Kyle tun“, sagte der Medizinmann bedauernd. „Er ist und bleibt tot.“

„Aber Joshua hast du nach der fatalen Schusswunde in den NASA-Kerkern auch wieder ins Leben zurückgeholt!“ Natassja wollte ihren kleinen Bruder einfach nicht aufgeben.

„Kyles Genick ist gebrochen. Das ist genauso, als hätte man ihm das Herz herausgerissen. Es ist vorbei. Mit Joshuas Rettung verhielt es sich anders. Gylan hatte ihn durch einen Biss kurz vor seinem Tod in einen Vampir verwandelt. Nur die übertragene Transformationsflüssigkeit, kombiniert mit seinem hochprozentigen Anasazi-Blut, machten seine Wiederauferstehung möglich. Durch Kyles Adern fließt dagegen kein Tropfen Indianerblut.“

„Aber er ist doch unser Bruder“, wandte Natassja ein.

„Ich habe es dir schon seinerzeit gesagt, als wir herausfanden, dass du und Joshua Indianer seid: Nur weil zwei Mitglieder der Familie das Erbgut in sich tragen, bedeutet es nicht, dass auch alle direkten Verwandten dieses spezielle Gen haben. Ich habe es sofort bemerkt, als ich Kyle sah. Er war kein Anasazi.“

„Und Erin? Meine Eltern?“, hakte Natassja nach.

„Ich müsste ihr Blut untersuchen.“ Der Schamane legte seine Hand auf Natassjas Schulter und drückte sie. „Vielleicht ist das ein Trost für dich: Kyle ist nicht umsonst gestorben. Er hat entscheidend dazu beigetragen, die Bat People zu retten.“

„Was? Wieso? Das verstehe ich nicht!“

„Als ich seine Leiche untersuchte, habe ich eine Blutprobe genommen und kurz darauf entdeckt, dass er die degenförmigen Blutkörperchen der Anasazi nicht hat. Dafür aber Antikörper! Zum Glück! Ich konnte einen Impfstoff gewinnen, der die Krankheiten der Bat People auslöschen und wie eine Frischzellenkur wirken wird.“

„Ich weiß nicht, was ... ich sagen soll“, stammelte Natassja. „Aber ich danke dir sehr, Schamane. Denn so haben wir Kyle nicht ganz verloren. Er lebt in unzähligen Vampirmenschen weiter.“

„Was für uns eine glückliche Wendung ist, bedeutet für deine Familie und dich unendlichen Schmerz. Ihr habt mein aufrichtiges Beileid.“ Der Medizinmann bedeckte Kyles Körper mit einem Leinentuch.

Vom Eingang der Höhlennische, in der Kyle, auf gewebte Indianerdecken gebettet, lag, erklang ein dumpfer Aufschrei. Mama Licedei brach zusammen. Entgegen besserem Wissen hatte sie bis zur letzten Sekunde gehofft, ein Wunder würde ihren jüngsten Sohn wieder zu ihr zurückbringen. Serge Licedei zog seine Frau fest in seine Arme und strich mechanisch über ihren Rücken. Der Kummer lähmte ihn. Er war unfähig zu sprechen. Tränen liefen ihm über das Gesicht.

Erin rannte in die Höhle und warf sich, laut schluchzend, auf Kyle. „Komm zurück!“, schrie sie und trommelte auf seinen Brustkorb.

Schweigend nahmen Anwar und seine Gefolgsleute Anteil an der Trauer der Licedeis. Sie fühlten mit ihnen, und das Leid der Familie dämpfte ihre Freude über die zukunftsweisende Entwicklung für die Bat People.

„Ich hätte nie gedacht, dass Kyle der Licedei ist, der sterben muss“, meinte Joshua leise zu sich selbst.

„Was sagst du da?“, fragte Gylan, die sich tröstend an ihn schmiegte.

„Ich hatte eine Vision“, erklärte Joshua ihr. „Darin starb während unserer Flucht ein Licedei. Natassja und ich glaubten, es wäre einer von uns.“

„Und das hast du mir verschwiegen?“, brauste Gylan auf.

„Ich wollte dich nicht beunruhigen“, antwortete Joshua. „... und verhindern, dass dein Temperament mit dir durchgeht und du mir die Hölle heißmachst, bevor ich dort lande." Er lächelte traurig.

„Oh, du …! Du …!" Gylan sprang an Joshua hoch, schlang ihre Arme und Beine um seinen Körper und küsste ihn wild ab.

Anwar warf Natassja einen überraschten Blick zu. „Warum hast du mir nichts von Joshuas Vision erzählt?", fragte er leise.

Sie senkte schuldbewusst die Augen. Bevor sie antworten konnte, flog Batur in die Höhle. Er trug einen geschlossenen Korb. Er nickte Anwar zu und reichte ihm den Behälter.

„Ogres Kopf", sagte der Kriegsherr. „Opfere ihn den Göttern … Wir haben zwei Jäger bei dem Vulkanausbruch verloren. Sie starben an den giftigen Gaswolken aus Kohlenmonoxid. Ansonsten konnten unsere Leute davonfliegen. Unzählige Coyoteros wurden mit ihren Pferden unter den Lavaströmen begraben. Draußen warten Karanjai Bahul und Sheriff Burke. Sie möchten mit dir sprechen." Dann ging er zu Erin und löste sie sanft von Kyles Körper. „Ich wünschte, ich könnte dir Trost spenden. Aber bei einen so großen Verlust sind Worte nichts als Schall und Rauch."

„Du darfst mich niemals verlassen! Versprich es mir!" Erin presste ihr verweintes Gesicht an Baturs Brust.

„Ich schwöre es dir", raunte er ihr ins Ohr.

Anwar und Natassja sahen sich schweigend an. Viel Unausgesprochenes stand zwischen ihnen. „Später. Wenn wir allein sind", flüsterte der Vampirfürst ihr zu. Er trat an Mom und Dad Licedei heran. „Ihr Sohn war ein mutiger junger Mann, tapfer und entschlossen, so wie ich es von allen Licedeis kenne. Davon abgesehen, hat er die Zukunft der Bat People gerettet. Sie haben jedes Recht, stolz auf ihn zu sein. Ich würde Kyle gerne mit einer Baumbestattung ehren, wie es der Elite der Bat People gebührt."

„Danke. Ich weiß das zu schätzen", entgegnete Pa Licedei mit zitternder Stimme. „Aber wir möchten unseren Jungen mit nach

Hause nehmen und ihn in der Gruft unserer Familie in Albuquerque beisetzen."

„Das kann ich gut verstehen." Anwar drückte Valeries und Serges Hände. Dann suchte er Bahul und Burke. Sie warteten vor der Höhle.

„Ich will mich von dir verabschieden, Anwar", sagte Bahul. „Nach Ogres Tod bin ich wieder der Anführer der Coyoteros. Ich werde mit meinen verbliebenen Männern nach Osten aufbrechen. Vielleicht kehren wir in die alte Welt zurück. Arabien, Afrika ... Ich werde über unsere Zukunft mit meinen Schakal-Kriegern beraten. Auf jeden Fall sollst du wissen, dass euer Volk nichts mehr von den Coyoteros zu befürchten hat. Weder du und dein Stamm noch die anderen Gruppierungen der Bat People."

„Ich danke dir, Bahul!", entgegnete Anwar. „Ich werde Jäger aussenden, damit sie deine Botschaft allen Bat People weltweit überbringen. Und ich werde die Boten beauftragen, meinen Verwandten mitzuteilen, dass die Söhne des Windes von jetzt an und für alle Zeiten als Ebenbürtige in die Familie der Fledermauswesen aufgenommen werden. Ich sehe in dir und deinen Männern Brüder und Freunde, und wer gegen euch das Schwert erhebt, bekommt meinen Zorn zu spüren." Anwar umarmte Bahul.

Sheriff Burke stand verlegen daneben. Er schien sich fehl am Platze zu fühlen.

„Was ist mit Ihnen, Burke?", fragte Anwar. „Ich habe gesehen, dass Sie für meine geliebte Tassja Partei ergriffen und Floyd geopfert haben. Es geschehen noch Zeichen und Wunder!"

„Äh, das ist richtig", stammelte der Cop verlegen. „Ich ... äh ... ich möchte mich bei Euch bedanken, Fürst. Seit Ihr mir vor einem Jahr mit Euren Vampirzähnen eine Verletzung zugefügt habt, habe ich eine dramatische Verwandlung durchlaufen. Zuerst konnte ich zwischen der schwelenden Wunde und meiner persönlichen Veränderung keinen Zusammenhang herstellen. Aber inzwischen glaube ich, dass Euer Biss mich zu einem neuen, besseren Menschen gemacht hat."

„Das freut mich zu hören." Anwar lächelte. Er hätte nie gedacht, dass das Läufer-Gift, das so viel Tod und Verderben gebracht hatte, ihn wie auch Burke zu ihrem Vorteil verändern würde.

„Ich möchte mich für meine Schandtaten an Eurem Volk entschuldigen", fuhr Burke fort. „Ich weiß, das reicht nicht. Deshalb bin ich bereit, Buße zu tun. Ich stelle mich den Bat People zur Verfügung. Macht mit mir, was Ihr wollt!"

„Es ist gut. Ich sehe, dass Sie es aufrichtig meinen. Es sei Ihnen vergeben, Burke. Sie sind frei", meinte Anwar großmütig. Eine Geste, die er nie für möglich gehalten hätte.

„Wirklich?" Burke hob ungläubig die Augenbrauen. „Das ist wundervoll! Danke! Danke! Dann werde ich mit Bahul und den Schakalen gehen. Denn bei den Menschen habe ich nichts mehr zu suchen. Sie sind zu egoistisch. Nimmst du mich mit, Karanjai?"

Der Coyotero kratzte nachdenklich an seiner Schnauze und ließ Burke zappeln. Dann lachte er und klopfte dem Sheriff auf die Schultern. „Warum nicht? Ich habe mich sowieso schon richtig an dich gewöhnt. Du gefällst mir." Bahul reichte dem vollkommen verblüfften Burke die Zügel seines Packpferds. „Schieb die Ladung ein Stück zurück, Mark Burke. Dann schwing dich auf die Satteldecke und mach dich startbereit." Mit einem letzten Gruß in Richtung Anwar ritt Karanjai Bahul davon. Burke kletterte auf den Pferderücken und folgte seinem neuen Freund.

„Was war das denn? Die große Verbrüderung?" Natassja trat zu Anwar heran. „Ich halte es nicht länger aus. Ich muss mit dir reden!", begann sie. „Es tut mir leid, dass ich nichts von Joshuas Vision gesagt habe. Ich wollte dich nicht hintergehen! Ich wollte dir nur Kummer ersparen."

„Es ist gut, dass du es mir verschwiegen hast. Ich wäre ausgeflippt, wenn ich es gewusst hätte. Aber ich bin wegen einer anderen Sache am Rande des Wahnsinns. Was ist mit dir und Batur?"

„Bitte?", fragte Natassja verständnislos.

„Tu nicht so! Ihr tuschelt miteinander. Du verschweigst, worüber ihr sprecht. Ihr habt euch nach unserer Liebesnacht in den Eldorado Hills getroffen. Bevor du auf den gefährlichen Tauchgang zur Rettung deiner Familie gegangen bist, hast du dich nicht einmal richtig von mir verabschiedet! Vor der finalen Schlacht im Oro Valley sprichst du mit ihm ‚unter vier Augen'! Und offensichtlich gefällt dir nicht, dass Erin in Batur verliebt ist." Er stemmte die Flügel in die Hüften. „Ich will eine Antwort!"

„Was?!" Natassja starrte ihn fassungslos an. Dann lachte sie. „Du bist eifersüchtig? Oh, bei allen Göttern, wie süß!" Sie schlang ihre Arme um ihn und küsste ihn stürmisch.

„Hör auf damit! Falls du versuchst, mich abzulenken, vergiss es!"

„Nein, nein. Das will ich gar nicht. Ich dachte nur, du willst mich nicht mehr!"

„Wie bitte?"

„Sei still! Hör zu! Die Wahrheit ist: Zwischen Batur und mir ist nichts! Wir sind nur Freunde. Ich habe dir schon mal gesagt, dass ich nach all den Zwistigkeiten mit ihm froh bin, dass er mich endlich mag und akzeptiert. Was unsere Liebesnacht in Eldorado Hills angeht … Ich habe danach Joshua getroffen. Wir haben über seine Todesprophezeiung gesprochen. Und wenn ich vor dem Tauchgang distanziert war, lag es daran, dass ich dachte, ich müsste sterben. Und Erin … Ich liebe meine Schwester. Aber sie ist jung, naiv und kopflos leidenschaftlich. Ich fürchtete, sie würde Baturs Herz brechen. Ausgerechnet in dem Moment, in dem er Gefühle zulässt. Vor dem

Kampf im Oro Valley habe ich ihn gebeten, ihr noch einmal deutlich zu sagen, dass sie keine Dummheiten machen soll, wie ihm zu folgen und ihn damit zu gefährden. Es gab also eine Menge Gründe, warum ich zuerst gegen ihre Verbindung war. Inzwischen denke ich aber, sie liebt ihn wirklich und weiß, worauf sie sich einlässt. Sie sind füreinander bestimmt. So wie du und ich."

„Ich schäme mich, dass ich an dir gezweifelt habe", flüsterte Anwar und nahm sie in die Arme.

„Vergiss es! Und küss mich!" Leidenschaftlich presste sich Natassja an ihn. Augenblicklich flackerte ihre Begierde auf.

Es gab eine kleine, aber prunkvolle Totenfeier für Kyle. Der Schamane bat die Anasazi-Götter, Getreue aus der jenseitigen Welt zum Schutz von Kyles Seele auszusenden, damit sie ihn sicher in das Reich der toten Läufer begleiteten. Als der Medizinmann das Gebet sprach, riss die nach dem Vulkanausbruch von Ascheregen und Schwefel verhangene Wolkendecke auf und zeigte einen strahlenden goldenen Himmel.

„Ein Zeichen. Die Götterboten sind bereits an seiner Seite", sagte der Schamane zu Mom Licedei und erleichterte damit ein wenig ihren Schmerz.

Nun war die Zeit zum Aufbruch gekommen. Die Eltern Licedei brachten ihren toten Sohn nach Hause. Eine Eskorte von Jägern würde sie auf ihren Schwingen zurück nach Albuquerque fliegen.

„Joshua und ich werden euch besuchen, sobald die Bat People eine neue Heimat gefunden haben", sagte Natassja und umarmte erst ihre Mom, dann ihren Dad.

„Ich muss mich für die Dinge, die ich zu dir und deinem Bruder gesagt habe, entschuldigen", meinte ihr Vater. „Ich habe mich nicht nur in Batur getäuscht, sondern in allen Bat People, und auch in dir und Joshua. Ich würde mich freuen, wenn ihr

Anwar und Gylan bei eurem Besuch mitbringt."

„Wird gemacht, Pa!" Sie löste sich von ihm, damit Joshua sich verabschieden konnte.

Dann war es so weit. Vier Jäger flogen herbei. Zwei hoben Kyles in Leinentücher eingewickelten Leichnam von dem Felsenaltar auf.

„Erin, komm! Es wird Zeit", sagte Serge Licedei.

„Ich bleibe, Dad." Erin schlang ihre Arme um Baturs Hüfte.

Serge Licedeis Miene verfinsterte sich. Die Zornesfalten zwischen seiner Nasenwurzel gruben sich tief ein. Dann sackte er leicht in sich zusammen und meinte: „Du bist erwachsen. Tu, was du für richtig hältst."

„Danke, Papa!" Erin fiel ihm um den Hals. „Ich komme bald mit Josh und Nasti bei euch vorbei. Versprochen! Und Batur bringe ich auch mit. Okay?"

Serge Licedei nickte niedergeschlagen.

„Ihre Tochter ist bei mir sicher", versprach Batur dem Senior. „Sie ist mein Augenstern."

Serge Licedei zögerte einen Moment. Dann klopfte er Batur auf die Schulter.

Der dritte Jäger nahm Pa Licedei auf seine Flügel. Der vierte bot Mom Licedei seine Hand.

Valerie war schon im Begriff, sich aufzuschwingen, als sie in der Bewegung innehielt und sich an ihre Kinder und die anwesenden Bat People wandte. „Erin hat mir gebeichtet, dass sie Dads Geheimnis ausgeplaudert hat. Es ist wahr: Er ist zum Teil Anasazi. Aber nicht nur euer Vater, sondern auch ich. Meine gesamte Familie mütterlicherseits stammt von Indianern ab. Ich habe all die Jahre darüber geschwiegen, weil es in meiner Generation eine Schande war, eine Ureinwohnerin zu sein. Doch ehrlich gesagt, bin ich stolz auf meine Abstammung und das Wissen, das mir der indianische Teil meiner Familie mitgegeben hat. Durch ihre Erzählungen habe ich und auch euer Dad von den goldenen Städten gehört."

Ein Raunen ging durch die Menge.

„Wir dachten, es seien Mythen", fuhr Valerie fort. „Aber nun, da ich weiß, dass ihr Cibola verlassen musstet und auf der Suche nach einer neuen Bat City seid, will ich euch helfen, so gut ich kann. Die sechste der goldenen Städte liegt am Wollaston Lake im Nordosten Saskatchewans in Kanada. Dort haben die indianischen Vorfahren von Serges und meiner Familie ihren Ursprung. An diesem menschenleeren Ort wärt ihr gut geschützt. Auch vor geldgierigen Schatzsuchern. Denn auf das unterirdische Höhlensystem am Wollaston Lake trifft die Bezeichnung ‚Gold City' nur im ideellen Sinne zu. ‚Gold' symbolisiert den Wert des Ortes als Hort des Glücks und der Geborgenheit für unsere Leute."

„Wir werden unsere neue Heimat dort suchen", sagte Anwar dankbar.

„Und Natassja, Erin und ich kehren zu unseren Wurzeln zurück", murmelte Joshua. „Danke, Mom!" Er umarmte sie.

„Ich wünsche euch von Herzen alles Gute!", sagte Valerie.

„Aber woher wissen wir, dass die sechste und nicht die siebte Goldstadt unsere vom Schicksal bestimmte Bat City ist?", hakte Gylan nach.

„Weil die siebte Stadt für alle Lebewesen unzugänglich im Inuit-Land Nunavut unter dem ewigen Eis versunken liegt", entgegnete Valerie. „Ihr Name ist …"

„Atlantis." Der Schamane nickte ihr zu. „Wir verstehen uns, Mutter Licedei. Von dieser Sage habe ich auch gehört."

Die Bat People brachen am nächsten Morgen noch vor Sonnenaufgang gen Norden auf. Anwar und Natassja führten den Stamm der Bat People an. Zu ihrer Rechten flogen Gylan und Joshua Hand in Hand. Zu ihrer Linken hatte Batur seine noch flugunfähige Läuferin geschultert.

Nach abertausenden Meilen sahen sie das grüne Grasland Saskatchewans und den größten See der Welt: Lake Wollaston, ihr neues Zuhause, unter sich liegen. Während sie zum Landeflug ansetzten, blickten Natassja und Anwar zum Nordpol. In weiter Ferne erkannten sie die in der Sonne glitzernden Eisberge Nunavuts.

Sie würden sehen, was die Zukunft für sie in Saskatchewan bereithielt. Ansonsten lockte Atlantis. Für sie beide war schließlich nichts unmöglich.

– ENDE –

Susan Krinard
Die dunkle Macht des Mondes
Band-Nr. 15035
7,95 € (D)
ISBN: 978-3-89941-612-1
512 Seiten

Maggie Shayne
Geborene der Nacht
Band-Nr. 15031
7,95 € (D)
ISBN: 978-3-89941-581-0
320 Seiten

Michele Bardsley
Vampire zum Frühstück
Band-Nr. 15020
7,95 € (D)
ISBN: 978-3-89941-489-9
352 Seiten

Michele Bardsley
Ein Vampir zum Dinner
Band-Nr. 15029
7,95 € (D)
ISBN: 978-3-89941-563-6
304 Seiten

Kerrelyn Sparks
Vamps and the City
Band-Nr. 15028
7,95 € (D)
ISBN: 978-3-89941-517-9
416 Seiten

Kerrelyn Sparks
Vampire mögen's heiß
Band-Nr. 15036
7,95 € (D)
ISBN: 978-3-89941-635-0
384 Seiten

Jennifer Armintrout
Blutsbande 1
Die Verwandlung
Band-Nr. 15013
7,95 € (D)
ISBN: 978-3-89941-448-6
464 Seiten

Jennifer Armintrout
Blutsbande 2
Besessen
Band-Nr. 15018
7,95 € (D)
ISBN: 978-3-89941-505-6
480 Seiten